Perry Rhodan

Der Zielstern

Perry Rhodan

Der Zielstern

Verlag Arthur Moewig GmbH,
Rastatt

Redaktion: William Voltz
Lektorat: G. M. Schelwokat
Satz: Utesch, Hamburg
Druck und Bindung: Ebner Ulm
Printed in Germany
ISBN 3-8118-2024-9

Einleitung

Daß revolutionäre technische Entwicklungen geschichtliche Bedeutung für die Entwicklung einer Zivilisation haben können, ist nicht allein die Grundaussage des vorliegenden PERRY-RHODAN-Buches – es ist historische Realität. So, wie die Entwicklung des neuen Lineartriebwerks Perry Rhodan und die Menschheit an die Grenzen ihrer kosmischen Ausdehnung stoßen läßt, so gravierend waren die Folgen der ersten industriellen Revolution auf dieser Welt. Die Erfindung der Dampfmaschine oder in neuerer Zeit die Verwendung von sogenannten Chips in der Computertechnik sind Ereignisse, die die Lebensqualität eines jeden Menschen berühren. In unserer fiktiven Menschheitsgeschichte, bei der mit diesem Buch innerhalb der PERRY-RHODAN-Bibliothek eine neue Epoche beginnt, führt die Ausnutzung einer neuen Raumflugtechnik zum Kontakt mit einem Volk, das seine technische Entwicklung geradezu perfektioniert hat. Parallel dazu verlief seine ethische Entwicklung in weniger wünschenswerten Bahnen; die Fremden sind anmaßend, arrogant und aggresiv. Auch dies scheint (bei der Betrachtung unseres eigenen ethischen Stellenwerts) so ungewöhnlich nicht. Aber muß eine fortschreitende technische Entwicklung zwangsläufig mit einer Entfremdung von natürlichen Notwendigkeiten einhergehen? Führt Technik in jedem Fall zur Lösung von Konflikten durch Gewalt? Auch darauf versucht die in PERRY RHODAN entwickelte Geschichte in späteren Zyklen eine Antwort zu geben, indem sie von der Vergötzung zu einer Humanisierung der Technik überleitet. Ansätze, daß es dazu kommen könnte, gibt es auch in der Realität mehr als genug. So ist das diesem Buch zugrunde liegende Thema nicht ohne Diskussionsstoff – wenn es nicht vorzugsweise ausschließlich zur Unterhaltung genutzt wird. Die für dieses Buch ausgewählten Originalromane sind (ohne Berücksichtigung der vorgenommenen Änderungen):
Der Zielstern von K. H. Scheer; Der Weltraum-Tramp von Clark Darlton; Das Plasma-Ungeheuer von Kurt Brand; Nur ein Greenhorn von William Voltz; Die Geisterflotte von Clark Darlton und *Das Blaue*

System von K. H. Scheer. Kürzungen und Änderungen wurden nur soweit vorgenommen, wie sie der Komplexität und logischen Geschlossenheit eines Buches wegen unumgänglich sind. Dabei wurden wie immer Authentizität und Atmosphäre der Originalromane vorrangig gesehen. Für ihre Unterstützung bei dieser nicht einfachen Aufgabe bedanke ich mich bei *Christa Schurm, Franz Dolenc* und *G. M. Schelwokat.*

Heusenstamm, Dezember 1981 William Voltz

Zeittafel

Die Geschichte des Solaren Imperiums in Stichworten:

1971: Die STARDUST erreicht den Mond, und Perry Rhodan entdeckt den gestrandeten Forschungskreuzer der Arkoniden.

1972: Aufbau der Dritten Macht und Einigung der Menschheit.

1976: Perry Rhodan löst das galaktische Rätsel und entdeckt den Planeten Wanderer, wo seine Freunde und er von dem Geisteswesen ES die relative Unsterblichkeit erhalten.

1984: Rhodans erster Kontakt mit dem Robotregenten von Arkon im Kugelsternhaufen M-13. Der Robotregent versucht die Menschheit zu unterwerfen.

2040: Das Solare Imperium ist entstanden. Nach 10 000 Jahren taucht der Arkonide Atlan aus seiner Unterwasserkuppel im Atlantik auf und wird Perry Rhodans Freund.
Die Druuf dringen aus ihrer Zeitebene in unser Universum vor. Menschen gelangen in das Druufuniversum, um dort der unheimlichen Gefahr zu begegnen.

2043: Rhodans Frau Thora stirbt auf dramatische Weise, und ihr gemeinsamer Sohn Thomas Cardif wird zum Gegenspieler seines Vaters.

2044: Die Terraner stoßen nach Arkon vor und verhelfen Atlan zu seinem Erbe.
Zum erstenmal taucht ein geheimnisvoller „Anti“ auf, der den Kräften der terranischen Mutanten widerstehen kann. Rhodans Sohn tritt offen gegen seinen Vater auf.

1.

„Das würde ich an Ihrer Stelle nicht tun!“

Alfo Zartus fuhr zusammen. In verkrampfter Haltung blieb er stehen. Seine Hand umklammerte die Zahnprothese, als handle es sich um das Griffstück einer gefährlichen Waffe.

„Umdrehen, Hände über den Kopf erheben, und das Gebiß fallen lassen“, ordnete die gleiche, unpersönlich klingende Stimme an, die Zartus bei seiner Tätigkeit aufgeschreckt hatte.

Er lauschte den Worten nach und versuchte dabei, den Standort des Sprechers ausfindig zu machen.

Dicht vor Zartus glitt das breite Förderband der vollautomatischen Zubringerstation XVIII lärmend über die spiegelblanken Laufrollen. Die auf dem Band liegenden Aggregate waren Teilprodukte eines ferngesteuerten Waffenschwenkarms der geheimen Einbauserie LA-185-GEZO-III, bestimmt für die Außen-Drehkranzkuppeln von Schweren Kreuzern der Terraklasse.

Das Besondere an den Konstruktionen waren die neuartigen Feldgleitlager, mit denen die im absoluten Vakuum ständig auftretenden Schmierprobleme engdültig überwunden worden waren.

Alfo Zartus blickte sich wie gehetzt um. Es war niemand zu sehen. Der schmale, langgestreckte Gang bot keine Versteckmöglichkeit. Lediglich die stabilen Tragfüße des Laufrollengerüsts wären eventuell dazu geeignet gewesen, einem Mann Deckung zu bieten.

Zartus folgte seinem Instinkt. Mit einer raschen Handbewegung schob er die Oberkieferprothese in den Mund. Für einen Augenblick fühlte er den schmerzhaften Druck des Mikrofilmbehälters, der sich bei dem hastigen Einsetzen verschoben hatte.

Verzweifelt begann Zartus mit der Zunge zu arbeiten, bis die ausgehöhlte Saugplatte in die charakteristischen Linien seines Gaumens hineinglitt und dort Halt fand. Das Druckgefühl verschwand.

Aufatmend, in unbewußter Reaktion unsicher lächelnd, richtete sich der klein gewachsene Mann auf. Langsam hob er die Hände.

„Tüchtig", sagte jemand spöttisch. „Wie Sie das können. Sie sollten im Zirkus auftreten."

Zartus wußte, daß er verloren war, wenn man ihn in diesem Sektor der automatischen Bandstraße erwischte. Der irdische Mond hatte sich im Lauf der letzten 57 Jahre erheblich verändert, besser gesagt: er war verändert worden.

Genau betrachtet, war der Trabant zu einer einzigen, ineinander verschachtelten Raumschiffwerft nach arkonidischem Vorbild geworden. Die größte Bauleistung der Menschheit war erst wenige Monate zuvor vollendet worden. Seitdem liefen auf dem Mond die Fertigungsbänder, die von relativ wenigen Steuerstationen beherrscht wurden.

Zartus glaubte zu wissen, daß er von einem Fernsehauge entdeckt worden war. Aber dann konnte man kaum bemerkt haben, was er in seiner Zahnprothese verborgen hatte. Allerdings war nirgends eine Fernbildkamera zu sehen. Wieso aber war man so genau über seine Maßnahmen informiert?

Er blickte sich nochmals um. Er dachte an seine Aufgabe, die Mikrokamera unter der Bodenplatte seiner Armbanduhr und außerdem an den Lunaren Sicherheitsdienst, eine Nebenabteilung der Solaren Abwehr.

Wenn er mit Kamera und Film gefaßt wurde, war seine Laufbahn als Planungsingenieur für robotgesteuerte Zubringerstraßen beendet.

Dann drohten Verhöre, Gerichtsverhandlung, Degradierung und Bestrafung.

Der Gedanke an das Kriegsgericht – denn er stand unter Kriegsrecht – ließ Alfo Zartus die klare Überlegung verlieren. Nochmals sah er sich um. Den warnenden Ruf überhörte er.

Mit einem halberstickten Schrei schwang er sich unter Aufbietung all seiner Kräfte auf das Förderband, wo er sofort zu Fall kam. Mit hoher Geschwindigkeit wurde er auf den schmalen Durchlaß im Fels zugetragen.

Dahinter begann Montagehalle 136, in der die aus allen Richtungen ankommenden Teilprodukte zu einem Großaggregat zusammengebaut wurden.

„Sind Sie wahnsinnig geworden!" hörte er die Stimme des unbekannten Sprechers. „Springen Sie ab – Sie sollen abspringen! Lebensgefahr! Mann, springen Sie doch!"

Zartus lachte gegen seinen Willen. Er krallte seine Fingernägel in den griffigen Rillenbelag des Kunststoffbands, quittierte das Holpern der Gleitrollen mit einem unterdrückten, schmerzhaften Stöhnen und versuchte überdies, darüber nachzudenken, wie er aus Halle 136 entkommen konnte.

Der Unbekannte rief immer noch, aber die Worte waren schon nicht mehr verständlich.

Alfo Zartus kam eben zu der Erkenntnis, die belastenden Unterlagen irgendwie vernichten zu müssen, als er von den stählernen Greifern einer robotgesteuerten Schwenkvorrichtung erfaßt und nach oben gerissen wurde.

Zartus schrie in höchster Not. Plötzlich erkannte er, daß die Warnrufe des Unbekannten kein Trick gewesen waren.

Der kleine Mann wurde durch die Felsöffnung gezerrt und durch die Luft gewirbelt. Nur schemenhaft bemerkte er die aufgleitende Öffnung der Spritzisolationsmaschine, in der größere Halbfertigteile mit einem säure- und temperaturunempfindlichen Kunststoffbelag überzogen wurden.

Hinter den Stahltoren flammte es in heller Rotglut. Das Thermoplast wurde in flüssigem Zustand und unter 1256 Grad Celsius von zahlreichen Hochdruckdüsen aufgesprüht.

Der Robotgreifer war erbarmungslos. Er konnte nicht zwischen totem Material und einem menschlichen Körper unterscheiden.

Oberst Hildrun, Chef des Lunaren Sicherheitsdienstes im Sektor F-81, legte die Personalakten des Planungsingenieurs Alfo Zartus, geboren am 22. Juni 2062 in Lowman, Idaho, zur Seite.

Düster betrachtete er den vor seinem Schreibtisch stehenden Sergeanten von oben bis unten. Als sein Blick auf die Schockwaffe im offenen Gürtelhalfter des Wachmanns fiel, runzelte er seine Stirn noch stärker. Mit ausgestrecktem Zeigefinger deutete er auf den Strahler.

Hildruns Stimme klang scharf: „Und das – was ist das? Hatten Sie etwa angenommen, wir hätten Ihnen eine Mausefalle oder sonst etwas mitgegeben? Warum haben Sie Zartus nicht mit einem Schockschuß betäubt? Er war doch nahe genug vor Ihnen, oder?"

Der junge Sergeant war blaß. Steif stand er vor seinem Vorgesetzten. Die anwesenden Offiziere des Wachsektors F-81 sagten nichts. Der Fall war durchaus nicht so klar, wie ihn Hildrun zu sehen schien.

„Jawohl, Sir, das schon", stammelte der Soldat des Sicherheitsdienstes. „Ich hatte meinen Deflektorschirm eingeschaltet, und Zartus konnte mich nicht sehen. Die Dienstvorschriften verbieten die Anwendung von Schockstrahlen, wenn es nicht unbedingt notwendig ist. Mir aber schien es nicht erforderlich zu sein. Der Spion war klein und schwach gebaut. Ich hätte ihn mühelos überwältigen können. Warum hätte ich den Mann verletzen sollen?“

Oberst Hildrun erhob sich. Polternd glitt der Schreibsessel nach hinten. Mit auf dem Rücken verschränkten Händen schritt der Kommandeur zum Getränkeautomat hinüber. „Ach, Sie wollten ihn nicht verletzen! Dafür haben Sie ihn in den sicheren Tod geschickt, nicht wahr?“

„Sir, ich hatte mit dem Sprung nicht gerechnet. Es geschah zu schnell. Als Zartus erst einmal auf dem Band lag, wollte ich nicht mehr schießen.“

„Warum nicht?“

„Weil die Förderanlage schneller läuft, als ich rennen kann, Sir. Hätte ich den Techniker betäubt, wäre es ihm unmöglich gewesen, im letzten Augenblick abzuspringen. Es war seine letzte Chance. Ich habe ihm zugerufen, daß hinter der Maueröffnung die Isolationsmaschine steht. Er hörte nicht auf mich. Was hätte ich tun sollen, Sir?“

Oberst Hildrun drehte sich um. „Können Sie beweisen, daß Sie ihm eine Warnung nachgerufen haben?“

Der Sergeant des Wachkommandos sah sich hilfesuchend um. Ein Leutnant der Überwachungstruppe meinte dazu: „Die Tonbandaufnahmen liegen vor, Sir. Wir haben die Fernüberwachung eingeschaltet, als Sergeant Rodzyn mit seinem Helmsender das Alarmzeichen gab. Er hat tatsächlich gerufen, sehr laut sogar.“

Wortlos stapfte Hildrun zu seinem Schreibtisch zurück. Den Becher setzte er so heftig ab, daß das Getränk überschwappte. „Ihr Glück, Rodzyn. Wieso kamen Sie überhaupt auf die Idee, dem Spion allein in den Transportraum zu folgen?“

„Ich hatte Zartus schon einge Zeit beobachtet, Sir. Ich wollte ihn auf frischer Tat ertappen, weshalb ich ihm auch im Schutz des Deflektorfelds nachging. Er machte wieder Aufnahmen mit seiner Uhrkamera. Ich stand dicht dabei und wartete ab. Anschließend nahm er den Mikrofilm heraus, löste seine Zahnprothese und versteckte die winzige Spule in einer genau passenden Öffnung der Gaumenplatte. Da sprach ich ihn an. Er war wie erstarrt, und außerdem wirkte er völlig hilflos. Mit dem Sprung auf das Transportband hatte ich einfach nicht gerechnet. Ich konnte ihn nicht mehr festhalten.“

Hildrun sah zu den Offizieren seines Stabes hinüber. Sergeant Rodzyn wartete atemlos.

„Schön, geben Sie Ihre Aussagen zu Protokoll. Sie sind vorerst vom Dienst beurlaubt. Sind Sie sich darüber klar, daß ich den Fall dem Abwehrchef melden muß?"

Rodzyn nickte unsicher. Augenblicke später verließ er das Chefzimmer. Im Vorraum suchte er sich eine Sitzgelegenheit und ließ sich erschöpft darauf niedersinken.

Vergeblich versuchte er, die schreckliche Szene aus seinem Gedächtnis zu verbannen. Das verzerrte Gesicht des kleinen Mannes tauchte immer wieder vor seinem geistigen Auge auf.

„Es war ein Unfall, Rodzyn", sagte ein vorübergehender Offizier. „Gehen Sie in Ihr Quartier und bereiten Sie sich auf das Protokoll vor. Sie sehen erbärmlich aus."

„Ich komme mir auch erbärmlich vor, Sir", entgegnete der S-Mann mit trockenen Lippen. „Wie soll das nun weitergehen? Ich konnte doch nichts dafür."

„Das wissen wir. Wenn Sie Pech haben, zieht die Geschichte weite Kreise. Es existiert eine Vorschrift, wonach solche Fälle dem Administrator persönlich zu melden sind. Sie wissen doch, daß er die Mondwerften wie seinen Augapfel hütet."

Sergeant Rodzyn hielt den Atem an. „Sie – Sie meinen Perry Rhodan, Sir?"

„Kennen Sie einen anderen Administrator? Wenn Sie vor ihm erscheinen müssen, dann schildern Sie den Fall in aller Offenheit. Ein Vergehen kann man Ihnen kaum zur Last legen. Es war ein Unfall, wie gesagt. Gehen Sie nun, und legen Sie endlich den Kampfanzug ab."

Der Offizier tippte mit zwei Fingern an die Schirmmütze und verließ den kleinen Raum. Er lag einige hundert Meter tief unter der Oberfläche des Mondes. Ganz in der Nähe lärmte die für diesen Fabrikationssektor bestimmte Kraftstation.

2.

Brazo Alkher starrte mit fiebrig glänzenden Augen auf den unscheinbar wirkenden Einwurfschlitz der Kontrollautomatik.

Das Gerät zur Überprüfung der auf schmalen Kunststoffolien verankerten Individualdaten wirkte in seiner Massigkeit beängstigend. Brazo Alkher, Leutnant der Solaren Flotte, durch einen geheimnisvollen Befehl abkommandiert zur Lunabasis, fühlte sich seit einigen Stunden wie in einem Irrenhaus.

Nach seiner Landung auf dem Mond war er elfmal von Soldaten des Sicherheitsdienstes nach dem Woher und Wohin befragt worden.

Man hatte sich nach seinem Werdegang erkundigt, sich für Eltern und Großeltern interessiert und anschließend zu wissen verlangt, was er, Brazo, künftig zu tun gedenke.

Brazo war somit von einem Erregungszustand in den anderen versetzt worden, wie er bei sich selbst dachte.

Bei der Gelegenheit hatte er zum erstenmal die Chance erhalten, die gewaltigste Flottenbasis der Menschheit zu bewundern. Er wußte, daß der Mond im Lauf der lezten 57 Jahren zu einem Himmelskörper der Raumschiffwerften und Waffenfabriken geworden war. Praktisch gesehen, war der Erdtrabant nach und nach ausgehöhlt worden. Auf der Oberfläche selbst war kaum etwas von jener Mammutindustrie zu bemerken, die man mit modernsten Mitteln und unter riesigen Kosten unter der toten Kruste errichtet hatte.

Nur die großen Raumhäfen lagen oben – und die Panzerkuppeln der kosmischen Abwehrfestungen.

Es hatte dreizehn Stunden gedauert, bis Brazo endlich an seinem Ziel angekommen war, doch dann hatte sich ein neues Hindernis in seinen Weg gestellt.

Brazo Alkher, ein hochgewachsener, schlaksiger Mann von dreiundzwanzig Jahren, umkrampfte seine wenigen Gepäckstücke noch fester, als sich eine silbrig glänzende Haube auf seinen Schädel niedersenkte.

Geduldig ertrug er die Tortur der Hirnschwingungsmessung, die ein wesentlicher Bestandteil der Robotüberprüfung war. Wenn den menschlichen Wächtern etwas entgangen sein sollte, der Robot würde es herausfinden.

„Gepäck absetzen", knurrte es aus einem Lautsprecher.

Brazo blieb in steifer Haltung stehen. Verwirrt öffnete er beide Hände, und die Tragtaschen fielen polternd zu Boden.

Alkher lief rot an. Verlegen schaute er sich um.

„Entschuldigen Sie bitte", meinte er hastig. Unsicher lächelte er die seelenlose Maschine an, die auf seine Worte aber nicht reagierte.

Er atmete tief auf, als der Robot Grünwert zeigte und der ID-Streifen aus einem anderen Schlitz hervorglitt.

„Eintritt genehmigt, Sir", klang es aus dem Lautsprecher. „Sie werden erwartet."

„Vielen Dank", flüsterte Brazo.

Sich hastig nach seinem Gepäck bückend, stieß er mit dem Schädel an einen rotmarkierten Hebel. In dem Gerät begann es zu klingen, und Brazo hielt die Luft an.

Endlich entschloß er sich, die runde Metallplattform mittels einiger wildverwegener Sätze zu verlassen.

Brazo Alkher, auf der Raumakademie bekannt gewesen als Pechvogel mit zwei linken Händen und Füßen, hatte seinem knochigen Körper etwas zuviel zugemutet. Dem Zug der Schwerkraft folgend, fiel er mit gepreizten Armen und umherschlagenden Füßen zu Boden, wobei sein helmbedeckter Schädel versehentlich mit dem Schienbein eines im Wege stehenden Mannes kollidierte.

Brazo, normalerweise so sanftmütig wie ein alternder Bernhardiner, stieß einige schauerliche Flüche aus. Es dauerte eine Weile, bis seine umhertastenden Hände sowohl den verrutschten Helm als auch die verknoteten Riemen der Taschen in Ordnung gebracht hatten.

Schnaufend richtete er sich auf. Er erlitt die nächste seelische Erschütterung, als er dicht über sich das grinsende, ölverschmierte Gesicht eines hochgewachsenen Mannes in der schmucklosen Kombination des Wartungspersonals bemerkte.

Der Mann trug eine zerknautschte, völlig unkenntlich gewordene Schirmmütze auf den dunkelblonden Haaren. Rangabzeichen waren auch keine zu sehen, weshalb Brazo – trotz seines begreiflichen Zornes noch immer höflich bleibend – rief: „Konnten Sie nicht zur Seite springen – Sie steifkreuziger Ölpeilstab, Sie! Himmel, wie sehen Sie überhaupt aus?"

Verwundert über sich selbst stierte Brazo nach oben. Schließlich meinte er verlegen: „Entschuldigen Sie, Freund, es war nicht so gemeint. Natürlich bin ich schuld. Würden Sie mir einmal helfen?"

„Sicher." Der hochgewachsene, schlanke Mann mit den grauen Augen nickte. „Sie haben Sätze gemacht wie ein dreibeiniger Pavian."

„Gibt es so etwas?" wunderte sich Brazo.

Der Fremde lachte schallend. Sanft klopfte er Brazos beschmutzte Uniform ab. „Immer korrekt, Herr Leutnant, nicht wahr? Darf man fragen, wohin Sie wollen?"

Alkher begann sofort mit der verzweifelten Suche nach den Papieren, die man ihm überall aufgedrängt hatte. Der Hagere wartete geduldig, bis der immer nervöser werdende Leutnant den Marschbefehl in der Knietasche seiner Kombi entdeckt hatte.

Brazo wußte nicht, ob er bei dem schallenden Gelächter die Fassung verlieren oder geduldig bleiben sollte. Er entschloß sich zum letzteren. Außerdem war sein sachverständiger Blick mittlerweile von der schimmernden Kugelwandung eines offenbar nagelneuen Schweren Kreuzers der Terraklasse gefesselt worden.

Das zweihundert Meter große Raumschiff stand in einer riesigen Halle. Überall waren bewaffnete Posten und Kampfroboter zu sehen. Brazo wußte bereits, daß er sich in den geheimnisvollsten Bezirken der neuen Mondwerften befand. Was hier geschah, wußten nur wenige Eingeweihte.

Es dauerte nur einige Augenblicke, bis Brazo festgestellt hatte, daß der äquatoriale Ringwulst des 200-Meter-Kreuzers ungewöhnlich geformt war.

Der Triebwerksring war größer als bei den bekannten Einheiten und am Rand aufgewölbt. Das war aber auch alles, was auf den ersten Blick befremdend erschien.

Der grauäugige Mann hatte zu lachen aufgehört. Aufmerksam musterte er den jungen Leutnant, dessen Papiere er flüchtig durchgeblättert hatte. Brazos weiches, verträumtes Jungengesicht hatte sich gespannt. Es wirkte plötzlich härter, entschlossener und männlicher.

Der Techniker lächelte unmerklich. Wortlos bückte er sich und nahm die großen Tragetaschen auf.

„Gehen wir, Sir. Sie werden erwartet."

Brazo Alkher nickte geistesabwesend. Sekunden später wunderte er sich über den vorbildlichen Gruß der anwesenden Soldaten und Techniker. Als sogar die Wachroboter zu salutieren begannen und scharfe „Achtung-Rufe“ den Lärm der Ausrüstungsstation durchdrangen, wurde ihm schon wieder unheimlich.

Er blieb stehen, drehte den Kopf und flüsterte seinem freundlichen Begleiter hastig zu: „Mensch, sagen Sie mal – wird hier jeder kleine Leutnant mit solchen Ehren empfangen? Die Leute sind ja aus dem Häuschen.“

„Die verstellen sich nur“, sagte der Hochgewachsene gemütlich.

Brazo lachte unsicher. Ein vorübergehender Oberst der Flotte legte die Hand an den Mützenschirm und drückte die Brust heraus.

Brazo war dem Weinen nahe.

„Der hat mich aber vernichtend angesehen“, sagte er zu seinem Begleiter. „Wollen Sie mir nicht endlich verraten, was das für ein Irrenhaus ist? Mann, Sie sehen aber wirklich scheußlich aus. Warum waschen Sie sich nicht das Gesicht? Also wenn Sie unter meinem Kommando stünden, dann würde ich Ihnen etwas erzählen.“

Kopfschüttelnd sah er den gleichgroßen Fremden an, und schließlich hob Brazo die Hand, um mit dem ausgestreckten Zeigefinger an den Wangen des Blonden herumzukratzen.

„Fast meterdick“, sagte er vorwurfsvoll. „Muß das sein, Sie Ferkel?“

Der Gepäckträger salutierte: „Nein, Sir!“

Ein furchtbares Brüllen ließ Brazo Alkher erst in die Knie sinken und dann entsetzt herumfahren. Die grausigen Töne drangen fraglos aus der offenstehenden Luftschleuse des seltsamen Schweren Kreuzers hervor.

Die Töne endeten in einem tiefen Röhren, das wie das Gurgeln eines ertrinkenden Sauriers klang.

„Guter Gott, was war das?“ ächzte Brazo.

„Der Kommandant hat gesungen“, wurde er belehrt. „Haben Sie noch nie einen Epsal-Geborenen singen hören?“

Brazo gab auf. Er fühlte sich wie gerädert. Hier schien niemand mehr normal zu sein; weder der Sicherheitsdienst noch die Roboter noch der Kommandant.

Hilflos wankte er neben seinem Gepäckträger her, bis die hünenhafte, fettleibige Gestalt eines kahlköpfigen Mannes in seinem Blickfeld auftauchte.

Der bedrohlich schnaufende Zivilist besaß blaugeäderte Hängebakken und einen so stechenden Blick, daß Brazo ein neues Unheil befürchtete. Der Koloß kümmerte sich jedoch nicht um ihn.

„Ach, sieht man Sie auch einmal“, sagte er mit seiner Stimme, die kaum weniger lautstark war als die des sogenannten Epsal-Geborenen.

Ausgesprochen höhnisch blickend, die mächtigen Arme in die fettgepolsterten Hüften gestemmt, blieb der Kahlköpfige vor dem Ölverschmierten stehen.

„Guten Tag, Professor“, sagte der Blonde. Bedächtig nahm er die Mütze ab und fuhr sich mit fünf Fingern durch die verschwitzen Haare.

Brazo wurde blaß. Nachdem die Kopfbedeckung entfernt war, dauerte es nur noch Sekunden, bis er in seinem Gepäckträger Perry Rhodan, den Ersten Administrator des Solaren Imperiums und seinen höchsten Vorgesetzten, erkannte.

Vor Brazos weit aufgerissenen Augen begannen Feuerräder zu kreisen. Dazu fühlte er seine Beine jämmerlich schwach werden.

So geschah es, daß er nach einem geröchelten „Verzeihung, Sir!“ in die Arme des sprachlosen Hyperphysikers Professor Dr. Arno Kalup sank; in die Arme eines als cholerisch bekannten Wissenschaftlers, dessen Name mit der umwälzenden Entwicklung des sogenannten Hyper-Lineartriebwerks unlösbar verbunden war.

Wenn die Testpiloten und Spezialisten des „Linearkommandos“ von dem neuartigen Kompensationskonverter zur Errichtung eines aus sechsdimensional übergeordneten Feldlinien bestehenden Kompensatorfelds sprachen, dann gab sich niemand mehr die Mühe, die zungenbrecherischen Begriffe exakt auszusprechen.

Die Maschine war einfach ein „Kalup“. Damit war fast alles gesagt.

Arno Kalup, der bedeutendste lebende Wissenschaftler der Menschheit, sah verblüfft auf das leichenblassse Gesicht des Leutnants nieder, bis er erbost schrie: „Na, na, was soll das? Benehmen Sie sich gefälligst!“

Unsanft ließ er Brazo Alkher zu Boden gleiten, wo dem jungen Mann noch übler wurde.

Rhodans Wink war von zwei nahestehenden Offizieren beobachtet worden. Sie bauten sich vor dem Administrator auf, der sie durchbohrend musterte. Man rühmte Rhodans Humor, doch diesmal schien er über sich selbst hinausgewachsen zu sein.

Die zwei Leutnants der Wache waren von unterschiedlichem Temperament und Körperwuchs, aber ihre Lippen zuckten gleichermaßen verdächtig. Der Kleinere von ihnen hatte feuchtschimmernde Augen.

Brazo richtete sich stöhnend auf, als Rhodan dozierend sagte:

„Nehmen Sie Ihren Kollegen mit, meine Herren, und flößen Sie ihm ein möglichst scharfes Getränk ein. Dieser Jüngling ist – nach seinen Papieren zu urteilen – identisch mit dem verrückten Feuerleitoffizier Brazo Alkher, der es im Orionsektor fertigbrachte, mit den schwerbeschädigten Waffen des Leichten Kreuzers FORMOSA zwei Springerschiffe lahmzuschießen. Wie er das machte, ist mir rätselhaft, aber einen besseren Kanonier hat der Flottenstab augenblicklich nicht finden können. Der Erste Offizier soll die Vereidigungszeremonie vorbereiten. Wir starten in zwei Stunden."

„Kommt man hier auch noch einmal zu Wort?" fragte Professor Kalup gefährlich sanftmütig.

„Noch eine Sekunde", beschwichtigte Rhodan, um anschließend einem Major des Sicherheitsdiensts zuzuhören.

„Sergeant Rodzyn ist in der Wachstation, Sir. Wollen Sie ihn noch sprechen?"

„Ich komme sofort. Dieser Unglücksvogel lief mir über den Weg." Rhodan deutete auf Brazo, der mit wankenden Beinen zwischen den beiden Leutnants auf die Luftschleuse des Schweren Kreuzers zuschritt.

Rhodan schmunzelte. Mit dem Handrücken fuhr er sich über das Gesicht. „Sehe ich wirklich so furchtbar aus? Er nannte mich ein Ferkel."

Kalup lachte schallend. Sein Gesicht lief blau an, und auf dem gewaltigen Kahlkopf zeichneten sich feine Schweißperlen ab.

„Der beste Witz der Woche", sagte er hustend. „Schön, ich erwarte Sie im Schiff. Was ist mit diesem Sergeanten los?"

„Hoffentlich nichts. Er entdeckte einen Spion in der Nachbarhalle."

Kalups Gesicht wurde kantig. „Ach! Nehmen Sie etwa an, der hätte es auf unser Forschungsschiff abgesehen?"

„Bestenfalls abgesehen gehabt. Der Mann ist tödlich verunglückt. Dennoch möchte ich erfahren, ob seine Tätigkeit in unmittelbarer Nähe der Linearstation nur rein zufällig war oder ob ein tieferer Sinn dahintersteckte. Ich hoffe, von dem Sergeanten des S-Dienstes nähere Auskünfte zu erhalten. Entschuldigen Sie mich bitte, Professor. Ich bin in einer halben Stunde zurück."

„Fallen Sie nicht wieder in eine Ölwanne", meinte der große Wissenschaftler spöttisch. „Sie sehen in der Tat wie ein Ferkel aus. Diesem Leutnant sollte man ob seiner offenherzigen Worte die Füße küssen."

Perry Rhodan schritt lachend davon. Die Zeiger der Werftuhr ruckten um eine weitere Minute nach vorn. Es war 13.22 Uhr Standardzeit am 4. März 2102.

Kalups mächtiger Körper verschwand im Schatten unter der Kugelwandung des seltsamen Schiffes. Als er nach oben blickte, gewahrte er die verfärbten Schlünde der Impulsdüsen.

Kalup blieb für einen Augenblick stehen. Nachdenklich dachte er an seine Entwicklungsarbeiten an dem neuartigen Lineartriebwerk zurück, das vor etwa sechzig Jahren erstmals von Fachwissenschaftlern des Planeten Erde erwähnt worden war.

Zu dieser Zeit hatte Arno Kalup das Licht der Welt erblickt, und eine gewaltige, von nichtmenschlichen Intelligenzen gesteuerte Raumflotte war in das Sonnensystem eingebrochen.

Druuf hatte man die Riesen aus einer anderen Zeitebene genannt. Sie hatten das Linerartriebwerk besessen, und von ihnen hatte es die Menschheit übernommen.

Nur hatte man fast sechzig Jahre benötigt, um das Geheimnis des linearen Hyperantriebs zu lösen. Kalups Forschungen hatten den Ausschlag gegeben.

„Brüderchen – du hast Nerven wie ein Roboter, demnach also überhaupt keine“, stellte Leutnant Stana Nolinow fest. Neugierig betrachtete er Brazo Alkher, der völlig erschöpft und dem seelischen Zusammenbruch nahe auf dem Rand seines Lagers hockte.

„Hören Sie nur auf“, bat er weinerlich. „Wie hätte ich wissen sollen, daß ich ausgerechnet . . .“

„Schon gut“, unterbrach Nolinow, eine untersetzte Erscheinung mit dunkelblonden Stachelhaaren. „Ich werde mir demnächst vom Alten das Essen bringen lassen.“

Mahaut Sikhra lachte unterdrückt. Klein, dünn und unscheinbar wirkend, lehnte er mit dem Rücken an der Kabinenwand.

Mit einer geschmeidigen Bewegung stieß er sich ab und schritt zu Brazo hinüber.

„Sik nennt man mich unter Freunden“, stellte er sich vor. „Ich fungiere hier als Führer des Einsatzkommandos für Sonderaufgaben. Stana ist Kommandant der Robottruppen. Wenn ich mich nicht irre, wirst du die Feuerleitzentrale übernehmen.“

Brazo schüttelte verlegen die Hände der jungen Männer.

„Angenehm“, murmelte er. „Moment, wieso soll ich die Feuerleitzentrale bekommen? Das macht gewöhnlich ein Major, mindestens aber ein Captain."

Mahaut Sikhra zuckte mit den Schultern. Sein Blick erschien Brazo rätselhaft. „An Bord der FANTASY ist alles ungewöhnlich. Das ist kein normales Kampfschiff, sondern ein Forschungsfahrzeug."

Brazos Aufmerksamkeit erwachte. Bedächtig musterte er die jungen Offiziere, die allem Anschein nach besondere Qualitäten besaßen.

„Ein Forschungsschiff?" meinte er gedehnt. „Hm, ich habe mich bereits über den anormal starken Ringwulst gewundert."

„Kluges Kind", spöttelte Nolinow. „Du hast dich nur gewundert? Wir haben bereits das Staunen gelernt. An Bord der FANTASY geben sich all die sagenhaft gewordenen Männer, die eine auf biomedizinischer Basis beruhende, relative Unsterblichkeit besitzen, ein Stelldichein."

„Hör auf. Mir wird schon wieder schwach im Magen."

Stana schob die Hände in die Außentaschen seiner Uniformkombi und ließ sich gähnend neben Brazo auf das schmale Hydropneumatik-Lager fallen. Seufzend streckte er die Beine aus. „Das ist aber noch nicht alles, Bruderherz. Jeder Mann der Besatzung ist auf seinem Gebiet ein As. Demnach mußt du auch eins sein, oder man hätte dich nicht abkommandiert. Geht dir ein Licht auf, weshalb du auf Herz und Nieren getestet worden bist?"

Brazo nickte erregt. Seine braunen Augen glänzten fiebrig. Stana nickte gönnerhaft. Der schlanke Nepalese Mahaut Sikhra führte ein kurzes Visiphongespräch mit der Zentrale des Schiffes.

„In einer knappen Stunde findet deine Vereidigung statt. Sehr feierlich, kann ich dir sagen."

„Vereidigung?"

„Sicher. Wir haben die geheimsten Sächelchen der neueren Menschheitsgeschichte an Bord. Die FANTASY sieht nur äußerlich wie ein Schwerer Kreuzer der Terraklasse aus. Wenn du in die Maschinensektoren kommst, dürftest du blaß werden."

„Das bin ich schon lange", behauptete Brazo etwas kläglich. Nolinow lachte vergnügt.

„Das legt sich, Kollege. Wir haben bereits einige Raumflüge hinter uns, zu denen Perry Rhodan in seiner bescheidenen Art ‚Kurzstrekkenerprobung' sagte. Die sogenannten Kurzstrecken schwankten zwischen drei- und zehntausend Lichtjahren. Eine charmante Untertreibung, wie? Dabei hat sich das neue Triebwerk bestens bewährt. Kalup strahlte vor Freude. Unser verehrter Kommandant, den du noch kennenlernen wirst, lachte so laut, daß sich beinahe die Panzerschotte bogen. Perry Rhodan zeigte ein seltsames Lächeln. Wenn der Alte in dieser Art die Leute anschaut, liegt etwas in der Luft."

Stana nickte bekräftigend, und Brazo wischte sich die schweißfeuchten Handflächen an den Hosenbeinen ab.

„Nur weiter so, wir haben eine Wäscherei an Bord", meinte Sikhra launig. Brazo entschuldigte sich hastig.

„Oh – bitte sehr, nur keine Hemmungen", sagte Stana erneut gähnend. „Wir sind hier, um dich mit den wichtigsten Dingen vertraut zu machen."

„Ach so!"

„Kundendienst, mein Lieber. Du bist der erste Leutnant der Solaren Flotte, dem Rhodan das Gepäck getragen hat. Ich fühle mich peinlich berührt, einem so bedeutenden Mann Belehrungen erteilen zu müssen."

„Halunken", sagte Brazo mit einem schnellen Lächeln.

Nolinow blinzelte dem Nepalesen zu. „Ich glaube, wir werden uns vertragen. Um es kurz zu machen, Brüderchen: die Menschheit hat im Sinne des Wortes siebenundfünfzig Jahre lang geschuftet, um das Geheimnis des Lineartriebwerks zu enträtseln. Vor etwa sechzig Jahren tauchten die sogenannten Druuf auf. Das waren jene Wesen, die infolge eigenartiger physikalischer Vorgänge aus einer anderen Zeitebene hervorbrachen, um das Einsteinuniversum zu erobern. Damals waren wir alle noch nicht geboren, aber Rhodan war schon Erster Administrator. Dies mag dir einen Begriff davon vermitteln, wie alt der Mann ist."

„Alt?" Brazo lachte humorvoll auf. „Er wirkt wie ein durchtrainierter Sportler Mitte Dreißig."

„Stimmt, aber deshalb ist er trotzdem der älteste lebende Terraner. Wenn du in der Enzyklopaedia Terrania nachliest, wirst du feststellen, daß Rhodan im Jahre 1971 als erster Mensch den Mond betreten hat. Damals war er schon etwas über fünfunddreißig Jahre alt. Heute schreiben wir das Jahr 2102. Das sagt eigentlich alles. Er hat gegen den Widerstand mißgünstiger Fremdintelligenzen die solare Einheit geschaffen. Augenblicklich beginnt die dritte Epoche der Menschheitsgeschichte. Wir sind dabei, die damals erbeuteten Konstruktionsunterlagen über das Druufsche Lineartriebwerk praktische Wirklichkeit werden zu lassen. Die Aggregate sind verwendungsreif, zumindest aber in diesem Raumschiff, das als Prototyp zukünftiger Serienbauten anzusehen ist. Du wirst die Ehre haben, zusammen mit uns die Entwicklung ganz entscheidend fördern zu helfen, oder . . ."

„. . . oder?"

„. . . oder mitsamt der FANTASY ein Opfer des Weltraums zu werden. War das ganz klar ausgedrückt?"

„Ein bißchen verworren, meine ich."

„Er sagt die Wahrheit, Sik", stellte Nolinow bekümmert fest. „Willst du weitermachen?"

„Ich überlasse es deinem sprachlichen Talent."

Stana winkte ab. Sinnend beobachtete er Brazo Alkher, der angespannt auf der Kante seines Lagers saß.

„Na schön, viel ist nicht mehr zu sagen, Brüderchen. Wir starten in etwa eineinhalb Stunden. Wohin es diesmal geht, weiß noch niemand. Die raumpolitische Situation ist augenblicklich einigermaßen zufriedenstellend. Die Galaktischen Händler verhalten sich ruhig, auf dem Arkonplaneten scheint Atlan Herr der Lage zu sein. Die Druufinvasion ist schon vergessen, und unsere Kolonisten besiedeln langsam, aber sicher die bewohnbaren Sauerstoffplaneten in den naheliegenden Raumsektoren. Unsere einzige Sorge sind einige Anschläge von Springern und Aras, die aus dem Hintergrund gegen Terra und Arkon arbeiten. Vor siebenundfünfzig Jahren wurde mit dem Ausbau des Mondes begonnen. Heute gleicht er einem durchlöcherten Ameisenbau mit zahllosen Werften, Zubehörindustrien und gigantischen Fertigungsstraßen, von denen selbst große Schiffe nach dem Fließbandverfahren ausgestoßen werden. Damit haben wir das erreicht, was die alten Arkoniden schon vor einigen Jahrtausenden praktiziert haben. Wir haben einen beachtlich großen Himmelskörper zur Flottenbasis gemacht, damit wir ungebetenen Gästen und eroberungslustigen Fremden die Zähne zeigen können. Es wird behauptet, die Schiffsbaukapazität der Lunawerften sei der des dritten Arkonplaneten bereits gleichwertig. Mehr als hundert Millionen hervorragend ausgebildeter Terraner stehen bereit, unsere absolute Autarkie im Notfall zu beweisen. Kannst du noch folgen?"

Brazo runzelte die Stirn. Trocken meinte er: „Dieser geschichtliche Rückblick ist so interessant wie der Inhalt deiner Socken. Ich weiß ziemlich genau, daß sich darin deine Füße befinden."

Nolinow richtete sich mit einem entsagungsvollen Seufzer auf.

„Schön, es mußte sein. Befehl ist Befehl. Du wirst den Beginn der dritten Epoche erleben. Wenn du etwas über das geheimnivsolle Lineartriebwerk wissen willst, so wende dich gefälligst an kompetente Leute. Ich kann dir dazu nur sagen, daß die Zeit der Transitionen vorbei ist, wenigstens für die FANTASY. Bisher haben wir den Hyperraum durch komplizierte, gewaltsam durchgeführte Sprünge nach dem Hasenhupfer-Verfahren überwunden. Es ging zwar ganz gut, aber die langwierigen Transitionsberechnungen, die dabei erfolgende Entmaterialisierung und die vielen Fehlerquellen waren nicht die Ideallösung. Auf der FANTASY wirst du eine andere, vollkommene Art der überlichtschnellen Raumreise kennenlernen. Wir fliegen mit direkter optischer Sicht auf den Zielstern zu. Man behält bei diesem direkten Flug alles im Auge, was man zu erblicken wünscht. Daher auch der Ausdruck ‚Lineartriebwerk'. Wir tauchen in eine sogenannte Halbraumzone ein. Das Kalupsche Kompensatorfeld schirmt dabei vordringlich die wirkungsvoll werdenden 5-D-Konstanten ab, wonach ein tatsächliches Eindringen in den Hyperraum vermieden wird. Daher auch keine totale Entstofflichung wie bei den alten Sprungschiffen. Da das Kompensatorfeld mit der Halbraum- oder Librationszone energetisch verwandt ist, fliegen wir in einem nur mathematisch beschreibbaren Halbraumsektor zwischen der fünften und vierten Dimension, in dem beide Energieeinflüsse unwirksam werden. Damit wird ein darin gleitender Körper zum Bestandteil dieser Halbraumzone, in der die Einsteinschen Gesetze nicht mehr gültig sind. Wahrscheinlich können vielmillionenfache Lichtgeschwindigkeiten im direkten Linearflug erreicht werden, aber in dieser Hinsicht hat es noch nicht einmal Rhodan auf die Spitze getrieben. Wir erzeugen beim Gradlaufflug weder eine anmeßbare Wellenfront noch einen strukturellen Schockstoß, wie er bei den gewaltsam durch die Zeitmauer vorstoßenden Sprungschiffen ganz typisch ist. Wer das Lineartriebwerk besitzt, ist vielen anderen Intelligenzen der Milchstraße voraus. Ich . . . du wirst ja schon wieder blaß."

Brazo hatte die Augen geschlossen. Sein Atem ging schwer. Auch wenn sich Nolinow bemüht hatte, in burschikoser und möglichst verniedlichender Art diese umwälzenden Dinge zu erklären, spürte Brazo den tiefen Ernst in den Worten.

Als er wieder aufblickte, standen die jungen Offiziere dicht vor ihm. Nolinows breites Gesicht hatte sich verwandelt. Er lachte nicht mehr.

„Das ist eine harte Nuß, nicht wahr?" erkundigte er sich leise. „Du wirst es mit der Zeit verstehen. Vielleicht ahnst du nun, warum uns der Kommandant den Befehl gegeben hat, dich etwas vorzubereiten. Jefe Claudrin ist ein guter Psychologe, obwohl er auf den ersten Blick wie ein aus der Kontrolle geratener Panzerwagen wirkt, der alles im Wege Stehende niederzuwalzen droht. Er ist ein Epsalgeborener, einer der ersten Männer, die aus dem Anpassungsprogramm von 2045 hervorgegangen sind. Verliere nur nicht den Rest deiner Fassung, wenn er auf dich zukommt. Tja, das wäre eigentlich alles. Noch Fragen?“

Brazo schüttelte schweigend den Kopf. Sik trat an das Visiphon und gab eine Anweisung. Augenblicke später betrat ein stereotyp lächelnder Bedienungsroboter die kleine Kabine.

„Das ist Omega-185“, erklärte Stana. „Er wird sich um dein leibliches Wohl kümmern. Ich hole dich in einer halben Stunde ab.“

Ehe Sikhra den Raum verließ, sagte er noch: „Du kannst übrigens auf den Flug verzichten. Niemand wird dich zwingen, den Einsatz mitzumachen. Die Sache ist gefährlich. Überlege es dir. Wenn du erst einmal vereidigt bist . . .“

Der Nepalese unterbrach sich und zuckte mit den Schultern. In dem Augenblick wußte Brazo Alkher bereits sehr genau, daß er um nichts in der Welt ablehnen würde, auch wenn man es ihm unter gröbster Schwarzmalerei der kommenden Gefahren nahelegen sollte.

Geistesabwesend antwortete er auf die Fragen des Bedienungsrobots. Ja, er wünsche eine Dusche zu nehmen. Nein – seine Dienstwaffe würde er selbst reinigen und pflegen.

Dreißig Minuten später hatte Brazo die zartgrüne Uniform angelegt, die ihm der Kammeroffizier des Schiffes geschickt hatte.

3.

Er war ebenso hoch wie breit gebaut. Ein mittelgroßer Tresor hätte zumindest ähnlich ausgesehen.

Oberst Jefe Claudrin besaß den vierfachen Brustumfang eines starken Mannes. Dementsprechend war auch seine Muskulatur entwickelt.

Geboren und aufgewachsen auf einem 2,1-Gravo-Planeten, hatte

Claudrin nach seinem Eintritt in die Solare Flotte es als schwierig empfunden, sich unter normalen Schwerkrafteinflüssen von etwa einem Gravo bewegen zu müssen. Als der Epsalgeborene bemerkt hatte, daß seine Muskulatur unter der „geringfügigen“ Belastung von nur einem Gravo zu erschlaffen drohte, hatte er sich dazu entschlossen, Tag und Nacht einen speziell entwickelten Mikrogravitator zu tragen, der ihm die doppelte Schwerebelastung aufbürdete. So hatte Colonel Claudrin seine körperliche Tüchtigkeit erhalten, wie er sich auszudrücken pflegte.

Jefe machte sich einen Spaß daraus, stabil aussehende Sitzgelegenheiten versehentlich zwischen den gewaltigen Oberschenkeln seiner kurzen, stämmigen Säulenbeine zu zertrümmern. Seine Arme glichen überdimensionalen Kolbenstangen, und seine Hände waren gefürchtet. Die Männer der FANTASY-Besatzung hüteten sich davor, sich von Claudrin in althergebrachter Weise durch Handschlag begrüßen zu lassen. Ehe Claudrin die Gefährlichkeit seiner Greifwerkzeuge erkannt hatte, war es zu einigen Unfällen gekommen.

Alles in allem glich der Kommandant des Forschungskreuzers FANTASY einem in der Mitte durchgeschnittenen Riesen, dessen breiter, von brandroten Haaren bedeckter Schädel auf einem Nacken ruhte, dessen Muskelwülste bisher noch in keinen Uniformkragen normaler Serienfertigung hineingepaßt hatten.

Als Kommandant und Galaktonaut war Claudrin fraglos ein As. Er hatte die neuartige FANTASY bereits beim Werkstattflug unter seine Fittiche genommen.

Perry Rhodan lauschte auf das Donnern des normalen Impulstriebwerks, dessen hochverdichtete, schubstarke Partikel den Schweren Kreuzer mit fünfhundert Kilometer pro Sekundenquadrat beschleunigten.

Die Maschinen liefen so einwandfrei und zuverlässig wie in zehntausend anderen Raumschiffen der Flotte. Nach arkonidischem Vorbild konstruiert, jedoch in vielen Details wesentlich verbessert und kompakter, stellten sie zur Zeit das Maximum der modernen technischen Entwicklung dar. Es gab nichts mehr daran auszusetzen. Fast war es sinnlos, mit wachen Sinnen auf das Arbeitsgeräusch zu horchen.

Trotzdem überprüfte Rhodan in gewohnter Art die kleinen Kontrollschirme der Ringwulstbeobachtung.

Mehr als ein bläuliches Flimmern, erhitzten und aufsteigenden Luftmassen gleichend, war nicht zu sehen. Die FANTASY kam infolge der Kompaktbauweise mit nur sechs Ringwulst-Konvertern aus. Wesentlich mehr Platz beanspruchte das neuartige Überlichttriebwerk, das – genau betrachtet – eigentlich keine Antriebsmaschine im Sinn des Wortes war.

Der Kalupsche Kompensator hatte lediglich die Aufgabe, den Schiffskörper in ein Kugelfeld zu hüllen, das die energetischen Einflüsse der vierten und fünften Dimension reflektierend oder absorbierend aufhob.

Damit wurde innerhalb des Kugelfelds der instabile Librationszonenzustand erzeugt, der weder die Gesetze des Hyperraums noch die des Einsteinuniversums gültig werden ließ.

Eine zwangsläufige, jedoch noch nicht genau errechenbare Folgeerscheinung der abgewandelten Gesetzmäßigkeiten war eine abstrakte Reaktion der Normaltriebwerke, die unter den künstlich veränderten Bedingungen eben nicht mehr so funktionieren konnten wie innerhalb des vierdimensionalen Raumes.

Die bei Normalbetrieb nur lichtschnellen Impulswellen erreichten innerhalb der Halbraumzone Strahlgeschwindigkeiten, die, je nach der energetischen Intensität des Kalupschen Kompensatorfelds, zwischen der zehn- bis vielmillionenfachen Lichtgeschwindigkeit schwankten. Zum Programm gehörte, festzustellen, wo die Grenzen lagen.

Fest stand bisher nur die Tatsache, daß der Prozeß von zwei Faktoren abhängig war. Einmal veränderten sich die Impulswellen im Einflußbereich der Librationszone von Natur aus. Zum anderen konnte ihre Strahlgeschwindigkeit durch eine variable Aufladung des Kalupschen Feldes sehr wesentlich verändert werden, was wiederum bewies, daß eine totale Aufhebung der hyperphysikalischen und Einsteinschen Grundgesetze eine Frage des Energiegehalts im Kalupfeld war. Je besser die Abschirmung, um so vollendeter fügte sich der Körper der FANTASY in die Halbraumzone ein; um so mehr wurde das Schiff zu einem Bestandteil des künstlich aufgebauten Sektors zwischen den Dimensionen.

Um diesen Idealzustand erreichen zu können, war der Kreuzer während der Werftliegezeit mit einem fünften Kraftwerk ausgerüstet worden, was eine zusätzliche Erzeugung von zwanzigtausend Megawatt möglich machte.

Rhodan hoffte, damit den gewünschten Effekt erreichen zu können, nämlich die totale Kompensation der fünf- und vierdimensionalen Konstanten.

Das Rumoren der Ringwulsttriebe mäßigte sich. Rhodan fuhr aus seinen Grübeleien auf. Die mit dem Linearflug verknüpften Probleme würden sich nur bei der praktischen Erprobung, nicht aber mit fragwürdigen Überlegungen lösen lassen.

Das Flimmern auf den Kontrollschirmen erlosch. Mit einem letzten Brummlaut liefen die Impulskonverter aus. Im freien Fall schoß die FANTASY mit nur halber Lichtgeschwindigkeit über die Marsbahn hinweg. Erde und Mond waren längst im tiefen Schwarz des Raumes verschwunden. Nur die zahllosen Sterne der Milchstraße waren noch auf den Bildschirmen zu sehen.

„Na, sind wir wieder munter?“ sagte jemand.

Rhodan schlug mit dem Handballen auf die flache Platte des Sammelschlosses. Die Pneumogurte fielen vom Körper ab.

Reginald Bull, ebenso jung und elastisch wirkend wie im Jahre 1971, hatte sich hinter dem Sessel des Expeditionschefs aufgestellt. Ausdruckslos sah er auf die leuchtenden Bildschirme der Panoramagalerie.

Weiter rechts saß der Kommandant in seinem riesigen Spezialsitz.

Er achtete nicht auf die beiden Männer zu seiner Linken. Es war seine Aufgabe als Kommandant, das Schiff in jeder Sekunde unter Kontrolle zu behalten.

Rhodan sah prüfend zu Claudrin hinüber, dessen riesige Schultern an den Rändern der Rückenlehne deutlich hervorragten. „Alles klar, Jefe?“

Der Epsalgeborene wandte den Kopf. Die braune Lederhaut seines Gesichts verzog sich. Er lächelte.

„Wie immer, Sir“, dröhnte seine tiefe Stimme. „Wollen Sie nun?“ fügte er mit gleicher Lautstärke hinzu.

Rhodan nickte. Nach einem letzten Blick auf die Bildschirme erhob er sich auf seinem Sitz. Bull stand immer noch reglos auf dem gleichen Fleck. Sein sommersprossiges Gesicht unter der brandroten Haarbürste wirkte verschlossen und ungewohnt ernst.

Die Männer der Zentralebesatzung blickten angespannt zu Rhodan und dessen Stellvertreter hinüber.

Rhodan schlängelte sich zwischen Sesselsockel und Manuellkontrollen hervor. Die Zentrale der FANTASY war mit Zusatzgeräten überladen.

„Hat man bestimmte Ahnungen?“ fragte er übergangslos.

Bulls Lider schlossen sich für einen Augenblick. Als er die Augen wieder öffnete, stand Rhodan dicht vor ihm. Die Blicke der Männer trafen sich.

„Ahnungen?“ wiederholte Bully gedehnt. „Nein, wohl kaum. Mehr als explodieren kann die Nußschale nicht.“

Rhodans Lippen verzogen sich zu einem ironischen Lächeln, aber in seiner Stimme klang etwas Wehmut mit.

„Oh, Nußschale nennst du einen Zweihundertmeter-Kreuzer? Interessant. Ich glaube, ich kann dir sagen, was in dir vorgeht.“

„Ach!“

Rhodan nickte sinnend. Geistesabwesend sah er sich in der Zentrale um. „Vor siebenundfünfzig Jahren, ungefähr zu dieser Jahreszeit, ist der Arkonide Crest gestorben. Er hat am Erfolg nicht mehr teilnehmen können. Hast du an ihn gedacht?“

Bull nickte wortlos. Mit einer müden Geste fuhr er sich über die Haare. „Ich kann mich noch sehr gut an den Tag erinnern, als wir seinen notgelandeten Forschungskreuzer auf dem Mond entdeckten. Es muß Ende Juni 1971 gewesen sein. Wenige Wochen später fühlten wir uns unbesiegbar, weil wir ein winziges Beiboot arkonidischer Fertigung besaßen. Dann kam die Einigung der irdischen Völker, anschließend unsere ersten Begegnungen mit fremden Intelligenzen. Schließlich tauchte Atlan auf, und wenig später kam es zur Druufinvasion. Das Robotgehirn auf Arkon III wurde umgeschaltet, und Atlan wurde Imperator. Seitdem sind siebenundfünfzig Jahre vergangen. Jetzt beginnt die dritte Epoche der Menschheitsgeschichte, hm . . .“

Bully unterbrach sich und machte eine umfassende Handbewegung. „Wenn ich mich hier umschaue, stelle ich seltsame Parallelen fest. Crest und Thora kamen vor 131 Jahren auf dem irdischen Mond an. Damals waren wir maßlos stolz auf unsere primitiven Raketen. Jetzt starten wir selbst zu Forschungsflügen, und unsere Kolonisten schlagen sich auf allen möglichen Welten herum. Wie wird es enden? Wer wird uns eines Tages zeigen, wo unsere Grenzen liegen? Wir haben die Arkoniden schon beinahe abgelöst. Atlan duldet mit einem lachenden und einem weinenden Auge die terranische Expansion. Natürlich weiß er genau, daß wir mehr und mehr in seine Einflußsphäre einsickern. Schon jetzt sitzen Terraner in arkonidischen Ministerien. Soll ich dir einmal etwas sagen?“

Blinzelnd schaute Bull nach oben, wo er Rhodans Gesicht schattenhaft erkannte. Nur das von den Bildschirmen und den zahlreichen Instrumenten ausgehende Licht erhellte die große Zentrale der FAN-

TASY. Rhodans Züge wurden von verschiedenfarbigen Lichtreflexen überflutet. Es sah aus, als wolle eine unbekannte Macht das Antlitz des großen, hageren Mannes in einzelne Felder aufteilen. „Was willst du sagen, Bully?"

„Nicht viel. Ich bin nur der Auffassung, daß man uns zu lange in Ruhe gelassen hat. Die Springer greifen nur noch aus dem Hintergrund an. Es scheint augenblicklich niemand zu geben, der uns ernsthaft gefährden könnte."

„Doch, solche Intelligenzen gibt es genügend. Was sie daran hindert, ist unser Bündnis mit dem Großen Imperium der Arkoniden."

Reginald Bull winkte ab. „Arkon ist nicht die Galaxis. Wir kennen nur einen winzigen Bruchteil davon. Das Arkonidenreich, das uns früher so grenzenlos erschien, beherrscht nicht mehr als ein Zipfelchen der Milchstraße. Die Dimensionen haben sich geändert. Was wird uns im Zentrum erwarten, dort, wo noch niemand hingekommen ist?"

„Also doch Ahnungen."

„Vielleicht", brummelte Bull mißlaunig. „Dieser Flug erinnert mich zu lebhaft an die Reise der Arkoniden Crest und Thora, die auszogen, um das ewige Leben zu finden. Sie fanden jedoch uns, und wir übernahmen von ihnen die technische Macht der Arkoniden. Jetzt frage ich mich nur noch, was wir einmal entdecken werden."

Ein Bildschirm blendete auf. Das Gesicht von Major Hunts Krefenbac, dem Ersten Offizier, wurde erkennbar.

„Man erwartet Sie, Sir", gab er bekannt.

„Ich komme", sagte Rhodan zu den Mikrophonen hinüber. An Bull gewendet, fügte er leiser hinzu: „Mache mir die Leute nicht kopfscheu. Du solltest ebensogut wissen wie ich, daß es Intelligenzen gibt, denen wir im Ernstfall kaum die Stirn bieten könnten. Allein die Macht der Galaktischen Händler ist schon nicht zu unterschätzen. Es ist unser Glück, daß sich diese Weltraumnomaden wahrscheinlich niemals einigen werden."

Bull drehte sich um und marschierte auf das Panzerschott II zu. Rhodan winkte zu dem Kommandanten hinüber, der sich soeben aus seinem Spezialsessel erhoben hatte.

Breit, klobig wie ein unbehauener Fels, stand er vor Rhodan, der ihn um Kopfeslänge überragte.

„Jefe, wir bleiben auf Kurs. Nicht mehr beschleunigen. Kurz vor der

Jupiterbahn legen wir los. Suchen Sie sich mittlerweile den roten Stern aus dem Gewimmel heraus, und versuchen Sie dabei, Ihre für Sprungschiffe geltende Schulung zu vergessen. Wir haben nicht mehr zu tun, als nach Sicht loszufliegen. Mir scheint, dieser Vorteil des Lineartriebwerks rechtfertigt bereits alle Anstrengungen, die wir zu seiner Entwicklung unternommen haben. Jedenfalls würde ich mir kaum zutrauen, die vielen notwendigen Transitionen bis zum Zielstern einwandfrei zu berechnen. Wer weiß, wo wir bei diesen Entfernungen herauskämen."

Claudrin drehte sich plötzlich um. Ein „zufällig" in die Nähe gekommener Ortungsfunker nahm Haltung an.

„Welcher Laffe spitzt hier wohl die Ohren?" sagte der Epsalgeborene mit leicht erhobener Stimme. Der Funker eilte fluchtartig davon, und Claudrin fuhr sich zufrieden über das kantige Kinn.

Rhodan hüstelte hinter der vorgehaltenen Hand. Wortlos grüßend ging er davon.

„Dem Kerl hänge ich noch einen Maulkorb um", sagte Bully erbost. „Das ewige Gebrüll geht mir auf die Nerven."

Die Besatzung war in die große Mannschaftsmesse befohlen worden. Brazo Alkher fühlte sich im Kreise dieser aus allen Flottenverbänden ausgesiebten Männer noch nicht wohl.

Ständig wurden ihm andere Männer vorgestellt, darunter Persönlichkeiten, die er bisher nur dem Namen nach gekannt hatte.

Professor Kalup, der als Kapazität geltende Mathematiker Riebsam und Gorl Nikolate, der afrikanische Fachmediziner für Anpassungschirurgie, waren nur einige der Wissenschaftler, die in die Besatzung der FANTASY aufgenommen worden waren.

Dazu kamen noch einige Personen, vor denen Brazo – gleich einigen anderen zehntausend Leutnants der Flotte – eine ehrfürchtige Scheu empfand.

Es waren die Mitglieder des sagenhaften Mutantenkorps, die maßgeblich am Aufbau des Solaren Imperiums beteiligt gewesen sein sollten. Brazo hatte noch nie einen der Geheimnisvollen gesehen.

Hunts Krefenbacs lange, hagere Gestalt war nahe dem vollautomatischen Speisenschalter zu sehen. Brazo hatte bereits gehört, daß Krefenbac durchaus nicht so lethargisch war, wie er ständig wirkte. Zur Zeit sah er aus, als hätte er soeben all seine Freunde persönlich beerdigen müssen.

Die Besatzung der FANTASY schien überhaupt aus sehr individuell veranlagten Menschen zu bestehen. Es waren ausgesprochen einseitig tendierende Typen, die Rhodan aus dem Gros der Flottensoldaten und Wissenschaftler ausgesucht hatte.

Leutnant Mahaut Sikhra betrat zusammen mit einem kleinen, unscheinbar wirkenden Mann mit den Rangabzeichen eines Leitenden Ingenieurs die Messe. Bemerkenswert an dem LI des Kreuzers war eigentlich nur der weit nach vorn gewölbte Brustkasten.

„Das ist Slide Nacro, ein Marsgeborener", sagte Stana Nolinow leise. „Es wird behauptet, er könne mit seinen Marslungen in einem Zug einen Ballon von Wolkenkratzergröße aufblasen, was mir allerdings leicht übertrieben erscheint."

„Das Gefühl habe ich auch", bemerkte Brazo ernsthaft. Stana grinste breit. Einige umstehende Unteroffiziere des technischen Stabes sahen sich bedeutungsvoll an. Dieser neue Leutnant schien ein Tölpel zu sein.

Brazo biß sich auf die Lippen. Unwillig sah er sich um, doch ehe er die rechten Worte gefunden hatte, geschah etwas, was ihn erneut fassungslos werden ließ.

Dicht vor ihm begann die Luft zu flimmern. Eine kleine, nur meterhohe Gestalt in der Uniform der Flotte schälte sich aus der Leuchterscheinung heraus, bis sie stofflich und greifbar wurde.

Brazo sprang entsetzt zurück. Entgeistert starrte er in das spitzschnauzige Mausegesicht einer rundohrigen Intelligenz, die äußerlich nur infolge der Uniform menschenähnlich wirkte.

Gucky, der eigentlich nur gekommen war, um sich den Neuen aus der Nähe zu besehen, fühlte in sich väterlich-freundschaftliche Gefühle aufsteigen, als er den jungen Mann Haltung annehmen sah.

Neugierig lauschte der Mausbiber auf die Gedankenimpulse des blaßgewordenen Offiziers.

„Phantastisch – das muß das berühmteste Mitglied des Mutantenkorps sein – nett sieht er aus – kluge Augen hat er."

Gucky verzichtete darauf, mittels seiner telepathischen Gaben weiterhin den Gedankeninhalt des Neuen zu belauschen. Strahlend ob der schmeichelhaften Überlegungen des jungen Mannes watschelte er auf seinen kurzen Beinen nach vorn und streckte die zierliche Hand aus.

Brazos Augen wurden starr, als er den riesigen Nagezahn im Mund des Mausbibers bemerkte.

„Hallo, willkommen an Bord", zwitscherte die Riesenmaus. „Du bist Brazo Alkher?"

„Ja – jawohl, Sir", stotterte Brazo.

Gucky sah sich rasch um. Jedermann hatte gehört, daß er mit „Sir" angesprochen worden war.

„Nur Gucky, einfach Gucky", meinte er gönnerhaft. „Für dich bin ich immer zu sprechen. Lasse dich von den Halunken nur ja nicht übers Ohr hauen, hörst du?"

„Von wem, Sir?"

Gucky kicherte lebhaft. Seine großen Augen glänzten im Licht der unsichtbar eingebauten Leuchtröhren. „Von den Halunken, sagte ich. Die da . . ."

Seine Hand deutete auf die umstehenden Männer. „Wenn Sie dich nicht in Ruhe lassen, komm zu mir."

Völlig verwirrt schüttelte Brazo die Hand des Nichtirdischen. Er wurde verlegen, als er Guckys kellenförmigen Schwanz gewahrte, der aus der Uniformhose hervorragte.

Brazo wischte sich den Schweiß von der Stirn, als der Kleine davonstolzierte. Stana Nolinow hielt die Hand vor den Mund. Seine hellen Augen schimmerten feucht. Nach einem lautstarken Räuspern fuhr er sich über die Augen.

„Aus dem Weg, Zwerg!" schrie Gucky einem riesenhaft gewachsenen Mann der Besatzung zu. Schrill lachend ging er an dem Techniker vorbei, bis der kleine Körper zwischen den Tischen verschwand.

„Junge, Junge!" seufzte Brazo erschöpft. „War das Wirklichkeit, oder habe ich mit offenen Augen geträumt?"

Nolinow lachte unterdrückt. „Du wirst ihn noch näher kennenlernen. Man sagt von ihm, er könne mit tausend starken Männern fertig werden, ohne dabei eine Waffe zu benutzen."

„Na, na."

„Bestimmt, das ist kein Witz", beteuerte Stana. „Er ist Teleporter, Telekinet und obendrein Telepath. Was denkst du wohl, wie schnell er dich getestet hat? Ich bin davon überzeugt . . . oh, Rhodan kommt."

Ehe Rhodan die Messe betrat, traf er auf Gucky.

„Ich habe ihn mir angesehen", sagte der Ilt. „Er hat eine kindliche Scheu vor mir, stell dir das vor."

„Bemerkenswert", meinte Rhodan.

„Keine Beleidigungen, bitte, hoher Chef. Er war wirklich von mir beeindruckt."

„Ich sagte ja, bemerkenswert."

„Lassen wir das. Ich habe ihn kurz getestet. Er ist natürlich unruhig wegen der für ihn neuen Situation. Sonst aber ist er in Ordnung."

„Gut, vielen Dank."

Rhodan brach die Unterhaltung ab. John Marshall, der Chef des Mutantenkorps, hatte mitgehört. Prüfend schaute er zu dem neuen Gunner-Offizier hinüber, ehe er leise zu Rhodan sagte: „Er macht einen guten Eindruck. Etwas jungenhaft."

„Täuschen Sie sich nur nicht, John. Ich kenne seine Personalakten. An Bord der FORMOSA hat er sich Dinge geleistet, die sogar Bully blaß werden ließen. Das will etwas heißen, wie Sie zugeben werden."

Marshall lachte unterdrückt. Dabei nickte er zu den grüßenden Besatzungsmitgliedern der FANTASY hinüber.

Brazo Alkher drohte vor Ehrfurcht zu vergehen, als Rhodan die Empore betrat und den Schwenkarm des Mikrophons näherzog.

Das war der Mann, der ihm, Brazo Alkher, das Gepäck abgenommen hatte. Nur trug der Administrator jetzt die Uniform der Flotte.

„Machen wir es kurz", klang Rhodans Stimme aus den Lautsprechern. „Ich habe Sie in die große Messe bitten lassen, um sie über unseren Flug zu informieren. Es handelt sich diesmal um eine Langstreckenerprobung. Das Ziel ist eine große, rote Sonne am Rand des galaktischen Zentrums. Sie besitzt keinen Namen. Die in den Katalogen angegebene Entfernung von 42180 Lichtjahren dürfte ungenau sein. Mit einem normalen Sprungschiff hätten wir wenigstens zehn Transitionen mit den dazugehörenden Distanzberechnungen auszuführen, wenn wir einigermaßen genau ankommen wollten. Das würde ungefähr eine Woche dauern. Ich beabsichtige, das theoretisch ermittelte Geschwindigkeitsmaximum in die Praxis umzusetzen. Demnach wird die FANTASY mit etwa fünfundzwanzigmillionenfacher Lichtgeschwindigkeit die Halbraumzone durcheilen. Dieser Wert ist als hochgradig relativistisch und bezugsgebunden anzusehen. Erschrecken Sie also nicht über die Zahl. Entscheidend ist nicht der relative Begriff über eine zu erreichende Fahrtstufe, sondern allein die tatsächliche Zeitspanne, die wir zur Überwindung einer als annähernd genau bekannten Distanz benötigen. Alles andere wird unwesentlich. Linearschiffe eröffnen neue Aspekte in der Hyperraumfahrt. Es gilt demnach, sich mit anderen Begriffen vertraut zu machen."

Rhodan langte in die Brusttasche und zog einige Papiere hervor.

Prüfend schaute er auf die dreihundert Besatzungsmitglieder des Kreuzers. Er erblickte wache Augen und angespannte Gesichter.

„Der zweite zu klärende Punkt betrifft die Zielgenauigkeit", fuhr er fort. „Wir werden wie bei den vergangenen Probeflügen in der Lage sein, den Zielstern auf optischer Basis zu sehen. Bei einer fünfundzwanzigmillionenfachen Lichtgeschwindigkeit werden wir etwa 14,5 Stunden benötigen, um die rote Sonne zu erreichen. Eine Zeitdilatation dürfte jedoch nach allen gemachten Erfahrungen nicht wirksam werden, vorausgesetzt, die Totalabschirmung des Kalupfelds bringt keine anderen Überraschungen mit sich. Wir wissen es nicht genau, aber deshalb wollen wir es ja herausfinden. Fest steht nur, daß die Druuf, von denen wir das Triebwerk übernommen haben, mit unfaßlicher Präzision ihre jeweiligen Zielgebiete erreichten. Ferner wissen wir aus den Untersuchungen unserer kosmischen Agenten, daß bei den Langstreckenflügen der Druuf keine bezugsgebundenen Zeitverschiebungen vorgekommen sind. Ich bin der Auffassung, daß wir unsere Eigenzeit mitnehmen und behalten werden, wonach sich eigentlich keine unliebsamen Erscheinungen zeigen dürften. Wenn jedoch Verzerrungsfaktoren wirksam werden, so sollten wir es auch überstehen können. Das wäre die rein technische Seite des Unternehmens Zielstern. Leutnant Alkher!"

Brazo fuhr zusammen, als er seinen Namen hörte. Verwirrt bemerkte er, daß sich alle Augen auf ihn richteten.

„Sir?" sagte er mühevoll.

„Haben Sie sich die Feuerleitzentrale der FANTASY angesehen?"

„Jawohl, Sir."

„Kommen Sie damit klar?"

„Vollkommen, Sir. Sie unterscheidet sich in keiner Weise von den Stationen anderer Schiffe."

Rhodan klappte seine Unterlagen zusammen. Nach einem Blick auf die Uhr sagte er betont ruhig: „Wir erreichen in einer halben Stunde die Jupiterbahn. Dort gehen wir in den Zwischenraum und beschleunigen auf Zielfahrt. Raumanzüge sind anzulegen. Schalten Sie um auf Funksprechverbindung und schnallen Sie sich fest. Wir hoffen zwar, die Ursachen der letzthin beobachteten Zellenvibration beseitigt zu haben, aber sicher ist sicher. Vergessen Sie nie, daß Sie sich an Bord eines Prototyps befinden. Denken Sie stets daran, daß die Linear-Raumschiffahrt die Menschheit um eine weitere Stufe nach oben bringen wird. So narrensicher die Sprungschiffe auch sind: Ein

Linearraumer wird ihnen grenzenlos überlegen sein, selbst wenn er noch mit Fehlerquellen behaftet ist. Umsonst haben wir nicht viele Milliarden Solar in die Entwicklung gesteckt. Ich danke sehr, das ist alles. Haben Sie noch besondere Fragen?“

Es blieb still.

Rhodan grüßte kurz, ehe er die Messe verließ. Für einige Sekunden hielt das nervenzermürbende Schweigen an. Dann klangen erregte Stimmen auf. Plötzlich bildeten sich Gruppen und Grüppchen.

„Über zweiundvierzigtausend Lichtjahre, hol's der Teufel!“ sagte Stana Nolinow fassungslos. „Diesmal hat er es ja gut vor. Jetzt geht es darum, mit heiler Haut und möglichst guten Ergebnissen den Flug zu beenden. Kannst du dir realistisch vorstellen, was eine fünfundzwanzigmillionenfache Lichtgeschwindigkeit bedeutet? Nein, das kann man sich überhaupt nicht mehr vorstellen.“

„Doch, es geht“, behauptete Brazo gelassen. „Rhodan hat den richtigen Begriff geprägt. Es kommt nicht auf die Fahrtstufe an, sondern allein darauf, welche Strecke man in einer bestimmten Zeitspanne überwinden kann. Von dem Standpunkt aus betrachtet, verliert die Sache ihren Schrecken, damit wird sie geistig verdaubar. Was die Druuf können, sollten wir auch fertigbringen.“

„Ganz meine Meinung“, sagte jemand mit hoher, dünner Stimme.

Brazo drehte sich um. Captain Ing. Slide Nacro hatte gesprochen. Prüfend musterte er den Feuerleitoffizier der FANTASY.

„Wenn Sie Hilfe brauchen, Alkher, wenden Sie sich an mich. Ich werde vorsichtshalber ein Hilfskraftwerk für Ihre Station bereithalten. Unter Umständen kommen Sie mit den Synchronkonvertern nicht aus. Wenn Sie aber der Meinung sein sollten, auf eine fremde Energiequelle zurückgreifen zu müssen, so besinnen Sie sich nicht zu lange. Wir wissen nicht, was uns da drüben erwartet.“

Der Marsgeborene deutete mit dem Daumen über die Schulter. „Da drüben“ mußte das Milchstraßenzentrum liegen. Grüßend ging er davon. Brazo ahnte, warum der kleine, unscheinbare Mann Chefingenieur auf der FANTASY geworden war. Hier schien jedermann ein Könner ersten Ranges zu sein.

Nolinow sah auf die Uhr. „Es wird Zeit. Wie verträgst du dich mit deinen Leuten?“

Brazo runzelte die Stirn. Dann lächelte er wieder seltsam. „Oh, du meinst die Gunnerbesatzung? Vorläufig halten sie mich noch für einen Tölpel.“

„So. Hm, warten wir also ab", meinte Stana nachdenklich. „Gehen wir."

Dreihundert Männer verließen nach und nach die große Mannschaftsmesse. Sie nahmen ihre Manöverposition ein, um dort auf das Kommando zu warten.

In der Mittelpunktzentrale des Schweren Kreuzers wurden die zumeist noch provisorisch aufgestellten Meßgeräte überprüft. Professor Kalup kümmerte sich mit seinem technischen Stab um den nach ihm benannten Konverter, der die Höhe und Ausdehnung eines vierstöckigen Hauses besaß. Der größte Laderaum des Spezialschiffs war zur Aufnahme des Mammutgebildes umgebaut worden.

Die fünf Kraftwerke der FANTASY beanspruchten den weitaus größten Platz. Sie lieferten bei Maximalleistung zweihundertzwanzigtausend Megawatt, die ausschließlich vom Kalupschen Konverter zum Aufbau des Kompensatorfelds verbraucht wurden.

Es war ein unvorstellbar hoher Wert, und doch war er gering, wenn man bedachte, welche energetischen Kräfte von dem relativ kleinen Kugelfeld abzuwehren waren.

Drei Minuten vor Beginn des Eintauchmanövers lief die letzte Klarmeldung aus dem Maschinenleitstand ein. Captain Ing. Nacro ließ die Stromreaktoren der Kraftwerke anlaufen. Die FANTASY erwachte zu einem mechanischen Leben von höchster Vollendung.

4.

Das Manöver war einwandfrei gelungen. Nachdem das Kalupsche Kompensationsfeld aufgebaut worden war und die Strukturumwandlung der Impulswellen stattgefunden hatte, hatte man den Eindruck gewonnen, als hätte sich an Bord des Schiffes überhaupt nichts verändert.

Ein Entmaterialisierungsschmerz, wie er bei Sprungschiffen infolge der totalen Entstofflichung auftrat, war nicht zu verspüren gewesen.

Nichts hatte sich verändert, kein Körper hatte sich aufgelöst. Die optische Sicht auf das vor dem Schiff liegende Zielgebiet war einwandfrei. Nur dort, wo die Ausdehnung des parastabilen Echostrahls schwächer wurde, verschwammen die Umrisse der bekannten Milchstraße.

Auf dem Spezialschirm glänzte der rote Zielstern als winziger Punkt. Man flog nach direkter Sicht, ohne langwierige Berechnung. Die FANTASY war schnell genug, um die Eigenbewegung der fernen Sonne als vernachlässigbar und leicht korrigierbar erscheinen zu lassen.

Tief unter der Zentrale dröhnte der Kalup. Schon wenige Minuten nach Beginn der Librationszonenbeschleunigung hatte es sich erwiesen, daß der Kompensationskonverter trotz der hohen Leistungsaufnahme noch nicht voll ausgelastet war. Zweihundertzwanzigtausend Megawatt waren nicht ausreichend, um das stromfressende Ungeheuer völlig zu sättigen.

In der mathematischen Abteilung liefen die Rechenmaschinen. Die energetische Verdichtung des Kalupfelds hatte sich im Verhältnis zu früheren Versuchen um nur rund fünf Prozent gesteigert, obwohl das zusätzlich eingebaute Kraftwerk Nr. V nochmals zwanzigtausend Megawatt lieferte.

Nach einer Beschleunigungszeit von knapp acht Minuten im Bereich der künstlich erschaffenen Halbraumzone war das Fahrtmaximum erreicht worden.

Die Strahlgeschwindigkeit der strukturverformten Impulswellen lag bei fünfundzwanzigmillionenfacher Lichtgeschwindigkeit. Es stand jetzt schon fest, daß die erreichte Fahrtstufe durch keinen Kunstkniff mehr zu steigern war, wenn es nicht gelingen würde, die erforderliche Totalabschirmung der vierdimensionalen Energieeinflüsse zu erreichen.

Die Sicht in das Normaluniversum war getrübt. Außer schattenhaften und linienförmigen Lichtgebilden war nichts zu erkennen. Nur im Streuwinkelsektor des paraoptischen Reflexstrahls herrschte Klarheit. Mit zunehmender Entfernung weitete sich der Blickwinkel.

Die ersten Meßergebnisse wiesen aus, daß das auf dem Kalupprinzip beruhende Mantelschirmfeld seine Stabilität beibehielt, obwohl die energetische Verdichtung mit zunehmender Ausbreitung abnahm.

Die im Brennpunkt der Paraortung liegende Zielsonne stand genau im Tasterfeld des Reliefschirms.

An Bord der FANTASY hatte man infolge der anfallenden Aufgaben schon fast vergessen, daß man sich in einem unwirklichen, nur rechnerisch erfaßbaren Sektor des Raumes befand. Die fünfdimensionalen Konstanten wurden einwandfrei vom Kalupfeld abgeschirmt. Eine dementsprechende Beweisführung war kaum noch erforderlich, da sich keine Anzeichen einer beginnenden Entmaterialisierung beobachten ließen. Die beim Eindringen in den Hyperraum entstehenden Effekte waren bekannt genug, um feststellen zu lassen, daß die hyperphysikalischen Gesetzmäßigkeiten in der Librationszone keine Gültigkeit besaßen.

Rhodan hatte die zweite Kontrollbank eingeschaltet. Notfalls hätte er die manuelle Führung des Schiffes übernehmen können.

Jefe Claudrin saß jedoch so ruhig und gelassen in seinem Spezialsitz, daß sich Rhodan langsam entspannte. Die erste Viertelstunde nach dem erfolgten Eintauchmanöver war turbulent gewesen. Nun liefen die einzelnen Meldungen nicht mehr so überstürzt ein.

Rhodan betastete sorgfältig seinen Körper. Es hatte sich nichts verändert.

„Hattest du etwa angenommen, durch deinen Magen hindurch greifen zu können?“ erkundigte Bully sich launig. Seine wasserblauen Augen funkelten unternehmungslustig.

„Möglich ist hier alles“, meinte Rhodan argwöhnisch. „Wie fühlst du dich?“

„Glänzend. Ich finde es direkt unwahrscheinlich, daß wir uns mit einem solchen Tempo fortbewegen sollen.“

„Wie oft soll ich noch erklären, daß es nur als völlig unwichtiges Maß anzusehen ist? Sozusagen als Gedankenstütze. Wichtig ist ...“

„... die tatsächlich zurückgelegte Strecke, ja, ich weiß.“ Rhodan erhob sich aus seinem Sitz. Augenblicke später gab er über Sprechfunk die Anweisung, die Helme der Raumanzüge zu öffnen.

„Passen Sie aber auf“, fügte er hinzu. „Es kann sein, daß wir uns sehr schnell von der Außenwelt abschließen müssen.“

Langsam schritt er zum Sitz des Kommandanten hinüber. Jefe Claudrin hatte alle Hände voll zu tun, um die von Professor Kalup eingehenden Anweisungen auszuführen. Es handelte sich um winzige Düsenquerschnittsveränderungen und Kursmanöver.

Rhodan blieb hinter dem Epsalgeborenen stehen, dessen Schaltungen ungeheuer schnell und mit größter Präzision erfolgten. Für den reinen Linearflug waren noch keine Autopiloten entwickelt worden. So war Claudrins überragendes Reaktionsvermögen unschätzbar wertvoll.

Er sah sich rasch um. Direkt vor ihm war der konkav gewölbte

Reliefschirm der Parabeobachtung eingebaut worden. Die Bildflächen der Normalaufnahme zeigten nur verwaschene Reflexe.

„Phantastisch!“ dröhnte Claudrins Stimme. „Kalup will mich zu einer Stützmassenverschwendung verleiten. Was halten Sie davon?“

Rhodan überlegte. Kalups Gedankengänge waren leicht durchschaubar. Er wollte mit allen Mitteln versuchen, die Fahrt zu erhöhen, obwohl der Kompensator offenbar am Ende seiner Leistungsfähigkeit angekommen war.

„Versuchen Sie es.“

„Wie?“ staunte Claudrin. Bestürzung zeichnete sich auf seinem breiten Gesicht ab.

„Versuchen Sie es, Jefe. Spritzen Sie ein und fahren Sie die Impulskonverter voll aus. Ich möchte auch sehen, was geschieht. Einmal müssen wir es ja erfahren.“

In der mathematischen Zentrale wurde die Anweisung mitgehört. Kalups massige Gestalt erschien hinter einem hyperstrukturellen Winkelpeiler, dessen Walzenskalen mit irrsinniger Geschwindigkeit rotierten.

„Na endlich“, polterte Kalup in seiner cholerischen Art. Seine blaugeäderten Hängebacken wirkten jetzt straffer und angespannter. „Lassen Sie mich mal an das Mikrophon.“

Ein Techniker aus seinem Stab wich dem heranstampfenden Physiker schleunigst aus. Kalup zerrte schimpfend den biegsamen Haltearm näher.

„Kalup spricht“, rief er überflüssig laut ins Mikrophon. „Hören Sie mich?“

„Allerdings“, klang Rhodans Stimme aus der Bordverständigung.

„Gut, schon etwas wert“, meinte Kalup in seiner spitzfindigen Art. „Wenn Sie sich schon entschlossen haben, die Ratschläge eines erfahrenen Mannes zu würdigen, so machen Sie es auch gleich richtig. Ich brauche für den Versuch zweiunddreißig Tonnen Wismut pro Triebwerkseinheit und pro Sekunde. Schaffen das Ihre miserablen Turbolader?“

„Was?“ donnerte Claudrins Stimme aus allen Lautsprechern. „Sagten Sie zweimal ‚pro‘?“

„Jawohl!“ rief Kalup erbost zurück. „Pro Triebwerk und pro Sekunde.“

„Sie sind ja übergeschnappt, Arno“, schaltete sich der mit Kalup befreundete Chefingenieur ein. „Der Energiegehalt eines in den vierten Aggregatzustand übergehenden, dicht vor der Kernreaktion stehenden Plasmas ist in der geforderten Größenordnung nicht mehr beherrschbar. Ich brauche jedes Kilowatt für Ihren Kompensator. Die Leistung der Notstromstationen ist nicht ausreichend zum Aufbau eines Mantelfelds in der erforderlichen Stärke."

„Das Plasma ist beherrschbar", behauptete Kalup außer sich vor Zorn.

„Mit wenigstens drei Hauptkraftwerken – ja."

„Mit zwei Notstromstationen, Sie halbe Portion!" schrie Kalup wild gestikulierend. „Was denken Sie wohl, welchen physikalischen Gesetzen wir zur Zeit unterliegen? Ich werde Ihnen beweisen, daß . . ."

„Ich bitte um Ruhe", klang Rhodans kühle Stimme durch den Lärm. „Nacro, schalten Sie die Wismuttank-Beheizung hoch auf fünfzehnhundert Grad. Turbolader auf die gewünschte Fördermenge einstellen. Impulskonverter voll ausfahren, fertig für Stützmasseneinsprühung. Professor Kalup: Ich riskiere damit allerhand. Sie wissen, daß sich die Schubleistung der Triebwerke kurzfristig vervierfachen wird. Ich nehme an, daß Sie einige Rechenergebnisse vorliegen haben. Welchen Sicherheitskoeffizient haben Sie bei zweiunddreißig Tonnen pro Sekunde eingeplant?"

Kalup sah starr auf den Bildschirm. Er beherrschte sich nur mühevoll. Sein gewaltiger Kahlkopf glänzte feucht.

„Sir", sagte er fast zischend. „Der Begriff Koeffizient ist identisch mit der Vorzahl der veränderten Größe einer Funktion in der Mathematik, oder identisch mit einer Zahl, die das Ausdehnungsvermögen eines Stoffes ausdrückt. Nehmen Sie etwa an, ich hätte den Sicherheitsfaktor vernachlässigt?"

Rhodans Gesicht blieb unbewegt. „Ich kenne Sie, junger Mann."

„Was, junger Mann?" tobte Kalup. Sein Gesicht lief blau an, der fettleibige Riesenkörper bebte. „Sagten Sie *junger Mann*?"

„Genau das. Ich beschäftigte mich bereits eingehend mit Trigonometrie und dem Dreiecksnetzpunkt, als Ihr Urgroßvater noch nicht das Licht der Welt erblickt hatte. Sagt Ihnen das etwas, junger Mann?"

Kalup war fassungslos. Die grinsenden Gesichter seiner Assistenten brachten ihn um den Rest seiner Beherrschung. Rhodan schaltete ab, ehe der Physiker gänzlich explodieren konnte.

Schmunzelnd sah der Expeditionschef zu dem Epsalgeborenen hinüber, der einige seltene Flüche hören ließ.

Bully hielt sich die Ohren zu. Dabei behauptete er: „Ich binde ihm doch noch einen Maulkorb um, ganz bestimmt sogar. Claudrin, ich wünsche Ihnen eine handfeste Halsentzündung. Vielleicht hören Sie dann endlich auf, mein Gehör zu peinigen."

Der Kommandant lachte. Es klang wie das Donnern eines Wasserfalls.

Stana Nolinow fiel mehr durch das schwere Panzerschott der Feuerleitzentrale, als daß er es durchschritt. Haltsuchend klammerte er sich an einem Zielautomat fest, um anschließend mit einigen artistischen Sätzen auf den nächsten Kombisessel zuzuspringen.

Schwer atmend ließ er sich hineinfallen. Hastig tastete er nach den Anschnallgurten.

Brazo Alker, der befehlsgemäß vor der sogenannten Feuerorgel saß und auf nicht vorhandene Ziele lauerte, schaute sich fassungslos um. Die Männer der Gunnerbesatzung spitzten die Ohren, als Stana keuchend ausrief: „Vielleicht seid ihr bald festgeschnallt! Habt ihr eine Ahnung, wie sich Kalups Einfälle auswirken können?"

Brazo stellte mit einem Gefühl plötzlicher Unruhe fest, daß seine Untergebenen mit unwahrscheinlicher Fingerfertigkeit nach den Sammelschlössern griffen.

Er überdachte noch seine eigenen Maßnahmen, als das Bordvisiphon läutete. Captain Slide Nacro war am Apparat. Sein schmales Gesicht wirkte angespannt.

„Alkher, ich brauche jedes armselige Watt, das Ihre Kanonenkonverter hergeben können. Schalten Sie um auf Stromkreis vier."

Brazos weiches Jungengesicht wurde jählings so hart und abweisend, daß Nolinow verwundert die Augen aufriß. Der Unteroffizier vom Dienst spitzte die Lippen zu einem lautlosen Pfiff. Aufmerksam spähte er zu dem neuen Feuerleitoffizier hinüber.

„Tut mir leid, Sir", entgegnete Brazo reserviert. „Mein Befehl lautet, die wenigen Waffen des Schiffes jederzeit feuerklar zu halten."

„Seien Sie doch nicht närrisch", drängte der LI noch erregter. „Ihre Geschützstationen liefern mir zusätzlich vierzigtausend Megawatt."

„Sogar dreiundvierzigtausend, Sir."

„Na also. Schicken Sie mir den Saft in die Stromleiter. Nun machen Sie schon."

„Abgelehnt, Sir. Hier bin ich der Chef. Meine Kanonen bleiben betriebsbereit."

„Sie entwickeln sich aber großartig, Herr Leutnant", sagte der Marsgeborene eisig.

Brazos Gesicht blieb ausdruckslos. „Ich hoffe es, Sir. Wenn ich vom Kommandanten die Erlaubnis erhalte, den Waffenstrom zur Verfügung stellen zu dürfen – bitte sehr. Wenn Sie dazu eine Bemerkung erlauben, Captain Nacro: Ich halte die Maßnahmen des Administrators für verantwortbar. Er dürfte wissen, inwieweit Professor Kalups Forderungen erfüllbar sind."

Nacro schaltete abrupt ab. Der Unteroffizier vom Dienst fuhr sich mit dem Handrücken über den Mund und warf Nolinow einen fragenden Blick zu.

„Brüderchen, Brüderchen, mache dir keine Feinde", warnte Stana mit erhobener Stimme. „Warum gibst du ihm nicht deine paar Megawatt? Wenn die expandierenden Plasmastützmassen die reichlich schwachen Einengungsfelder durchschlagen, gibt es in allen sechs Triebwerken Kleinholz."

„Erstklassigen Schmelzstahl", verbesserte Brazo trocken. „Ganz davon abgesehen: Wenn die Leistung der Notstromkraftwerke nicht ausreicht, helfen meine Kanonenkonverter auch nicht mehr. Die Gefahr bliebe also die gleiche, nur mit dem Unterschied, daß wir im Falle einer Feindberührung hilflos wären."

„Quatsch! Hier in der Librationszone?"

„Der Kalup kann ausfallen. Damit tauchen wir automatisch in den Normalraum ein. Dort aber kann es zu Überraschungen kommen."

Brazo schnallte sich mit pedantischer Sorgfalt an. Niemand bemerkte die in ihm wühlende Erregung. Es war das dritte Mal in seiner Laufbahn als Flottenoffizier, daß er einem Vorgesetzten widersprochen hatte.

Ich kann mich hinter dem Befehl von oben verschanzen, dachte er, um sich gleich darauf zu korrigieren. Nein, er würde nicht den Befehl vorschieben, sondern seine Ansichten vertreten. Nacro hatte kein Recht dazu, sämtliche Schiffswaffen lahmzulegen, gleichgültig, ob es nun zu einer Feindberührung kam oder nicht.

Stana wollte noch etwas sagen, als die Triebwerke der FANTASY zu tosen begannen. Eine Stimme zählte. Bei Null steigerte sich das Arbeitsgeräusch zu einem sinnbetäubenden Donnern.

Brazo sah, daß Nolinow etwas rief. Es war kein Wort zu verstehen. Zwei Sekunden nach der erfolgten Strahlmasseneinspritzung begann die Zelle des Schweren Kreuzers zu schwingen. Augenblicke später wurden die Vibrationen so stark, daß empfindliche Instrumente zersprangen.

Ein tiefer Orgelton übertönte das Donnern der Triebwerke. Der Kugelrumpf der FANTASY läutete wie eine von Titanenkräften bewegte Glocke.

Die Warnautomatik steigerte das Geräuschinferno mit schrillem Sirenengeheul.

Dann wurde es plötzlich totenstill. Nur die Zelle schwang noch nach. Das Läuten wurde leiser, bis es ebenfalls nicht mehr zu hören war.

Brazo griff sich mit beiden Händen an den Schädel. Jemand rief etwas über die Bordverbindung, was die taubgewordenen Ohren der Besatzungsmitglieder nicht verstehen konnten.

Es dauerte eine Weile, bis sich das Gehör der Männer wieder normalisierte. Sofort vernahmen sie die dunkle Stimme Perry Rhodans. Sie klang völlig ruhig und ausgeglichen. Außerdem gebrauchte er Worte, die Brazo zu einem Lächen zwangen.

„Professor, das war es. Die Düsenfelder haben gehalten, obwohl sie viel zu wenig Strom bekamen. Im Normalraum wären wir explodiert. Wegen der Vibrationserscheinungen machen Sie sich keine Sorgen. Die wären auch aufgetreten, wenn wir vier Hauptkraftwerke auf die Schirmfelder geschaltet hätten. Wie sieht das Ergebnis aus?“

Kalups Gesicht erschien auf den Bildschirmen. Er strahlte. „Schön, der junge Mann sei Ihnen verziehen. Wir haben, wie von mir erwartet, beschleunigt. Die Auswertung läuft noch. Damit ist der Beweis erbracht, daß die restlichen Feldeinflüsse des 4-D-Raums wenigstens teilweise durch rein mechanische Kräfte zu überwinden sind. Was ich brauche, sind nochmals drei große Kraftwerke.“

„In der FANTASY aber nicht mehr.“

„Dann lassen Sie ein Spezialschiff in der Größenordnung eines Schlachtschiffs bauen. Jetzt reden Sie nur nicht von den entstehenden Kosten. Ich bin noch nicht zufrieden.“

Rhodan schaltete ab. Brazo drehte sich zu Nolinow um. Das Gesicht des neuen Feuerleitoffiziers wirkte entspannt und weich.

Stana erhob sich. Schweigend betastete er seine Glieder, um anschließend mit den kleinen Fingern in den Ohren herumzustochern.

Der Unteroffizier vom Dienst wechselte mit den Männern des Gunnerraums einige kurze Blicke. Anschließend verließ er seinen Platz, langte in die Tasche und blieb dicht vor Brazo stehen.

Alkhers Hände begannen zu zittern, als Sergeant Enscath mit einem scheuen Lächeln sagte: „Rauchen Sie, Sir?"

„Vielen Dank, bin Nichtraucher. Vielen Dank, Enscath."

Der ältere Sergeant nickte. Als er sich umdrehte, meinte er ruhig: „Wegen Captain Nacro machen Sie sich keine Sorgen, Sir. Er ist nicht nachtragend, dagegen weiß er aber Zivilcourage zu schätzen. Das wollten wir Ihnen nur sagen."

„Wir?"

„All die Burschen, die Sie augenblicklich so respektlos angrinsen."

Brazo begleitete Nolinow bis zur Luftschleuse. Dort sagte er leise und stockend: „Weißt du, Stana, es ist gut, Freunde zu haben."

„Wem sagst du das, Brüderchen? Nun vergiß aber nicht, daß man in der Librationszone und trotz fünfundzwanzigmillionenfacher Lichtgeschwindigkeit sogar etwas essen kann. Treffen wir uns in einer halben Stunde? Ich muß mich noch um meine Kampfroboter kümmern. Hoffentlich waren die Burschen ‚schlau' genug, rechtzeitig ihre Körperschirme einzuschalten. Positronische Mikrogehirne sind empfindlich gegen Erschütterungen."

„Welches Fachgebiet hast du eigentlich?"

Stana verbeugte sich theatralisch. „Gestatten – Stana Nolinow, Leutnant der Solaren Flotte, nebenbei Diplomingenieur für hyperfrequente Positronik. Das ist ein Spezialgebiet von anderen Spezialgebieten, die alle zusammen den Oberbegriff Kybernetik bilden. Etwas verworren, was?" Lachend verschwand er in der Schleuse, wo er noch rief: „In einer halben Stunde! Deine erste Mahlzeit im Halbraum sollte gefeiert werden!"

Brazo nickte mechanisch. Als er zu seinem Platz zurückging, ahnte er, daß er nun von der Gemeinschaft akzeptiert wurde.

Auf dem großen Zielschirm der Feuerorgel glänzte die ferne, rote Sonne, die Rhodan in knapp fünfzehn Stunden zu erreichen hoffte.

5.

Rhodan fuhr auf. Er benötigte den Bruchteil einer Sekunde, um die Situation zu erfassen.

„Claudrin, den Kalup ausschalten!“ schrie er dem Kommandanten zu.

Auch der Epsalgeborene begriff sofort, daß ein Ausweichmanöver bei dieser Irrsinnsfahrt unmöglich war. Es wäre sinnlos gewesen, zu versuchen, die nach vorn stürmende, nach wie vor existierende Masse des Schiffes aus dem linearen Kurs zwingen zu wollen.

Der überraschend aufgetauchte Glutball einer großen, gelben Sonne verdeckte plötzlich den schon klar und deutlich erkennbaren Zielstern. Es trat der Fall ein, den die Wahrscheinlichkeitsberechnungen mit einem Wert von eins zu achtunddreißig Milliarden als „kaum jemals stattfindend“ ausgewiesen hatten.

Die FANTASY näherte sich dem fremden Gestirn mit vielmillionenfacher Lichtgeschwindigkeit. Ehe Jefe Claudrin schalten konnte, hatte Rhodan schon wieder umgedacht. Er erfaßte intuitiv, daß es zur Stillegung des Kalup bereits zu spät war.

Ohne ein Wort zu verlieren, warf er sich nach vorn und fiel Claudrin in den Arm.

Die breite Hand des Epsalgeborenen rutschte an dem Notschalter vorbei, schlug auf der splitternden Plastikeinfassung auf und fuhr von dort aus in Rhodans Gesicht.

Stöhnend sank der Administrator zurück, doch was dann folgte, war schlimmer als der ungewollte Hieb.

Die FANTASY kollidierte mit dem Stern unter physikalischen Verhältnissen, die weder theoretisch bekannt noch annähernd erprobt waren. Rhodans letzte Sinneswahrnehmung vor dem beginnenden Chaos war die, daß der Kreuzer in Höhe der Äquatorlinie in die gelbe Sonne hineinraste.

Was anschließend geschah, begriff man erst, als die unmittelbaren Folgeerscheinungen des Zusammenstoßes spürbar wurden.

Für einen winzigen Moment dröhnte es in der FANTASY auf, als wolle sie zerbersten. Zugleich wirkten sich Effekte aus, an die man normalerweise nicht zu denken gewagt hätte.

Rhodan hörte nur das Dröhnen und Läuten des überbeanspruchten Materials. Jede Schweißnaht schien lebendig geworden zu sein. Die fünf starken Kraftwerke liefen mit Maximalleistung, und der Kalupsche Kompensationskonverter arbeitete mit einer Geräuschentwicklung, die der von explodierenden Kernwaffen entsprach.

Niemand außerhalb des Schiffes beobachtete das unwahrscheinlichste Geschehnis, das sich in der Geschichte der raumfahrenden Menschheit jemals ereignet hatte.

Ein unfaßlich schneller, im Verhältnis zur Sonnenmasse winziger Körper, raste in die weißglühende Atmosphäre des Sternes hinein, durchdrang sie unbeschadet und stieß anschließend in den glutflüssigen Kern vor, den er ebenfalls durchbrach.

Der Vorgang geschah zu schnell und unter zu fremdartigen Gesetzen, als daß das winzige Erzeugnis menschlichen Geistes hätte zerstört werden können. Ehe das Kompensationsfeld in sich zusammenbrach, war die FANTASY der lohenden Atmosphäre entronnen. Doch dabei geschah etwas, was man später nicht genau rekonstruieren konnte.

Trotz des enorm schnellen Durchstoßens lösten sich aus dem Sonnenkern gewaltige Materiemassen, die zusammen mit dem davonrasenden Linearschiff in den freien Raum geschleudert wurden. Es wirkte wie die Geburt eines neuen Planeten, dessen Kern aus einem von Menschenhand erbauten Körper bestand.

Eine flammende Gaszunge, ultrahell leuchtend, zuckte in das Vakuum des Alls hinaus, und dabei verlor ein bisher vom Kalupfeld geschützter Körper seine Existenzberechtigung in der Halbraumzone.

Er wurde wieder zum stabilen Bestandteil des Einsteinuniversums, dem auch die durchstoßene Sonne angehörte.

Ein zweiter Effekt, ebenso unvorhergesehen wie der erste, ergab sich aus der gravitationsmechanischen Wirkung der normalen Schutzschirme, von denen die aus dem Sonneninneren hervorgeschleuderten Materiewolken eingefangen und gefesselt wurden.

Mehr als neunundneunzig Prozent der glühenden Massen blieben zurück. Sie konnten nicht mehr beeinflußt werden. Der Rest aber wurde von der mit nur noch halber Lichtgeschwindigkeit fliegenden FANTASY mitgerissen.

Als die Rotationsbewegung begann, war die durchstoßene Sonne schon ein blasser Lichtfleck unter Milliarden anderen Flecken.

Das erste irdische Linearschiff war zu schnell gewesen, um von den Kräften eines gelben Sternes vernichtet oder festgehalten zu werden. Es hatte die Sonne durchschlagen wie ein Raketengeschoß einen Kübel mit flüssigem Stahl.

Ein weißglühendes Phantom raste mit rascher Eigenrotation durch den sternwimmelnden Raum nahe des Milchstraßenzentrums.

Die rote Zielsonne stand weit abseits, fast nicht mehr erkennbar. Den dritten Effekt des Gesamtvorgangs sollten die Männer der FANTASY erst viele Monate später begreifen. Es war durchaus kein Zufall, daß der winzige, soeben geborene Planet auf eine blaue Sonne zuflog.

Sie war von dem gelben Stern viele Lichtjahre entfernt. Niemand an Bord der FANTASY ahnte, daß im Moment des Zusammenstoßes eine ungewöhnliche Transition stattgefunden hatte, die nur mit einer Wesensgleichheit bestimmter Energiekonstanten identisch sein konnte.

Es war auch unwesentlich, ob man an Bord des Kreuzers nun an einen unwahrscheinlichen Zufall oder an einen ganz natürlichen und unabänderlichen Vorgang glaubte.

Entscheidend war die Tatsache, daß die FANTASY genau die große, blaue Sonne anflog.

Rhodan versuchte vergeblich, den grünmarkierten Notschalter zu erreichen. Es mußten wenigstens fünf Gravos sein, von denen jedes Glied seines Körpers belastet wurde.

Eigentlich wäre es die Aufgabe der automatischen Kontrollorgane gewesen, den rotierenden Kugelkörper des Kreuzers mit Hilfe der starken Stabilisierungstriebwerke aufzufangen.

Offenbar war die Automatik bei der Kollision ausgefallen. Dies und die Tatsache, daß die FANTASY wie eine Zentrifuge um ihre Polachse wirbelte, erfaßte Rhodan ganz klar.

Warum die Andruckabsorber nicht arbeiteten, war weniger gut zu verstehen. Wahrscheinlich aber hatten die Kraftwerke beim Ausfall des Kompensationskonverters kurzgeschlossen und abgeschaltet. Die schadhaft gewordene Sicherheitsautomatik leitete keinen Arbeitsstrom zu den Andruckneutralisatoren, wonach sie auch nicht ihren Dienst erfüllen konnten.

Rhodan empfand mit schmerzhafter Klarheit, daß diese Situation einem der ersten bemannten Raumflüge ähnelte. Damals hatte es noch keine Neutralisatoren zur Aufhebung der Beharrungskräfte gegeben, aber damals waren die Astronauten auch anders geschult gewesen.

Fünf Gravos hätten die jahrelang unter härtesten Belastungen vorbereiteten Spezialisten der fast vergessenen Space Force nur wenig gestört. Man war dabei noch in der Lage gewesen, wichtige Schaltungen auszuführen. Man hatte auch eine andere Atemtechnik besessen, die Erstickungsanfälle ausschloß.

Rhodan lag halb aufgerichtet an der Wand unterhalb der Panoramabildschirme. Im Schiff war es eigenartig still. Blutrotes Licht überflutete die Zentrale, in der die Männer der Besatzung wie festgeklebt in ihren automatisch zurückgeklappten Kontursesseln hingen.

Nur Rhodan hatte kurz vor der Kollision seinen Platz verlassen. Er kämpfte verzweifelt gegen die durch die starken Zentrifugalkräfte entstehende Schwerkraft an. Dabei wußte er, daß er mit jeder verstreichenden Sekunde schwächer und hilfloser werden würde.

Sein Blick trübte sich bereits. Die Sehnerven versagten ihm den Dienst. Mehr als ein unverständliches Gurgeln brachte er nicht über die Lippen.

Er dachte an Gucky, der als Teleporter in der Lage gewesen wäre, den Notschalter zu bedienen. Wahrscheinlich aber war der zartgebaute Mausbiber längst besinnungslos.

Ein telepathischer Kontakt mit John Marshall kam auch nicht mehr zustande.

Aus! dachte Rhodan, der Besinnungslosigkeit nahe. Aus, durch lächerliche fünf Gravos, mit denen wir nicht mehr fertig werden.

Sein blutleer werdendes Gehirn konnte nicht mehr folgerichtig denken. Nur schemenhaft gewahrte er die breite Gestalt, deren rechte Hand unendlich langsam am Körper hochglitt, wo ein faustgroßes Gerät mitten auf der riesigen Brust hing.

Jefe Claudrin, der Epsalgeborene, hatte mit zwei Schwierigkeiten zu kämpfen. Fünf Gravos wären für ihn nicht zuviel gewesen, wenn nicht außerdem sein Mikrogravitator gearbeitet hätte. Er belastete Claudrin zusätzlich.

Rhodan wurde besinnungslos, als es Claudrin gelang, sein Körpergerät auszuschalten. Der Rest war für ihn eine Kleinigkeit. Er überwand den ungeheuren Druck, streckte die Rechte aus und schlug den grünen Hebel nach unten.

In dem rotierenden Kugelschiff heulten die Alarmsirenen auf. Die

Notautomatik sprang an, registrierte die Situation und leitete die notwendigen Schaltvorgänge ein.

Kraftwerk III lief mit Maximalleistung an. Die Andruckneutralisatoren empfingen den Arbeitsimpuls. Sekunden später wich die unerträgliche Last von den Männern. Das Tosen der Korrekturtriebwerke bewies, daß die Kreiselbewegung aufgefangen wurde.

Als Rhodan wieder zu sich kam, sah er Claudrins klobiges Gesicht über sich. Ohne ein Wort zu verlieren, nahm er Rhodan auf die Arme und bettete ihn auf ein Konturlager.

Überall im Schiff erwachten besinnungslos gewordene Männer. Auch Brazo Alkher richtete sich ächzend und krampfhaft nach Luft schnappend auf. Sein erster Blick galt dem Zielerfassungsschirm. Helle Rotglut blendete seine Augen.

Mit übermenschlicher Anstrengung rief er die Zentrale an. Der Kommandant antwortete sofort.

Stöhnend sagte Brazo: „Feuerleitzentrale klar, Sir. Was war los? Hatten wir einen Zusammenstoß?"

„Wenn mich nicht alles täuscht, sind wir durch eine beachtliche, große Sonne hindurchgeflogen."

„Guter Gott."

„Bleiben Sie auf Ihrer Station, Alkher. Ich weiß noch nicht, was das Glühen zu bedeuten hat. Auf alle Fälle befinden wir uns wieder im Normalraum."

„Sir, vielleicht bin ich verrückt, aber es sieht so aus, als wären wir noch immer mitten in der Sonne drin."

Claudrin setzte zu einer Entgegnung an, dann schwieg er plötzlich.

„Junge, Sie bringen mich auf eine Idee", sagte er schließlich bedächtig. „Kümmern Sie sich nun um Ihre Leute, schicken Sie eventuell Verletzte ins Hospital und machen Sie dem Ersten Offizier Meldung über den Personalstand Ihrer Station. Ende."

„Ende, Sir", murmelte Brazo mechanisch.

Nur unbewußt lauschte er auf das Tosen der Energiewerke, die den Kreuzer gegen die Gefahren des Raumes mit Hilfe der Kraftfelder abschirmten.

Etwas stimmte nicht an Bord der FANTASY. Die optische Sicht war unmöglich geworden. Nur das helle Glühen war auf den Bildschirmen zu sehen.

Brazo holte tief Luft. Langsam erhob er sich aus seinem Sessel. Die Situation gefiel ihm nicht.

6.

„... ein Unfall, der einem Linearschiff jederzeit widerfahren kann", sagte Kalup in aller Ruhe über die Bordsprechverbindung. Sein Gesicht war blaß und angespannt, die Hängebacken wirkten gestrafft. Leidenschaftslos fuhr er fort: „Die Auswertung ist beendet. Ich habe mit dem Traktorstrahl einige Materiespuren ins Schiff holen lassen. Wir haben eine gehörige Portion der Sonnenmasse mitgenommen, was aber keineswegs ein Verdienst des kleinen Schiffes ist, sondern nur das des Kompensatorfelds. Die physikalischen Vorgänge sind einigermaßen klar. Es war unser Glück, daß der Schirmkonverter im Moment der Kollision mit voller Leistung lief. Andernfalls wären wir nicht heil davongekommen. Es mag närrisch klingen, aber wir befinden uns im Mittelpunkt einer rotierenden, rasch abkühlenden Materiewolke, in der keine Kernreaktionen mehr stattfinden. Das erscheint mir verwunderlich, aber wir werden herausfinden, warum es so ist."

In der Zentrale drehte Jefe Claudrin den Kopf. Rhodan saß erschöpft im zweiten Kontrollsessel. Sein Gesicht war unterhalb des linken Auges stark angeschwollen.

„Ein Glück, daß Sie mir noch die Hand weggeschlagen haben", sagte Claudrin so leise, wie er es mit seinem gewaltigen Organ schaffen konnte. „Andernfalls hätte ich den Kalup genau in dem Augenblick abgeschaltet, als es zum Zusammenstoß kam."

Rhodan nickte. Seine Lippen zuckten schmerzhaft. Er hatte während der hohen Gravobelastung an der glatten Stahlwand der Zentrale gelegen. Wahrscheinlich waren einige Rippen angebrochen.

„Ich erfaßte es im letzten Moment", entgegnete er. „Wir waren schon zu nahe. Kalup – was schlagen Sie vor?"

„Wir müssen die noch weiche und nachgiebige Masse durchstoßen, ehe sie völlig erkaltet. Dabei werfen sich einige Probleme auf, die bedacht werden sollten."

„Deshalb frage ich Sie ja, junger Mann."

Kalup schnaufte empört. „Lassen Sie das bitte! Wir haben uns wie ein Küken zu verhalten, das seine Eierschale von innen heraus aufsprengt und ausschlüpft. Eine andere Möglichkeit gibt es nicht. Um das zu erreichen, bieten sich uns zwei verschiedene Auswege an."

„Oh, sogar zwei", sagte Rhodan.

„Werden Sie nicht ironisch. Dafür ist die Sache zu ernst. Ich möchte es augenblicklich noch nicht riskieren, die normalen Schirmfelder abzuschalten, was beim Einsatz des Kompensationskonverters jedoch erforderlich wäre. Unter Umständen kommt es in der Wolke doch noch zu atomaren Reaktionen, was wir ohne die Abwehrfelder schlecht vertragen könnten."

„Aha."

„Sie haben sich vom Flottenkommando einen Feuerleitoffizier mit besonderen Fähigkeiten besorgen lassen. Stimmt das?"

Rhodan wurde aufmerksam, und ein junger Mann namens Brazo Alkher fuhr zusammen.

Bestürzt sah er zu den Männern der Gunnerbesatzung hinüber. Sergeant Enscath krampfte die Hände um die Lehnen seines Sessels.

„Großer Jupiter", sagte er tonlos. „Das habe ich mir gedacht."

„Wollen Sie die Glutschale aufschießen lassen, Professor?" klang Rhodans Stimme aus allen Lautsprechern der Bordverständigung.

„Wir sollten es versuchen. Auf alle Fälle ist es weniger riskant, als auf gut Glück die Abwehrfelder abzuschalten. Hallo, hört der Feuerleitoffizier mit?"

„Ja – jawohl, Sir", sprach Brazo stockend ins Mikrophon. „Leutnant Alkher spricht, Sir."

„Gut. Ich glaube, wir haben uns auf dem Mond schon gesehen, wie?" Kalup lachte in seiner lauten Art.

„Jawohl, Sir. Sie waren so freundlich, mich vor einem schweren Sturz zu bewahren."

„Ich erinnere mich. Trauen Sie sich zu, die rotierende Schale aufzuschießen? Aber so genau, daß gewissermaßen ein Ausschlupf entsteht."

Brazo vergaß seine Nervosität. Rhodan blickte aufmerksam auf den Bildschirm. Er nickte langsam, als er das plötzlich kantig werdende Gesicht des jungen Mannes gewahrte.

Brazos Kopfrechnung war schon beendet. Mit völlig veränderter, geschäftsmäßig klingender Stimme führte er an: „Sir, so einfach geht das nicht. Sie sagten, die Schale würde rotieren, nicht wahr? Wenn ich also einen bestimmten Punkt unter Dauerfeuer nehmen soll, muß die

FANTASY in eine mitläufige Drehbewegung gebracht werden, damit ich auf die gleiche Stelle halten kann. Andernfalls ergäbe es keinen Punktbeschuß, sondern ein wenig wirkungsvolles Streufeuer."

„Richtig, das hatte ich vor. Sie können denken, junger Freund. Richten Sie Ihre Geschütze ein und nehmen Sie alles, was Sie zur Verfügung haben. Nur nicht solche Waffen, die uns selbst gefährden könnten."

„Nur Impuls- und Desintegratorgeschütze können eingesetzt werden, Sir."

Rhodan gab die letzten Anweisungen. Ein deutlich erkennbarer, hellglühender Fleck in der Kugelschale wurde angepeilt. Die Andruckneutralisatoren wurden synchrongeschaltet.

Augenblicke später begann die FANTASY erneut zu rotieren, diesmal aber kontrolliert und planmäßig.

Auf Brazos Zielschirm wurde der helle Fleck immer länger sichtbar, bis er schließlich im Tasterkreuz einpendelte und stillstand. Letzte Korrekturen erfolgten. Der Schwere Kreuzer kreiste in einer Sekunde 22,364758mal um seine Polachse. Die starr eingebauten Kanonen in den ausgefahrenen Waffenkuppeln drehten mit. Der Punktbeschuß konnte beginnen.

„Entfernung der Materieballung ist identisch mit dem gravitationsmagnetischen Abwehrschirm", dröhnte Claudrins Stimme aus den Lautsprechern. „Das sind genau zehn Kilometer. Richten Sie Ihre Geschütze so ein, daß sie eine wenigstens drei Kilometer durchmessende Kreisfläche herausschießen."

„Jawohl, Sir", antwortete Brazo mechanisch. Seine Augen blickten starr auf den Zielschirm.

Feinnervige Finger jonglierten mit den stufenlosen Richtschaltern der Feuerorgel. Alle Frontalkanonen der FANTASY richteten sich auf den gleichen Punkt.

„Feuer frei", gab Rhodan durch.

Brazo drückte auf den Hauptsammelschalter der Salvenfeuerautomatik.

Die FANTASY erbebte in allen Verbänden. Dort, wo das konzentrisch gesteuerte Feuer auftraf, schien die abkühlende Kugelschale der mitgerissenen Wolke zu explodieren.

Heftige Kernprozesse griffen die Energieschirme des Schiffes an und drohten es zu vernichten. Außerhalb der stabilen Stahlwände schien die Hölle entfesselt worden zu sein. Flammende Gaszungen fuhren aus der wieder heißer werdenden Ballung in den dunklen Raum hinaus. Brazo erzeugte eine Minatursonne, die unter heftigen Eruptionen lohende Wasserstoffackeln in das Universum spie.

„Feuer einstellen!“ schrie Rhodan in die Sprechanlage. „Das ist sinnlos! Durch die entstehenden Kernprozesse wird die Beschußlücke sofort wieder mit reagierenden Gasmassen angefüllt. Raus hier, ehe die Wolke zu einer Nova wird. Kalup, fertig zum Linearmanöver. Nacro, Triebwerksmeiler hochfahren auf Maximalbeschleunigung.“

„Das ist sinnlos. Wir reißen die Wolke mit.“

„Tun Sie, was ich sage. Kalup, wir nehmen Fahrt auf. Abbau der Normalschirme und Aufbau des Kompensationsfelds müssen im selben Augenblick erfolgen. Gelingt das nicht, werden wir verdampft. Sehen Sie das in völliger Klarheit?“

„Allerdings“, sagte Kalup humorlos. „Gut, warten Sie auf meine Meldung.“

Brazo Alkher zog die Fingerspitzen von den Druckknöpfen der Feuerorgel zurück. Draußen lohte der Raum. Brazo wußte, daß er mit den hocherhitzten Waffenstrahlen jenen Kernprozeß eingeleitet hatte, auf den der Physiker Arno Kalup vorher vergeblich gewartet hatte. Jetzt waren die fusionsfreudigen Wasserstoffatome der Wolke aktiv geworden. Es wurde allerhöchste Zeit.

Die Kommandos aus der Zentrale kamen in rascher Folge. Das Donnern des Kalupkonverters übertönte jedes andere Geräusch.

Zwei Minuten später meldete der Maschinenleitstand den vollen Beschleunigungswert. Die immer heißer werdende Sonnenmaterie wurde mitgerissen. Auf diese Art war ein Entkommen unmöglich. Außerdem war es ungewiß, was beim Erreichen der annähernden Lichtgeschwindigkeit geschehen würde.

Rhodan erteilte seine letzten Anweisungen. Die Männer der Besatzung hatten die Helme der Raumanzüge geschlossen. Die Verständigung erfolgte mit Hilfe der Sprechfunkverbindung.

Er wartete noch ab, bis die kleinen Korrekturtriebwerke die schnelle Kreiselbewegung des Schiffes wieder aufgehoben hatten.

Als die Abwehrfelder der FANTASY infolge der maßlos werdenden Atomgewalten innerhalb der reagierenden Materiewolke dicht vor dem Zusammenbruch standen, sagte Rhodan mit der ihm eigenen Gelassenheit: „Jefe, Sie machen das. Fünf Sekunden im Halbraumzustand beschleunigen, anschließend sofort den Kalup abschalten. Das müßte genügen. Fertig? Fangen Sie an.“

Claudrin sah nochmals auf die grünleuchtende Lampe der Feinsynchronisationsautomatik. Abbau der Normalfelder und Aufbau der Kalupzone mußten im selben Bruchteil einer Sekunde geschehen.

Dann schlug der Epsalgeborene mit einer schnellen, kaum zu beobachtenden Bewegung auf den Kontaktgeber der Manuellsteuerung.

Es war, als sollte der Kreuzer nun endlich explodieren. Weiße Glut schien aus den Bildschirmen in das Schiff hineinspringen zu wollen. Der Kalup übertönte jedes andere Geräusch. Das Singen des überbeanspruchten Materials der Kugelzelle war nicht mehr zu hören. Nur die Erschütterungen wurden fühlbar.

Es dauerte nur wenige Augenblicke. Übergangslos verschwand das Lohen der entfesselten Kerngewalten. Auf dem Frontalbildschirm der Reflexerfassung tauchte der sternfunkelnde Raum auf.

Rhodan ließ sich aufatmend in die weichen Polster seines Kontursessels zurücksinken, als die FANTASY plötzlich einen Stoß erhielt.

Die Fahrtkontrollen sanken rapide ab. Es war, als stieße das Schiff in ein Meer aus Watte vor.

Die Erscheinung hielt nur eine knappe Sekunde an, doch diese Zeitspanne war für Claudrin ausreichend gewesen, den Kalup noch vor Ablauf der von Rhodan festgesetzten fünf Sekunden abzuschalten.

Seines Kompensationsfelds beraubt, fiel der Versuchskreuzer sofort in den normalen Raum zurück, wo er mit der beim Eintauchmanöver erreichten Geschwindigkeit im freien Fall weiterflog.

Triebwerke und Kalup verstummten. Auf den Bildschirmen der Normalbeobachtung leuchtete eine riesige, blaue Sonne. Die Massetaster sprachen an. Rotierende Walzenskalen bewiesen, daß dieser helle und heiße Stern eine beachtlich große Planetenfamilie besaß. Dies war für die Besatzung der FANTASY nicht besonders aufregend. Man kümmerte sich kaum darum. Viele Sonnen besaßen Planeten.

Rhodan schaute einen Augenblick starr auf die Risenschirme der Panoramagalerie. Fünf der entdeckten Planeten erschienen als grüne Echopünktchen.

Rhodan achtete nicht darauf. Viel wichtiger erschien ihm die gelungene Flucht aus dem Zentrum einer entstehenden Miniaturnova, aber noch wesentlicher dünkte ihm die eigenartige Fahrtverzögerung, die Claudrin veranlaßt hatte, schleunigst den Linearflug abzubrechen.

„Was war das?“ fragte Rhodan gedehnt. „Sie haben es auch bemerkt, ja?“

„Natürlich, Sir.“

Reginald Bull erhob sich aus seinem Kontursitz. Dicht unter den Panoramaschirmen blieb er stehen. Aus zusammengekniffenen Augen sah er zu der voll erkennbaren blauen Sonne hinüber.

Als sich die Augen der Betrachter etwas an das grelle Leuchten gewöhnt hatten, stellte Bull zuerst fest, daß der leere Raum rings um die fremde Sonne leicht bläulich schimmerte. Es fehlte die tiefe, nur vom verschiedenfarbigen Funkeln zahlloser Sterne unterbrochene Schwärze des Universums.

„Kann mir jemand verraten, wo wir eigentlich sind?“ fragte Bully. Er vergrub die Hände in den Außentaschen seiner Uniformkombi und sah langsam von Mann zu Mann.

Kalup und einige andere Wissenschaftler des Versuchsschiffs betraten die Zentrale. Es sprach für Kalups rasches Reaktionsvermögen, daß er wegen der gelungenen Flucht kein Wort verlor. Für ihn war das erledigt und damit vergessen.

Schweren Schrittes ging er näher an die Bildschirme heran. Er hatte Bulls Frage gehört. „Wo wir sind? Auf keinen Fall im Hyperraum oder gar in einem fremden Universum. Dies ist ein ganz normales Sonnensystem, das zu unserer eigenen Milchstraße gehört.“

„Ganz normales Sonnensystem?“ wiederholte Rhodan mit einer Andeutung von Spott. „Sie entwickeln sich zum alleswissenden Supermann, Kalup.“

Der Hyperphysiker schüttelte ungewohnt ernst und gelassen den Kopf. „Ich habe nur schneller gerechnet und beobachtet als Sie. Wenn die Lufthülle eines Planeten blau schimmert, so ist das verständlich. Wenn aber der Weltraum, der bekanntlich ein Vakuum bildet, ebenfalls blau leuchtet, so ist das im allerhöchsten Grade verwunderlich.“

Rhodans Augen verengten sich. Er ahnte etwas.

Kalup fuhr fort: „Wir sind während des Linearflugs von einer unbekannten Kraft aufgehalten worden. Ich vermute, daß wir einen Schutzschirm durchstießen, der mit dem Kompensationsfeld artverwandt sein muß. Andernfalls wären wir abgewiesen oder gar vernichtet worden. Dieser Abwehrschirm erzeugt das Leuchten. Ich möchte dieses System das ‚Blaue System‘ nennen.“

„Ein Abwehrschirm – mitten im Raum?“ fragte Bully fassungslos.

„Eine Kraftblase von solchen Ausmaßen, daß sie in ihrem Hohlraum ein anscheinend sehr großes Sonnensystem mit bestimmt mehr als fünfzehn Planeten aufnehmen kann? Professor, wissen Sie eigentlich, was Sie da behauptet haben?"

Kalup nickte. Seine Augen glänzten. Für ihn, den Wissenschaftler, war die Erscheinung in erster Linie ein faszinierendes Phänomen.

Perry Rhodan und die führenden Offiziere des Schiffes dachten wesentlich praktischer.

Major Hunts Krefenbac, der Erste Offizier, verlor seine Lethargie. Rasch zog er den nächsten Mikrophonarm näher. „Krefenbac an Feuerleitoffizier: Gefechtsbereitschaft herstellen. Objekttaster mit Zentraleschaltung kuppeln, Bestätigung."

Brazo Alkhers Finger begannen wieder zu spielen. In den Quartieren der Freiwache schrillten die Alarmklingeln.

„Feuerleitzentrale, Leutnant Alkher: Gefechtsbereitschaft ist hergestellt, Objekttaster auf Zentralkreis geschaltet, Ende."

Rhodan schaute sinnend zu dem Ersten Offizier hinüber. Dann blickte er Kalup an. „Haben Sie gesehen, wie die Männer über Ihr ‚Blaues System' denken?"

Kalup zuckte mit den Schultern. Eine ärgerliche Handbewegung folgte. „Unsinn. Es muß sich doch herausfinden lassen, was hier gespielt wird."

„Eben, eben, Professor. Deshalb hat Hunts auch die Feuerbereitschaft angeordnet. Mir scheint, junger Mann, die dritte Epoche in der Geschichte der Menschheit beginnt mit einem Paukenschlag. Krefenbac, was würden Sie vorschlagen?"

Ehe der Erste Offizier seine Meinung bekanntgeben konnte, begann es in den akustischen Alarmgebern der im Nebenraum stehenden Strukturtaster mit solcher Lautstärke zu krachen, daß eine Sekunde später sämtliche Sicherungen herausflogen.

Rhodan sagte keinen Ton. Mit einem seltsamen Lächeln spähte er durch die transparente Stahlplastikwand in die Ortungszentrale hinüber. Der diensthabende Ortungsoffizier schaltete die stärksten zur Verfügung stehenden Schockabsorber vor.

Als die Taster zur Anmessung struktureller Verschiebungen im Gefüge des vierdimensionalen Raumes wieder betriebsklar wurden, wurde ein ununterbrochenes Dröhnen vernehmbar.

„Ortungszentrale an Kommandant", klang die Stimme des Diensthabenden aus den Lautsprechern. „Strukturelle Wellenfront mit

Lautstärke dreißig aus rot 14 Grad, grün 3,264 Grad. Steile Amplituden, klares Stoßecho. Da müssen zahllose Raumschiffe transitieren, jedoch sind keine diesbezüglichen Körper feststellbar, Ende."

Rhodan war fassungslos. „Was – Sie orten laufend Strukturerschütterungen, aber von Raumschiffen finden Sie keine Spur?"

„Jawohl, Sir. Die Quelle der Echos liegt 18,25367 Lichtstunden entfernt. Trotzdem ist kein einziges Schiff auszumachen."

„Jetzt schlägt es dreizehn", sagte Bully mit einem unechten Auflachen. „Habe ich dir nicht gesagt, daß wir diesmal eine Überraschung erleben? Unsere Taster fliegen bald in die Luft, aber von Raumfahrzeugen ist nichts zu bemerken. Woher stammen also die Stoßwellenfronten? Wer oder was erzeugt sie? Wenn ich kein durch und durch neugieriger Mensch wäre, der alles ganz genau wissen muß, was ihn eigentlich gar nichts angeht, so würde ich jetzt sagen, wir sollten mit rauchenden Düsen verschwinden."

„Du bist aber ein neugieriger Mensch." Rhodans Gesicht hatte sich spöttisch verzogen. Nachdem er sich umgesehen hatte, meinte er trocken: „Nun, meine Herren, ehe ich mich von Ihnen stundenlang beschwören und mir meine Nervenkraft rauben lasse: Fliegen wir hin und schauen wir nach, wer diesen Lärm verursacht. Wir fliegen mit einfacher Lichtgeschwindigkeit. Krefenbac, peilen Sie den Ausgangspunkt der Echos an und tippen Sie die Werte in die Automatik. Die Offiziere des Schiffes in zehn Minuten zur Lagebesprechung erscheinen. Alkher, Sie nehmen nicht daran teil. Ich brauche Sie in der Feuerleitzentrale. Sie werden später unterrichtet."

Dreihundert hochspezialisierte Männer sahen sich an. Jemand meinte: „Er will es genau wissen, wie? Es lebe das ‚Blaue System' am Rand des galaktischen Zentrums, dessen Sterndichte sagenhaft sein soll. Da sind wir doch hoffentlich, oder?"

„Da mußt du deinen großen Bruder fragen", meinte ein anderer Triebwerkstechniker.

„Der ist nicht hier."

„Gut, dann halte den Mund. Ich möchte nämlich auch gerne wissen, wer in dieser Gegend ein Hyperfeuerwerk abbrennt. Hoffentlich versengen wir uns nicht unsere neugierigen Nasen."

Kopfschüttelnd ging der Mann zu seiner Manöverstation hinüber und schaltete die Fernbeobachtung für Triebwerk II ein. Er glaubte zu wissen, was die Offiziersbesprechung ergeben würde. Er hatte sich auch nicht getäuscht.

Schon eine Stunde später liefen die ersten Befehle ein. Die FANTASY ruckte mit aufbrüllenden Maschinen an. Ziel war der fünfte Planet des Blauen Systems. Es stand einwandfrei fest, daß die Strukturerschütterungen von jener Welt ausgingen oder auf ihr erzeugt wurden.

7.

Rhodans erste Maßnahme nach der Fahrtaufnahme hatte darin bestanden, die gesamte Mannschaft bis auf die Wachbesatzung in die Betten zu schicken. Er war der Meinung, mit ausgeruhten Männern mehr anfangen zu können als mit übermüdeten.

Jetzt waren neunzehn Stunden seit dem Zielanflug vergangen. Die FANTASY befand sich bereits im Bremsmanöver, nachdem man dreißig Minuten zuvor die Bahn des fünften Planeten überflogen hatte.

Auf den Bildschirmen glänzte ein erdähnlicher Himmelskörper mit großen Meeren, ausgedehnten Gebirgen und weiten, grünen Ebenen.

Er besaß eine Schwerkraft von 1,1 Gravos und eine dichte Sauerstoffatmosphäre mit einem kristallklaren, eigenartig hellblauen Himmel. In diesem Raumsektor schien alles blau zu sein, was unter den Männern der Besatzung schon zu einigen Witzen Anlaß gegeben hatte.

Rhodan hatte den fünften Planeten Sphinx genannt, womit er den rätselhaften Charakter dieser Welt zum Ausdruck bringen wollte.

Sphinx besaß zwei Monde. Einer davon war fast merkurgroß, der zweite war ein unbedeutender und anscheinend auch unbewohnter Himmelskörper von Meteoritengröße.

Diese Tatsachen wären weder aufregend noch besonders interessant gewesen, wenn es nahe dem fünften Planeten auch nur ein einziges Raumschiff gegeben hätte. Die Menschen an Bord des Schweren Kreuzers standen vor einem Rätsel.

Die Strukturerschütterungen waren etwas abgeklungen. Dennoch waren sie noch in solcher Stärke anmeßbar, daß man auf einen sehr regen Raumflugverkehr hätte schließen können. Trotzdem war kein

Raumschiff zu entdecken. Noch nicht einmal ein Nahverbindungsboot konnte geortet werden. Es war, als hätten die Bewohner des fünften Planeten noch niemals etwas von der bemannten Raumfahrt gehört. Um so eigentümlicher waren die laufend eingehenden Tasterechos, die den enorm hohen technischen Stand der unbekannten Sphinxintelligenzen einwandfreier bewiesen als tausend lichtschnelle Raumfahrzeuge zusammen.

Vor zehn Minuten schließlich hatten die exakten Meßergebnisse der Ortungsstation einige Klarheit in das Dunkel gebracht.

Die Ursache der ständigen Raumerschütterung lag nicht auf dem fünften Planeten, sondern auf dessen merkurgroßem Mond, der anscheinend ebenfalls eine für Menschen atembare Lufthülle besaß.

Rhodan hatte sich daraufhin entschlossen, den Satelliten anzufliegen.

Die FANTASY glitt in die letzte Bahnellipse hinein. Ihre Geschwindigkeit betrug 7,6 Kilometer pro Sekunde. Die Feuerleitzentrale unter Alkhers Befehl hatte längst Vollalarm erhalten. Der Schwere Kreuzer war klar zum Gefecht, obwohl es hier anscheinend nichts gab, wogegen man sich verteidigen mußte.

Einige kurze Tasterechos waren aufgefangen worden. Daraus hatte man errechnen können, daß die unbekannten Sphinxbewohner die überlichtschnelle Hyperfunkmessung beherrschten. Weshalb sie keine Raumschiffahrt besaßen, wurde zum Problem Nummer eins.

Sphinx war deutlich auf den Bildschirmen zu sehen. Noch klarer konnte die kahle, wüstenhafte Oberfläche des zweiten Mondes erkannt werden. Er umlief seinen Planeten auf einer 53-Stunden-Bahn. Rhodan hatte ihn Ramses genannt.

Die Strukturechos wurden jetzt nicht mehr so häufig empfangen. Trotzdem kam es immer wieder zu äußerst heftigen Ausbrüchen der Hypertaster.

Rhodan wartete noch eine Stunde. Während dieser Zeit ließ er das Versuchsschiff immer näher an den größten Mond des fünften Planeten heransteuern. Es erfolgte weder eine nochmalige Ortung durch fremde Bodenstationen, noch antwortete jemand auf die Funksprüche der Menschen, noch startete ein Schiff, um den Fremdling zu begrüßen oder mit Geschützfeuer zu empfangen. Es war die in ihrer Art unheimlichste Begegnung, die Perry Rhodan jemals mit fremden Intelligenzen gehabt hatte.

Die astronomischen und galaktonautischen Abteilungen des Versuchsschiffes hatten mittlerweile die Größe des Blauen Systems ermittelt.

Die heiße Scnne besaß achtzehn Planeten, unter denen aber anscheinend nur Nummer fünf bewohnt war.

Nachdem die FANTASY den größten Mond des Planeten Sphinx fast zwei Stunden lang umkreist hatte, verlor Rhodan die Geduld.

Die Telepathen John Marshall und Gucky bemühten sich vergeblich, einen einwandfreien Gedankenimpuls aufzufangen. Es stand jedoch fest, daß sich sowohl auf Sphinx als auch auf Ramses viele Millionen denkende Wesen aufhielten, deren Bewußtseinsstrahlung jedoch nicht in der erforderlichen Klarheit aufgenommen werden konnte.

Der Mausbiber zog sich erschöpft zu einem Kontursessel zurück und rollte sich auf dem weichen Schaumstoff zusammen. Schwer atmend legte der Kleine die zierlichen Hände vor die Augen.

Auch John Marshall kapitulierte. Blaß und abgespannt schritt er zu Rhodan hinüber, der die einstündige Bemühung seiner fähigsten Mutanten schweigend beobachtet hatte.

Marshall setzte sich, streckte die Beine aus und blickte sinnend zu den Panoramabildflächen hinauf.

„Nun, John?“

Marshall fuhr sich mit dem Handrücken über die schweißfeuchte Stirn. Besorgt sah er zu Gucky hinüber, dessen zarter Körper von den hohen Belastungen während der unkontrollierten Kreiselbewegung stark mitgenommen worden war.

„Eine verfahrene Situation, Sir“, meinte John vorsichtig. „Ich kann mit den Paraströmen der fremden Gehirne nicht viel anfangen. Alles ist verworren und verzerrt. Ich sehe nebelhafte geometrische Erscheinungen, die in allen denkbaren Farbreflexen schillern. Das ist aber kein befriedigender Empfang, noch nicht einmal ein annähernd ausreichender. Fast möchte ich behaupten ...“

„Was?“

„... die Fremden schirmten sich ab. Es ist nicht ausgeschlossen, daß sie Guckys und meine Versuche bemerkt haben.“

„Das bedingte ein großes Wissen über parapsychische Dinge und die dazugehörenden körperlichen Fähigkeiten, oder?“

„Richtig ...“

Marshall unterbrach sich. Zögernd suchte er Rhodans Blick.

„Ja, John?“

„Ich würde einen sofortigen Rückzug vorschlagen. Etwas stimmt hier nicht. Warum antwortet man nicht auf unsere Funkanrufe? Man ist technisch und kulturell hochstehend genug, um die überall gültigen Grundbegriffe der Mathematik verstehen zu können. Lassen Sie uns umkehren.“

Rhodan schwieg einen Moment, bis er ruhig sagte: „Dafür ist es jetzt zu spät, John. Und sollen wir Intelligenzen von dieser Entwicklungsstufe unbeachtet lassen, nur weil sie uns unheimlich erscheinen?“

„Sie wissen nicht, woher wir kommen“, warf Bully ein.

„Stimmt, aber wir wissen, daß es sie gibt, und das genügt. Ich hätte keine ruhige Minute mehr, wenn wir nicht wenigstens feststellen können, mit wem wir es zu tun haben. Oberst Claudrin!“

Der Epsalgeborene richtete sich in seinem Sessel auf. Seine tiefliegenden Augen funkelten im Licht der Armaturen. „Sir?“

„Bereiten Sie das Landemanöver vor. Wir sehen uns da unten um. Bringen Sie die FANTASY nahe jener eigenartigen Leuchterscheinungen auf den Boden, die uns bisher einige Rätsel aufgegeben haben. Die Gefechtsbereitschaft bleibt bestehen. Landungskommando klar zum Ausschleusen. Leutnant Mahaut Sikhra!“

Der Nepalese meldete sich über die Bordverbindung.

„Kümmern Sie sich um die Ausrüstung Ihrer Männer. Arkonidische Kampfanzüge anlegen. Ich werde Sie begleiten. Die Luft des Mondes ist atembar, die Temperaturen sind erträglich. Das wäre alles.“

Sikhra schaltete ab.

Brazo Alkher fühlte seine Handflächen feucht werden. Augenblikke später begann es außerhalb der Schiffszelle zu pfeifen. Claudrin stieg mit der FANTASY in einer steilen Landekurve ab, wobei er die Luftmoleküle mit den starken Prallschirmen aus der Flugbahn schob.

Die erkannten Leuchterscheinungen kamen näher. Kurz vor der Landung wurden die ersten Lebewesen entdeckt. Die optische Bildvergrößerung zauberte die hochgewachsenen, menschengleichen Gestalten auf die riesigen Bildschirme der Zentrale.

Auch das wäre nicht ungewöhnlich gewesen, wenn es auch nur eine Person für nötig gefunden hätte, den Blick nach oben zu richten. Das Donnern der Triebwerke konnte nicht überhört werden. Unten ging man jedoch seinen Beschäftigungen mit solcher Ruhe und Gelassenheit nach, als geschähe überhaupt nichts.

In zwei Kilometer Höhe fuhr die FANTASY die Landebeine aus.

Wieder zeigten die fremden Intelligenzen keine Reaktion. Sie taten, als wäre die FANTASY nicht vorhanden.

So erfolgte die Landung knapp einen Kilometer von wuchtigen, hoch aufragenden Bauwerken entfernt.

Als die Triebwerke ausliefen und die letzten Druckwellen des Landevorgangs unter gewitterähnlichem Grollen Sand- und Geröllmassen aus dem wüstenhaften Land aufwirbelten, starrten dreihundert Terraner fassungslos auf die zahlreichen Schirmflächen der Außenbordbeobachtung.

Die Strukturtaster sprachen wieder an, diesmal aber in solcher Stärke, daß sie endgültig abgeschaltet werden mußten.

Die Energieortungsgeräte zeigten das Vorhandensein von so mächtigen Kraftwerken an, daß sogar Arno Kalup blaß wurde. Der Strom, der hier erzeugt wurde, hätte ausgereicht, um einige hunderttausend Großraumschiffe der Imperiumklasse mit Energie zu versorgen. Dabei hatte man anscheinend nur ein einziges Kraftwerk angemessen, dessen Aggregate in den riesigen Hallen und Hochbauten der nahen Stadt untergebracht zu sein schienen.

Sonst aber geschah nichts. Die Unbekannten erschienen weder in freundschaftlicher noch in feindseliger Absicht. Sie kamen überhaupt nicht.

Bully schien die Situation am besten zu erfassen, als er grimmig auflachend sagte: „Für die Herrschaften scheinen wir Ungeziefer zu sein, um das man sich nicht kümmert. Wer gäbe sich schon mit umherfliegenden Mücken ab, vorausgesetzt, sie fangen nicht an zu stechen?“

Claudrin stieß eine epsalische Verwünschung aus, die den Terranern nichts sagte.

„Ungeziefer?“ wiederholte Rhodan gedehnt. „Vielleicht hast du gar nicht so unrecht. Ich glaube, wir . . .“

„Entschuldigen Sie, Sir“, wurde Rhodan von dem rasch eintretenden Mediziner Gorl Nikolate unterbrochen. Das dunkle Gesicht des schlanken, hochgewachsenen Mannes verriet seine Erregung.

Mit weiten Schritten durchquerte er die Zentrale. In der Rechten hielt er einige große Folien, die er hastig vor Rhodan auf das abgeflachte Schaltpult legte.

„Röntgenaufnahmen?“ erkundigte sich Rhodan überrascht. „Nanu, von wem haben Sie die angefertigt?“

Nikolate fuhr sich nervös über die gekrausten Haare. Er galt als hervorragender Spezialist für galaktische Anpassungschirurgie. Seine Herz- und Gliedmaßentransplantationen waren berühmt.

„Nicht von unseren Männern, Sir", erklärte er fahrig. „Ich habe kurz vor der Landung einige Fernaufnahmen mit der Röntgenkanone gemacht, das ist alles. Nun, bemerken Sie denn nichts? Hier, schauen Sie sich das an. Das Skelett der Fremden müßte Ihnen alles sagen."

Offiziere und Wissenschaftler umlagerten plötzlich Rhodans Sessel. Perry benötigte eine Sekunde, bis er die Sachlage erfaßt hatte.

„Ich werde verrückt", sagte er ausdruckslos. „Das sind arkonidische Knochengerüste, es gibt keinen Zweifel. Allein die stabilen Brust- und Rückenplatten, die an Stelle der Rippen vorhanden sind, verraten alles. Oder sollte ich mich täuschen, Gorl?"

Dr. Nikolate schüttelte den Kopf. „Keineswegs, Sir. Es ist so. Ich kenne die Arkoniden gut genug, um ruhigen Gewissens behaupten zu können, daß die hier lebenden Intelligenzen zumindest in physiologischer Hinsicht gleichartig sind. Nur besitzen sie nicht die weißen Arkonidenhaare und deren rötlich gefärbte Augäpfel. Auch die Hautfarbe ist nicht so hell, wie wir es von den Arkonbewohnern her kennen. Trotzdem sind die unbekannten Intelligenzen mit den Arkoniden artverwandt."

Dr. Carl Riebsam, Mathematiker und Logiker des Forschungsteams, zwängte sich zwischen den angespannt zuhörenden Männern hindurch. Schweigend griff der schlanke, hochgewachsene Mann nach den Röntgen-Fernaufnahmen.

Rhodan blickte auf seine Kontrollinstrumente nieder. Riebsams starrer Blick – von einer Augenkorrektur herrührend – war unangenehm. Der Logiker legte die Aufnahmen wieder zur Seite.

„Nun, Carl, was meinen Sie?" erkundigte Rhodan sich.

„Da gibt es nicht viel zu meinen. Die Tatsachen sprechen für sich. Mich interessiert die Frage, wer von wem abstammt."

„. . . und sein messerscharfer Verstand fand die Lösung in Sekunden", spöttelte Kalup.

Riebsam ließ sich nicht stören. „Es ist zu klären, ob die uns bekannten Arkoniden Nachkommen der hier lebenden Intelligenzen sind, oder ob diese Leute von arkonidischen Frühkolonisten abstammen. Welche Kultur ist älter? Wer ist von wo ausgewandert? Welches Volk hat sich biologisch und physisch den neuen Umweltbedingungen angepaßt? Die Arkoniden oder die Hiesigen? Stellen Sie das fest, Sir, und Sie wissen mehr."

Riebsam hatte recht – es gab wirklich nicht viel zu meinen. Eigentlich war nur diese eine Frage zu lösen, was allerdings auch nur rein forschungsmäßig interessant sein konnte. Ob es einen praktischen Wert besaß, ließ sich noch nicht absehen.

Rhodan räusperte sich. Anschließend erhob er sich aus seinem Sitz. „Schön, versuchen wir, Klarheit in die Sache zu bringen. Wenn die Arkoniden allerdings von den hiesigen Intelligenzen abstammen sollten, so ist das eine ganz bedeutende Entdeckung."

„Darf man fragen, in welcher Form?" warf Bully ein.

„Oh, in einer für uns wenig angenehmen", Rhodan lachte trocken auf. „Die bekannte Geschichte der galaktischen Expansionspolitik beweist in fast allen Fällen, daß die späten Nachfahren frühzeitig umgesiedelter Kolonisten selten das technische und wissenschaftliche Können der Vorfahren besitzen. Von dem Standpunkt aus betrachtet, möchte ich behaupten, daß die Arkoniden aus dem hier lebenden Volk hervorgegangen sind und nicht umgekehrt."

„Eine kühne Behauptung", sagte Nikolate atemlos. „Sind Sie sicher?"

„Vollkommen. Die Verfassung fast aller Arkoniden spricht dafür. Die schwach gewordenen Körper und das mangelnde Interesse an allen praktischen Dingen des Lebens sind ein weiterer Beweis. Wenn Sie sich dagegen die hier lebenden Wesen ansehen, so erweckt das gar nicht den Eindruck, als neigten sie ebenfalls zur Selbstaufgabe. Ich glaube sogar, daß sie sich im Lauf der Jahrtausende weit genug entwickelt haben, um auf die bemannte Raumschiffahrt verzichten zu können."

Bully suchte sich einen Platz. Plötzlich sah er wie mit anderen Augen auf die Bildschirme.

„Das kann ja heiter werden", meinte er fassungslos. „Wie kommst du nun wieder auf diese Theorie? Wieso sollten die auf die Raumfahrt verzichtet haben? Da komme ich nicht ganz mit."

Carl Riebsam gab die Antwort. Sie schien hieb- und stichfest zu sein. „Die georteten Kraftwerke sollten Ihnen alles sagen, desgleichen die ungeheuren Strukturerschütterungen, die auf eine grandiose Beherrschung der fünften Dimension hindeuten. Wir sollten uns die Leuchterscheinungen näher ansehen. Ich habe einen bestimmten Verdacht."

Rhodan ließ sich von zwei Männern der Besatzung in den schweren, ungefügen Kampfanzug hüllen. Dabei erkundigte er sich mit einem feinen Lächeln: „Ach, Sie haben auch einen Verdacht? Ich auch, mein Lieber. Wenn Sie ebenfalls der Meinung sein sollten, dieser große Mond wäre identisch mit einer riesenhaften Transmitterstation, so können wir uns die Hände reichen. Damit hätten wir nämlich die stichhaltige Erklärung für die vielen Raumerschütterungen gefunden."

Riebsam streckte schweigend die Rechte aus, die Rhodan ergriff. Professor Kalup eilte schleunigst davon. Er war sehr blaß geworden.

Nur Bully sagte ironisch: „Herrlich! Und auf einer solchen Welt sind wir einfach unaufgefordert gelandet. Wahrscheinlich werden Unbekannte jetzt schon darüber nachdenken, was sie mit uns machen sollen. Denken die Herren der FANTASY-Schiffsführung eigentlich noch daran, daß wir beim Eindringen in dieses System eine Art von Energieschirm durchstoßen haben?"

Bull sah sich um. Rhodans Gesicht wirkte verschlossen. Bully nickte sinnend. „Schön, man denkt noch daran. Ich sehe es euren Gesichtern an. Wenn ich ein Angehöriger dieser Vorarkoniden wäre, würde ich mich in erster Linie fragen, wie es der Besatzung des Versuchsraumschiffs FANTASY gelungen sein könnte, diesen gigantischen Schutzschirm zu durchdringen. Wahrscheinlich würde es mir gar nicht passen, Fremde so einfach landen und herumschnüffeln zu sehen. Ich würde euch auf die Finger klopfen, ganz gehörig sogar. Wenn ein Volk den Raumflugverkehr aufgibt, um ihn durch Materietransmitter zu ersetzen, so kann es sich für grenzenlos überlegen halten. Vielleicht resultiert daraus die völlige Nichtbeachtung unseres Schiffes. Wir sind einfach Störenfriede, denen man auf vornehme Art zu verstehen gibt, wie unerwünscht sie sind. Erscheinen den Herren meine Ausführungen logisch?"

Bully stand auf, steckte die Hände in die Außentaschen seiner Kombi und marschierte zu Rhodan hinüber, der eben den Rückentornister mit den Mikroprojektoren für Antigrav- und Deflektorschirme anlegte. Damit wurde der arkonidische Kampfanzug komplett.

„Fast zu logisch", sagte er abwesend. „Du hast nur etwas übersehen oder vergessen zu erwähnen."

„Ach! Und was?"

„Die Frage, warum die sogenannten Vorarkoniden – vielen Dank für die Erfindung dieser Bezeichnung – so unheimlich duldsam sind. Wenn ich soviel zu verbergen und zu behüten hätte wie diese Wesen, hätte ich ein paar neugierige Terraner bestimmt nicht landen lassen.

Wo liegt da das Problem? Weshalb läßt man uns nur unbeachtet, ohne aber den Versuch zu machen, uns auf die umherschnüffelnden Nasen zu schlagen?"

Bull lachte unecht. Als er Marshalls wie erstarrt wirkendes Gesicht bemerkte, verstummte er abrupt. Auch Rhodan wurde aufmerksam. „Was haben Sie, John? Gedankenimpulse?"

Es dauerte noch einige Sekunden, bis der Telepath aus seiner Reglosigkeit erwachte. Verwirrt fuhr er sich über die Augen.

„Jemand hat draußen seinen Gedankenschirm geöffnet", erklärte er hastig. „Ich habe klare Bewußtseinsschwingungen empfangen. Es ist kaum zu fassen – aber man hält uns anscheinend für Arkoniden, die gekommen sind, um sich die ursprüngliche Heimat der Vorfahren anzusehen. Jetzt kann ich nichts mehr hören. Man riegelt sich wieder ab."

Die Nervenanspannung unter den Männern der Besatzung wurde unerträglich. Nur Rhodan schien die Ruhe selbst zu sein.

Bull rief schrill aus: „Wenn du jetzt behauptest, das hättest du dir schon gedacht, dann gehe ich in die Luft!"

Rhodan legte den Waffengürtel mit dem schweren Handstrahler um. Peinlich genau kontrollierte er die Lademarke. Dabei meinte er, ohne aufzusehen: „Dann springe aber nur nicht zu hoch, denn ich hatte es mir gedacht."

„Blödsinn! Du bist nicht allwissend."

„Natürlich nicht, aber ich kann denken. In der bekannten Milchstraße gab es bis vor wenigen Jahren nur ein Volk, das seine Raumschiffe in Kugelform baute. Das waren die Arkoniden, mein Lieber. Neuerdings machen wir es aber auch. Woher also sollen die hiesigen Intelligenzen wissen, daß wir nicht aus dem Arkonsystem, sondern von der Erde kommen? Wahrscheinlich haben sie seit vielen tausend Jahren keinen Kontakt mehr gepflegt. Sie wissen nicht, was auf den mehr als vierzigtausend Lichtjahre entfernten Arkonwelten geschehen ist. Dagegen sind wir aber mit einem Kugelschiff angekommen und das Blaue System haben wir auch entdeckt. Was liegt demnach näher, als die logisch fundierte Annahme, daß wir nur die Nachkommen der vor etwa zwanzigtausend Jahren ausgewanderten Vorarkoniden sein können?"

„Ich pflichte Ihnen bei", erklärte Riebsam. „Man wird annehmen, wir hätten in uralten Unterlagen die Positionsdaten über das Blaue System gefunden. Man greift uns deshalb nicht an, weil man immerhin weiß, daß man mit uns artverwandt ist. Allerdings gibt man uns zu verstehen, wie unerwünscht wir sind."

„Sehen Sie! Da wir aber Menschen mit einem recht dicken Fell sind, werden wir den zarten Wink nicht verstehen. Oberst Claudrin, Sie bleiben an Bord zurück. Schiff gefechtsklar halten, Maschinen für den Fall eines Alarmstarts laufen lassen. Kümmern Sie sich nicht um uns. Wir sehen uns nur kurz um. Je länger man uns für Arkoniden hält, um so besser ist es. Wenn man allerdings herausfinden sollte, daß wir mit den Nachkommen der damaligen Kolonisten nur die äußere Gestalt gemeinsam haben, könnte es Zeit zum sofortigen Rückzug werden."

Bully rief nach einem Einsatzanzug. Im Maschinenleitstand summten die Schaltfelder, und in den Kraftwerksälen liefen die Stromreaktoren erneut an.

Die Triebwerke zeigten Grünwert. Die FANTASY war klar zum Notstart. Nur in der Feuerleitzentrale gab es nicht mehr viel zu tun, da bereits alles getan worden war.

Das Robotkommando unter Leutnant Stana Nolinow wurde nicht ausgeschleust. Nur ein Teil der Besatzung ging von Bord. Rhodan verwendete dazu drei Shifts, die geländegängigen und flugfähigen Allzweckfahrzeuge, über die auch der Versuchskreuzer verfügte.

Nur dreißig Mann betraten den Boden der fremden Welt. Der doppelköpfige Mutant Iwan Goratschin blieb an Bord zurück. Gucky, John Marshall und der Telekinet Tama Yokida verließen zusammen mit den Männern des Einsatzkommandos die Bodenschleuse.

Menschen, die es ihrer Natur nach nicht unterlassen konnten, ein einmal entdecktes Rätsel zu lösen, schickten sich an, die Geheimnisse eines wahrscheinlich uralten Kulturvolkes zu erkunden. Es war ein verwegenes Vorhaben, aber daran waren die Männer des terranischen Erprobungsteams gewöhnt.

„. . . . an Auris von Las-Toór: Feststellen, woher die Fremden kommen und wieso es ihnen gelungen ist, den Zeitschirm zu durchdringen."

Das Mädchen nahm die Anweisung aus dem Nachrichtentransmitter, schob die aufgebrochene Hülle in den Einwurfschlitz und drückte auf den Kontaktgeber.

In einer hellen Leuchterscheinung verschwand die Kapsel, um gleich darauf im Empfangsgerät der Nachrichtenzentrale wieder rematerialisiert zu werden.

Aufmerksam las Auris den schriftlich niedergelegten Befehl des Regierenden Rates.

„Sie werden übermütig“, sagte ein älterer Techniker und deutete dabei auf die Bildschirme. „Sie verlassen ihr Schiff. Gute Sitten und Gebräuche scheinen sie nicht mehr zu kennen. Sie sind entartet, minderwertig geworden. Gib ihnen zu verstehen, daß sie unerwünscht sind, und sorge für den schleunigsten Abflug des Raumschiffs.“

Auris von Las-Toór neigte den Kopf. Mit dem nüchternen Interesse der Wissenschaftlerin musterte sie die klar erkennbaren Fremden, die soeben über die ersten Reaktorstationen hinwegflogen.

„Sie zeigen keine körperlichen Degenerierungserscheinungen“, meinte der alte Techniker. „Erstaunlich. Weise sie in ihre Schranken zurück.“

Auris fuhr sich mit beiden Händen über die langen, kupferroten Haare. Sie legte ihren Schirmfeldprojektor an, griff zum kurzen Schulterumhang und ging auf die lautlos aufgleitenden Sicherheitstore der Transportstation zu.

Zwei weitere Schritte brachten sie in den Wirkungsbereich des Transmitterfelds. Der Techniker beobachtete die Auflösung ihres schlanken, hochgewachsenen Körpers.

Ohne einen meßbaren Zeitverlust rematerialisierte das Mädchen im Empfangsgerät auf dem größten Mond des Planeten.

Auris von Las-Toór war bereit, die Anweisung des Regierenden Rates auszuführen.

Gelassen beobachtete sie die Landung der drei Luftfahrzeuge. Es mußte etwas getan werden.

„Sie werden in das Strukturfeld hineinlaufen“, erklärte ein Techniker der Großschaltstation 18-IV-3645. „Sollen sie wie Gäste behandelt werden?“

„Auf keinen Fall“, lehnte Auris ab. Ihre Stirn runzelte sich unwillig. „Ihr Verhalten ist unanständig. Sie müssen bemerkt haben, daß wir nicht daran denken, ihre plumpen Annäherungsversuche zu erwidern. Schicke mir einen Robotgleiter und informiere die Reisenden. Die Fremden sind nicht zu beachten.“

8.

Kurz vor der Ausschleusung hatte Rhodan den Befehl erteilt, von nun an nur noch die arkonidische Sprache zu gebrauchen. Jeder Mann der Besatzung beherrschte sie einwandfrei. Sie waren unangefochten über die riesigen Hallen und Kuppelbauten der georteten Kraftwerkzentrale hinweggeflogen.

Weit jenseits der Gebäude, die von oben betrachtet die Ausdehnung einer größeren Stadt besaßen, waren jene Leuchterscheinungen sichtbar geworden, die man bereits vor der Landung der FANTASY erkannt hatte.

Es waren torartige, blaß- bis tiefrot leuchtende Energiebahnen, die übergangslos aus dem Boden hervorkamen, um sich in fünfzig bis dreihundert Meter Höhe bogenförmig zu vereinigen.

So entstanden eigentümliche Pforten, in deren Eingangsöffnungen die Welt zu enden schien.

Rhodan setzte alles auf eine Karte. Die drei Shifts landeten nur wenige hundert Meter von der größten Erscheinung dieser Art entfernt. Das unbekannte Volk hatte breite, kilometerlange Straßen angelegt, die alle vor den dunklen, gähnenden Schlünden der energetischen Säulen endeten. Es war, als würden die Fahrbahnen dort abrupt abgeschnitten werden.

Dreißig Terraner sahen atemlos zu den unzähligen Fremden hinüber, die teils aus umliegenden, zumeist langgestreckten Hallen heraustraten oder auf dem weiten, vor den Energiesäulen liegenden Gelände damit beschäftigt waren, Handelsgüter aller Art zu verladen.

Riesige, robotgesteuerte Maschinen krochen aus den Silos hervor. Die auf Antigravfeldern transportierten Gegenstände wurden auf radlosen, schalenartigen Lastfahrzeugen verstaut, die nach der Beladung leise summend anruckten und wie schwerelos auf einen der vielen Torbogen zuglitten.

Es war klar, daß es sich um Transmitter handeln mußte, jedoch um solche, die man weder auf der Erde noch im Arkonsystem bauen konnte.

Rhodan beobachtete aufmerksam die verschiedenartigen Vorgänge, bis er sicher war, den Charakter dieser weitläufigen Anlagen folgerichtig erkannt zu haben.

Dieses unübersehbar weitläufige, von zahllosen Transmitterfeldern übersäte Gelände war nicht mehr als ein Raumhafen zur Abfertigung des allgemeinen Güter- und Personenverkehrs. Was hier geschah, war im Prinzip weder unheimlich noch ungewöhnlich, sondern nur technisch hochstehend.

Die Vorarkoniden – wenn es sich überhaupt um solche handelte – hatten einen gangbaren und technisch ausgereiften Weg gefunden, die Raumschiffsreisen zu fernen Planeten abschaffen zu können.

Wenn es sich bei den Bogenfeldern um Transmitter zur Entstofflichung und Beförderung von Materie aller Art handelte, so geschah der Transport ohne jeden Zeitverlust und ohne mühevolle Be- und Entladungsarbeiten.

Rhodan wußte nun, wozu es in unmittelbarer Nähe eine derart gewaltige Kraftstation gab. Sie versorgte die einzelnen Transmitter mit Energie, jedoch waren nirgends stromführende Kabel oder feldisolierte Freiluftleiter zu sehen.

Wie die Transmitter ihren Arbeitsstrom erhielten, war nicht feststellbar. Auch die fraglos vorhandenen Steuer- und Synchronisierungsschaltungen konnten nicht entdeckt werden.

Rhodan und die Wissenschaftler des Teams hatten bereits genug gesehen, um sich ein Bild über den technischen Stand der hiesigen Intelligenzen machen zu können.

„Sieh dir das an", sagte Bull gepreßt. Seine wasserblauen Augen waren weit aufgerissen. Rhodans Blick folgte der Hand des Freundes.

Weiter drüben, knapp dreihundert Meter entfernt, brummte eine endlos lange Kette von riesigen, radlosen Schwebeplattformen auf eines der größten Transmittertore zu.

Die Schweber beförderten Maschinenungetüme, sorgsam verpackte Güter und unübersehbar viele Vorarkoniden, die in Reihe und Glied und in bester Ordnung auf den Prallfeldgleitern saßen.

Dort, wo der dunkle, unheimlich gähnende Schlund des Entstofflichungsbogens begann, verschwand ein Fahrzeug nach dem anderen in einer kurzen, gleißend hellen Leuchterscheinung. Es dauerte nur wenige Minuten, bis die gesamte Kolonne aufgelöst worden war, um wahrscheinlich im selben Augenblick auf einer fernen Welt von einem ganz ähnlichen Empfangstransmitter ausgestoßen zu werden.

„Gegen diese Leute sind wir Waisenknaben", behauptete Bully mit einem unsicheren Lächeln. „Wahrscheinlich können sie beliebig große Entfernungen überbrücken."

„Sie müssen auf jedem ihrer Stützpunkte wenigstens ein Empfangsgerät haben", meinte Leutnant Sikhra. Sein schmales Gesicht wirkte verkniffen. „Wenn ich mir die Sache genauer überlege, so bleibt gar keine andere Wahl, als anzunehmen, daß die Vorarkoniden doch noch eine bemannte Raumschiffahrt besitzen. Wie sollten sonst die unbedingt erforderlichen Empfänger auf die Zielwelten kommen? Oder meinen Sie, man würde hier Geräte verwenden, die *ohne* Empfänger auskommen? Das wäre unheimlich."

„Ausgeschlossen ist es nicht. Das Geistwesen auf Wanderer beherrscht diese Kunst. Im Superschlachtschiff DRUSUS gibt es einen von Wanderer stammenden Fiktivtransmitter, mit dem man entstofflichte Materie zu einem beliebigen Ort schießen kann."

„Diese Anlagen sehen aber nicht danach aus", lehnte Bull schroff die Überlegungen ab. „Nun macht es nur nicht so wild. Ich komme mir ohnehin schon vor wie ein Affenmensch. Was hast du vor?"

„Schleunigst umkehren", sagte Rhodan nach einer Weile. „Die Herrschaften kümmern sich nicht um uns. Für sie sind wir wie schlechte Luft. Sikhra, rufen Sie Ihren Sergeanten zurück."

Mahaut winkte einem kleinen, dunkelhaarigen Mann des Einsatzkommandos zu. Sergeant Totrin bemühte sich seit Minuten, mit den vorübergehenden Intelligenzwesen ins Gespräch zu kommen.

Totrin war ein Mann mit Humor, und außerdem war er duldsam. So zeigte er nur ein nichtssagendes Lächeln, wenn man ihn einfach stehenließ oder durch ihn hindurchblickte, als bestünde er aus Luft.

Etwas aber hatte Totrin herausgefunden. Als er Sikhras Wink bemerkte, schlenderte er langsam zu dem vordersten Shift zurück und schwang sich über die niedere Brüstung des Laderaums.

„Nun?" fragte Rhodan beunruhigt.

Totrin verzog das Gesicht. „Nichts zu machen, Sir. Keiner antwortet. Wenn man im Weg stehenbleibt, machen sie einfach einen Bogen. Sie unterhalten sich weiter und tun so, als wären sie nicht angesprochen worden. Ich habe es etwa fünfzigmal bei den verschiedensten Einheimischen versucht. Die meisten haben kupferfarbene Haare, viele jedoch dunkle, bläulich schimmernde. Die samtbraune Haut haben sie alle. In der Hinsicht sehen sie keineswegs wie Arkoniden aus, aber dafür sprechen sie Arkonidisch."

Rhodan runzelte die Stirn.

„Was?“ fragte er gedehnt. „Was tun sie?“

„Sie sprechen Altarkonidisch. Ich habe sie ganz gut verstehen können. Das ist ungefähr die Sprache, die auf den arkonidischen Kolonialwelten gesprochen wird. Wichtiger ist aber, daß man die blaue Sonne dieses Systems Akon nennt.“

„Da haben wir es“, schnaufte Bully nervös. „Akon. Wenn man noch den Buchstaben ‚R‘ einfügt, haben wir Arkon. Ganz klar, daß die heutigen Arkoniden vor langer Zeit von hier aus in den Raum vorgestoßen sind. Unser guter Freund Atlan sollte sich nicht zu viel auf die große Vergangenheit seines Volkes einbilden. Die Arkoniden sind nicht mehr als Nachkommen dieser Wesen.“

„Ein Schwebefahrzeug kommt auf uns zu, Sir“, wurde gemeldet.

Rhodan drehte sich rasch um.

Der Gleiter huschte über die breiten Fahrbahnen hinweg und hielt genau auf die drei Shifts zu.

„Oh, man verliert die Geduld, wie?“ murmelte Rhodan wie im Selbstgespräch. Seine Augen verengten sich. Die blaue Sonne meinte es fast zu gut. Die Temperatur lag bei 29 Grad Celsius.

Er wartete noch einige Augenblicke, bis die in dem Gleiter sitzende Person erkannt werden konnte.

„Eine Frau, sogar eine junge und schöne Frau schickt man“, erklärte John Marshall schnell. „Sie denkt an uns und an eine bestimmte Aufgabe. Diese Wesen strahlen instabile, verzerrte Paraschwingungen aus, Sir. Es ist sehr schwierig, das Gedankengut klar zu erfassen.“

„Stimmt genau“, bestätigte Gucky, der sich seit der gelungenen Flucht aus der Materiewolke schweigsam verhielt. Jedermann wußte, daß der zartgebaute Mausbiber unter den Nachwirkungen der hohen Gravobelastung zu leiden hatte.

„Sie denkt an eine Aufgabe?“ wiederholte Rhodan. „Sikhra, fertig machen zum Start. Wenn sie weiterhin auf uns zufliegt, brausen wir los. Wer weiß, was sie im Schilde führt.“

„Eine schwache Frau?“ meinte Bully spöttisch.

„Für mich ist das nicht nur eine schwache Frau, sondern die Vertreterin eines großen Volkes, das unter Umständen seine Duldsamkeit verlieren und bösartig werden kann. Was uns dann blüht, brauche ich wohl nicht zu sagen.“

„Sie kommt wirklich zu uns“, erklärte Gucky etwas lebhafter. „Sie denkt an etwas Kleines, Krabbelndes mit Fühlern am Kopf, und sie ekelt sich dabei. Sie bringt das krabbelnde Ding mit uns in Verbindung."

„Wanzen", sagte Reginald Bull in lakonischer Kürze.

„Die haben keine Fühler, Sir." Mahaut Sikhra grinste.

„Egal, vielleicht haben die hiesigen Wanzen welche. Das ist doch die Höhe. Diese Dame scheint von ihrem Volk noch mehr überzeugt zu sein als seinerzeit die Arkonidin Thora. Für sie waren wir auch nur bessere Höhlenbewohner."

Rhodan zuckte zusammen, und Bull sah sich schuldbewußt um. Seit Thoras Tod wurde ihr Name in Perrys Gegenwart nur selten erwähnt.

„Sikhra, fliegen Sie los. Zurück zum Schiff. Tempo!"

Die drei Shifts hoben mit summenden Antigravprojektoren vom Boden ab, als die Wissenschaftlerin Auris von Las-Toór soeben ihren Gleiter anhielt.

Zum erstenmal wunderte sie sich über die Fremden. Als ein großer, hochgewachsener Mann mit prägnanten Zügen und grauen Augen spöttisch die Mütze vom Kopf zog und in halb sitzender Haltung eine angedeutete Verbeugung machte, fühlte sich Auris verwirrt.

Konsterniert schaute sie den davonjagenden Fahrzeugen nach, die Sekunden später hinter den Hallen der Kraftwerkzentrale verschwanden.

Hastig gab Auris die Nachricht per Funk an ihre Zentrale weiter. Sie erhielt die Anweisung, die offenbar verschreckt aufgebrochenen Fremdlinge nicht mehr zu belästigen.

Auris konnte sich nicht erklären, warum sie an dem Begriff „verschreckt" unvermittelt zu zweifeln begann. Dieser große, überlegen und beherrscht wirkende Mann hatte nicht den Eindruck erweckt, als wäre er vor ihr geflohen.

Sie versuchte, klar und vorurteilslos über die Situation nachzudenken. Endlich entschloß sie sich, auf dem schnellsten Weg zu ihrer Zentrale zurückzukehren, um weitere Informationen über die Frühgeschichte der arkonidischen Auswanderer einzuholen.

Auris von Las-Toór war Galakto-Soziologin. Es gehörte zu ihrem Aufgabenbereich, die sozialpolitischen Probleme auf fremden, von Akonen besiedelten Welten zu überprüfen und sie gegebenenfalls nach den Richtlinien der uralten Gesetze zu bearbeiten.

Als sie in schneller Fahrt zum Transmitterstützpunkt zurückflog, war sie der Meinung, die Lage ohne besondere Komplikationen klären zu können. Unwillig über sich selbst, versuchte sie, die hochgewachsene Erscheinung aus ihrem Gedächtnis zu verbannen. Wenn dieser Mann nur nicht so spöttisch und überlegen auf sie hinabgesehen hätte.

Leutnant Brazo Alkher zog die Fingerkuppen von den stufenlosen Waffenzielschaltern zurück, als der letzte Shift wohlbehalten in der großen Äquatorialschleuse der FANTASY verschwunden war.

Stana Nolinow, der augenblicklich nicht von der Schiffsführung beansprucht wurde, war vor einigen Minuten in der Feuerleitzentrale erschienen, um Brazo genau über die letzten Neuigkeiten zu informieren.

„... niemand hat auf unsere Leute geachtet", sagte er lautstark. „Eine Frechheit ist das. Aber das Mädchen – hm, Klasse!"

Er rollte mit den Augen und schnalzte mit den Fingern.

„Hast du sie gesehen, Brüderchen? Nein, natürlich nicht. Du mußtest ja auf deinen Zielschirm blicken. Ich aber habe an der Fernbildübertragung teilgenommen. Mahaut hatte mir versprochen, alle wesentlichen Dinge mit der tragbaren Kamera einzufangen. So habe ich sie gesehen. Stell dir die schlanke, pneumatische Figur ..."

„Wie?"

„... pneumatische Figur einer Göttin vor", fuhr Stana ungerührt fort. „Haare lang, leicht gewellt und von der Farbe alten Kupfers, das bei einem bestimmten Lichteinfall grünlich schimmert. Dazu die schmale, gradrückige Nase einer edlen Griechin, die vollen Lippen der Spanierin und die abweisende Kühle einer englischen Königin. Sie hat Eis in den grünen Sphinxaugen, aber als sie Rhodan sah, hat sie zweieinhalbmal schneller geatmet als vorher."

„Nicht dreimal so schnell?"

„Zweieinhalbmal, ich habe mitgezählt."

„Finden Sie diesen Leutnant nicht etwas närrisch, Sergeant Enscath?" erkundigte sich Brazo bei dem alten Unteroffizier.

„Es steht mir nicht zu, die Offiziere des Schiffes in aller Öffentlichkeit zu beurteilen", schmunzelte Enscath.

„Das möchte ich Ihnen auch geraten haben", drohte Stana. „Freunde, ihr habt ja keine Ahnung, welche himmlischen Erscheinungen es auf diesem wüstenhaften Mond gibt. Ihr seht mich hingerissen, durcheinandergewirbelt und bereit, mein Leben für die Menschheit zu opfern, vorausgesetzt, ich darf mit ihr über das Schicksal der FANTA-

SY-Besatzung verhandeln. Ich würde lächelnd in den Tod schreiten, ach was – springen, aber dann wäre ich ..."

„Besatzung auf Manöverstationen!" dröhnte Claudrins Stimme aus allen Lautsprechern. „Klar zum Alarmstart, Bestätigung!"

Stana verstummte. Gekränkt sah er sich um.

„So ein Rohling", murmelte er. „Mich derart grob zu unterbrechen. Habt ihr überhaupt zugehört? Ich habe von ihr gesprochen."

„Stimmt, aber jetzt entfleuche zu deinen Robotern, du verhinderter Dichter", sagte Brazo gefühlskalt.

Stana stapfte wortlos auf die Panzerschleuse zu.

Sergeant Enscath meinte besorgt: „Sir, wir sind um Ihr Wohlergehen bemüht. Wenn Sie vielleicht einem Roboter eine rote Perücke aufsetzen wollen – ich könnte einmal mit dem Lageroffizier sprechen."

Stana warf Enscath einen vernichtenden Blick zu. „Schafskopf!"

Als er verschwunden war, erhob Brazo Alkher dozierend den Zeigefinger. „Es sollte festgestellt werden, ob ein Offizier des Schiffes berechtigt ist, verdiente Besatzungsmitglieder zu beleidigen."

„Wohin willst du fliegen?" ächzte Bully fassungslos. „Wohin?"

Rhodan schnallte sich in seinem Sessel fest. Weit unter ihm arbeiteten die Antigravprojektoren. Sie hoben die auf das Schiff einwirkende Schwerkraft des großen Mondes auf.

„Zum fünften Planeten dieses Sonnensystems, genannt Sphinx", erklärte Rhodan sachlich.

„Verrückt! Wir haben genug gesehen. Meine obersten Halswirbel beginnen zu jucken, was bekanntlich ein schlechtes Vorzeichen ist."

„Du bist zu fett!" schrie Gucky schadenfroh.

Reginald Bull winkte erregt ab. „Halt den Schnabel, Kleiner. Die Sache ist ernst. Perry, was hast du vor?"

„Nicht viel. Ich will mich kurz auf Nummer fünf umsehen, um festzustellen, was dort gespielt wird. Dieser Mond ist ein einziges Kraftwerk mit bereits bekannten Funktionen. Ich möchte wissen, wie die Akonen, die wir von nun an so nennen wollen, ihre Empfangsgeräte auf die Zielplaneten bringen. Dazu wäre es in der Tat erforderlich, eine Raumflotte zu unterhalten. Wo sind diese Schiffe? Wie schnell sind sie? Welche Triebwerke werden von den Akonen verwendet? Was noch wichtiger ist: Wie steht es mit eventuellen Eroberungsgelüsten dieser Leute? Es wäre mir durchaus nicht angenehm, eines Tages auf der Erde geheimnisvolle Torbogentransmitter zu finden, aus denen Millionen Kampfroboter hervormarschieren. Wenn man die Herrschsucht der alten Arkoniden berücksichtigt, so muß man sich zwangsläufig fragen, wie das Volk, aus dem sie hervorgegangen sind, in dieser Hinsicht eingestellt ist. Wir fliegen zum Planeten Sphinx hinüber. Fertig, Jefe? Starten Sie."

Bullys Worte gingen im Donnern der Triebwerke unter. Die FANTASY raste mit so hohen Beschleunigungswerten in den Raum, daß sie Sekunden später nicht mehr zu sehen war. Nur eine heiße Druckwelle pfiff über das riesige Gelände des seltsamen Transmitter-Raumhafens hinweg.

Ein Schalttechniker der Akonen rief erzürnt aus: „Sie kennen wirklich keine Höflichkeit mehr! Man sollte ihnen eine Lektion erteilen!"

Die Reise dauerte nur wenige Minuten. Es machte dem Epsalgeborenen Spaß, eine Gewaltlandung durchzuführen.

Der Schwere Kreuzer raste in die aufglühende Lufthülle des fünften Planeten hinein und begann erst in den unteren Schichten der Atmosphäre mit dem Bremsmanöver.

Dazu meinte der Kommandant sachlich: „Geortet hat man uns sowieso. Es liegt kein Grund vor, besonders behutsam zu sein. Wenigstens sollen sie sehen, daß Terraner mit großen Raumschiffen umgehen können."

„Großer Jupiter", sagte Bully gereizt. „Warum unternehmen diese Akonen nichts? Claudrin rasiert ihnen mit der Druckwelle ganze Wälder ab. Jetzt bin ich nur einmal neugierig, wann sie endlich die Geduld verlieren."

„Ich auch", meinte Rhodan. „Lange geht das nicht mehr gut. Jefe, da vorn tauchen Städte auf. Wir landen auf dem ersten besten Raumhafen, den wir ausmachen können. Schiff bleibt klar zum Alarmstart. Energiezentrale melden!"

Der diensthabende Ingenieur erschien auf dem Verbindungsschirm.

„Wir landen gleich", erklärte Rhodan in aller Ruhe. „Versuchen Sie, mit Ihren Energie- und Massetastern eventuell abgestellte Raumschiffe zu orten. Nehmen Sie als gegeben an, die akonischen Raumer flögen ebenfalls mit Lineartriebwerken. Stellen Sie Ihre Ortungspeiler auf die dementsprechenden Impulse ein. Alles klar?"

„Verstanden, Sir. Wir werden uns bemühen."

„Was haben Sie eben gesagt?“ klang Kalups Stimme aus den Geräten. Er hatte mitgehört. „Sind Sie etwa der Meinung, die hiesigen Intelligenzen hätten ebenfalls den linearen, sprungfreien Hyperantrieb entwickelt?“

„Ich bin sogar davon überzeugt. Es muß nicht direkt eine Kopie unseres Kompensationskonverters sein, aber auf ähnlicher Basis werden die Aggregate schon funktionieren.“

„Ich verlange eine beweiskräftige Erklärung!“ schrie Kalup in seiner cholerischen Art.

„Zu verlangen haben Sie zwar nichts, junger Mann, aber ich will es trotzdem tun.“

„Frechheit!“

„Zur Kenntnis genommen. Wir sind nur deshalb unbeschadet durch das eigenartige Energiefeld gekommen, weil wir mit dem Kalup flogen. Wenn die Akonen diesen blauen, systemumspannenden Riesenschirm ebenfalls durchkreuzen, müssen sie ein ähnliches Kompensatorfeld benutzen, oder sie hätten sich selbst eingesperrt. Natürlich besteht die Möglichkeit, daß sie Strukturlücken schaffen und durch diese in den Raum vordringen. Dennoch bin ich davon überzeugt, daß dieses Volk schon lange die Linearflugtechnik beherrscht. Genügt Ihnen das?“

„Erst dann, wenn ich die verschiedenen Möglichkeiten durchgerechnet habe.“

„Tun Sie das, Professor. Ich bin neugierig auf Ihre Ergebnisse.“

Augenblicke später fuhr die FANTASY die Landebeine aus. Der marsgeborene Chefingenieur, Slide Nacro, schaltete die Strommeiler herunter, um sie direkt nach dem Aufsetzen wieder voll auszufahren.

Die FANTASY hatte sich wie ein angriffslustiges Ungeheuer mitten auf eine riesige Ebene gesetzt, die nur einen Raumhafen darstellen konnte.

9.

Die Männer des Einsatzkommandos unter Mahaut Sikhras Führung kamen zurück. Rhodan hatte den kleinen Erkundungstrupp mit Hilfe der Helmsenderübertragung verfolgt und dabei festgestellt, daß eine Kontaktaufnahme wiederum mißlungen war.

Zwanzig Minuten nach der Landung, um die sich anscheinend niemand gekümmert hatte, waren die ersten Ergebnisse der Ortungsstationen eingelaufen. Auf dem Hafen gab es Raumschiffe, deren Triebwerksimpulse empfangen werden konnten.

Nach der erfolgten Auswertung in der mathematischen Abteilung und unter Kalups persönlicher Leitung stand es fest, daß die Akonen, wie bereits vermutet, den Linearflug beherrschten. Sie arbeiteten mit einem kompensatorähnlichen Schirmfeld, das dem des Kalupkonverters sehr ähnlich – allerdings viel ausgereifter – war.

Arno Kalup war außer sich. Unbegrenzte Möglichkeiten zur Fortentwicklung der terranischen Neukonstruktion zeichneten sich ab. Trotzdem bestanden offenbar keine Möglichkeiten, die Akonen zu bewegen, ihre Geheimnisse preiszugeben.

Mahaut Sikhra war nicht nur wegen der Kontaktversuche ausgeschickt worden. Seine Mitarbeiter trugen Spezialmeßgeräte, mit denen ermittelt werden sollte, ob es sich bei den georteten Raumschiffen um abgestellte Museumsstücke oder um betriebsklare Fahrzeuge handelte.

Gucky war vor einigen Minuten verschwunden. Es war ihm anscheinend gelungen, in eine der von Schutzschirmen abgeriegelten Abstellhallen hineinzukommen.

Weit entfernt, fast nicht mehr erkennbar, ragten die typisch arkonidischen Trichterbauwerke in den blaßblauen Himmel. Allein diese eigentümliche Architektur bewies, daß die Arkoniden von diesem Volk abstammten. Sie hatten die Sitten und Gebräuche der Vorfahren beibehalten, schließlich aber im Lauf der Jahrtausende eine eigene, stets fremdartiger werdende Kultur entwickelt.

Rhodan hatte es nicht gewagt, die Großstadt zu überfliegen. Er hatte das Gefühl, die Geschehnisse bereits auf die Spitze getrieben zu haben.

Zudem sah es ganz danach aus, als wäre die Stille gleichbedeutend mit der Ruhe vor dem Sturm. Auf dem weiten Raumhafen waren die Fahrzeuge zurückgezogen worden. Weit und breit war kein Akone zu sehen. Stärker hätte man die Mißachtung nicht ausdrücken können.

„Etwas wird in aller Kürze geschehen", behauptete Bully beunruhigt. „Entweder verwandelt man uns in eine radioaktive Wolke, oder man unternimmt etwas, wovon wir keine Ahnung haben."

Mahaut Sikhra trat ein. Er trug nur die Uniform. Rhodan hatte die Anweisung erlassen, die arkonidischen Kampfanzüge nicht mehr anzulegen, da sie provozierend wirken könnten. Dabei warf sich nur die Frage auf, was nun provozierender war: die ungebetene Landung oder das eventuelle Tragen von Ausrüstungen, die augenscheinlich einem kriegerischen Zweck dienten. Alles in allem war das Tun der Terraner eine Unverschämtheit, worüber Rhodan sich auch keinen Illusionen hingab.

Sikhra grüßte korrekt. Sein Gesicht glänzte schweißnaß. Die blaue Sonne Akon strahlte eine unangenehme Hitze aus.

„Was haben Sie entdeckt?"

Mahaut nahm die Mütze ab. Sein Gesicht drückte seinen Unwillen aus. „Nicht viel, Sir. In der Nähe der Hallen sind Energiefelder aufgebaut worden. Wir kamen nicht hindurch. Es steht aber trotzdem fest, daß die georteten Raumschiffe ‚heiße' Triebwerke haben. Das sind keine Museumsstücke, sondern einsatzklare Raumer. Akonen haben wir keine getroffen. Zwei Mann zogen sich fluchtartig zurück, als sie uns über das Landefeld kommen sahen. Man will weder mit uns sprechen noch scheint man Wert darauf zu legen, unsere Nähe zu suchen. Das ist alles."

„Es genügt." Rhodan lachte humorlos auf. „Fertig zum Start. Wir warten nur noch auf Gucky."

Der Mausbiber materialisierte drei Minuten später mitten in der Zentrale. Er war wieder erschöpft.

Marshall trug ihn zum nächsten Lager hinüber und bettete ihn auf die weichen Polster.

Von dort aus erklärte der Trampbewohner: „Ich bin hineingekommen, aber die Schirme sind kaum zu durchdringen. Es kostet eine Menge Kraft. Die Raumschiffe habe ich gesehen. Sie werden nochmals durch Energiefelder abgeriegelt."

„Wie sehen sie aus? Kugelförmig?“ fragte Rhodan.

„Natürlich kugelförmig. Nur die beiden Pole sind abgeplattet. Ringwülste haben sie aber. Sie sind auffallend klein.“

„Das sind die Transporter zum Aufbau der Gegenstationen“, behauptete Claudrin. „Also, worauf warten wir noch? Wir sollten nun genügend über diese Wesen wissen.“

„Ortungszentrale: Zwei Fahrzeuge sind plötzlich vor dem Schiff erschienen“, klang eine erregte Stimme auf.

Rhodan fuhr zusammen. Steif ging er zu den Kontrollen hinüber und schaltete die Bodenschirme ein.

Zwei große Schweber, elegant geformt und transparent überdacht, hielten nur wenige Meter von der Polschleuse entfernt.

„Wie sind die unter das Schiff gekommen?“ fragte Rhodan. „Hat sie jemand näher kommen sehen?“

„Nein, Sir, es erfolgte vorher keine Ortung. Sie waren plötzlich da.“

„Funkzentrale spricht“, meldete sich ein anderer Offizier. „Wir werden angerufen. Altarkonidische Sprache, Sir. Sie werden gebeten, zu einer Besprechung aus dem Schiff zu kommen.“

„Gebeten?“

„Jawohl, Sir. Soll ich auf Ihre Lautsprecher umschalten?“

„Nicht nötig, darauf habe ich gewartet. Geben Sie durch, ich würde mich beeilen. Ende.“

Rhodan griff nach der Schirmmütze. Claudrin stand langsam auf.

Es wurde still in der Zentrale, bis Bull meinte: „Wie sind sie unter das Schiff gekommen? Die Kugelzelle durchmißt zweihundert Meter. Demnach müssen sie hundert Meter unter ihr durchgefahren sein, um die Bodenschleuse überhaupt erreichen zu können.“

Eine weitere Unterbrechung erfolgte. Die Ortungszentrale meldete sich erneut. „Wir empfangen undefinierbare Echos, die anscheinend aus dem Innern der FANTASY kommen. Es hört sich an, als handle es sich um sehr kurzwellige Tasterimpulse.“

„Sind das wieder Funksignale?“

„Auf keinen Fall, eher Zahlengruppen und Symbole. Ich weiß nicht, was ich davon halten soll.“

Rhodan schaltete ab. „Claudrin, Bully, Marshall und Leutnant Nolinow – Sie begleiten mich. Gehen wir.“

„Leichtsinn“, sagte Bull. „Bodenloser Leichtsinn. Du solltest bemerkt haben, daß uns die gleiche Dame erwartet, vor der wir auf dem Transmittermond ausgerissen sind.“

Rhodan lächelte rätselhaft. „Was du nicht sagst. Hattest du tatsächlich angenommen, ich hätte diese Frau übersehen?“

Er schüttelte vorwurfsvoll den Kopf. Zwei Etagen tiefer rannte Stana Nolinow keuchend zum Zentralelift. Als er in das Antigravfeld sprang und nach unten glitt, versuchte er noch, seinen verrutschten Kragen in Ordnung zu bringen. Schließlich gab er es schimpfend auf. Er war der erste Mann in der Bodenschleuse. Rhodan und die Offiziere der Schiffsführung folgten wenige Minuten später.

Sie stand hoch und kerzengerade aufgerichtet vor ihrem Wagen. Das aus der offenstehenden Luftschleuse fallende Licht spiegelte sich in ihrem metallisch glänzenden Haar und zauberte faszinierende Lichtreflexe hervor.

Auris von Las-Toór wußte seit einigen Minuten, daß der in dem zweiten Gleiter installierte Schaltbildtaster einwandfrei gearbeitet hatte.

Nach der überraschend erfolgten Landung der Fremden hatte sie den Auftrag erhalten, endgültig zu ermitteln, woher sie gekommen waren. Der akonische Schaltbildtaster war ein Gerät, das auf drahtlosem Weg die in der Bordpositronik verankerten Speicherimpulse auslöste und abhörte. Niemand in der FANTASY ahnte, daß die im Rechenzentrum festgehaltene Position des Planeten Erde und des Solaren Imperiums bekanntgeworden war, und niemand konnte auch ahnen, daß gleichzeitig eine Manipulation von den Akonen durchgeführt wurde, die sich für die FANTASY als verhängnisvoll erweisen sollte.

Auris hatte die ermittelten Daten an den Regierenden Rat weiterleiten lassen.

Als in der Luftschleuse der erste Mann der Schiffsbesatzung auftauchte, liefen in der fernen Stadt die vollautomatischen Rechenmaschinen an. Wissenschaftler und Spezialisten des akonischen Energiekommandos waren dabei, die vor zwanzigtausend Jahren gespeicherten Daten über die Kolonisierung einer entfernten Welt aus den Speichersektoren abzurufen, um sie mit den von Auris besorgten Positionsangaben zu vergleichen.

Marshall, Claudrin und Nolinow bauten sich vor dem hochgewachsenen Mädchen auf. Stanas Herz klopfte heftig. Er mußte sich bemühen, sie nicht aufdringlich anzustarren.

Rhodan erschien als letzter Mann. In der Luftschleuse stehend, sah er kurz nach unten, um anschließend in aller Ruhe einige völlig überflüssige Anweisungen ins Innere des Schiffes zu rufen.

Marshall durchschaute den Administrator des Solaren Imperiums. Es lag in Rhodans Art, anderen Intelligenzen sehr deutlich zu verstehen zu geben, daß er sich durchaus nicht unterlegen fühlte.

Auris, die mit dem Vorsatz gekommen war, das seltsame Fluidum des Unbekannten nicht nochmals auf sich einwirken zu lassen, ertappte sich dabei, wie sie angestrengt nach oben sah.

Rhodan schwebte im Antigravlift nach unten, fing den leichten Aufprall mit federnden Beinen ab und schritt dann langsam auf das Mädchen zu.

Erstmals trafen sich ihre Blicke. Sie sah in kühle, graue Augen, die sie zu sezieren schienen.

In unbewußter Abwehr richtete sie sich noch höher auf.

Oberst Jefe Claudrin spielte die vorgezeichnete Rolle. Mit dröhnender Stimme stellte er Rhodan vor.

Sie fuhr zusammen, fing sich aber schnell. In dem Augenblick kam Auris zum erstenmal der Gedanke, diese so fremdartig wirkenden Männer könnten keine Nachkommen früher Akonauswanderer sein. Beunruhigt und an die damit verbundenen Schwierigkeiten denkend, musterte sie besonders den Epsalgeborenen noch eindringlicher.

„Darf ich um Euren Namen bitten, Erhabene?“ sagte Rhodan in bestem Altarkonidisch.

Auris’ Gesicht versteinte. Unwillig betrachtete sie den Fremden von oben bis unten.

„Es liegt an mir, das Wort zu ergreifen“, belehrte sie Rhodan.

Perry dachte einen Augenblick an seine verstorbene Frau zurück. Ein sinnendes Lächeln erschien auf seinen Lippen. Wie vertraut diese überhebliche Stimme klang.

„Nehmt an, Ihr hättet es zuerst getan“, entgegnete er. „Wollt Ihr mir Gastfreundschaft bieten, oder weshalb seid Ihr nochmals gekommen?“

Sie fühlte sich schockiert. Dieser Fremde schien die guten Sitten nicht zu kennen. Sie beschloß, sich darauf einzustellen.

„Ihr seid ungebeten gelandet. Ich muß Euch ersuchen, den Planeten sofort zu verlassen. Ich bin beauftragt worden, Euch das Bedauern des Regierenden Rates darüber auszudrücken, daß es überhaupt zu einer solchen Aufforderung kommen mußte. Offenbar wißt Ihr die Anstandsregeln Eurer frühen Vorfahren nicht zu würdigen.“

Rhodan nickte bedächtig. Das hatte er erwartet. Diese Akonen waren für seine Begriffe zu höflich. „Ich bedaure meinerseits, mit einer solchen Zurückhaltung aufgenommen worden zu sein. Ist es im Akon-System üblich geworden, die Vertreter des eigenen Volkes wie arme, bettelnde Verwandte zu behandeln? Die Berichte meiner Väter sprachen von einer großzügigen Einstellung der Akonen."

Auris senkte den Blick. Rhodan hatte etwas angeschnitten, was man im Regierenden Rat ebenfalls erwogen hatte.

Reserviert entgegnete sie: „Ihr dürft versichert sein, daß wir Euren unverhofften Besuch besprochen haben. Ihr scheint nicht zu wissen, wie sehr der damalige Kolonialkrieg Euer und mein Volk entzweite. Existieren darüber keine Aufzeichnungen in Euren Archiven?"

„Sie müssen verlorengegangen sein", erklärte Rhodan ausdruckslos. John Marshall hielt die Luft an. Da lag also die Lösung des Rätsels. Zwischen den damals ausgewanderten Kolonisten, den heutigen Arkoniden und den Vertretern des Heimatsystems war es zu schweren Zerwürfnissen gekommen.

„Wir dachten es uns", meinte Auris etwas freundlicher. „Kehrt um, Rhodan von Arkon. Oder sollte ich Euch besser anders ansprechen?"

Der Telepath Marshall schickte einen warnenden Blick zu Rhodan, der sofort verstand. Das Mädchen hatte einen bestimmten Verdacht geschöpft. Die Anspielung war ihr erster Vorstoß gewesen.

„Wie meint Ihr das?"

„Es war nur eine Frage."

Wieder trafen sich ihre Blicke. Sie fühlte das von dem Unsterblichen ausgehende Fluidum, und das machte sie noch unsicherer. Rhodan beschloß, die gefährlich werdende Unterhaltung abzubrechen.

„Ich werde Euren Rat befolgen. Wollt Ihr mir noch Euren Namen sagen?"

„Auris von Las-Toór."

„Vielen Dank. Ich heiße wirklich Rhodan. Ich hätte mir aus tiefstem Herzen gewünscht, mit Eurem Volk freundschaftlich verkehren zu dürfen. Meine Heimatwelten sind reich, und wir legen keinen Wert darauf, andere Völker zu unterjochen."

„Wie sehr Ihr Euch von Euren Vorfahren unterscheidet", bemerkte sie kühl.

„Es sind Fehler gemacht worden", wich Perry aus. Marshalls Warnsignale wurden dringender. Weshalb Auris immer stärker vermutete, es nicht mit Arkoniden zu tun zu haben, konnte Rhodan sich nicht erklären. Möglicherweise war es eine Gefühlssache.

Sekunden später geschah etwas, womit niemand gerechnet hatte. Die am geschwungenen Dach des vordersten Gleiters angebrachte Lampe begann zu leuchten. Auris bemerkte es. Ohne eine Entschuldigung auszusprechen, ging sie zu dem Wagen hinüber, in dem zwei statuenhaft wirkende Akonen saßen.

Rhodan bemerkte, daß sich das schmale Gesicht des Mädchens plötzlich verzerrte. Sekunden später hatte sie sich wieder gefaßt. Als sie sich langsam umdrehte, flüsterte Marshall in heller Panik Rhodan zu: „Vorsicht! Sie hat ihren Gedankenschirm geöffnet, sie ist erregt. Jetzt legt sie wieder den Block vor. Sie hat eine Nachricht erhalten. Es muß gelungen sein, unsere Bordpositronik anzuzapfen. Die Akonen haben die darin verankerten Positionsdaten der Erde mit denen des Arkonidensystems verglichen. Es stimmt nicht. Sie wissen, daß wir Fremde sind."

Rhodan wartete noch einige Augenblicke. Marshalls Nachrichten erreichten auf telepathischem Weg auch Gucky, der sie an den Ersten Offizier weitergab. Die Triebwerke, bisher nur im Leerlauf singend, begannen zu dröhnen.

Auris blieb dicht vor Rhodan stehen. Ihre vollen Lippen zuckten erregt.

„Wer seid Ihr?" fragte sie leise und hastig. „Geht schnell! Ihr tut mir leid. Kommt nie zurück und vergeßt, daß Ihr meine Heimat gefunden habt. Ihr unvorsichtiger Narr – wie könnt Ihr es wagen, den Regierenden Rat betrügen zu wollen?"

„Neugierde, sonst nichts", erklärte Rhodan ebenso leise. „Auris, ich werde Euch eines Tages wiedersehen."

„Nie!"

Sie rannte um einige Meter zurück, wo sich der schlanke Körper plötzlich aufzulösen begann. Auch die beiden Fahrzeuge verschwanden in einer irisierenden Leuchterscheinung.

Nur ein kleines, transportables Transmittergerät blieb zurück. Da wußte Rhodan, wieso die Wagen so unbemerkt unter dem Schiff hatten erscheinen können. Der Transmitter setzte sich in Bewegung und huschte mit hoher Geschwindigkeit dicht über dem Boden davon.

Gleichzeitig begannen die Außenlautsprecher zu dröhnen. Major Hunts Krefenbac war es, der die Worte schrie: „Zurück ins Schiff. Vorsicht, wir beginnen zu erstarren. Wir werden von einem grünen

Leuchten umwabert. Jemand richtet eine unbekannte Waffe auf uns. Ich kann kaum noch sprechen. Meine Hände sind schon wie Glas."

Claudrin sprang mit einem weiten Satz aus dem Stand zur Luftschleuse hinauf. Bully, Marshall, Nolinow und Rhodan folgten. Die Schotte glitten zu, aber der Arbeitston der bereits laufenden Tiebwerke veränderte sich nicht.

Hier unten war von dem grünlichen Leuchten nichts zu bemerken. Ein Mann der Schleusenwache rief erregt: „Sir, schauen Sie sich das an! Man hat zuerst die Zentralbesatzung angegriffen. Auch der Maschinenleitstand liegt schon lahm."

Rhodan stieß den Mann zur Seite und blickte auf den kleinen Kontrollschirm.

Krefenbac, Slide Nacro und alle führenden Wissenschaftler der FANTASY saßen oder standen steif und starr wie steinerne Statuen auf ihren Stationen. Nur vereinzelte Männer versuchten noch, sich schwerfällig kriechend aus der Gefahrenzone zu bewegen.

Ein Impuls des Schmerzes kam durch. Rhodan sah, daß der Epsalgeborene in den Verbindungslift zum Maschinenleitstand hineinsprang und sich mit solcher Gewalt abstieß, daß er geschoßartig nach oben flog.

„Ich versuche, die Zentrale zu erreichen!" schrie er.

Schon eine Sekunde später verstummte er. Er war von dem Feld erfaßt worden.

Bully zog Rhodan in den Seitengang zurück. Das grüne Flimmern breitete sich nur langsam aus, aber wenn es einen Menschen umflutete, begann dessen Körper sofort in rätselhafter Art zu reagieren.

Rhodan ahnte intuitiv, daß es sich um eine planmäßig gesteuerte Molekülumwandlung der Organismen handelte, aber diese Erkenntnis war jetzt unwesentlich.

Im Versuchskreuzer FANTASY wurde es allmählich still. Das Rufen verstummte, und die Schreie der völlig überraschten Männer drangen nur noch vereinzelt aus den Lautsprechern der Visiphonanlage.

Auch Gucky meldete sich nicht mehr, obwohl seine Bewußtseinsströme von John Marshall noch deutlich zu spüren waren. Offenbar handelte es sich um eine Art Starrkrampf, der zwar den Körper vollkommen lähmte, den Denkvorgang aber nicht unterband.

Rhodan, Bully und Marshall zogen sich noch weiter bis zum tiefsten Punkt der Kugelzelle zurück. Es war klar, daß man in Höhe des

Äquatorwulsts mit der rätselhaften Bestrahlung begonnen hatte. Die Akonen schienen sehr genau zu wissen, daß dort die wichtigsten Schalt- und Kommandoelemente lagen.

Stana Nolinow war weiter vorn in gebückter Haltung erstarrt. Es war ihm nicht mehr gelungen, einen zu Boden gefallenen Soldaten der Schleusenwache aus der Gefahrenzone zu ziehen.

Rhodan spielte mit dem Gedanken, das gefährdete Schiff zu verlassen, um draußen zu versuchen, das sicherlich vorhandene Projektorgerät zu zerstören.

Er schob diese Idee sofort wieder beiseite. Es wäre niemals gelungen. Auch Bully hatte seine Fassung wiedergewonnen. Hilflos in einer abseits liegenden Ecke stehend und nach vorn starrend, wo das grüne Leuchten näher und näher kam, sagte er mit seltsamer Fassung: „Jetzt wissen wir, wie es ist, wenn sie die Geduld verlieren. Mir wäre es lieber gewesen, wenn sie unter für uns günstigeren Verhältnissen erkannt hätten, daß wir keine Arkoniden sind. Kannst du dir vorstellen, wie gnadenlos diese so höflich wirkenden Akonen sind, wenn sie sich gefährdet fühlen?"

„Wer wäre das nicht?" antwortete Rhodan, und seine Hände ballten sich.

Nun verklangen auch die letzten Rufe. Die weiter oben liegenden Sektoren des Schiffes mußten bereits alle erfaßt worden sein. Die FANTASY wurde zu einem riesigen Wachsfigurenkabinett, in dem die startklaren Maschinen liefen. Nur ein einziger Impuls wäre erforderlich gewesen, um die vorprogrammierte Notstartautomatik auf der Stelle auszulösen. Alles andere wäre automatisch geregelt worden.

„Marshall, rufen Sie Gucky an. Er ist in der Zentrale. Wenn er wirklich nichts mehr unternehmen kann, sind wir verloren. Die Akonen werden uns nach einiger Zeit einsammeln wie flügellahm gewordene Vögel. Gucky hat nur den Schalter der Alarmstartautomatik umzulegen, das ist alles."

Das grüne Leuchten hatte die drei verzweifelten Männer nun ebenfalls erreicht. Das eigenartige Ziehen, das nur im ersten Augenblick der Überflutung schmerzhaft war, um dann einem tauben Gefühl Platz zu machen, begann an den Beinen.

Schon Augenblicke später fühlte Rhodan seinen Körper steif und gefühllos werden. Er griff an seinen linken Arm, und da stellte er fest, daß das Gewebe mehr und mehr erhärtete.

Trotzdem konnte er noch klar denken, sehen und hören. Als sein Mund bereits bewegungsunfähig war und die Zunge wie ein Bleiklotz wirkte, dachte er mit aller Intensität: Gucky, du mußt es schaffen. Stelle dir den Schalter vor, dessen genaue Lage du kennst, und versuche, ihn telekinetisch nach unten zu drücken.

Rhodan gab erschöpft auf. Er hoffte, daß der Ilt ihn verstanden hatte. Im Schiff sprach niemand mehr. Nur die Maschinen liefen.

Auris von Las-Toór schaute aus glänzenden Augen auf die großen Bildschirme ihrer Zentrale. Sie wußte, was innerhalb des fremden Schiffes geschah, das nun völlig von dem Umwandlungsfeld eingehüllt wurde.

Knappe Anweisungen erreichten ihr Ohr. Ein Robotertrupp wurde in Marsch gesetzt. Die Maschinen erhielten die Anweisung, die erstarrten Terraner auf die Schweber zu laden und auf weitere Befehle zu warten.

Auris dachte an den hochgewachsenen Mann mit den faszinierenden, spöttisch blickenden Augen. Sie hätte ihn früher warnen sollen. Sie wußte nicht, was sie zu dem Unbekannten hinzog, doch dafür ahnte sie instinktiv, daß ihr Schicksal wahrscheinlich mit dem seinen verknüpft war.

Er konnte kein Barbar sein, und seine Neugierde erschien sogar verständlich.

Sie zwang ein unpersönliches Lächeln auf ihre Lippen, als einige Mitglieder des Regierenden Rates triumphierend an ihr vorüberschritten.

Draußen fuhren die Roboter los.

Gucky war es gelungen, sich völlig zu entspannen. In seiner Vorstellungskraft nahm der von Rhodan bezeichnete Schalter immer klarere Formen an. Als er das Bild der Manuellkontrollen genau im Gedächtnis hatte, griff er mit letzter PSI-Kraft nach dem Schalter.

Der rote Schalter wurde nach unten gedrückt, wo er einrastete. Gucky hörte nicht mehr das Aufbrüllen der Triebwerke. Er war besinnungslos geworden.

Die Positronik arbeitete mit höchster Präzision. Sie befolgte die Programmierung, die ihr vorschrieb, den Kreuzer mit zwanzig Kilometer pro Sekundenquadrat starten und nach dem Erreichen des freien Raumes noch höher beschleunigen zu lassen.

Die Schaltimpulse der Synchronautomatik wurden im selben Sekundenbruchteil abgestrahlt. Die Andruckabsorber heulten auf, und das Antischwerefeld löste die FANTASY aus dem Gravitationssog des fünften Akonplaneten heraus.

Flammende Impulsströme schossen aus den Ringwulstdüsen. Die bereits angekommenen Roboter wurden erfaßt und zu Staub zermahlen. Mit einem ungeheuren Tosen ruckte der Kreuzer an, um anschließend geschoßartig in den Himmel zu rasen.

Übergangslos entfernte er sich aus dem Wirkungsbereich des grünen Leuchtens, um schon fünf Sekunden später aus der Lufthülle heraus in den freien Raum zu schießen.

Ein blendender, sonnenheller Energiestrahl eilte dem fliehenden Raumer nach. Er verfehlte die FANTASY um nur wenige Kilometer. Die Automatik schaltete die Triebwerke hoch auf Maximalbeschleunigung.

Ehe man auf Sphinx die Situation recht erfaßt hatte, war das Schiff verschwunden.

Die Triebwerke tosten. Es war alles in Ordnung, nur die Menschen waren nicht fähig, einen Finger zu rühren.

Die Automatik gab Alarm. Der Impuls zur Stützmasseneinspritzung wurde angefordert. Darauf war der Selbststartpilot nicht mehr programmiert worden.

Rhodan hörte das Schrillen. Langsam kehrte das Gefühl in seine Glieder zurück. Ehe er sich darüber klar wurde, daß nun unangenehme Schmerzen ertragen werden mußten, klang plötzlich eine tiefe, dröhnende Stimme auf: „Kommandant an alle. Ich bin wieder in der Zentrale. Geduldet euch etwas, die Lähmung geht gleich vorüber. Ich bin auch noch nicht fit. Ich schalte um auf Manuellsteuerung und aktiviere den Kalup."

Mit einem Gefühl tiefster Erleichterung, das ihm rasch über die Schmerzen des Entstarrungsvorgangs hinweghalf, vernahm Rhodan das Donnern des Kompensators. Claudrin war unersetzlich. Sein Titanenkörper hatte es geschafft, die Starre sehr schnell zu überwinden.

Ehe sich die anderen Männer der Besatzung wieder rühren konnten, hatte Oberst Jefe Claudrin den Linearflug vorbereitet und ausgeführt.

Gerettet! dachte Perry, zutiefst erleichtert.

„Jetzt holt uns niemand mehr ein", sagte Marshall. „Wohin wird Claudrin fliegen?"

„Ganz egal. Nur erst einmal entkommen. Die Akonen sind aber ziemlich unangenehm geworden, was?"

Nach einigen Minuten gewann Rhodan die Kontrolle über seine Glieder zurück. Schwerfällig schleppte er sich zum Antigravlift, wo ihm schon andere Besatzungsmitglieder begegneten.

Als er mit schmerzverzerrtem Gesicht in die Zentrale wankte, saß der Epsalgeborene in seinem riesigen Spezialsessel.

Als er sprach, drehte er nicht den Kopf. Dicht vor ihm leuchtete der Echoschirm der Paraortung. Eine kleine, gelbe Sonne stand am Zielsektor.

„Vorsicht, jetzt kommt der Sog!"

Rhodan fiel haltlos zu Boden, als die FANTASY das rätselhafte Energiefeld des Blauen Systems durchstieß, wobei sie einen großen Teil ihrer Fahrt verlor. Es dauerte nur wenige Sekunden, dann wurde der Raum plötzlich wieder so schwarz, wie man ihn seit mehr als hundert Jahren kannte.

Eine Station nach der anderen meldete sich. Dr. Gorl Nikolate erschien. Wortlos tastete er Guckys erschlafften Körper ab, um ihn anschließend auf ein Lager zu betten.

„Er hat es geschafft, ja?" fragte Gorl.

Rhodan nickte. „Bringen Sie ihn wieder auf die Beine. Ohne den Kleinen wären wir verloren gewesen. Claudrin, gehen Sie nicht so hoch mit der Fahrt. Es genügt vorerst, wenn wir den Akonen entkommen."

Anschließend wurde es still in der Zentrale der FANTASY, die mit millionenfacher Lichtgeschwindigkeit auf einen Stern zuflog, den Claudrin willkürlich gewählt hatte.

„Ich hatte mir ja gedacht, daß es Schwierigkeiten geben würde", sagte Bully, als er endlich in seinem Kontursessel ruhte. Sein Gesicht wirkte grau und verfallen, aber so sah jedermann an Bord des Kreuzers aus.

Rhodan antwortete nicht. Er dachte an das Mädchen Auris zurück und an ihre Warnung, die zu spät gekommen war. Trotzdem hatte sie den Menschen helfen wollen, und nur das war wichtig.

Claudrin wunderte sich über das Lächeln, das Rhodans Gesicht plötzlich auflockerte und die kantigen Züge weicher machte.

Das Unternehmen Zielstern war beendet. Jetzt war es nur noch fraglich, was die zufällige Entdeckung des Blauen Systems zukünftig für die Menschheit zu bedeuten hatte.

Wir werden es schaffen, dachte Rhodan, bestimmt werden wir es schaffen.

Die FANTASY raste weiterhin durch die Halbraumzone. Auch das Blaue System hatte sie nicht festhalten können.

Niemand ahnte, daß der Flug der FANTASY nicht lange dauern sollte. Dafür hatten die Akonen gesorgt.

10.

Die LIZARD, ein Frachter mit einem Durchmesser von achtzig Metern, stand startbereit auf dem Raumhafen von Terrania-City. Verfolgt von den neugierigen Blicken des Bodenpersonals, wuchtete Samuel Graybound, der ungewöhnliche Kommandant der LIZARD, seinen Körper aus der Hocke in die Höhe. Er hatte gerade einen kleinen Container inspiziert. Nun betrat er den Landesteg seines Schiffes und schaute zur offenen Ladeluke hinauf.

In der Luke stand ein Mann. Er war so klein, daß man ihn nicht erkennen konnte, aber Graybound wußte, wer es war. Er stieg in den Gerüstaufzug und ließ sich nach oben fahren. Dann trat er auf die Planke, die hinüber zur Luke führte.

„Hallo, Rex“, sagte er und hob lässig grüßend die Hand an die Mütze.

Der Mann trug die Uniform eines Leutnants. Sein Gesicht war durch einige Pockennarben entstellt und machte keinen sehr vertrauenerweckenden Eindruck. Die breitgeschlagene Boxernase zeugte von manchem harten Faustkampf ihres Besitzers. In den Augen allerdings leuchtete so etwas wie Gutmütigkeit, die absolut nicht zu seinem sonstigen Äußeren und zu seinem Benehmen passen wollten.

Rex Knatterbull war Erster Offizier der LIZARD und engster Vertrauter Graybounds.

„Alles startklar, Sam.“

„Dann nichts wie ab.“

Graybound trat in die Schleuse und sorgte dafür, daß die Rampe abfuhr. Zusammen mit Rex eilte er in die Kommandozentrale des Handelsfrachters und schloß die Luke. Automatisch trat die Klimaanlage in Tätigkeit, als befände sich die LIZARD bereits im freien Raum.

Die Bildschirme begannen zu arbeiten. Sie zeigten das Raumfeld und die vielen Schiffe. In der Ferne war Terrania zu sehen. Die über dem Positronengehirn ruhende Energieglocke flimmerte leicht im Schein der tief stehenden Sonne.

„Alle Mann auf Startposition!“ kam eine Meldung aus dem Interkom.

„Start in zehn Sekunden!“ gab Graybound zurück.

Der Kommandant der LIZARD, der überall dort, wo er auftauchte, für gehöriges Aufsehen sorgte, war schon äußerlich ein ungewöhnlicher Mann. Er war etwa fünfig Jahre alt und 1,80 Meter groß; ein ungeschlacht wirkender, als rauhbeinig verrufener ehemaliger Offizier der Solaren Flotte. Wer einmal in sein Gesicht geblickt hatte, vergaß es nicht so schnell. Es wurde beherrscht von einer knollenförmigen Nase, herabhängenden Hamsterbacken und einem ungepflegten, regelrecht verfilzt aussehenden roten Bart. Graybound besaß ein ungewöhnliches Tier – einen Papagei, den er Torero nannte und dem man die seltsamsten Eigenschaften nachsagte. Jetzt, da die LIZARD starten sollte, befand Torero sich in seinem Käfig. Es hieß, das Tier besäße ein noch ausgedehnteres Repertoire an Flüchen als sein Besitzer.

Graybound legte Wert darauf, immer wieder festzustellen, daß er nicht nur Kommandant der LIZARD war, sondern auch deren Besitzer. Er nannte sich Händler, und offiziell wurde er dieser Berufsbezeichnung auch gerecht.

Diesmal hatte die LIZARD eine Ladung Kinderspielzeug an Bord, in erster Linie die überall beliebten terranischen Stoffteddybären. Die Sachen waren angeblich für Tuglan bestimmt, eine Welt, die längst zum Solaren Imperium gehörte.

Graybound stand bei den verschiedensten Behörden im Verruf, unsaubere Geschäfte zu betreiben, aber bisher hatte man ihm nichts nachweisen können. Auch diesmal war die Durchsuchung des Schiffes ergebnislos verlaufen. Graybound grinste in seinen Bart, wenn er daran dachte. Man mußte eben seine Verbindungen spielen lassen, dann kam man auch im Zeitalter einer Übertechnik noch mit vielen Dingen durch.

Der Start, das wußte er und das machte ihn so selbstzufrieden, war nun kaum noch zu verhindern – höchstens mit Gewalt –, und dazu bestand kein Anlaß.

Denn Graybound hatte alles andere vor, als ausgerechnet nach Tuglan zu fliegen. Sein Ziel lag in 12 618 Lichtjahren Entfernung und hieß Glatra III, eine von den Galaktischen Händlern besetzte Welt. Für gewisse Güter, die von der Erde stammten, zahlten die Bärtigen hübsche Preise. Allerdings durften die irdischen Behörden nichts von diesem Handel erfahren. Und schon gar nicht durften sie erfahren, daß die LIZARD einen Planeten der Springer anflog.

Als die LIZARD schließlich aus dem Hyperraum kam und im Einstein-Kontinuum rematerialisierte, hatte sie dreitausend Lichtjahre zurückgelegt. Das System Tuglan lag fast in der entgegengesetzten Richtung.

„Nächster Sprung – dreißig Minuten", gab Rex bekannt. Der Erste Offizier fungierte gleichzeitig als Navigator, da die LIZARD eigentlich mit einer Mannschaft von achtzehn Personen unterbesetzt war. „Wir haben noch ein wenig Zeit."

„Wozu?" wunderte sich der alte Rotbart.

Rex schwieg, denn ein Mann in Zivil trat näher. In der Hand trug er einen Notizblock.

„Was ist denn los, Smith?" donnerte Graybound ungehalten. „Sie sollen doch an Ihren Funkgeräten bleiben und uns nur dann stören, wenn es einen Grund zum Stören gibt."

„Wellendompteur!" krächzte Torero treffend.

Henry Smith war von schmächtiger Statur und wirkte äußerst schüchtern. Er schien überhaupt nicht in diese Umgebung zu passen. Aber das war ein falscher Eindruck. Jeder an Bord der LIZARD hatte einen dunklen Fleck in der Vergangenheit, so auch Smith, dessen wirklichen Namen niemand kannte. Aber er war ein ausgezeichneter Funker und Radiotechniker – das allein zählte bei Captain Graybound.

„Red nicht immer dazwischen!" fuhr der Alte seinen Papagei an. „Also, was gibt es, Smith?"

„Funksignale", erwiderte der Funker lakonisch. „Überlichtschnell. Quelle – etwa fünf Lichtstunden Entfernung."

Graybound kam aus dem Sessel hoch. „Mensch – und das sagen Sie mir jetzt erst? Wenn das ein Überwachungsschiff der Flotte ist . . ."

„Es ist ein Kreuzer. Kurs auf uns."

Der Erste Offizier stürzte zur Transitionskontrolle. Noch achtundzwanzig Minuten bis zum nächsten programmgemäßen Sprung. Viel zuviel Zeit . . .

„Kurs auf uns?" keuchte Graybound erschrocken. „Was will er?"

„Hat er nicht gesagt", eröffnete Smith mit wenig Hoffnung. „Aber was wird er schon von uns wollen? Kurserklärung, Ladung . . ."

„Mistkerl", sagte Torero, aber niemand konnte wissen, wen er damit meinte.

Ein unkontrollierter Hypersprung barg eine Menge Gefahren. Man konnte sich verirren und nicht mehr zurückfinden. Zwar wurden alle Sprungdaten gespeichert, und einiges ließ sich rekonstruieren, aber es blieb ein Risiko, das auch Captain Graybound nicht auf sich nahm.

„Geben Sie keine Antwort, Smith. Bleiben Sie stur auf Empfang und melden Sie sich nicht. Geben Sie mir Bescheid, wenn er in die Nähe kommt. Dann müssen wir eben verschwinden. Wir haben noch fünfundzwanzig Minuten bis zum errechneten Sprung."

Smith verschwand. Rex hantierte an den Kontrollen.

„Wir können jederzeit springen, Sam."

„Abwarten, Rex. Wenn wir es tun, geht die ganze Rechnerei von vorn los – falls wir Glück haben und uns nicht verirren. Laß also den alten Vorgang laufen. Falls der Kreuzer nicht rechtzeitig kommt, springen wir sowieso. Kommt er früher – Blindsprung irgendwohin. Wir finden uns schon zurecht. Hoffe ich."

„Dummkopf", krächzte Torero.

Graybound stieß einen lästerlichen Fluch aus, nahm den Papagei aus dem Käfig und hielt ihn dicht vor seine Augen. „Habe ich dir nicht gesagt, du sollst den Mund halten, Rabenvieh? Ich sperre dich in den Keller, kapiert?"

Torero hielt den Schnabel. So kam es, daß er auf Graybounds Schulter hocken bleiben durfte und nicht in den Keller gesperrt wurde. Natürlich nicht in einen richtigen Keller, sondern in den Waffenschrank der LIZARD, der sich hinter der neutral gehaltenen Wandung der Zentrale befand. Niemand würde diesen Schrank finden, wenn er das Schiff nicht gerade auseinandernahm. So gut war er getarnt. Und das war wichtig. Denn Waffen waren auf Handelsschiffen in diesem Rahmen verboten. Schon deshalb allein hatte Graybound eine Kontrolle zu fürchten, denn an Bord der LIZARD waren noch mehr Waffen. Sogar regelrechte Energiegeschütze, mit denen man notfalls sogar einem Kreuzer einige Zeit standhalten konnte.

Zehn Minuten vergingen in aufreibender Ungewißheit.

Dann rief Smith erregt: „Der Kreuzer ist gesprungen. Keine Lichtminute entfernt kam er aus der Transition. Der Kommandant verlangt, daß wir beidrehen und ein Prisenkommando an Bord lassen. Er will auch wissen, warum wir nicht antworten."

Rex sagte: „Vielleicht könnten wir sie noch zehn Minuten hinhalten, das würde genügen."

Graybound nickte. „Also gut, Smith. Stellen Sie die Verbindung her. In die Zentrale. Ich rede selbst mit den Schnüfflern."

Zwanzig Sekunden später erschien auf dem Bildschirm das harte Gesicht eines Offiziers der Solaren Raumflotte. Seine Stirn zeigte Zornesfalten. „Was fällt Ihnen ein, nicht zu antworten? Öffnen Sie die Schleusen zur Inspektion!"

Zuerst versuchte es Graybound im Guten. „Unsere Funkanlage, Sir – sie ist defekt. Manchmal funktioniert sie einfach nicht. Jetzt gerade tut sie es."

„Ammenmärchen!" kam es zurück. „Die Ausrede kennen wir. Identifizieren Sie sich!"

„Schiff LIZARD von der ‚Startramp'. Kommandant Captain Samuel Graybound. Ladung nach Tuglan."

„Graybound?" stöhnte der Offizier ungläubig. „Etwa der Graybound mit dem Papagei?" Er begann plötzlich wenig erfreut zu grinsen. „Da haben wir aber Glück gehabt. Ich wette, unser Besuch an Bord wird Ihnen nicht gefallen."

„Wir freuen uns sogar", log Graybound, der in diesem Augenblick seinen anrüchigen Ruf verfluchte.

„Ah, das ist also der Papagei?" fragte der Offizier. Er hatte Torero auf Graybounds Schulter erblickt. „Ist er wirklich so klug, wie man sich erzählt?"

„Ochse!" sagte Torero laut und deutlich, und diesmal war es sehr klar, wen er meinte.

Der Offizier war zusammengezuckt.

„Sind Sie Bauchredner?" wollte er von Graybound wissen.

Der Alte sah auf die Uhr. Noch fünf Minuten.

„Nur selten", behauptete er. „Diesmal nicht."

„Hm – lassen wir die Scherze. Öffnen Sie die Luke. Mein Kommando ist bereits ausgeschleust. Ich komme später nach."

Smith rief: „Sie sind schon unterwegs! Sechs Mann!"

Rex machte ein besorgtes Gesicht. Seine rechte Hand lag auf dem

Hebel, der einen unkontrollierten Hypersprung auslösen würde, wenn man ihn vorzog. Graybound nickte ihm zu, gab aber noch nicht das Zeichen. Ohne Abschied wollte er nun doch nicht so einfach verschwinden.

„Hören Sie, Leutnant. Ich will Ihre Leute nicht gefährden, darum darf ich sie nicht näher herankommen lassen."

„Ochse!" wiederholte Torero mit Nachdruck.

Graybound nickte Rex zu.

Der Hebel wurde vorgezogen.

Vor den Augen des tobenden Kreuzerkommandanten, der nicht Leutnant, sondern Major war, verschwand die LIZARD.

Das Prisenkommando stoppte jäh seinen Flug. Dann kehrte es unverrichteter Dinge an Bord des Kreuzers zurück, für den jede Verfolgung zu spät kam.

Captain Graybound war mit seiner LIZARD im Meer der Sterne untergetaucht.

11.

Seit der überstürzten Flucht der FANTASY aus dem Blauen System waren ein paar Stunden vergangen. Das Schiff befand sich irgendwo im Bereich des galaktischen Zentrums, und die Besatzung begann sich zu orientieren.

In Rhodans Kabine saßen sie zusammen, durch den Bildschirm mit Kommandant Jefe Claudrin verbunden.

„Ein Zielstern ist angepeilt, Sir", sagte der Oberst. „Wir fliegen mit einer Million LG auf ihn zu. Von seiner Nähe aus, glaube ich, werden wir neue Positionsmessungen vornehmen können."

Reginald Bull, der neben Rhodan saß, seufzte: „So begeistert bin ich von dem neuen Antrieb nicht. Sicher, man kann den Zielstern sehen, aber das ist auch alles. Sind wir vielleicht schneller als sonst? Ist der Antrieb sicherer? Nein, ich springe lieber."

„Und der Schmerz bei der Rematerialisation?" erinnerte Rhodan.

„War zu ertragen, Perry. Immer noch besser als Verirren."

Rhodan starrte sinnend auf den Bildschirm. Wie Major Hunts

Krefenbac behauptete, befanden sie sich irgendwo zwischen Arkon und der Erde, aber mit Sicherheit konnte er die Position auch nicht bestimmen. Krefenbac war ein erfahrener Kosmonaut. Bei günstiger Gelegenheit würde er eine der ständig wechselnden Konstellationen erkennen – und sich orientieren.

„Jede neue Sache muß erprobt werden, so auch diese", sagte Rhodan. „Wir waren nun mal die Versuchskaninchen. Wir wissen aber auch, welche Verbesserungen vorgenommen werden müssen. So zum Beispiel die Kalup-Kompensatoren . . ."

„Wie bitte?" stieß Kalup hervor, der etwas abseits in einem Sessel lag. „Was haben Sie an meinem Kompensator auszusetzen, Sir?"

„Mein lieber Kalup, ich habe nichts auszusetzen, aber Sie werden doch wohl zugeben müssen, daß einige Verbesserungen angebracht wären. Die Handhabung scheint mir noch zu kompliziert. Ich sage nichts gegen die Wirkung Ihrer Konverter, aber wir wären verloren, wenn sie versagten. Jede Reparatur kann nur in gelandetem Zustand ausgeführt werden."

Professor Dr. Arno Kalup sank beruhigt wieder in die Polster des Sessels zurück. „Ach – das? Wenn Sie weiter keine Beschwerden haben."

„Im Augenblick nicht", murmelte Rhodan und sah wieder auf den Bildschirm.

Bully streckte die Beine.

Er gönnte Kalup die kleine Abfuhr, wenn er es sich auch nicht anmerken ließ. Dazu war Kalup viel zu wertvoll. Aber seine Art war Bully zuwider, weil er bei einem Rededuell meist den kürzeren zog.

Etwas im Hintergrund unterhielten sich der Mathematiker Carl Riebsam und der Arzt Dr. Gorl Nikolate. Da sie leise sprachen, blieb es für die anderen ein Geheimnis, worüber sie sich unterhielten.

Durch das Schiff ging ein harter Stoß, wiederholte sich noch zweimal mit gleicher Stärke und ebbte schließlich ab.

Gleichzeitig gellte der Alarm aus allen Lautsprechern.

Die Stimme des Leitenden Ingenieurs sagte aufgeregt: „Achtung! Explosion in Sektor BN-8! Ausmaß noch unbekannt. Alle Maschinenräume durch Schotte automatisch abgeriegelt. Vakuumeinbruch."

Rhodan war aufgesprungen. Er sah Kalup an. „Ihr Sektor, Professor. Die Konverter . . ."

„Man soll den Teufel nie an die Wand malen." Kalup nickte ruhig, ehe er sich erhob. „Dann erscheint er nämlich."

Erneut gellte der Alarm auf.
„Vakuumeinbruch bestätigt“, verkündete der Lautsprecher. „Jeder bleibt, wo er ist. Raumanzüge anlegen. Weitere Durchsagen folgen.“
Für eine Sekunde zögerte Rhodan, aber dann erkannte er, daß letztlich die ganze Last der Verantwortung auf seinen Schultern ruhte, auch wenn jetzt Slide Nacro, der Chefingenieur, die Alarmanweisungen durchgab. Rhodans Platz war in der Zentrale bei Kommandant Oberst Claudrin.
„Sie bleiben hier“, sagte er zu den anderen und eilte zur Tür.
„Dein Raumanzug, Perry! Vakuumeinbruch.“
Das war Bully, der aufgesprungen war. Er raste zum eingebauten Wandschrank, in dem die leichten Notanzüge hingen. Sie genügten vollauf, einen Menschen längere Zeit vor den Einflüssen des luftleeren Raumes zu schützen.
„Keine Zeit mehr!“ gab Rhodan zurück und schon war er draußen auf dem Gang. Es war nicht weit bis zur Zentrale, aber trotz des Verbots begegnete er zahlreichen Angehörigen der Mannschaft, die in ihre Unterkünfte eilten, um die Notanzüge anzulegen. Rhodan kümmerte sich nicht um sie. Ihm blieb einfach keine Zeit dazu. Außerdem war es vielleicht das Vernünftigste, was sie tun konnten.
Oberst Jefe Claudrin hob den Kopf, als Rhodan in die Zentrale stürmte.
„Wie ist die Lage, Oberst?“
„Schlecht, Sir. Aus dem Maschinenteil kommt keine Meldung. Ich befürchte das Schlimmste.“
Rhodan war es, als lege sich ihm eine eisige Hand aufs Herz. Es war keine Angst vor einer möglichen Gefahr, keine Furcht vor dem eigenen Schicksal. Das hätte ihn nicht erschreckt. Aber er bangte plötzlich um das Leben der Besatzungsmitglieder; Menschen, die er zum Teil nicht einmal dem Namen nach kannte, die sich aber freiwillig zu diesem gefahrvollen Unternehmen gemeldet hatten.
„Sichtverbindung Interkom?“
„Abgerissen, Sir. Keine Verbindung mehr.“
Das sah schlimm aus.
„Geschwindigkeit?“
„Unter Licht abgesunken, Sir. Antrieb nur noch einfach. Die Detonation muß von den Kalup-Konvertern ausgegangen sein.“ Die Akonen! schoß es Rhodan durch den Kopf. Hatten sie die Bordpositronik manipuliert? Technisch waren sie dazu bestimmt in der Lage.

Rhodan hoffte, daß ihm Gelegenheit bleiben würde, das später einmal zu überprüfen.

Kalup, das wußte Rhodan, war kein Vorwurf zu machen.

„Können Sie noch manövrieren?“ wandte er sich an Claudrin.

„Leider nicht, Sir. Das Schiff gehorcht dem Steuer nicht mehr.“

Rhodan nickte. „Also ein Wrack – antriebslos, steuerlos. Erledigt.“

Oberst Claudrin schüttelte den Kopf. „Kurz vor dem Unglück nahm ich Messungen vor, Sir. In drei Lichtstunden Entfernung steht eine gelbe Sonne. Typ wie Sol. Sie hat wahrscheinlich Planeten. Wir fliegen fast genau darauf zu.“

„Und? Sollen wir vielleicht mit diesem Wrack eine Landung versuchen?“

„Mit den Space-Jets, Sir. Sämtliche Rettungsboote werden ja nicht zerstört worden sein.“

Rhodan erkannte, daß Claudrin seine Nerven behalten hatte, mehr jedenfalls als er selbst. Und gerade in diesen Augenblicken war die ruhige Überlegung wichtiger als alles andere.

„Sie haben recht, Oberst. Stellen Sie fest, wieviel Boote uns zur Verfügung stehen. Ich kümmere mich um die Leute.“

Ehe der Kommandant antworten konnte, war Rhodan wieder aus der Zentrale verschwunden. Er eilte durch den Korridor und sprang in den Antigravlift. Aus den Lautsprechern, soweit sie noch funktionierten, kamen die Anweisungen Captain Slide Nacros. Der Chefingenieur sorgte in erster Linie dafür, daß die Überlebenden der Katastrophe nicht in Gefahr gerieten. Dann erst befahl er den Rettungstrupps, sich zu der Unglücksstelle vorzuarbeiten und Hilfe zu bringen. Aus den Anweisungen entnahm Rhodan das ungefähre Ausmaß der Detonation. Der gesamte Maschinenraum mußte zerstört worden sein. Nur wenige Teile waren verschont geblieben. Die Energieerzeugung funktionierte noch, ebenso die Lufterneuerung.

Unklar war nur noch, wieso ein Vakuumeinbruch erfolgt war. Der Maschinensektor verlief ringförmig um das Schiffszentrum.

Sich nach Nacros Anweisungen richtend, drang Rhodan weiter vor, bis er von einem Offizier aufgehalten wurde. Es war Leutnant Mahaut Sikhra, Führer des Einsatzkommandos für Sonderaufgaben. Der kleine Nepalese mit den dunklen Haaren war für sein Draufgängertum bekannt. Er leitete die Rettungsaktion.

„Hier können Sie nicht weiter, Sir.“

Das erkannte Rhodan auch. Die Wucht der Explosionen hatte

ungeahnte Zerstörungen angerichtet. Türen waren aus ihren Füllungen gerissen worden, und überall lagen die Trümmerstücke umher. Die Leere des Weltraums wäre auch bis hierher gedrungen, wenn die luftdichten Schotte nicht gehalten hätten. Sie waren jetzt das einzige, was zwischen ihnen und dem Tod stand.

„Wie ist die Lage, Leutnant?"

„Meine Leute sind dabei, sie zu klären. Ein kleiner Trupp ist durch die Notschleuse in die Maschinenzentrale eingedrungen. Ich erwarte jeden Augenblick die Meldung."

Er hielt das kleine Funkgerät hoch, mit dem die Verbindung zu dem Trupp hergestellt werden sollte.

„Ist nur das Maschinenzentrum betroffen?"

„Leider nicht, Sir. Die Explosion hat sich einen Ausweg gesucht. Die schwächste Stelle waren die Lagerräume und die Hangars. Der Druck hat die Wände aufgerissen und neue Explosionen in den Rettungsbooten und Waffenarsenalen verursacht. Dann der Wulstantrieb. Er detonierte an der schwachen Peripherie und riß ein Leck. Auf dieser Seite ist nichts heil geblieben. Ich fürchte, der Vakuumeinbruch hat die meisten Opfer gekostet, weniger die Explosion selbst."

Rhodan gab keine Antwort.

Noch war die Zahl der Todesopfer nicht bekannt, aber sie mußte mehr als hundert betragen. Vielleicht sogar zweihundert. Das Schiff selbst ein Wrack. Gab es noch einen Ausweg aus dieser fast hoffnungslosen Lage?

Der Funkempfänger summte. Leutnant Sikhra schaltete ein. „Sikhra hier. Was ist?"

„Sergeant Radler, Sir. Keine Überlebenden. Wenn der Einbruch nicht so plötzlich gekommen wäre, hätten einige vielleicht ihre Notanzüge anlegen können. So aber – es ging zu schnell, Sir."

Sikhra sah Rhodan stumm an. Dann sagte er in das Mikrophon: „Es ist gut, Radler, kommen Sie zurück, wenn Sie alles durchsucht haben. Abdichten. Vielleicht gibt es doch noch Kabinen, in denen Luft geblieben ist. Gehen Sie sorgfältig vor."

„Sie können sich auf uns verlassen, Sir."

Sikhra schaltete ab. Sein Blick ruhte immer noch auf Rhodan. „Mehr können wir im Augenblick nicht tun, Sir."

Rhodan nickte ihm zu.

Er drehte sich um und ging den Weg zurück, den er gekommen war. Fast wäre er dabei über Gucky gestolpert, der direkt vor seinen Füßen materialisierte. Als Teleporter gab es für Gucky nichts Einfacheres, als von einem Ort zum anderen zu springen. Diesmal schien er Rhodan telepathisch angepeilt zu haben.

„Weißt du, wieviel Menschen gestorben sind?“ fragte Rhodan.

„Ich weiß es nicht. Aber ich weiß, daß nur eine einzige Space-Jet heil geblieben ist. Alle anderen Boote wurden vernichtet. Sie standen genau in der Fluchtrichtung der sich ausdehnenden Explosionsgase.“

Die Space-Jets waren verbesserte Gazellen-Aufklärer und hatten die Form eines Diskus. Mit etwas über dreißig Metern Durchmesser boten sie nicht viel Platz, aber im Notfall mußten eben alle Räume vollbesetzt werden.

„Wir müssen alle Überlebenden zusammenrufen, Gucky. Die große Messe ist unbeschädigt geblieben. Kannst du das organisieren?“

„Du kannst dich auf mich verlassen.“ Gucky nickte. Er war stolz darauf, eine wichtige Aufgabe erhalten zu haben. Er verschwand.

Rhodan beeilte sich, in die Kommandozentrale zu kommen. Der Gedanke, einen Notruf mit Hyperfunk auszusenden, kam ihm erst jetzt.

Leider einige Minuten zu spät. Er hatte die Katastrophe einfach unterschätzt.

Zwanzig Meter vor ihm hob sich der Boden unter seinen Füßen an, und er taumelte. Mit den Händen stützte er sich an der Wand ab. Gleichzeitig erlosch das Licht. Das letzte Vibrieren noch arbeitender Reaktoren erstarb.

Dann herrschte unheimliche Stille.

Rhodan raffte sich auf und hastete weiter. Er kannte den Gang und fand sich auch im Dunkeln zurecht. Seine Hand suchte die Tür und drückte sie auf. Im selben Augenblick flammte die Notbeleuchtung auf, die aus Batterien gespeist wurde.

Zu seinem Erstaunen stieß er auf Dr. Carl Riebsam, den Mathematiker.

„Sie hier?“

„Sie waren verschwunden, Sir, und niemand wußte, wo Sie geblieben waren. Da kam ich auf den Gedanken, einen Funkspruch abstrahlen zu lassen. Hyperfunk, Sir. Kaum hatten wir alles vorbereitet, da explodierte der Energiereaktor. Ich bin um eine Minute zu spät gekommen.“

Rhodans aufflackernde Hoffnung erlosch jäh. „Sie haben es also nicht mehr geschafft?“

Riebsam schüttelte traurig den Kopf.

Rhodan sah ihn an. „Reichen die Energien der Batterien nicht aus?“

„Nur für den normalen Funkverkehr, Sir. Und das hat ja wohl hier nicht viel Zweck.“

Rhodan überlegte. „Warum sollte es keinen Zweck haben? Unsere Überwachungskreuzer patrouillieren auch in diesem Sektor der Galaxis. Vielleicht hält sich gerade einer in der Nähe auf. Also – senden Sie!“

Rhodan wußte, daß er sich auf Riebsam verlassen konnte, außerdem gab es wichtigere Aufgaben, die seiner harrten. Er mußte den letzten Versuch unternehmen, das Leben der verbliebenen Mannschaft zu retten.

Als er die Zentrale betrat, tauchte auch Gucky wieder auf. Bully stand schon neben Oberst Claudrin und sprach mit ihm. Als er Rhodan sah, unterbrach er das Gespräch und eilte auf ihn zu.

„Was ist, Perry? Besteht Hoffnung?“

Rhodan nickte langsam. „Hoffnung besteht immer, solange man lebt.“ Er wandte sich an Gucky. „Nun, Erfolg gehabt?“

„Sie versammeln sich in der Messe, wie angeordnet. Bis jetzt sind es fünfzig.“

„Fünfzig?“ Rhodan wurde blaß. „Fünfzig Männer von dreihundert?“

Der Mausbiber gab keine Antwort. Er sah richtig traurig aus.

„Es sind sicher mehr“, warf Claudrin ein. „Ich werde Nacro veranlassen, eine entsprechende Anordnung durchzugeben. Viele der Leute sind vom Schreck wie gelähmt und müssen erst zur Besinnung gebracht werden.“

„Sagen Sie ihnen, sie sollen sich direkt nach Hangar B begeben. Wir werden mit der Space-Jet starten. In einer halben Stunde.“

Claudrin gab den Befehl weiter. Eine Minute später wurde es über alle noch funktionierenden Lautsprecher bekanntgegeben.

Gucky brachte Rhodan mit einem Teleportersprung in die Messe.

Die Männer, Offiziere, Mannschaften und Wissenschaftler, machten einen verstörten Eindruck. Sie waren die Überlebenden einer Katastrophe, wie sie die langen Wege der Raumfahrt säumten. Sie hatten überlebt, aber der Weg in die Sicherheit war noch weit.

„Die Schotte wurden beschädigt“, sagte Rhodan. „Langsam wird sich unsere Atemluft verflüchtigen. Es bleibt also keine andere

Möglichkeit, als die FANTASY so schnell wie möglich zu verlassen, bevor sie endgültig explodiert. Wir haben nur eine Space-Jet zur Verfügung. Wir starten in fünfundzwanzig Minuten. Jeder begibt sich nach Hangar B. Raumanzüge sind anzulegen. Die Notanzüge, wohlgemerkt. Waffen und Lebensmittel befinden sich an Bord der Jet in ausreichender Menge. Also – beeilen Sie sich."

Dann verschlossen Rhodan und Gucky ihre transparenten Plastikhelme. Die Luftzufuhr lief sofort an.

„Wir sehen uns die Maschinenräume an. Vielleicht finden wir noch jemanden."

Es war für Gucky leicht, Rhodan mit auf einen Teleportersprung zu nehmen. Körperlicher Kontakt genügte. Der Mausbiber nahm Rhodans Hand – und sprang.

Fünf Minuten vor dem Start hatten sich mittlerweile doch noch achtzig Männer in Hangar B versammelt. Sie waren die einzigen Überlebenden der Katastrophe. Hinzu kamen lediglich noch Rhodan und Gucky.

Die Space-Jet hatte normal eine Besatzung von nur vier Mann. In den Maschinenräumen und Lagerkammern ließen sich aber wesentlich mehr Menschen unterbringen.

Es war ein Glück, daß der Teil des Schiffes, in dem Hangar B lag, unbeschädigt geblieben war. Ohne die Space-Jet wären sie verloren gewesen.

Die Unterbringung verlief ohne größere Schwierigkeit. Als Pilot fungierte auch hier Oberst Claudrin. Er ließ sich sofort im Kontrollsessel nieder und wartete auf Rhodans Startbefehl. Die große Luke des Hangars schwang auf und die Luft strömte aus.

Als Rhodan dem Oberst zunickte, fand eine weitere Explosion im Innern der FANTASY statt. Die Erschütterung war so gewaltig, daß die Jet schwankte. Dann glitt das Raumfahrzeug auf den breiten Schienen aus der Schleuse und schoß hinein in das Gewimmel der Sterne, von denen kein einziger einen Anhaltspunkt bot.

Nur die nahe gelbe Sonne schien einen gewissen Optimismus zu rechtfertigen. Dabei war die Zeit viel zu kurz gewesen, um genauere Beobachtungen über ihre Natur anzustellen. Auch die Theorie, sie besäße Planeten, stand nur auf schwachen Füßen.

Professor Arno Kalup verhielt sich schweigsam und zurückhaltend. Man sah ihm deutlich an, daß er sich den Kopf darüber zerbrach, wie es zu der Katastrophe hatte kommen können.

Rhodan teilte ihm seinen Verdacht mit. Es wunderte ihn nicht, daß auch Kalup eine Manipulation durch die Akonen nicht ausschloß. Vermutlich hatten die Akonen verhindern wollen, daß die FANTASY nach Terra zurückkehrte und die Entdeckung des Blauen Systems bekannt wurde. Wer so ängstlich auf seine Sicherheit bedacht war, daß er sich mit einem systemumspannenden Schirm von der Außenwelt abschloß, dem lag sicherlich nicht daran, daß sein jahrtausendealtes Geheimnis plötzlich in der gesamten Galaxis verbreitet wurde.

Dennoch war das alles nur reine Spekulation. Es bestand keine Möglichkeit mehr, die Ursache der Explosion festzustellen.

Die Antwort auf Rhodans Fragen würden nur die Akonen selbst geben können.

Als Claudrin eine Kursänderung vornahm, gehorchte die Jet nur zögernd dem Steuer. Der Oberst warf Rhodan einen schnellen Blick zu.

Rhodan sagte: „Sprechen Sie, Oberst. Was ist mit der Space-Jet?"

Claudrin zuckte mit den Schultern. „Ich weiß es nicht. Es sieht aber so aus, als sei sie nicht so unbeschädigt, wie wir annahmen. Die Steuerung ..." Er zögerte und griff mit geübten Händen in die Kontrollen. Seine Finger berührten Knöpfe und Schalter. Zeiger auf Skalen schlugen aus. Sie vibrierten – oder fielen in ihre Ausgangsstellungen zurück. Claudrin sah auf. „Es ist einiges nicht in Ordnung. Einen Hypersprung dürfen wir nicht wagen, Sir. Aber vielleicht sind terranische Schiffe in der Nähe."

„Vielleicht", gab Rhodan nachdenklich zurück. Sie befanden sich in einem unbekannten Teil der Milchstraße. Die Erde konnte zwanzigtausend Lichtjahre entfernt sein, wenn der Kursanzeiger der FANTASY gestimmt hatte. „Wir können uns nicht darauf verlassen. Wie ist es mit einem Funkspruch?"

„Hyperfunkgerät arbeitet nicht, Sir. Normalfunk möglich."

Rhodan biß sich auf die Zähne. Ging denn nun auf einmal alles schief? Kein Hyperfunk. Es schien so gut wie ausgeschlossen, daß ein Schiff zufällig so nahe war, daß es die nur lichtschnellen Funkwellen noch in diesem Jahrhundert auffing.

„Versuchen Sie es trotzdem", ordnete Rhodan an.

Es gelang Claudrin, den Kurs soweit zu ändern, daß die Jet genau auf die gelbe Sonne zuflog. In fünf Stunden etwa würde man nahe genug sein, um das etwaige Vorhandensein von Planeten mit Bestimmtheit feststellen zu können.

Und was würde sein, wenn es keine solchen Planeten gab?

Rhodan wagte es nicht, diese Möglichkeit weiter in Betracht zu ziehen.

Hinter ihnen im All explodierte die FANTASY und wurde vorübergehend zu einer leuchtenden Wolke.

„Vier Planeten, Sir", meldete Hunts Krefenbac, der Erste Offizier.

„Danke, Major. Aussichten?"

„Der innere Planet ist glutflüssig. Die beiden äußeren Methanriesen. Der zweite Planet scheint günstig zu sein. Atmosphäre atembar. Keine Kontinente oder Meere. Eine einzige, vegetationslose Landmasse."

Rhodan wandte sich an Claudrin. „Steuern Sie den zweiten Planeten an, und versuchen Sie eine Landung. Es bleibt uns keine andere Möglichkeit."

In den vergangenen fünf Stunden war Rhodan zu dieser Überzeugung gelangt. Die Space-Jet war viel zu klein für die zweiundachtzig Überlebenden. Die Lebensmittel und Wasservorräte würden zwar für längere Zeit reichen, aber der Mensch benötigt auch Platz, um sich die Füße zu vertreten. Das letzte Aufbäumen der FANTASY hatte einige Schäden verursacht, die noch nicht ganz zu übersehen waren. Die Steuereinrichtung gehörte dazu.

Eine Überraschung allerdings hatte es gegeben.

Es war gelungen, einen kurzen Notimpuls mit dem Hyperfunkgerät abzugeben. Allerdings war die Energiezufuhr bereits nach wenigen Sekunden blockiert worden. Der Impuls war sehr kurz und schwach gewesen. Nur die empfindlichsten Empfänger konnten ihn auffangen – wenn überhaupt und wenn sie in der Nähe waren. Aber nicht alle Schiffe der Flotte besaßen die empfindlichen Spezialempfänger.

Die Hoffnung war ein wenig gestiegen, aber sie blieb immer noch gering.

Die gelbe Sonne stand rechts, während sie sich dem zweiten Planeten näherten. Auf dem Bildschirm konnten sie nun Einzelheiten seiner Oberfläche erkennen.

„Sieht aber nicht sehr abwechslungsreich aus", murrte Bully, der sich von dem Schock zu erholen begann. „Kein Wasser, wie es scheint. Alles grau. Keine Wälder und Wiesen."

„Du verlangst viel", entgegnete Rhodan. „Wir können froh sein, wenn wir überhaupt landen, ohne Bruch zu machen. Der Antrieb der

Jet ist überholungsreif. Vielleicht finden wir den Fehler nach der Landung. Wenigstens werden wir wieder festen Boden unter den Füßen haben."

Zweimal umrundeten sie den Planeten in geringer Höhe, ohne etwas Bemerkenswertes festzustellen. Keine Landmarken, keine Formationen, keine Gebirge, keine Täler. Nur eine leicht gewellte graue Fläche ohne Grenzen und Kennzeichen.

„Komischer Planet", murmelte Bully mit belegter Stimme.

Der Meinung war Rhodan auch, aber er schwieg. Er wollte Claudrin bei dem bevorstehenden Landemanöver nicht ablenken.

Der Oberst mochte Rhodans Gedankengang ahnen. „Es ist eigentlich völlig gleich, wo wir die Landung vornehmen. Es gibt keinen Unterschied da unten. Sollen wir es versuchen?"

Rhodan nickte.

„Vorbereitungen zur Landung treffen!" befahl er. „Der Planet scheint unbewohnt, aber lassen Sie Handwaffen verteilen. Jeder Mann erhält eine schwere Energiepistole. Leutnant Sikhra wird mit den Männern seines Sonderkommandos die Oberfläche der unbekannten Welt zuerst betreten. Erst wenn er meldet, daß alles klar ist, verlassen die anderen das Schiff. Wir wollen keine zweite Katastrophe riskieren."

„Sie meinen, Sir . . ."

„Ich meine, auch mit der Jet stimmt etwas nicht. Wir richten uns auf dem Planeten, weit genug vom Schiff entfernt, erst einmal ein. Dann können die Techniker den Antrieb untersuchen. Vielleicht finden sie den Fehler."

Obwohl die Steuerung Schwierigkeiten bereitete, gelang Oberst Claudrin eine glatte und sanfte Landung.

Eigentlich eine viel zu sanfte Landung.

Niemand spürte den Ruck des Aufsetzens. Es war, als hätte der Boden gefedert. Die Bildschirme zeigten die Oberfläche in jeder Einzelheit. Sie war grau, ohne Vegetation, wie sie schon vorher festgestellt hatten.

Leutnant Sikhra verließ mit fünf Männern die Jet. Sie standen durch Funkgeräte mit Rhodan und den anderen in Verbindung.

Sikhra stammte aus Nepal. Obwohl als tollkühn und tapfer bekannt, handelte er niemals unbesonnen. Besonders dann, wenn er nicht wußte, welche Gefahren vor ihm lagen. Und das war heute der Fall.

Die Außenluke schwang auf.

Die Luft des Planeten war frisch und kühl. Die Sonne stand hoch am Himmel, aber sie wirkte nicht sehr stark. Ihre Strahlen vermochten die Oberfläche des Planeten kaum zu erwärmen. Zumindest reflektierte die Oberfläche nicht viel Wärme. Vielleicht saugte sie alles auf?

Sikhra stieg als erster die schmale Metalleiter hinab und betrat den Boden der neuen Welt, die noch in keiner Sternenkarte der Terraner verzeichnet war. Sie hatte keinen Namen, aber sie würde bald einen erhalten.

Der Boden erschien Sikhra weich, aber immer noch schöpfte er keinen Verdacht. Er konnte sicher stehen und sah keinen Gegner. Das genügte ihm fürs erste.

Er gab seinen Begleitern ein Zeichen, ihm zu folgen.

Sie marschierten ein Stück weiter. Sikhra hatte das Gefühl, auf den erstarrten Wogen eines Meeres zu gehen. So sah die Landschaft aus. Wellig bis zum Horizont, ohne besonders hervorragende Erhebungen. Gleichmäßig, konturlos und monoton.

„Luft gut", gab er an Claudrin durch. „Kein Leben bis jetzt. Nicht zu warm. Der Boden – hm . . ."

Er bückte sich und berührte die Oberfläche mit der Hand. Sie fühlte sich nicht kalt an, eher ein wenig lauwarm. Sie war hart, aber auf keinen Fall war es Felsen. Vielleicht wie eine dicke Lederhaut.

Haut?

„Oberflächenart unbekannt", gab er durch. „Weder Erde noch Fels. Vielleicht schicken Sie einen Spezialisten, Sir."

„Untersuchen Sie weiter, Leutnant."

Als Sikhra sich umdrehte, um zu der Space-Jet zurückzublicken, stutzte er.

Stand das Raumfahrzeug in einer Senke? Oder war es inzwischen in den Boden eingesunken?

Er fühlte, wie auch seine Füße versanken. Und das gab ihm die Gewißheit.

„Die Oberfläche ist nicht stabil, Sir", gab er durch. „Sie gibt nach. Der Diskus ist bereits eingesunken."

„Kommen Sie sofort zurück, Sikhra! Beeilen Sie sich!"

Sikhra begann zu laufen. Ihm war, als griffen tausend gierige Klauen nach seinen eilenden Füßen, aber es mußte nur Einbildung sein. Dann aber, als er dicht vor der Jet stand, erkannte er seinen Irrtum.

Die Teleskopstützen waren völlig im grauen Boden verschwunden.

Er ließ die fünf Männer vorbei und hastete die Leiter hoch.

Kaum schloß sich hinter ihm die Außenluke, begann der Antrieb zu heulen. Ohne sich darum zu kümmern, eilte er in die Zentrale, um Bericht zu erstatten. Er konnte in den Gängen, die von Menschen vollgestopft waren, keine Bewegung der Flugscheibe wahrnehmen. Der Antrieb heulte immer noch.

Als er in die Zentrale kam, sah er Rhodan neben Oberst Claudrin stehen. Die beiden Männern starrten wie gebannt auf den Bildschirm, auf dem die eintönige Landschaft des Planeten unverändert zu sehen war.

Der Erste Offizier, Major Krefenbac, trat Sikhra entgegen.

„Sie haben uns Ihre Beobachtungen zu spät mitgeteilt, fürchte ich", sagte er ernst. „Wir sind auf einem Schlammplaneten gelandet."

Sikhra schüttelte den Kopf. „Nein, Sir, das ist kein Schlamm. Das ist etwas ganz anderes. Es trägt gut. Vielleicht ist die Jet zu schwer. Vielleicht sinkt sie nun nicht weiter."

„Wir können schon nicht mehr starten. Die Kraft des Antriebs reicht nicht aus. Irgend etwas hält uns fest. Es läßt uns nicht mehr los."

„Das verstehe ich nicht", murmelte Sikhra verblüfft. „Ich war nur fünf Minuten draußen."

„Sikhra, Sie tragen keine Schuld", mischte Rhodan sich in das Gespräch ein. „Niemand hat Schuld an unserem Verhängnis. Ich fürchte, wir stehen einer ganz außergewöhnlichen Situation gegenüber. Eine Frage, Sikhra: Trägt die Oberfläche einen Menschen?"

„Bestimmt, Sir. Ich habe bis zur letzten Sekunde nicht bemerkt, daß ich einsank. Erst als ich länger an einem Fleck stehenblieb, spürte ich das Nachgeben des Bodens."

„Gewöhnlicher Schlamm ist es also nicht", sagte Rhodan nachdenklich und warf dann Claudrin einen schnellen Blick zu. Nach einer kurzen Pause befahl er: „Geben Sie den Versuch nicht auf, Oberst. Ich werde inzwischen dafür sorgen, daß alle Männer Lebensmittelrationen und Wasservorräte erhalten. Waffen wurden ja schon ausgegeben. Wir müssen damit rechnen, daß wir längere Zeit auf dieser Welt leben müssen. Und zwar eventuell ohne die Vorräte der Space-Jet."

„Sie nehmen doch nicht an, Sir, daß sie versinkt?"

Rhodan nickte. „Doch, Oberst, das nehme ich an. Vielleicht geht es langsamer, wenn unser Gewicht nicht mehr da ist, aber versinken wird sie bestimmt. Wer weiß, wie tief unter uns die feste Kruste des Planeten liegt."

Die ersten Wissenschaftler betraten die Oberfläche der unheimlichen Welt, als die Jet bereits so weit eingesunken war, daß die graue Masse dicht unter der Schwelle der Außenluke stand. Offiziere und Mannschaften folgten ihnen. Rhodan verließ als letzter die Flugscheibe. Er mußte eine regelrechte Stufe emporsteigen, und die zähe, graue Masse begann bereits, langsam in das Innere des Schiffes zu fließen.

In der Space-Jet selbst flossen alle noch vorhandenen Energien in das einzig noch arbeitende Funkgerät und speisten den Sender. Ein Notimpuls wurde ausgestrahlt.

Sie standen in einiger Entfernung und sahen zu, wie ihr Schiff versank. Der Boden unter ihren Füßen war nicht sicher, das wußten sie. Aber er trug sie.

Als der kuppelartige Aufbau der Space-Jet völlig verschwunden war, schaltete Rhodan den kleinen Empfänger ein und stellte die Wellenlänge auf die des Notsenders. Es war nichts zu hören. Die graue Masse verschluckte die Wellen. Niemand würde den Notruf noch auffangen können – wenn es nicht bereits geschehen war.

Rhodan schaltete ab. Er blickte ratlos auf die Stelle, an der sein Schiff versunken war. Dann gab er sich einen Ruck.

„Wir werden ein Stück gehen. Vielleicht finden wir festen Boden, wo wir unser Lager aufschlagen können.“

Sie marschierten los. Die Sonne war tiefer gesunken und warf lange Schatten, die sich kaum von dem dunklen Boden abhoben. Rhodan ging mit Oberst Claudrin voran. Einen Angriff befürchteten sie nicht. Diese Welt schien in der Tat völlig unbewohnt zu sein. Keine Spur von Leben. Und doch eine atembare Atmosphäre.

Gerade über sie zerbrach sich Rhodan am meisten den Kopf. Wie konnte dieser Planet eine so gute Atmosphäre besitzen, ohne Leben hervorgebracht zu haben? Es gab nichts, was sie erneuern konnte.

Jemand aus der am Schluß marschierenden Gruppe stieß einen gellenden Schrei aus.

Rhodan blieb stehen. Er blickte sich um.

Und dann sah er etwas, das niemals Wirklichkeit sein konnte, einen Alptraum, eine zu Materie gewordene Wahnvorstellung.

Aus der Dämmerung heraus folgte ihnen eine Gruppe menschenähnlich geformter Wesen, die zwar Arme und Beine, aber kein Gesicht besaßen. Sie waren grau und schienen aus dem ebenso grauen Boden herausgewachsen zu sein.

Aber sie bewegten sich und kamen langsam auf sie zu . . .

12.

Es war eine blinde Transition.

Als die LIZARD rematerialisierte und die Sterne sichtbar wurden, hatten die Konstellationen sich verschoben. Captain Samuel Graybound erkannte keine von ihnen und begann sofort zu fluchen.

„Dieser verdammte Schnüffler! Seinetwegen haben wir schon wieder den Kurs ändern müssen! Sind wir dazu auf der Welt, eine Zickzack-Linie durch das Universum zu ziehen?"

Leutnant Rex Knatterbull winkte beruhigend ab. „Nun reg dich nur nicht auf, Sam. Wir werden gleich wissen, wo wir uns befinden, und dann rechnen wir eben die neuen Sprungdaten aus. Hauptsache ist schließlich, die Kerle haben uns nicht erwischt. Ich hätte gern das dumme Gesicht des Majors gesehen."

Graybound begann dröhnend zu lachen. Bei der Vorstellung, dem Offizier ein Schnippchen geschlagen zu haben, verflüchtigte sich sein Ärger.

„Die Uniformierten haben es nicht anders verdient", behauptete er. „Menschenjäger! Das Universum gehört allen. Jeder kann handeln, womit und mit wem er will. Das nenne ich wahre Demokratie. Jawohl!"

„Es lebe die Demokratie! Jeder darf sterben!" krächzte Torero flügelschlagend.

Graybound warf ihm einen schnellen Blick zu.

„Das hat er noch nie gesagt", klärte er Rex auf. „Von wem hat er das nur?"

Rex suchte nach einer passenden Antwort, aber er kam nicht mehr dazu, sie seinem Captain mitzuteilen. Henry Smith wedelte aufgeregt mit beiden Armen.

„Funkzeichen! Der Hyperfunkempfänger schlug an!"

Graybound wurde rot. „Was? Schon wieder? Das ist doch nicht gut möglich, daß wir schon wieder genau vor der Schnauze eines Patrouillenschiffs gelandet sind. Und ich dachte immer, das Universum wäre groß genug . . ."

„Es handelte sich um einen kurzen Notimpuls, Sir. Er dauerte nur wenige Sekunden, und es war reiner Zufall, daß ich ihn auffing."

Graybound betrachtete den schmalen und als zartfühlend bekannten Henry Smith nachdenklich.

„Rindvieh!" sagte er dann abschließend. „Kannst du die Finger nicht von deinen dämlichen Apparaten lassen? Jetzt sind wir auch noch gezwungen, uns um fremde Angelegenheiten zu kümmern. Woher kam der Impuls?"

Smith war zusammengezuckt. Er stand neben den Geräten wie ein Häufchen Unglück. Er begriff nicht ganz die Gedankengänge seines Chefs.

„Woher die Impulse kamen, habe ich gefragt!"

Graybounds Stimme zeigte Sturm an.

Smith nahm sich zusammen. „Richtung und Entfernung noch nicht bestimmt, Sir. Ist nicht so einfach . . ."

„In zehn Minuten will ich die Position des Schiffes haben, das um Hilfe rief. Und der Satan wird dich rasieren, wenn sie uns eine Falle gestellt haben."

Smith nickte ratlos.

Rex lachte schallend und schlug sich vergnügt auf die Schenkel. „Ein Komiker, dieser Funker. Aber er versteht sein Fach."

„Will ich ihm auch geraten haben!" Graybound betrachtete sinnend das Gewimmel der Sterne und runzelte die Stirn. „Hast du vielleicht den Schimmer einer Ahnung, wo wir sind? Sieh dir mal die Karten an."

Sie beugten sich über den Sternkatalog und überprüften alle in Frage kommenden Sektoren. Nicht eine einzige Konstellation ließ sich identifizieren.

„Wir werden den Sprung rekonstruieren müssen", schlug Rex vor. „Wir haben keine andere Möglichkeit. Laß mich nur machen, Sam. Das schaffen wir spielend."

„Mach, was du willst", gab der Alte seine Zustimmung.

„Demokratie!" gab Torero lobend von sich und ließ etwas fallen.

Graybound betrachtete mißbilligend den weißen Fleck auf dem nicht sehr blanken Metallboden. Dann sah er seinen Papagei vorwurfsvoll an.

„Du Ferkel", stellte er fest. Langsam stand er auf. „Hat das vielleicht auch etwas mit Demokratie zu tun, wenn du . . ."

Torero zog den Kopf ein und lugte nur noch mit seinen klugen

Augen aus den Federn hervor. Offensichtlich mimte er Schuldbewußtsein. Graybound knurrte wie ein gereizter Tiger und nahm das Tier von der Schulter. Ohne ein weiteres Wort zu verlieren, setzte er es in den Käfig und verschloß diesen sorgfältig. Sein Zeigefinger deutete auf den arg verschmutzten Sand auf dem Boden des Käfigs, eine Geste, die an Deutlichkeit nichts zu wünschen übrig ließ.

Dann wandte er sich Smith zu. „Nun? Ergebnis?“

„Bin gleich soweit, Sir. Die Peilantenne zeigt in die falsche Richtung, daher die Verzögerung. Ich muß die Intensität der Impulse umrechnen und . . .“

„Halte mich nicht mit deinem Fachgeschwätz auf, du Würmchen“, riet Graybound. „Würmchen“ galt bei ihm als eine Art Kosename. „Ich will die Richtung und Entfernung wissen.“

Smith machte sich wieder an die Arbeit.

Von seinem Platz aus rief Rex Knatterbull: „He, Sam! Ich glaube, ich hab’s! Verflucht, da haben wir vielleicht einen Satz gemacht!“

„Und? Wo stecken wir?“

„Sieh dir das an, Sam. Wir sind fast zwanzigtausend Lichtjahre gesprungen. Daß der alte Kasten das ausgehalten hat . . .“

Graybounds Stimme unterbrach ihn. Sie verriet Zorn und verletzten Stolz. „Was hast du gesagt? Alter Kasten? Meinst du vielleicht unsere gute LIZARD? Noch ein Wort, und ich schicke dich ohne Raumanzug nach draußen!“

Rex grinste. „Verzeih, es ist mir nur so herausgerutscht. Also – hier etwa stehen wir jetzt. Sternenreicher Sektor. Aber der Weg nach Glatra ist von hier aus zu schaffen.“

Ach ja, die Geschäfte. Fast hätte Graybound sie vergessen. Aber da war ja noch der Hilferuf. Den konnte er nicht ignorieren. Er nahm es mit den Gesetzen nicht so genau und war ein Händler mit kleinen „Nebengeschäften“. Aber wenn ein anderer Mensch in Not war, dann half er ihm. Das war sein eigenes Gesetz. Er hatte es noch nie in seinem Leben umgangen. Und wenn es ihn sein letztes Hemd gekostet hätte.

„Warte ab“, sagte er zu seinem Ersten Offizier. „Erst müssen wir wissen, von wo der Hilferuf kam.“ Er drehte sich um. „He, du langweiliger Kerl von einem Funker! Bist du noch immer nicht soweit? Wir können nicht unseren Urlaub hier verbringen. Beeil dich etwas!“ An Rex gewandt, fuhr er fort: „Rekonstruiere unseren Sprung so genau, daß wir bei einer entsprechenden Transition genau dort rauskommen, wo wir den Kreuzer trafen. Dann finden wir uns besser zurecht."

„Schon gemacht, Boß." Rex grinste. Er sah in Richtung der Funkanlage. „Der Kerl hat wirklich eine Menge Zeit. Soll ich ihm mal Beine machen?"

„Ich hab's!" rief in diesem Augenblick Henry Smith und sprang auf. Er strahlte über das ganze Gesicht. „Entfernung etwa drei Lichtjahre. Richtung exakt fünf Grad backbord zum bisherigen Eigenkurs."

Graybound lief knallrot an.

„Etwa?" brüllte er so laut, daß Torero in seinem Käfig erschrocken den Kopf einzog. „Was soll das heißen – etwa? Ich will die Entfernung so genau wissen, daß wir eine Transition vornehmen können. Hast du das kapiert, du Imitation von einem Funker?"

Smith wedelte aufgeregt mit einem Zettel. Er nutzte die Pause aus, um schnell zu rufen: „Entfernung genau bestimmt, Sir. Ich sagte nur ‚etwa', weil es etwas weniger als drei Lichtjahre sind. Ich habe die Daten hier."

Er reichte Graybound den Zettel. Der Rotbart nahm ihn, warf einen Blick darauf, schmunzelte und nickte Smith zu. „So ist's recht, mein Söhnchen. Das hast du gut gemacht." Er sah ihn zehn Sekunden lang an, dann schrie er wütend: „Verschwinde!"

Smith huschte an seinen Platz zurück.

Rex nahm den Zettel aus Graybounds Hand und studierte ihn. „Also zweikommasiebenundachtzig LJ. Die Funkimpulse müssen stark gewesen sein, daher fingen wir sie auch auf."

„Wenn es ein lumpiger Kreuzer der Flotte ist, verschwinden wir sofort wieder. Ich habe keinen Grund, denen zu helfen."

Das meinte Graybound natürlich nicht ernst. Er würde jedem helfen, selbst seinem ärgsten Feind, wenn der in Not geriet. Bei ihm stimmte das alte Sprichwort noch, daß eine rauhe Schale oft einen guten Kern enthielt.

„Wir können ja nachsehen", schlug Rex vor.

Graybound betrachtete ihn verwundert.

„Dachtest du etwas anderes?" erkundigte er sich. „Und ob wir nachsehen – und wenn aus Neugierde."

Es dauerte fast zwanzig Minuten, bis das Navigationsgehirn die notwendigen Daten errechnet hatte. Dann setzte Graybound die LIZARD auf den richtigen Kurs und ließ die Transition anlaufen.

Über Interkom unterrichtete er die Mannschaft über die Lage und befahl, daß die gut getarnten Geschütze für alle Fälle besetzt werden sollten. Er hatte nicht die Absicht, sich überrumpeln zu lassen. Wenn dieser Hilferuf eine Falle war, dann sollten sich die Urheber noch über die erstaunlichen Fähigkeiten der alten LIZARD wundern.

Die Transition erfolgte.

Kaum erschienen auf dem Bildschirm die neuen Sternbilder und seitlich eine sehr nahe, gelbe Sonne mit Planeten, ertönte Smiths Stimme: „Wieder Notsignale, Sir! Normalfunk! Quelle – zwanzig Lichtminuten!"

Graybound runzelte die Stirn.

Wie es schien, hatte er sich geirrt. Die Notsignale kamen aus dem nahen Sonnensystem, vielleicht sogar von einem Planeten dieses Systems. Nicht von einem Schiff, das hilflos im Raum trieb. Vielleicht handelte es sich gar um Gestrandete, die aufgenommen zu werden wünschten.

Der Gedanke, sein Schiff mit fremden Menschen vollzuladen und auf seine Geschäfte verzichten zu müssen, war Graybound alles andere als angenehm. Er begann leise in sich hineinzufluchen. In erster Linie verfluchte er seinen Funker, obwohl der doch nichts als seine Pflicht getan hatte.

„Da sitzen welche fest", bemerkte Rex lakonisch.

Graybound kam eine Idee. „Vielleicht haben noch andere den Hilferuf gehört und sind auf dem Weg hierher. Warten wir noch ein wenig. Wäre doch großartig, wenn wir uns den Ärger ersparen könnten. Wenn wir antriebslos um das System kreisen, entdeckt uns niemand. Nun, was meinst du?"

Rex Knatterbull, ebenfalls weitaus besser als sein Ruf, hatte Bedenken. „Es kann aber auch sein, daß sie sich in großer Gefahr befinden. Jede Verzögerung könnte ihr Tod sein. Ich weiß nicht recht, ob wir das verantworten können . . ."

„Pah, Verantwortung! Ich trage die Verantwortung für meine Leute, mein Schiff und unsere Ladung. Wenn ich denen da helfe, dann geschieht das nur freiwillig. Hm . . ."

Er versank in Nachdenken. Rex nutzte die Pause, die LIZARD auf richtigen Kurs zu setzen. Sie flogen jetzt direkt auf die nahe Sonne zu. Die Geschwindigkeit betrug nur noch 0,3 Licht.

Graybound hatte sich inzwischen zu einem Entschluß durchgerungen. „Ansehen können wir uns die Sache ja wenigstens. Wenn sie nichts taugt, verschwinden wir rechtzeitig."

Rex nickte. Das war ein Kompromiß, mit dem sich etwas anfangen ließ. Wenn Menschen in Not waren, wußte der alte Rotbart schon, was er zu tun hatte.

Nach einer halben Stunde hatten sie festgestellt, daß die Sonne vier Planeten besaß. Der innere kam nicht in Betracht, aber die drei anderen konnten Schiffbrüchigen durchaus als Notinsel dienen.

„Smith!"

Der Funker hätte vor Schreck fast seine Geräte aus der Wand gerissen, so hastig sprang er auf, als ihn die brüllende Stimme seines Kapitäns erreichte.

„Sir?" stotterte er.

„Peilmeldung! Von wo kommen die Funkzeichen?"

Smith raffte sich auf. „Sir – die Zeichen sind verstummt. Aber ich konnte eine genaue Peilung vornehmen. Bin gerade dabei, sie auszuwerten."

„Her damit!"

Smith reichte dem Kommandanten einen Plastikstreifen. „Es ist erst die Vorrechnung, Sir – hoffentlich werden Sie klug daraus."

„Stimmt die Richtung?"

„Die Richtung steht fest, was allerdings die Entfernung angeht . . ."

„Die spielt nun keine Rolle mehr", klärte Graybound ihn auf. „Bleiben Sie auf Empfang. Wenn sie den kleinsten Muckser hören, sagen Sie mir Bescheid. Kapiert?"

„In Ordnung, Sir", murmelte Smith und machte sich an seine Arbeit. Im Grunde genommen empfand er für Graybound grenzenlose Hochachtung. Er nahm ihm auch die Anschnauzerei nicht weiter übel, denn er wurde gut bezahlt. Seit er wegen eines geringfügigen Vergehens die Solare Raumflotte verlassen hatte, konnte er froh sein, einen Job bei Graybound gefunden zu haben.

Der nahm es mit der Vergangenheit nicht so genau. Man mußte nur etwas können.

Graybound gab Rex den Streifen mit den Zahlen. „Die Richtung dürfte klar ersichtlich sein."

Der Erste Offizier verglich die Angaben mit den Ziffern auf dem Bildschirm des Navigationsgehirns. Er nickte. „Der zweite Planet, klarer Fall. Wenn die Funkzeichen irgendwoher kommen, dann nur vom zweiten Planeten. Sehen wir nach?"

„Natürlich sehen wir nach. Hatten wir denn etwas anderes vor?"

Rex grinste und schüttelte den Kopf.

Es entstand eine Gesprächspause. In die Stille hinein krächzte Torero: „Ich will hier raus!"

Graybound drehte sich nicht einmal um. „Schnabel halten! Wir sind beschäftigt."

Die Antwort erfolgte prompt und treffend: „Faulpelze! Heuchler! Gesindel!"

Graybound betrachtete sinnend seine klobigen Fäuste. „Ich weiß, ihr Lieben, ihr möchtet diesem unverschämten Vogel jetzt gern den dreckigen Hals umdrehen. Ich kann euch verstehen. Ich würde es am liebsten auch tun. Aber er kann nichts für seine Dummheit. Seine Eltern lebten in der Nähe von Hiroshima, müßt ihr wissen. Das Mistvieh wurde auch dort geboren. Es handelt sich um einen mutierten Papagei. Das hat seinen Verstand verwirrt. Er dünkt sich besser als die anderen Papageien. Er meint, er wäre ein Mutant, dabei ist er nichts als ein dummer, geschwätziger Vogel. Nicht wahr, jetzt habt ihr Geduld mit ihm? So wie ich."

Rex ließ sich nicht in seiner Arbeit stören. Er war es gewohnt, daß Graybound mit sich selbst – oder wie in diesem Fall mit seinen Händen – sprach. Da auch Torero endlich den Schnabel hielt und den Beleidigten spielte, war Rex mit seinen Berechnungen schnell fertig.

„Klar, der zweite Planet. Wir werden in wenigen Minuten in die Atmosphäre vorstoßen. Wenn unsere Instrumente noch funktionieren, würde ich sagen, sie ist in Ordnung und atembar."

In Graybounds Augen kam ein verdächtiges Funkeln. „Ist das System registriert?"

Rex schüttelte den Kopf. „Nein, im Katalog ist es nicht verzeichnet. Warum?"

„Vielleicht haben wir Glück und entdecken wertvolle Erze oder Rohstoffe. Dann sind wir wenigstens nicht umsonst hierhergeflogen."

Rex sah wieder auf seine Instrumente. „Bisher habe ich keine exakten Meßwerte erhalten. Die Oberfläche ist optisch genau so schwer zu identifizieren, als wäre sie nicht vorhanden. Kontinente zeichnen sich nicht ab. Scheint eine einzige Landmasse zu sein."

„Gut", freute sich Graybound. „Dann können wir wenigstens nicht ersaufen, wenn wir eine Bruchlandung machen."

„Wie kommst du auf die blödsinnige Idee?"

„War nur Spaß." Der Alte grinste und betrachtete den Bildschirm, auf dem der Planet deutlich erkennbar wurde. „Das sieht aber sehr komisch aus, findest du nicht? Was sagen die Analysatoren dazu?"

„Das ist es ja gerade“, knurrte Rex unsicher und las die Werte nacheinander von der Skala ab. „Eine ganze Menge von Stoffen sind festzustellen, aber es ist nicht ein einziger anorganischer dabei. Ein Planet kann doch nicht ausschließlich aus organischen Verbindungen bestehen.“

Graybound sah auf und starrte Rex verblüfft an. „Was sagst du da? Organisch? Die Oberfläche des ganzen Planeten besteht aus organischen Stoffen?“ Er schüttelte den Kopf. „Unmöglich.“

„Ich weiß, daß es unmöglich ist, aber können die Instrumente lügen? Können sie sich täuschen? Sind wir vielleicht verrückt?“

„Organisch!“ Graybound konnte sich nicht beruhigen. „Vielleicht ist er so dicht bevölkert, daß die analytischen Ortungsstrahlen nicht durchdringen, sondern gleich reflektiert werden.“

Rex machte die verrückte Theorie sogleich zunichte. „Die Werte, die aufgezeichnet wurden, gelten teilweise bis in eine Tiefe von zweihundert Meter unter der Oberfläche. Kannst du mir vielleicht erklären, wie das möglich ...“

„Schon gut“, wehrte Graybound ab und starrte gedankenverloren auf den Bildschirm. „War ja auch nur so eine Idee von mir.“

Der Planet war größer geworden. Seine Albedo schien außerordentlich gering. Das Licht der Sonne wurde kaum von der Oberfläche reflektiert.

„Alles nur grau und ohne Konturen“, murmelte Rex. „So etwas habe ich auch noch nicht erlebt. Keine Gebirge und Täler, keine Flüsse oder Wälder – nicht einmal Vegetation. Und doch alles organisch. Eigentlich unmöglich, finde ich.“

Graybound erhob sich.

„Smith!“ rief er. „Keine Signale mehr?“

„Alles ruhig im Empfänger“, kam es zurück.

Graybound setzte sich wieder.

„Er ist ein Trottel, aber er kann nichts dafür“, stellte er fest. „Wie sollen wir die Schiffbrüchigen finden?“

„Ob ihr Funkgerät ausgefallen ist?“

„Wahrscheinlich. Zuerst sendeten sie einen Hyperimpuls, also müssen sie ein modernes Schiff haben. Dann kamen einfache Signale, die ebenfalls versiegten. Ich rechne also, daß ihre gesamte Funkanlage ausgefallen ist. Warum?“

Rex gab keine Antwort, weil er keine wußte.

Er ließ die LIZARD eine Kreisbahn um den zweiten Planeten

einschlagen und tiefer in das Luftmeer einsinken. Die Werte auf den Skalen des Analysators veränderten sich nicht. Auf der Oberfläche dort unten gab es keine anorganische Materie.

Ein erster leiser Verdacht regte sich in Graybound, aber er war so unglaublich, daß er ihn gleich wieder verwarf. Aber er konnte sich nicht dagegen wehren. Immer wieder drängte sich ihm die einzige logische Schlußfolgerung auf, die man aus dem Ergebnis der Messungen ziehen konnte.

Plötzlich rissen ihn die heiseren Worte seines Papageis aus seinem Grübeln: „Recht hast du, rotes Scheusal!“

Graybound überging sogar die Beleidigung. Er schien sie nicht gehört zu haben. Allein das zeugte von der seelischen Gleichgewichtsstörung, der er unterworfen war.

„Kannst du Gedanken lesen?“ fauchte er lediglich. Er sank in den Sessel zurück und sah Rex verzweifelt an. „Kann es möglich sein, daß der Planet organisch ist? Daß er – lebt . . .“

Der Erste Offizier war ein durchaus realistisch denkender Mensch, der nicht viel von übernatürlichen Dingen hielt. Er wußte natürlich, daß man in den unendlichen Weiten des Universums auf Wunder stoßen konnte, auf Erscheinungen, die mit dem normalen menschlichen Wissen nicht zu erklären waren. Er wußte auch, daß es außerirdische Lebensformen gab, von denen man sich früher keine Vorstellung hatte machen können. Aber alle diese Lebensformen, so war ihm ebenfalls bekannt, besaßen eine gewisse Verwandtschaft. Es gab mindestens immer eine Parallele.

„Ein lebendiger Planet?“ Rex begann dröhnend zu lachen. „Nein, das hat es noch nicht gegeben. Wie soll er denn entstanden sein?“ Sein Blick fiel zufällig auf den Analysator. Seine Stirn bewölkte sich. „Hm“, schloß er, skeptisch geworden.

Die graue, eintönige Oberfläche war nun deutlich zu erkennen. Von oben sah sie wie ein Meer aus, das plötzlich in seinen Bewegungen erstarrt war. Es gab keine Schaumkronen, aber flache Hügel und sanfte Täler, die nur in der Vergrößerung zu erkennen waren.

Graybound deutete nach unten.

„Und das soll leben?“ bezweifelte er seine eigene Theorie.

„Eben“, gab Rex kurz angebunden zurück.

Die Instrumente besagten das glatte Gegenteil.

Smith hob den Kopf. „Ob ich Signale ausschicken soll? Vielleicht melden sie sich.“

„Untersteh dich!“ Graybound schreckte aus seiner Grübelei hoch. „Du willst uns wohl die Bande auf den Hals hetzen, was? Noch wissen wir nicht, was gespielt wird. Außerdem haben wir jetzt andere Probleme. Warte also gefälligst, bis du Bescheid erhältst. Verstanden?“

„Verstanden, Boß“, kam es zurück.

Toreros Kopf war in den Federn verschwunden. Man konnte ihn undeutlich vor sich hin murmeln hören, und es klang wie: „Hilfe, die Polizei kommt“ oder so ähnlich. Offenbar hatte er beschlossen, die nächste halbe Stunde zu verschlafen.

„Wenn sie gelandet sind, müßten wir ihr Schiff finden. Das zumindest besteht nicht ausschließlich aus organischer Materie“, fand Rex einen Ausweg. „Der Analysator würde sofort reagieren und es anzeigen.“

„Stimmt haargenau“, gab Graybound ihm recht. „Suchen wir zuerst das Schiff und sehen es uns an.“

Das Problem des „lebendigen“ Planeten war damit vorerst in den Hintergrund gerückt, wenn auch durchaus nicht vergessen.

Sie flogen in geringer Höhe über die Oberfläche dahin. Auf der Nachtseite war es völlig dunkel, denn das Licht der Sterne wurde kaum zurückgeworfen, sondern zum größten Teil verschluckt. Dann aber stieg die Sonne über den Horizont, und es wurde wieder hell. Von einem gestrandeten Schiff war nichts zu sehen.

Der Planet war so groß wie die Erde und hatte etwa die gleichen Schwereverhältnisse. Es würde lange dauern, bis man die gesamte Oberfläche abgesucht hatte.

Rex ruckte plötzlich aus seiner nachlässigen Haltung hoch und deutete nach vorn auf den Bildschirm. „Da! Was ist das?“

Graybound schien wie aus einem Traum zu erwachen. „Wo?“

„Genau in Flugrichtung. Ich habe den Antrieb gedrosselt, damit wir langsamer werden. Können sie das sein?“

„Wer – die Schiffbrüchigen?“

Graybound hatte längst erkannt, was Rex meinte. Dort unten in der welligen Ebene bewegten sich einige Gestalten. Es waren vielleicht sieben oder acht. Menschen, ohne Zweifel.

Aber irgend etwas an ihnen stimmte nicht.

Rex manövrierte die LIZARD geschickt genau über die Gruppe und schaltete die Antigravfelder ein. Bewegungslos schwebte das Schiff nun über den Menschen – *wenn* es Menschen waren.

Daran nämlich begann Graybound allmählich zu zweifeln. Zuerst aus einem unbestimmten Gefühl heraus, dann aus rein logischer Überlegung.

Die Gestalten reagierten überhaupt nicht auf das Erscheinen des Schiffes. Wenn sie das Notsignal ausgesandt hatten, war das zumindest ungewöhnlich.

„Geh tiefer!"

Die LIZARD sank der Gruppe entgegen. Graybound ließ die Figuren nicht aus dem Auge. Sie waren stehengeblieben.

Und dann sah Graybound, daß sie keine Gesichter hatten.

13.

„Leutnant Sikhra!"

Der Nepalese kam im Laufschritt herbeigerannt. „Sir?"

Rhodan deutete auf die Gestalten, die sich undeutlich gegen den dämmrigen Horizont abhoben. Sie waren stehengeblieben. „Nehmen Sie Ihre Leute, und stellen Sie fest, wer das ist – oder sollte ich vielleicht besser sagen: *was* das ist?"

„Sie meinen ..."

„Ich habe keine Ahnung. Ich frage mich nur, wie es auf einer unbewohnten Welt plötzlich Menschen geben kann, oder etwas, das wie Menschen aussieht. Also gehen Sie. Und – beim geringsten Verdacht auf Angriffsabsichten schießen Sie."

Bully, der neben Rhodan stand, wartete, bis Leutnant Sikhra gegangen war, dann sagte er: „Was soll das bedeuten, Perry? Es ist noch niemals geschehen, daß du den Kontakt mit fremden Lebensformen vermeidest. Vielleicht können sie uns helfen."

Rhodan sah in Richtung der unheimlichen Gruppe. Er schüttelte den Kopf und deutete auf den Boden hinab. „Hast du dir schon Gedanken gemacht, was das sein könnte, Bully? Glaubst du wirklich, es könne sich um Gestein handeln? Oder um Schlamm und Morast? Ist dir denn nichts aufgefallen, als unsere Space-Jet versank?"

„Was sollte mir aufgefallen sein?"

Rhodan schüttelte verwundert den Kopf. Er sah Oberst Claudrin fragend an, der neben Bully stand und verständnislos zuhörte. „Ihnen ist auch nichts aufgefallen, Oberst?“

„Nein, nicht daß ich wüßte.“

Rhodan holte tief Luft. „Als der Diskus versank und ich als letzter ausstieg, bemerkte ich unter dem Leib des Schiffes einen Trichter. Er öffnete sich wie ein Riesenschlund, um den Diskus zu verschlucken. Verstehen Sie mich richtig, Oberst. Der Schlamm – oder wie Sie es auch nennen mögen – wich zurück, noch *ehe* das Gewicht des Schiffes ihn hinabzudrücken vermochte. Er wich *selbständig* zurück.“

Der Oberst starrte Rhodan verständnislos an. Bully war zusammengezuckt und trat unruhig von einem Fuß auf den anderen.

„Das brachte mich auf eine ganz irrsinnige Annahme, aber ich wollte niemand beunruhigen. Der Morast, so weiß ich jetzt, lebt. Er kann sogar denken und handeln. Und zwar folgerichtig handeln. Er hat das Schiff verschluckt, um uns jeder Fluchtmöglichkeit zu berauben.“

„Perry – das ist ja . . . Nein!“

Bully war blaß geworden. Der Kreis der Zuhörer hatte sich vergrößert. Niemand achtete mehr auf das Einsatzkommando Sikhras.

„Doch, Bully, es kann möglich sein. Die Spezialisten werden uns später eine Antwort geben können. Im Augenblick müssen wir uns mit der ungeheuerlichen Tatsache abfinden, daß wir einer fremden Intelligenz begegnet sind, die durch Zusammenschluß aller auf dieser Welt vorhandenen Zellen entstanden ist. Eine Art Riesenamöbe.“

„Ein Einzeller, der so groß ist, daß er einen ganzen Planeten umspannt?“ Bully schüttelte den Kopf und betrachtete dann den Boden zu seinen Füßen mit einer Mischung aus Grauen und Neugier. „Ich kann es nicht glauben. Warum frißt es uns denn nicht?“

„Wie es das Schiff gefressen hat?“ Rhodan zuckte mit den Schultern. „Ich weiß es nicht. Außerdem . . .“

Er wurde unterbrochen.

Am Ende der Marschkolonne wurde gerufen. Jemand schrie auf.

Dann zischten die ersten Energieschüsse und verbreiteten grelles Licht.

Rhodan riß seine eigene Waffe aus dem Gürtel und raste in Richtung des Einsatzkommandos davon. Einige Männer folgten ihm. Folgendes war geschehen, erfuhr Rhodan später durch Sikhra: Sikhra und seine fünf Begleiter hatten sich der Gruppe der Unbekannten genähert, die stehengeblieben waren. Die Gestalten hatten menschliche Umrisse, aber sonst nichts mit den Menschen gemein. Sie bestanden aus dem gleichen Material, aus dem auch der Einzeller bestand. Auf einen Anruf reagierten sie nicht. Dann hatte Sikhra eine Lampe eingeschaltet und den Schein auf die reglosen Unbekannten gerichtet. Sofort war Leben in sie gekommen. Langsam, aber zielstrebig hatten sie sich in Bewegung gesetzt und waren auf die sechs Männer eingedrungen. Als der erste seine mächtigen Arme um einen Kadetten gelegt und begonnen hatte, ihn in den nachgebenden Boden hinabzuzerren, hatte Sikhra das Feuer eröffnet.

Rhodan sah noch, wie der schreiende Kadett immer tiefer sank. Es wäre sinnlos gewesen, auf den Entführer zu schießen, da man damit auch dessen Opfer gefährdet hätte.

Jetzt reichte dem Mann der Brei bis zur Brust. Das unförmige Ungeheuer, das ihn immer noch mit beiden Armen umschlungen hielt, vereinte sich wieder mit der grauen Masse, aus der es entstanden war. Es floß zäh mit dieser zusammen – und nahm den Entführten mit sich.

In einer einzigen Sekunde begriff Rhodan, und er wußte zugleich, daß sie alle verloren waren, wenn kein Wunder geschah.

Das Planetenmonstrum besaß nicht nur eine gewisse Intelligenz, sondern auch einen erstaunlichen Nachahmungstrieb. Es hatte die Menschen als willkommene Beute erkannt – und bildete sie nach.

Es war völlig sinnlos, diese Nachahmung zu vernichten. Es würden immer wieder neue entstehen. Tausende, Millionen. Wenn es sein mußte – sogar Milliarden.

Immerhin durfte der Kampf nicht aufgegeben werden. Es dauerte einige Zeit, bis die Nachbildungen ersetzt wurden.

„Gucky!“

Der Mausbiber sprang zu Rhodan.

„Dort, Kleiner“, sagte Rhodan und zeigte auf den verzweifelt um sich schlagenden Kadetten. „Zieh ihn raus. Telekinese. Nicht zu nahe herangehen.“

Gucky verstand.

Er konzentrierte sich auf seine Aufgabe und schickte Kraftströme aus. Sie ergriffen den Unglücklichen, ohne daß sich jemand in Gefahr begab, und begannen, ihn langsam aus dem Morast zu ziehen.

„Sikhra!“ rief Rhodan dem Leutnant zu. „Vernichten Sie alle Imitationen. Sie zerstören dadurch keine Individuen.“

Die fünf verbliebenen Männer des Kommandos eröffneten sofort ein mörderisches Feuer. Ihre moralischen Bedenken waren nach Rhodans Worten verschwunden.

Die Energiestrahlen ließen die grauen Gestalten regelrecht zusammenschmelzen. Die glutflüssige Masse wurde vom Boden verschluckt. Heftige Wellenbewegungen gingen von einer solchen Stelle aus, wie sie etwa ein Stein verursacht, der ins Wasser fällt. Nur waren diese Wellen sehr langsam, rollten nur zäh und im Zeitlupentempo unter den Füßen hinweg.

Fühlte das unglaubliche Wesen Schmerzen?

Rhodan wußte es nicht. Sie hatten sich zu wehren und ihr Leben zu verteidigen. Sie wurden von einem überlegenen Wesen angegriffen.

Es war Gucky inzwischen gelungen, den Kadetten aus seinem Gefängnis zu befreien. Die letzten Reste der grauen Breimasse tropften zu Boden. Dann setzte der Mausbiber den Mann wieder ab. Seine Kameraden nahmen sich seiner sofort an.

„Weiter!" befahl Rhodan. „Wir dürfen nicht zu lange an derselben Stelle verweilen. Das Gebilde darf keine Zeit erhalten, neue Imitationen zu schaffen. Ich glaube, es benötigt dazu längere Zeit."

Sie setzten sich in Marsch.

Sie marschierten mehrere Stunden ohne jeden Zwischenfall, dann befahl Rhodan eine Pause. Die meisten Männer fielen erschöpft um. Sie waren zu müde, gleich zu essen. Sie schlossen die Augen und versuchten zu schlafen.

Obwohl Rhodan noch keine Ruhe gehabt hatte, gönnte er sich keinen Schlaf. Er wurde das Gefühl nicht los, daß weitere Überraschungen bevorstanden, wenn sich das unglaubliche Wesen auch in den vergangenen Stunden passiv verhalten hatte. Mit Bully und Oberst Claudrin nahm er eine Inspektion vor.

Lebensmittel waren genügend vorhanden, auch Ladungen für die Energiewaffen. Aber letztere würden nach fünf oder sechs Angriffen erschöpft sein. Dann blieb nur noch Iwan Iwanowitsch Goratschin. Der Doppelkopfmutant war in der Lage, auf große Entfernung jegliche Materie in atomare Energie zu verwandeln.

Unter sich spürte Rhodan das leichte Vibrieren des trügerischen Bodens. Er sank nicht ein, aber er hätte sich nicht gewundert, wenn es geschehen wäre. Bis zum Horizont wellte sich die Plasmamasse, die den Planeten umspannte.

Wirklich den ganzen Planeten? Oder gab es Stellen, die es nicht bedeckte? Vielleicht alte Gebirgsgipfel?

Rhodan verwünschte seine übereilte Landung. Sie hätten vorher den Planeten gründlich erforschen sollen, dann hätte er wenigstens eine Antwort auf diese Frage.

Sein Blick blieb plötzlich auf einem Punkt am Horizont hängen. Er glich einem Buckel, nicht allzu hoch und ausladend. Wenn nicht alles täuschte, besaß der Buckel einen Durchmesser von einigen hundert Metern. Das war ungewöhnlich. Bisher hatte die Riesenamöbe noch keine Erhebung dieser Art geformt.

„Gucky!“ rief Rhodan.

Der Mausbiber war sofort da.

„Gucky, siehst du da vorn den Hügel? Spring hin und sieh nach, was es ist. Aber komm sofort zurück, und halte dich nicht auf.“

Der Mausbiber war froh, endlich wieder eine Aufgabe erhalten zu haben. Er nickte, konzentrierte sich auf den Teleportersprung – und entmaterialisierte. Es dauerte kaum zehn Sekunden, da kam er zurück.

„Eine Insel, Perry. Eine richtige Felseninsel. Aber sie ragt kaum zwanzig Meter aus dem Plasmameer heraus. Wahrscheinlich der Gipfel eines Berges.“

„In einigen Jahren wird auch er verschwunden sein, oder eher.“ Rhodan nickte und fühlte Erleichterung. „Es ist gut, Gucky. Damit wäre unser Marschziel bekannt.“

Sie wehrten noch zwei oder drei massive Angriffe des globalen Geschöpfs ab und erreichten am späten Nachmittag den Felsen. Er war dreihundert Meter lang, völlig kahl und ohne jede Spur von Vegetation. Aber es war fester Boden.

Rhodan richtete sofort Wachtposten ein, die in einem Ring die Insel umgaben. Es war damit zu rechnen, daß die menschlichen Nachbildungen versuchen würden, den Hügel zu erobern, wenn das Plasmawesen erst einmal wußte, daß er den Menschen Schutz bot.

Die Sonne stand knapp über dem Horizont, als der erwartete Angriff erfolgte.

Schon lange zuvor hatten Rhodan und seine Begleiter beobachten können, wie sich rings um die Felseninsel die Nachbildungen aus dem Plasma erhoben und formierten. Wahrscheinlich waren sie für das Wesen die einzige Möglichkeit, die Insel zu überfluten. Die Oberfläche selbst schien in gewissem Sinn starr und unbeweglich zu sein. Sie konnte höchstens ihre Beute in sich aufsaugen, wenn man ihr Zeit dazu ließ.

Auf dem abgeflachten Gipfel stand Rhodan wie auf einem Feldherrnhügel. Von hier aus hatte er eine gute Übersicht nach allen Seiten. Den Offizieren hatte er Kampfgruppen zugeteilt, die schnell gebildet worden waren. Gucky behielt er bei sich, weil er ihn als Befehlsüberbringer benötigte.

Die imitierte Armee setzte sich in Bewegung.

Etwa drei Meter von Rhodan entfernt stand Iwan Goratschin.

Der Russe war im Grunde genommen eine Mißgeburt. Seiner zwei Köpfe wegen hatte er in seiner alten Heimat manchen Spott ertragen müssen. Goratschin war ein „Zünder". Er konnte mit seinen Parakräften Kalzium und Kohlenstoffverbindungen zu einem Kernverschmelzungsprozeß bringen und damit verheerende Explosionen auslösen – vorausgesetzt, er nahm sein Ziel optisch wahr. Dabei konnte er seine Fähigkeiten so einsetzen, daß das Ausmaß der Explosionen von ihm gesteuert werden konnte. Wenn er es wollte, kam es nur zu kleinen Explosionen. Er konnte aber auch größere Ziele auf diese Weise zerstören. Goratschin war sich seiner furchtbaren Fähigkeit bewußt und setzte sie nur dann ein, wenn er damit das Leben anderer retten konnte.

Rhodan nickte Iwan zu. „Dort drüben, die Zusammenballung, Goratschin. Vernichte sie."

Der Mutant nickte. Er konzentrierte sich auf das Ziel und gab den Zündimpuls ab.

Die Männer hielten sich geblendet die Arme vor das Gesicht. Ein greller Feuerball entstand drüben bei den menschlichen Nachbildungen und vergrößerte sich raschend schnell. Er fraß die Imitationen auf und ließ sie als glutflüssige Masse in den Boden zurücktropfen. In der „Haut" des Plasmawesens entstand ein Loch, angefüllt mit glühender Materie. Der Kraterrand bröckelte ab, und das Loch vergrößerte sich.

Der schwarze Rauchpilz kletterte schnell in die Höhe.

Der Feuerball erlosch.

Der Pilz blieb und breitete sich in den oberen Schichten der Atmosphäre aus.

Aber der in die Oberfläche gerissene Krater blieb auch. Zwar berichtete Gucky, den Rhodan wenig später zu der Explosionsstelle schickte, daß die glühende Masse verschwunden sei, aber er bestätigte auch, daß sich das Loch nicht wieder auffüllte.

Goratschin verursachte noch drei weitere Explosionen, dann stellte das Plasmawesen seine Angriffe ein. Es war immerhin intelligent genug, die Sinnlosigkeit seines Tuns einzusehen. Es würde jetzt Zeit benötigen, eine neue Taktik zu ersinnen.

Rhodan atmete auf.

Auch die zweite Schlacht war gewonnen. So erfreulich diese Tatsache aber auch war, die Situation selbst verbesserte sich dadurch keineswegs. Sie saßen immer noch auf einem wüsten Planeten fest und waren ihres Lebens nicht sicher. Die Lebensmittel konnten nicht ergänzt werden, und das Wasser war knapp. Wenn niemand ihr Notsignal empfangen hatte, war ihr Tod gewiß.

14.

Captain Graybound benötigte nur einige kurze Beobachtungen, um zu dem gleichen Ergebnis wie Perry Rhodan zu gelangen und das Geheimnis des Planeten zu lüften.

„Kein Wunder", stellte Rex fest, „daß der Analysator nur organische Materie anzeigt. Also eine Amöbe, meinst du?"

„Habe ich nicht behauptet", widersprach Graybound energisch. „Ich bin kein Wissenschaftler. Jedenfalls bildeten sich auf dem Planeten da unten keine einzelnen Lebewesen, sondern es entstand einfach ein Wesen, das mit der Zeit immer größer wurde. Frage mich nur nicht, warum das so geschah. Na, ich möchte nicht in der Haut derer stecken, die da gelandet sind."

„Deshalb wird auch ihr Sender ausgefallen sein – sie sind tot."

„Hm."

Graybound schien nicht so vom Tod der Schiffbrüchigen überzeugt zu sein. Er sah hinab auf die Stelle, an der er mit den Energiegeschützen der LIZARD die menschlichen Nachbildungen vergast hatte.

„Du meinst, man könnte auf diesem Planeten auch nur eine Minute überleben?" zweifelte Rex.

„Wetten?" erbot sich Graybound. „Wir können ja landen und nachsehen. Dann wissen wir wenigstens auch, ob unsere Suche nach den Überlebenden einen Sinn hat oder nicht."

„Landen?“ Rex erschrak. „Du bist wohl verrückt geworden?“

„Total übergeschnappt“, bestätigte auch der Papagei überzeugt, aber niemand achtete auf ihn und sein wütendes Gekrächze, mit dem er seinen Protest unterstrich.

„Warum nicht? Plasma ist leichter zu zerstören als Metall oder andere anorganische Stoffe.“

Rex schüttelte den Kopf. „Nein, ich kann dir nicht zustimmen. Was hättest du denn davon, wenn du sinnlos in das Gebilde hineinschießt? Du kannst es ja doch nicht töten, weil es zu groß ist. Wir sollten lieber versuchen, die Schiffbrüchigen zu finden.“

Das allerdings war ein Argument, das auch Graybound anerkennen mußte. Nur zögernd trennte er sich von dem Anblick der immer noch fluoreszierenden Trichter, die von den Schiffsgeschützen in die Oberfläche des lebendigen Planeten gerissen worden waren.

„Meinetwegen“, brummte er. „Aber bilde dir nur nicht ein, ich hätte deiner Forderung nachgegeben. Das mit dem Landen war nur ein Spaß von mir. Ich wollte nur mal sehen, wie du darauf reagieren würdest.“

Nachdem Graybound mit diesen Worten für die Aufrechterhaltung seiner Autorität gesorgt hatte, überließ er Rex die Steuerung und widmete sich dem Bildschirm.

Langsam glitt die LIZARD über die abwechslungslose Landschaft dahin, einem imaginären Breitengrad folgend. Es konnte Tage dauernd, bis man die Überlebenden entdeckte, wenn überhaupt.

Sie flogen nach Westen und überholten die Sonne, aber dann wurde es doch Nacht. Graybound schaltete die großen Scheinwerfer ein, die breite und grelle Lichtbündel auf die Oberfläche hinabwarfen. Die LIZARD verringerte ihre Geschwindigkeit. Wenn die Gesuchten auch nur hundert Meter abseits der Lichtbahn standen, wurden sie nicht gesehen, aber Graybound rechnete damit, daß sie zumindest Leuchtraketen bei sich hatten. Oder Energiewaffen. Sie würden sich schon bemerkbar machen.

Die Nacht verlief ereignislos. Sie dauerte auch nur wenige Stunden, weil sie die Sonne überrundeten.

Das geschah noch dreimal.

„Ich glaube, es hat nicht viel Sinn“, meinte Rex Knatterbull resigniert, als die Sonne zum viertenmal aufging.

Graybound zog eine ärgerliche Grimasse.

„Jetzt gebe ich nicht auf“, knurrte er eigensinnig. „Wir haben fast zwei Bordtage verloren. Ich will die dummen Kerle mit eigenen Augen sehen, die auf diesem Planeten landeten, ohne sich vorher die Oberfläche anzusehen. Ich will ihnen sagen, wie dämlich sie sind und daß sie in Zukunft lieber zu Hause bleiben sollen, um die Raumfahrt erfahrenen Leuten wie mir zu überlassen.“ Graybound kam jetzt erst richtig in Rage. „Dafür gibt die Weltregierung Geld aus. Sie schicken Holzköpfe mit teuren Raumschiffen in der Gegend herum und wundern sich dann, daß sie nicht zurückkommen.“

„Taugenichtse! Dummköpfe!“ gab Torero ihm recht, wahrscheinlich deshalb, um aus dem Käfig gelassen zu werden.

Aber Graybound hatte keine Zeit für ihn.

„Wir suchen weiter“, gab er bekannt und stand auf. „Ich mache ein Nickerchen. In zwei Stunden kannst du mich ablösen.“

Der Erste Offizier war froh, für einige Zeit allein bleiben zu können. Er setzte das Schiff auf gleichbleibenden Kurs und übernahm den Beobachtungsposten seines Kapitäns.

Er übersah prompt die rechts am Horizont liegende Felsnase und den weit dahinter stehenden Rauchpilz, weil er ebenfalls vor Übermüdung eingenickt war. Als er Graybound weckte, meldete er mit ruhigem Gewissen: „Keine besonderen Vorkommnisse, Sir.“

Graybound murmelte etwas Unverständliches in seinen Rotbart und begab sich auf seinen Posten. Damit er sich nicht so allein vorkam, ließ er Torero aus dem Käfig. Der Papagei kreischte vor Freude und machte es sich auf der Schulter seines Herrn bequem.

Zusammen betrachteten sie nun den Bildschirm.

Der Funker Smith hatte ebenfalls geschlafen. Nach einer hastigen Mahlzeit nahm er seinen Platz an den Geräten wieder ein. Er schaltete auf Empfang und ging alle verfügbaren Wellenlängen durch, immer in der stillen Hoffnung, ein Signal aufzufangen. In erster Linie ging es ihm darum, dem Chef seine Unentbehrlichkeit vor Augen zu führen.

Das Schicksal tat ihm den Gefallen.

Graybound stierte gerade mit mühsam wieder geöffneten Augen auf die eintönige Oberfläche hinab und suchte nach sich bewegenden Punkten, als sein Funker ihn aus dem Halbschlaf riß: „Funkzeichen, Sir! Klartext! Sie rufen uns!“

Graybound schoß so hastig in die Höhe, daß Torero den Halt verlor und zu Boden flatterte. Hier lief er wütend auf und ab, dabei wüste Flüche ausstoßend.

„Klartext?“ schrie Graybound voller Zweifel und drängte sich an Smith vorbei an die Funkanlage. Mit einem Fuß schob er den kleinen Sessel beiseite, auf dem der schmächtige Smith zu sitzen pflegte.

Smith hatte sich seinen Triumph anders vorgestellt. Ein väterliches Auf-die-Schulter-Klopfen des Kapitäns, anerkennende Worte, Lob für seine Aufmerksamkeit, und was dieser Dinge mehr sind. Statt dessen brüllte Graybound: „Wie soll ich mich in diesem Makkaronidurcheinander zurechtfinden?“

Smith stellte mit hastigen Griffen die Zweiwegverbindung her.

Aus dem Lautsprecher drangen mit geringer Lautstärke Worte in Englisch. Graybound mußte mit dem Ohr nahe herangehen, um etwas verstehen zu können.

„. . . . Drei Grad passiert. Benötigen Hilfe! Dringend! Melden Sie sich! Nicht landen! Lebensgefahr!“

„Weiß ich selbst, ihr Dummköpfe!“ brüllte Graybound mit voller Lautstärke. „Gebt eure Position bekannt!“

Die Stimme im Lautsprecher verstummte jäh. Ihr Besitzer mußte eine Art Schock erlitten haben. Dann kam sie wieder, aber es war eine andere Stimme. Ruhig und sicher sagte sie: „Position unbekannt. Senden nur mit Armbandgerät. Verstehen Sie gut.“

„Das ist die Hauptsache!“ dröhnte Graybound zufrieden. „Quatschen Sie ruhig weiter, wir werden Sie anpeilen.“ Er sagte zu Smith: „Los, weck den Ersten Offizier auf! Er soll wie der Blitz in die Zentrale kommen.“ Als Smith verschwunden war, nahm er sich wieder den unbekannten Gesprächspartner vor. „Sind Sie der Kommandant des notgelandeten Schiffes – oder sind Sie etwa freiwillig gelandet? Dann nämlich hätten Sie es verdient, daß man Sie dort ließe, wo Sie jetzt sind.“

Die Antwort kam erst nach wenigen Sekunden. „Sie scheinen ein Spaßvogel zu sein. Habe ich recht?“

Für eine Sekunde verschlug es Graybound die Sprache. Dann aber, als er sie wiederfand, machte er aus seinem Herzen keine Mördergrube. „Sie eingebildeter Affe, Sie! Zu dumm, ein Raumschiff ohne Bruch zu landen, und dann auch noch frech werden. Das habe ich gern.“ Er nickte dem in die Zentrale stürmenden Rex kurz zu. „Na, auf Sie bin ich gespannt.“

„Wir auch auf Sie“, kam es ein wenig belustigt zurück.

Graybound starrte das Funkgerät an, dann begann er zu grinsen. Er liebte es, wenn sein Gesprächspartner nicht auf den Mund gefallen war. Aber nur in Grenzen. Sobald er eine geringfügige Überlegenheit des anderen ahnte, begann er zu toben. „Reden Sie, Verehrtester. Reden Sie nur, damit wir Sie anpeilen können."

„Es genügt übrigens", kam es zurück, „wenn Sie in großer Höhe den Planeten umkreisen. Sie werden einige atomare Rauchpilze entdekken. Sie stehen rings um eine Felseninsel, auf die wir uns retten konnten. Sie ist frei von Plasma."

„Ach, das haben Sie auch schon bemerkt?" wunderte sich Graybound. „Ich dachte, Sie hielten das Ganze immer noch für eine Art Pudding." Ihm fiel ein, was der andere gesagt hatte. „Atompilze? Allerhand! Haben Sie Bomben auf das arme Gebilde geworfen?"

„So etwas Ähnliches."

Rex hatte mitgehört. Er ließ die LIZARD bereits höher steigen und begann die Suche. Es dauerte nur zwei Minuten, bis er die Atompilze entdeckte. Er nahm Kurs darauf.

„Ich nehme an, Sie sind Kommandant eines Überwachungskreuzers", führte Graybound das Gespräch fort. Er wollte allmählich wissen, mit wem er es zu tun hatte, und welche Vorsichtsmaßnahmen er zu ergreifen hatte. „Wieviele Leute haben Sie bei sich?"

„Einundachtzig. Wir sind anspruchslos und werden damit zufrieden sein, wenn Sie uns in ihren Ladeluken oder auf den Gängen unterbringen."

„Nur das nicht", lehnte Graybound erschrocken ab. „Nicht in den Frachträumen."

Die Stimme veränderte sich nicht. „Ach – und warum nicht?"

Graybound brüllte zurück: „Ich habe Sie etwas gefragt und möchte eine Antwort! Wer sind Sie! Wie heißt Ihr Schiff?"

„Wir haben kein Schiff mehr. Und wer ich bin, werden Sie noch früh genug erfahren."

Graybound verdaute die Frechheit. Inzwischen war die LIZARD der Felseninsel entgegengesunken und blieb in hundert Meter Höhe unbeweglich stehen.

Torero hatte sich aufgerafft und war auf das Dach seines Käfigs geflogen. Dort hockte er sprachlos. Mit seinen klugen Augen verfolgte er alles, was in der Zentrale der LIZARD geschah, als verstünde er es. Vielleicht war das sogar der Fall.

„Jetzt wäre es gut, Sie landeten", schlug die Stimme aus dem Lautsprecher vor. „Es ist richtiger Fels, massiv und haltbar."

Rex Knatterbull deutete auf den Bildschirm. „Die Insel ist von

Plasmakreaturen umgeben. Sie entstehen aus der Oberfläche und marschieren auf den Felsen zu. Wenn wir uns nicht beeilen, sind die Schiffbrüchigen verloren."

„Denen werden wir mal zeigen, was die LIZARD kann", gab Graybound zurück und sagte ins Funkgerät: „Jetzt wäre eine Landung zu gefährlich. Gehen Sie in Deckung! Wir werden die Angreifer ausschalten."

„Sie sind sehr langsam", kam es zurück. „Bis sie bei uns sind, können Sie uns längst aufgenommen haben. Haben Sie verstanden?"

„Das schon, aber ich höre nicht", brüllte Graybound und kam in die Zentrale. Seine Anordnungen an die Geschützbedienungen waren exakt und kurz. Dann nickte er Rex zu. „Also – los!"

Die LIZARD raste im Sturzflug auf die Armee der Pseudohominiden zu und eröffnete ein mörderisches Feuer. Aus allen Geschützen blitzten die Energiestrahlen zur Oberfläche hinab und fanden ihr Ziel. Die glutflüssigen Gebilde versanken in dem Plasmateig.

Um die Felseninsel zog sich ein feuriger Ring. Von beiden Seiten her begann der zähflüssige Brei in die entstandene Lücke zu fließen.

„Ich meine, es wäre genug", sagte Rex.

Graybound betrachtete sein Zerstörungswerk und nickte. „Die Narren dort unten werden in Zukunft höflicher zu mir sein."

Smith unterhielt sich mit dem unbekannten Gesprächspartner. Einige Wortfetzen erreichten Graybounds Ohren.

Sein roter Bart begann zu zittern. Mit einem Schnauben, das eines Nilpferds würdig gewesen wäre, fuhr Graybound aus dem Sessel. Zwei Sätze brachten ihn zu Smith, den er rücksichtslos zur Seite stieß.

„Nun halten Sie die Luft an, Sie stellvertretender Hilfsraumfahrer, Sie!" brüllte er empört. „Sie wollen uns gute Ratschläge geben, wo Sie selbst in der Tinte sitzen? Wären Sie nicht so dumm, säßen Sie nämlich nicht hier, sondern woanders. Ich würde am liebsten ohne Sie von hier verschwinden."

„Zum Glück weiß ich, daß Sie das nicht im Ernst meinen", gab der Unbekannte zurück. Die Schmähungen Graybounds schien er nicht sonderlich tragisch zu nehmen. „Und nun landen Sie schon."

Graybound stampfte wütend mit dem Fuß auf, nickte Knatterbull die Genehmigung zu und dozierte in das Funkgerät: „Ich will Ihnen mal was sagen, Sie Grünschnabel – und nehmen Sie es sich zu Herzen. Mit dem alten Captain Samuel Graybound springt man nicht so um, wie Sie es zu tun belieben. Gut, ich nehme Sie an Bord meines

Schiffes, weil es Menschenpflicht ist. Aber Sie bleiben in den Ihnen zugewiesenen Kabinen. Wenn ich einen Ihrer Leute herumschnüffeln sehe, werfe ich ihn in den Weltraum. Ist das klar?"

„Völlig klar", kam es amüsiert zurück. „Haben Sie denn etwas zu verbergen?"

Graybound schnappte nach Luft, aber er kam nicht mehr dazu, eine Gegenrede vom Stapel zu lassen. Während sein Erster Offizier die LIZARD sanft auf der Felseninsel landete, flimmerte in der Zentrale die Luft in feinen Wirbeln – und aus dem Nichts heraus materialisierte der Mausbiber Gucky – genau vor Graybounds Nase.

Der Kapitän ließ die Luft wieder aus den Lungen. Er starrte das ein Meter hohe Wesen verblüfft an und begann, an eine Halluzination zu glauben. Da aber geschah etwas, das ihn eines Besseren belehrte.

Gucky begann mit schriller Stimme zu schimpfen: „Du unverschämtes, rothaariges Scheusal von einem Menschen! Du Seelenverkäufer! Wie kannst du es wagen, so mit dem Chef zu reden? Du Wanze! Mücke! Du – du – Nichts!"

Guckys Nackenhaare standen steil zu Berge. Aus seinen Mausaugen, die sonst so sanft und treuherzig blicken konnten, sprühten regelrechte Zornesblitze.

Graybound war zurückgewichen. Sein Bart zitterte vor Erregung. Das zeternde Biest da auf dem Funkgerät mußte Wirklichkeit sein, wenn er auch nicht begreifen konnte, wie es dahin gekommen war. Und dann redete es auch noch. Unverständlich . . .

„Weißt du überhaupt, mit wem du gesprochen hast, du . . .? Mit Perry Rhodan, dem Administrator des Solaren Imperiums . . ."

In Graybound brach alles zusammen – Gegenwart, Zukunft, Pläne – eine ganze Welt. Er war erledigt. Fertig. Aus.

Er gab keine Antwort. An Leib und Seele gebrochen, wankte er zu seinem Sessel und sank in die Polster.

„Mich trifft der Schlag", jammerte er verzweifelt. „Muß denn das sein? Ich träume nur – ja, ganz bestimmt, ich träume. Das kann doch einfach nicht wahr sein! Perry Rhodan! Ausgerechnet Rhodan!"

„Ja, ausgerechnet", bestätigte Gucky und sprang vom Funkgerät. Gravitätisch watschelte er in die Zentrale und baute sich vor Graybound auf.

Inzwischen schaltete Rex, der sich nicht hatte stören lassen, den Antrieb ab, wandte sich um und betrachtete den Mausbiber mit sichtlicher Verwunderung. „Da hast du eben Pech gehabt."

„Dieser verwünschte Smith“, schob Graybound die Schuld auf seinen Funker. „Wo ist er überhaupt?“

Unter dem Navigations- und Kartentisch war ein verhaltenes Stöhnen. Dann flüsterte jemand: „Mir ist nicht ganz wohl, Sir. Die Aufregung...“

„Feigling!“ donnerte Graybound. Er musterte Gucky eingehend. „Wie bist du ins Schiff gelangt?“

„Teleportation, mein Bester. Hast du noch nie etwas von Gucky gehört? Der bin ich.“

Graybound griff sich in den Bart. „Mein Gott! Gucky! Dann bist du das Unikum, das...“

„Bitte – was?“ erkundigte Gucky sich skeptisch.

„Nichts“, gab Graybound zurück. Er war inzwischen ruhiger geworden und suchte nach einem Ausweg für sich und seine Fracht. „Dann wollen wir mal sehen, was sich tun läßt.“ Er stand auf. „Rex, du kümmerst dich darum, daß einer der Räume leergemacht wird. Die Teddybären können in Luke sieben gebracht werden. Ich denke, mit Notbetten aus Decken läßt sich schon ein Quartier einrichten. Und für Rhodan und seine Offiziere – hm...“

Er versank erneut in Nachdenken.

Gucky grinste verstehend. Er wußte bereits, mit welchen Problemen der alte Rotbart zu kämpfen hatte.

Rex stampfte aus der Zentrale.

Graybound bückte sich und streichelte über das Nackenfell des Mausbibers. „Also, du bist der tapfere und kluge Gucky? Es ist mir eine Ehre, dich kennenzulernen. Komm, gehen wir.“

Und mit sehr gemischten Gefühlen trat er in den Gang hinaus, der zur Luftschleuse führte. Wenn er eine halbe Stunde Zeit gewann, konnte es klappen. Bis dahin würde Rex einen Platz für die Schiffbrüchigen geschaffen haben. Die restlichen Laderäume waren dann verschlossen. Niemand würde Verdacht schöpfen.

Er ließ alle Schotte hinter sich offen. Mit Gucky an der Hand spazierte er an einigen Mitgliedern seiner Mannschaft vorbei, die ihm fassungslos nachstarrten.

Da bemerkte er, daß der Mausbiber wieder verschwunden war und er mit herabhängenden Armen wie ein Affe durch den Gang schlenderte. Die Männer mußten denken, daß er übergeschnappt war.

15.

„Sie werden diesen unverschämten Kerl doch sofort festnehmen lassen, Sir?“ vergewisserte sich Oberst Claudrin. Major Krefenbac und Bully, die dabei standen, nickten zustimmend.

Rhodan lächelte und schüttelte den Kopf. „Aber mein lieber Claudrin, wer wird sich denn so ereifern? Außerdem hat Graybound nicht so unrecht. Wir hätten uns diesen Planeten wirklich näher ansehen sollen, ehe wir landeten. Wir haben uns in der Tat nicht wie erfahrene Raumfahrer benommen.“

Claudrin richtete seine klotzige Figur auf. „Wie Sie meinen, Sir. Es war auch nur eine Bemerkung von mir.“

Sie sahen zu, wie die LIZARD in hundert Meter Entfernung sanft und gekonnt aufgesetzt wurde. Dann schwiegen die veralteten Triebwerke. Die plötzliche Ruhe nach dem donnernden Spektakel wirkte fast schmerzhaft.

„Aber einen Denkzettel hat er verdient“, murmelte Bully. „Man kann uns nicht ungestraft als Dummköpfe bezeichnen.“

„Gucky ist bei ihm“, sagte Rhodan. „Das reicht als Denkzettel. Wir wollen doch nicht vergessen, daß wir ohne Captain Graybound noch in zehn Jahren hier festsäßen. Wie es scheint, hat nur er unser Notsignal aufgefangen. Wir verdanken ihm unser Leben.“

Bully gab keine Antwort. Er sah das Argument ein. Ein Lebensretter konnte es sich erlauben, Frechheiten von sich zu geben.

Die Wachen standen noch um die Insel verteilt, aber bisher hatten sich keine neuen Pseudomenschen gebildet.

Gucky materialisierte neben Rhodan.

„Es gibt einige Neuigkeiten“, flüsterte er geheimnisvoll. „Der alte Kapitän ist nicht so ganz ohne.“

„Dachte ich es mir doch“, gab Rhodan ebenso leise zurück.

Gucky gab ihm ein paar Informationen. Als daher Captain Graybound in der aufschwingenden Luke der LIZARD erschien und auf Rhodan herabblickte, war der bärtige Händler bereits durchschaut.

Es war ein Glück, daß die Mannschaft ihren polternden Kapitän jetzt nicht sehen konnte. Mit einer Geschwindigkeit, die man ihm nicht zugetraut hätte, rannte er den Landesteg hinunter, holte tief Luft – und schritt auf Rhodan zu.

„Mein Schiff steht Ihnen zur Verfügung, Sir“, säuselte er, als er Rhodan erreichte. Er nahm die Hand des Administrators und drückte sie kräftig. „Meine Leute richten gerade einige Kabinen für Sie her. Darf ich fragen, warum Sie hier auf dieser wüsten Welt landeten? Wo haben Sie Ihr Schiff gelassen?“

„Explodiert, im Raum. Drei Lichtjahre von hier. Wir landeten mit einem Rettungsboot, das versank. Dann flohen wir und fanden diese Felseninsel. Das ist eigentlich alles.“

„Oh“, machte Graybound mit allen Anzeichen der Verlegenheit. „Sie landeten also nicht freiwillig hier? Dann nehme ich alles zurück, was ich vorhin zu Ihnen sagte.“

„Schon gut.“ Rhodan nickte und lächelte ihm zu. Aber dann wurde seine Aufmerksamkeit von einem wüsten Geschimpfe abgelenkt, das aus der Luftschleuse der LIZARD drang. Dann flatterte ein farbenprächtiges Etwas durch die Luft und landete auf Graybounds Schulter.

Torero hatte endlich seinen Herrn wiedergefunden.

„Alter Gauner! Dämlicher Depp!“ fauchte er Rhodan an, der sich interessiert vorgebeugt hatte. „Was sag'ste nu'?“

Bully riß Mund und Augen auf. Endlich bekam er Luft.

„Das halte ich nicht aus!“ stöhnte er geschlagen. „Einen Vogel hat er auch noch.“

Graybound schwankte zwischen Verlegenheit und Ärger. Er entschied sich für einen Kompromiß. „Ein kluger Vogel, nur manchmal etwas vorlaut. Er kennt Sie natürlich nicht, Rhodan.“

Es wurde plötzlich sehr schweigsam.

Der Grund dazu war Gucky.

Der Mausbiber hatte noch nie in seinem Leben einen Papagei gesehen, der den Administrator des Solaren Imperiums einen Gauner und Deppen nannte.

Guckys Mund war leicht geöffnet. Der Nagezahn hing vereinsamt und – wie es schien – ein wenig melancholisch heraus und reizte nicht einmal Bully zum Lachen. Lediglich Torero schien Gefallen daran zu finden.

Er flatterte aufgeregt mit den Flügeln und kreischte laut und sehr deutlich: „Hurra – ein steiler Zahn!“

Gucky klappte den Mund zu. Er blieb immer noch stumm.

Rhodan genoß nach den überstandenen Gefahren das Schauspiel, das sich seinen Augen bot. Auch die Offiziere waren näher getreten. Sie hatten noch nie erlebt, daß der Mausbiber eine Antwort schuldig geblieben wäre.

Graybound war seinem Liebling dankbar für die Show, die er darbot. Jede Minute Zeitgewinn bedeutete mehr Sicherheit für ihn. Inzwischen wurde in der LIZARD aufgeräumt.

„Du Knallkopf", sagte Torero und sah an Gucky vorbei. Seine klugen Vogelaugen ruhten beharrlich auf Bullys rotem Gesicht. Es war offensichtlich, daß er diesmal ihn gemeint hatte. Aber auch Bully gab keinen Kommentar. Schweigend und fassungslos schluckte er die Beleidigung.

Oberst Claudrin trat vor. Seine mächtige Gestalt verdeckte sowohl Gucky wie Bully.

„Mann!" donnerte er Graybound wütend an, ohne sich von Rhodan daran hindern zu lassen. „Führen Sie Ihren Zirkus woanders auf, aber nicht hier bei uns. Sie haben wohl den Verstand verloren, was?"

Graybound betrachtete den Epsalgeborenen mit äußerster Skepsis. Claudrin war zwar kleiner als er, aber dafür mehr als doppelt so breit. Seine Stimme übertraf an Lautstärke alles, was Graybound je vernommen hatte, und die riesigen Fäuste schlossen jeden Zweifel darüber aus, wozu man sie noch gebrauchen konnte.

Aber Graybound war ein Mensch ohne Skrupel – und ohne Furcht. Rhodan respektierte er, das war selbstverständlich. Aber dieser Klotz von einem Mann . . .

„Sie sollte man lieber hier auf der Felseninsel zurücklassen!" brüllte er zurück und bemerkte mit Genugtuung, daß Claudrin erblaßte. Ob vor Schreck oder Wut, war nicht festzustellen. „Dann hat das planetare Geschöpf wenigstens für die nächsten drei Wochen etwas zu fressen." Er kümmerte sich nicht mehr um den Oberst, denn inzwischen hatte sich Bully von seiner Überraschung erholt und war nähergetreten. Mit forschenden Augen betrachtete er den Papagei auf Graybounds Schulter.

„Na, was wollen Sie denn? Torero ist unverkäuflich", schimpfte Graybound.

„Ein ganz gewöhnlicher Papagei", murmelte Bully enttäuscht. Wahrscheinlich hatte er etwas anderes erwartet. „Ist er abgerichtet?"

Ehe Graybound antworten konnte, erschien in der Einstiegsluke der LIZARD der Erste Offizier.

„Alles bereit zur Übernahme der Passagiere!" rief er.

Rhodan wollte Graybound auf sich aufmerksam machen und tippte ihm mit dem Zeigefinger gegen den Arm. Torero hackte hinterlistig zu, aber Rhodan reagierte unwahrscheinlich schnell. Er griff zu und hielt eine Sekunde später den zappelnden Übeltäter in der Hand.

„Mörder!" kreischte der verzweifelte Papagei und versuchte, sich zu befreien. „Hilfe, Mörder und Verbrecher! Wir sind ja nur kleine Schmuggler."

Rhodan betrachtete Torero erstaunt und setzte ihn wieder auf Graybounds Schulter. Er blinzelte dem alten Kapitän vertraulich zu. „Ein kluges Tier – so sagten Sie doch, Captain. Behaupten Sie das noch immer?"

„Er ist etwas vorlaut, Sir. Spricht auch nicht immer die Wahrheit." Graybound war sichtlich bemüht, das Thema zu wechseln. „Darf ich Sie bitten, Ihre Leute ins Schiff zu schicken? Die Quartiere werden Ihnen von meiner Mannschaft zugewiesen." Er zögerte. „Ich wäre Ihnen dankbar, Sir, wenn Sie veranlassen würden, daß jeder auf seinem Platz bleibt. Mein Schiff, wissen Sie, ist nicht das neueste . . ."

„Verstehe." Rhodan nickte. „Sie können sich auf uns verlassen."

Graybound wartete mit Rhodan neben dem Landesteg. Er betrachtete jeden einzelnen, der an ihm vorbeikam und emporkletterte. Torero schimpfte leise vor sich hin und bedachte hier und da einen der Vorübergehenden mit einer treffenden Bemerkung.

„Dickwanst", sagte er zu Oberst Claudrin, den nur Rhodans warnender Blick davon abhielt, dem Vogel den Hals umzudrehen. „Bohnenstange", titulierte er den hageren Major Krefenbac zu Graybounds heimlichem Vergnügen. Und als er schließlich den Captain Nacro, der kaum einsachtundfünfzig groß war, einen „Gartenzwerg" nannte, wurde Rhodan ernstlich stutzig.

Das konnte kein Zufall mehr sein. Der Papagei redete nicht einfach vor sich hin oder plapperte einmal gehörte Schlagworte nach, sondern er gebrauchte diese Worte mit Verstand. Seine Bemerkungen paßten fast immer.

Wirklich – fast immer?

Das waren zwei Fragen, nicht nur eine. Um den Papagei würde er sich noch später kümmern. Die eine Frage konnte hingegen nur Captain Graybound beantworten.

Als die Mannschaft untergebracht war und die Wut Oberst Claudrins über das „verdammte Dreckloch" abgeklungen war, nahm

Rhodan John Marshall beiseite und befahl ihm, die Gedanken Graybounds in aller Ruhe zu sondieren. Besonders, wenn er an seine Fracht dachte. Dann begab er sich mit Gucky in die Kommandozentrale der LIZARD.

„Starten!“ befahl Graybound Rex. Dann wandte er sich an Rhodan. „Es ist eng bei uns. Nehmen Sie meinen Sessel, ich kann stehen.“

Rhodan nahm das Angebot an und setzte sich. Dann sagte er gleichmütig: „Was schmuggeln Sie eigentlich, Captain Graybound?“

Rex Knatterbull zuckte zusammen. Er kam langsam näher. Wie es schien, erkannte er Rhodan nicht. Oder – wollte er ihn nicht kennen.

„Soll ich ihn aus dem Schiff werfen?“ erkundigte er sich.

Graybound winkte heftig ab. „Halt den Mund, du Dummkopf. Rhodan aus dem Schiff werfen. Daß ich nicht lache.“ Er schnappte nach Luft. „Sagten Sie schmuggeln, Rhodan? Wie meinen Sie das?“

„Was haben Sie geladen?“ Rhodan grinste. „Gucky ist auch Telepath.“

„Spielzeug. Und Teddybären. Für die Kinder auf Tuglan. Bis wir da sind, werden sie wohl wackelige Greise geworden sein, wenn das so weitergeht.“

„Ach – Teddybären?“ sagte Rhodan gedehnt und sah Gucky an. Rhodan wußte, was Graybound auch wußte. „Und was haben Sie *in* den Teddybären?“

Graybound wurde blaß. Das ging ja mit dem Teufel zu. War denn alles verrückt geworden? Ach, das kleine Mausbiberbiest mit seiner Gedankenleserei – natürlich, das mußte es sein.

„Starte endlich!“ brüllte er Rex an.

Der Erste Offizier zog den Fahrthebel vor, und die LIZARD erhob sich mit heulenden Triebwerken. Schnell fiel die kleine Felseninsel zurück, die Rhodan und seinen Begleitern wahrscheinlich das Leben gerettet hatte.

„Vergessen Sie nicht, die Position dieses Systems in den Karten zu vermerken“, sagte Rhodan zu dem Ersten Offizier. „Vielleicht statten wir ihm später einen zweiten Besuch unter besseren Bedingungen ab.“ Und zu Graybound gewandt, fuhr er fort: „Nun, Captain? Haben Sie denn wirklich kein Vertrauen zu mir? Schließlich sollten wir Freunde sein. Sie haben mir das Leben gerettet. Glauben Sie denn, ich würde Ihnen Ihr Geschäft verderben? Ja, würden Sie Waffen oder Rauschgift schmuggeln. Aber Sie schmuggeln Medikamente, weil die auf Glatra III gut bezahlt werden. Die Aras liefern teurer, und außerdem wertloses Zeug. Sie tun nur ein gutes Werk, Graybound. Sicher, Medikamente sollten ordnungsgemäß verzollt werden, aber ich gebe zu, die entsprechenden Bestimmungen bedürfen der Überprüfung."

Graybound starrte ihn irritiert an. „Beenden Sie Ihr Spielchen, Rhodan, und teilen Sie mir endlich mit, daß dies mein letzter Flug war. Oder soll ich glauben, daß Sie mich ungeschoren lassen?"

„Ja, das sollen Sie glauben, Graybound. Betrachten Sie unsere Zurückhaltung sozusagen als Dank für die Rettung."

Graybound atmete erleichtert auf. Es war ihm inzwischen klargeworden, daß sein Verhalten unangenehme Folgen haben konnte, doch die Sorge war er jetzt los.

Der Erste Offizier sagte, ohne den Blick vom Bildschirm zu nehmen: „Transition in zwei Minuten, Captain."

„Es ist ein weiter Sprung", erklärte Graybound eifrig. „Er bringt uns an eine Stelle, von der aus wir uns orientieren können. Mit zwei weiteren Sprüngen erreichen wir das Sonnensystem."

Rhodan lächelte und nickte dem Bärtigen zu. Es wurde Zeit, daß sie nach Hause kamen.

16.

Nach drei Transitionen erreichte die LIZARD das Solsystem und landete kurze Zeit später auf dem Raumhafen von Terrania.

Das Heulen der Triebwerke verstummte. Die LIZARD hatte ihre Reise beendet. Ihre Fracht – Teddybären für Tuglan – ruhte inberührt in den Laderäumen. Bis auf einen Stoffbären. Den hatte Gucky sich geholt – als Andenken, wie er behauptete.

Rhodan reichte Graybound die Hand. „Leben Sie wohl, Captain. Wir stehen immer in Ihrer Schuld. Sollten Sie jemals in Schwierigkeiten geraten, denken Sie daran, daß Sie gute Freunde haben – mich, Bully, Gucky und neunundsiebzig dankbare Menschen. Wir werden immer für Sie da sein. Und glauben Sie mir, Captain Graybound – Sie und ich, wir werden uns wiedersehen."

Graybound war sichtlich gerührt. Er schneuzte sich verlegen und gab Rhodans Händedruck zurück. Dann reichte er Bully die Hand.

In diesem Augenblick erschien Gucky. Er schritt auf Graybound zu, nachdem er die Tür hinter sich zugezogen hatte. Mit einem Satz sprang er dem alten Rotbart auf die breite Schulter und schlang ihm die Arme um den Hals. Dann gab es ein schmatzendes Geräusch – der Mausbiber hatte Graybound mitten auf die Nase geküßt. Dann rutschte er über Graybounds Bauchansatz zu Boden und nahm Rhodans und Bullys Hand. „Bis demnächst, Samuel!"

Und vor den Augen Graybounds entmaterialisierten die beiden Männer und der Mausbiber.

Er war wieder allein mit Rex Knatterbull und dem Funker Smith.

Verschämt rieb er sich die Augen und bemerkte plötzlich die neugierigen Blicke der beiden. Er gab sich einen Ruck.

„Was haltet ihr Maulaffen feil?" brüllte er in gewohnter Lautstärke und ließ seine Faust donnernd auf den Kartentisch sausen, der unter der plötzlichen Beanspruchung fast zusammenbrach. „Gibt es denn nichts für euch zu tun? Wir starten morgen. Kurs offiziell Tuglan. Inoffiziell – ihr wißt schon. Man wartet auf die Teddybären. Urlaub gibt es diesmal nicht. Los, an die Arbeit, ihr Faulpelze."

Rex grinste und nahm sich die Karten vor.

Smith lächelte stillvergnügt und überprüfte seine Geräte. Der Boß war wieder normal geworden. Ein Glück. Ein sanfter Graybound wäre auch wahrhaftig zum Fürchten gewesen.

17.

In der Solaren Presse nahmen Berichte über die Expedition der FANTASY in den nächsten Tagen einen breiten Raum ein. Perry Rhodan bedauerte, daß dabei in erster Linie auf den Verlust des Schiffes eingegangen wurde (wobei es zu wilden Spekulationen über die Hintergründe der Katastrophe kam), während die erfolgreiche Erprobung des neuen Lineartriebwerks in den Hintergrund geriet.

Die Administration zog aus dem Teilerfolg die Konsequenzen und wies sämtliche Werften des Solaren Imperiums an, das neue Triebwerk so schnell wie möglich in viele andere Raumschiffe einzubauen und weitere Tests durchzuführen.

Bei all dem wurde kein Wort über die Akonen verloren. Rhodan hatte den geretteten Besatzungsmitgliedern der FANTASY in dieser Beziehung strengstes Stillschweigen auferlegt. Er wußte nicht, wie sich die Beziehungen zwischen Terra und Akon entwickeln würden, *wenn* es überhaupt zu weiteren Begegnungen kommen sollte.

Doch davon war Perry Rhodan fast überzeugt.

Deshalb gab es, was das Stillschweigen über die Akonen anging, eine Ausnahme: Die Kommandanten aller terranischen Schiffe wurden informiert und gleichzeitig angehalten, jedes verdächtige Ereignis sofort dem Hauptquartier der Solaren Flotte zu melden.

Rhodan befürchtete, daß die Akonen ihre Entdeckung nicht hinnehmen würden. Welche Schritte die Urväter der Arkoniden jedoch unternehmen würden, konnte niemand ahnen.

Der Verlust der FANTASY, der nach Rhodans Ansicht auf das Konto der Akonen ging, ließ jedoch wenig Raum für Optimismus.

Zu den aus dem Untergrund geführten Anschlägen bestimmter Gruppen von Springern und Aras, die sich in diesen Tagen häuften, bekam Rhodan eine zusätzliche, weitaus größere Sorge aufgebürdet.

18.

„Diesen Mann möchte ich kennenlernen“, sagte Perry Rhodan, als er die *Europa News* zusammenlegte und auf den Namen deutete, der unter dem Leitartikel stand. „Walt Ballin.“ Er lauschte dem Klang des Namens nach, während er von seinem Arbeitsplatz aus über Terrania hinwegsah.

Die täglichen Informationen, die seine Pressereferenten ihm aus dem Blätterwald der Imperiumszeitungen heraussuchten, hatten heute bei Rhodan ein seltenes Echo ausgelöst. Er hatte gerade den Wunsch ausgedrückt, einen Journalisten kennenzulernen.

Allan D. Mercant, der Chef der Solaren Abwehr, sah Rhodan fragend an, aber der reagierte nicht darauf. Immer noch sah er zum Fenster hinaus, weit über das Häusermeer von Terrania hinweg und mitten in die zu einer Parklandschaft gewordene Gobi hinein.

„Es gehört Verantwortungsbewußtsein und Mut dazu, an uns die Frage zu richten, ob wir eine destruktive Politik betreiben, Mercant. Meistens lohnt es sich nicht, derartige aggressive Ergüsse zu lesen, doch dieser Walt Ballin hat in seinem Aufsatz Überlegungen angestellt, mit denen wir uns ebenfalls zu beschäftigen haben. Ganz besonders jedoch beschäftigt mich seine Behauptung, wir hätten versäumt, den einzelnen Menschen darauf vorzubereiten, in galaktischem Rahmen zu denken, indem wir die Öffentlichkeit unzureichend unterrichten. Mercant, hat dieser Walt Ballin nicht recht?"

Das schmale Gesicht des Abwehrchefs war Rhodan zugewandt.

„Es ist leicht, Kritik zu üben", widersprach er ruhig. „Wir können die Entwicklung der Menschheit nicht noch mehr beschleunigen. Eine eingehende Aufklärung unsererseits, wie es innerhalb der Galaxis brodelt, welche Gefahren für das Solare Imperium akut sind, oder daß wir soeben im Zentrum der Milchstraße ein Volk entdeckt haben, das sogar den Arkoniden in jeder Beziehung haushoch überlegen ist, könnte die Masse der Bevölkerung nicht nur verwirren, sondern sie in Aufruhr bringen."

„Aber besser jetzt Unruhen, Mercant, als zu einem Zeitpunkt, zu dem wir sie absolut nicht gebrauchen können. So gerne ich sonst bereit bin, Ihren Ratschlägen zu folgen, heute muß ich diesem Walt Ballin recht geben und mit ihm sagen: Wir betreiben eine Politik der Selbstzerstörung, wenn wir nicht die Terraner, und ich meine damit die Masse des Volkes, zu Bürgern des Universums machen. Der einfache Mann auf der Straße muß sich mit uns verbunden fühlen. Aber er kann nur dann mit uns empfinden, wenn wir ihn an unseren Sorgen und Nöten teilnehmen lassen. Und das, mein lieber Mercant, tun wir nicht, und das hält uns auch Walt Ballin vor. Wir wollen doch die Panik auf der Erde nicht vergessen, als die Druufflotte plötzlich in unserem System stand, danach die Robotraumer Arkons auftauchten und mit ihnen die Schiffe der Galaktischen Händler.

Wir müssen die Menschen Schritt für Schritt darauf vorbereiten, daß im Zentrum der Milchstraße ein uns weit überlegenes Volk wohnt und wir damit zu rechnen haben, daß es uns auf der Erde einen unerfreulichen Besuch abstatten wird. Und dieser Walt Ballin ist, wenn er das hält, was er mit seinem Artikel versprochen hat, der Mann für diese Aufgabe. Darum möchte ich ihn so schnell wie möglich kennenlernen. Wann kann er hier sein, Mercant?"

Allan D. Mercant lächelte. „Sir, Walt Ballin ist Journalist, und

Journalisten sind eine besondere Sorte Menschen. Hoffentlich findet er den Weg nach Terrania, wenn die Abwehr ihn in Ihrem Namen bittet, Sie aufzusuchen. Ich hoffe, daß er morgen hier eintrifft."

19.

Um 12 Uhr Standardzeit übernahm Leutnant Harald Fitzgerald das Kommando über die Relaisstation ORI-12-1818. Sergeant Stainless hatte keine besonderen Vorkommnisse zu melden und suchte, wie jeden Tag um 12 Uhr, seine Kabine auf, um sich zum verdienten Schlaf niederzulegen.

Ori-12-1818 umlief das größte System im Sternbild des Orion, den gelbroten Riesen Beteigeuze. Diese Sonne von fünfhundertfachem Soldurchmesser hatte einmal vierzehn Planeten besessen, aber in jüngster Vergangenheit, vor hundertachtzehn Jahren, den dritten Umläufer in einer atomaren Explosion verloren. Damals waren in diesem Abschnitt der Milchstraße die großen Flotten der Springer und Topsider aufeinandergestoßen. Die Galaktischen Händler hatten in den Topsidern die Verbündeten der verhaßten Terraner gesehen; die Topsider aber glaubten Conrad Deringhouses Warnung, die Springer kämen, um Topsids Macht zu vernichten. Im Hintergrund war Perry Rhodan gewesen, der in dieser Zeit alle Hände voll zu tun hatte, die galaktische Position der schwachen Erde zu verschleiern, und der durch einen Kunstgriff die bordpositronische Datenspeicherung auf einem Händlerschiff verfälscht hatte. Danach war der dritte Planet der Beteigeuze die Erde. Die furchtbare Zerstörungskraft einer einzigen Arkonbombe hatte diesen unbewohnten Planeten vernichtet.

Nur Nummer vier, die Welt Aqua, erdgroß und mit einer Oberfläche, die zu 95 Prozent aus Wasser bestand, trug Leben. Auf dem einzigen Kontinent dieses Planeten, der etwa so groß wie Europa war, hatte Terra mit Zustimmung der Eingeborenen schon vor vielen Jahren eine Handelsniederlassung und einen Flottenstützpunkt aufgebaut. Der Name Aqua war im Lauf der Jahrzehnte in Vergessenheit geraten. Diese Welt, wie alle anderen Umläufer der Beteigeuze, trugen als Bezeichnung jetzt nur noch eine Nummer, aus vier war drei geworden, und der letzte der Planeten, ein Methangas-Gigant, hatte die Nummer dreizehn.

Alle drei Monate wurde die Besatzung der Schaltstation vom dritten Planeten her abgelöst. Als Leutnant Fitzgerald sämtliche Kontrollen durchgeführt hatte und nun über Zeit zum Grübeln verfügte, dachte er an ihre bevorstehende Ablösung.

In hundertzweiundsiebzig Millionen Kilometern Entfernung jenseits der dreizehnten Planetenbahn umlief Ori-12-1818 das Beteigeuzesystem und registrierte mit seinen hochempfindlichen Apparaten jede Erschütterung des Raumgefüges. Die kugelförmige Station mit nicht besonders leistungsfähigem Impulstriebwerk war eine vorgeschobene Bastion des Solaren Imperiums und stand an der Grenze des terranischen Interessengebiets.

Fitzgerald war hochgewachsen, auffallend schlank und von Natur aus mit strohblonden Haaren bedacht. Er schreckte aus seinem Nachdenken auf, als er das trommelähnliche Rasseln vernahm.

Die Strukturtasterortung hatte Alarm geschlagen und den Hypersprung eines nicht gemeldeten Raumschiffs angemessen.

Unablässig überwachte die Solare Flotte die Raumsektoren, die zum terranischen Handelsgebiet gehörten. Der Anflug fremder Schiffe mußte vorher gemeldet werden. Ein Ring von Relaisstationen, die sich in ihrem Wirkungsbereich überschnitten, sorgte dafür, daß Rhodans Anordnungen auch vom aufsässigsten Galaktischen Händler beachtet wurden. War dies nicht der Fall, dann veranlaßten Flottenverbände mit ihrem blitzschnellen Auftauchen, daß das unangemeldete Schiff sich schnell zu erkennen gab.

„Bestimmt wieder ein Springer“, sagte sich Leutnant Fitzgerald, nachdem er dem Amplituden-Oszillographen einen Blick zugeworfen hatte und an der Kurve sah, daß die Strukturerschütterung durch einen normalen Hypersprung ausgelöst worden war.

Fitzgerald drückte einen Knopf. In derselben Sekunde ging ein Kurzspruch an die beiden in seinem Sektor kreuzenden Solarschiffe ab. Diese erhielten damit sämtliche Daten, mit deren Hilfe sie den Eintauchpunkt des unbekannten Raumers sicher erreichen würden, es sei denn, er wäre in den nächsten Minuten durch eine neue Transition verschwunden.

Die NIL, ein Schiff der Terraklasse, mit zweihundert Meter Durchmesser und vierhundert Mann Besatzung, wurde durch Fitzgeralds

Kurzfunkspruch alarmiert. Die große Bordpositronik der NIL verarbeitete die Koordinaten und bereitete die Transition vor. Die starken Impulstriebwerke gingen auf Vollast. Absorbergeneratoren und Kraftstationen begannen zu heulen, die Konverter gingen auf Maximalleistung. Vierhundert Mann stiegen hastig in die Raumanzüge und eilten auf die Stationen. Die Feuerleitzentrale meldete Gefechtsbereitschaft. Die Bordverständigung gab den Zeitpunkt der Transition an.

In der Schiffszentrale ging alles seinen normalen Weg. Der Alarm war kein Grund, sich aufzuregen. Diese Männer waren andere Einsätze gewohnt, als ein Schiff zu stellen, das seine Ankunft nicht gemeldet hatte.

„Normaler Hypersprung?“ vergewisserte sich der Kommodore noch einmal bei der Funkzentrale, die mit der vollständigen Auswertung des Kurzimpulses von Ori-12-1818 soeben fertig geworden war.

„Normaler Hypersprung, Sir“, kam die Antwort.

Drei Minuten später transitierte die NIL und tauchte achtundzwanzig Lichtjahre weiter wieder in den Weltraum ein.

Im Eintauchmoment hatte die Ortung das Fremdschiff schon erfaßt und die Werte an die Bordpositronik weitergegeben. Während sich die Besatzung noch vom Transitionsschock erholte, nahm die NIL schon automatisch Kurs auf den unbekannten Raumer.

Auf dem Ortungsschirm tauchte ein glitzernder Punkt auf – das fremde Schiff. Seine Fahrt lag 0,1 Prozent über der Geschwindigkeit der NIL.

„Wir müßten auch schon mit den neuen Relieftastern ausgerüstet sein wie die Relaisstationen, Sir“, bemerkte Korporal Penter, ohne von seinem Ortungsgerät aufzusehen.

„Sie denken an Rhodans Warnvorschrift, Penter?“ fragte der Kommandant der NIL zurück.

„Ja, Sir. Denn wer kann uns jetzt sagen, ob wir nicht eins dieser Akonschiffe vor uns haben? Warum sollten die Vorarkoniden in diesem Fall nicht ebenso umständlich wie wir durch den Hyperraum gesprungen sein?“

Seit Rhodans Rückkehr aus dem Blauen System im Zentrum der Milchstraße, erwartete er und mit ihm die Solare Flotte einen Besuch der Akonen. Dies und die Tatsache, daß auch die Akonen den Linearflug beherrschten, hatte es notwendig werden lassen, ein geeignetes Ortungssystem zu entwickeln, das auf die charakteristischen Triebwerksimpulse der Linearkonverter ansprach. In fieberhafter Eile hatten terranische Techniker mit Unterstützung der Swoon den sogenannten Relieftaster entwickelt, der in der Lage war, diese Impulse innerhalb einer gewissen Entfernung – die von der Raumbeschaffenheit abhängig war – zu registrieren und auf einem speziellen Oszillographen aufzuzeichnen.

Obwohl es in relativ kurzer Zeit gelungen war, dieses Gerät zu entwickeln und einzusetzen, war es technisch noch nicht möglich gewesen, alle Einheiten der Solaren Flotte damit auszurüsten. Nur die wichtigsten Einheiten, darunter die Relaisstationen, waren versorgt worden, und es würde sicherlich noch Monate dauern, bis auch das letzte Schiff über dieses Gerät verfügte.

Rhodans Warnvorschrift an die Flotte und alle Relaisstationen besagte: Taucht ein unangemeldetes Raumschiff im Bereich unseres Interessengebietes auf, ist unverzüglich das Hauptquartier in Terrania zu alarmieren.

Der Kommandant des Wachkreuzers NIL ließ seinen Kugelraumer über das Sicherheitsmaximum beschleunigen.

„Anruf an fremdes Schiff", befahl er über Interkom.

Die Antenne jagte den Spruch hinaus. Die Funkabteilung hatte automatisch die Kommandozentrale der NIL mit dem Empfang verbunden. Jetzt stieg die Spannung unter den Männern leicht an. Der Fremdraumer versuchte, mit hoher Beschleunigung zu entkommen.

„An die Feuerleitzentrale: Drei Warnschüsse."

Im Polargeschützturm der NIL strahlte die schwere Impulskanone einen turmdicken Impulsstrahl in Richtung auf das fliehende, unbekannte Schiff ab.

Knapp hundert Meter vor dem glitzernden Punkt zerschnitt der Impulsstrahl die Flugbahn des unbekannten Raumers. Geschwindigkeit und Beschleunigung des Fremdschiffs waren berücksichtigt. Darum flog das Sternenboot auch nicht in den Strahl hinein, der drei Sekunden lang im Raum stand.

„Feuer stopp!" rief der Kommandant des Wachkreuzers, während aus dem Lautsprecher die Meldung des unbekannten Schiffes kam.

Ein Springer.

Fünf Minuten später bremste die NIL dicht neben dem Walzenschiff ab und schickte ein Prisenkommando hinüber. Die Waffen des Kreuzers waren drohend auf den knapp zweihundert Meter langen Walzenrumpf gerichtet.

„Springerschiff aus dem Gelslasystem gestellt“, gab die Funkzentrale der NIL an die Relaisstation Ori-12-1818 und an die Planetenbasis der Beteigeuze durch. „Prisenkommando übergestiegen. Achtung, Meldung des Untersuchungskommandos. Ach, du lieber Gott! Hallo, Station Ori-12-1818, fordern Sie sofort einen Sanitätskreuzer an. Springerschiff UG DVI ist verseucht. Über die Hälfte der Besatzung tot, nur noch acht Händler sind als gesund zu bezeichnen. Sergeant Hopkins, Leiter des Prisenkommandos, glaubt, daß die Händlersippe an der Steindarm-Seuche erkrankt ist. Diese Angabe aber unter Vorbehalt. Wann kann der Sanitätskreuzer hier eintreffen, Leutnant Fitzgerald?“

Fitzgerald von Ori-12-1818 fragte zurück: „Sie haben dem Prisenkommando untersagt, die UG DVI zu verlassen?“

„Nein, aber ich werde es nachholen. Haben Sie den Sanitätskreuzer alarmiert? In welchem Sektor steht das Schiff?“

Das Solare System verfügte erst über drei Schiffe dieser Art. Wenn sie auch nur hundert Meter Durchmesser besaßen, so waren sie trotzdem große, fliegende Kliniken, mit dem Modernsten ausgerüstet, was irdische Medizin und Ara-Kunst entwickelt hatten. Vor zwei Jahren war das erste Schiff dieses Typs in Dienst gestellt worden und konnte schon vier Monate später als ersten Erfolg verbuchen, auf dem Planeten Sulf in zehntägiger Herkulesarbeit einen unbekannten Erreger isoliert zu haben, der bei den dortigen terranischen Auswanderern ununterbrochen Schweißausbruch hervorrief, so daß die Menschen an Wassermangel im Körper starben. Fünf Tage darauf stand schon ein Impfstoff zur Verfügung, der hundertzwanzigtausend hoffnungslosen Siedlern das Leben rettete.

Jetzt ging es um die zwölf Mann des Prisenkommandos und um die noch lebenden Springer.

Ein Sanitätsschiff lag in Terrania auf der Werft, Schiff II befand sich im Einsatz im Wegasektor. Das dritte stand 8590 Lichtjahre entfernt im Raum auf Warteposition. Durch Leutnant Fitzgerald wurde es benachrichtigt.

Während das Sanitätsschiff III seine Warteposition verließ und Kurs auf seinen Transitionspunkt nahm, setzte sich der Chefarzt mit dem Kommandanten des Wachkreuzers in Verbindung und über dieses Schiff mit Sergeant Hopkins, dem Leiter des Prisenkommandos an Bord der verseuchten UG DVI.

„Beschreiben Sie die Symptome“, forderte ihn der Chefarzt auf.

Hopkins hatte auf der Raumakademie wohl mehrere Sanitätskurse mitgemacht, aber er war kein Arzt. Er zögerte, das Krankheitsbild zu beschreiben.

Dem Chefarzt des Sanitätsschiffs aber schien es unter den Nägeln zu brennen. Er sagte: „Stellen Sie sich nicht so an, Sergeant. Nehmen Sie sich einen Springer vor und tasten Sie seine Bauchdecke ab. Ob Sie Kranke berühren oder nicht, ist jetzt uninteressant, denn infiziert sind alle. Nun, fühlt sich die gesamte Bauchdecke bis zum Brustkorb steinhart an, oder tasten Sie auch weiche Partien ab, und wenn ja, dann wo?“

Der Hyperkom übertrug über 8500 Lichtjahre weit Sergeant Hopkins Stöhnen. Er glaubte, überfordert zu sein. Stockend gab er seinen Befund durch. Der Chefarzt im Sanitätsschiff sagte nur manchmal ja oder nein und hörte die übrige Zeit zu.

„Jetzt bin ich am Brustkorb angekommen, Doktor“, sagte Hopkins, immer noch seiner Sache unsicher. „Konnten Sie mit meinen Feststellungen etwas anfangen?“

„Danke, Sergeant, Sie haben ausgezeichnet gearbeitet, und Ihr Verdacht auf Steindarm-Seuche stimmt leider. Bereiten Sie Ihre Leute vor, daß bei allen in zwei bis drei Stunden die ersten Darmkrämpfe auftreten werden. Hier lasse ich inzwischen alles Notwendige in die Wege leiten. Ende.“

„Hallo, Doktor!“ rief Hopkins in sein Mikrophon und verstummte dann enttäuscht. Der Hyperfunksender des Sanitätsschiffs hatte bereits abgeschaltet. So konnte er nicht mehr fragen, wie groß ihre Überlebenschancen waren. Er wußte nur, daß die Steindarm-Seuche den größten Prozentsatz an Todesopfern forderte.

Leutnant Harald Fitzgerald hatte mitgehört und sich ein paarmal geschüttelt. Die Steindarm-Seuche war in den letzten Jahren so oft in diesem Bereich der Milchstraße aufgetaucht, um immer große Opfer zu fordern, daß sich sogar die Galaktischen Mediziner, die Aras, bereiterklärt hatten, zusammen mit den Menschen diese unheimliche Krankheit zu bekämpfen. Inzwischen war wohl in Gemeinschaftsarbeit ein gutes Heilmittel entwickelt worden, aber die Suche nach dem unbekannten Erreger der Seuche war bis zum heutigen Tag erfolglos geblieben.

„Geben Sie mir das Hauptquartier in Terrania“, verlangte Fitzgerald von dem Funker. Kurz darauf stand die Hyperfunkverbindung. Der Leutnant meldete den Vorgang, aber über die ersten zehn Worte kam er nicht hinaus. Sanitätsschiff III hatte den Seuchenfall schon zur Erde berichtet.

„Sonst keine Vorkommnisse, Leutnant?“ fragte Major Dung von Terrania aus.

„Keine, Major.“

„Ihren ruhigen Job möchte ich für vier Wochen auch einmal haben“, beschloß der Major etwas neidisch das Gespräch mit der Relaisstation Ori-12-1818 und schaltete ab.

„Ruhig“, brummte Leutnant Fitzgerald. „Stinklangweilig ist dieser Job. Säße ich doch in Terrania.“

20.

Ballins Wagen wurde gestoppt, und die unpersönliche Stimme eines stählernen Ungetüms forderte die Personalpapiere.

Nachdem Ballin sich ausgewiesen hatte, übernahm der Roboter die Führung.

Walt Ballin schwitzte vor Aufregung. Er hatte Rhodan noch nie persönlich gegenübergestanden.

Der Roboter, der ihm vorausging, öffnete wieder eine Tür und sagte jetzt: „Sir, Mister Walt Ballin.“

Der Journalist starrte in den großen, lichtdurchfluteten Raum, sah den Schreibtisch und dahinter den Mann sitzen, der aus einer politisch zerrissenen Erde das Solare Imperium geschaffen hatte.

„Bitte, treten Sie näher, Ballin“, hörte er Rhodans freundliche Stimme und sah den Ersten Administrator des Solaren Imperiums hinter seinem Schreibtisch aufstehen.

Walt Ballin riß sich zusammen. Aber die Begrüßungsworte, die er sich auf dem Flug nach Terrania zurechtgelegt hatte, waren ihm vor Aufregung entfallen. Zögernd betrat er den Raum, nahm Platz und saß dann jenem Mann gegenüber, dessen Gesicht man schwer vergaß, wenn man einmal in diese grauen, kühl blickenden Augen gesehen hatte.

Rhodan kam sofort zum Thema. „Ich habe Ihren Leitartikel in der *Europa News* gelesen, Ballin. Er hat mich so stark interessiert, daß ich gerne mehr darüber hören möchte. Sie machen der Administration den Vorwurf, sie informiere die Terraner nicht genügend über das Geschehen in der Milchstraße. Dieser Vorwurf ist schon einmal gegen uns erhoben worden. Damals wurde er im Parlament laut, heute scheint die Weltpresse durch Ihren Leitartikel auf diesen Punkt aufmerksam gemacht worden zu sein. Bitte, Ballin, was haben Sie sich gedacht, als Sie Ihren Leitartikel verfaßten?“

Perry Rhodan hatte für die Unterredung mit Walt Ballin dreißig Minuten angesetzt. Sein Terminkalender ließ ihm keinen größeren Spielraum, aber nach anderthalb Stunden saß der Journalist ihm immer noch gegenüber, und Rhodan hörte ihm immer noch interessiert zu. Sein Urteil über Walt Ballin stand fest. Dieser Mann gehörte nach Terrania.

Diesen Vorschlag wollte er Ballin gerade machen, als das Visiphon Alarm meldete.

Rhodan sprang auf, eilte zum Schreibtisch und sah auf der Bildscheibe das von Erregung stark gezeichnete Gesicht des Leiters der großen Hyperfunkstation von Terrania.

„Sir...“ sagte der Mann mit krächzender Stimme und mußte danach schlucken.

Perry Rhodan ahnte, was man ihm jetzt melden würde.

Er dachte an das Blaue System.

Es war 18.59 Uhr Standardzeit.

21.

Es war 18.50 Uhr Standardzeit in der Relaisstation Ori-12-1818, und Leutnant Harald Fitzgerald gähnte herzhaft.

Seit einer Stunde befand sich der Sanitätsraumer III längsseits des Springerschiffs UG DVI. Ein Stab von Ärzten war auf das verseuchte Schiff übergestiegen, um den Kampf mit der hinterlistigen Krankheit aufzunehmen.

Fitzgerald hatte sich in den Funkverkehr eingeschaltet und mitgehört. Für den größten Teil der Besatzung des Walzenschiffs kam jede Hilfe zu spät, und ob weitere zwanzig Springer noch einmal genesen würden, war nach Ansicht der Ärzte fraglich. Es war die Eigenart der Steindarm-Seuche, nicht nur schnell den Tod herbeizuführen, sondern schon im frühen Stadium der Krankheit das gesamte Darmsystem lahmzulegen und es zu versteinern. Dieser Versteinerungsprozeß konnte durch ein Kombinationspräparat aufgehalten und rückgängig gemacht werden, hatte er aber das Endstadium bereits erreicht, dann versagte jede ärztliche Kunst.

In dieser einen Stunde des Mithörens hatte Fitzgerald so viel über diese heimtückische Krankheit erfahren, daß ihn das Wissen darum mehrfach dazu verleitet hatte, seine Bauchdecke abzutasten, um zu kontrollieren, ob diese noch weich war. Er nannte sich einen Narren und wollte sich vom Funkverkehr trennen, doch das brachte er erst dann fertig, als er die Ärzte nur noch in ihrer Fachsprache reden hörte.

Und jetzt langweilte er sich.

Die Uhr zeigte 18.51.

Der strohblonde, überschlanke Schotte Harald Fitzgerald erhob sich, als er den Oszillographen des Relieftasters arbeiten sah. In derselben Sekunde war Leutnant Fitzgerald jeder Wunsch zu einer Unterhaltung vergangen. Mit einem Satz stand er vor dem Taster, den Oszillographen in Brusthöhe unter sich.

Außergewöhnlich flache Kurven sah er auf dem grünlich leuchtenden Bildschirm – Kurven, die durch ein Lineartriebwerk hervorgerufen worden waren.

Der Alarm klang auf. Leutnant Fitzgerald brauchte die fünf Mann starke Besatzung der Zentrale nicht aus ihrem bisher langweiligen Dienst aufzuscheuchen.

Der Relieftaster war an die Rechenmaschine angeschlossen. Mit dem Alarm gab sie die erstellten Koordinaten an den Taster weiter. Die Positronik hatte nur einige Sekunden benötigt, um die galaktische Position des fremden Raumschiffs zu bestimmen.

Alain Berliez und Roger Dempsey, vor sechs Monaten als frischgebackene Leutnants zur Ori-12-1818 versetzt, waren am Relieftaster besonders ausgebildet worden. Sie trugen jetzt die Hauptlast der Verantwortung.

Für diesen Fall galt Perry Rhodans Warnvorschrift. Aber bevor die Alarmmeldung zum Hauptquartier abgestrahlt werden konnte, mußten noch einige Daten erstellt werden.

Kurz darauf zeichneten sich die Konturreflexe auf dem Tasterschirm ab.

„Kugelraumer", platzte Alain Berliez überrascht heraus.

„Stimmt nicht." Das war Roger Dempseys Zwischenruf. „Der Raumer hat doch stark abgeplattete Pole, Berliez. Zum Teufel, woher kommt nur diese Bildverzerrung?"

Leutnant Fitzgerald eilte zum Taster hinüber. Die beiden jungen Leutnants machten im Platz. Scharf musterte er das Bild auf dem Schirm. Es war verzerrt, aber nicht so stark, daß dadurch die Abplattung verwischt wurde.

„Fremdschiff bewegt sich mit 0,8 LG, Distanz 4,10 Lichtstunden."

„Und in welche Richtung?" rief Fitzgerald.

„Orion-System", hieß die Antwort.

Die Uhr zeigte 18.56 Standardzeit.

„Berliez, können Sie das Bild nicht schärfer einstellen?" Fitzgerald wußte nicht, daß er viele kleine Schweißperlen auf der Stirn stehen hatte. Er ließ Berliez an den Hypertaster heran. Der manipulierte mit schlafwandlerischer Sicherheit an drei Einstellrädern. Das Bild zerlief, kam wieder, wurde gestochen scharf und verschwand einen Moment später.

„Berliez!" rief Fitzgerald ihn ungeduldig an.

Der einundzwanzigjährige Leutnant Alain Berliez ließ sich nicht aus der Ruhe bringen.

Jetzt stand das Bild, gestochen scharf.

Einwandfrei zeigte es die Abplattungen an den beiden Polen des fremden Raumschiffs: Akonen!

18.57 Uhr.

Fitzgeralds Befehl an die Funkzentrale. Er sagte nur sechs Worte: „Befehl 486. Alarm an das Hauptquartier."

Befehl 486 hatte Rhodans Warnvorschrift zum Inhalt. Zwei Kurzimpulse, die von der Positronik vorbereitet worden waren, strahlten aus der Hyperfunkantenne. In drei knapp formulierten Sätzen wurde das Hauptquartier der Solaren Flotte in Terrania vom Funker über die Beobachtung der Meßstation Ori-12-1818 unterrichtet.

Terrania fragte nicht zurück. Der Inhalt der Mitteilung war eindeutig.

Im Superschlachtschiff DRUSUS heulten die Alarmsirenen. Das nicht zu übersehende flackernde Transparentschild in der gigantischen Schiffszentrale sagte den wachhabenden drei Offizieren, daß Rhodan den Alarm ausgelöst hatte, und das bedeutete Blitzstart.

Perry Rhodans blitzschnelles, aber dennoch genau überlegtes Handeln faszinierte den Journalisten Walt Ballin. Erst allmählich begriff er, daß er den Augenblick einer dramatischen Entwicklung miterlebte.

„Alarmstart in fünfzehn Minuten. Hyperfunk auf Dreiecksverkehr DRUSUS-Terrania-Großstation Ori-12-1818 schalten!"

„Verstanden, Sir. Alarmstart in ..."

Mit Wechsel der Schalterstellung hatte Rhodan sich mit dem Hauptquartier verbunden. „Anweisung für Orionflotte: Fremdraumer im Orionsektor nicht stellen! Die DRUSUS kommt. Aber nach Auftauchen weiterer Fremdschiffe sofort eingreifen und nach Order 486-A handeln. Startalarm für die gesamte Orionflotte. Ende."

Walt Ballin zuckte unter Perry Rhodans Blick zusammen. „Wollen Sie mitkommen, Ballin?"

Der Journalist zuckte abermals. „Ich?"

„Also ja. Kommen Sie. Wir starten in dreizehn Minuten." Rhodan eilte schon an ihm vorbei der Tür zu. Ballin folgte ihm. Der Antigravlift trug sie zum Dach des Hochhauses. Während sie hinaufschwebten, sprach Rhodan den Journalisten an. „Wenn Sie nicht wollen, Ballin, brauchen Sie nicht mitzufliegen. Ich vermute, daß der Flug mit einem großen Risiko verbunden ist."

„Sir, nur zu gerne nehme ich Ihr Angebot an. Welcher Beruf hat nicht sein Risiko."

Seine Worte lösten auf Rhodans Gesicht ein Lächeln aus.

„Was Sie über das Risiko gesagt haben, stimmt, Mister Ballin, nur ob Sie den Unterschied zwischen dem normalen Berufsrisiko und dem Risiko unserer Flüge erkennen können, möchte ich bezweifeln."

Sie erreichten das Dach des Hochhauses in dem Moment, als Reginald Bulls Gleiter gerade abhob und in Richtung Raumhafen davonschoß. Kurz darauf saß Walt Ballin neben Perry Rhodan in einem zweiten Gleiter, der in forciertem Flug auch jenem Abschnitt des Hafens zujagte, auf dem sich der gigantische Kugelkörper der DRUSUS zum Himmel reckte.

„Warum fragen Sie nicht, Ballin?" hörte der überraschte Journalist Rhodan sagen. „Natürlich dürfen Sie wissen, wohin der Flug geht und warum ich den Alarm ausgelöst habe."

„Sir, diese Situationsänderung kommt so überraschend ...", stotterte Ballin und brach verwirrt ab, als er Rhodan lachen hörte.

„Für Sie, Ballin, für meine engsten Mitarbeiter und Freunde nicht.

Daran haben wir uns gewöhnt, und vielleicht ist diese Gewohnheit daran schuld, daß wir die Terraner nicht genügend informieren. Diese Aufgabe möchte ich nun Ihnen übertragen, Ballin. Deswegen habe ich Sie nach Terrania kommen lassen. So – wir sind da."

Vor den ersten turmstarken Teleskopstützen der DRUSUS setzte Rhodan den Gleiter auf. Elastisch sprang er heraus und war schon zehn Schritte weit, als Walt Ballin sich anschickte, ihm zu folgen.

Walt Ballin wußte nicht, wohin er zuerst sehen sollte. Er hatte noch nie unmittelbar vor einem Superschlachtschiff der Solaren Flotte gestanden, und jetzt wollte es ihm nicht in den Kopf, daß dieser Koloß in der Lage sein sollte, sich vom Boden zu lösen.

Die Rampe zur Polschleuse hatte das Format einer Autobahn; die Schleuse selbst wirkte wie ein überdimensionales Tor. Und dann diese gewaltige Röhre – der Antigravlift, der sie mit erstaunlicher Geschwindigkeit hochtrug.

Gleich darauf befanden sie sich im Innern des Schiffes.

Der tausendfünfhundert Meter große Kugelraumer setzte zum Start an. Die titanischen Impulsmotoren im Ringwulst des Schiffes waren auf maximale Leistung geschaltet worden, und unter ihren entfesselten Gewalten begann die Zelle des Schiffes zu dröhnen.

Rhodan betrat, gefolgt von Ballin, die Zentrale. Nachdem er den Journalisten vorgestellt hatte, ließ er sich die neuesten Meldungen von der Relaisstation geben.

General Conrad Deringhouse stand neben ihm.

„Nicht viel Neues, Sir", sagte er in seiner ruhigen Art, „aber das wenige ist beunruhigend genug. Ich glaube, sie sind es."

„So überzeugt, Deringhouse?" Rhodans Frage hörte sich nicht spöttisch an.

Der General überreichte ihm kommentarlos das über Funk übermittelte Bild eines kleinen Raumschiffs mit abgeplatteten Polen.

„Und hier das Oszillogramm mit den flachen Kurven, Sir. Wenn wir es nicht mit einem Akonenschiff aus dem Blauen System zu tun haben, dann stehen wir abermals vor der Begegnung mit einem uns bisher unbekannten Volk. Gegen diese Annahme aber spricht die Form des Fremdschiffs."

Währenddessen jagte die DRUSUS mit immer größerer Geschwindigkeit aus dem Sonnensystem heraus. Trotzdem sollten noch viele kostbare Minuten vergehen, bis das Flaggschiff des Solaren Imperiums zur Transition ansetzen konnte.

In diesem Augenblick liefen von der Schaltstation Ori neue Werte ein. Drei Offiziere der DRUSUS-Zentrale steckten darauf den Kurs des unbekannten Raumers auf der Sternenkarte ab. Rhodan und Deringhouse traten an die Karte heran. Unbemerkt darüber war Bully eingetreten und hatte sich hinter die beiden Männer gestellt.

„Das sieht mir aber nicht nach einer Landung auf Nummer drei des Beteigeuzesystems aus." Bully sagte wie immer spontan das, was er dachte.

„Den Eindruck habe ich auch, Dicker", erwiderte Rhodan. „Aber wenn das Fremdschiff nicht auf dem einzigen bewohnbaren Planeten der Beteigeuze landet, was will es dann in diesem System?"

„Man sollte anrufen und fragen."

„Übernimm du den Hyperfunk selbst, Bully. Mehr als drei Impulse würde ich nicht ausstrahlen lassen."

Reginald Bull schob sich vor und blickte den Freund von der Seite leicht mißtrauisch an. „Wo ist dein Optimismus geblieben, Perry?"

„Der kommt erst wieder, wenn ich weiß, wer in diesem unbekannten Schiff sitzt und was dieses Schiff im Sternbild des Orion sucht. Deringhouse, geben Sie Alarm für die gesamte Flotte und an alle Stützpunkte. Ich darf Ihnen doch verraten, daß ich seit einigen Minuten so etwas wie Angst verspüre?"

Bully und General Deringhouse wechselten einen kurzen Blick, dann gingen sie; der eine, um das unbekannte Raumschiff über Hyperfunk anzurufen und nach dem Woher und Wohin zu befragen, und der andere, um die Solare Flotte und die schwerbewaffneten Stützpunkte zu alarmieren.

Fünf Minuten später traf von Ori-12-1818 die nächste Meldung ein. Wieder wurde der zurückgelegte Kurs des fremden Sternenschiffs um ein kleines Stück auf der Sternenkarte weiter abgesteckt.

Einwandfrei war zu erkennen, daß sein vorläufiges Ziel das System der Riesensonne Beteigeuze war.

Perry Rhodan mußte immer intensiver an die technisch überlegenen Akonen im Blauen System denken. Die Akonen benutzten schon seit vielen Jahrtausenden nicht nur Raumschiffe, um von Stern zu Stern zu kommen, sie verwendeten auch Transmitter. Um ihr eigenes Hoheitsgebiet verlassen zu können, mußten sie auf Raumschiffe zurückgreifen, wenn nicht auf ihrem Zielplaneten eine Transmitterstation stand.

Abermals wurde auf der Sternenkarte die Position des unbekannten Raumers ein Stück näher an das Beteigeuzesystem herangeschoben, und deutlicher denn je zeichnete sich ab, daß einer der äußeren Planeten das Ziel sein mußte, wenn nicht mit diesem Schiff die Terraner abgelenkt werden sollten.

Bully richtete sich auf. „Sie melden sich nicht. Sie geben auch selbst keine Funksprüche ab. Die Schaltstation im Orion hat jedenfalls bisher nichts davon feststellen können." Bully behagte dieser Fall nicht. Vor den Machtmitteln der Akonen hatte er Respekt. „Was, zum Teufel, wollen die Akonen bei uns? Und ihr Auftauchen so nah unserem Sonnensystem ist doch kein Zufall – oder ...?"

„Seitdem ich weiß, daß es das Blaue System gibt, möchte ich mit dem Zufall nicht mehr spekulieren. Ja, Bully, du kannst mich ruhig verblüfft ansehen. Mit den Akonen spielen wir kein Verstecken wie mit den Arkoniden und Galaktischen Händlern."

„Du befindest dich ja heute in einer herrlichen Stimmung", murrte Bully und strich sich durch seine roten Haare. „Und das nur, weil diese winzige, abgeplattete Sternschnuppe durch das Beteigeuzesystem fliegt. Ich verstehe deinen Pessimismus nicht."

„Und ich verstehe nicht, was die Akonen bei uns suchen. Sie machen es mir zu auffällig. Sie wollen, daß wir sie beobachten. Und wer sich so benimmt, hält immer einen Trumpf im Ärmel versteckt."

„Willst du das fremde Schiff mit der DRUSUS stellen?"

„Wenn es die Umstände erfordern, ja. Selbst bei weit überlegener Feuerkraft des kleinen akonischen Sternenboots werden die Feldschirme der DRUSUS ihren Angriffen standhalten können."

Wieder sah Bully den Freund mißtrauisch an. „Du verschweigst mir deine Sorgen, Perry. Was befürchtest du?"

„Alles. Ich habe nicht vergessen, wie man uns im Blauen System empfangen und behandelt hat: als unhöfliche Wilde, in keinem Fall aber als Wesen mit einer gewissen Intelligenz."

„Die Akonen sind eben galaktische Snobs", erwiderte Bully so impulsiv, daß Rhodan darüber lachen mußte.

Dann blickte Rhodan zur großen Bordpositronik und fragte: „Wann springen wir?"

„In acht Minuten, Sir. Dann haben wir das Gravitationsfeld des Solsystems verlassen."

„Danke", erwiderte Rhodan und wandte sich wieder Bully und dem General zu. „Wir können augenblicklich nichts anderes tun, als warten. Es lohnt sich auch nicht mehr, die Kabinen aufzusuchen. Nehmen wir doch Platz."

Dann begann die Metallstimme des Bordgehirns auch schon die Transition anzuzählen. Hinter den beiden Pilotensesseln hatten die drei Männer Platz genommen.

Kurz, aber eindringlich hatte Deringhouse Rhodan beobachtet. Jetzt beugte er sich zu ihm herüber und fragte: „Sie sind äußerst beunruhigt?"

„Ja", gab Rhodan ohne weiteres zu. „Das bin ich. Ich fiebere innerlich. Dieser Direktanflug des Akonenraumers weist doch eindeutig auf einen Plan hin. Mein diesbezüglicher Verdacht ist durch die Funkstille des Fremdschiffs noch verstärkt worden. Aber alles Rätseln bringt uns nicht weiter. Wir müssen das kleine Schiff stellen und die Akonen zwingen, ihre Karten auf den Tisch zu legen."

22.

Hochgewachsene Menschen samtbrauner Hautfarbe standen vor ihrem Raumschiff und unterhielten sich. Sie lachten und scherzten, als wären sie Menschen der Erde und nicht Spezialkräfte des Blauen Systems, die ein Leben voll gefährlicher Einsätze führten.

Ihre samtbraune Hautfarbe war ein natürliches Produkt der blauen Riesensonne von hundertachtzigfachem Soldurchmesser, unter der sie lebten. Starke UV-Strahlung hatte ihrer Art dieses erhebliche Merkmal verliehen.

An den Terranern gemessen, waren sie im Durchschnitt einen Kopf größer und ähnelten mehr den Bewohnern der Arkonwelten als den Bewohnern der Erde. Doch von ihrer Figur abgesehen, unterschieden sie sich von den Arkoniden durch das Fehlen rötlicher Augen, und vergebens suchte man unter ihnen einen einzigen, der weiße Haare besaß. Kupferrotes Haar herrschte vor.

Das Licht der blauen Akonsonne durchbrach eine aufgelockerte Wolkendecke und ließ den Sommertag auf dem Planeten Sphinx drückend warm werden.

Die kleine Gruppe Akonen achtete nicht darauf. Es waren junge Männer, die da scherzten und mit keinem Gedanken an den Auftrag dachten, der vor ihnen lag. Alle warteten auf Vur von Poohel, den

Kommandanten ihres hundert Meter durchmessenden Kugelraumers RETSE-U.

Das Sternenschiff mit seinen abgeplatteten Polen war das achtunddreißigste innerhalb der Flotte des Energiekommandos, die aus zweiundfünfzig Schiffen dieses Typs bestand.

Im Blauen System gab es kein dreiundfünfzigstes Raumschiff.

Im Blauen System gab es seit vielen tausend Jahren das nicht mehr, was Menschen und Arkoniden unter Raumschiffahrt verstanden. Die Akonen hatten längst auf diese schwerfälligen Transportmittel verzichtet, den Mond ihres Planeten Sphinx zu einer gewaltigen Transmitterstation ausgebaut und im weiten Umkreis auf fast allen Siedlungswelten kleine Transmitterstationen installiert, die den Transport von Personen und Gütern über Raum und Zeit durchführten.

Eine Reise von Planet zu Planet war nichts anderes als ein Spaziergang. Der Akone durchschritt das Energietor der Station und war einen Schritt weiter schon auf dem Zielplaneten am Ende der Reise.

Die kleine Flotte von Hundertmeterraumern stand für besondere Fälle zur Verfügung. Offiziell trug sie den Namen „Energiekommando". Doch so klein und unscheinbar diese Schiffe auch aussahen, so gewaltig waren die Kräfte, die in diesen Kugeln schlummerten. Seit mehr als achttausend Jahren akonischer Zeitrechnung war kein Schiff des Kommandos mehr verlorengegangen. Darum sahen die Besatzungen ihre Einsätze nicht als gefährlich an. Für sie war es eine Fahrt durch die Galaxis mit primitiven Mitteln, verbunden mit abenteuerlichen, für sie selbst jedoch völlig harmlosen Ereignissen.

Sie flogen, um die Sicherheit des Blauen Systems aufrechtzuerhalten. Und jetzt wartete ein Teil der RETSE-U-Besatzung auf den Kommandanten ihres Schiffes, um abermals mit ihrem Einsatz die Sicherheit ihres Sternenreichs zu gewährleisten.

Pan von Thel, der schwarzhaarige Akone, sah als erster Kommandant Vur von Poohel über den kleinen Raumhafen kommen. Er machte seine Kameraden darauf aufmerksam. Schlagartig verstummte das Gelächter. Alle blickten Vur von Poohel erwartungsvoll entgegen.

Ein Riese von Mann, barhäuptig, mit feuerrotem krausen Haar, winkte schon von weitem ab.

„Wieder nichts", sagte der schlanke Mana von Eig enttäuscht. „Und dabei habe ich gehofft, wir hätten endlich einmal eine aufregende Arbeit zu erledigen."

„Du denkst in diesem Zusammenhang an die weißhäutigen Fremden?“ fragte Gim von Sarem, der Stellvertreter des Kommandanten.

„Wer hat daran nicht gedacht?“ mischte sich Pan von Thel ein. „Ich habe sie auch gesehen. An ihre fremde Hautfarbe konnte man sich schnell gewöhnen. Wenn ich mich des großen Mannes mit den grauen Augen erinnere, dann muß ich sogar sagen, daß er mir irgendwie imponiert hat. Und haben uns die Fremden zum Schluß nicht beeindruckt, weil sie plötzlich verschwanden, obwohl sie festgehalten werden sollten?“

Mana von Eig lachte lautlos. Er wandte sich an Pan von Thel. „Dann könnte aus unserem Einsatz ja doch noch etwas werden.“

„Unsinn“, widersprach Gim von Sarem. „Pan von Thel hat nur eine Schwäche für alles Fremde. Diese Weißhäute haben nur Glück gehabt. Wie ich aus zuverlässiger Quelle erfuhr, hat man ihren Raumschiffsantrieb unterschätzt. Alles andere an ihrem Schiff soll nichts wert gewesen sein.“ Zufällig sah er dabei Pan von Thel an und entdeckte dessen spöttisches Lachen. „Du glaubst es natürlich nicht. Typisch für dich. Du bist ja in dieser Sache schon des öfteren unliebsam aufgefallen. Was paßt dir denn an meinen Worten nicht?“

„Daß du die Fremden verachtest, Gim. Kennen wir sie denn richtig? Gibt es in der Galaxis nur uns?“

„Ach“, fauchte der stellvertretende Kommandant der RETSE-U Pan von Thel an. „Das paßt dir nicht, aber du bist vielleicht auch jetzt noch damit einverstanden, wie sich diese Weißhäute aufgeführt haben? Traten sie uns etwa bescheiden, zurückhaltend entgegen, wie es sich für Fremdlinge gehört? Nein, sie drängten sich uns in einer unbeschreiblich belästigenden Weise auf, obwohl wir es sie deutlich genug merken ließen, daß wir nichts mit ihnen zu tun haben wollten. Wagst du, diesen Punkten zu widersprechen, Pan von Thel?“

„Ich erinnere mich des Ausspruchs unseres größten Philosophen Unet von Kor, Gim von Sarem“, entgegnete Pan von Thel gelassen, obwohl Kommandant Vur von Poohel inzwischen zu der Gruppe getreten war und mithörte. „Unet von Kor hat gesagt . . .“

„Verschone uns mit deinen alten Philosophen“, brauste Gim von Sarem auf, mußte dann aber abrupt schweigen, weil Vur von Poohel sich einmischte.

„Pan von Thel, welchen Ausspruch wollten Sie uns anführen?“

„Jenes Wort, in dem Unet von Kor kurz sagte: Nichts geschieht ohne Grund.“

Einige lachten, am lautesten Gim von Salem.

Aber nur Vur von Poohel lachte nicht. „Unser Einsatz ist auch nicht grundlos befohlen worden, Pan von Thel. Der Regierende Rat von Akon hat beschlossen, daß Mal-Se eingesetzt wird. Gehen wir also an Bord. Das ist besser, als über philosophische Aussprüche zu diskutieren."

Das war ein Befehl. Das Streitgespräch wurde nicht wiederaufgenommen.

Dann kam die Startfreigabe für die RETSE-U.

Pfeilschnell stieg der über seinen Polen abgeplattete Kugelraumer durch die aufgelockerte Wolkendecke, verschwand dahinter und trat seinen Einsatz an.

Weich, ohne Schockwirkung, tauchte die RETSE-U wieder in das normale Universum ein. Als glühendrotes Auge leuchtete Beteigeuze vor ihnen im Raum.

Nur Vur von Poohel und Gim von Sarem hielten sich in der winzigen Zentrale auf. Unbeeindruckt von der Riesensonne saßen sie tatenlos in ihren Sesseln und warfen ihren wenigen Instrumenten nicht einmal Kontrollblicke zu.

Einige Minuten vergingen in dieser Ruhe, bis Vur von Poohel sich plötzlich vorbeugte und eine kleine Kugel betrachtete, die eingeschlossen in einem metallischen Gehäuse zu schweben schien. Zwei deutlich glühende Punkte waren auf der Kugeloberfläche zu erkennen.

Vur von Poohel nickte zufrieden und lehnte sich wieder zurück. „Man hat uns entdeckt, Gim von Sarem."

„Gut", erwiderte dieser. Damit war der Fall für beide erledigt.

Die RETSE-U schien führungslos dem Planetensystem der Beteigeuze zuzurasen. Desinteressiert ruhten die Blicke der zwei Akonen auf dem für Menschen fremdartig anmutenden Bildschirm, der auf das Ziel des Schiffes eingestellt war, dessen Ortungsanlage es fertigbrachte, auch die äußersten Planeten der Riesensonne zu erfassen.

Die Zeit verging. Mit unvermindert hoher Fahrt raste die RETSE-U ihrem Ziel zu. Plötzlich regte sich Gim von Sarem. Er deutete auf den Bildschirm, auf dem ein schwach reflektierender Kreis sichtbar wurde.

Vur von Poohel schenkte ihm nur einen kurzen Blick. „Das wird die Station sein, die wir automatisch anmessen, Gim von Sarem."

Der Kommandant des Energiekommandoschiffs RETSE-U fand es nicht der Mühe wert, darüber mehr zu sagen. Warum auch? Dieser Einsatz war nicht mehr und nicht weniger Routine wie alle anderen Einsätze vorher.

Das kleine Schiff kreuzte die Bahn des äußersten Planeten, einer vereisten Gaswelt, und näherte sich nun bis auf 30000 Kilometer Abstand der nächsten Sternenkugel. Daß es dabei in die aufgewühlten Luftmassen des Planeten geriet, war im Schiff nicht festzustellen. Sekunden später lag der Planet schon ein großes Stück hinter ihnen.

Plötzlich hob sich ein Instrument aus der Fläche des kleinen Schaltpults hervor. In Augenhöhe der beiden Akonen verharrte es.

„Oh", sagte Gim von Sarem erstaunt, „drei Schiffe der Weißhäutigen."

Beide Akonen wurden lebhaft. Ihr Blick lag unverwandt auf dem Instrument, und mit Mißtrauen in den Augen lasen sie die Wertangaben ab.

„Seltsam", murmelte Vur von Poohel, „sie nehmen von uns keine Notiz. Drei Schiffe, die sich nicht von der Stelle bewegen."

So blieb es.

Die Akonen konnten nicht ahnen, daß der Wachkreuzer NIL den ausdrücklichen Befehl erhalten hatte, sich um das unbekannte Raumschiff nicht zu bemühen und bei dem Sanitätsraumer und dem verseuchten Walzenschiff zu bleiben.

Die Aufmerksamkeit der Akonen für diese drei Schiffe ließ schnell nach. Sie vertrauten der Kampfstärke und der Schnelligkeit der RETSE-U.

In riesigem Abstand raste der abgeplattete Raumer an der Beteigeuze vorbei. Die gewaltige Sonne jagte Protuberanzen von hundert Millionen Kilometer Länge in den Raum. Es war ein einziger Glutofen sich umwandelnder atomarer Kräfte.

Nicht einen Blick schenkten die Akonen diesem Riesen.

„Anruf", stellte Vur von Poohel lakonisch fest, als der Hyperkom ansprach. Sie vernahmen Bulls Aufforderung, sich zu melden.

Vur von Poohel und Gim von Sarem verhielten sich ruhig. Diese kleine Belästigung durch die Weißhäute konnte sie nicht erschüttern.

„Plötzlich einsetzender starker Funkverkehr."

Vur von Poohel traf die Feststellung, um etwas Abwechslung in den eintönigen Dienst zu bringen. Er erwartete von Gim von Sarem keine Stellungnahme dazu. Der äußerte sich auch nicht.

Drei weitere Planetenbahnen lagen hinter ihm, als sich gleichzeitig drei Instrumente aus der Schaltpultfläche erhoben. Ohne Übergang hatte sich auch das Gesamtbild auf dem Schirm verändert.

Ein Raumschiff titanischer Größe war jetzt darauf zu sehen. Jene drei Instrumente in Augenhöhe der Akonen gaben ihnen an, wie groß ihre Entfernung zu dem gewaltigen Raumer war, wie schnell er beschleunigen konnte und daß er ihnen folgte.

„Sie brauchen neun Zeitperioden, um uns einzuholen, wenn wir nicht schneller werden sollten", stellte Vur von Poohel mit einem Lächeln fest und richtete sich langsam auf. Mit der linken Hand berührte er ein Stellrad und verschob es.

Das Bild auf dem Schirm blieb unverändert, aber die Position der RETSE-U innerhalb des Beteigeuzesystems hatte sich schlagartig verändert. An der Stelle, wo der Raumer sich gerade noch befunden hatte, war er verschwunden, um in Nullzeit über dem siebten Planeten, einem Methangasriesen, wieder aufzutauchen.

Die Schirmwiedergabe wechselte. Eine brodelnde Gasflut schien sich in die kleine Zentrale der RETSE-U hereinzuwälzen.

Mit hoher Fahrt, immer noch vollkommen automatisch geflogen, setzte der abgeplattete Raumer zum Landemanöver an.

Sekunden später begannen die Luftmassen um das Schiff aufzuglühen. Auf dem Bildschirm flammten Methangasbahnen in immer kräftiger werdendem Rot auf.

Vur von Poohel und Gim von Sarem schenkten auch diesem Schauspiel keinen Blick. Über Interkom lief gerade die erste Meldung ein, seitdem die RETSE-U im Zentrum der Milchstraße vom Planeten Sphinx gestartet war.

„Kommando einsatzbereit!"

Vur von Poohel erwiderte: „Landung in ein Zehntel Zeitperiode."

Danach war es wieder still.

Im Einsatzraum, wo zwei Gruppen akonischer Techniker versammelt waren, herrschte ebenfalls Gelassenheit. In nichtssagenden Gesprächen warteten sie auf die Landung ihres Raumers. Hautdünne, enganliegende Raumanzüge verdeckten jetzt ihre uniforme Zweckkleidung. Zerbrechlich sah der nach hinten geklappte vollkommen transparente Helm aus. Eine zigarrenkistengroße buckelförmige Erhebung auf dem Rücken wies darauf hin, daß dort unter dem Raumanzug Spezialanlagen untergebracht waren.

Als ein Grünlicht aufflammte, brach jedes Gespräch ab. Die

Raumhelme klappten zu, die jungen Männer verteilten sich in dem langgestreckten Raum, der mit kleinen und großen Maschinenteilen zu einem Drittel ausgefüllt war.

In der Nähe der Schleuse nahmen fünf Akonen vor einer rechteckigen Schalttafel ihren Platz ein. Zum ersten Grünlicht flammte zusätzlich ein zweites auf. Gleichzeitig öffnete sich die bis dahin nicht sichtbare Schleuse, die zum Be- und Entladen des Raumers diente.

Gleich einem Orkan jagten Methangasmassen in den Lagerraum und versuchten alles einzuhüllen.

Über zwanzig Akonen waren ins Freie getreten. Ihrer bizarren, tödlichen Umwelt schenkten sie keinen Blick. Sie hatten im Lauf der Einsätze so viele Planeten kennengelernt, daß ihnen diese Methangaswelt mit ihren ununterbrochenen Orkanen nichts Neues mehr bieten konnte.

Trotz der aufgepeitschten Luftmassen, trotz der gewaltigen Schwerkraft bewegten sich die Akonen mit großer Sicherheit.

Ihnen folgten, auf scharfgebündelten Antigravabstoßfeldern schwebend, Aggregatteile in ununterbrochener Folge.

Dieses Team war aufeinander eingespielt wie eine Gruppe Artisten. Jeder Handgriff saß, jeder Arbeitsvorgang paßte zu der Tätigkeit des Neben- und Hintermanns. Der hart gefrorene Boden wurde mit Strahlsonden bis auf zwanzig Meter Tiefe angebohrt. Entsprechend lange Metallstäbe wurden eingelassen.

Etwas abseits vom Hauptteam war die Justiergruppe tätig. Über Funk waren alle mit der RETSE-U verbunden.

Ekliptik des Methangasplaneten, Umlaufgeschwindigkeit, Bewegungsvorgänge des Gesamtsystems zum System ihrer Heimatsonne – einige hundert, zum Teil gegenläufige Faktoren mußten berücksichtigt werden, um zu einem Ergebnis zu kommen, das mit den natürlichen Verhältnissen zum Schluß auch übereinstimmte.

Als die siebte Zeitperiode vorbei war, schloß Gutor von Klenth, der Chefingenieur des Teams, den Konverter an den fast haushohen Maschinensatz, der eine verkleinerte Ausgabe des Giganttransmitters im Blauen System darstellte, an.

Ein handgroßes Kombiprüfgerät tastete mit seinen Kontrollstrahlen alle Hauptphasen ab, bevor Gutor von Klenth in der Lage war, der Energie den Weg freizugeben.

Zusammen mit der Justiergruppe nahm er nun die letzten Feineinstellungen vor, während das Hauptteam schon an Bord der RETSE-U zurückgekehrt war. Kurz darauf folgte auch Gutor von Klenth mit seinen Männern. Lautlos schloß sich die Schleuse, als der letzte die Lagerhalle betreten hatte. Keine Pumpen, sondern Kraftfelder preßten in einem Arbeitsvorgang das giftige Methangas hinaus, eine Arbeit, die in Sekundenbruchteilen erledigt war.

Wieder flackerte Grünlicht auf, es war gleichzeitig die Ankündigung für das Spezialistenteam, daß die RETSE-U startete.

Während um die RETSE-U die Methangasatmosphäre wieder brüllte und der Akonenraumer mit hoher Beschleunigung den lebensfeindlichen Planeten verließ, summte es in der ruhigen kleinen Schiffszentrale einmal kurz auf.

Der auf dem Beteigeuzeplanten von Akonen errichtete Transmitter gab durch das Signal bekannt, daß er mit der Giganttransmitterstation im Blauen System in Verbindung stand.

Vur von Poohel hatte von seinen Spezialisten nichts anderes erwartet. Diese Blitzarbeit hatten sie ja nicht zum erstenmal gemacht.

Gutor von Klenth, der Chefingenieur, betrat die Zentrale. Er kam, um sich über das anfliegende Riesenschiff der weißhäutigen Fremden Informationen geben zu lassen.

Gim von Sarem schaltete an einem Stellrad, und vor ihm entstand aus dem Nichts heraus ein eigenartiger Bildschirm, der ein Modell des Beteigeuzesystems mit seinen Planeten darstellte, aber auch zeigte, wo der Raumer der weißhäutigen Fremden und ihr eigenes Schiff standen.

„Die Sonne steht jetzt zwischen uns und den Fremden", erklärte Gim von Sarem dem Ingenieur. „Nur ihre Station kann uns im Augenblick erfassen. Das große Schiff kommt mit 0,9 LG ins System herein. Unseren Vorsprung von einer Zeitperiode werden wir jetzt aufs Unendliche ausdehnen." Gim von Sarem hob den Kopf und blickte den Chefingenieur an. „Die Fremden werden landen und dabei von Mal-Se besucht werden. Es erübrigt sich deshalb, darüber noch zu sprechen."

Es war der Augenblick, in dem die RETSE-U aus dem Weltall verschwand und in einen übergeordneten Raum eintauchte.

23.

Mit 0,9 LG jagte die DRUSUS in das System der Riesensonne Beteigeuze hinein. Der Sprung war längst durchgeführt und die Nebenwirkungen der Rematerialisation bei allen an Bord abgeklungen. Während sich Bully und Deringhouse halblaut unterhielten und dabei vor der Sternenkarte standen, auf der der Kurs des fremden kleinen Schiffes abgesteckt war, saß Perry Rhodan noch immer in seinem Sessel und grübelte.

Er fühlte, daß das Auftauchen der Akonen so nahe dem irdischen System kein Zufall war, aber er sah sich außerstande, den Plan zu entdecken, der hinter diesem Besuch steckte.

Ori-12-1818 meldete sich. Gleichzeitig ging dieselbe Meldung auch an das Hauptquartier der Solaren Flotte ab: „Raumer der Akonen hat vor einer Minute und achtzehn Sekunden unser Raumzeitkontinuum verlassen."

Jetzt wurde Rhodan lebhaft. Er erhob sich und trat vor den Hyperkom. „Hier Rhodan. Anfrage an Station Ori, wie lange sich der Raumer auf dem siebten Planeten aufgehalten hat und wo er gelandet war. Ich warte."

Bully und der General drehten sich nach Rhodan um.

„Meßstation Ori-12-1818 an Drusus", erklang die Stimme von Leutnant Harald Fitzgerald im Lautsprecher auf. „Dauer des Aufenthalts des Fremdraumers auf Sieben: neunundzwanzig Minuten und vier Sekunden. Landeplatz auf Sieben . . ."

Automatisch übernahm das Bordgehirn sämtliche Daten, die Leutnant Fitzgerald jetzt übermittelte.

Rhodan blickte nachdenklich auf, als die Durchsage beendet war. Viele Männer in der Zentrale sahen ihn den Kopf schütteln. Er wandte sich an einen der Navigatoren.

„In zwanzig bis fünfundzwanzig Minuten können wir den Landeplatz erreicht haben, Sir, vorausgesetzt, daß die Ortung genau stimmt."

„Danke", erwiderte Rhodan und nickte Bully und Deringhouse zu.

„Nun, meine Herren, was sagen Sie?"

Bully hüllte sich in Schweigen.

General Deringhouse hob die Schultern. „Rätselhaft, Sir. Völlig unerklärlich. Was kann man schon bei einem Dreißigminuten-Besuch auf einem fremden Planeten tun?"

Bully platzte mit dem heraus, was ihm gerade durch den Kopf gefahren war: „Kuckucksei legen."

Niemand lächelte über diese Bemerkung. Jeder an Bord ahnte, daß die Akonen nicht umsonst in diesen Sektor gekommen waren. Was sie jedoch auf dem siebten Planeten der Beteigeuze getan hatten, konnten die Terraner nur feststellen, wenn sie nachsahen.

Und genau das hatte Rhodan vor.

Er gab die entsprechenden Befehle. Dabei lächelte er dem stumm daneben stehenden Ballin zu.

„Es sieht so aus, als bekämen Sie eine Story", sagte er.

Die DRUSUS war auf dem siebten Planeten des Beteigeuzesystems gelandet. Trotz brüllendem Orkan stand das Schiff so sicher und ruhig wie auf Terranias Raumhafen. Aber noch blieb jede Schleuse geschlossen. Nicht ein Roboter oder eine Raketensonde war losgeschickt worden. Der Befehl für einen Einsatz fehlte immer noch.

Und Perry Rhodan dachte nicht daran, ihn zu geben.

Erst mußte er wissen, was das Gebilde bezwecken sollte, das in rund vier Kilometer Entfernung stand und die Größe eines normalen Hauses besaß.

Mit Hilfe maximaler Vergrößerung füllte es den Frontschirm aus. Einwandfrei war festgestellt worden, daß von jenem Gebilde dort die Energiemission kam, sie war schwach, aber gleichbleibend in ihrer Intensität.

Plötzlich ahnte Rhodan, *was* die Akonen dort abgesetzt hatten – einen Transmitter.

Rhodan informierte die Besatzung über seinen Verdacht und befahl, 250 Kampfroboter auszuschleusen. Sie sollten vorsichtig bis zur akonischen Station vordringen und dort weitere Befehle abwarten.

24.

Der Transmitter auf dem siebten Planeten des Beteigeuzesystems war eine Spezialkonstruktion mit einer robotisch gesteuerten Hyperkombildfunkanlage.

Auf Sphinx saßen drei Akonen vor einem leicht gewölbten Bildschirm und betrachteten unbeeindruckt die gewaltige Schiffskugel und die Gruppe der marschierenden Roboter, die sich bis auf zwei Kilometer der Transmitterstation genähert hatten.

Der jüngste der drei Akonen lachte amüsiert. „Das Schicksal hat sich auf unsere Seite gestellt, und Mal-Se wird sich nicht einmal anstrengen müssen."

Aber ihm wurde von dem alten Akonen zur Linken widersprochen. „Nicht das Schicksal ist dafür verantwortlich, sondern die Leitung des Energiekommandos und Vur von Poohels Überlegungen. Der Platz ist so gewählt worden, daß das Schiff der weißhäutigen Fremden an dieser Stelle, wo es inzwischen gelandet ist, auch landen mußte. Was ist daran schon Schicksal? Doch nicht mehr als ein Spiel des Zufalls. Zahlen aber geben dem Zufall keinen Raum. Das solltest du nie vergessen, Hurt von Upor."

„Ich werde mich bemühen, weiser Meister", erwiderte Hurt von Upor und sagte dann nichts mehr.

Fast gelangweilt verfolgten drei Akonen den Vormarsch terranischer Roboter auf die Transmitterstation. Als die Spitze der Kampfmaschinen noch hundert Meter vor dem Ziel stand, sagte der Akone, der von Hurt von Upor mit „weiser Meister" angesprochen wurde, zu seinem Mitarbeiter an der rechten Seite: „Mal-Se kann gehen."

Der andere wiederholte diese Anweisung, indem er sie in eine bestimmte Richtung sprach. Von dort kam die Antwort: „Mal-Se geht in dem fünfundzwanzigsten Teil einer Zeitperiode."

Der weise Meister nickte und schaltete ab.

„Wir haben unser Werk getan. Der Regierende Rat wird mit der Leistung des Energiekommandos wieder einmal zufrieden sein. Hat Vur von Poohel sich schon gemeldet?"

„Ja, weiser Meister“, gab Hurt von Upor Auskunft. „Die RETSE-U trifft im ersten Fünftel der vierten Periode ein.“

„Es ist gut. Vur von Poohel soll sich bei mir melden. Ich habe mit ihm zu sprechen.“

25.

„Du hast recht“, stieß Bully hervor. „Es ist tatsächlich ein akonischer Transmitter.“

Es gab daran keinen Zweifel mehr.

Ein torbogenähnliches Energiefeld von gut hundert Metern Höhe und Breite hatte sich in Sekundenschnelle über der Anlage entwickelt, widerstand den Naturgewalten des siebten Beteigeuzeplaneten und begann an den Innenrändern rötlich zu leuchten. Das ganze Gebilde mußte ein Feld starker und dichter energetischer Kraftlinien sein, die einen tiefschwarz schimmernden Tunnel entstehen ließen.

General Deringhouse gab Funkorder an die Roboter, stehenzubleiben und neue Befehle abzuwarten. Mehr hatte er nicht zu sagen. Die Programmierung steuerte alles übrige.

Zweihundert Meter vor dem akonischen Transmitter und seinem rötlich leuchtenden Energiefeld waren die terranischen Kampfmaschinen stehengeblieben.

Rhodan beugte sich über die Funkanlage. „Wer oder was auch immer die Transmitterstation verläßt, ist gefangenzunehmen.“

Dann begann das Warten.

Walt Ballin erhielt durch diesen Einsatz Anschauungsunterricht über die Tätigkeit der Solaren Flotte, wie er es sich nie hätte träumen lassen.

Nach einer Weile befahl Rhodan: „Deringhouse, rufen Sie die Roboter wieder ins Schiff. Lassen Sie sie mit größter Geschwindigkeit zurückkommen. Mir wird diese Sache unheimlich.“

Deringhouse kam der Anordnung nach. Bully war damit nicht einverstanden, aber er ließ es mit einem Kopfschütteln bewenden.

Walt Ballin erfuhr in seinem Leben zum erstenmal, was es heißt, unheimliche Angst zu haben.

Rhodan rief Gucky zu sich und ließ sich bestätigen, daß sich drüben in der Station kein denkendes Wesen aufhielt. Damit konnte er seine Entscheidung treffen.

Auf dem Rundsichtschirm war zu sehen, daß die Roboter schon die Hälfte des Weges zurückgelegt hatten.

„Polturm! Feuer frei auf Ziel!“ Rhodans Stimme klirrte, als er den Befehl in den Interkom sprach.

Fast gleichzeitig zerschlugen turmdicke Desintegrator- und Impulsstrahlen den akonischen Transmitter. In einer atomaren Gaswolke, die sofort vom Methangasorkan zerfetzt wurde, ging alles unter. Der Platz, an dem die Station gestanden hatte, glühte kurz auf, das gefrorene Gestein wurde flüssig, vergaste.

Drei Sekunden lang hatte der Feuerschlag aus dem Polturm der DRUSUS gedauert. Als die Strahlgeschütze abgeschaltet wurden, gab es in vier Kilometer Entfernung ein kratertiefes Loch, in dem verflüssigtes Gestein langsam wieder erstarrte und eine zusammenhängende Glasflußschicht bildete.

Kurz darauf meldete Deringhouse: „Die Roboter haben sich wieder eingeschleust. Ich habe alle Daten zur Auswertung angefordert.“

Rhodan nickte zufrieden. „Bully, übernimm die Positronik. Ich möchte so schnell wie möglich die Auswertung der Roboterbeobachtungen haben, obwohl ich nicht viel erwarte.“

Rhodan nutzte die Zeit, um sich mit Walt Ballin zu unterhalten. Er sah, daß Walt Ballin Angst hatte. Er konzentrierte sich auf Ballins Arbeitsgebiet und verwickelte den Journalisten in ein Gespräch.

Ballin ließ sich ablenken. „Ich darf also alles schreiben, Sir? Ich habe weder Ihnen noch einer dafür zuständigen Kommission meinen Bericht zur Freigabe vorzulegen, wenn wir wieder auf der Erde sind?“

Rhodans Augen lachten, während seine Gesichtszüge unverändert ernst blieben. „Ballin, die Administration hat nichts zu verbergen. Nur bin ich gespannt, was Sie in den Zeitungen veröffentlichen werden und was nicht.“

„Alles, Sir. Alles ohne eine einzige Streichung“, behauptete Walt Ballin überzeugt.

„So habe ich auch einmal gedacht, Ballin. Es ist schon lange her. Ja, damals war ich so jung, wie Sie es heute sind. Dann kamen die Verantwortung und der Zweifel, und ich mußte mich fragen, was darfst du bekanntgeben und was nicht.“

„Auch ein Journalist trägt Verantwortung." Walt Ballin glaubte seinen Berufsstand verteidigen zu müssen.

Bevor Rhodan antworten konnte, wurde er von Bully unterbrochen, der ihm mitteilte, daß die Roboter keine neuen Informationen mitgebracht hatten.

Rhodan hatte mit keinem Erfolg gerechnet. Er überlegte, ob er Startbefehl geben sollte, als ein Anruf aus dem Roboterdepot 4 kam. Depotchef Ortlow meldete, daß sämtliche zurückgekehrten Roboter verschmutzt waren.

„Wir haben doch für diesen Zweck Reinigungsanlagen an Bord, Ortlow", erwiderte Rhodan verärgert, weil er durch diese Bagatelle aufgehalten wurde.

„Sir, das Zeug geht aber nicht ab. Das sitzt auf den Robs wie eingebrannt."

„Mir gleichgültig, Ortlow. Sehen Sie zu, wie Sie damit fertig werden. Ende."

Er konnte nicht ahnen, daß er damit eine letzte Chance vertat, die Erde vor dem drohenden Unheil zu schützen.

Der Hyperkom sprach an und eine Meldung von Bord des dritten Sanitätskreuzers wurde angekündigt.

Er wandte sich an Deringhouse. „Übernehmen Sie das Schiff, General. Start."

Der Bildschirm in der Zentrale wurde stabil. Das Gesicht des Chefarzts von Schiff III war zu sehen.

„Sir", begann er, „wir haben auf dem Walzenraumer UG DVI Steindarm-Seuche festgestellt. Auch die Männer des Prisenkommandos sind inzwischen alle daran erkrankt. Das ist jedoch nicht der Grund meines Anrufs. In erster Linie wollte ich Ihnen mitteilen, daß die Seuche unter den Galaktischen Händlern auf der UG DVI künstlich ausgelöst worden ist. Alle Anzeichen deuten darauf hin, daß die Kulturen der Steindarm-Seuche auf der Erde gezüchtet werden."

„Professor Degen, überlegen Sie, was Sie sagen", hielt ihm Rhodan scharf vor.

Der Mediziner machte mit dem linken Arm eine Bewegung, die Entschuldigung ausdrücken sollte, aber dazu sagte er: „Sir, ich bin natürlich kein Polizeibeamter und kann mich irren, aber wie kommt eine zerbrochene Ampulle mit Resten von Seuchen-Kulturen auf ein Springerschiff, das in den letzten vier Wochen ausschließlich mit Terranern in Berührung gekommen ist?"

„Professor, mein Tag hat auch nur vierundzwanzig Stunden und keine Minute mehr. Unterbrechen Sie jetzt das Gespräch und setzen Sie sich mit dem Chef der Solaren Abwehr, Allan D. Mercant, in Verbindung. Tragen Sie ihm . . .“

„Sir, er hat mich vor wenigen Minuten an Sie verwiesen, und ich soll Sie in seinem Namen bitten, unsere Position aufzusuchen, damit die Ampulle auf schnellstem Weg zur Erde kommt. Selbstverständlich ist der Transport ungefährlich. Der Stoff ist so verschlossen, daß kein Punkt unserer gestrengen Quarantänebestimmungen verletzt wird.“

Rhodan nickte. „Gut, Professor. Wir sind in etwa einer Stunde bei Ihnen.“

Kurz darauf hob die DRUSUS ab. Rhodan spürte die fragenden Blicke Bullys und sagte: „Wenn Allan D. Mercant uns in Anspruch nimmt, dann mißt er dem Seuchenfall größte Bedeutung bei, Bully. Gut, tun wir ihm den Gefallen. Wir versäumen im Moment nichts durch diesen kleinen Umweg. Wenn es sich auch hart anhört, so ändert es trotzdem nichts an der Tatsache, daß mich dieser Fall nicht interessiert. Ich habe auch keine Zeit, mich damit zu beschäftigen, denn der rätselhafte Blitzbesuch der Akonen macht mir so große Sorgen, daß ich an nichts anderes mehr denken kann. Immer stärker sagt mir mein Gefühl, daß wir alle eine bedeutende Einzelheit übersehen haben.“

Sie sahen sich an und wußten, ohne daß sie ein weiteres Wort gewechselt hätten, daß sie nach der Rückkehr zur Erde nicht zur Ruhe kommen würden.

26.

Die DRUSUS hatte wieder ihren gewohnten Landeplatz auf Terranias Raumhafen eingenommen. Vor einer halben Stunde war die auf dem Walzenraumer UG DVI aufgefundene zerbrochene Ampulle mit Seuchenkulturen von zwei Ärzten abgeholt worden. Sie hatten das kleine, luftdicht verschlossene Paket wie Sprengstoff behandelt, der bei leichtester Erschütterung explodieren kann.

In Rhodans Gleiter saßen Bully, General Deringhouse und der

Journalist Walt Ballin. Das Fahrzeug jagte den Gebäuden der Administration zu und setzte in einer Kurve zur Landung an, als Rhodan das Schweigen brach. „Ich bin selten mit einem so unguten Gefühl aus einem Einsatz zurückgekommen wie heute. Ich weiß nicht ..."

Der Gleiter setzte weich auf, sie verließen ihn, und der Antigravlift trug sie vom Landedach ein Stockwerk tiefer, wo Rhodans Arbeitsräume lagen. Als er mit seiner Begleitung das Vorzimmer durchschritt, wurde automatisch den wichtigsten Stellen in Terrania mitgeteilt, daß Rhodan wieder zurück war.

„Nun, Ballin", wandte Rhodan sich an den Journalisten, „was werden wir morgen über den Einsatz der DRUSUS in der *Europa News* lesen? Wissen Sie denn schon, worüber Sie schreiben werden?"

„Vorläufig keine Zeile, Sir", erwiderte Walt Ballin. „Ich kann doch nicht meinen Bericht auf Vermutungen aufbauen."

Bully und Deringhouse blickten erstaunt auf. Diese Antwort hatten sie nicht erwartet.

„Aber Sie haben doch durch uns zum erstenmal von den Akonen gehört, Ballin. Die Administration ist gerne bereit, Ihnen weitere Unterlagen zur Verfügung zu stellen", versuchte Rhodan ihn aus der Reserve zu locken.

„Sir, ich bin kein Sensationsreporter", dabei kratzte Ballin sich den linken Handrücken. „Sie haben selbst bestätigt, wenig über die Akonen zu wissen, und ich bin der Meinung, daß diese Sache erst reif sein muß, um publiziert werden zu können. Aber warum lachen Sie?"

Auch Bully und Deringhouse waren in Lachen ausgebrochen. Der sommersprossige Mann schüttelte sich sogar vor Vergnügen und erklärte: „Sie stehen ja schön in unseren Fußstapfen, Ballin. So wie Sie haben wir auch immer gedacht, und dann kam Neues, und wieder Neues, und das erste war noch lange nicht reif – und eines Tages hieß es dann im Parlament, wir hätten unsere Informationspflicht verletzt. Ei, verflucht, was jucken meine Handrücken. Was ist das nur?"

„Meine auch."

„Auch bei mir." Diese dritte Erklärung gab Rhodan ab.

Vier Männer betrachteten ihre Handrücken. Vier Männer sahen einige stecknadelgroße Punkte, die flach in der Haut saßen.

Bully war noch nie ein geduldiger Mensch gewesen, und gegen Belästigungen, ganz gleich welcher Art, war er regelrecht allergisch. „Ich rufe den diensttuenden Arzt an. Der soll mir etwas dagegen geben. Laß mich einmal an den Interkom, Perry."

„Wegen dieser Kleinigkeit, Bully? Aber meinetwegen."

Er rückte zur Seite. Bully bestellte den Arzt. Der befand sich zufällig im gleichen Stockwerk.

„Ich bin sofort bei Ihnen, Mister Bull."

Wenig später stand er zwischen ihnen. Acht Handrücken durfte er sich ansehen. Er schüttelte verblüfft den Kopf.

„Sir", wandte er sich an Rhodan, „denselben Fall habe ich gerade diagnostizieren sollen, aber ich weiß nicht, womit ich es zu tun habe. Meines Erachtens dürfte es eine Aufgabe für die dermatologische Abteilung der Klinik sein. Sie haben ja diese punktgroßen Rötungen auch im Gesicht."

Das Telekom summte.

Die DRUSUS meldete sich. Einer der leitenden Offiziere befand sich vor der Gegenstation. „Sir, in der DRUSUS ist es nicht mehr geheuer. Schlagartig ist die gesamte Besatzung von einem scheußlichen Hautjucken befallen worden. Ich habe die große Klinik von Terrania schon alarmiert."

Bevor Perry Rhodan etwas erwidern konnte, sprach der Arzt schon.

„Halten Sie einmal Ihre Handrücken gegen den Bildschirm", forderte er den Mann in der DRUSUS auf. Der folgte der Anordnung, und der Doktor konstatierte: „Das gleiche Krankheitsbild."

„Doktor", fragte Bully, „wir können doch wohl nicht von der Steindarm-Seuche befallen worden sein?"

Deringhouse und Walt Ballin richteten sich kerzengerade auf.

„Nein, meine Herren, dieser Verdacht ist absurd. Die Steindarm-Seuche tritt nicht mit diesen Krankheitsmerkmalen auf."

„Sir, kann ich abschalten?" fragte der Offizier aus der Zentrale der DRUSUS.

Rhodan nickte ihm zu. Das Bild auf dem Schirm zerflatterte. Aber ein neuer Anruf kam durch: die große Klinik von Terrania.

„Sie?" Rhodans Stimme war voller Unruhe.

„Leider, Sir. Ich habe gerade angeordnet, daß die DRUSUS unter Quarantäne kommt, und ich muß auch Sie und alle anderen, mit denen Sie nach der Landung in Berührung gekommen sind, auffordern, die Räume nicht mehr zu verlassen."

Das sagte Doktor Haenning, Leiter der Quarantänestelle und gleichzeitig Gesundheitsinspekteur für das gesamte Solare Imperium.

Rhodan dachte nicht daran, zu widersprechen, aber wie jeder

Mensch, der erkrankt ist und nicht weiß, was ihm fehlt, wollte er Näheres darüber erfahren.

„Sir, ich kann Ihnen nichts sagen", erwiderte Doktor Haenning mit Bedauern. „Aller Wahrscheinlichkeit nach ist die Krankheit harmlos, aber die Quarantänebestimmungen zwingen mich . . ."

Ein Alarmanruf der großen Hyperfunkstation klang dazwischen.

„Einen Augenblick bitte, Doktor Haenning", unterbrach Rhodan den Mediziner. „Bleiben Sie in der Verbindung."

Der zweite Bildschirm wurde stabil. Das Gesicht des Chefarztes aus dem Sanitätsraumer III blickte Rhodan beunruhigt an. „Sir, ich habe gerade die Nachricht gehört, daß die DRUSUS unter Quarantäne liegt. Entweder haben wir bei der Übergabe der Seuchenkulturen die DRUSUS infiziert, oder die Infektion ist durch die DRUSUS auf mein Schiff, auf die NIL und den Walzenraumer UG DVI eingeschleppt worden. Schlagartig sind auf allen drei Schiffen bei den Besatzungen die gleichen Symptome festzustellen."

„Was ist denn das für eine Kettenreaktion?" rief Reginald Bull erregt und blickte Deringhouse sorgenvoll an.

„Wir können unmöglich die Infektionsträger sein", behauptete der General und blickte dabei mißmutig seine Handrücken an. „Zum Teufel!" fluchte er, der so selten Kraftausdrücke benutzte. „Die Stellen werden ja immer größer, und auf der linken Schulter juckt es auch schon."

„Mich juckt es unter beiden Fußsohlen", brummte Bully und fragte den Journalisten. „Und wo fühlen Sie sich gepeinigt, mein Lieber?"

„Das ist der richtige Ausdruck, Bull. Überall. So etwas habe ich noch nicht erlebt."

Währenddessen verhängte Doktor Haenning über die NIL, den Sanitätsraumer III und die UG DVI Quarantäne. Sein Zusatzbefehl ließ die vier Männer in Rhodans Arbeitszimmer aufhorchen.

Der Quarantänearzt hatte den drei Raumern untersagt, einen Planeten anzufliegen.

„Den Sinn dieser Anordnung haben Sie mir nun zu erklären, Doktor", verlangte Perry Rhodan mit leichter Schärfe in der Stimme. „Ich bestehe darauf, daß Sie mir reinen Wein einschenken und dabei meine Erkrankung völlig unberücksichtigt lassen."

Doktor Haennings Gesichtszüge wurden hart. „Sir, der vorliegende Fall ist in der Geschichte des Solaren Imperiums leider einmalig. Drei Kollegen, die sich mit der Infektion unter Beachtung unserer strengsten Sicherheitsvorschriften beschäftigt haben, sind erkrankt. Und bei mir fängt das Jucken auch schon an."

„Doktor", begann Rhodan jetzt, „ich habe plötzlich einen Verdacht, was diese unheimliche Infektion anbetrifft. Können Sie sich vorstellen, daß sogar Roboter diese Krankheit übertragen können?"

Verwundert starrte der Arzt den Administrator an.

„Roboter?" wiederholte er. „Wie kommen Sie darauf?"

„Nur ein Verdacht, Doktor. Später mehr darüber. Veranlassen Sie sofort Quarantäne für Terra. Kein Schiff darf starten, kein Schiff darf landen. Schiffe, die nach der Landung der DRUSUS gestartet sind, haben sofort die Erde wieder anzufliegen. Sind aber inzwischen Schiffe aus dieser Startzeit irgendwo gelandet, dann gilt für den anderen Planeten das gleiche. Außerdem müssen einige Kampfroboter der DRUSUS untersucht werden."

„Sir, um alles in der Welt, sagen Sie mir, was Sie befürchten?" rief nun Doktor Haenning.

„Ich sage es Ihnen, wenn die ersten Untersuchungsergebnisse vorliegen", erwiderte Perry Rhodan.

Dann ließ er sich mit der Relaisstation Ori-12-1818 verbinden.

„Wurden während unserer Aktion auf dem siebten Planeten von Beteigeuze irgendwelche besonderen Beobachtungen gemacht?" fragte er Leutnant Fitzgerald, als die Verbindung hergestellt war. Er teilte Fitzgerald seinen Verdacht mit und bat ihn, die Bordpositronik genau zu überprüfen.

Kurze Zeit später erhielt er die Antwort.

„Es gab da tatsächlich etwas, das uns die Positronik nicht gemeldet hatte." Fitzgerald holte tief Luft und fuhr fort: „Die Bordpositronik hat zur fraglichen Zeit eine schwache Schockwelle registriert, die aber von einem übergeordneten Impuls überlagert wurde. Da die Natur dieser Schockwelle, bedingt durch die Verzerrung des übergeordneten Impulses, unbekannt war, wurde dieser Vorgang von der Positronik als unbedeutend eingestuft und gespeichert. Eine Information an den zuständigen Ortungsoffizier erfolgte nicht."

Nach kurzem Überlegen sagte Rhodan: „Lassen Sie sämtliche Daten an die zuständige Stelle in Terrania überspielen, dort wird man sie einer genauen Analyse unterziehen."

Danach ließ er sich mit Arno Kalup verbinden, unterrichtete ihn vom Gespräch mit Fitzgerald und teilte ihm ebenfalls seinen Verdacht mit. Kalup sollte die Endauswertung der überspielten Daten übernehmen und Rhodan vom Ergebnis verständigen. Kalup war der fähigste terranische Hyperphysiker. Und was noch wichtiger war: er konnte die spezifischen Impulse akonischer Transmitter von allen anderen Ausstrahlungen exakt unterscheiden. Zwei Stunden später kam von Kalup die Bestätigung, daß es sich bei den von der Relaisstation aufgezeichneten Impulsen eindeutig um solche handelte, die von akonischen Transmittern während der Aktivierung ausgingen.

Rhodan hatte den Ausführungen Kalups schweigend zugehört. Er wußte plötzlich, *welchen* Fehler sie begangen hatten. Gleichzeitig machte er sich Vorwürfe, daß er die gemeldete Verschmutzung der ausgeschleusten Roboter ignoriert hatte. Nur die Roboter konnten es gewesen sein, die das „Geschenk" der Akonen an Bord der DRUSUS gebracht hatten.

Er beendete das Gespräch mit Kalup. Sein Gesicht war blaß, und seine Stimme vibrierte, als er sagte: „Wir haben den Todesgruß der Akonen zur Erde gebracht. Ein Danaergeschenk. Sie haben nicht aus Spielerei eine Transmitterstation auf dem siebten Planeten aufgebaut."

„Aber was haben sie uns durch die verdammte Anlage geschickt?" tobte Reginald Bull. „Es war doch nichts zu sehen, und auch unsere Roboter haben nichts festgestellt."

Rhodan war genauso ratlos wie sein Freund.

Wieder meldete sich die Verständigung. Die Solare Gesundheitsbehörde hatte sich mit Rhodan verbinden lassen.

Anderthalb Stunden nach der Landung der DRUSUS gab es auf der Erde schon fünf große Infektionsgebiete.

Mitten im Gespräch fuhr Rhodan zusammen. „Bully, wir haben die Transmitterstation zum Mond vergessen. Veranlasse sofort . . ."

„Sir", unterbrach ihn der Sprecher der Gesundheitsbehörde, „diese Maßnahme kommt zu spät. Gerade läuft hier ein Bericht vom Mond ein, daß dort eine rätselhafte Hautkrankheit ausgebrochen ist."

Auch die schlimmsten Hiobsbotschaften wirken mit der Zeit nicht mehr, wenn sie immer wieder dieselbe Sache zum Inhalt haben.

Zwölf Stunden nach der Landung der DRUSUS war bekannt, daß einundzwanzig Millionen Menschen auf der Erde und dem Mond an der rätselhaften Infektion erkrankt waren. Orte, die sich völlig von der Umwelt abgeschlossen hatten und nachweislich keinen Kontakt mit einem Infektionsträger gehabt hatten, meldeten, daß dort ebenfalls die Krankheit ausgebrochen war.

Das und vieles andere machte die Angelegenheit immer mysteriöser. Die Untersuchungen der DRUSUS-Roboter waren ebenso negativ verlaufen wie bei einigen hundert Erkrankten. Man fand bei den Robotern keine einzige verschmutzte Stelle mehr, so, als hätten sie nichts mit an Bord gebracht. Mit den modernsten Mitteln der Medizin stieß man immer wieder ins Leere, während die Symptome der Krankheit sich laufend veränderten.

Dr. med. Koatu war seit jeher ein Sonderling gewesen, so daß er seine Freunde nicht überraschen konnte, als er ihnen seine ehrgeizigen Pläne mitteilte. Er wollte das Rätsel der Seuche lösen, ja, er hatte bereits ganz konkrete Vorstellungen über sein Vorgehen.

Innerhalb Terranias, der vollkommen verseuchten Stadt, gab es keine Einschränkungen der Bewegungsfreiheit mehr. Ohne Schwierigkeiten kam Doktor Koatu zur DRUSUS.

Ihn interessierte die Außenhülle des Schiffes. Sein Auftauchen wurde der Zentrale gemeldet.

„Verbinden Sie mich mit Doktor Koatu“, verlangte Rhodan.

„Sir, er verbittet sich jede Störung“, gab Deringhouse bekannt. „Wir haben ihn schon gerufen.“

Trotz der Krisenlage brachte Rhodan es fertig, zu lachen. „Ja, mein Lieber, wir sind abgemeldet. Im Solaren Imperium haben jetzt nur noch die Ärzte das Wort.“

Doktor Koatu steckte in einem Raumanzug und trieb in dreihundert Metern Höhe außen an der DRUSUS entlang. Seine Aufmerksamkeit galt dem eigentümlich schmutzartigen Belag der Kugeloberfläche, der die Politur angegriffen hatte. Es war jener „Schmutz“, den auch die 250 Roboter in die DRUSUS geschleppt hatten. Bisher war es Koatu noch nicht gelungen, von dieser Schmutzschicht mit dem Schaber etwas abzukratzen.

Als er im Begriff war, höher zu schweben, sah er links einen Fleck, der ein anderes Aussehen hatte und an eine gekräuselte Gelatineschicht erinnerte.

Koatu, auch längst erkrankt, wuchs über seinen lethargischen Krankheitszustand hinaus und stürzte sich mit dem unwiderstehlichen Eifer eines Forschers auf diese eigenartige Stelle. Er setzte den Schaber an, um sofort schreckhaft zusammenzuzucken.

Hinter dem geschlossenen Klarsichthelm seines Raumanzugs war sein von Angst und Entsetzen gezeichnetes Gesicht zu sehen.

In dem Augenblick, in dem er mit dem Schaber die Stelle hatte angehen wollen, begann sie sich von der Kugeloberfläche der DRUSUS zu lösen und zugleich ihr kolloides Aussehen zu verändern.

Der Stoff wurde glasklar, schien sich zu verflüchtigen, ohne dabei auf die starke Luftbewegung in dieser Höhe zu reagieren.

Koatu glaubte seinen Augen nicht zu trauen. Diese Verwandlung des quadratmetergroßen Fleckens war ein unheimlicher, unnatürlicher Vorgang. Aber noch schlimmer war die Tatsache, daß die glasklar gewordene Materie bestrebt war, sich auf Koatus Raumanzug niederzuschlagen. Der Forscher stand unter dem Eindruck, von dem Schmutzfleck geortet worden zu sein.

Als sein Blick vom Raumanzug abglitt und wieder auf die Stahlfläche fiel, hörte er sich aufschreien.

Es gab an dieser Stelle auf der DRUSUS keinen schmutzigen Fleck mehr. Dafür befand sich dieser auf seinem Raumanzug, und jetzt glich er wieder einer leicht gekräuselten, unregelmäßig dicken Gelatineschicht.

„Das sieht wie Plasma aus", hörte er sich stöhnen. Er fühlte, wie neues Entsetzen seinen von der Krankheit schon stark geschwächten Körper schüttelte. Ein furchtbarer Verdacht wurde in ihm wach.

Plasma: nackt, schleimig, formlos, von veränderlicher Gestalt, zähflüssiges kolloides Gemisch von komplizierten Eiweißkörpern und anorganischen Stoffen.

Im Unterbewußtsein rekapitulierte Koatu, was ihm schon seit einem guten Jahrzehnt in Fleisch und Blut übergegangen war, doch das Plasma auf der Oberfläche seines Raumanzugs war anders als alle Plasmoiden, die bisher bekannt geworden waren.

Der Anruf über den Helmfunk riß ihn aus seinem Angstzustand heraus.

„Hallo, Doktor, haben Sie etwas gefunden? Sie atmen so eigenartig", fragte Gentkirk, ein Kollege, von ihrer gemeinsamen Praxis aus.

„Kommen Sie mich holen. Das Biest sitzt auf meinem Raumanzug. Aber kommen Sie auch im geschlossenen Raumanzug, und bringen Sie ein Stück Brot mit."

„Brot?" fragte der andere erstaunt. „Von welchem Biest reden Sie, Koatu? Sind Sie mit Ihren Kräften schon am Ende?"

„Kommen Sie mich schnell abholen, Gentkirk", drängte Koatu. „Das Zeug ist überall hier. Aber vergessen Sie das Brot nicht."

„Der ist verrückt", hörte Koatu noch seinen Kollegen sagen.

Aber wenige Minuten später raste ein schneller Gleiter zur DRUSUS, um Doktor Koatu abzuholen.

Koatu sah den Gleiter kommen. Er hing immer noch in dreihundert Meter Höhe vor der DRUSUS und schaltete nun hastig seinen Helmfunk ein. „Nicht landen. Zu mir herankommen. Ich steige über, sonst verliere ich das Zeug. Unten laufen zu viele Menschen herum."

„Ich komme", erwiderte Gentkirk. Er hielt Koatu für übergeschnappt. Bei ihm hatte die Krankheit wahrscheinlich schon größere Fortschritte gemacht als bei allen anderen.

Koatu stieg in den Gleiter.

„Wo ist das Brot?" Wieder verständigte er sich über den Helmfunk.

Gentkirk deutete auf die Ablage.

Koatu ergriff den Brotlaib und hielt ihn an seinen Raumanzug. Er atmete heftig.

„Sehen Sie den glasklaren Plasmastrom zum Brot fließen?" Koatus Stimme krächzte. Er fieberte vor Erregung. Er beobachtete, wie innerhalb von zehn Sekunden der schmutzige Gelatinefleck von seinem Raumanzug verschwand.

„Und nun?" fragte Gentkirk entsetzt.

„So", sagte Koatu, und schob mit Hilfe des Schabers das Brot in ein kleines Spezialgefäß, das sich automatisch schloß und versiegelte. „Jetzt kann es uns nicht mehr entfliehen, wenn wir in die Nähe von Menschen kommen, dieses . . ."

Er konnte nicht wissen, daß es im Blauen System einen Namen hatte und *Mal-Se* genannt wurde.

Es war ein Protein- oder Eiweißwesen und eine Existenzform von unstillbarer Gefräßigkeit. Es konnte fremde Eiweißverbindungen aufspüren. Jede positive Ortung löste in den milliardenfach vorhandenen Plasmagebilden eine Instinktreaktion aus, indem es seine formlose Gelatinegestalt aufgab und glasklar, fast unsichtbar wurde. Hatte es diesen Zustand erreicht, dann benutzte es den Ortungsimpuls, um sich auf ihm unheimlich schnell zu bewegen und fremde Proteinverbindungen und organische Verbindungen zu überfallen.

„Sir", erstattete Doktor Koatu weiter an Rhodan Bericht, „Es ist unempfindlich gegen Vakuum, Kälte, Gase und Säuren. Erst Hitzegrade von mehr als dreizehntausend Grad Celsius sind in der Lage, es zu vernichten. Auf seinem hypothetischen Ortungsstrahl – es ist uns in der kurzen Untersuchungszeit noch nicht gelungen, ihn tatsächlich festzustellen – kann es sich bewegen. Selbst auf eine Distanz von rund zwanzig Kilometern ortet das Plasma noch Proteinverbindungen. Es ist einwandfrei der Erreger der Infektion, die auf Erde und Mond grassiert, und es bestehen nicht die geringsten Aussichten, daß wir ihr Einhalt gebieten können, denn in jeder Sekunde vermehrt sich das Plasma um das Milliardenfache. Wir haben ausgerechnet, daß die Erde in spätestens sechzehn Monaten von einer ein Meter dicken Plasmaschicht bedeckt ist und kein Mensch mehr lebt."

Perry Rhodan, wie alle anderen auch von der Krankheit gezeichnet, sah in das von Blutschwämmen verunstaltete Gesicht Koatus und wußte, daß er selbst nicht besser aussah.

Hände, Arme und Körper, alle Gliedmaßen waren von diesen tückischen Blutschwämmen übersät, es waren Niststätten des Plasmas, und in jeder Sekunde fraß es sich tiefer in die Haut.

Noch keine vierundzwanzig Stunden grassierte die Krankheit auf der Erde, aber sie hatte in dieser Zeit schon ein Fünftel der Terraner befallen.

Die Akonen hatten den Terranern ein echtes Danaergeschenk gemacht. Rhodan dachte an die Welt, auf der er nach dem Ende der FANTASY notgelandet war. Würde die Erde bald auch so aussehen – umgeben von einem Mantel aus Plasma? Vielleicht bestand das Rätsel des Plasmaplaneten darin, daß Akonen ihm in der Vergangenheit einen Besuch abgestattet hatten. Womöglich war der „Irrflug" der FANTASY von den Akonen herbeigeführt worden.

„Hilfe kann nur von Arkon kommen", sagte Rhodan. „Jetzt, da wir über die ersten Unterlagen verfügen, kann ich Atlan anrufen. Er muß das Robotgehirn befragen. Wenn es uns keine Hilfe bringen kann, ist für uns in spätestens drei Monaten alles vorüber, denn eine längere Lebenserwartung haben wir bei dieser Erkrankung nicht. Ich rufe jetzt Atlan an."

Terranias große Hyperfunkstation stellte über die Frequenz, die ausschließlich Blitzverbindungen zwischen Rhodan und Atlan vorbehalten war, zur Kristallwelt Kontakt her.

„Hallo, Barbar", begrüßte Atlan den Freund, und starrte entsetzt in das entstellte Gesicht Rhodans. „Perry, was ist mir dir geschehen? Wie siehst du aus?"

„Deswegen rufe ich an, Arkonide", erwiderte Rhodan. „Alle Terraner benötigen jetzt deine Hilfe. Wir sind von einem unersättlichen Plasmawesen überfallen worden. Ich bin mit meinem Gesicht ein

Musterbeispiel dafür, wie Erkrankte nach vierundzwanzig Stunden aussehen."

„Wie viele sind erkrankt?" fragte Atlan.

„Ein Fünftel der Erdbevölkerung, Freund. Auf dem Mond herrschen die gleichen Zustände. Einen Schutz gegen die Krankheit gibt es nur dann, wenn der Mensch sich im geschlossenen Raumanzug aufhält."

Die Bildscheibe zeigte, wie Atlans rötliche Arkonidenaugen durch innerliche Erregung immer stärker zu funkeln begannen. „Was wißt ihr über diese Krankheit? Wißt ihr, woher sie kommt?"

„Es ist Plasma, das sich wie ein ausgehungertes Raubtier auf jede Eiweißverbindung und organische Verbindung stürzt, dabei in der Lage ist, Proteinziele zu orten und sich zu bewegen. Ich muß mit der DRUSUS diese grauenhafte Krankheit aus dem Orionsystem mit zur Erde gebracht haben. Durch einen glücklichen Umstand und dank der Arbeit eines Arztes wissen wir seit einer Stunde wenigstens, worum es sich handelt, aber damit ist unser Wissen auch erschöpft."

Auch jetzt noch verschwieg Perry Rhodan dem Imperator des Arkon-Imperiums, wer den Terranern dieses gefährliche Geschenk zugedacht hatte und auf welchem Weg das Plasmawesen aus dem Blauen System gekommen war.

„Perry, du siehst schlimm aus. Diese Symptome zeigen sich bereits nach vierundzwanzigstündiger Ansteckung?"

„Ja. Es beginnt mit stecknadelgroßen, rötlichen Punkten auf der Haut, die in den ersten zwei Stunden sehr stark jucken und sich langsam ausbreiten. Aber bevor ich dir noch weitere laienhafte Erklärungen gebe, ist es doch besser, dir die ersten Untersuchungsergebnisse in einem Rafferspruch zu übermitteln."

„Sende das Material sofort an die Robotpositronik nach Arkon III, Perry. Ich werde sie beauftragen, festzustellen, ob ein ähnlich gelagerter Fall bei uns bekannt geworden ist."

„Atlan, wer von diesem Plasma überfallen wird, hat höchstens noch drei Monate zu leben."

Der Arkonide, der im Lauf der letzten zehntausend Jahre alle Menschen der Erde überlebt und so viele Schicksale von ihrem Anfang bis zum Ende verfolgt hatte, zeigte jetzt seine tiefe seelische Erschütterung. „Drei Monate, Perry? Freund, verlasse dich auf mich. Was ich tun kann, wird getan. Bei unseren Göttern, woher stammt denn diese teuflische Plasmakrankheit?"

„Vom siebten Planeten des Beteigeuzesystems, einer Methangaswelt, Atlan."

Rhodan drückte sich vorsichtig aus. Er vermied jede Lüge, und er ließ es nun darauf ankommen, daß Atlan sich mit den wenigen Angaben begnügte.

„Und was machen deine Mutanten, Perry?"

Rhodan winkte ab. „Sie sehen aus wie ich, Arkonide."

Die Erde war inzwischen von vier Panikwellen heimgesucht worden. Sie erinnerten an jene Epoche im finsteren Mittelalter, in der die Pest Europa überflutete und von Angst gepeitschte Menschen sich versammelten und betend durch die Lande zogen – und damit die Krankheit noch schneller verbreiteten.

Alle Nachrichten- und Fernsehstationen forderten die Terraner auf, Ruhe zu bewahren, und so lange es die Krankheit zuließ, auch weiter ihrer Arbeit nachzugehen.

Bald stellte sich heraus, daß mit einer unverblümten Aufklärung die Menschen viel leichter zu beruhigen waren als mit vagen Versprechungen.

Die südliche Halbkugel schien in den ersten zwanzig Stunden vom Plasma verschont zu werden, bis auch von dort die Nachrichten eintrafen, daß sich die Infektion rasend schnell ausbreite.

Allan D. Mercant, der Chef der Solaren Abwehr, war auch nicht verschont geblieben, aber wie Rhodan, so übte auch er sein Amt aus.

Vor Mercant lag ein erstaunlicher Bericht.

Das Plasmawesen hatte sich über die Steindarm-Seuchenkultur hergemacht, sie wie einen Leckerbissen aufgenommen, um sich darin durch Teilung ihrer Biogene wiederum zu vermehren.

Das Plasma war zu jenem Mittel geworden, von dem ein Sprichwort sagt, daß man den Teufel mit dem Beelzebub austreibt.

Mercant ließ sich mit der Hyperfunkstation verbinden. Er sprach mit dem Chefarzt des Sanitätsraumers III. Das Schiff, die NIL und der Walzenraumer UG DVI befanden sich noch immer an derselben Stelle im Raum.

Der Bildschirm zeigte den Kopf von Professor Degen. Dieser Mann sah nicht besser aus als Mercant. Auch sein Gesicht war von der Plasmainfektion entstellt.

„Nur eine Anfrage, Professor", begann Mercant das Gespräch. „Was macht die Steindarm-Seuche an Bord des Springerschiffs?"

„Wie kommen Sie gerade darauf?" fragte Professor Degen zurück.
„Ich habe den Bericht der Seuchen-Abteilung Terrania vorliegen, Professor. Darin wird das Verschwinden der Seuchenkulturen bitter vermerkt. Das Plasma hat das Giftzeug gefressen, um sich darin zu vermehren. Verstehen Sie nun, warum ich meine Frage gestellt habe?"
„Ja." Und dann kam eine Pause, anschließend resignierendes Kopfschütteln. Professor Degen betrachtete seine entstellten Hände und fuhr dann fort. „Die Steindarm-Seuche auf der UG DVI ist schlagartig abgeklungen. Jetzt verstehe ich das, was für meine Kollegen und mich ein unerklärliches Rätsel war. Die Plasmainfektion hat den Seuchenerreger verwandelt und ihm eine Eiweißstruktur gegeben. Marschall, vielleicht liegt es an meiner Plasmaerkrankung, daß ich mit dieser neuen Situation im Moment noch nicht fertig werde. Wir hätten also jetzt durch tückischen Zufall endlich das Mittel gefunden, mit dem die Steindarm-Seuche geheilt werden kann, aber für den Preis, daß der Erkrankte in spätestens drei Monaten vom Plasma zu einem formlosen Proteinkörper verwandelt wird."
Marschall Mercant horchte auf. Sein entstelltes Gesicht verzog sich. „Was wird aus uns Plasmaerkrankten, Professor? Formloses Eiweiß? Habe ich Sie richtig verstanden?"
„Nicht nur das, Marschall, es macht aus jedem von uns Plasmamonster. Wir alle werden zu dem, was das Plasma, das uns befallen hat, jetzt schon ist."
„Und wenn wir umgeformt worden sind, dann vernichten wir die noch gesunden Menschen?"
„So kann man es ausdrücken."
Allan D. Mercant, aufgrund von Zellduschen auf dem Planeten Wanderer nicht mehr älter geworden, schüttelte sich und schaltete ab. Er vermied es, seine durch Schwamm entstellten Hände zu betrachten. Den Bericht der Seuchen-Abteilung Terrania schob er zur Seite und gähnte.
Diese unnatürliche Müdigkeit war von den Ärzten vorausgesagt worden. Sie markierte den zweiten Krankheitsabschnitt, der nach ungefähr vierzehn bis zwanzig Tagen mit leichten Lähmungserscheinungen enden sollte, um danach das dritte und vorletzte Stadium einzuleiten.
Was der Erkrankte in diesem dritten Stadium zu erwarten hatte, war unbekannt.

Mercant war kein Mann, der über diesen schlimmen Sorgen seine Arbeit vergaß.

Kurz darauf hatte er seine Spezialisten alarmiert. Nur einer dieser acht hochqualifizierten Mediziner war noch nicht am Plasma erkrankt.

„Boyd, Sie nehmen die Sache in die Hand. Wenn Sie, meine Herren, in diesem Fall zu keinem Resultat kommen, dann hat das Plasma gewonnen. Wie ich gerade erfahren habe, frißt dieses Proteinmonster mit bestem Appetit Steindarm-Kulturen, um sich darin zu vermehren. Ich wünsche, daß Sie dieser unmenschlichen Clique auf die Spur kommen, die mit Hilfe der Steindarm-Krankheit versucht hat, irgendwelche Geschäfte zu machen und Terra in Mißkredit zu bringen. Hier, nehmen Sie die Unterlagen mit. Daraus geht einwandfrei hervor, daß die Seuchenkulturen auf der Erde gezüchtet werden. Die zerbrochene Ampulle stammt zweifellos aus irdischer Produktion. Tun Sie Ihr Bestes, damit wir diese Verbrecher unschädlich machen können."

Damit entließ er sie, und er gähnte wieder, als sie gingen. Anschließend informierte er Rhodan über sein Gespräch mit Professor Degen.

Das verwirrende Linienmuster stand auf der Bildscheibe von Rhodans Hyperkomempfänger und kündigte eine Nachricht des Riesengehirns von Arkon III an. Bevor die metallisch klingende Stimme zum erstenmal zu hören war, hatte Rhodan eine Querverbindung zur Forschungszentrale der Terrania-Klinik hergestellt. Ohne Zeitverlust sollten die medizinischen Forscher über die Auskunft der Mammutpositronik informiert werden.

„Großer Gott, wenn die Positronik uns jetzt enttäuscht", konnte Reginald Bull gerade noch sagen, als die Stimme des Riesengehirns aufklang.

„Über das Plasma ist nichts bekannt. Es kann deshalb vorläufig kein Therapievorschlag gemacht werden. Aufgrund der mir zugegangenen Daten habe ich jedoch eine Analyse durchgeführt."

Mit angehaltenem Atem lauschten Perry Rhodan und Reginald Bull den Auskünften der Riesenpositronik auf Arkon III. Wenngleich sie auch keinen einzigen medizinischen Fachausdruck verstanden, so gab ihnen aber diese Menge an Daten die Hoffnung, daß die Wissenschaftler in Terrania auf diesen Grundlagen gut und schnell weiterarbeiten konnten.

Nach acht Minuten war die Durchgabe der Analyse durch die

Robotautomatik auf Arkon III beendet. Das sinnenverwirrende Linienmuster erschien als Abschluß, und dann brach der Hyperfunkkontakt mit Arkon ab.

Aber die Querverbindung zur Forschungszentrale stand noch.

Doch von der Forschungszentrale kam kein Kommentar über die Datenflut von Arkon III, und Rhodan stellte über den Interkom keine Frage.

Mit einem Blick zwang er Bully, die Bemerkung, die der temperamentvolle Freund machen wollte, nicht auszusprechen. Bully starrte auf die Bildscheibe, die ein Ärztekollegium zeigte. Über den Lautsprecher kam unverständliches Stimmengewirr.

Jetzt sahen sie, wie sich Doktor Koatu erhob. Dieser bisher aus der Masse seiner Kollegen nie hervorgetretene Arzt schien seine Sternstunde zu haben.

„Sir", sagte er mit erregter Stimme, „unter Vorbehalt aller Irrtümer glaube ich Ihnen sagen zu dürfen, daß uns die Arkon-Analyse eine hervorragende Basis geschaffen hat. Demnach haben wir es mit denaturierten Eiweißverbindungen zu tun, das heißt, solche, die aus den natürlichen Stoffen durch Hitze, Säuren, Basen und Fermente entstehen. Aber was ein Novum darstellt und bis jetzt noch nicht von uns verstanden werden kann, ist die Tatsache, daß wir es mit optisch neutralem Eiweiß zu tun zu haben scheinen. Es ist weder links- noch rechtsdrehend. Mehr kann ich Ihnen im Augenblick nicht sagen."

Drei Tage waren seit Ausbruch der Krankheit vergangen. Seit drei Tagen und Nächten versuchten alle Fernsehstationen den Menschen auf Erde und Mond einzuhämmern, nicht die Ruhe zu verlieren. Man speiste sie nicht mit leeren Versprechungen ab, man sagte ihnen ehrlich, daß Rhodan und Bull ebenso von der Infektion befallen seien wie die Millionen anderen.

Als diese Nachricht durchgegeben wurde, befand sich der Journalist Walt Ballin in Rhodans Arbeitszimmer.

„Ballin", sagte Rhodan, „jetzt wäre es eigentlich an der Zeit, daß Sie zu den Terranern sprechen, und zwar so sprechen, wie Sie es in Ihrem Leitartikel gefordert haben. Lassen Sie sich eine Sendezeit geben, die Ihnen paßt, aber berücksichtigen Sie dabei, auch für mich zehn Minuten anzufordern. Ich möchte nach Ihnen zu der Welt sprechen."

Später, als der Journalist längst gegangen war, meinte Bully unzufrieden: „Warum hast du nicht verlangt, daß du vorher seine Ansprache lesen willst? Wenn er nun eine Panik heraufbeschwört?“

„Ja, Bully. Ich . . .“

Weiter kam er nicht. Der Telekom schlug Alarm. Der Sendeleiter von Terra-Television meldete erregt: „Sir, ein Walt Ballin hat gerade mit Unterstützung der Administration die Sendung unterbrochen und spricht zur gesamten Bevölkerung.“

„Geben Sie den Vortrag herein. Sofort!“ unterbrach Rhodan, und seine grauen Augen zeigten ein eigentümliches Funkeln.

„Du lieber Gott“, stöhnte Bully. „Dieser Zeitungsmensch spricht aus dem Stegreif. Das wird etwas werden.“

Es wurde großartig.

Walt Ballins Rede an die Terraner war deshalb so großartig, weil sie so einfach war und von ehrlicher Überzeugung. Man mußte ihm einfach glauben, was er sagte.

„Ich bin jung. Siebenundzwanzig Jahre alt. Ich habe mein Leben noch vor mir. Wie ich jetzt aussehe, zeigt Ihnen allen der Bildschirm. Wenn es keine Rettung geben sollte, dann darf ich noch knapp drei Monate leben, aber in diesen drei Monaten hoffe ich auf Rettung und denke nicht daran, mir jetzt schon den Strick zu nehmen und mich aufzuhängen. Jeder, der sich von der Verzweiflung übermannen läßt und Hand an sich selbst legt, hat nie das Zeug in sich gehabt, Bürger des Universums zu werden. Und ich will es werden, auch jetzt noch.“

Reginald Bull fühlte Rhodans forschenden Blick auf sich ruhen, während Walt Ballin zu den Menschen sprach. „Meine Hochachtung, Perry. Was hat dieser Ballin nur an sich, daß er so einfach und doch so überzeugend sprechen kann? Mich selbst packt es. Als würde ich allein angesprochen.“

„Weil er das, was er sagt, auch glaubt, Bully. Aber jetzt muß ich zum Studio.“

Ballins Stimme verfolgte ihn in den Korridor: „Die Plasmainfektion macht uns müde, aber was unsere Mediziner noch mit der Infektion anstellen werden, steht auf einem neuen Blatt. Ich will Ihnen an dieser Stelle keine nichtssagenden Hoffnungen machen; ich habe aber allen Grund zu glauben, daß die Ärzte auch mit dieser scheußlichen Krankheit fertig werden.“

Wenige Minuten darauf sprach Rhodan über die Fernsehstationen. Ebenso wie Ballin sagte er nichts über die Akonen; das hätte die Unruhen nur geschürt.

Die Life-Übertragung wurde auch im Forschungszentrum gehört. Dreimal war für kurze Zeit jedes Gespräch verstummt, und die Ärzte, fast alle auch erkrankt, hatten sich bestätigend zugenickt.

Ihnen allen stand der Tod bevor, sie alle aber wollten noch lange leben.

27.

Jeff Garibaldi, klein, dick und glatzköpfig, klopfte seine Pfeife aus, während er dabei zum Fenster hinaussah und zum Arc de Triomphe hinüberblickte.

Seitdem vor zehn Tagen die Plasmaseuche auf der Erde ausgebrochen war, gab es für den Agenten der Solaren Abwehr und seine Männer im französischen Sektor kaum noch Arbeit.

Er war noch nicht krank, aber das besagte bei diesem Plasma wenig. In jeder Sekunde konnte er von ihm befallen werden. Jedes Nahrungsmittel, das er zu sich nahm, konnte schon verseucht sein. Das Plasma war zu einer allgegenwärtigen Drohung geworden, und die verschlüsselte Meldung von heute früh aus Terrania war entmutigend gewesen. Dort tappte man immer noch im dunkeln. Das Plasma widerstand jedem Mittel. Von Tag zu Tag schien es sich schneller zu vermehren, indem es sich auf alle organischen Stoffe stürzte, um auch sie in sein spezifisches Protein zu verwandeln.

Kühlhäuser mit Millionen Tonnen Lebensmitteln, gewaltige Landstriche, auf denen die Ernte stand, riesige Viehherden – alles war befallen.

Mit der Infektion hielt die drohende Hungersnot gleichen Schritt. Eine Gefahr, die den Menschen nicht bewußt war, aber die in Terrania mit immer größerer Sorge beobachtet wurde.

„Hm“, Jeff Garibaldi, der Nachkomme eines berühmten Freiheitskämpfers, richtete sich ruckartig in seinem Sessel auf. „Hm“, sagte er noch einmal.

Gestern war er in Soisy sur Seine gewesen, einem kleinen Städtchen, fünfzig Kilometer vor Paris, um sich dort mit einem V-Mann zu treffen, der aber dann nicht gekommen war. Garibaldi hatte bis zum

Abend in dem kleinen Café auf der Rue de la République gewartet und den schönen Sommertag genossen.

„Hm", sagte er zum drittenmal. „Habe ich in Soisy sur Seine Plasmakranke gesehen oder nicht?"

Garibaldi versuchte sich zu erinnern, aber es gelang ihm nicht. Doch je angestrengter er darüber nachgrübelte, um so erregter wurde er.

„Zum Teufel, was habe ich gestern in dem kleinen Nest nur übersehen?" Er konnte es sich leisten, Selbstgespräche zu führen. Er befand sich allein auf der Pariser Dienststelle der Solaren Abwehr.

Jeff Garibaldi stopfte seine Pfeife und setzte sie in Brand. Nach dem dritten Zug verzog er das Gesicht. „Scheußlich schmeckt der Tabak. Ein miserables Kraut. Ich muß einmal an die frische Luft."

Er wußte, daß er gegen die Verordnung verstieß, wenn er das Büro allein ließ.

Draußen schien die Sommersonne vom wolkenlosen Himmel. Paris hatte einmal wieder einen seiner berühmten Sommertage.

„Der letzte Sommer – für alle", sagte Garibaldi, als er in den Wagen stieg. „Danach kommt nichts mehr, nur noch das Plasma."

Sonst hatte er immer gut eine Stunde benötigt, um aus Paris herauszukommen. Heute schaffte er es in zwölf Minuten, die Peripherie zu erreichen. Die Kranken blieben in ihren Häusern. Soisy sur Seine war 42 Kilometer entfernt.

Jeff Garibaldi wollte herausfinden, was er gestern in dem kleinen Städtchen übersehen hatte.

Bis vor zehn Tagen war die Schnellstraße eine einzige Fahrzeugkette gewesen. Als Jeff Garibaldi Soisy sur Seine erreichte, hatte er vier Fahrzeuge überholt, und eines war ihm entgegengekommen.

Die Erde und die Menschen warteten auf das Sterben.

Daran dachte Garibaldi, und er benutzte den kräftigsten französischen Fluch, um sich gegen das Grauen, das ihn ankam, zu wehren.

Vor dem Café Nicole fuhr er rechts heran und stieg aus.

Zwei Tische waren besetzt. Elf standen leer.

„Un café au lait", bestellte er bei dem dunkelblonden, schlanken Mädchen, das sein Gesicht zuerst ängstlich gemustert hatte, um dann erleichtert aufzuatmen, als sie keinen Blutschwamm darauf sah.

In diesem Augenblick fiel es Garibaldi wie Schuppen von den Augen.

Er erinnerte sich wieder, was ihm beim gestrigen Besuch in diesem Städtchen unbewußt aufgefallen war.

Er hatte hier keinen einzigen Plasmaerkrankten gesehen. Keinen einzigen. Dabei hatte Soisy sur Seine immerhin 45 000 Einwohner.

Sein Milchkaffee kam.

Entgeistert starrte das junge, dunkelblonde Mädchen Garibaldi nach. Er hatte bezahlt, aber den Kaffee nicht angerührt, eilte quer über die Straße auf das altmodische Rathaus zu.

Ihm, dem Mann von der Solaren Abwehr, gab man bereitwillig Auskunft.

„Nein, Garibaldi, in Soisy sur Seine gibt es bis jetzt keinen einzigen Plasmaerkrankten."

„Bestimmt nicht?" Garibaldi konnte es nicht glauben. Auf der nördlichen Halbkugel war kein Ort, und mochte er nur aus zwei Häusern bestehen, vom Plasma verschont geblieben, und hier, in einer Stadt mit 45 000 Einwohnern, sollte es noch nicht gewütet haben?

„Danke", sagte Jeff Garibaldi betroffen und ging wieder.

Die beiden Beamten, die ihm Auskunft gegeben hatten, blickten ihm kopfschüttelnd nach.

Es war drei Uhr zwanzig Standardzeit, und über Terrania begann gerade der Morgen zu grauen, als Perry Rhodan durch ein Alarmsignal geweckt wurde.

„Hier Rhodan. Was gibt es?" fragte er ins Telekomgerät neben seinem Bett.

Die Bildscheibe flackerte noch, als er Allan D. Mercants Stimme hörte. „Sir, ich habe gerade einen Anruf aus Frankreich erhalten. Fünfzig Kilometer vor Paris gibt es die Stadt Soisy sur Seine, fünfundvierzigtausend Einwohner groß, aber in der Stadt keinen Fall von Plasmainfektion."

„Keinen . . ."

Rhodan hatte den Satz nicht zu Ende gesprochen, und Mercant schwieg.

„Ist der Informant zuverlässig, Mercant?"

„Zuverlässig, nur mit den Bestimmungen nimmt Garibaldi es nicht allzu genau, Sir."

„Fünfundvierzigtausend Einwohner ist die Stadt groß, haben Sie gesagt, Mercant, und kein Plasmafall. Liegen Sie noch im Bett?"

„Ja."

„Raus, Mercant. Wir treffen uns in einer halben Stunde am

Raumhafen auf Platz siebenundsechzig. Dort liegt die BURMA. Mit der starten wir."

„Sir, wir können doch nicht..."

„Doch, wir können."

Rhodan gab Alarm an Reginald Bull, John Marshall, Gucky, Ras Tschubai und den Journalisten Walt Ballin.

„Wir starten in knapp einer halben Stunde mit der BURMA von Platz siebenundsechzig."

Als zwei Gleiter mit sieben Plasmaerkrankten auf die BURMA zuflogen, liefen die Impulstriebwerke des Raumers aus der Klasse der Staatenschiffe schon warm. Rhodan und seine Begleiter landeten und stürmten wenig später die Gangway nach oben.

Die Polschleuse war von innen beleuchtet, aber nur das Außenschott geöffnet. In der Schleuse lagen sieben Raumanzüge.

„Anziehen!" befahl Rhodan. „Helm schließen. Kontrolle des Luftvorrats."

Während sie noch in die schweren Anzüge stiegen, schloß sich das Außenschott, und eine halbe Minute später hob die BURMA mit brüllenden Impulstriebwerken ab.

Nur Rhodan wußte, wohin der Flug ging. Mercant ahnte etwas, aber er war sich seiner Sache nicht sicher. Natürlich verlor Bully als erster die Geduld.

„Willst du uns nicht allmählich informieren, Perry?" brummte er, um seine Frage mit einem Gähnen abzuschließen.

„Wir landen bei Soisy sur Seine."

„Und wo ist das, Perry?"

Gucky hatte sich in diesem Augenblick in Mercants Gedanken eingeschaltet und wußte, daß es sich um eine Stadt in der Nähe von Paris handelte.

Über seinen Helmfunk piepste er: „In Geographie hast du wohl auf der Schule immer ungenügend gehabt, Dicker? Soisy sur Seine ist eine kleine Stadt bei Paris."

„Was wollen wir in diesem Soisy sur Seine, Perry?" fragte Reginald Bull, der den Hinweis des Mausbibers über seine geographische Unkenntnis kommentarlos hingenommen hatte. „Und warum gehen wir nicht ins Schiff und halten uns statt dessen in der ungemütlichen Polschleuse auf?"

„Letzteres dürfte doch wohl auf der Hand liegen, Bully", erwiderte Rhodan mit leichter Schärfe in der Stimme. „Das Plasma hat noch kein Besatzungsmitglied der BURMA befallen, weil es einfach keine Gelegenheit gefunden hat, einzudringen. Wir können es nicht verantworten, daß wir den Männern nun die Krankheit an Bord bringen."

„Was?" Bullys Stimme dröhnte im Helmfunk. „Worum geht es denn hier?"

Gelassen erwiderte Rhodan: „Um einen vagen Verdacht, Bully. Um eine Hoffnung, so schillernd wie eine Seifenblase. Dieses Soisy sur Seine, eine Stadt von fünfundvierzigtausend Einwohnern, hat in seinen Häusern keinen einzigen Plasmakranken. Kannst du das begreifen? Ich nicht."

„Ja, und?"

„Um auf deine Frage die Antwort geben zu können, sind wir unterwegs."

„Mit einem Raumer der Staatenklasse?"

„Vielleicht reicht seine Feuerkraft gar nicht aus. Vielleicht wäre es besser gewesen, Schlachtschiffe einzusetzen."

„Du großer Himmel, worum geht es denn?" fragte Gucky nun auch überrascht. Sein Versuch, Rhodans Gedanken zu lesen, war an dessen Abwehrblockade gescheitert.

„Um einen Verdacht, um eine Hoffnung. Darum werden wir nicht vor der kleinen Stadt landen, sondern abspringen."

Rhodan sagte ihnen jetzt erst, in welcher Richtung sich sein Verdacht bewegte. Er schloß mit der Bemerkung: „Professor Degen, Chefarzt in Sanitätsraumer III, hat mich auf diese Gedanken gebracht."

„Wußte er denn, daß in dieser französischen Kleinstadt nur gesunde Menschen leben, Perry?" Bully, sonst Optimist, zeigte sich nun von der anderen Seite.

„Nein. Wir sieben wissen es ja selbst erst seit kurzer Zeit", antwortete Rhodan und gähnte wieder.

Es war einfach unmöglich, gegen diesen Gähnzwang anzugehen. Er war übermächtig, und jeder Versuch, ihn zu unterdrücken, war nur nutzlose Energieverschwendung.

„Aber warum hast du vor dem Start dann nicht erst einmal die Ärzte zu Rate gezogen, Perry? Dein ganzer Plan ist doch nichts anderes als die fundamentlose Idee eines Laien, denn so viel verstehst du von Medizin doch auch nicht."

„Was ich nicht bestreite, mein Lieber. Aber Wissen ist nicht immer entscheidend. Das Richtige zu tun, ist wichtig, und ich habe die

Ahnung, daß wir in Soisy sur Seine etwas entdecken könnten, das für alle Menschen von größter Wichtigkeit ist. Warum gibt es in Soisy sur Seine keine Plasmaerkrankten? Warum nicht?"

„Und wo sollen wir etwas suchen, von dem wir nicht wissen, was es ist?" fragte Bully, der mit Rhodans Plan immer noch nicht einverstanden war.

„Das überlasse John Marshall und Gucky", erwiderte Rhodan.

Als sie in zehntausend Metern Höhe absprangen und in die Nacht über Soisy sur Seine hineinfielen, bildeten sie eine Kette. Jeder in seinem Raumanzug war jetzt ein winziges Raumschiff für sich, mit Schutzschirm, Antrieb und Beschleunigungsvermögen. Die Kleinstgeneratoren gaben ihr Maximum an Energie an die Prallschirme ab.

Als der Höhenmesser dreihundert Meter auswies, wurde der Antigravgenerator auf höchste Leistung geschaltet. Sanft wie segelnde Federn landeten die sieben.

Der Stadtrand von Soisy sur Seine lag drei Kilometer von ihnen entfernt.

John Marshall und Gucky begannen zu „lauschen". Sie versuchten, fremde Gedankenströme aufzuspüren, die ihnen einen Hinweis liefern konnten.

„Nichts", sagte Marshall nach einer guten Viertelstunde.

Gucky, so oft vorlaut, schwieg.

Über die Schnellstraße kam ein Fahrzeug heran, die Scheinwerfer aufgeblendet. Der Strahl ging weit in die Nacht hinein. Der Wagen raste. Der Fahrer mußte die Strecke genau kennen. Auf einen Kilometer Distanz fegte er an den Männern vorbei, die auf freiem Feld standen und warteten, ob Gucky etwas spürte.

„Chef, in dem Flitzer sitzt ein Ara." Guckys Piepsstimme überschlug sich vor Aufregung. „Ich verschwinde. Marshall, halte Kontakt mit mir."

Mit dem letzten Wort war er teleportiert.

Einen Augenblick darauf sagte John Marshall: „Gucky ist verrückt. Er sitzt auf dem Dach des Fahrzeugs. Er fährt auf die City zu ... Jetzt passiert es den Marktplatz ... Rundverkehr – dritte Straße rechts. Gucky meint, es wäre eine Ausfallstraße. Der Wagen beschleunigt ... Oh, was flucht der Kleine. Er kann sich kaum noch halten. Er will teleportieren. Nein, er ist geblieben. Das Fahrzeug stoppt, biegt in einen Privatweg ein. Robotsicherungen ... Moment, jetzt verstehe ich den Kleinen nicht. Was denkt er nur für einen Unsinn? Was hat ein

Zuckerbäcker in seinen Gedanken zu tun? Ein kleines Schlößchen im Zuckerbäckerstil... Vier Aras. Drei erwarten den Wagen. Noch einer kommt aus dem Haus. Aras in Terranermaske..."

„Das genügt", unterbrach ihn Rhodan. „Wir brechen auf und versuchen, Gucky zu folgen. John, Sie führen uns."

Sie hoben sich vom Boden ab, bildeten eine Kette und flogen in hundert Meter Höhe der kleinen Stadt zu.

Die Straßenbeleuchtung funktionierte. Der Marktplatz war nicht zu übersehen. Nur in wenigen Häusern brannte Licht. Soisy sur Seine schlief.

John Marshall führte sie ohne Umwege dem Ziel zu, wo sich Gucky und die Aras befanden. Innerhalb des Parks, der das kleine Schloß umgab, landeten sie zwischen duftenden Blumen und Sträuchern.

Kühle und von Feuchtigkeit übersättigte Nachtluft empfing sie. Rund zweihundert Meter weiter brannte über dem Schloßportal Licht. Davor stand ein Fahrzeug, wahrscheinlich dasselbe, das sie über die Schnellstraße hatten rasen sehen.

„Gucky ist im Haus", meldete Marshall. „Darin wimmelt es von Galaktischen Medizinern. Nach Gucky unterhalten sie sich über die Plasmainfektion. Sie . . ., sie machen sich darüber lustig."

„Aber nicht mehr lange", knurrte Bully drohend.

„Nun halte endlich deinen Mund", fuhr Perry seinen Freund grob an. „Marshall, rufen Sie Gucky zurück."

In der nächsten Sekunde stand Gucky vor ihnen.

„Helm öffnen!" befahl Rhodan. „Funk abschalten. Wir wollen nicht angepeilt..."

Hastig fiel Marshall ihm ins Wort: „Sir, die Aras haben uns entdeckt und starten einen Roboterangriff auf uns. Wir müssen verschwinden. Man hat uns genau im Peilstrahl."

Bei der ersten Warnung hatte Rhodan seinen leistungsstarken Minikom eingeschaltet und rief hinein: „Taube! Taube! Zweimal Habicht!"

An diesen Kodebezeichnungen konnten sich die Aras die Zähne ausbeißen. Bis sie begriffen, was die Worte bedeuteten, war die BURMA über dem Schloß.

Im nächsten Augenblick brach der Angriff schon los.

Arkonidische Kampfroboter schossen aus allen Strahlwaffen auf sie, aber sie verwüsteten mit den weitreichenden Energiestrahlen lediglich einen Teil der Parkanlage, denn vor dem ersten Schuß jagten sechs Terraner und Gucky senkrecht in den nachtdunklen Himmel hinein.

Dann war Gucky verschwunden. Allan D. Mercant, der vorletzte in der Kette, vermißte ihn, aber wohin der Mausbiber verschwunden war, zeigte sich schon im nächsten Augenblick.

Fünf tonnenschwere arkonidische Kampfmaschinen jagten wie Düsenflugzeuge zum Himmel hoch. Die positronischen Automaten, die nicht begreifen konnten, was mit ihnen geschah, schossen ziellos in alle Richtungen. Die Kampfstrahlen, in den ersten Sekunden noch grell in ihren Farben, verblaßten und wurden dünner.

Schließlich entließ Gucky die Roboter aus seinen telekinetischen Kräften, und begleitet von aufheulenden Luftmassen stürzten sie aus einigen hundert Metern Höhe zu Boden. Wie fünf Bomben, die nicht zündeten, bohrten sie sich tief in den Parkboden hinein.

„Sir, die Aras sprengen das Schloß in die Luft."

John Marshalls Warnung war einige Sekunden zu spät gekommen.

Die Erde tat sich auf. Ein Feuerorkan zerriß ein kleines Schloß, das seit mehr als vierhundert Jahren am Stadtrand von Soisy sur Seine gestanden hatte.

Als die erste Druckwelle die Flüchtenden erfaßte, wurden sie wie welkes Laub über die Stadt gefegt, und die Kette, die sie mit ihren Händen gebildet hatten, zerriß.

Walt Ballin, der so etwas nur aus Fernsehübertragungen kannte, glaubte, seine letzte Stunde wäre gekommen. Er, der keine Schulung auf der Solaren Raumakademie erfahren hatte, vergaß, welche Bedeutung die Stellknöpfe an seinem Anzug hatten, und er schaltete nun irrtümlicherweise den Generator für den Prallschirm auf Maximum und das Antigravfeld ab.

Daß er plötzlich nicht mehr innerhalb der tobenden Luftmassen flog, sondern wie ein Stein in die Tiefe stürzte, stellte er erst im letzten Moment fest. Eine neue Druckwelle rettete ihn davor, zerschmettert zu werden. Sein senkrechter Sturz wurde zu einem schrägen Fall. Der Prallschirm ließ ihn über einen Dachfirst gleiten. Als er dann in der Krone eines Obstbaums landete, war sein Prallschirmfeld so stark, um ihn vor Ästen zu schützen. Innerhalb des Prallschirms flog er jedoch so heftig zur Seite, daß er das Bewußtsein verlor.

Gucky hatte nur das Donnern der Explosion gehört. Eine Sekunde vor der Katastrophe war er teleportiert und einem Gedankenimpuls nachgesprungen, der aus der Tiefe gekommen war.

Jetzt blinzelte er aus seinen klugen Mausaugen. In der rechten Hand hielt er einen Desintegratorstrahler und in der anderen den Impulsblaster. Beide Waffen zielten auf drei Aras, die in einem Raum der unterirdischen Anlage standen, in der Gucky materialisiert war.

„Das ist Gucky!“ schrie ein Ara und versuchte an die Waffe im Gürtel zu kommen.

Vergeblich. Er verlor den Boden unter den Füßen und flog wie ein Ball gegen die Decke.

Gucky ließ seine telekinetischen Kräfte spielen.

Der Ara, der geschrien hatte, lag betäubt am Boden. In der Ecke lagen die beiden anderen Aras, und Guckys telekinetische Kräfte preßten sie so gegen den Boden, daß sie kein Glied rühren konnten.

Gucky drang in die Gedanken der Aras ein, um Einzelheiten über diese Station herauszufinden.

Dann nickte er zufrieden und betäubte die Aras mit Hilfe seines Paralysators.

Er wußte, daß er sich in einer unterirdischen Anlage der Aras aufhielt, die es auf vorläufig noch rätselhafte Weise verstanden hatten, unbemerkt zur Erde zu kommen und sich am Stadtrand von Soisy sur Seine niederzulassen. In der Öffentlichkeit traten sie als Terraner maskiert auf.

Gucky teleportierte erneut, und traute seinen Augen nicht, als er materialisierte. Er war in einem gewaltigen Labor gelandet.

In diesem Labor wimmelte es von Robotern. Nicht alle waren Medo-Roboter, die mit dem Programm versehen waren, den Ablauf der Fabrikation zu überwachen. Zwei waren Kampfmaschinen.

„Huii“, piepste Gucky entsetzt, als er erfaßt hatte, welche gefährlichen Automaten vor ihm standen. Er sprang. Die Schüsse der Roboter ließen nur den Plastikbeton schmelzen, wo Gucky gerade noch gestanden hatte.

Zum zweiten Schuß kamen sie nicht mehr. Sie zerschmolzen unter Guckys Desintegratorfeuer, der einen Meter hinter ihnen gelandet war.

„Pagdor, was ist da hinten los?“ hörte Gucky im selben Moment eine erregte Stimme auf arkonidisch rufen. Sie kam vom anderen Ende des Labors.

Gucky konzentrierte sich gerade auf den nächsten Sprung, der ihn zu dem rufenden Ara führen sollte, als Ras Tschubai vor ihm auftauchte.

„Hilf mir, Rhodan und die anderen zu suchen, Gucky", überfiel Ras Tschubai den Mausbiber.

Der Kleine fragte nicht, auf welchem Weg ihn der Afrikaner gefunden hatte.

„Raus", sagte er nur und verschwand mit seinem Freund zur Oberfläche.

Gucky schaute sich um und lauschte telepathisch.

Wo einmal über vier Jahrhunderte lang ein kleines Schlößchen gestanden hatte, gähnte jetzt ein gewaltiger Krater. Der Park war auch verschwunden.

„Ich bekomme Kontakt mit Rhodan, Bully und Mercant. Aber John kann ich nicht finden und den Journalisten auch nicht."

Sie sprangen erneut.

Vor der Mauer einer Maschinenfabrik standen Rhodan, Bully und Mercant.

„Ras und ich sind hier", meldete Gucky sich, der Rhodans Stimme in seinem Helmlautsprecher hörte.

„Marshall und Ballin werden vermißt, Gucky."

„Später, Perry", unterbrach Gucky ihn hastig. „Die Aras haben in fünfhundert Metern Tiefe eine riesige Medikamentenfabrik eingerichtet. Da läuft alles auf Hochtouren. Dahin müssen wir, bevor die Galaktischen Mediziner das alles auch in die Luft fliegen lassen. Dann bleibt ja kein Mensch dieser Stadt mehr am Leben."

„Also doch. Ich ahnte, daß es auf der Erde einen solchen Stützpunkt gab. Er ist sicher nicht der einzige im Bereich des Solaren Imperiums. Überall sind Aras und andere im Auftrag der Springer damit befaßt, gegen uns zu arbeiten. Wenn wir die Plasmakrankheit besiegt haben, müssen wir uns darum kümmern. Das Problem der Akonen darf uns nicht den Blick verstellen. Doch erledigen wir zunächst diese Sache."

Mercant sagte nachdenklich: „Ich beginne die Zusammenhänge jetzt zu ahnen, und auch, wieso Professor Degens Bemerkung Sie auf den richtigen Verdacht bringen konnte."

Rhodan und Bull umklammerten Guckys Raumanzug. Allan D. Mercant legte seine Arme um Ras Tschubais Schultern.

„Springen!" kommandierte der Kleine, und die beiden Teleporter brachten ihre drei Begleiter in die unterirdische Fabrikationsanlage der Galaktischen Mediziner.

Sie landeten in einem Hexenkessel.

Acht Arkonkampfmaschinen rasten heran, elf Aras folgten und

verstanden es geschickt, hinter den Metallkolossen Deckung zu nehmen.

„Ihr Burschen!“ piepste Gucky, und seine Mausaugen funkelten zu den Robotern hinüber. „Ras, von oben die Robs erledigen! Los, weg!“ rief er, ohne auf Perry Rhodans Befehl zu warten.

Sie verschwanden hinter dem Kühlaggregat, das auch Rhodan und seinen Begleitern als Deckung diente und landeten unter der Decke in dem Gewirr von dünnen bis schenkeldicken Rohrleitungen.

Der Mausbiber war schneller als der Afrikaner. Seine geringe Körpergröße kam ihm jetzt zustatten. In der linken Hand den Schockstrahler, mit einem Griff auf maximale Leistung gestellt, zielte er auf die elf Aras, die von seiner Anwesenheit in vier Metern Höhe nichts ahnten.

Wie vom Blitz getroffen, stürzten die geschockten Galaktischen Mediziner zu Boden. Einer, der nicht die volle Dosis abbekommen hatte, versuchte, seine Impulswaffe in Anschlag zu bringen und auf das Kühlaggregat zu schießen.

Gucky aber blieb Sieger.

Die positronisch gesteuerten Kampfmaschinen hatten von der Katastrophe hinter ihrem Rücken nichts bemerkt. Als zwei Desintegratorstrahlen und die beiden Energiebahnen aus den Impulsblastern auf sie herabschossen, wurden beim ersten Angriff fünf tonnenschwere Roboter zerstört. Da hatten die restlichen drei erkannt, woher der Angriff kam.

Sie blieben stehen, drehten ihren Metallkopf und übersahen, daß Perry Rhodan seine Deckung verlassen hatte und, frei stehend, in jeder Hand eine Desintegratorwaffe, auf sie feuerte. Den Bruchteil einer Sekunde später schoß auch Bully, und er zerstörte dem Metallkoloß die Beine, der Gucky ins Visier genommen hatte.

Plötzlich stank es in der riesigen Fabrikationshalle nach geschmolzenen Metallen, verbrannten Isolierungen und qualmenden Spannungsumwandlern. Neben- und übereinander lagen acht Kampfroboter, wenige Schritte dahinter elf bewußtlose Aras. Die übrigen Arbeiterroboter in der Halle hatten von dem Geschehen keine Notiz genommen, sie überwachten die Fertigung, die weiterlief, als ob nichts geschehen wäre.

Gucky und Ras tauchten bei den anderen auf.

„Was ist das hier, Boß?“ wollte der vorwitzige Mausbiber wissen.

„Ja, Gucky, um das genauestens herauszufinden, müssen Doktor

Koatu und noch zwei oder drei Spezialisten her. Kannst du sie holen, Gucky?“

Der Kleine richtete sich auf und blickte Rhodan vorwurfsvoll an. „Was? Den Katzensprung halb um die Erde traust du mir nicht mehr zu? In fünf Minuten bin ich mit den Eierköpfen hier.“

Ras Tschubai war Gucky wenige Sekunden später nach Terrania gefolgt.

„Tschubai“, hatte Rhodan ihm aus einem plötzlichen Impuls heraus gesagt, „springen Sie auch nach Terrania und schaffen Sie in kürzester Zeit Ulland, Kokstroem und Church her. Ob im Schlafanzug oder Frack, spielt heute keine Rolle.“

Ras Tschubai hatte nur genickt und war verschwunden.

„Ulland hast du angefordert, Perry?“ fragte Bully und blickte ihn nachdenklich an.

Rhodan ging nicht darauf ein, sondern befahl ihnen, die umliegenden Räume zu durchsuchen. Damit waren sie noch beschäftigt, als Gucky und Ras mit den angeforderten Wissenschaftlern zurückkamen.

„Hallo, Boß“, piepste es aus der großen Laborhalle. „Ich bin mit vier Doktoren angekommen. Oho! Ras war auch in Terrania, und ist gerade mit drei Mann gelandet. Gibt es noch Arbeit für sie?“

Kaum hatte Rhodan Guckys Stimme gehört, als er in die große Halle zurückkehrte. Er mußte flüchtig an seine Anordnung denken, die er Ras Tschubai erteilt hatte, als er Ulland, Church und Kokstroem in untadeliger Kleidung sah.

Er wandte sich an die Mediziner. „Meine Herren, ich stehe der Medizin als Laie gegenüber. Ich kann Ihnen also jetzt keine Aufgabe stellen, die exakt umrissen ist. Aber versuchen Sie, so schnell wie möglich, in dieser unterirdischen Anlage das Mittel zu finden, das bisher verhindert hat, daß in der Stadt Soisy sur Seine Plasmafälle auftreten. Mein zweiter Suchauftrag geht dahin, festzustellen, in welchem Teil der Anlage sich Steindarm-Seuchenkulturen befinden. Es ist erwiesen, daß die auf dem Springerraumer aufgefundene Ampulle ein Erzeugnis terranischer Fabrikation ist.“

Rhodan wollte nicht gähnen, aber der aus der Infektion sich entwickelnde Drang war stärker als sein Wille. Er fühlte, welche großen Fortschritte die Krankheit in ihm machte. Mehr denn je kostete es ihn Anstrengung, sich zu konzentrieren. Aber als er anschließend das Wort an Ulland, Church und Kokstroem richtete, klang seine Stimme völlig normal.

„Unsere Mediziner in Terrania haben den Verdacht ausgesprochen, das Plasma müsse über einen Ortungssinn verfügen. Beweise für ihre Hypothese haben sie bis jetzt nicht antreten können. Abermals nehme ich die Tatsache zur Grundlage, daß in Soisy sur Seine kein einziger Plasmafall aufgetreten ist. Versuchen Sie hier herauszufinden, ob die Aras über eine Spezialanlage verfügen, über die der Ortungssinn des Plasmas gestört werden kann. Meine Aufgabe ist fast unlösbar, weil sie sich auf eine Hypothese gründet, aber in unserer verzweifelten Situation müssen wir auch der aussichtslosesten Spur nachgehen."

Mercant und Bully starrten ihn entgeistert an. Der Solarmarschall verhielt sich schweigend, aber Bully konnte es sich dem Freund gegenüber erlauben zu sagen: „Phantasie hast du, Perry. Große Milchstraße, deine Phantaise ist mir heute unheimlich."

„So?" erwiderte Rhodan unbeeindruckt. „Mir nicht. Im Grunde verdanke ich meine Spekulationen nur unserem Solarmarschall."

„Was?" Mercant hatte in seiner Überraschung sein von Plasmaschwämmen entstelltes Gesicht vergessen. Starker Schmerz erinnerte ihn an seinen Zustand. „Sir, Sie haben vorhin, vor der Fabrikmauer, eine Bemerkung ähnlichen Inhalts gemacht. Ich kann mich nicht erinnern, Ihnen auch nur eine spekulative Spur angedeutet zu haben."

„Doch, Mercant. Sie haben mir von ihrem Gespräch mit Professor Degen erzählt. Sie haben sich erkundigt, was die Steindarm-Seuche an Bord des Springerschiffs macht. Ebenso wie die Seuchenkulturen in Terrania vom Plasma verschlungen worden waren, war auf dem Händlerschiff die Seuche schlagartig verschwunden. Bitte, versuchen Sie nun, meinen Überlegungen zu folgen. Ich habe dabei nicht den üblichen Weg beschritten. Ausgehend von der einwandfreien Tatsache, daß die Ampulle auf der Erde hergestellt worden ist, und der Tatsache, daß es im Umkreis von Soisy sur Seine keine Plasmainfektion gibt, ist für mich soviel wie zwei und zwei gleich vier gewesen. Und das heißt in letzter Konsequenz: Hier muß das Mittel zu finden sein, wie man das Plasma abwehren kann. Ich nehme an, daß die Aras es entdeckt haben."

„Hoffentlich stimmt deine Rechnung", sagte Bully schwer. Er sah zwischen zwei Fabrikationsbändern Doktor Koatu stehen. „Doktor, kommen Sie bitte!" rief er ihm zu.

Koatu kam gähnend heran.

„Eine Frage", begann Bully. „Dieses verdammte Plasma soll sich auf Eiweißverbindungen stürzen. Daß ich auch Eiweiß bin, hat das Zeug mir klargemacht, aber wieso konnte es über Roboter herfallen und sich auf der Oberfläche der DRUSUS festsetzen? Das widerspricht doch der These, es mache auf Proteine Jagd."

„Nein", widersprach Koatu sanft. „Sie haben den hypothetischen Ortungssinn des Plasmas nicht in Betracht gezogen. Jeder Roboter enthält drei bis acht proteinische Schaltelemente. Diese Eiweißverbindungen hat das Plasma geortet. Beim Versuch, sie zu erreichen, bot die Metallhülle der Roboter ihm Halt. Wir dürfen nicht davon ausgehen, daß das Plasma Verstand hat. Sein Ortungssinn ist Instinkt. Deshalb hat es auch nicht von den Robotern abgelassen. Was wir zunächst als Schmutz ansahen, hat sich später als Plasma herausgestellt. Als es an Bord der DRUSUS größere Eiweißverbindungen ortete – die Besatzung – ließ es von den Robotern ab."

„Beweise dafür, Doktor Koatu?"

Der Wissenschaftler schüttelte den Kopf. „Alles nur Hypothese, Annahme, Sir."

Der Mausbiber piepste aufgeregt dazwischen. „Perry, du hast recht. Ich habe gerade den Gedanken eines Aras erfaßt. Dieser Bursche hat Angst, wir könnten einen bestimmten Apparat finden. Was ist ein Oska-Pulsator?"

„Nie gehört. Was soll das sein, Gucky?" fragte Rhodan ihn mit Erregung in der Stimme. Auch die anderen musterten den Kleinen voller Spannung.

„Der Oska-Pulsator ist das Ding, das wir nicht finden sollen, Chef. Verdammt noch mal, jetzt ist schon wieder Schluß. Donnerwetter, hat der Ara Angst. Sie überlagert alles andere."

„Unterrichte Ulland, Church und Kokstroem über den Oska-Pulsator. Vielleicht erleichtert ihnen dieser Hinweis das Suchen."

Kommentarlos verschwand Gucky mit Doktor Koatu.

Inzwischen waren John Marshall und Walt Ballin wieder aufgetaucht und von Ras Tschubai in die Station der Aras geholt worden.

Die beiden hatten durch die Explosion vorübergehend ihr Bewußtsein verloren.

Nachdem Gucky die Spezialisten unterrichtet hatte, kam er zu Rhodan zurück, der sich gerade an den Chef des Mutantenkorps wandte.

„Marshall", Rhodan übersah wissentlich, daß der Telepath noch stark angeschlagen war, „nehmen Sie sich die gefangenen Aras vor. Holen Sie aus diesen Kerlen heraus, was in ihren Köpfen steckt. Jede Minute, in der wir früher finden, was wir hier nicht entdecken sollen, kann vielleicht viele Menschen vor der Plasmaerkrankung retten."

Marshall lächelte schon wieder und begann, Gucky bei dessen Bemühungen zu unterstützen.

Walt Ballin blickte sich mit staunendem Blick um. Er sah die Gruppe zerstörter Kampfroboter, er sah die Arbeiterroboter vor den Bändern stehen und ihrer Programm-Tätigkeit nachgehen.

„Sir", fragte er Rhodan, „warten wir auf etwas Bestimmtes?"

„Auf ein Wunder, Ballin", erwiderte Rhodan.

„Oh", piepste Gucky neben ihm. „Perry, ich habe Ullands Gedanken angezapft. Weißt du, wovor er steht? Vor dem Oska-Pulsator. Er hat das Ding gefunden und schreit sich im Moment die Kehle nach seinen beiden Kollegen Church und Kokstroem aus."

„Darf ich jetzt auch bald einmal wissen, was der Oska-Pulsator ist?" fuhr Rhodan ihn mit merklicher Ungeduld an.

Gucky brachte die Frechheit auf, seinen vereinsamten Nagezahn freizulegen.

„Perry", meinte er dann gönnerhaft, „das ist das *Ding,* das von Soisy sur Seine das Plasma fernhält."

„Und wie geht es vor sich, Gucky?" fragte Rhodan sanft.

Neben ihm aber drohte Bully: „Ich drehe dir den Hals um, wenn du uns noch länger zappeln läßt, du Mickymaus."

„Dicker Angeber!" Damit war für Gucky die Drohung erledigt. „Perry, wenn ich Ullands Gedanken richtig erfaßt habe, dann ist der Oska-Pulsator ein Sender, der komplizierte Störimpulse ausstrahlt und damit das Plasma in seinem Instinkt irritiert und irreleitet. Werden wir jetzt alle wieder gesund?"

Sekundenlang blickte Rhodan den treuen Kleinen an, dann schüttelte er den Kopf. „Ich glaube es nicht, Gucky. Wir sind ja befallen. Uns wird der Oska-Pulsator nicht mehr helfen können."

Gucky ließ den Kopf sinken, doch dann zuckte er plötzlich zusammen. Seine Augen weiteten sich, seine Stimme klang erregt. „Das Heilmittel? Ein Duftstoff und zugleich ein Köder."

Mit angehaltenem Atem starrten die anderen ihn an.

„Es ist Ulland", erklärte Gucky. „Sie haben etwas entdeckt. Der gefundene Duftstoff geht mit dem Plasma eine Verbindung ein und inaktiviert es, indem er die Zellflüssigkeit kristallisieren läßt."

Die kleine Telekomanlage in den Raumanzügen meldete sich. Die medizinische Forschungsstelle von Terrania verlangte dringend Perry Rhodan zu sprechen.

„Sir“, jubelte eine Männerstimme, „wir haben aufgrund der analytischen Unterlagen von Arkon ein Gegenmittel gefunden. Ein Duftstoff, der aus dem Plasma harmlose Eiweißkristalle werden läßt. Sir, wir haben es geschafft. Mein Gott, was ist das heute doch für ein herrlicher Tag.“

Rhodan schloß die Augen und entspannte sich.

„Gleichzeitig“, murmelte er. „Sie haben es gleichzeitig gefunden.“

Ein erregter John Marshall ließ ihm wenig Zeit zum Triumphieren.

Der Chef der Mutanten holte tief Luft. „Chef, es ist unglaublich, was diese Aras mit uns vorhatten. Ihr Verdacht stimmt. Hier in diesen Labors fabrizieren sie Kulturen der Steindarm-Seuche. Sie sollten die Seuche auf einigen Planeten verbreiten und Terra die Schuld zuschieben. Sie arbeiten mit einigen Springersippen zusammen, denen wir schon lange ein Dorn im Auge sind. Der Seuchenfall auf dem Händlerschiff war ihr letzter Test. In drei Tagen sollte ihre Aktion Terra anlaufen. Daß wir vom Plasma überfallen wurden, kam ihnen recht. Sie brauchten es nicht zu fürchten. Der Oska-Pulsator hielt es ihnen einmal vom Leib, zum anderen verfügten sie über Mittel, jeden Erkrankten zu kurieren. Man könnte den Glauben an alles Gute verlieren, wenn man immer wieder solchen Verbrechern begegnet.“

„John“, unterbrach Rhodan ihn, „so dürfen Sie nicht sprechen. Nicht alle Aras sind Verbrecher. Man darf nicht alle über einen Kamm scheren. Kommen Sie, ich möchte Sie bei mir haben, wenn ich mit den Aras rede.“

Die Unterredung war kurz.

„Aras, die Erde kennt keine Todesstrafe mehr. Noch sind eure Opfer keine Terraner gewesen, wohl aber Bürger des Großen Imperiums. Ich werde veranlassen, daß ihr alle ebenso wie die Patriarchen der verantwortlichen Springersippen der Gerichtsbarkeit des Arkon-Imperiums unterstellt werdet. Die Galaxis soll alles erfahren. Noch in dieser Stunde wird Imperator Gonozal VIII. über diesen Vorfall unterrichtet und dafür sorgen, daß ihr nach Arkon geschafft werdet.“

Einer der Aras versuchte seine Auslieferung durch ein Angebot zu verhindern. „Rhodan, wir könnten dem Solaren Imperium gegen die Plasmaseuche helfen.“

Mit eiskalter Stimme unterbrach Rhodan den Galaktischen Mediziner: „Mit dem Oska-Pulsator und dem Duftstoff, Ara? Habt ihr denn immer noch nicht begriffen, daß ich mit Verbrechern niemals Geschäfte gemacht habe und niemals machen werde?“ Damit ging er. Die Verwünschungen der Aras berührten ihn nicht.

28.

Perry Rhodan hatte eine halbe Stunde Zeit, sich mit Walt Ballin zu unterhalten, mehr erlaubte sein Terminkalender nicht.

„Wann erscheint Ihr Bericht, Ballin? Bis zur Stunde hat die Administration verschwiegen, daß es Akonen gibt und daß sie für die nun besiegte Plasmaseuche verantwortlich sind. Sie können alles berichten, auch meinen Fehler, den ich begangen habe.“

„Sir“, fiel Ballin ihm erregt ins Wort, „wer kann Ihnen einen Vorwurf machen? So oder so hätten die Akonen uns das Plasma zur Erde geschickt. In diesem Fall haben alle Ihnen zu danken. Sie haben als einziger auf dem Höhepunkt der katastrophalen Entwicklung die Zusammenhänge geahnt.“

„Es stimmt nicht ganz, Ballin. Ohne Jeff Garibaldi hätte ich nie von der kleinen Stadt Soisy sur Seine gehört. Sehen Sie an diesem Beispiel, daß der einzelne gar nichts ist, wenn er nicht fähige Mitarbeiter um sich hat?“

„Sir, heute, vier Monate nach Ausbruch der Infektion und drei Wochen nach der letzten Meldung über einen neuen Plasmafall, ist die Menschheit über die Seuche und die Vorgänge in Soisy sur Seine informiert. Aber ich kann es nicht verantworten, auch nur ein Wort über die Akonen zu berichten. Müßte ich nicht auch darauf hinweisen, daß wir einen neuen Angriff der Akonen zu erwarten haben?“

Die Gesichter der beiden Männer wiesen nicht einmal Narben auf. Der Blutschwamm hatte keine Entstellungen hinterlassen.

Rhodan lächelte. „Ich erinnere mich aber, in einem Leitartikel einmal eine entgegengesetzte Ansicht gelesen zu haben. Darin wurde aufgefordert, daß die Administration die Menschen über *alles* zu unterrichten habe, sonst würden die Menschen nie zu Bürgern des Universums.“

Ballin wußte, daß diese Worte kein Vorwurf waren.

„Bürger des Universums", wiederholte er nachdenklich. „Ich weiß längst, daß dazu mehr gehört als ein paar Zeitungsartikel."

„Grundsätzlich haben Sie recht", meinte Rhodan. „Das wollen wir doch nicht vergessen. Und bald müssen wir mit der Wahrheit über die Akonen an die Öffentlichkeit treten." Er reichte Ballin die Hand und fügte lächelnd hinzu: „Exklusiv, wenn Sie wollen."

29.

Mark Denniston ließ sich mit einem Seufzer in den dick gepolsterten Sessel sinken, der vor Pincers Tisch stand. Denniston war ein kräftig aussehender Mann, Mitte 40, mit energischem Gesicht und Händen wie Bärentatzen. In diesem Augenblick war jedoch von seiner Energie wenig zu spüren.

„Das können Sie nicht von mir verlangen, Chef!" rief er stöhnend. „Sie wissen, daß ich Ihnen einen Kasten Zitronen aus der Hölle bringen würde. Aber *das* – nein!"

Pincer betrachtete die zusammengesunkene Gestalt des Raumfahrers mit mildem Wohlwollen. Die Aussicht, daß er bei Bedarf mit höllischen Zitronen rechnen durfte, schien ihn friedlich zu stimmen. Er zwinkerte Denniston zu, indem er seine buschigen Augenbrauen zusammenzog.

„Wissen Sie, was mir an Ihnen so gefällt, Mark?" fragte er. Da Denniston beharrlich schwieg, fuhr Pincer fort: „Sie haben eine angenehme Art, meine Befehle zu kritisieren – und schließlich doch anzunehmen."

Denniston preßte seine riesigen Hände gegeneinander, als wollte er etwas zerdrücken.

„Hören Sie, Chef", versuchte er es erneut. „Ich bin Kapitän eines Ihrer Frachtschiffe. Ich bringe Früchte und Gemüse zur Wega oder wohin Sie immer wollen. Seit Jahren arbeite ich für die Intercosmic-Fruit-Company. Nun verlangen Sie von mir, daß ich Babysitter spielen soll."

Pincer machte ein Gesicht, als hätte er ein paar Pfefferkörner auf der Zunge zerdrückt. „Sie sprechen von meinem Sohn, Mark. Von John Edgar Pincer. Das Baby ist immerhin Vizepräsident unserer Gesellschaft."

Denniston erwiderte nichts, aber man konnte seinem Gesicht ansehen, daß er für Vizepräsidenten nichts übrig hatte, ganz besonders für diesen einen nicht. Er sah Pincer düster an.

„Der gute Junge" – Denniston zuckte zusammen, als Pincer das sagte – „hat geheiratet, Mark. Ich habe seiner Frau und ihm als Geschenk ein Kleinstraumschiff übergeben. Er will damit seine Hochzeitsreise machen. Da unsere Familie gewohnt ist, das Angenehme mit dem Nützlichen zu verbinden, wird er eine Ladung *Gigant-Superzart* mit sich führen, die auf dem Wega-Planeten Ferrol abgeliefert werden muß."

Zum erstenmal zeigte der Raumfahrer eine Spur von Interesse.

„*Gigant-Superzart,* was ist das?" erkundigte er sich.

Archibald Pincer, Vorsitzender des Aufsichtsrats der IFC, maß sein Gegenüber mit einem Blick, der vermuten ließ, daß er von Männern, die sich unter *Gigant-Superzart* nichts vorstellen konnten, keine hohe Meinung hatte.

„Es handelt sich um unseren neuartigen Spinatsamen", erklärte er mit angemessener Würde.

Denniston lief rot an.

„Spinat?" erkundigte er sich ungläubig. „Sie verlangen von mir, daß ich mit diesem Samen- Superding und einem frisch vermählten Paar zur Wega fliegen soll?"

„Mäßigen Sie sich, Mark", forderte der alte Pincer streng. „Es gehört nicht zu den Gepflogenheiten unserer Firma, über Eigenprodukte zu frotzeln."

Denniston sah ein wenig hilflos aus.

„Ich werde in diesen sauren Apfel beißen", sagte er lahm. „Teilen Sie ihrem Sohn mit, daß wir in den nächsten Tagen starten."

Pincer sah ganz so aus, als hätte er noch eine Überraschung für den Kapitän bereit. Und das hatte er tatsächlich.

„Wie Sie wissen, Mark, wurde mein Sohn nicht in die Solare Flotte aufgenommen. Angeblich soll er einen Fehler am Skelett haben und farbenblind sein. Diese – äh – Nichtigkeiten genügten den Verantwortlichen, John Edgar mehrere Male abzuweisen. Ich gab ihm die Gelegenheit, an einer privaten Raumakademie den Raumpilotenschein zweiter Klasse zu erwerben. Er ist also berechtigt, das Diskusraumschiff zu führen, daß ich ihm anläßlich seiner Heirat geschenkt habe."

In Dennistons Blick flackerte so etwas wie Hoffnung auf.

„Ihr Sohn könnte also auf meine Begleitung durchaus verzichten", meinte er.

Der Präsident der IFC schüttelte den Kopf. „Nein, Mark. John Edgar hat keine Raumerfahrung. Außerdem hat ihn seine verstorbene Mutter etwas weich erzogen. Sie sollen ihn begleiten und darauf achten, daß ich ihn wohlbehalten wiedersehe."

„Er ist also ein Greenhorn", entgegnete der Raumfahrer.

Pincer hob abwehrend seine Hände. „Versuchen Sie nicht, ihn zu bevormunden, Mark. Lassen Sie ihn alles selbst erledigen. Er weiß nicht, daß Sie ein alter Hase sind. Er denkt, Sie wären eine Art – äh – Butler."

„Butler", sagte Denniston erschüttert. „Auch das noch."

„Machen Sie ihm keine Vorschriften. Der Junge soll selbständig werden. Versprechen Sie mir, Mark, daß Sie nur dann eingreifen, wenn es unbedingt notwendig ist."

Steif entgegnete Denniston: „Ich werde ein korrekter Butler sein."

„Die Quarantäne des Solsystems wurde inzwischen wieder aufgehoben", erklärte Pincer. „Nur von Terrania aus dürfen noch keine Schiffe starten. Diesen Befehl Rhodans halte ich für sehr klug. Er will nichts riskieren. Nun, wenn keine weiteren Krankheitsfälle auftreten, wird in ein bis zwei Wochen auch in Terrania wieder alles geregelt sein. Auf jeden Fall können wir starten, das heißt, Cora, John Edgar und Sie, Mark."

„Vergessen Sie nicht diesen überzarten Samengiganten", empfahl Denniston verdrossen.

Der private Raumlandeplatz der Intercosmic-Fruit-Company lag hundert Meilen von Denver entfernt, der Hauptstadt des ehemaligen US-Bundesstaates Colorado. Es war der ideale Platz für die Entgegennahme und Weitertransportierung ankommender Handelsgüter, die zum größten Teil aus Gemüse und Früchten bestanden. Gewaltige Silos und Kühlanlagen umsäumten das ausgedehnte Gelände.

Mark Denniston sah aus dem Fenster des Büros der Start- und Landezentrale. Ein großer Frachter wurde gerade entladen. Hebekräne förderten Kisten aus den Verladeluken und stapelten sie am Boden auf. Für Denniston war das ein vertrauter Anblick.

Da bemerkte er etwas anderes, was ihm weniger vertraut, aber dafür äußerst komisch vorkam. Schräg über den Landeplatz, von den hinteren Eingangstoren her, näherte sich ein mit Paketen beladener Mann. Denniston grinste. Der seltsame Träger jonglierte seine Last wie eine Koala-Bärin ihr Junges. Er war groß und dünn, die Kleider wedelten um seinen Körper. Er bewegte sich mit der unglücklichen Grazie eines Flamingos, der ein Bein eingezogen hat und mit dem anderen herumhüpft.

Denniston lachte auf.

„Seht hinaus!" rief er den Büroangestellten zu. „Wer ist dieser komische Vogel?"

„Es ist Edgar Pincer", verkündete ein lächelnder Mann hinter einem Diktaphon. „Der Sohn des Präsidenten."

Dennistons Heiterkeit schwand schneller dahin, als ein Wassertropfen in glühender Sonne verdunsten kann. Der menschliche Lastenträger hatte sich jetzt so weit genähert, daß der Kapitän das Gesicht sehen konnte. Allein mit diesem Gesicht hätte sich Denniston zugetraut, jeden Abend die Gute-Nacht-Sendung im Fernsehen zu bestreiten. Zwei große, blaue Augen, bis zum Überlaufen mit Traurigkeit gefüllt, blickten melancholisch in die Welt.

Kapitän Mark Denniston schluckte tapfer und verließ das Büro. Am Eingang kollidierte er mit Pincer jr., dessen Sicht durch die Pakete behindert wurde.

„Entschuldigen Sie!" rief eine schrille Stimme Denniston zu.

Die erste Aufgabe des Raumfahrers bestand darin, gemeinsam mit Edgar John den Inhalt einiger aufgeplatzter Pakete vom Boden aufzusammeln. Pincer lag auf den Knien, und sein Körper machte Verrenkungen, die Denniston – hätte er sie nicht mit eigenen Augen gesehen – für unmöglich gehalten hätte.

Der Kapitän kroch zu Pincer hinüber und legte ihm einige Gegenstände auf die Arme.

„Guten Morgen, Sir", sagte er. „Ich bin Mark Denniston."

Sie standen auf. Pincer versuchte ihm die Hand zu schütteln. Dabei geriet seine Last ins Wanken. Denniston nahm ihm die Hälfte ab.

„Warum lassen Sie sich das Zeug nicht tragen, Sir?" fragte er verwundert. „Es ist viel zu schwer für Sie allein."

Pincer errötete.

„Ich möchte niemand belästigen", sagte er hastig. „Bitte nennen Sie mich doch nicht Sir. Ich heiße Johnny."

„Also gut, Johnny“, sagte Denniston mit gespielter Fröhlichkeit. „Was haben Sie jetzt vor?“

Pincer sah ihn unsicher an. Er schien es nicht gewohnt zu sein, daß man ihm die Initiative überließ. Wahrscheinlich wäre er am liebsten in ein Mauseloch gekrochen, wenn es ein passendes gegeben hätte.

„Gehen wir doch zu der ERROR“, schlug er vor.

Denniston fragte sich bestürzt, was dieser seltsame Name bedeuten mochte. Der verlegen grinsende Pincer klärte ihn jedoch schnell darüber auf.

„ERROR bedeutet Irrtum“, sagte er. „So habe ich die Space-Jet getauft, die mir Papa geschenkt hat. Es ist eine Anspielung auf den Irrtum, den die Ärzte der Solaren Flotte begingen, als sie mich zweimal abwiesen.“

Für Denniston klangen diese Worte wie das Grundschema einer neuen Philosophie. Ergeben umklammerte er die Pakete und folgte dem davonstelzenden Pincer, der seine lange Gestalt mit unnachahmlicher Grazie über das Landefeld bewegte.

Sie erreichten die Space-Jet wenige Minuten später. Das Kleinstraumschiff war mit allen erdenklichen Neuheiten ausgestattet worden, das sah Denniston auf den ersten Blick. Es war den berühmten Diskusschiffen der Solaren Flotte nachempfunden und stand ihnen wahrscheinlich kaum nach. An Komfort ließ es nichts zu wünschen übrig.

„Der *Gigant-Superzart-Samen* ist bereits verladen“, erklärte Pincer. „Ich habe hier noch einige Stangen Zigaretten, die ich einem Geschäftsfreund meines Papas mitbringen möchte.“ Er sah den Kapitän fragend an. Als dieser jedoch schwieg, fuhr er eifrig fort: „Papa ist auch hier. Er sitzt drüben in seinem Büro und will meinen Start verfolgen.“

Jedesmal, wenn Pincer „Papa“ sagte, schrumpfte Denniston um einige Zentimeter in sich zusammen. Mit Schrecken dachte er an die bevorstehende Vorführung eines Starts, wie ihn dieser Junge unternehmen würde. Bevor er jedoch weiter darüber nachdenken konnte, näherte sich ein Mädchen der Space-Jet. Sie war in jeder Beziehung das, was Denniston sich unter einer gut aussehenden Frau vorstellte – vielleicht noch ein bißchen mehr.

„Wer ist das?“ entfuhr es ihm unwillkürlich.

Pincer sah ihn gequält an.

„Meine Frau“, erklärte er aufgeregt.

Die dümmsten Bauern finden immer die dicksten Kartoffeln, dachte der Raumfahrer.

„Ihre Frau?“ sagte er laut. „Wie haben Sie denn das fertiggebracht?“

Pincer errötete erneut. Seine Hände tasteten über das Jackett, und seine Zunge glitt nervös über die Lippen.

„Ich – ich habe sie geheiratet“, erklärte er.

In diesem Augenblick erblickte Denniston den Hund. Er hatte ihn bisher nicht bemerkt, da er zu sehr auf die Frau geachtet hatte. Sie führte ihn an einer knallgelben Leine hinter sich hier. Der Hund war so ziemlich das Häßlichste, was Denniston in seinem Leben gesehen hatte. Das Tier war von ockergelber Farbe und hatte den Körper eines Dackels. Der Kopf schien von einem Schäferhund entlehnt, während der Schwanz derart verkümmert war, daß über seine Herkunft nichts mehr auszusagen war. Mit starren Augen beobachtete Denniston, wie sich das ungleiche Paar näherte.

„Das ist Mark Denniston, Cora“, stellte Pincer vor. „Mark, meine Frau.“

Cora Pincer hatte dunkle Augen. Denniston ergriff die dargebotene Hand, um sie zu schütteln. Da stieß der ockergelbe Bastard einen ärgerlichen Knurrlaut aus und schnappte nach Dennistons Bein. Er sprang zurück. Der Hund beobachtete ihn aufmerksam.

„Meine Frau hat Prinz mit in die Ehe gebracht“, berichtete Pincer stolz.

Dieser Prinz war die widerwärtigste Mitgift, von der Denniston je gehört hatte.

„Der Hund bleibt hier“, entschied er. „Es ist vollkommen sinnlos, ihn mitzunehmen. Wir werden nur Ärger mit ihm haben.“

Pincer sah enttäuscht aus. Seine Frau blickte Denniston böse an. Sie bückte sich und begann das Fell der Kreatur zu kraulen.

„Bringen Sie ihn zu meinem Vater“, bat Pincer. „Cora und ich werden inzwischen das Gepäck verstauen.“

Denniston war glücklich, daß er Pincer verlassen konnte, wenn es auch nur für wenige Minuten sein würde. Vorsichtig nahm er Prinz an die Leine und zerrte ihn davon. Der Hund sträubte sich und machte Anstalten, den Raumfahrer zu beißen, doch Denniston war auf der Hut.

Als er das Privatbüro des alten Pincer betrat, stand der Präsident am Fenster und sah auf das Landefeld hinaus. Denniston räusperte sich.

„Was wollen Sie noch?“ fragte Pincer, ohne sich umzudrehen. „Ich habe Sie zusammen mit diesem – äh – Tier hierherkommen sehen.“

„Prinz bleibt hier“, erklärte Denniston. „Ihr Sohn vertraut ihn Ihrer Obhut an, Chef.“

Er befestigte die Leine an einem Stuhl. Prinz knurrte leise. Plötzlich vibrierte das Zimmer, die Fensterscheiben erzitterten, und dröhnender Lärm drang herein.

„Was ist das?“ fragte Denniston und ging zum Fenster.

„Die ERROR“, sagte Pincer merkwürdig leise.

Mit aufgerissenen Augen sah Denniston zu der Space-Jet hinüber, die sich langsam vom Boden abhob.

„Er hat Sie hereingelegt, Mark“, bemerkte Pincer. „Mich natürlich auch. Er wollte allein zur Wega, und er hat es geschafft. Das mit dem Hund war ein Trick. Er wußte, daß Sie ihn nicht mitnehmen würden. Kein vernünftiger Mensch nimmt einen solchen Bastard mit.“

„Aber ...“, begann Mark Denniston verblüfft.

Die ERROR war bereits ihren Augen entschwunden. Trotzdem blieb der Präsident am Fenster stehen.

„Wie war sein Start, Mark?“ fragte er leise.

„Na ja“, erwiderte Denniston.

Unverhofft kam wieder Leben in den Präsidenten. Er wandte sich von seinem Beobachtungsplatz ab und sah Mark zu.

„Ich habe eine andere Aufgabe für Sie“, verkündete er.

„So“, sagte Denniston vorsichtig. „Welche denn?“

Pincer erwiderte nichts, aber er senkte seinen Blick auf den ockergelben Hund, dessen Augen Denniston wütend anfunkelten. Pincer lächelte boshaft. Der Kapitän wurde blaß.

„Nein, Chef“, sagte er erschüttert.

„Doch!“ befahl Pincer.

Da wußte Mark Denniston, daß er bis zur Rückkehr von John Edgar Pincer mit diesem bösartigen, häßlichen Wesen herumlaufen würde, das wie die Inkarnation von Zerberus persönlich aussah.

Das Funkgerät knackte. Weisungsgemäß hatte John Edgar Pincer die Regeln für den Start eines Schiffes, das nicht zum Verband der Flotte gehörte, befolgt.

„Kontrollschiff NEPTUN an Diskusschiff“, kam die Stimme des Wachoffiziers aus dem Lautsprecher. „Wir bitten um Kodespruch und Identifizierung.“

Pincer stolperte über seine Beine und gelangte so schneller an die Sprechanlage, als er vermutet hatte. Er nestelte an dem Gerät herum.

„Privatraumschiff ERROR", meldete er sich. „Gestartet vom Gebiet der IFC in Denver. Starterlaubnis unter III/B-41, gelber Schein." Er lächelte seiner Frau zu und sagte: „Pilot ist John Edgar Pincer."

Entweder hatte der Flottenoffizier an Bord des Wachschiffes NEPTUN noch nie etwas von Pincer gehört, oder er hatte schlechte Laune.

„Führen Sie eine angemeldete Fracht an Bord mit?" erkundigte er sich mit eisiger Stimme.

Pincer nickte eifrig. „Ja. Sir. Drei Zentner *Gigant-Superzart.*"

In der Funkkabine der NEPTUN schien eine Bombe explodiert zu sein, nach den Geräuschen zu schließen, die das Ehepaar Pincer vernahm. Pincer sah wie gelähmt auf den Lautsprecher.

„Können Sie das noch einmal wiederholen?" fragte der Funker von dem anderen Schiff aus.

Pincer tat ihm den Gefallen. „Es handelt sich um eine besondere Sorte von Spinatsamen. Er wurde in unseren Laboratorien gezüchtet. Unser Chefbiologe sagte mir, daß es sich um eine Mutation aus Trapajera-Pflanzen vom Wega-System und den..."

„Das genügt", unterbrach ihn der Offizier hastig. „Ich muß jetzt nur noch den Zweck Ihrer Reise wissen."

„Es ist meine Hochzeitsreise", säuselte Pincer.

Es war offensichtlich, daß der Funkoffizier eine angeborene Abneigung gegen Hochzeitsreisende besaß, denn er murmelte etwas, das ziemlich abfällig klang. Abschließend gab er Pincer die Koordinaten für den Raumsektor an, an dem der Vizepräsident der IFC in die Transition gehen konnte.

„Der Punkt liegt hinter der Plutobahn", erklärte Pincer seiner Frau, nachdem das Funkgerät schwieg. „Inzwischen kann ich dir dieses Schiff und unsere Ladung zeigen."

Er stakste durch die Kabine und erklärte ihr Ortungs- und Funkgeräte, Antriebs- und Steueranlagen, Frischluftsystem und Sternenkarten.

„Du siehst", sagte er weinerlich, „daß man meine Person zu Unrecht an der Raumakademie der Solaren Flotte abgelehnt hat. Ich verstehe vom Raumflug ebensoviel wie jeder andere aus der Flotte. Farbenblindheit – pah! Das ist doch lächerlich. Fehler am Skelett – so ein kleiner, verknorpelter Wadenbeinbruch vom Rugbyspiel in der

Schule, das sind doch keine Fehler, die entscheidend ein großes Talent beeinflussen können." Er lief puterrot an. „Ich möchte natürlich nicht behaupten, daß ich ein Talent bin."

Seine Frau gönnte ihm einen Blick, unter dem jeder andere Mann zusammengeschmolzen wäre. Ihm jedoch entlockte er nur ein albernes Grinsen.

„Ich will dir nun den Spinatsamen zeigen", eröffnete Pincer.

Mit der Betriebsamkeit eines Akkordarbeiters wühlte er sich durch die Ladung, bis er schließlich ein Paket gefunden hatte, das seinen Ansprüchen gerecht wurde. Er öffnete den Deckel.

„Das ist er", sagte er stolz. „Der neue Schlager der IFC – *Gigant Superzart.*"

Cora Pincer sah in den Kasten. Sie wirkte etwas enttäuscht. Die winzigen bläulichen Kügelchen sahen, in Widerspruch zu ihrem Namen, weder gigantisch noch superzart aus.

„Das Zeug erinnert mich an Mohnsamen", meinte sie.

Pincer gluckste befriedigt, als sei er für diese Ähnlichkeit verantwortlich.

„Das stimmt", sagte er. „Dieser Samen kann nur durch eine Analyse von echtem Mohn unterschieden werden."

Er klappte das Paket zu und schob es wieder an seinen Platz. Mit einer väterlichen Geste klopfte er seiner Frau auf die Schulter.

„Nun kommen die Transitionsberechnungen, Cora. Die kleine Bordpositronik wird das für uns erledigen. Ich muß nur die Daten programmieren, die mir der Offizier der NEPTUN durchgegeben hat."

Seine Frau wirkte unsicher.

„Ich habe gehört, daß mit der Transition ein unangenehmer Schmerz verbunden ist", sagte sie.

Pincer winkte nachlässig ab. Bei ihm sah das aus, als wollte er einige Früchte aus dem Wipfel eines Baumes schlagen.

„Das ist der sogenannte Entmaterialisierungsschmerz. Die Entfernung zum Wega-System beträgt siebenundzwanzig Lichtjahre. Obwohl wir das in einem Hypersprung erledigen werden, wirst du es kaum spüren. Je geringer der Abstand zwischen den Transitionspunkten ist, desto weniger wird ein Schmerz fühlbar."

Er tastete die Bordpositronik ab und wartete.

„Wir haben annähernd Lichtgeschwindigkeit erreicht", erläuterte er.

Er beobachtete das pulsierende Funkeln des Datenspeichers. Schließlich stand er auf und ging zum Pilotensitz.

„Es ist besser, wenn du dich jetzt hinlegst", sagte er zu Cora. „Es wird bald vorüber sein."

Seine Finger glitten über die farbigen Kontrollanzeigen der Transitionsautomatik. Da er farbenblind war, hatte er sich nicht die *Farben,* sondern die *Stellung* der Tastatur eingeprägt. Erregt fummelte er an den entsprechenden Kontrollen herum.

Dann drückte er auf den grünen Knopf.

Der Entzerrungsschmerz war so stark, daß John Edgar Pincer, noch bevor er das Bewußtsein verlor, wußte, daß er einen unverantwortlichen Fehler gemacht hatte.

Pincer hatte ein Gefühl, als hätte ihm jemand eine Eisenplatte an die Stirn geheftet, gegen die in mörderischer Präzision Hammerschläge prasselten. Sein Blick klärte sich, und die automatische Tastatur der Transitionsgeräte wurde sichtbar.

„Ich dachte schon, daß du überhaupt nicht mehr zu dir kommen würdest", sagte Cora Pincer und beugte sich über ihn. „Was ist mit dir?"

Pincer schaute sie trübsinnig an.

„Warst du etwa vor mir wieder bei Bewußtsein?" fragte er kläglich.

Seine Frau nickte. Sie half ihm beim Aufstehen. Er schaltete die Bildschirme und Ortungsgeräte ein.

„Ich habe gewußt, daß du es schaffen würdest", behauptete Cora stolz. „Die Transition ist dir auf Anhieb gelungen."

„Das kann man wohl sagen", stimmte Pincer zu und rieb seine Stirn. Er zeigte auf die Tastatur, die er vor dem Sprung betätigt hatte. „Welche Farbe?" fragte er leise.

„Grün", erwiderte Cora verblüfft. „Warum fragst du?"

Aufstöhnend sank Pincer auf den Pilotensitz zurück. Seine Erscheinung hatte noch nie besonders sportlich gewirkt, aber jetzt sah er ausgesprochen zusammengefaltet aus. Cora begann zu ahnen, daß etwas Schlimmes geschehen war. Sie war klug und tapfer und glaubte das auch von ihrem Mann, wenn er auch den Beweis bisher schuldig geblieben war.

„Was bedeutet das?" erkundigte Cora sich ruhig.

Er umklammerte ihre Hände. „Das bedeutet, daß wir irgendwo in der Galaxis gelandet sind – nur nicht in der Nähe des Wega-Systems."

„Wir können ja zurückfliegen", sagte seine Frau.

Pincer schüttelte den Kopf. „Das wird nicht möglich sein. Wenn es uns nicht gelingt, unseren jetzigen Standort zu bestimmen, gibt es keine Rückkehr für uns. Jede weitere Transition wäre ein Sprung ins Nichts und könnte uns weiter von der Erde wegführen."

In Wirklichkeit war ihre Lage noch aussichtsloser. Wenn keine Sterne in der Nähe waren, nach denen sich Pincer orientieren konnte, war jeder Versuch sinnlos. Der Sprung der Space-Jet war praktisch willkürlich gewesen und konnte sie an jeden beliebigen Punkt innerhalb einer imaginären Kugel geführt haben, deren Mittelpunkt in ihrem Fall die Erde war. Natürlich gab es auch für einen Transitionssprung räumliche Grenzen, aber das war nur ein schwacher Trost.

„Was – was sollen wir jetzt tun?" fragte Cora. Sie gab sich Mühe, ihre Stimme gefaßt klingen zu lassen. „Wir können doch nicht einfach hier herumsitzen und warten bis – bis . . ."

Pincer wußte nur zu gut, was sie meinte. Sein männlicher Stolz erwachte. Er hob seine lange Gestalt mit unkontrolliert wirkenden Bewegungen in die Höhe.

„Bringe mir bitte die Sternenkataloge herüber, Cora. Ich will versuchen, den nächsten Stern anzupeilen. Vielleicht ist er eingezeichnet, und wir können uns nach ihm orientieren."

John Edgar Pincer arbeitete drei Stunden. Er nahm Peilungen, Messungen und Berechnungen vor. Er verglich die ermittelten Daten mit denen des Katalogs. Sie hatten Glück. Der nächste Stern war zwei Lichtjahre von ihnen entfernt. Es war ein weißer Zwerg. Im Katalog wurde er unter dem wohlklingenden Namen Alaze geführt. Pincer las nach, daß der Stern von drei Planeten umkreist wurde. Nummer 2 war eine Sauerstoffwelt und bewohnt.

Diese Welt hieß Alazes Planet. Für John Edgar Pincer war der Name nicht so wichtig. Viel wichtiger erschien ihm jener Satz, der in Kursivschrift niedergeschrieben war.

Gilt als einer der favorisierten Springer-Stützpunkte.

Pincer klappte den Katalog zu, und seine Frau zuckte unter dem Knall zusammen. Sie sah ihn offen an.

„Hast du herausgefunden, wo wir sind?"

„Ja", sagte Pincer mit dünner Stimme. „Wir sind mitten im Wespennest gelandet."

Pincer wußte von den Überfällen der Galaktischen Händler. Er wußte, daß sie erbarmungslos gegen jedes terranische Schiff vorgingen, das sich in von ihnen beanspruchte Gebiete wagte. Die Springer würden nicht danach fragen, ob die Anwesenheit der ERROR auf einem Irrtum beruhte. Bevor sie Fragen stellten, würden sie das Feuer eröffnen.

„Wir müssen hier verschwinden, Cora“, sagte Pincer.

So schnell er konnte, nahm er eine neue Programmierung der Bordpositronik vor. Die junge Frau sah ihm schweigend zu.

Seine Eile war jedoch vergebens.

Die Wespen waren bereits ausgeschwärmt.

Die erste Schockwelle traf die ERROR mit elementarer Wucht. Das kleine Diskusschiff wurde schwer erschüttert. Pincer wurde aus dem Sitz gerissen und quer durch den Raum geschleudert. Er hörte Coras entsetzten Aufschrei. Die Space-Jet bebte und schlingerte. Pincer kroch über den Boden auf den Pilotensitz zu. Es gelang ihm, die Bildschirme einzuschalten. Mühselig zog er sich in den Sessel zurück. Er schaltete die Absorber-Schirme ein. Von den Ortungsgeräten kam das Alarmsignal. Vor ihnen befand sich ein fremdes Schiff im Raum. Mit zitternden Händen schaltete Pincer die Fernbeobachtung ein.

Was er da sah, ließ fast das Blut in seinen Adern gerinnen.

Ein gewaltiges walzenförmiges Schiff zeichnete sich vor der Schwärze des Alls ab. Es sah aus, als würde es von innen heraus leuchten. Pincer vermutete, daß es die Abwehrschirme waren. Er lachte schwach. Wie sollte er diesen Giganten gefährden? Er erkannte, daß seine Abwehrmaßnahmen sinnlos waren. Trotzdem fingen die Absorberschirme die zweite Schockwelle einigermaßen ab. Pincer hockte ratlos in seinem Sitz. Er wagte nicht, sich nach Cora umzublicken.

„Schalten Sie Ihr Visiphon ein, Sie Trottel“, sagte da eine Stimme.

Entsetzt betrachtete Pincer die Funkanlage. Anscheinend hatte man sich auf dem Springerschiff entschlossen, mit ihm zu reden, bevor man ihn in eine atomare Glutwolke verwandelte.

„Was haben sie mit uns vor, Johnny?“ fragte Cora ängstlich.

Pincers Kehle war so ausgetrocknet, daß er keine vernünftige Antwort zustande brachte. Er schaltete das Visiphon ein. Er wußte, daß man ihn in dem Springerschiff jetzt sehen konnte. Auch der Bildschirm der ERROR erhellte sich allmählich. Ein grobschlächtiges, breites Gesicht mit einem imposanten Bart erschien auf der Mattscheibe. Pincer schmolz unter diesem Anblick zusammen. Er hatte schon soviel über die Springerpatriarchen gehört, aber das Aussehen des Händlers übertraf Pincers Vorstellungen bei weitem.

Der Patriarch schaute interessiert auf ihn herab.

„Wo ist Shaugnessy?“ fragte er grollend.

Pincer machte einen schwachen Versuch zu lächeln, aber es wurde nur ein Zucken der Lippen daraus. Er hatte noch nie etwas von einem Shaugnessy gehört und konnte sich nicht vorstellen, warum der Springer ausgerechnet ihn nach dem Mann fragte.

„Hat man Sie nicht darüber informiert, daß Sie den Kodespruch senden sollen, wenn sie hier ankommen?“ fragte der Händler empört. „Wenn Sie schon die Arbeit von Shaugnessy übernehmen, dann tun Sie es wie ein vernünftiger Mensch.

Verdattert blickte Pincer auf den Bildschirm. Er konnte hinter dem Gerede des Springers keinen Sinn finden. Es war jedoch offensichtlich, daß man die ERROR mit einem anderen Schiff verwechselte. Pincer entschied sich, dieses Spiel mitzumachen. Es war die einzige Möglichkeit, länger am Leben zu bleiben.

„Es tut mir leid“, sagte er vorsichtig. „Shaugnessy ist erkrankt. Man hat mich geschickt. Ich war ein bißchen aufgeregt und habe den Kodespruch vergessen.“

Der Springer musterte ihn verächtlich. „Haben Sie wenigstens das Zeug dabei?“

„Ja“, log Pincer tapfer. „Es befindet sich hier an Bord.“

Was konnte der Mann mit „Zeug“ gemeint haben? Es war zwecklos, jetzt darüber nachzudenken.

Inzwischen hatte der Patriarch Cora entdeckt, die neben Pincer erschienen war und ihre Hand auf dessen Schulter legte.

„Wer ist diese Frau?“ fragte er heftig.

Pincer machte sich in seinem Sitz so klein wie möglich. Das ganze Gespräch wurde in arkonidischer Umgangssprache geführt. Der Sohn des IFC-Präsidenten wußte, daß Cora diese Sprache beherrschte.

„Es ist eine neue Mitarbeiterin“, erklärte Pincer. „Sie soll eingearbeitet werden.“ Er hoffte, daß er nichts Falsches gesagt hatte.

„Weiber!“ rief der Springer verächtlich. „Aplied soll besser die Finger davon lassen. Es wird Ärger geben.“

„Lassen Sie das unsere Sorge sein“, sagte Cora schnippisch.

Pincer sah sie flehend an. Doch der Springer lachte dröhnend. Sein bärtiges Gesicht geriet in Bewegung.

„Sie scheinen jedenfalls ein wenig mehr Mumm zu haben, als dieses klapprige Gestell im Pilotensitz.“ Er nickte anerkennend. Dann wandte er sich wieder Pincer zu. „Wie lautet Ihr Name?“

Jetzt kam es darauf an.

„John Edgar Pincer", sagte Pincer kühn. „Wie heißen Sie?"

„Valmonze", gab der Springer bekannt. Unwillkürlich atmete Pincer auf. Sein Name hatte den Patriarchen nicht mißtrauisch gemacht. Es war jetzt lebenswichtig, daß er auf dem schnellsten Weg herausfand, mit wem man ihn verwechselte. Beim geringsten Fehler würde Valmonze seinen Kanonieren befehlen, die ERROR zu vernichten.

„Genug geredet", sagte Valmonze. „Wir werden Sie jetzt übernehmen."

„In Ordnung", stimmte Pincer zu, obwohl er sich unter „übernehmen" nicht viel vorstellen konnte.

Valmonze sah ganz so aus, als wollte er aus dem Bildschirm springen.

„Was heißt hier in Ordnung?" schrie er aufgebracht. „Schalten Sie endlich diesen albernen Absorberschirm ab, damit wir Sie mit dem Traktorstrahl an Bord einschleusen können."

Während der Bildschirm dunkel wurde, führte Pincer den Befehl aus. Es gab keine Möglichkeit für einen Widerstand.

„In wenigen Minuten werden wir an Bord des Springerschiffs sein", sagte er zu seiner Frau. „Sie werden unsere Ladung überprüfen und feststellen, daß wir außer *Gigant-Superzart* und einigen Stangen Zigaretten nichts mehr bei uns haben."

„Das wird wohl kaum ihre Freude erregen", vermutete Cora. „Was werden sie mit uns anstellen, Johnny?"

Pincer legte ihr seinen Finger auf die Lippen. Warum sollte er seiner Frau noch unnötig Angst machen? Das mindeste, was sie an Bord des Springerschiffs erwarten konnte, war, daß man sie nach der Entdekkung von *Gigant-Superzart* einfach aus der Schleuse warf.

Ohne Raumanzug natürlich.

Pincer dachte, daß er endlich das erreicht hatte, wonach er sich immer gesehnt hatte: ein Abenteuer im Kosmos. Deshalb hatte er um seinen Eintritt in die Solare Flotte gekämpft. Aber man hatte ihn abgelehnt.

So war er das geblieben, was er repräsentierte, als er mit der ERROR an Bord des Springerschiffs VAL I geschleust wurde: John Edgar Pincer, das Greenhorn.

Ein sanfter Ruck zeigte an, daß die Space-Jet zur Ruhe gekommen war. Pincer wischte sich den Schweiß von der Stirn. Die Tatsache, daß man die 35 Meter große ERROR einfach eingeschleust hatte, zeigte ihm, welche Ausmaße das Springerschiff hatte. Wahrscheinlich befanden sie sich jetzt in einem Verladeraum der VAL I, der wie ein Hangar ausgerüstet war.

„Es wird besser sein, wenn ich die Schleuse öffne", sagte Pincer. Er tat es und stieg dann, gefolgt von Cora, aus der Luftschleuse des Diskusschiffs. Die ERROR befand sich in einem ausgedehnten, hell erleuchteten Raum, der bequem drei weitere Space-Jets hätte aufnehmen können. Überall war Handelsgut gestapelt. Einige Springer befanden sich in dem Hangar, doch sie beachteten Pincer und seine Frau nicht. Pincer hatte schon von den strengen Regeln der Springersippen gehört. Es stand nur dem Patriarchen zu, entscheidende Aufgaben zu erledigen. Ohne seinen Befehl würde sich keiner seiner Sippe an die ERROR heranwagen.

Da erschien der Patriarch Valmonze. In seiner Begleitung befanden sich mehrere jüngere Springer, wahrscheinlich seine Söhne. Valmonzes Gesicht wirkte beeindruckend.

Pincer blieb stehen. Er ließ die Arme herabhängen und wartete. Cora stand einen halben Schritt hinter ihm. Er hörte sie atmen. Valmonze war in einen weiten, kostbaren Umhang gekleidet. Er trug geschnürte Sandalen. Um seinen Hals hing die wuchtige Kette, die ihn als Sippenältesten auszeichnete.

Direkt vor Pincer machte er halt. Er schlug dem jungen Mann auf die Schulter. Es war eine freundliche Geste, aber Pincer glaubte, daß sein Rückgrat gebrochen sei.

„Willkommen an Bord der VAL I", sagte Valmonze. In seinen Augen glomm ein Leuchten. „Auf ein gutes Geschäft, Terraner."

Pincer dachte entsetzt an seine schwachen geschäftlichen Möglichkeiten. Vielleicht gelang es ihm, den Springer von einer Inspektion der ERROR abzuhalten. Er streckte Valmonze die Hand entgegen.

„Auf ein gutes Geschäft", erwiderte er.

Valmonze nahm Pincers Hand, quetschte sie und grinste wie ein Dämon.

„Zeigen Sie mir die Fracht", forderte er Pincer auf.

Da mischte sich Cora ein.

„Wozu?" fragte sie. „Es ist alles in Ordnung. Wir können ausladen."

Valmonze sah sie verständnislos an. „Hat Ihnen Aplied nicht gesagt, daß wir alles nach Alazes Planet schaffen? Dort werden Sie neue Fracht übernehmen und auf dem Rückweg zur Erde an Patriarch Zomake abliefern."

Pincer winkte nachlässig ab.

„Natürlich wissen wir das", sagte er großartig. „Aplied hat uns alles ausführlich erklärt. Meine – meine Begleiterin meint nur, daß eine Überprüfung der Fracht unnötige Arbeit sei. Sie ist in Ordnung, darauf können Sie sich verlassen."

Valmonze hob abwehrend beide Arme. Er rieb mit den Fingerspitzen seinen Bart.

„Niemand würde die Korrektheit Ihrer Ladung bezweifeln, gnädige Frau", sagte er lächelnd. „Aplied hat uns noch nie betrogen, es wäre ja auch sinnlos. Aber . . .", er machte eine einladende Geste zur offenstehenden Schleuse der ERROR hin, „. . . die Augen des Händlers erfreuen sich gern an Dingen, mit denen er Geschäfte machen will."

Fast hätte ihm Pincer verraten, daß seine düsteren Springeraugen den unerfreulichen Anblick von Spinatsamen ertragen mußten. Doch Pincer vermochte nur trocken zu schlucken und dem Patriarchen in die ERROR zu folgen.

Valmonze stampfte in die Space-Jet. Seine Söhne hielten sich hinter ihm, schweigend, aber mit offenen Augen und Ohren. Pincer hätte Cora gern einige Worte zugeflüstert. Er wollte ihr sagen, daß es ihm leid tat, sie in diese Situation gebracht zu haben. Dazu blieb ihm jedoch keine Gelegenheit.

Valmonze stand mitten in der ERROR. Seine Söhne bildeten einen Halbkreis hinter ihm, jeder einzelne ein Bär von einem Mann. Allein dieser Anblick hätte auch andere Männer als Pincer schwach werden lassen.

„Bringen Sie mir eine Probe", befahl der Patriarch erwartungsvoll.

Automatisch tappte Pincer zu der Stelle, wo *Gigant-Superzart* lagerte. Er fühlte sich innerlich leer und ausgebrannt. Indem er dem Patriarchen ein Paket überreichen würde, sprach er sein eigenes Todesurteil aus. Was hätte er jedoch anderes tun sollen?

Mit flatternden Händen zog er einen Kasten hervor. Die Arme über der breiten Brust verschränkt, wartete Valmonze. Pincer war unfähig zu sprechen. Er sah Cora blaß auf dem Pilotenplatz sitzen. Stumm übergab er dem Springer das Paket.

„Es ist Ihr Vorrecht, es zu öffnen", sagte Valmonze höflich.

Pincer kam sich wie ein Mann vor, der unter der Guillotine liegt und das Fallmesser selbst auslösen muß. Er klappte den Deckel auf und stellte den Kasten vor Valmonze auf den Boden.

Der Patriarch bückte sich und nahm – während Pincer fast die Augen aus dem Kopf quollen – eine Handvoll *Gigant-Superzart* heraus und ließ ihn mit dröhnendem Lachen zwischen den Fingern zurückrinnen.

„Wertvoller als Gold!" rief er aus. „Das bedeutet Geschäft und politische Macht zusammen."

Er ist übergeschnappt, dachte Pincer. Der Anblick des Spinatsamens hat ihn um den Verstand gebracht.

„Hier!" rief Valmonze seinen Söhnen zu. „Seht euch das an."

John Edgar Pincer sah, wie das Unglaubliche Wahrheit wurde. Die Söhne Valmonzes fielen wie ein Rudel junger Hunde über das Paket her. *Gigant-Superzart* rieselte durch ihre Hände, während sie sich begeistert auf die Schultern schlugen. Und darüber stand Valmonze selbst, wohlwollend lächelnd und nicht im mindesten verärgert.

In Coras Gesicht kehrte langsam die Farbe zurück.

„Großartig", dröhnte der Springer. „Aplied ist zuverlässig. Was glauben Sie, junger Mann, was wir mit diesem Mohnsamen alles anfangen können?"

Mohn. Das war es. Nun wußte Pincer Bescheid. Valmonze hielt den Spinatsamen für Mohn.

„Opium", sagte Valmonze. „Opium und andere Rauschgifte. Glauben Sie mir, Pincer, dieser Mohn stellt eine Macht dar, die fast stärker ist als eine Flotte von Raumschiffen. Wir können daran verdienen, gut verdienen sogar. Was aber noch wichtiger ist: Wir können Perry Rhodan und das Solare Imperium politisch unmöglich machen. In zunehmendem Maße wächst der Unmut der betroffenen Völker über die irdischen Rauschgifte. Man wirft Rhodan vor, daß er nichts unternehme, um den Rauschgiftschmuggel zu unterbinden."

Angewidert schlug Pincer die Augen nieder. Verantwortungslos nutzten die Springer den Einfluß des gefährlichen Giftes auf Intelligenzwesen für ihre Zwecke aus. Pincer wußte nur zu gut, daß der Erste Administrator nichts unversucht ließ, um die Schmuggelorganisationen zu zerschlagen.

Unwillkürlich straffte sich Pincer. Durch Zufall war er in die Reihen der Verbrecher eingedrungen. Nun hatte er die Möglichkeit, sie zu entlarven und Rhodan eine wertvolle Nachricht zu geben.

Aplied, erinnerte er sich. Das mußte ein wichtiger Name sein. Es galt nun, mehr über diesen Mann herauszufinden.

„Aplied macht sich Sorgen, Valmonze“, sagte er. „Er hält das Geschäft für unsicher. Er befürchtet, daß Rhodan die Mutanten einsetzen könnte.“

„Mutanten?“ wiederholte Valmonze. „Ich habe bisher noch keinen gesehen. Vincent Aplied wird ängstlich, wer hätte das gedacht? Was will er nur? Er sitzt ungestört in Kapstadt und verdient Geld.“

Vincent Aplied, Kapstadt. Pincer hatte Mühe, seine Überraschung zu verbergen. Aplied war einer der angesehensten Farmer in Südafrika. Nie wäre Pincer auf den Gedanken gekommen, daß Valmonze diesen Aplied meinen könnte. Jetzt war es Gewißheit. Ein Terraner war Mitglied dieser Schmuggelorganisation. Für Pincer war das unbegreiflich. Aplied mußte doch die Konsequenzen seines verbrecherischen Handelns kennen.

Wie konnte er Rhodan seine Entdeckung berichten?

Vorerst gab es keine Möglichkeit. Der gleiche Zufall, der ihn gerettet hatte, konnte ihm vielleicht noch einmal weiterhelfen.

Valmonze unterbrach seine Gedankengänge. „Wenn wir auf Alazes Planet angekommen sind, wird der Mohn sofort weitergeleitet. Unsere Kunden warten bereits. Haben Sie schon einmal einen Süchtigen gesehen, der einem außerirdischen Volk angehört, Terraner? Kein schöner Anblick. Diese Wesen reagieren auf Rauschgifte wesentlich stärker als Menschen.“

Nur mit Mühe konnte sich Pincer davon zurückhalten, nicht einfach auf den Springer loszustürmen. Damit hätte er alles zerstört. Er dachte an Valmonzes Worte. Der Patriarch hatte gesagt, daß der Mohn sofort weitergeleitet würde. Nun, *Gigant-Superzart* mochte wie Mohn aussehen, aber in der Wirkung war er bestimmt von ihm verschieden. Das bedeutete, daß die Frist, die Pincer und seine Frau errungen hatten, verstrichen war, wenn sie auf Alazes Planet gelandet waren.

Pincer bückte sich und nahm das Paket mit dem Spinatsamen wieder an sich. Er brachte es auf den alten Platz zurück. Valmonze beobachtete ihn lächelnd.

„Wir werden bald in Kurztransition gehen“, gab der Patriarch bekannt. „Wenn Sie es wünschen, stelle ich Ihnen an Bord der VAL I zwei Räume zur Verfügung. Natürlich können Sie auch auf Ihrem Schiff bleiben.“

„Wir bleiben hier", entschied Pincer. „Es wird nicht mehr lange dauern, bis wir unser Ziel erreicht haben. Es ist also ziemlich gleichgültig, wo wir uns aufhalten."

„Natürlich", sagte Valmonze. Er deutete eine kurze Verbeugung in Coras Richtung an, dann verließ er mit seinen Söhnen die ERROR.

John Edgar Pincer stelzte mit der Würde eines Kleinstadtpastors zu einem Sitz und ließ sich darauf nieder. Erst jetzt fiel ihm eine weitere Gefahr ein: Was sollte geschehen, wenn Shaugnessy mit dem richtigen Mohn auftauchen würde?

Pincer wußte nur zu gut, daß ihr Leben nach wie vor in Gefahr war, sie hatten nur einen Aufschub erreicht. Innerhalb dieser Frist mußte es ihm gelingen, eine Funknachricht an die Erde abzusetzen, um Perry Rhodan über die Machenschaften von Vincent Aplied zu informieren.

„Sie sind gegangen", unterbrach Cora seine Gedanken. „Ich hätte nicht geglaubt, daß wir es überleben würden."

Sie sah müde aus. Pincer hatte Mitleid.

„Es war ein Glück", sagte er. „Es wird sich nicht wiederholen."

Sie stand vom Pilotensitz auf und kam zu ihm herüber. Verwundert fragte er sich, ob es ihre Anwesenheit war, die ihm die Kraft gab, seine Nerven nicht zu verlieren.

„Wir müssen versuchen, mit Terrania oder einem terranischen Schiff in Funkverbindung zu treten", sagte er. „Rhodan muß wissen, wer hinter dem Rauschgiftschmuggel steckt."

Cora deutete zu den Funkanlagen der ERROR hinüber.

„Nein", sagte Pincer. „Valmonze würde meinen Funkspruch sofort stören lassen. Er hat die stärkeren Geräte. Eine Minute später würde er hier auftauchen – mit einer Waffe und unangenehmen Fragen. Wir müssen sicher sein, daß wir eine vollständige Nachricht absetzen können."

Der Summer des Visiphons ertönte. Valmonzes bärtiges Gesicht erschien auf der Bildfläche. Er musterte Pincer einen Augenblick, dann brummte er: „Machen Sie sich für die Transition bereit. Es wird nicht schlimm werden, die Entfernung ist nur kurz."

„Danke", sagte Pincer knapp.

Ein einziger Hyperraumsprung würde sie in die Höhle des Löwen führen.

Obwohl Alazes Planet eine Sauerstoffwelt war, bedeutete ihr erster Anblick für Pincer eine Enttäuschung. Die dichte Atmosphäre ließ zwar einen Aufenthalt ohne Schutzanzug zu, aber, verglichen mit der

Erde, kam Pincer die Luft unerträglich vor. Sie hatte einen feuchten, erdhaften Geruch wie nach vermodertem Laub.

Ohne Schwierigkeiten war die VAL I auf dem Raumflugfeld gelandet. Zwei weitere Walzenschiffe, die VAL IV und VII, ruhten hier auf ihren Landestützen. Valmonze erklärte, daß an ihnen Reparaturarbeiten ausgeführt würden.

Pincer stand mit seiner Frau und dem Patriarchen in der Mannschaftsschleuse der VAL I. Unter ihnen rollten bereits die Verladewagen heran, die ausnahmslos mit Springern besetzt waren. Eingeborene konnte Pincer nicht entdecken. Wahrscheinlich riegelten die Händler diesen Platz sorgfältig ab.

Valmonze, der vor Unternehmungslust nur so strotzte, brüllte seine Befehle hinunter. Ab und zu wandte er sich grinsend zu Pincer.

„Wir werden Ihr kleines Schiff ausschleusen und den Mohn sofort ausladen", gab er bekannt. „Wir warten schon lange darauf, selber Mohn anzupflanzen."

Er betrat den Lift, der von der Schleuse auf den Platz hinabführte. Der Wind spielte in seinem Bart und wehte seinen Umhang hoch. Pincer gelang ein Blick auf den Oberarm des Springers, der stärker war als der Oberschenkel des jungen Mannes.

„Kommen Sie", forderte Valmonze. „Wir wollen hinunter."

Unsicher bewegte sich Pincer in den Luftkorb. Er hielt sich dabei mit beiden Händen am Geländer fest. Valmonze half Cora. Er betrachtete Pincer verächtlich. Pincer, der den Blick fühlte, wurde nervös.

„Was ist los mit Ihnen?" erkundigte sich Valmonze.

„In Aufzügen wird mir immer schlecht", sagte Pincer äußerst unglücklich.

Valmonze sah ihn entgeistert an, als habe er ihn soeben zum ersten Mal gesehen. „Ich denke, Sie sind Raumfahrer?"

Der Lift setzte sich in Bewegung. Pincer wurde abwechselnd blaß und rot. Verzweifelt klammerte er sich am Geländer fest. Valmonze kratzte nachdenklich an seinem Bart. Cora konnte sehen, wie er seinen Kopf schüttelte.

Schließlich kam die Plattform unten an. Valmonze sprang heraus. Mit wackeligen Knien schwankte Pincer hinter ihm drein.

Einige Händler, die sich in ihrer Nähe befanden, gaben sich keine Mühe, ihre Heiterkeit über Pincers Auftritt zu verbergen.

„Wenn Sie überhaupt dazu in der Lage sind, können Sie vielleicht einmal einen Blick zur Verladeschleuse werfen", bemerkte Valmonze spöttisch.

Pincer blieb stehen. Was er sah, trug nicht gerade zu einer Besserung seines Befindens bei. Die ERROR glitt aus dem Innern der VAL I. Die Schleuse der Space-Jet war geöffnet, Wagen rollten heran. Einige Springer begannen damit, *Gigant-Superzart* aus der ERROR herauszuholen und in den Wagen zu schaffen.

„Ich habe noch einige private Dinge an Bord, die ich gerne holen möchte", sagte Pincer. „Ich werde rasch einmal hinübergehen."

Valmonze nickte nur. Pincer blinzelte Cora zu und setzte sich in Bewegung. Die Springer hatten ihre Arbeit bereits erledigt, als er bei der ERROR ankam. Sein Herz begann zu klopfen. Nun bot sich eine Chance, einen Funkspruch abzusetzen. Er lief schneller. Der beladene Wagen kam an ihm vorüber. Auf seiner Ladefläche stapelten sich die Pakete mit dem Spinatsamen, der eigentlich für Ferrol bestimmt war. Pincer kletterte in die Schleuse und blickte sich hastig um. Das Innere des Diskus war leer. Die Zigarettenpackungen waren noch da.

Mit zwei Schritten war der junge Mann am Telekomfunkgerät. Schnell nahm er die nötigen Schaltungen vor. Das Gerät knackte, wurde warm und summte leise. Pincer beugte sich über das Mikrophon.

Aber er kam nicht dazu, etwas zu sagen.

„Was fummeln Sie da herum?" erklang Valmonzes Baßstimme hinter seinem Rücken.

Der Schock ließ Pincer zusammenfahren. Er drehte sich hastig um. Valmonze stand mit verbissenem Gesicht vor ihm. Cora befand sich in der Schleuse, ihre Augen waren dunkel vor Furcht.

„Ich hatte vergessen, das Gerät auszuschalten", stotterte Pincer. „Sie haben mich ganz schön erschreckt." Er lächelte Valmonze zu und schaltete den Telekom ab. „Außerdem wollte ich diese Zigaretten mitnehmen."

Er griff nach den Packungen.

„Lassen Sie die Spielereien an den Funkgeräten. Wir überwachen dieses Gebiet ständig. Wollen Sie unnötigerweise unsere Kontrollen in Aufruhr versetzen?"

„Natürlich nicht", versicherte Pincer. „Es ist ja nichts passiert."

„Es wird Zeit, daß wir uns zum Hauptgebäude begeben", ordnete Valmonze an. „Ich bin gespannt, was meine Freunde zu dem Samen sagen werden."

Pincer konnte diese Spannung beim besten Willen nicht teilen. Er wußte nur zu gut, daß der erste Versuch, aus *Gigant-Superzart* Mohn zu züchten, kläglich scheitern mußte.

Unschlüssig blieb der Sohn des IFC-Präsidenten stehen, die Zigarettenstangen wie eine Waffe umklammernd.

„Worauf warten Sie noch?" fragte Valmonze ungeduldig.

Pincers einfältiges Grinsen machte den Patriarchen nervös.

„Ich möchte nicht unhöflich erscheinen", behauptete der Terraner. „Meine Begleiterin und ich sind jedoch zum erstenmal auf diesem Planeten. Sie können sicher verstehen, wenn wir uns für die Eingeborenen interessieren. Rauschgiftherstellung kann uns nichts mehr bieten, wir haben so etwas oft genug miterlebt. Wir würden lieber ein wenig herumspazieren."

Es war deutlich zu erkennen, was Valmonze von derartigen Spaziergängen hielt. Trotzdem wandte er sich an Cora. „Wie denken Sie darüber?"

„Gespräche über Geschäfte öden mich an", erklärte Cora.

„Ich möchte nur wissen, nach welchem System Aplied seine Leute auswählt", knurrte Valmonze. „Shaugnessy hatte ja schon immer verrückte Ideen, aber in den Sitzungen war er stets dabei. Meinetwegen, sehen Sie sich hier ein wenig um. Das erste Eingeborenendorf liegt hinter dem Landeplatz. Die Kerle sprechen leidlich Arkonidisch. Vielleicht gelingt es Ihnen, einige von den Bäumen herunterzutreiben."

Fast hätte ihn Pincer gefragt, was denn die Eingeborenen auf Bäumen suchten. Der Patriarch mußte annehmen, daß Shaugnessy oder Aplied Cora und ihn über die Verhältnisse auf Alazes Planet informiert hatten. Jede verdächtige Frage konnte das Mißtrauen der Springer hervorrufen.

Pincer setzte seine langen, dürren Beine in Bewegung und verließ die ERROR. Cora und Valmonze folgten ihm. Der Händler deutete auf ein Gebäude am Rand des Feldes.

„Gehen Sie in diese Richtung. Unternehmen Sie aber keinen Gewaltmarsch. Wenn wir Sie benötigen, müssen Sie zu erreichen sein."

Pincer nickte. Cora hakte sich in seinen Arm ein, und sie gingen auf das Gebäude zu. Valmonze sah ihnen einen Augenblick kopfschüttelnd nach, dann stampfte er davon – der größten Überraschung seines Lebens entgegen.

Das Raumflugfeld von Alazes Planet war entsprechend der Größe der Springerschiffe in seiner Ausdehnung gewaltig. Es lag in einem Tal eingebettet und zog sich über drei Kilometer dahin. Für die Galaktischen Händler war die Errichtung eines Handelsstützpunkts eine Frage der Rentabilität. Ein Raumflugfeld dieses Ausmaßes war kostspielig und wurde natürlich nicht auf allen Stützpunkten ausgebaut. Nur besonders geeignete Welten wurden mit solchen Anlagen versehen. Die Springer betrachteten jede Aktion vom wirtschaftlichen und kaufmännischen Standpunkt aus. Da sie praktisch ein Nomadenleben führten und meistens nur in ihren Schiffen zu finden waren, mußten sie Plätze haben, an denen sie in bestimmten Zeitabständen landen konnten, um Reparaturen oder sonstige wichtige Angelegenheiten auszuführen. Der Reichtum einer Springersippe war von der Fähigkeit eines Patriarchen abhängig. Aushängeschild dieses erworbenen Reichtums waren die Flotten der Händler. Seit Generationen waren es die Springer gewohnt, das Handelsmonopol auf allen bewohnten Planeten zu besitzen, die sie mit ihren walzenförmigen Schiffen erreichen konnten. In den letzten Jahren jedoch hatten sie eine ernsthafte Konkurrenz erhalten: die Erde. Mit zäher Verbissenheit traten terranische Kaufleute und Wirtschaftssachverständige gegen das Monopol der Galaktischen Händler an. Bisher hatten die Springer ein sehr einfaches Prinzip des Handels betrieben: Sie nahmen, was sie nur irgendwie für ihre Waren bekommen konnten. Güter, die sie zu Schleuderpreisen aufgekauft hatten, wurden gegen wertvolle Gegenstände eingetauscht. Das war nun vorüber. Die terranischen Frachter tauchten auf und boten den Intelligenzen der Galaxis zum erstenmal reelle Preise für ihre Waren. Bevor die Springer überhaupt richtig wußten, was geschah, hatte Terra auf unzähligen Planeten festen Fuß gefaßt. Von diesem Zeitpunkt an war den Händlern auf den Walzenschiffen jedes Mittel recht, um die Erde zu schwächen.

John Edgar Pincer wußte von den Springern nicht mehr als jeder an den Geschicken seines Volkes interessierte Erdenbürger. Das sollte sich nun anscheinend ändern.

Zusammen mit seiner Frau war er am Rand des Landeplatzes angekommen. Cora umklammerte seine Hand.

„Sie werden bald feststellen, was wir wirklich an Bord der ERROR hatten, Johnny", sagte sie. „Dann werden sie uns zurückholen."

Pincers Blicke glitten zu den Berghängen hinauf.

„Wir müssen fliehen“, sagte er. „Es ist unsere einzige Möglichkeit, am Leben zu bleiben. Vielleicht gibt es noch andere Stationen der Springer auf diesem Planeten. Wenn einige Zeit verstrichen ist, werden sie in ihrer Wachsamkeit nachlassen und uns somit eine Chance geben, einen Funkspruch abzusetzen.“

Cora schaute sich um. Die Springer kamen ihr nicht so vor, als würden sie sich von Johnny überlisten lassen.

„Fliehen“, wiederholte sie. „Sieh dich doch um, Johnny. Wir sind fremd hier und wissen noch nicht einmal, wohin wir uns wenden sollen. Bevor wir ein Versteck gefunden haben, werden sie uns bereits aufgespürt haben.“

Pincer zog sie weiter mit sich fort. Er hatte keine klare Vorstellung davon, wie er Cora und sich retten konnte. Nur eines war gewiß: Wenn sie noch länger hierblieben, würden sie sich in absehbarer Zeit in der Gewalt von Valmonze befinden.

Der glatte Boden des Raumflugfelds ging in ein graues Geröll über, zwischen dem vereinzelte Grasbüschel wuchsen. Pincer blickte zurück. Niemand folgte ihnen. Etwa hundert Meter von ihnen entfernt befanden sich die ersten Bäume. Ihre mächtigen Stämme waren von dunkelbrauner Farbe. Das Laubwerk war so dicht, daß es wie eine kompakte Masse wirkte. Pincer hoffte, daß es dort ein Versteck für sie gab.

„Du gehst zu schnell“, beschwerte Cora sich.

Schuldbewußt verlangsamte Pincer seine Schritte. Wenn er Cora jetzt übermäßig strapazierte, konnte sich das später rächen. Sie mußten ihre Kräfte einteilen.

„Ich habe mir meine Hochzeitsreise eigentlich gemütlicher vorgestellt“, meinte Cora sarkastisch.

„Es ist alles meine Schuld“, sagte Pincer zerknirscht. „Ich habe Papa lange genug um die Space-Jet gebeten. Hätte ich nur darauf verzichtet. Papa wird sich Sorgen machen, denn ich hatte ihm versprochen, mich nach unserer Ankunft auf Ferrol bei ihm zu melden. Er erwartet meinen Funkspruch.“

„Vielleicht läßt er uns suchen“, sagte Cora hoffnungsvoll.

„Ja, auf Ferrol“, stimmte Pincer zu. „Wenn man uns dort nicht findet, wohin soll er sich wenden? Es gibt einfach keine Möglichkeit, im Weltraum einen Verlorenen zu finden.“

Es entsprach Pincers eigenartigem Charakter, daß er sich nur Gedanken über andere Menschen machte, während er selbst in einer viel schlimmeren Lage steckte. Die Tatsache, daß sein Vater ihn umsonst suchen würde, bereitete ihm größeren Kummer als die Gefahr, von den Springern gefangen zu werden.

Sie erreichten die ersten Bäume, und Pincer atmete erleichtert auf. Das Fortkommen wurde nun beschwerlicher, denn Dickicht und Laubhügel versperrten ihnen den Weg. Vögel zeterten aufgeregt in den Ästen, als die beiden Menschen auftauchten.

„Ob es hier in der Nacht sehr kalt wird?“ fragte Cora.

Die Nacht. Pincer erschauerte. Daran hatte er bisher nicht gedacht. Er wußte nicht, wie lange die Dunkelheit auf dieser Welt andauerte. Alazes Planet besaß eine Eigenrotation. Pincer erinnerte sich, im Katalog darüber gelesen zu haben.

„Sicher nicht“, erwiderte er.

Er bückte sich, um einige Äste zur Seite zu schieben. Im selben Augenblick stieß Cora hinter ihm einen entsetzlichen Schrei aus.

Pincer fuhr herum. Cora hing in einer Schlinge, die aus dem undurchsichtigen Laubwerk eines riesigen Baumes herabbaumelte. Pincer stürzte auf sie zu, aber ihr Körper wurde ruckartig nach oben gezogen. Verzweifelt umklammerte der Terraner ihre Beine, aber die unsichtbaren Kräfte waren stärker.

Vor Pincers entsetzten Augen verschwand Cora zwischen den Blättern.

„Cora!“ schrie er.

„Lauf weg, Johnny“, hörte er ihre Stimme.

Doch Pincer dachte nicht daran, die Flucht zu ergreifen. Wütend rannte er auf den Stamm zu. Da fühlte er sich gepackt und vom Boden gerissen. Er warf sich herum, aber eine zweite Schlinge besiegelte sein Schicksal. Stumm, aber ergebnislos kämpfte er gegen die Fesseln. Die Unsichtbaren zerrten ihn langsam in die Höhe.

30.

Amat-Palong war ein Ara, ein Galaktischer Mediziner. Er war groß und wirkte durch seinen massiven Knochenbau eckig. Auf seinem Kopf befand sich nicht ein einziges Haar.

Amat-Palong kippte eine graue Substanz aus einem Reagenzglas in einen Trichter. Von dort rieselte das Pulver in einen Kasten. Einen Rest des Pulvers schüttete Amat-Palong auf ein durchsichtiges Scheibchen. Dieses wiederum schob er unter ein Mikroskop. Schweigend sah er einige Zeit durch das Okular. Schließlich zog er das Plättchen wieder hervor. Er legte es auf die offene Handfläche und führte es an seinen Mund. Bedächtig befeuchtete er seine Lippen und blies den grauen Staub herunter, der sich auf der kleinen Scheibe befand.

Amat-Palong schüttelte den Kopf. Er ging an seinen Schreibtisch und schaltete die Sprechanlage ein.

„Ist Valmonze in der Nähe?“ fragte er. Seine Stimme klang gleichmäßig, sie hatte weder Höhen noch Tiefen, sie wirkte unmenschlich.

„Er befindet sich in der Kantine“, kam es aus dem kleinen Lautsprecher. „Seine Söhne sind bei ihm.“

„Ich brauche nur den Patriarchen“, erklärte Amat-Palong. „Schikken Sie ihn bitte sofort zu mir ins Labor.“

Er wartete die Bestätigung nicht mehr ab, sondern schaltete einfach ab. Nachdenklich betrachtete er seine Hände. Er zog einen Stuhl zu sich heran. Da hörte er das Brummen des Aufzugs, und gleich darauf trat Valmonze in das Labor. Er hielt eine bauchige Flasche in der Hand. Seine Augen waren gerötet.

„Ich war gerade beim Essen“, grollte er. „Sie können mich vielleicht nicht verstehen, Ara, aber ich halte das für eine wichtige Angelegenheit, bei der ich nicht gern gestört werde.“

Unbeeindruckt vom Zorn des Springers stand Amat-Palong auf. Valmonze nahm einen langen Schluck aus der Flasche und rülpste. Der Mediziner sah ihm ausdruckslos zu.

„Also“, sagte Valmonze unwirsch, „was halten Sie für wichtig genug, um mich zu rufen?“

Amat-Palong verschränkte gelassen seine Arme über der Brust.

„Stellen Sie die Flasche weg, Händler“, verlangte er kühl. „Sie werden einen klaren Kopf brauchen, wenn Sie Ihre nächsten Befehle geben.“

Valmonze sah ihn ungläubig an. Seine Augen wurden zu schmalen Schlitzen.

„Was erlauben Sie sich?“ tobte er. „Sie sprechen mit einem Patriarchen.“

Amat-Palong nickte.

„Ich weiß", sagte er. „Es fragt sich nur, wie lange Sie noch Patriarch sein werden."

Valmonze machte einen Schritt zurück. Er donnerte die Flasche auf den Schreibtisch. Er war wütend und gleichzeitig durch die Sicherheit des Aras verwirrt.

„Reden Sie, bevor ich Ihnen für Ihre Beleidigungen das Genick breche!" brüllte er Amat-Palong an.

Amat-Palong blieb gelassen. Er bückte sich und öffnete eine Schranktür. Mit geübten Griffen nahm er mehrere Plastikbeutel heraus, die mit weißem Pulver gefüllt waren. Er hielt sie Valmonze vor das Gesicht. „Was ist das, Patriarch?"

„Heroin", schnaubte Valmonze.

Amat-Palong brachte weitere Beutel zum Vorschein, deren Inhalb dunkelbraun war.

„Opium", erklärte er. „Gewonnen aus dem Saft unreifer Mohnkapseln, Valmonze. Enthält etwa fünfzehn Prozent Morphium und geringere Bestandteile anderer Alkaloide. Bisher war es so, daß wir fertiges Rauschgift von der Erde bezogen haben."

Der Patriarch schlug die Schranktür zu. Er packte den Mediziner grob an der Schulter. „Sie wissen genau, daß das auf die Dauer zu gefährlich ist. Wir haben mit Aplied ein Abkommen getroffen, daß er uns eine Ladung Mohnsamen schickt, mit dem wir eigene Pflanzen aufzüchten können. Der Samen ist eingetroffen, was wollen Sie also noch?"

„Mohnsamen", sagte Amat-Palong verächtlich. „Sie sind vielleicht ein guter Händler, aber von diesen Dingen verstehen Sie nichts."

Valmonze blickte ihn an. „Was wollen Sie damit sagen?"

Amat-Palong ergriff ruhig den Kasten mit dem grauen Pulver. „Hier, Patriarch. Das ist Ihr angeblicher Mohnsamen. Seien Sie froh, daß Sie ihn noch nicht weitergeleitet haben. Ich habe mir die Mühe gemacht, eine Handvoll Samenkörner zu zermahlen und zu untersuchen."

Valmonze stützte sich schwer mit beiden Armen auf den Tisch. Sein Atem strich über das Gesicht des Mediziners.

„Was ist mit dem Samen nicht in Ordnung?" erkundigte sich Valmonze.

„An dem Samen selbst ist nichts auszusetzen", antwortete Amat-Palong. „Sollten Sie ihn jedoch einsäen, dann wird Gemüse aus dem Boden wachsen."

Der Patriarch riß Amat-Palong den Kasten aus der Hand. Seine Halsschlagader war angeschwollen. Er betrachtete den zermahlenen Staub. „Sie meinen, daß das Zeug überhaupt kein Mohnsamen ist?"

„Es sieht nur so aus", stimmte der Ara zu. „In Wirklichkeit jedoch hat es mit Mohn nichts gemeinsam."

Valmonze schleuderte den Kasten mit einem groben Fluch von sich. Er hob drohend seine zur Faust geballte Hand. „Aplied hat mich betrogen, dieser Schurke." Der Patriarch zögerte nicht, seinen Geschäftspartner mit Ausdrücken zu belegen, die auf ihn selbst ebenso zutrafen. „Er hat sicher geglaubt, ich würde den Samen einfach weiterverkaufen, ohne ihn vorher untersuchen zu lassen."

Amat-Palong nahm den Wutausbruch des Händlers mit Gelassenheit hin. Als Valmonze ruhiger wurde, sagte der Ara: „Ich kann mir schlecht vorstellen, daß Aplied mit derart plumpen Tricks arbeitet. Sie sollen sich einmal um seinen Verbindungsmann kümmern, diesen Shaugnessy. Vielleicht glaubt er, Aplied und Sie zusammen betrügen zu können."

„Shaugnessy?" Valmonzes Augen funkelten. „Shaugnessy ist nicht gekommen. Aplied hat einen anderen Mann geschickt. Er heißt Pincer."

„Macht das einen Unterschied? Ob der Betrüger Shaugnessy oder Pincer heißt, das ist schließlich gleichgültig."

„Sie sollten diesen Pincer einmal sehen!" schrie Valmonze aufgebracht. „Er ist der größte Trottel, der jemals in diesem System aufgetaucht ist. Er fürchtet sich vor Aufzügen und hat von unserem Geschäft keine Ahnung." Derb klopfte er dem Ara auf die Brust. „Ich werde ihn holen lassen, dann werden wir schon feststellen, ob er uns belogen hat."

Valmonze ging zu der Sprechanlage des Aras und schaltete sie ein. Er knurrte seinen Namen und begann Befehle auszuteilen. „Sucht den Terraner und die Frau, die mit uns in der VAL I gelandet sind. Sie müssen sofort hierhergebracht werden. Ich warte im Labor." Befriedigt ließ er sich in einen Stuhl sinken. „So", sagte er, „nun wollen wir uns diesen Pincer einmal vornehmen."

Blätter und Äste streiften sein Gesicht. Plötzlich hatte er wieder festen Boden unter den Füßen. Die Schlingen lockerten sich. Pincer sah sich um. Er befand sich auf einer Plattform zwischen den Ästen, die aus rohen Brettern zusammengefügt war. Cora stand einen Meter neben ihm und befreite sich gerade aus dem Seil. Die Stricke führten weiter nach oben. Pincer blickte empor. Über ihnen war eine Baumhütte in den dicken Ästen befestigt. Vor ihrem Eingang hockten vier seltsame Wesen. Ihre Größe entsprach der eines normalen Menschen. Das war aber auch schon fast alles, was sie mit einem Terraner gemeinsam hatten. In ihren Vogelköpfen blitzten schwarze, intelligente Augen, die von einem blauen Federkranz umgeben waren. Ein breiter, kurzer Schnabel beherrschte das Gesicht. Zwischen ihren dünnen Armen entdeckte Pincer zusammengefaltete Flughäute. Er konnte sich vorstellen, daß damit in der dichten Atmosphäte einwandfreies Fliegen möglich war. Die Körper der Vogelwesen waren mit zerrupften Federn bedeckt.

Jetzt wußte Pincer, was Valmonze gemeint hatte, als er ihm vorgeschlagen hatte, die Eingeborenen von den Bäumen zu holen.

„Es sind Eingeborene!“ rief er Cora beruhigend zu. „Sie sind sicher nicht bösartig, sonst hätte uns der Springer gewarnt.“

Einer der Vögel ließ sich zu ihnen auf die Plattform herunter. Da das dichte Laubwerk kein Fliegen erlaubte, benutzte er die Stricke dazu.

„Wir großen Spaß machen“, begrüßte er Pincer in schwerfälligem Arkonidisch. „Ziehen Ohneflügler vom Boden.“

Beim Sprechen klapperte sein Schnabel gegeneinander. Die Stimme klang krächzend und schrill. Pincer hatte ganz bestimmte Vorstellungen von Humor. Schlingenlegen gehörte nicht dazu. Er blinzelte Cora zu.

„Laß uns wieder herunter“, verlangte er. „Wir haben es eilig.“

Das Vogelwesen betrachtete ihn listig. Seine Krallenhand deutete auf die Zigaretten unter Pincers Arm.

„Du Geschenk für Schnitz?“ fragte er gespannt.

Pincer bewegte sich auf ihn zu. Sofort begann die Plattform zu schaukeln. Schnitz schien das nichts auszumachen. Pincer dagegen erblaßte. Sein Körper machte die Bewegungen der Bretter mit. Cora hielt sich an einem Ast fest.

„Geschenk?“ wiederholte Schnitz ungeduldig.

Pincer war nicht in schenkfreudiger Stimmung. Während sie hier Zeit verloren, begannen die Springer vielleicht schon mit der Verfolgung.

„Nichts zu machen, mein Freund“, eröffnete er dem Eingeborenen. „Wir haben keine Geschenke. Wir möchten jetzt weiter.“

Schnitz sah ihn unverwandt an. Er schnatterte in einer unverständlichen Sprache mit seinen drei Begleitern, die noch vor der Hütte hockten. Zu Pincers Schrecken ließen diese sich ebenfalls auf die Plattform herab, die unter der Last erbebte. Mit seiner freien Hand klammerte sich der junge Mann an einen Strick.

„Ohneflügler jetzt Geschenk für Schnitz?" fragte der Eingeborene mit unverhüllter Drohung.

„Gib ihm eine Stange", meinte Cora. „Vielleicht wird er dann freundlicher. Ich könnte auch eine Zigarette vertragen."

Widerwillig kam Pincer dem Wunsch seiner Frau nach. Er überreichte Schnitz eine Stange Zigaretten und öffnete Cora ein Päckchen. Er zog ihr eine Zigarette hervor und gab ihr Feuer. Inzwischen hatte Schnitz voller Erregung begonnen, sein Geschenk zu untersuchen. Seine Begleiter unterstützten ihn mit unerträglichem Geschnatter.

„Das beruhigt", sagte Cora aufatmend und stieß eine Qualmwolke aus.

Schnitz sah interessiert zu. Er atmete den Rauch ein.

„Möchtest du nicht auch eine Zigarette rauchen, Johnny?" fragte Cora.

Verlegen blickte Pincer in den Baumwipfel.

„Du weißt doch, daß ich nicht rauche", sagte er. „Mein Magen verträgt das nicht."

Schnitz, der inzwischen immer näher an Cora herangekommen war, atmete in großen Zügen den Rauch ein. Angewidert beobachtete Pincer diese Szene. Für ihn war es unbegreiflich, wie ein vernünftiges Wesen so etwas tun konnte.

„Es scheint ihm zu gefallen", bemerkte Cora.

Plötzlich begann Schnitz, sich um die eigene Achse zu drehen. Er breitete seine Arme aus, und die Flughäute spannten sich. Wie betrunken torkelte er von einem Ende der Plattform zum anderen. Die Bretter knirschten und krachten.

„Er wird uns mit seinem Geschaukel noch hinabwerfen!" rief Pincer.

Schwankend näherte sich Schnitz wieder Cora. Pincer wagte nicht, sich ihm in den Weg zu stellen. Dazu hätte er den Strick loslassen müssen. Er mußte damit rechnen, daß er dabei das Gleichgewicht verlor und von der Plattform stürzte. Nun wurde auch das Interesse der drei anderen Vogelwesen für den Zigarettenqualm wach. Sie folgten Schnitz und atmeten begierig den Rauch ein.

„Wirf die Zigarette weg!“ schrie Pincer seiner Frau zu. „Siehst du nicht, daß der Dunst sie in einen Rauschzustand versetzt?“

Schnitz und seine Genossen hatten jede Vorsicht und Rücksichtnahme vergessen. Sie führten einen Tanz auf den Brettern auf, der Pincer den Schweiß auf die Stirn trieb.

„Aufhören!“ rief er Schnitz zu. „Hört auf damit!“

Schnitz taumelte wonnetrunken auf ihn zu.

„Ohneflügler machen gutes Geschenk“, krächzte er. „Haben auch Wunsch?“

„Ja“, brachte Pincer mühsam hervor. „Wir sind auf der Flucht vor den Springern. Es ist wichtig, daß wir ein Versteck finden und schnell von hier verschwinden. Kannst du uns helfen?“

„Wir helfen“, erklärte der Eingeborene bereitwillig. „Schnitz schikken Freund zum Landeplatz. Wird beobachten Springer. Inzwischen Schnitz bauen Tragsitze.“ Er unterhielt sich mit einem seiner Artgenossen, der daraufhin in den Wipfel kletterte. Pincer konnte sich vorstellen, daß der Eingeborene zum Raumflugfeld flog.

„Was meint er mit Tragsitzen?“ fragte Cora in englischer Sprache. „Wollen uns die Eingeborenen durch den Wald schleppen?“

Pincer ahnte, daß Schnitz etwas ganz anderes vorhatte, und schon der Gedanke, daß er mit seiner Vermutung recht haben könnte, ließ ihn unsicher werden. Er fragte sich, ob die Freundlichkeit der Vogelwesen auch anhalten würde, wenn die Wirkung der Zigarette nachließ.

„Was hältst du davon, wenn du jetzt ab und zu eine Zigarette rauchen würdest“, schlug er Cora vor. „Das hält unsere Freunde bei guter Laune.“ Bevor er noch zu Ende gesprochen hatte, wurde er bereits wieder von Gewissensbissen geplagt. „Es ist nicht richtig, daß wir sie ausnutzen und für unsere Zwecke mißbrauchen“, sagte er heftig. „Wir ziehen sie in diese Sache mit hinein, mit der sie eigentlich nichts zu tun haben.“

„Wenn du schon nichts für dich selbst tun willst, dann denke doch einmal an mich“, erwiderte seine Frau. „Oder rufe dir deinen Plan in Erinnerung, Perry Rhodan über die Hintergründe des Schmuggels zu unterrichten. Glaubst du, daß wir das jemals schaffen werden, wenn du bei jeder Gelegenheit nach Recht und Unrecht fragst?“

Pincer war während ihrer Worte überrot geworden. Unglücklich sah er sie an. Seine Finger zupften an dem Seil. Cora kam über die schwankende Plattform auf ihn zu.

„Es tut mir leid, Johnny", sagte sie. „Sicher war es falsch von mir, dir Vorwürfe zu machen. Ich richte mich ganz nach dir." Sie strich ihm über das Gesicht.

„Du hast ja recht", sagte Pincer rauh. Er beugte sich herab, um sie zu küssen, aber die schwankende Plattform ließ ihn dieses Vorhaben rasch wieder aufgeben. Er straffte sich und wandte sich wieder Schnitz zu, der gemächlich an einem der Stricke herumpendelte.

„Was hast du mit den Tragsitzen vor?" fragte er.

„Fliegen davon mit Ohneflüglern", verkündete Schnitz lakonisch. „Machen weiten Flug in gutes Versteck."

Allein der Gedanke an einen Flug ließ Pincers Magen rebellieren.

„Aber wir sind doch zu schwer", wandte er ein. „Einer von euch kann uns nicht tragen."

„Wir vier", erklärte Schnitz heiter. „Zwei tragen einen Ohneflügler."

„Wie gefällt dir der Plan?" fragte Pincer seine Frau.

„Die Eingeborenen kennen dieses Land", gab Cora zu bedenken. „Sie wissen genau, wohin sie sich zu wenden haben. Sicher würden wir auch schnell vorankommen. Ein Fußmarsch durch den Wald erscheint mir dagegen gefährlicher."

"Nun gut", sagte Pincer. „Schnitz, bau uns zwei Tragsitze."

Schnitz gab einem seiner Begleiter einen Befehl, und der Eingeborene schwang sich zur Baumhütte empor. Pincer hätte gern mehr über diese Vogelwesen erfahren, aber er wollte keine Zeit mit Fragen verschwenden. Der Platz hier oben in den Ästen schien nur ein Beobachtungsposten zu sein, der dazu diente, die Springer im Auge zu behalten. Die Hütte wirkte nicht wie ein fester Wohnsitz.

Cora steckte eine weitere Zigarette in Brand. Schnitz sah ihr wohlgefällig zu und schnüffelte behaglich. Pincer empfand für die Eingeborenen große Sympathie. Gerade deshalb fiel es ihm schwer, mit dieser Methode zu arbeiten.

Die Rückkehr von Schnitz' Freund ließ ihn seine Sorgen für einige Minuten vergessen.

„Kankantz holen Material für Tragsitze", erklärte Schnitz den beiden Terranern. „Machen viel schnell."

Kankantz gluckste begeistert. Er blinzelte freundlich, und der Federkranz um seine Augen wippte. Pincer jedoch hatte nur Augen für die beiden dünnen Bretter und einige zerfaserte Stricke, die Kankantz herbeigeholt hatte.

„Soll das etwa die Tragsitze ergeben?“ erkundigte er sich erschüttert.

Schnitz ergriff eines der Bretter und fuchtelte damit energisch vor Pincers Gesicht herum. Er schien die Stabilität des Holzes demonstrieren zu wollen.

„Glaubst du wirklich, daß dieses Transportmittel zuverlässig ist?“ fragte Pincer seine Frau. „Ich kann mir nicht vorstellen, daß wir damit weit kommen werden.“

„Bleibt uns denn eine andere Wahl, Johnny?“

Inzwischen hatten die Eingeborenen damit begonnen, Kerben in die Bretter zu schnitzen. Sie benutzten dazu Messer, die einwandfrei als Handelsgut der Galaktischen Händler zu erkennen waren. An beiden Enden arbeiteten sie auf jeder Seite zwei Vertiefungen in das Holz. Dann verschnürten sie die Stricke und banden eine Schlaufe auf jeder Seite der „Sitze“, indem sie die Seile durch die Kerben führten. Die fertigen Tragsitze wirkten wie primitive Schaukeln.

Schnitz klappte sein Messer zu und ließ es in den unergründlichen Federn seines Körpers verschwinden. Stolz betrachtete er das geleistete Werk. Prüfend zog er an den Stricken. Er kontrollierte die Elastizität des Holzes. Pincer sah ihm mit gemischten Gefühlen zu.

„Machen gutes Arbeit“, gab Schnitz bekannt und kratzte sich.

Damit schien er die Angelegenheit als erledigt zu betrachten. Phlegmatisch hockte er sich vor Cora nieder und atmete den Rauch der Zigarette ein. Dabei verdrehte er die Augen und klapperte befriedigt mit dem Schnabel.

„Was sollen wir jetzt tun?“ fragte Pincer. „Schnitz, wir können nicht ewig hier auf der Plattform bleiben.“

Schnitz war über die Störung sichtbar verärgert.

„Warten auf Lupatz“, sagte er knapp.

Krachendes Unterholz beanspruchte Pincers Aufmerksamkeit. Das Blättergewirr war so dicht, daß er kaum nach unten sehen konnte. Das wenige, was er jedoch erblickte, genügte, um seinen Pulsschlag zu beschleunigen.

Hundert Meter von dem Baum entfernt, auf dem sich Pincer befand, bahnten sich drei Springer einen Weg durch das Dickicht.

Sie kamen genau auf das Versteck zu.

31.

Da der Gesandte der Morg einen Schwanz besaß, der dicker als ein menschlicher Arm war, konnte man ihm nicht zumuten, auf einem Sessel Platz zu nehmen. Man hatte daher eine Lehne konstruiert, die den Beschaffenheiten eines Morgkörpers angepaßt war, um ihm ein Höchstmaß an Bequemlichkeit zu bieten.

In diesem Augenblick jedoch schien Stanour, der Morg-Gesandte, weit davon entfernt, von dieser Lehne Gebrauch zu machen. Erregt hatte er sich Perry Rhodans Platz genähert. Seine Stielaugen schimmerten bläulich. Er besaß sechs davon, und sie waren gleichmäßig über seinem ovalen Schädel verteilt. Im allgemeinen waren die Morg ein friedliches Volk, doch gegenwärtig war bei Stanour von dieser Friedfertigkeit wenig zu bemerken.

„Es werden immer mehr Süchtige gefunden, Administrator", bellte er in seiner eigenartigen Sprache. „Pastonar, eine kleine Stadt im Westen des Landes Troatara, wird nur noch von Tollen bevölkert. Das Rauschgift bedeutet eine Gefahr für unser gesamtes Volk."

Eduard Deegan, Handelsbevollmächtigter der Erde auf Morg, übersetzte den Anwesenden die Worte des Extraterrestriers. Außer Rhodan, Deegan und dem Morg befanden sich noch Allan D. Mercant, Chef der Solaren Abwehr, und Reginald Bull im Raum. Mit voller Absicht hatte Rhodan keine weiteren Männer hinzugezogen. Er wollte vermeiden, den Morg durch Anwesenheit vieler Untergebener glauben zu machen, daß er die Sorgen des Gesandten nicht wichtig nahm. Stanour kannte Rhodan und Bull persönlich, wer Mercant war, hatte man ihm erklärt, und er war durch die Tatsache, daß er mit diesen drei mächtigen Männern allein zusammentreffen konnte, schon etwas besänftigt worden.

„Morg ist nicht der einzige Planet, von dem wir solche Berichte erhalten", sagte Rhodan. Man sah ihm an, daß er sich in den letzten Monaten zuviel zugemutet hatte. Die Erprobung des Lineartriebwerks und der Zusammenstoß mit den Akonen waren ebenso nicht spurlos an ihm vorübergegangen, wie der Kampf gegen das Plasma.

Auch die Belastung, der er durch die verbrecherische Arbeit der Rauschgiftschmuggler ausgesetzt war, beeinträchtigte seinen Zustand.

„Das Geschäft mit dem Gift scheint immer weitere Ausmaße anzunehmen", fuhr Rhodan fort. „Die Lieferanten scheinen auf der Erde zu sitzen, während die Galaktischen Händler als Verteiler fungieren."

Deegan übersetzte dem Morg Rhodans Vermutung. Das Wesen, dessen Vorfahren noch in Sümpfen gelebt hatten, war jedoch nicht geneigt, etwas freundlicher zu werden.

„Die Springer behaupten, daß die Terraner an der Verbreitung des Giftes die alleinige Schuld trifft", rief der Morg. „Vergessen Sie nicht, Administrator, es ist *irdisches* Opium, das überall auftaucht. Die Springer behaupten, daß die terranischen Politiker verschiedene Völker der Galaxis mit dem Gift verseuchen wollen, um sie dann kurzerhand dem Solaren Imperium einzuverleiben."

Nur zögernd übersetzte Deegan diese Anklage. Während er sprach, begannen Rhodans Kinnmuskeln zu arbeiten. Ansonsten blieb er gelassen. Anders Bully, der sich jetzt nicht mehr beherrschen konnte.

„Diese Teufel!" rief er und sprang von seinem Platz auf. „Systematisch wollen sie uns unmöglich machen. Wenn ich nur wüßte, welche erbärmlichen Wichte von unserer Seite dabei mitarbeiten. Ich würde sie persönlich zum Pluto verfrachten."

„Meine Agenten arbeiten Tag und Nacht", meldete sich Mercant. „Wir haben jeden Verdächtigen verhört. Es muß sich um eine vollkommen neue Gruppe handeln, die alten Hasen haben mit diesem üblen Geschäft nichts zu tun. Wahrscheinlich lebt der Anführer in der Maske eines Biedermanns mitten unter uns. Wie sollen wir ihn finden? Wollen wir jeden einzelnen Menschen einem Gedankentest durch Telepathen unterziehen? Das widerspricht nicht nur unseren ethischen Grundsätzen, es ist auch ein ziemlich aussichtsloses Unterfangen. Bis wir damit fertig wären, hätten die Springer bereits ihr Ziel erreicht, das heißt, die meisten Völker, mit denen wir Handel treiben, würden uns den Zutritt in ihr Gebiet verwehren."

„Ich habe das Stanour schon selbst alles unzählige Male erklärt, Sir", sagte Eduard Deegan niedergeschlagen. „Sie können sich nicht vorstellen, welches Elend unter diesem Volk durch das Opium angerichtet wird. Ein süchtiger Terraner würde Ihnen dagegen wie ein wandelnder Sonnenstrahl erscheinen."

Rhodan unterbrach ihn mit einer Handbewegung. „Sagen Sie ihm, daß wir alles in unseren Kräften Stehende tun werden, um die Verbrecher zu finden. Wir sind bereit, den Morg Ärzte zu schicken, die das größte Leid lindern sollen. Mehr können wir einfach nicht tun."

„Wir haben mit den Terranern ehrlich gehandelt!" rief Stanour bitter, nachdem Deegan mit dumpfer Stimme Rhodans Worte wiederholt hatte. „Diese Zeit ist nun vorüber. Wir sind nicht länger an der Anwesenheit der terranischen Frachter auf Morg interessiert. Eduard Deegan war uns ein vorbildlicher Freund, ihn trifft keine Schuld. Trotzdem müssen wir die Handelsstation auflösen. Bitte ziehen Sie Ihre Männer dort innerhalb einer gewissen Frist zurück. Der genaue Zeitpunkt wird Ihnen von unserer Regierung noch bekanntgegeben. Schon jetzt kann ich Ihnen versichern, daß Quatrox-Zuat, der Kaiser von Saastal, unserem Vorgehen folgen wird. Ich spreche auch im Auftrag seiner Majestät. Schließlich ist Saastal unser Zwillingsplanet, und wir sind mit den Bewohnern eng verbunden."

Getreulich beendete Deegan seine Übersetzung. Bully machte Anstalten, mit wütenden Armbewegungen auf den Morg loszugehen. Rhodans Blick hielt ihn jedoch zurück.

„Kümmern Sie sich um unseren Freund, bis er die Erde verlassen hat. Sagen Sie ihm, daß wir den Wunsch seiner Regierung respektieren und unsere Handelsbeziehungen abbrechen." Deegan wollte sich erheben, doch Rhodan war noch nicht fertig. „Warten Sie, Deegan. Sagen Sie ihm auch, daß eines Tages wieder terranische Frachter auf Morg und Saastal willkommen sein werden – so wahr ich Perry Rhodan heiße."

Nur Bully, der beste Freund des Administrators, hatte die große Erregung gesehen, die Rhodan gepackt hatte.

„Leben Sie wohl, Administrator", grüßte Stanour und verließ gemeinsam mit Eduard Deegan den Raum.

Eine Weile schwiegen die drei zurückgebliebenen Männer. Jeder hing seinen eigenen Gedanken nach. Mercant war der erste, der wieder sprach.

„Das war deutlich", sagte er niedergeschlagen. „Sie glauben tatsächlich, daß wir es sind, die das Rauschgift verbreiten."

Rhodan nickte. Groß und hager saß er in seinem Sessel, eine beinahe schon legendäre Gestalt in einer einfachen, sauberen Uniform. Nur die Augen schienen in diesem kantigen Gesicht zu leben.

Die Zelldusche auf dem Kunstplaneten Wanderer hatte Rhodans Körper jung erhalten, aber sein Geist und seine Erfahrung hatten sich nicht in diesen Stillstand gefügt.

„Das war nur der Anfang", sagte er ruhig. „Weitere Planeten werden dem Beispiel von Morg und Saastal folgen. Das ist die Absicht der Springer. Wenn es ihnen gelingt, uns wirtschaftlich zu isolieren, haben wir keine Chance mehr, das Imperium zu halten. Weder Lineartriebwerk noch Mutanten können uns darüber hinwegtäuschen."

Bully ballte seine Hände zu Fäusten. „Dieser Narr von einem Morg. Er wird noch früh genug zu spüren bekommen, welche Halsabschneider seine Springerfreunde sind."

Wenn Bully einen längeren Satz vom Stapel ließ, konnte man stets damit rechnen, daß dieser mehrere nicht ganz standesgemäße Wörter beinhaltete. In diesem Fall war seine Empörung jedoch echt, und niemand dachte daran, ihn deswegen zu kritisieren. Der Stellvertretende Administrator wußte nur zu gut, welche Folgen aus dem Rauschgiftschmuggel entstehen konnten.

„Bis es soweit ist, wird es aber zu spät sein – für uns und für die Morg und alle anderen betroffenen Völker", hielt ihm Mercant entgegen. „Ich muß ständig daran denken, was geschehen wird, wenn die Springer einmal Samen in die Hände bekommen, der ihnen gestattet, selbst Mohn anzupflanzen. Das wäre das Ende."

„Ihre Überlegung hat einen kleinen Haken", erwiderte Bully. „Glauben Sie wirklich, daß die terranischen Schmuggler den Händlern diese Möglichkeit geben? Damit würden sie sich ihr eigenes Geschäft ruinieren."

Rhodan hatte seinen beiden Freunden nachdenklich zugehört.

„Trotzdem sollten wir Allans Vermutung nicht einfach so abtun", sagte er. „Wir wissen nicht, ob außer geschäftlichen nicht noch politische Gründe bei der terranischen Gruppe der Banditen mitspielen."

„Politische Gründe?" fragte Bully erregt. „Das verstehe ich nicht."

Rhodan lächelte ohne Wärme. Er kam hinter seinem Tisch hervor und ging zum Fenster. Unter ihm breitete sich Terrania aus, die Stadt der Superlative. Für Rhodan, der gebürtiger Amerikaner war, hatte die terranische Metropole einen eigenartigen Reiz. Sie war für ihn zu einer zweiten Heimat geworden.

„Es könnte auf der Erde eine Gruppe geben, die die jetzige

Regierung stürzen möchte", erklärte Rhodan. „Was müssen diese Leute tun? Wenn sie skrupellos sind, werden sie uns mit allen Mitteln unmöglich machen."

„Du hast leider nur zu recht", gab Bully zu. „Ich glaube, daß wir uns noch viel intensiver mit der Schmugglerorganisation beschäftigen müssen."

Rhodan wandte sich vom Fenster ab. Er sah Bully und den Abwehrchef an. „Das werden wir auch, Freunde. In vier Stunden werde ich eine Konferenz einberufen, zu der Allan seine Offiziere mitbringen wird. Außerdem werden die Verbindungsmänner zu unseren stellaren Handelsstationen anwesend sein. Ich denke daran, auch einige Mutanten heranzuziehen."

Diese Konferenz fand zur angegebenen Zeit statt. Es war 18 Uhr Weltzeit, als sie der Erste Administrator eröffnete.

In der Abendpresse erschien an diesem Tage ein Interview mit Archibald Pincer, dem Präsidenten der International-Fruit-Company. Pincer verlangte von der Solaren Flotte, daß sie sich umgehend auf die Suche nach seinem Sohn John Edgar begeben solle, der sich anscheinend auf seiner Hochzeitsreise zur Wega verirrt hatte. Die Leser, die nicht über den Bericht schmunzelten, bekamen spätestens dann einen Lachanfall, wenn sie das Bild betrachteten, das ebenfalls abgedruckt war. Es zeigte einen jungen Mann mit träumerischem Blick und abstehenden Ohren. Das war John Edgar Pincer.

Der junge Pincer sah aus wie ein Mann, der sich in seiner eigenen Wohnung verirren kann, nicht aber wie ein kühner Raumpilot, der zu einer Hochzeitsreise in das Weltall startet.

Perry Rhodan schloß die Konferenz kurz nach 20 Uhr Weltzeit. Er hatte mit den anwesenden Männern verschiedene Maßnahmen beschlossen, um den Schmuggel endlich zu beenden. Noch am selben Abend startete Stanour, der Abgesandte von Morg, vom Raumflughafen von Terrania.

Die Bevölkerung der Erde ahnte nichts von den Schwierigkeiten, die auf sie zukamen. Hätte man einen unbefangenen Menschen nach dem wichtigsten Ereignis des Tages gefragt, hätte er vielleicht grinsend geantwortet: „Nun, ein junger Mann ist während seiner Hochzeitsreise abhanden gekommen."

Und damit hätte er sogar recht gehabt.

Denn die einzige Chance des Solaren Imperiums, den drohenden wirtschaftlichen Boykott abzuwenden, ruhte in diesem Augenblick auf den schmalen Schultern von John Edgar Pincer, dem Greenhorn.

32.

Die drei Händler blieben stehen und sahen sich unschlüssig um. Pincer beobachtete sie mit angehaltenem Atem. Hinter ihm begann die Plattform leicht zu schwanken. Völlig geräuschlos war Lupatz zurückgekommen. Pincer stieß Schnitz leicht gegen den Rücken und nickte zu den Springern hinab. Der Eingeborene zwinkerte ihm zu und deutete auf die Tragsitze.

„Ohneflügler verstecken in Hütte“, bedeutete er Pincer. „Schnitz machen großen Trick.“

Irgendwie erinnerte Schnitz an einen Jahrmarktsgaukler, der jeden Augenblick mit einem neuen Einfall aufwartet, um sein staunendes Publikum zu verblüffen. In der Wahl seiner Mittel war Schnitz allerdings noch primitiver. Trotzdem ging eine Sicherheit von ihm aus, die Pincer seine Ruhe bewahren ließ. Diese Vogelwesen waren die optimistischsten Extraterrestrier, von denen Pincer je gehört hatte.

Pincer wandte sich seiner Frau zu. „Wir müssen uns in der Baumhütte verstecken. Schnitz will die Springer ablenken. Glaubst du, daß du an diesem Seil hinaufklettern kannst?“

Cora nickte. Sie drückte ihre Zigarette aus und hangelte sich an dem Strick empor. Schnitz sah ihr mit Seelenruhe zu.

„Jetzt Ohneflügler auch gehen“, forderte er Pincer auf.

Der junge Mann hatte noch nie in seinem Leben einen derartigen Kletterversuch unternommen. Es schien ganz leicht zu sein, denn Cora hatte es ohne Mühe geschafft. Pincer streckte seine Arme aus und umklammerte den Strick. Er hob sich hoch und hielt sich fest. Das Seil begann zu schwanken und trug Pincer ein Stück über die Plattform hinaus. Blätter und Äste streiften ihn. Er wagte nicht, einen Blick nach unten zu riskieren.

Das Seil pendelte über die Bretter zurück. Schnitz’ Krallenhand packte ihn am Jackett.

„Ohneflügler nicht können schaffen“, erkannte der Eingeborene fachmännisch. „Schnitz muß helfen.“

Beschämt mußte sich Pincer der Hilfe des Vogelwesens anvertrauen. Kankantz, Lupatz und der vierte Eingeborene sahen ungerührt zu, wie sich der Terraner nach oben quälte. Schnitz hatte ihn am Kragen gepackt und zog ihn von Ast zu Ast. Schließlich stand er neben Cora auf dem Vorsprung am Rand der Hütte. Er wagte nicht, sie direkt anzusehen.

„Komm ruhig herein“, sagte seine Frau lächelnd. „Unser neues Heim ist nicht gerade feudal, aber es scheint ein Höchstmaß an Sicherheit zu bieten. Es ist vielleicht auch besser, wenn du dir die Nase zuhältst.“

Pincer, der erkannte, daß sie ihm seine mißglückte Kletterei nicht übelnahm, folgte ihr glücklich in das Innere der Hütte. Schnitz blieb am Eingang stehen. Die Wände bestanden aus Brettern, Gras, Blättern und Moos. Durch verschiedene Ritzen schimmerte das Licht herein.

„Ruhig sein“, sagte Schnitz. „Schnitz nun mit Springern reden.“

Er ließ sich einfach nach hinten fallen, und Cora konnte einen Aufschrei nicht unterdrücken. Pincer warf ihr einen warnenden Blick zu, denn nach den krachenden Geräuschen zu schließen, waren die Springer näher an den Baum herangekommen.

„Hallo, Partisanen!“ kreischte da Schnitz von der Plattform herunter. Bevor Pincer Zeit hatte, sich über den Ausdruck zu wundern, sprach der Eingeborene schon weiter. „Ihr Geschenk für uns?“

„Nein, du aufdringliches Federvieh“, erwiderte die tiefe Stimme eines Händlers. „Wir haben kein Geschenk für deine Bande.“

„Dann schnell verschwinden“, verlangte Schnitz kaltschnäuzig.

„Wenn sein Erfolg so groß ist wie seine Frechheit, können wir uns beruhigt seiner Obhut anvertrauen“, flüsterte Cora ihrem Mann zu.

„Höre mir gut zu, Vogel!“ rief der Springer drohend. „Wir suchen einen Mann und eine Frau. Sie sind schlanker als wir und tragen keine Bärte. Ihre Kleidung wirkt fremdartig.“

„Gute Freunde von Schnitz“, erklärte der Eingeborene. „Machen großes Geschenk. Hoffentlich kommen bald wieder.“

„In welcher Richtung sind sie weitergegangen?“

„Tiefer in den Wald. Dort hinaus.“ Pincer konnte nicht sehen, welche Richtung Schnitz den Springern angab. „Schon viel Zeit vorbei.“

Krachende Äste und raschelndes Laub zeigten an, daß die Springer ihre Suche fortsetzten. Bald darauf erschien die Silhouette eines Vogelwesens im Eingang der Hütte. Es war Schnitz.

„Danke“, sagte Pincer aufatmend. „Vielen Dank, mein Freund.“

Schnitz führte seine Krallenhand mit einer imaginären Zigarette zum Schnabel. Die Aufforderung war unmißverständlich.

„Was hältst du davon, wenn du nun einmal rauchst?“ fragte Cora.

„Ich will es versuchen“, erklärte Pincer.

Schnitz wartete gespannt, bis sich der Terraner eine Zigarette angezündet hatte. Pincer hustete.

„Du darfst nicht über die Lunge rauchen“, sagte Cora.

„Ja, Liebling“, krächzte Pincer mit tränenden Augen. Er hatte das Mundstück der Zigarette bereits so befeuchtet, daß sich Tabakkrümel lösten und zwischen seine Zähne gerieten.

Es war wie schon so vieles in seinem bisherigen Leben. Alles, was er anpackte, ging schief. Allmählich begann er daran zu zweifeln, daß er Rhodan eine Nachricht übermitteln konnte.

„Nun fliegen davon“, schlug Schnitz vor und erlöste Pincer von seinen düsteren Gedanken. „Lupatz, Kankantz und Tonitutz bereit.“ Er kam in die Hütte und löste die hintere Wand, indem er sie einfach von oben herunter nach innen bog. Erstaunt sah Pincer, daß die Eingeborenen eine Art Einflugschneise durch den Wipfel des Baumes geschaffen hatten. Kankantz erschien mit den Tragsitzen.

„Noch können wir unsere Meinung ändern“, sagte Pincer und paffte heftig an der Zigarette. Cora schüttelte stumm den Kopf.

Plötzlich hörten sie das charakteristische Geräusch eines Raumschiffs. Durch die von den Eingeborenen geschaffene Lichtung sah Pincer den Flugkörper vorüberhuschen.

Nun durfte er nicht länger mit ihrer Flucht zögern.

Das Raumschiff war irdischer Herkunft.

Pincer zweifelte keine Sekunde daran, daß hier der Mann landete, auf den Valmonze schon lange gewartet hatte.

Shaugnessy.

Das bedeutete nicht mehr und nicht weniger als das Todesurteil für John Edgar Pincer und seine junge Frau.

Toraman war der älteste Sohn Valmonzes. Er hatte seinen Vater schon oft erregt und zornig gesehen. Die Stimmung, in der sich Valmonze nun befand, ließ alle seine bisherigen Gefühlsausbrüche unbedeutend erscheinen. Mit beiden Händen umklammerte der Patriarch das Gestell, auf dem sich das Visiphon befand. Auf dem Bildschirm war das Gesicht eines Terraners zu erkennen, der ebenfalls nicht bei bester Laune zu sein schien.

„Shaugnessy!“ tobte Valmonze. „Ich verlange sofort eine Erklärung.“

„Sie machen mit Spaß“, behauptete der Schmuggler. „Sie sollten mir einmal erklären, was hier gespielt wird. Sie waren nicht an unserem verabredeten Platz, um mich in die VAL I einzuschleusen. Als ich Sie endlich über Funk erreichen konnte, erzählten Sie mir eine verrückte Geschichte von Mohnsamen, der keiner ist. Da komme ich überhaupt nicht mehr mit. Und nun verlangen Sie auch noch eine Erklärung.“

Valmonze sah ein, daß er so nicht weiterkommen würde. Entweder war Shaugnessy ein guter Schauspieler, oder er wußte wirklich nicht, wovon der Patriarch sprach.

„Landen Sie!“ befahl der Sippenführer. „Wir werden uns dann unterhalten.“

„Das klingt schon besser“, erklärte der Mann auf dem Bildschirm. „Ich hoffe nur, daß Sie bis dahin bei besserer Laune sind.“

Valmonze knurrte unwillig und schaltete das Gerät ab. Er stieß gegen Toraman, der dicht hinter ihm gestanden hatte. Sofort zog sich sein Sohn respektvoll zurück. Die anwesenden Springer sahen ihren Anführer erwartungsvoll an. Nur Amat-Palong, der sich im Hintergrund hielt, zeigte ein spöttisches Lächeln.

Für Valmonze sollten die Aufregungen jedoch noch nicht abreißen. Die drei Springer, die er hinter Pincer hergeschickt hatte, um ihn zurückholen zu lassen, betraten den Raum. Sie mußten keine Erklärung abgeben. Der Patriarch sah ihnen an, daß sie Pincer nicht gefunden hatten.

„Wir haben den Terraner und die Frau nicht mehr einholen können, Patriarch“, sagte einer von ihnen. „Ihr Vorsprung war zu groß. Es ist offensichtlich, daß sie flüchtig sind.“

„Welch ein Glück für uns, daß wir einen so weitsichtigen Burschen wie dich unter uns haben!“ schrie ihn Valmonze an. „Ich werde die beiden Terraner schon aufspüren, selbst wenn ich den ganzen Wald niederbrennen muß.“

Für einen Moment flammte die Auflehnung in den Augen des Jüngeren auf. Aber die Tradition, das konventionelle Denken blieb

Sieger. Es war unmöglich, einem Patriarchen zu widersprechen. Mit gesenktem Blick sagte der Springer: „Wir haben Eingeborene getroffen, Patriarch. Sie sagten uns, daß die Flüchtlinge unterwegs zur großen Mulde seien. Wenn wir einen Gleiter bemannen, können wir vor ihnen dort sein."

Unter den buschigen Brauen blitzten Valmonzes Augen zornig auf. Er wollte als Sippenführer alle Befehle geben und erwartete gleichzeitig von seiner Sippe, daß sie selbständiges Handeln entwickelte. Der Widerspruch in seinen Gedanken kam ihm nicht zum Bewußtsein. Seine Macht war totalitärer Natur, und das war bisher noch keinem denkenden Individuum bekommen.

„Worauf wartet ihr dann noch?" rief der Patriarch außer sich vor Zorn. „Razmon wird euch als Pilot begleiten. Fliegt sofort zur großen Mulde."

„Haben Sie wirklich so ein kindliches Gemüt?" fragte da eine kalte Stimme aus dem Hintergrund. Valmonze erstarrte. Es wurde so still in dem Raum, daß man das Ticken einer Uhr vernehmen konnte. Dann wandten sich die Springer dem Mann zu, der es gewagt hatte, ihren Patriarchen in aller Öffentlichkeit zu beleidigen.

Sie blickten in die kalten Gesichtszüge von Amat-Palong, dem Ara. Groß, aber im Gegensatz zu den Springern schlank, lehnte er an einem Gestell mit Akten. Als auch Valmonze zu ihm herübersah, begann er leicht zu lächeln.

Sicher gab es unter den Springern einige, die die Worte des Mediziners mit Schadenfreude vernommen hatten. Wenn sie jedoch erwartet hatten, daß Valmonze wie ein Unwetter über Amat-Palong hereinbrechen würde, so sahen sie sich enttäuscht. In diesem Moment zeigte der Patriarch, daß er durchaus in der Lage war, seine Gefühle zu beherrschen, wenn es einmal darauf ankam.

„Ihre Kritik setzt voraus, daß sie eine bessere Idee haben, Ara", sagte Valmonze tonlos. „Wir sind gespannt darauf."

Amat-Palong stieß sich mit der Schulter von dem Gestell ab. Er musterte die Springer gelangweilt.

„Stellen Sie mir einen Gleiter zur Verfügung", forderte er Valmonze auf. „Ich werde Ihnen diesen Pincer herbringen."

Wenn der Patriarch jemals ein tückisches Lächeln auf seinem Gesicht gezeigt hatte, dann in diesem Augenblick. Amat-Palong würde sein Gesicht verlieren, wenn er sein Versprechen nicht hielt.

„Wollen Sie auch zur großen Mulde fliegen?" fragte er den Ara.

„Nein", erwiderte Amat-Palong knapp. Es war offensichtlich, daß er sein Ziel für sich behalten wollte.

„Sie können einen Gleiter haben", sagte Valmonze. „Trotzdem wird Razmon zu der Mulde fliegen."

Amat-Palong nickte gelassen und verließ ohne Hast den Raum. Mit einer Kopfbewegung schickte Valmonze die drei Springer ebenfalls davon, die zusammen mit Razmon die Suche nach Pincer wieder aufnehmen sollten.

„Shaugnessy ist soeben gelandet", tönte eine Stimme aus der knackenden Sprechanlage. „Wie lauten Ihre Befehle, Patriarch?"

„Ich befinde mich im Hauptbüro!" rief Valmonze. „Bringt den Terraner zu mir."

Eine knappe Viertelstunde später betrat Clifton Shaugnessy den Raum. Er war ein kleiner, breitschultriger Mann, in dessen rundem Gesicht eine schmale, hakenförmige Nase auffiel. Der Schmuggler trug eine kurze Jacke, die mit Stickereien verziert war. Beim Sprechen blieben seine Lippen stets über den Zähnen, was seiner Stimme einen hohlen Klang verlieh. Im Gürtel seiner Hose steckte eine ältere Thermowaffe.

„Rhodan hatte eine Quarantäne über Terra verhängt", sagte er zur Begrüßung. „Deshalb konnte ich nicht zum verabredeten Zeitpunkt eintreffen. Ich habe weder Mohnsamen noch die übliche Ware bei mir. Aplied hält es für zu gefährlich, jetzt schon wieder das Geschäft aufzunehmen. Die Kontrollschiffe führen scharfe Inspektionen durch. Ohne Erlaubnisschein darf kein Frachter starten. Über Terrania selbst liegt noch Start- und Landeverbot. Grund dafür war eine seuchenartige Plasmainfektion. Rhodan war selbst davon befallen. Es heißt, daß Rhodan vorher erfolgreich ein neues Triebwerk erprobt hat."

„Sie bringen Gerüchte", sagte Valmonze böse. „Wir warten auf Ware, und Aplied schickt Sie mit Gerüchten, die keinen Wert für uns besitzen."

Shaugnessy wurde nicht nervös. Er sah wie ein Mann aus, der sich über nichts Gedanken macht – schon gar nicht über die Probleme eines Galaktischen Händlers.

„Kennen Sie einen Mann, der sich Pincer nennt und für Aplied arbeitet?" fragte Valmonze.

„Pincer?" wiederholte Shaugnessy. Er zupfte an dem Reißverschluß seiner Jacke. „Nein", sagte er dann, „diesen Namen habe ich nie gehört."

„Er ist hier aufgetaucht und hat sich als Ihr Vertreter ausgegeben. Er hatte Mohnsamen dabei, der sich später jedoch als Fälschung herausstellte", berichtete Valmonze.

„Toller Bursche", sagte Shaugnessy mit einer für Valmonze unverständlichen Objektivität. „Wo ist er jetzt?"

„Geflohen. Aber wir werden ihn bald gefangen haben. Können Sie sich vorstellen, wer dieser Mann sein kann? Er hat eine Frau bei sich."

„Vielleicht ist er ein Agent Rhodans", sagte Shaugnessy. „Früher oder später werden sie uns auf die Spur kommen."

Valmonze verzichtete darauf, dem Schmuggler zu erklären, warum Rhodan auf keinen Fall jetzt schon die Hintermänner der Rauschgiftbande aufspüren durfte. Es war sinnlos, dem kleinen Banditen von galaktischer Politik zu erzählen. Shaugnessy transportierte Opium für Aplied und Valmonze. Er belieferte überdies sechs weitere Patriarchen. Außer ihm gab es noch acht Verbindungsmänner zu Aplied, die je sieben Springersippen „betreuten". Das ergab genau 63 Händler, die Rauschgift entgegennahmen, um die wirtschaftliche Lage der Erde grundlegend zu verändern. Shaugnessy wußte vielleicht noch nicht einmal, daß die Händler nur an dem Gift interessiert waren, weil sie sich davon eine Schwächung Terras versprachen. Vom kaufmännischen Standpunkt aus verdienten sie an den Opiaten nicht mehr als an anderen Gütern. Großverdiener war Vincent Aplied in Kapstadt.

„Wer auch immer dieser Pincer ist", sagte Valmonze, „wir müssen ihn finden. Er kann diesen Planeten nicht verlassen, also werden wir ihn früher oder später erwischen."

„Sollte es sich wirklich um einen Agenten der Solaren Abwehr handeln, werden Sie Schwierigkeiten mit ihm haben", gab Shaugnessy zu bedenken. „Wenn es sich jedoch nur um einen Betrüger handelt, werden Sie seinen Mut bewundern müssen."

Valmonze machte eine ablehnende Bewegung.

Das einzige Gefühl, das Valmonze für den geflohenen Terraner empfand, war der Haß des Getäuschten.

In diesem Zustand war der Patriarch gefährlich.

Der Vizepräsident der International-Fruit-Company, John Edgar Pincer, bot in diesem Augenblick einen bemitleidenswerten Anblick. Hätte Valmonze Gelegenheit gehabt, ihn so zu sehen, hätte er seine Bedenken, bei Pincer könnte es sich um einen Agenten handeln, schnell aufgegeben.

Pincer, der in schwindelerregender Höhe über den Wald durch die Luft getragen wurde, saß auf einem fünfundzwanzig Zentimeter breiten Brett, an dessen beiden Seiten Stricke zu Schnitz und Lupatz führten, die mit ausgebreiteten Flughäuten dahinsegelten.

Pincer, dessen Magen den Anforderungen eines normalen Aufzuges nicht gewachsen war, durchlebte die schlimmste Stunde seines Lebens. Sein Magen war zusammengeschrumpft. Die Blutleere in seinem Gehirn trübte seinen Blick. Das war vielleicht gut so, denn für Pincer hätte sich die Aussicht nach unten verheerend auswirken können. Etwa zwanzig Meter vor ihm wurde Cora von Kankantz und Tonitutz transportiert. Pincer beglückwünschte sich im stillen dazu, daß er seine Frau hatte vorausfliegen lassen. So ersparte er ihr seinen erbärmlichen Anblick. Die Schwingen der Eingeborenen besaßen eine beträchtliche Spannweite. Wenn sie sich bewegten, verursachten sie einen Luftzug, der Pincer jedesmal erschreckt zusammenfahren ließ.

Seine Hände hatten sich um die beiden Seile verkrampft. Er wagte nicht, auch nur die geringste Bewegung zu machen. Das dünne Brett schaukelte und schwankte. Pincers Zustand erlaubte ihm keine genaue Schätzung der Geschwindigkeit, mit der sie sich fortbewegten. Obwohl er mit jedem Meter größeren Abstand von den Springern gewann, fühlte sich Pincer nicht glücklich.

Er hätte seinen luftigen Platz jederzeit mit einem Stuhl in Valmonzes Raumschiff eingetauscht.

Doch dann sagte er sich, daß diese Gedanken egoistisch waren. Er durfte nicht an sich denken. Seine tapfere Frau mußte gleich ihm alle diese Gefahren durchstehen. Wenn er jetzt schwach wurde, vergab er die Gelegenheit, Perry Rhodan zu informieren. So litt er weiter, eine verkrümmte Gestalt, auf einem schmalen Stück Holz.

Er hätte nicht zu sagen vermocht, wie lange der seltsame Flug dauerte. Gerade, als er glaubte, sich nicht länger auf seinem Platz halten zu können, ließen sich Schlitz und Lupatz nach unten gleiten. Diese Landung war noch schlimmer als alles andere. Kalter Schweiß brach Pincer aus. Er schnappte nach Luft. Plötzlich gab es einen harten Ruck, und er rollte über festen Boden.

„Flug vorüber“, hörte er Schnitz gleichmütig sagen. „Ohneflügler können aufstehen.“

Zitternd gelang es Pincer, auf den Knien ein Stück zu krabbeln, sein erster Versuch, sich zu erheben, mißlang jämmerlich. Schließlich richtete er sich auf, mit wackeligen Beinen und brummendem Schädel.

Sein Blick klärte sich, und er sah sich auf einer Wiese inmitten des Waldes stehen. Hundert Meter von ihnen entfernt war Cora gelandet. Sie näherte sich mit Kankantz und Tonitutz. Pincer gab sich Mühe, seinen desolaten Zustand zu verbergen. Mit langen Schritten stelzte er seiner Frau entgegen.

„War dieser Flug nicht herrlich, Johnny?" rief ihm Cora zu. „Er hat mich richtig erfrischt."

Pincer wurde rot bis unter die Haarwurzeln. Seine männliche Haltung löste sich auf, und er wurde wieder zu dem täppischen ungelenken John Edgar Pincer, der er schon immer gewesen war.

Er sagte: „Ja, das stimmt, Liebling."

Sein schwaches Lächeln schwand dahin, als sie ihn umarmte.

„Wir sind hier nicht zu einem Picknick", sagte er ernst. „Erinnerst du dich, daß Valmonze von mehreren Kontrollstationen sprach, als ich versuchte, von der ERROR aus einen Funkspruch abzusetzen?"

„Das stimmt nicht ganz", berichtigte sie ihn. „Er erwähnte nur, daß sie das ganze Gebiet ständig unter Kontrolle halten."

Pincer hob dozierend seinen dünnen Zeigefinger. „Es ist also durchaus möglich, daß sich mehrere Funkstationen auf Alazes Planet befinden. Es ist unsere Aufgabe, eine davon zu finden."

Er wandte sich Schnitz zu.

„Gibt es außer dem Raumflugfeld weitere Stationen der Springer?" erkundigte er sich. „Weißt du, wo wir eine solche finden können?"

Schnitz' blauer Federkranz um seine schwarzen Augen wippte verständnislos auf und nieder.

„Schnitz nicht verstehen Ohneflügler", sagte er. „Zuerst wollen fliehen, dann wieder suchen Springer."

Pincer sah sich hilfesuchend nach seiner Frau um. „Es ist etwas kompliziert, Schnitz. Wir wollen mit unseren Freunden auf einem anderen Planeten in Verbindung treten, damit sie hierherkommen, um uns zu retten. Dazu brauchen wir bestimmte Geräte, die wir nicht besitzen. Die Springer haben diese Geräte. Deshalb müssen wir einen ihrer Stützpunkte finden."

Schnitz klapperte verständnisvoll mit seinem Schnabel. Täuschte sich Pincer, oder bildete sich in dem Vogelgesicht tatsächlich ein listiges Grinsen?

„Ohneflügler wollen machen Gespräch über weite Entfernung",

stellte der Eingeborene fest. „Schnitz wissen. Er kennt viele Stationen. Die meisten weit entfernt – zu weit. Nur eine in der Nähe." Er sah sehnsüchtig zu Cora hin und machte die typische Bewegung eines Zigarttenrauchers. Geduldig wartete Pincer, bis Cora eine Zigarette angezündet hatte und den Rauch zwischen die verzückt aussehenden Vögel blies. Schnitz schnüffelte, räusperte sich, sah Pincer mit tränenden Augen an und fuhr mit sichtbarem Behagen zu sprechen fort. „Alle Stationen von Eingeborenen besetzt, die von Springern haben Geräte gelernt", erklärte er.

Erleichtert nickte Pincer seiner Frau zu. Wenn Schnitz sie zu der Funk- und Kontrollstation führte, hatten sie es nur mit Eingeborenen zu tun, nicht aber mit Springern selbst.

„Mein Freund, führe uns zu diesem Platz", forderte er Schnitz auf.

Zum erstenmal, seit er die Vogelwesen kannte, bemerkte er so etwas wie Unsicherheit an ihnen. Schnitz spreizte seine Flughäute.

„Nicht gehen", sagte er etwas lauter als nötig. „Gebiet von fremdem Stamm. Nicht Freunde von Schnitz." Er redete in seiner eigenen Sprache auf seine Begleiter ein. Die Gesten von Kankantz, Lupatz und Tonitutz mußten Pincer nicht erst übersetzt werden. Sie lehnten jeden Versuch, dieses Gebiet eines fremden Stammes zu betreten, entschieden ab.

„Meine Frau und ich werden allein gehen", gab Pincer bekannt. „Zeigt uns den Weg."

„Nein, besser nicht", widersprach Schnitz heftig. „Ohneflügler werden getötet in diesem Land."

„Der Tod ist uns so oder so gewiß", sagte Pincer. „Warum sollen wir da nicht nach einer kleinen Chance greifen? Schnitz, wir bitten dich, uns noch dieses Mal zu helfen. Sag uns, wo wir die Station finden können."

Schnitz wirkte plötzlich sehr ernst. Er streckte seine Krallenhand aus und deutete über die Wiese. „Ohneflügler gehen in dieser Richtung. Noch bevor die Nacht kommt, werden sie Station erreichen."

„Gut", sagte Pincer befriedigt. „Dann werden wir jetzt losmarschieren."

„Warten noch", sagte Schnitz leise. Er brachte die Zigarettenpakkungen hervor, die ihm Pincer geschenkt hatte. In seinen schwarzen Augen tauchte ein schimmernder Glanz auf. „Schnitz kein Geschenk nehmen von Toten", krächzte er.

Widerspruchslos nahm Pincer die Päckchen in Empfang. Er nickte den Vogelwesen zu und nahm seine Frau an der Hand. Sie gingen über die Wiese – auf den Wald zu.

Die Eingeborenen warteten noch einige Sekunden, dann breiteten sie ihre Flughäute aus und hoben vom Boden ab. Pincer hörte das Geräusch der Flügel, aber als er sich umblickte, war die Wiese bereits leer.

„Sie sind weg“, sagte er zu Cora. „Nun sind wir wieder auf uns allein angewiesen. Es ist besser, wenn wir uns jetzt beeilen, damit wir die Station noch vor Einbruch der Dunkelheit erreichen.“

Schneller als ihm lieb war, mußte der Terraner erkennen, daß sich sein Plan nicht ausführen ließ, daß die Befürchtungen ihres Helfers Schnitz sich bewahrheiteten. Als sie in den Wald eindrangen, wurden sie bereits erwartet.

Etwa dreißig Eingeborene lösten sich hinter den Bäumen. Sie trugen lanzenähnliche Waffen. Ihr Anführer stellte sich Cora und John in den Weg. Er hob seine Lanze.

„Wir haben Geschenke für euch“, sagte Pincer freundlich. „Ihr müßt dafür nichts weiter tun, als uns durchzulassen. Wir haben noch einen weiten Weg vor uns.“

Einmal mehr mußte John Edgar Pincer seine Vorstellung, daß das Universum nur von friedliebenden Wesen bevölkert wurde, revidieren. Der Eingeborene zeigte dem jungen Mann auf sehr drastische Art, was er von Geschenken hielt. Er schwang seine Lanze und rammte sie direkt vor Pincer in den Boden.

„Er sieht wütend aus“, flüsterte Cora ängstlich.

Pincer drückte ihre Hand. Mit entwaffnender Selbstverständlichkeit zog er die Waffe aus der Erde und betrachtete sie neugierig. Psychologisch gesehen, hielt er dieses Vorgehen für richtig. Aber das war es nicht.

Die Eingeborenen fielen über sie her und fesselten sie mit Stricken. Pincer rief seiner Frau ermutigende Worte zu. Innerlich gestand er sich ein, daß sie die weite Strecke umsonst zurückgelegt hatten.

Sie waren den Springern entkommen, aber nur auf Kosten einer Gefangennahme durch primitive Eingeborene, die offensichtlich nicht weniger kriegerisch waren als die Galaktischen Händler. Je vier der Vogelwesen schleppten Pincer und seine Frau in das Innere des Waldes.

Für Pincer war das lange gesuchte kosmische Abenteuer endlich

Realität geworden. Jetzt aber, da er am eigenen Leib spürte, wie gefährlich das war, kamen ihm seine Wünsche der Vergangenheit ziemlich dumm vor.

Jeder Mann sollte nur das tun, wozu er bestimmt ist, dachte Pincer mutlos.

Das war zweifellos richtig. Wozu aber war John Edgar Pincer bestimmt, dem das Pech an den Füßen klebte? Wäre der Sohn des mächtigen Archibald Pincer Philosoph gewesen, hätte er vielleicht eine Erklärung gefunden. Aber er war nur ein hilfloser, junger Mann, der in eine verzwickte Lage geraten war.

Seine Gedankenkette wurde unsanft zerrissen, als ihn die Vogelwesen einfach auf den Boden fallen ließen. Zwischen den Bäumen war ein großer Platz, der von Laub gesäubert war. Der Boden war festgestampft. In den Ästen der ringsum stehenden Bäume sah Pincer unzählige Baumhütten, vor denen weitere Eingeborene hockten oder standen und die Ankommenden mit mörderischem Geschrei begrüßten. Cora und John wurden in die Mitte des freien Platzes getragen und dort wiederum auf die nackte Erde gelegt. Um sie herum versammelten sich die Dorfbewohner.

„Kannst du dir vorstellen, was sie mit uns tun werden, Johnny?" fragte Cora und versuchte, ihren zusammengeschnürten Körper so herumzuwälzen, daß sie Pincer in das Gesicht sehen konnte.

Pincers Phantasie war ausgeprägt genug, so daß er eine ganze Menge davon erahnte, was ihnen die nächsten Stunden bringen würden. Nichts davon war jedoch für das Ohr einer Frau geeignet. So sagte Pincer nur: „Ich weiß es nicht."

Ein einbeiniger Eingeborener hinkte auf sie zu. Er war alt und stützte sich auf einen Stock. Sein Arkonidisch war einwandfrei.

„Wo kommen Sie her?" wollte er wissen.

„Von Terra", sagte Pincer.

Der Alte stützte sich auf sein gesundes Bein und richtete den Stock gegen den Himmel. Die Menge hinter ihm schwieg respektvoll.

„Von dort?" fragte er.

„Ja", sagte Pincer, „von dort."

„Habt ihr weißes Pulver dabei?" erkundigte sich der Eingeborene. Zum erstenmal sah Pincer so etwas wie Gier in seinem Verhalten.

Der arme Kerl ist rauschgiftsüchtig, dachte er entsetzt. Sein Mitleid mit diesem hilflosen Wesen besiegte sein Mißtrauen. Es gab sicher eine Möglichkeit, dem Alten und anderen Süchtigen zu helfen.

„Das Pulver ist schädlich!" rief er der Menge zu, obwohl ihn außer dem Alten sicher niemand verstand. „Ihr dürft es nicht nehmen. Man wird davon krank und stirbt."

Der Vogelgreis schlug ihm mit dem Stock gegen die Brust. Er war so alt, daß der Schlag keine Kraft besaß, aber Pincer war mehr über die geistige Grundhaltung dieses Wesens schockiert als über seinen Angriff. Hier herrschte Aggressivität. Und das Schlimme daran war, daß sie durch irdische Gifte erzeugt worden war. Pincer fühlte eine tiefe Scham.

Welcher Grund mochte die Springer dazu bewogen haben, auf Alazes Planet Rauschgift zu verteilen? Die Eingeborenen wußten nichts von der Erde und konnten daher die Terraner nicht verantwortlich machen. Schnitz hatte berichtet, daß einige Angehörige seines Volkes Dienst in den Kontrollstationen der Springer verrichteten. Es bestand die Möglichkeit, daß die Händler die Vogelwesen mit Opium gefügig und von sich abhängig machten.

„Habt ihr weißes Pulver dabei?" rief der Einbeinige noch einmal, und Pincer hörte eine geradezu panische Furcht aus der Stimme, daß es nicht so sein könnte."

„Nein", sagte er, „wir haben kein Pulver."

Er dachte, der Eingeborene würde sich in sinnloser Wut auf ihn stürzen, aber der Alte bückte sich nur und zog Pincer die Zigarettenpackungen aus dem Jackett. Er riß eine davon heraus und biß darauf herum. Angewidert schleuderte er sie von sich.

„Wir sollten ihm zeigen, wie man so etwas macht", sagte Cora. „Auf ihn wird der Rauch die gleiche Wirkung haben wie auf Schnitz und seine Freunde. Wir können ihn dann überreden, uns freizulassen."

„Ich bin kein Entfesselungskünstler", antwortete Pincer grimmig. „Wie soll ich in diesem Zustand eine Zigarette anstecken?"

„Bei Morgengrauen werden wir erproben, ob Sie Freunde oder Feinde sind", krächzte der Einbeinige. „Bis dahin werden Sie hier liegen bleiben."

Er hinkte davon, bevor Pincer fragen konnte, was es mit dieser Probe auf sich hatte.

Alazes Planet besaß keinen Mond, und das Licht der Sterne wurde durch die dichte Atmosphäre fast vollkommen abgeschirmt. Die Nacht, die Pincer und seine Frau erlebten, war mit irdischen Nächten nicht zu vergleichen. Die Dunkelheit war undurchdringlich.

Die Eingeborenen hatten sich in ihre Baumhütten verkrochen. Lange Zeit hatte sich Pincer mit seiner Frau unterhalten. Dann, nach Stunden, fielen sie in einen unruhigen Schlaf.

Pincer hätte nicht zu sagen vermocht, wie lange er, von wilden Träumen geplagt, geschlafen hatte.

Er wurde von dem Gefühl wach, daß jemand in der Nähe war. Er wagte nicht, Cora zu wecken. Hilflos gefesselt lagen sie am Boden. Was sollte er tun, wenn ein Raubtier in der Finsternis herumschlich und nach Beute suchte? So sehr er auch seine Augen anstrengte, er konnte noch nicht einmal die Schatten der nächststehenden Bäume erkennen.

Ein Zweig knackte unter dem Gewicht eines Körpers. Dieses Geräusch ließ Pincer erschauern. Er hielt den Atem an und lauschte. Jetzt war es wieder still. Von den Bäumen kam das schwache Zirpen einiger Nachtinsekten.

Pincer erinnerte sich an seine Kindheit. Da war er des Nachts manchmal aufgewacht und hatte geglaubt, daß sich die sonderbarsten Gestalten aus seiner Phantasiewelt im Zimmer aufhielten. Er war unter die Decke gekrochen und angsterfüllt wieder eingeschlafen.

Was immer sich da in der Dunkelheit herumtrieb, es kam langsam näher. In wilder Verzweiflung begann John Edgar Pincer an seinen Fesseln zu zerren. Doch die Eingeborenen waren in der Handhabung ihrer Stricke wahre Meister. Je mehr Pincer gegen die Verstrickung ankämpfte, desto tiefer schnitt sie in seinen Körper. Erschöpft gab er es auf.

Ein Luftzug streifte sein Gesicht, und im selben Augenblick fühlte er die scharfe, kalte Schneide eines Messers an seinem Hals.

Valmonze nahm ein Stück Kreide, malte einen Kreis auf die Tafel und machte in dessen Mitte einen Punkt. Die Kreide brach ab.

„Das", sagte der Patriarch und deutete auf den weißen Fleck, „sind wir, das heißt, der Raumflugplatz. Der Kreis deutet die maximale Entfernung an, die Pincer und die Frau zu uns haben können. Weiter sind sie auf keinen Fall gekommen. Ein Fußmarsch durch den Wald ist beschwerlich. Sie können also", er strich mit seinem Zeigefinger den Kreis entlang, „nur hier, am äußersten Rand einer gedachten Scheibe sein. Razmon hat sie bei der großen Mulde nicht gefunden. Amat-Palong ist bisher nicht wieder bei uns erschienen und antwortet auch nicht auf unsere Funksignale. Es ist also anzunehmen, daß auch er keinen Erfolg hatte." Er lachte befriedigt. „Es ist jetzt Nacht. In den frühen Morgenstunden werde ich selbst einen Suchtrupp führen. Alle verfügbaren Gleiter werden für die Suche eingesetzt. Es ist also nur eine Frage der Zeit, bis wir die Terraner eingefangen haben."

Shaugnessy, der neben der Tafel stand, betrachtete Valmonzes Zeichnung, als handle es sich um ein berühmtes Gemälde.

„Was nützt es, wenn Sie Ihre Gleiter über den Wald fliegen lassen?" fragte er Valmonze. „Die Piloten können durch das dichte Laubwerk den Boden nicht erkennen."

„Wir benutzen Suchgeräte", erklärte der Händler. „Sie nehmen die Wärmeausstrahlungen eines Körpers wahr und zeichnen sie auf."

„Jeder Eingeborene wird Ihr Gerät ansprechen lassen", machte Shaugnessy weitere Bedenken geltend.

„Das stimmt", gab Valmonze zu. „Vergessen Sie jedoch nicht, daß das Suchgerät auch die Summe der Wärmeeinheiten angibt, die aufgespürte Körper ausstrahlen. Wir brauchen also nur zu landen, wenn wir die ungefähre Wärmemenge zweier Körper angemessen haben.

Es besteht natürlich die Möglichkeit, daß sich an manchen Stellen zwei oder drei Eingeborene aufhalten, aber in der Regel sind sie gesellig und leben in größeren Gruppen zusammen."

Die anwesenden Springer gaben ein zustimmendes Gemurmel von sich. Die Tür wurde geöffnet, und Toraman, Valmonzes ältester Sohn, trat ein. Er hatte mehrere Blätter Papier in seiner Hand. Vor seinem Vater machte er eine leichte Verbeugung.

„Sprich, mein Sohn", forderte ihn der Patriarch auf. Ohne diese Genehmigung hätte Toraman niemals gewagt, in Anwesenheit seines Vaters zu einer Versammlung zu reden.

„Wie jeder andere von uns", begann Toraman, „habe ich mir überlegt, wer dieser Pincer wohl sein könnte. Der naheligende Gedanke war, sein Raumschiff einmal gründlich zu untersuchen."

„Du hast recht", unterbrach ihn sein Vater. „Was hast du entdeckt?"

Toraman übergab seinem Vater die Papiere.

„Ich beherrsche die Sprache der Terraner nicht", sagte er. „Aber wir haben Shaugnessy bei uns. Er kann diese Schriftstücke übersetzen."

„Sehr gut", lobte der Patriarch. Er gab die Blätter an Shaugnessy weiter. „Können Sie daraus etwas entnehmen?"

Der Schmuggler las aufmerksam alle Papiere durch. Je länger er das Geschriebene studierte, desto breiter wurde sein Lächeln.

Valmonze, der das Wissen des Terraners gern geteilt hätte, drängte: „Also, was ist?“

Shaugnessy wedelte mit den Blättern herum. „Wenn diese Papiere echt sind, und es besteht kein Zweifel daran, ist unser Freund völlig ungefährlich.“ Er hob das erste Blatt in die Höhe. „Dies“, sagte er zu den Anwesenden, „ist eine Heiratsurkunde für einen John Edgar Pincer und seine Frau Cora, geborene Hatfield. Sie wurden in Denver getraut, am 25. Juli 2102 Erdzeit. Jetzt haben wir Mitte August. Es ist also anzunehmen, daß sich das geflohene Pärchen auf seiner Hochzeitsreise befindet.“

Er lachte so stark, daß Tränen in seine Augen traten. Valmonze, dem in dieser Beziehung jeder Humor fehlte, sah ihm mißbilligend zu. Als sich Shaugnessy wieder beruhigt hatte, nahm er sich das nächste Schriftstück vor.

„Das ist ein Erlaubnisschein für ein Diskusschiff mit dem Namen ERROR“, erklärte er. „Es gibt dem Besitzer, John Edgar Pincer, das Recht, von dem Privatflughafen der International-Fruit-Company aus in den Weltraum zu starten. Dann haben wir noch einen Frachtschein“, fuhr er fort. „Er ist von der IFC ausgeschrieben und vom Solaren Handelsministerium abgestempelt. Er lautet auf vier Zentner *Gigant-Superzart* mit Bestimmungsort Ferrol im Wega-System.“ Er gab die Papiere an Valmonze zurück. „Ihr vermeintlicher Mohnsamen war nichts anderes als eine neu entwickelte Sorte von Spinatsamen.“

Valmonze ahnte, daß die Heiterkeit des Terraners zum großen Teil auf der Tatsache beruhte, daß er, der Patriarch, sich getäuscht hatte. Verärgert fauchte er Shaugnessy an: „Wenn Sie sich beruhigt haben, können wir ja vernünftig weiterreden.“

Der Schmuggler unterdrückte einen neuen Lachanfall und wischte sich die Tränen aus den Augen.

„Was ist Spinat?“ fragte Valmonze.

„Ein Gemüse, von dem alle Mütter auf der Erde behaupten, es sei besonders nahrhaft“, erklärte Shaugnessy. „Sie traktieren ihre Kinder damit, bis ihnen der Spinat aus den Ohren läuft.“

Valmonze sagte finster: „Sie halten die ganze Sache wohl für einen grandiosen Spaß, wie? Haben Sie eine Erklärung dafür, wie dieser Pincer hierherkommt, wo er doch eigentlich im Wega-System sein sollte?“

„Wahrscheinlich wollte er seiner Hochzeitsreise eine interessante Note geben und hat einen kleinen Abstecher gemacht", meinte Shaugnessy grinsend.

„Verschonen Sie mich mit Ihren Albernheiten", tobte der Patriarch los. „Ich habe es satt, mich ständig von Ihnen auslachen zu lassen. An der ganzen Sache ist etwas faul. Um die Hintergründe zu finden, müssen wir diesen Pincer haben – und bei Talamon – wir werden ihn uns holen."

Eine rauhe Hand umschloß Pincers Mund und verhinderte einen Aufschrei.

„Ohneflügler ruhig sein", flüsterte eine vertraute Stimme neben Pincers Ohr. „Ein Laut bringt alle Feinde hierher."

Die Erleichterung drohte Pincer zu übermannen.

„Schnitz", flüsterte er erleichtert. „Schnitz, du alter Halunke."

Mit geübten Griffen durchschnitt der Eingeborene seine Fesseln. Pincer begann sofort seine Glieder zu massieren, um das Blut wieder in den gewohnten Fluß zu bringen. Inzwischen machte sich Schnitz an Cora zu schaffen, die er ebenso rasch befreit hatte, wie zuvor Pincer.

„Schnitz beobachten, wie Ohneflügler gefangen", erzählte das Vogelwesen. „Warten, bis Nacht kommen. Nun hier."

Pincer drückte dem Eingeborenen dankbar die Hand. Der junge Mann wußte, daß Schnitz sein Leben aufs Spiel gesetzt hatte.

Pincer spähte in die Schwärze. Wie sollten sie sich bei dieser Finsternis bewegen? Er fragte sich im stillen, wie Schnitz sie gefunden hatte. Es war möglich, daß die Augen der Eingeborenen für diese Nächte geschaffen waren und ein zusätzliches Wahrnehmungszentrum besaßen.

„Mir geben Hand", forderte Schnitz leise. „Schnitz gehen voran."

Pincer schob seine Frau zu ihm hin, die die Krallenhand des Eingeborenen ergriff. Pincer selbst bildete den Schluß. Mit überraschender Schnelligkeit bewegten sie sich vorwärts. Den beiden Menschen blieb nichts übrig, als sich auf Schnitz zu verlassen. Sie konnten Hindernisse nicht erkennen. Das Weitergehen wurde schwieriger, als sie den freien Platz überquert hatten und in den Wald gelangten.

In diesem Augenblick begann am entgegengesetzten Ende des Baumhüttendorfs ein gewaltiger Spektakel. Erschrocken blieb Pincer stehen. Eine ganze Armee schien dort ein höllisches Konzert zu veranstalten.

Er hörte Schnitz leise kichern.

„Das Kankantz, Lupatz und Tonitutz", erklärte der Eingeborene. „Machen großen Trick. Feindlicher Stamm rennen in verkehrte Richtung. Geben Ohneflügler Zeit für Flucht."

In den Baumhütten wurde es lebendig. Gekrächze und schrille Stimmen ertönten. In der Dunkelheit waren die Geräusche fliegender Eingeborener zu hören. Das ganze Dorf war in Aufruhr. Schnitz schlug nun ein schnelleres Tempo ein. Sie mußten jetzt nicht mehr auf Stille achten, da der Lärm im Dorf alles übertönte. In weiter Ferne schrien sich Schnitz' Freunde ihre dünnen Hälse wund.

Mit nahezu schlafwandlerischer Sicherheit bahnte sich Schnitz einen Weg durch den Wald. Das Geheul der Dorfbewohner pflanzte sich in anderer Richtung fort und war schließlich kaum noch zu hören.

„Bitte, Johnny", keuchte Cora. „Wir wollen eine kleine Pause einlegen."

„Machen guten Rauch?" erkundigte sich Schnitz hoffnungsvoll.

Niemand antwortete ihm. Eine Weile war es still, dann hörte Pincer das Vogelwesen noch einmal fragen, diesmal zaghafter: „Ohneflügler machen Rauch für Schnitz?"

„Sag du es ihm, Johnny", bat Cora.

Er wird uns verlassen, dachte Pincer. Er wird einfach davonfliegen.

Trotzdem sagte er: „Wir können keinen Rauch machen. Man hat uns die Zigaretten abgenommen."

Da es vollkommen dunkel war, konnte Pincer keine Reaktion des Eingeborenen erkennen. Schnitz schwieg. Er flog aber nicht fort. Cora lehnte sich gegen ihren Mann. Pincer strich ihr sanft über das Haar.

„Weitergehen", sagte Schnitz knapp, nachdem einige Minuten verstrichen waren.

Pincer fühlte, daß der Eingeborene enttäuscht war. Schuldgefühl stieg in ihm auf. Cora hatte mit den Zigaretten angefangen, wenn auch ohne Absicht. Dann jedoch hatten sie die Schwäche der Eingeborenen für ihre Zwecke ausgenutzt.

„Wenn du willst, kannst du zu deinen Freunden zurück", sagte Pincer.

„Ohneflügler sind Freunde", erklärte Schnitz kategorisch.

Sie erreichten die Funkstation der Springer bei Morgengrauen. Es war ein eckiges Gebäude am Rande einer Lichtung. Daneben befand sich ein kleines Landefeld, groß genug, um einen Gleiter aufzunehmen. Aber es war keines der Springerboote zu sehen. Alles wirkte ruhig und verlassen.

Schnitz blieb stehen. Cora war am Ende ihrer Kraft.

„Es scheint niemand da zu sein“, sagte Pincer mit gedämpfter Stimme.

„Drei Eingeborene vermutlich im Innern von Station“, erklärte Schnitz. „Ohne Waffen. Ohneflügler können sicher überlisten.“

Pincer war davon nicht so überzeugt. Unschlüssig beobachtete er das Gebäude. Wenn er dort einen Hypersender fand, konnte er die Erde oder ein terranisches Schiff erreichen und über Funk von seinen Entdeckungen berichten. Er schwankte zwischen Zuversicht und Furcht. Die ganze Zeit über hatte er diese Stelle erreichen wollen, und nun, da er hier war, konnte er sich nicht entschließen, sein Vorhaben mit aller Energie auszuführen.

Auf die Dauer konnte er den Händlern nicht entkommen, darüber war er sich im klaren. Früher oder später würden sie Cora und ihn gefangennehmen. Wenn er jetzt einen Funkspruch absetzen würde, konnte es sich bestimmt nur noch um Stunden handeln, bis sie in die Hände der Feinde fielen.

„Ich werde mich an das Gebäude heranschleichen“, sagte er schließlich. „Schnitz, ich möchte, daß du bei meiner Frau bleibst. Wenn sich irgendeine Gefahr zeigen sollte, fliehe mit ihr. Nimm keine Rücksicht auf mich.“

„Schnitz werden wachen auf Ohneflügler-Frau“, versprach das Vogelwesen.

Cora drängte sich an Schnitz vorbei.

„Ich glaube, daß ich da auch noch ein Wort mitzureden habe“, sagte sie. „Ich werde mitgehen.“

Pincer sah sie unglücklich an. Beschwörend hob er seine Arme.

„Du brauchst nichts zu erklären“, sagte Cora schnell. „Ich bin mit dir gegangen, bis hierher – und ich werde auch weiter mit dir gehen.“

Schnitz kicherte.

„Glauben, nicht viel Zweck hat, noch viel reden, Ohneflügler“, meinte er.

„Das glaube ich auch“, erklärte Pincer. „Gehen wir also. Ich danke für deine Hilfe, Schnitz.“

Schnitz sah ihn einen Augenblick schweigend an.

„Schnitz gehen mit“, verkündete er dann. „Vielleicht können machen großen Trick.“

Das Selbstbewußtsein des Eingeborenen und der Glaube an seine Tricks schienen unerschütterlich. Schnitz war ständig auf eine seltsame Art von einer tiefen Heiterkeit erfüllt. Es war, als verfüge er über eine eigene Lebensphilosophie, die ihn alles mit einem verschmitzten Lächeln verstehen und ertragen ließ.

Pincer fühlte eine innere Verbundenheit mit diesem Wesen, wie er sie gegenüber seinen Freunden auf der Erde nie gekannt hatte.

Er nickte und ging auf das Gebäude zu. Schnitz und Cora folgten. Niemand schien sich um ihre Ankunft zu kümmern. Die Station besaß kein Fenster, nur ein Oberlicht und eine Tür, die verschlossen war. Pincer blieb davor stehen.

„Es rührt sich nichts", sagte er leise. „Ob niemand hier ist? Vielleicht haben sie die Station geräumt und alle Geräte mitgenommen?"

„Nachsehen", schlug Schnitz einfach vor.

Pincer näherte sich der Tür. Sein Herzschlag beschleunigte sich. Es konnte sein, daß ihn nur noch eine dünne Plastikwand vom Tod trennte. Trotzdem zitterte seine Hand, die nach dem Öffner griff, nicht im geringsten.

Er drehte den Knopf herum und stieß die Tür auf. Sie schwang nach innen. Dabei gab sie ein schleifendes Geräusch von sich. Nichts geschah. Das Gebäude war in zwei Räume unterteilt. Den einen davon konnte Pincer mühelos überblicken. Durch das Oberlicht drang genügend Helligkeit, um Pincer alle Gegenstände erkennen zu lassen. Der Raum war mit Kontroll- und Ortungsgeräten vollgestopft. Die Funkgeräte waren wahrscheinlich im Nebenzimmer.

Entschlossen trat Pincer ein. Cora und Schnitz hielten sich schweigend hinter ihm.

„Es scheint niemand da zu sein, noch nicht einmal Eingeborene", sagte Pincer erleichtert.

Er machte einen Schritt nach vorn, als ein Mann aus dem Nebenraum trat. Er war groß, hager. Sein Kopf trug kein einziges Haar, und sein Gesicht hatte einen kalten Ausdruck.

Er blickte die drei Eindringlinge stumm an.

Da zog der Fremde langsam eine Waffe unter seiner Jacke hervor und richtete sie mit gefühllosem Lächeln auf Pincers Brust.

„Jeder Schlaue muß einmal erkennen, daß es einen gibt, der noch schlauer ist als er", sagte er.

In diesem Fall war Amat-Palong, der Ara, der Schlauere.

33.

Die Maßnahmen, die Perry Rhodan zusammen mit seinem Führungsstab getroffen hatte, erwiesen sich als ebenso erfolglos wie unpopulär. Obwohl jedes Schiff, das mit einer Fracht Terra verließ, gründlich überprüft und kontrolliert wurde, gelang auch nicht eine einzige Verhaftung. Die Schmuggler waren anscheinend mißtrauisch geworden und hatten ihre Lieferungen eingestellt.

Durch die Kontrollen ging den großen Handelsgesellschaften Zeit und Kapital verloren. Einmal mehr zeigte sich, daß der Egoismus einiger Menschen größer war als ihre Vernunft. Das Solare Handelsministerium erhielt empörte Anrufe. Kapitäne von Frachtschiffen stießen Drohungen gegen die Kontrollbeamten aus. Da man unter der Bevölkerung bisher noch nichts von der Rauschgiftbande gehört hatte, wurde die Gefahr verniedlicht. Man warf Rhodan Schwarzmalerei und übertriebene Rücksichtnahme auf seine extraterrestrischen Freunde vor.

Der größte Teil der Tagespresse kritisierte wieder einmal die Handlungen des Ersten Administrators. Man vermutete hinter den Befehlen Rhodans irgendwelche wirtschaftlichen Machenschaften, über die die Leitartikel zwar wort- und phantasiereiche Erklärungen abgaben, aber nie einen besseren Vorschlag zu machen hatten.

So war die Situation, obwohl die verhängten Maßnahmen erst einen Tag in Kraft waren. Die öffentliche Meinung war ein Faktor, den Rhodan nicht unberücksichtigt lassen konnte.

Reginald Bull erschien in diesen Stunden mit einem dicken Bündel Zeitungen bei Perry Rhodan. Mit finsterem Gesicht warf er sie vor seinem Freund auf den Tisch.

„Es wird nicht lange dauern, und sie werden wieder ihr ‚Kreuziget ihn!‘ rufen“, vermutete er düster. „Man betrachtet dich als eine Art Wirtschaftsbremse.“

Rhodan beachtete die Zeitungen nicht. Wie immer in solchen Situationen strahlte er Ruhe und Selbstsicherheit aus.

„Allan hat mir bereits davon berichtet“, sagte er. „Es kommt nun darauf an, wer den längeren Atem hat: wir mit unseren Maßnahmen oder sie." Er deutete auf die Zeitungen. „Mit der Zeit werden sich die Gesellschaften an die scharfen Kontrollen gewöhnen."

„Kein freier Mensch läßt sich gern kontrollieren", sinnierte Bully.

Rhodan lächelte. „Wem sagst du das, Dicker? Sobald wir einen einzigen Anhaltspunkt haben, der uns den Schmugglerring in die Hände gibt, werden wir die getroffenen Maßnahmen rückgängig machen, und alles wird wieder seinen gewohnten Gang gehen."

„Ja, ja", meinte der untersetzte Mann. „Inzwischen werden die Kerle schön ruhig bleiben, und wir werden ihnen nicht auf die Spur kommen."

„Vergiß nicht, daß unzählige Agenten an der Arbeit sind und jedem winzigen Hinweis nachgehen. Auf die Dauer kann uns niemand an der Nase herumführen", sagte Rhodan mit Nachdruck.

Bevor Bully etwas antworten konnte, flimmerte vor ihren Augen die Luft, und eine überdimensionale Mischung zwischen einem Biber und einer Maus tauchte auf. Es war Gucky. Er hatte eine Ausgabe des *Terrania Observer* in seinen schmalen Händen und sah empört aus.

„Leutnant Guck", sagte Rhodan tadelnd, „dies ist ein Privatzimmer, in das man nicht so ohne weiteres eindringt."

„Ich bin nicht eingedrungen, Perry", verteidigte Guck sich entrüstet. „Ich habe mich teleportiert. Außerdem, was kann an diesem Zimmer privat sein, wenn dieser ...", er machte eine Kunstpause, „... Mensch hier anwesend ist?" Sein Blick fiel auf Bully.

„Das Gegenteil von privat ist öffentlich", erklärte Bully. „Was macht es schon aus, ob ich dir den Hals öffentlich oder privat umdrehe? Auf jeden Fall wird das Ergebnis das gleiche sein: wir haben dich los."

Guckys Nagezahn reckte sich empört nach oben. Er wedelte mit der Zeitung vor seinem Freund herum.

„Du bist fast so gefühllos wie diese Schreiberlinge", bemerkte er beleidigt.

„Hier, in diesem Leitartikel, das ist der Gipfel. Ich zitiere: Vielleicht besteht die Chance, daß Rhodans Freunde von seinen Maßnahmen ebenso betroffen werden wie alle Handelsgesellschaften. Eine Verzögerung aller Lieferungen würde einen Mangel an Mohrrüben nach sich ziehen, den Rhodan bei seiner Freundlichkeit gegenüber Extraterrestriern nicht verantworten wird."

Gucky watschelte bis an Rhodans Tisch, obwohl er sich mit seinen ungewöhnlichen Fähigkeiten viel schneller hätte voranbewegen können. Aber in diesem Moment wollte er einen schwachen, hilflosen Eindruck machen.

„Es ist alberner Spott", sagte Rhodan. „Ein großer Geist wird über solche Dinge einfach hinweggehen."

Gucky schimpfte los. „Ich habe noch gar nicht bemerkt, daß ich mich hier in einem illustren Kreis wirtschaftlicher Koryphäen befinde. Das mit den Mohrrüben ist eine Anspielung auf meine Freunde auf dem Mars."

„Es ist eine Anspielung auf mich", setzte Rhodan auseinander. „Und ich nehme sie nicht tragisch. Es ist das Recht des Reporters, das zu schreiben, was er für richtig hält. Nun ist er einmal anderer Meinung als ich. Das ist kein Grund zur Aufregung. Jeder von uns hat seinen Standpunkt dargelegt. Ballin und ein paar andere halten ja noch zu uns."

Da ließ der Mausbiber die Katze aus dem Sack. „Es wird Zeit, daß etwas gegen diese Rauschgiftbande unternommen wird. Sie sind an allem schuld. Da wir sowieso verspätete Sommerpause haben, würde ich vorschlagen, daß ein so fähiger Mutant wie ich . . ."

„Das genügt", unterbrach ihn Rhodan. „Ein so fähiger Mutant wie du, Gucky, wird das tun, was man ihm befiehlt. Ich denke nicht daran, dich in einen Einsatz zu schicken, der dich praktisch zwingen würde, unschuldige Menschen mit deinen Fähigkeiten zu traktieren."

Der ein Meter große Mausbiber stützte sich auf seinen breiten Schwanz und strich wohlgefällig über die Sonderanfertigung seiner Uniform.

„Du weißt sehr gut, daß dir letzten Endes keine andere Möglichkeit bleiben wird, Perry", piepste er. „Die Schmuggler halten sich während der Kontrollen ruhig. Sie haben Zeit, nach neuen Wegen zu suchen, um die von dir getroffenen Maßnahmen zu umgehen. Die Beamten können die Frachtschiffe nicht vollkommen auseinandernehmen, wenn sie sie durchsuchen. Sie haben Suchgeräte, gewiß, aber die Banditen sind schließlich nicht auf den Kopf gefallen und werden Verstecke benutzen, die nicht zu finden sind."

Rhodan wußte natürlich, daß die Argumente des Mutanten nicht aus der Luft gegriffen waren. Es war nicht allein die Abenteuerlust, die Gucky zu seinem Vorschlag veranlaßt hatte, es war auch seine Sorge um die Freunde, die er in den Menschen gewonnen hatte.

Wenn Rhodan jedoch gezwungen sein würde, Mutanten einzusetzen, dann würden es humanoide sein, wie Fellmer Lloyd oder André Noir. Sie konnten unauffälliger arbeiten als Gucky.

„Ich verstehe, daß dich die Langeweile plagt“, sagte Rhodan zu Gucky. „Aber es gibt genügend Arbeit für dich.

Gucky zeigte ein trübsinniges Grinsen. „Ja, die ständige Aufmerksamkeit, um einen eventuellen weiteren akonischen Angriff rechtzeitig zu erkennen. Das ist langweilig.“

„Leutnant Guck“, unterbrach ihn Rhodan. Der Mausbiber zuckte zusammen, als habe ihn ein körperlicher Schlag getroffen. Wenn Rhodan Leutnant Guck sagte, dann war es besser, auf jeden weiteren Spaß zu verzichten.

„Also, Perry“, erklärte er zerknirscht. „Ich werde mich zurückziehen. Aber ich sage dir ...“, seine Stimme hob sich „... wenn ich jemals diesen Schreiberling vom *Observer* erwischen sollte, dann lasse ich ihn wie einen Brummkreisel unter die Decke sausen.“

Mit dieser Drohung entmaterialisierte der Mausbiber.

„Der Bursche ist wieder gewalttägig“, meinte Bully lächelnd.

„Dabei hat er noch nicht einmal unrecht“, sagte Rhodan nachdenklich. „Es ist einfach unmöglich, jeden Frachter so zu durchsuchen, daß man mit Sicherheit behaupten kann, daß sich kein Rauschgift an Bord befindet. Dazu würde man Tage benötigen. Wir wissen, daß das nicht ausführbar ist.“

„Also sind die Prüfungen völlig sinnlos“, meinte Bully.

„Wir wollen sie einmal als psychologisch sinnvoll bezeichnen. Im Augenblick werden die Verbrecher davon abgehalten, weitere Lieferungen an die Springer zu übergeben. Es wird einige Zeit vergehen, bis sie ihre Vorsicht aufgeben und mit neuen Tricks arbeiten. Während dieser Ruhepause müssen wir zuschlagen.“

„Dazu brauchen wir einen Anhaltspunkt.“

„Ja“, stimmte Rhodan zu. „Ich wünschte, wir hätten ihn schon.“

34.

Zu allen Zeiten war eine Schußwaffe ein Argument gewesen, das sich in keiner Auseinandersetzung übersehen ließ. John Edgar Pincer wußte im selben Moment, als der Fremde den Strahler auf ihn richtete, daß alle Trümpfe in der Hand des Gegners waren. Kurz vor dem Ziel war er gescheitert. Zwischen ihm und den Funkgeräten im Nebenraum stand dieser bewaffnete Mann.

„Sie werden alles das tun, was ich Ihnen befehle", sagte Amat-Palong schneidend. „Es liegt an Ihnen, ob ich Sie und Ihre Begleiter erschieße oder nicht. Ich bin Amat-Palong, ein Ara."

Pincer erwachte aus seiner Starre.

„Was verlangen Sie?" fragte er.

„Unweit von hier gibt es einen freien Platz zwischen den Bäumen. Ich habe vorgezogen, meinen Gleiter dort zu landen, damit er auf dem Flugfeld nicht gesehen wird. Der Eingeborene interessiert mich nicht, er kann verschwinden. Es wird Valmonze zwar überraschen, wenn ich zusammen mit Ihnen auftauche, aber sein Selbstbewußtsein kann einen kleinen Dämpfer vertragen."

Er sprach gleichgültig. Nie in seinem Leben hatte Pincer einen so gefühllosen Mann getroffen – und nie einen so gefährlichen.

„Wir müssen tun, was er sagt", erklärte Pincer. Er war vollkommen niedergeschlagen. Seine Angst um Cora steigerte sich zu einem unerträglichen Gefühl.

Amat-Palong winkte mit der Waffe.

„Gehen wir", sagte er sanft.

Ein Schatten huschte an Pincer vorüber, auf den Ara zu. Es ging alles so schnell, daß Pincer keine Zeit zum Reagieren blieb. Wie von einer Sehne geschnellt, warf sich Schnitz auf den Gegner.

„Schnitz!" schrie Pincer auf.

Amat-Palong sprang zur Seite und schoß. Schnitz taumelte. Er sank zusammen. Der Ara richtete seine Waffe sofort wieder auf Pincer, der jedoch nur Augen für den Eingeborenen hatte.

Zusammen mit Cora ging er zu dem Vogelwesen hinüber. Schnitz war noch am Leben. Der blaue Federkranz um seine Augen zuckte krampfhaft. Pincer strich Schnitz über den Kopf.

„Schnitz versuchen großen Trick", stammelte das Vogelwesen mühevoll.

„Ja", sagte Pincer rauh, „ein mächtiger Trick, mein Freund."

Um den breiten Schnabel schien sich ein Lächeln zu bilden – oder war es nur eine Grimasse des Schmerzes? Eine Krallenhand umklammerte Pincers Jackett.

„Ohneflügler – machen – Rauch?" fragte Schnitz mit schwacher Stimme.

„Ja", erwiderte Pincer. „Kannst du ihn schon riechen?"

Der Eingeborene hatte nicht mehr die Kraft zu antworten. Pincer sah, wie er zu schnüffeln begann. Dann nickte Schnitz. Befriedigt ließ er sich zurücksinken.

„Schnitz!" rief Pincer verzweifelt.

Aber Schnitz antwortete nicht. Er würde nie mehr etwas sagen. Er war tot.

In diesen Sekunden ging eine Wandlung in John Edgar Pincer vor. Es war nicht der linkische, erheiternd wirkende junge Mann, der sich nun erhob. Hoch aufgerichtet stand er neben der Leiche des Eingeborenen. Sein Blick fiel auf Amat-Palong.

„Sie haben ihn ermordet", sagte er ruhig.

Der Galaktische Mediziner machte unwillkürlich einen Schritt zurück. Etwas an Pincers Aussehen schien ihn zu warnen.

„Machen Sie keine Dummheiten!" rief er schrill.

Pincer schüttelte den Kopf.

„Es war kein Mord", sagte Amat-Palong. „Er hat mich angegriffen. Außerdem war er schließlich nur ein Eingeborener." Es wurde ihm bewußt, daß er sich bei seinem Gefangenen verteidigte, und er winkte verärgert mit der Waffe. „Los jetzt, Pincer."

Schweigend ergriff Pincer Coras Hand und ging mit ihr voraus.

Amat-Palong folgte in sicherem Abstand. Als sie das Gebäude verlassen hatten, sagte er: „Gehen Sie in die Richtung des großen Baumes dort am Rand des Landeplatzes."

Pincer befolgte die Anordnung ohne Widerspruch.

„Schneller!" befahl der Ara.

Pincer beschleunigte seine Schritte und zog Cora mit sich.

„Oh, Johnny, was sollen wir jetzt tun?" fragte sie in englischer Sprache.

„Keine Gespräche“, warnte ihr Gegner.

„Sei still, Liebling“, sagte Pincer sanft. Sie erreichten den Wald und drangen in ihn ein. Ab und zu gab der Mann hinter ihnen eine Anweisung, welche Richtung sie einschlagen mußten.

Zehn Minuten mochten verstrichen sein, als Pincer den freien Platz zwischen den Bäumen auftauchen sah. Der Gleiter, von dem der Fremde gesprochen hatte, stand startbereit.

Pincer entschloß sich, in dem Moment zu handeln, wenn sie in die Schleuse des Kleinstraumschiffs eintreten würden. Er wußte, daß er bei dieser Aktion wahrscheinlich sein Leben verlieren würde. Aber er war es sich, der Menschheit, Schnitz und vor allem Cora schuldig, daß er sich nicht ohne Widerstand in sein Schicksal fügte.

Aber soweit kam es nicht. Sie erreichten den Gleiter nie. Am Rand der Lichtung hörte Pincer plötzlich ein Rauschen und das Aufeinanderprallen mehrerer Körper. Ein erstickter Aufschrei folgte, und das Flammenbündel eines Strahlers zischte in das dichte Laub der Bäume.

Pincer fuhr herum. Amat-Palong lag am Boden. Kankantz, Lupatz und Tonitutz beugten sich über ihn. Sie waren im Begriff, den Mann umzubringen. Sicher hatten sie Schnitz gefunden. Unverhofft waren sie von einem Baum auf Amat-Palong herabgesprungen.

„Zurück!“ rief Pincer. „Tötet ihn nicht!“

Er versuchte, die wütenden Eingeborenen zurückzuziehen. Als er sie endlich besänftigt hatte, war es schon zu spät. Ein Blick auf Schnitz’ Mörder genügte, um festzustellen, daß er das Schicksal des Eingeborenen geteilt hatte. Pincer zog Cora von dem Schauplatz hinweg.

Kankatz kam ihnen nach. Sein Anblick erschütterte Pincer. Die tiefe Trauer in den dunklen Augen war unverkennbar.

„Wege von Ohneflügler und Schnitz’ Freunde sich jetzt trennen“, sagte Kankantz bitter. „Ohneflügler bringen nur Kummer.“

Es war sinnlos, dem Eingeborenen zu widersprechen. Von seinem Standpunkt aus hatte er sogar recht.

„Es ist gut, Kankantz“, sagte Pincer. „Geht ruhig.“

Kankantz wandte sich ab und ging zu Tonitutz und Lupatz, die auf ihn warteten. Gemeinsam schwangen sich die drei Vogelwesen in die Äste und waren gleich darauf verschwunden.

Cora warf einen Blick auf die Leiche des Mannes, der unweit von ihnen am Boden lag.

„Was geschieht mit ihm?“ fragte sie.

„Die Springer werden ihn finden“, meinte Pincer. Er legte seinen

Arm um ihre Schulter. „Wir müssen zurück zu der Station. Sie ist jetzt nicht besetzt. Das gibt uns Gelegenheit, einen Funkspruch abzusetzen."

Als sie das Gebäude wieder betraten, war Schnitz' Leiche verschwunden.

„Sie haben ihren Freund geholt", vermutete Pincer. „Ich hätte ihn gern begraben. Das wäre das mindeste gewesen, was wir für ihn hätten tun können."

Sie gingen in den Nebenraum. Pincers suchende Augen fanden einen Telekom.

„Wir müssen damit rechnen, daß die Springer unseren Funkruf anpeilen", sagte Pincer zu seiner Frau. „Sie werden innerhalb einer Stunde hier auftauchen. Ich bin dafür, daß wir es trotzdem versuchen."

Cora nickte stumm. Pincer zog einen Stuhl heran und nahm vor dem Gerät Platz. Er betrachtete seine Hände, als sei ein Erfolg von ihnen abhängig. Seine Blicke glitten über die Kontrollen. Bevor er sie berühren würde, war es wichtig, daß er ihre Bedeutung erfaßte. Jede Minute sinnlosen Experimentierens war verlorene Zeit.

„Ich glaube, daß ich den Telekom bedienen kann", sagte Pincer zu seiner Frau. „Dieser Schalter ist für die Einschaltung des Bildschirms bestimmt, das erkenne ich an seiner Lage."

Zaghaft bewegten sich seine Finger über die verschiedenen Tasten.

„Nun gut", sagte er entschlossen. „Ich will es versuchen."

Rasch drückte er mehrere Knöpfe. Das Gerät summte leise. Kontrollampen glühten auf. Der Telekom begann Energie abzustrahlen. Energie konnte aber geortet werden.

Es kam jetzt nur darauf an, daß Pincer mit Terranern in Verbindung treten konnte, bevor die Springer kamen.

35.

Major James Woodsworth war der Auffassung, daß ein ungnädiges Schicksal ihn dazu verdammt hatte, stets fern von allen kosmischen Brennpunkten stationiert zu sein. Immer, wenn etwas los war, befand sich Woodsworth weit vom Schuß. Grimmig wies er bei seinen Freunden darauf hin, daß er sich seine Lorbeeren in der Theorie verdienen mußte, da er für praktische Ausübung bisher nicht in Frage gekommen war. Woodsworth war ein temperamentvoller Mann, der nicht viel von ständiger Ruhe hielt.

In diesem Augenblick befand sich der Major im Kommandoraum des Schweren Kreuzers CAPE CANAVERAL. Woodsworth war ein mittelgroßer Mann mit gelichtetem Haar und ausdrucksvollem Gesicht. Sein Kinn wirkte durch ein tiefes Grübchen beinahe gespalten.

„Was halten Sie von unserem Auftrag?" fragte er Jens Poulson, der als Pilot fungierte. Das heißt, Poulson tat eigentlich nichts, als ab und zu die Kontrollen zu überprüfen, denn das Schiff befand sich im freien Fall, und die Automatik genügte völlig, um es in seiner bestimmten Bahn zu halten.

Poulson gähnte gelangweilt. Damit hatte er seine Meinung schon geäußert. Aber weil Woodsworth sein Vorgesetzter war, sagte er: „Ehrlich gesagt – nicht viel, Sir."

Woodsworth blickte auf seine Uhr und nickte. „Die nächste Transition ist in zwei Stunden fällig. Dann werden wir in einer Entfernung von sechs Lichtjahren weiter durch den Weltraum schleichen und Gespenster suchen."

„General Deringhouse bezieht seine Befehle von Perry Rhodan, Sir", meinte Poulson. „Wenn die beiden annehmen, daß es wichtig ist, Patrouille zu fliegen, dann werden sie schon ihren Grund haben."

„Sie haben weiter nichts zu tun, als Ausschau nach fremden Raumschiffen zu halten", zitierte Woodsworth und unternahm einen hoffnungslosen Versuch, die Stimme von General Deringhouse nachzuahmen. „Jens, was meinen Sie, ob unser Auftrag mit den Akonen zu tun hat?"

„Ich weiß es nicht, Sir."

Die anderen Männer, die außer Woodsworth und Jens im Kommandoraum der CAPE CANAVERAL waren, hatten bei der Erwähnung der Akonen unwillkürlich die Köpfe gehoben. Der Major jedoch sprach nicht mehr davon. Er wandte sich seinem Lieblingsthema zu.

„Jens", sagte er, „es ist soweit, daß die Männer der Flotte nicht unter mir arbeiten wollen. Sie halten mich für die sichere Gewähr, daß sie eine Art verlängerten Urlaub verbringen können. Und welcher Mann mit Blut in den Adern möchte das schon?"

Da sich niemand meldete, schien Woodsworth die Stille als Zustimmung aufzufassen. Er durchquerte die Kommandozentrale mit raschen, kurzen Schritten.

„Sir!“ rief da Oliver Durban, der Cheffunker.

Woodsworth fuhr herum. Durban hatte sich in seinem Sessel zurückgelehnt und sah ungläubig auf seine Geräte. Dann jedoch, als Woodsworth auf ihn zustürmte, kam Leben in den Funker. Er betätigte mehrere Schaltungen, und der Telekom-Bildschirm flackerte auf. Jens Poulson verließ seinen Platz und kam eilends zu Durban herüber.

„Was bedeutet das?“ fragte Woodsworth und deutete auf das aufglühende Kontrollämpchen. Natürlich wußte er das selbst ganz genau, aber er ließ sich gern jede willkommene Abwechslung von seinen Mannschaftsmitgliedern erklären, um, wie er sagte, länger daran zu haben.

„Ein Funkspruch über Telekom, Sir“, erläuterte Durban.

„Von der Erde?“ fragte der Major.

„Nein, ich glaube nicht.“

Man sah Woodsworth an, daß er seinen Ersten Funker am liebsten umarmt hätte.

Durban regulierte die Feineinstellung des Bildschirms. Ein verschwommenes Gesicht nahm an Schärfe zu. Im selben Augenblick knackte die Sprechanlage des Hyperfunks, und eine Stimme wurde hörbar.

„... sofort Perry Rhodan benachrichtigen. Achtung! Ich wiederhole meine Durchsage. Wer immer mich hören kann, muß sofort Perry Rhodan benachrichtigen ...“

„Wenn er so weitermacht, wird ihn die halbe Galaxis hören“, vermutete Durban grimmig. Mit einer Handbewegung brachte ihn Woodsworth zum Schweigen.

„Hier spricht John Edgar Pincer von der International-Fruit-Company. Meine Frau und ich befinden uns auf dem Springerplaneten Alaze. Hier ist das Zentrum des Rauschgifthandels. Auf der Erde wird das Geschäft von Vincent Aplied in Kapstadt geleitet. Wenn mich eine terranische Station hören kann, bitte sofort Perry Rhodan benachrichtigen. Achtung! Ich wiederhole ...“

„Ich werde verrückt!“ schrie Woodsworth begeistert. Er vollführte einen halben Luftsprung. „Durban, nehmen Sie sofort mit Terrania Verbindung auf und schaffen Sie mir Rhodan an das Gerät.“

„Den Chef?“ wiederholte der Funker.

„Muß ich Sie erst umbringen, bevor Sie meinen Anordnungen folgen?“ erkundigte sich Woodsworth ebenso laut wie unlogisch. „Nun ist mal was in unserem Sektor los, und der Funker schläft.“

„Darf ich Sie darauf hinweisen, Sir, daß Alazes Planet über tausend Lichtjahre von uns entfernt ist und nicht zu unserem Sektor gehört.“

Beim Sprechen hatte er bereits weitere Schaltungen vorgenommen. Das rettete ihn vor dem gerechten Zorn Woodsworths.

„Versuchen Sie festzustellen, wo sich dieser Pincer befindet. Wir werden ihn dort herausholen!“ verkündete der Major.

Durban, der dieser Begeisterung außer einigen funktechnischen Erklärungen nichts entgegenzusetzen hatte, wurde von dem Freudenschrei, der in der Zentrale losbrach, einfach übertönt.

„Die Legende von den langweiligen Fahrten des James Woodsworth ist vorüber!“ rief der Major. „Nun beginnt eine neue Epoche für meine Männer und mich!“

Durban, der sanft darauf aufmerksam machen wollte, daß außer einem Telekomspruch noch nichts passiert war – und daß es durchaus im Bereich des Möglichen lag, daß nichts mehr passieren würde, schüttelte seinen Kopf.

Dann hatte er die Verbindung mit der Funkzentrale der Solaren Flotte in Terrania hergestellt. Das Gesicht eines jungen Offiziers erschien auf dem Bildschirm. Man sah ihm deutlich an, daß er über die unverhoffte Störung nicht gerade erfreut war.

„Hier spricht Major Woodsworth“, sagte Woodsworth und beugte sich über Durbans Schulter. „Verbinden Sie mich sofort mit dem Ersten Administrator.“

„Dafür müssen Sie aber einen verdammt wichtigen Grund angeben“, reagierte der Funker in Terrania. „Wenn Sie Ihr Blinddarm zwicken sollte, dann wenden Sie sich . . .“

„Mich zwickt überhaupt nichts“, schrie Woodsworth empört, „aber Sie wird bald etwas zwicken, wenn Sie nicht schleunigst eine Verbindung herstellen.“

So melancholisch wie der Funkoffizier aussah, so eiskalt war er. Ungerührt wiederholte er: „Geben Sie mir bitte eine Begründung, Major.“

Woodsworth sah ein, daß er so nicht weiterkam.

„Wir haben die Rauschgiftbande gefunden“, sagte er. Das war weit hergeholt, aber Woodsworth war in der Art seiner Formulierung durch den Überschwang seiner Gefühle nicht gerade genau.

„Warum sagen Sie das nicht gleich?" fragte der Mann auf der Erde. „Ich werde es sofort versuchen. Natürlich kann ich Ihnen nicht versprechen, daß ich Rhodan persönlich erreichen werde. Sind Sie auch mit Bully – äh – mit seinem Stellvertreter oder Solarmarschall Freyt zufrieden?"

Woodsworth wurde ungeduldig. „Ich flehe Sie an, junger Mann, schaffen Sie mir jemand heran, der Entscheidungsgewalt besitzt, sonst werde ich wahnsinnig."

Schneller als er gehofft hatte, blickte Rhodans markantes Gesicht vom Bildschirm herunter.

„Sie haben die Schmuggler gefunden, Major? Wie ich mich erinnere, befehligen Sie den Schweren Kreuzer CAPE CANAVERAL und gehören zu den Kontrollschiffen, die den Einflug fremder Schiffe registrieren sollen."

„Jawohl, Sir", bestätigte Woodsworth. Für ihn war es erstaunlich, daß Rhodan sofort gewußt hatte, welchen Auftrag der Schwere Kreuzer ausführte. In wenigen Worten schilderte er dem Administrator den Funkspruch, den sie aufgefangen hatten.

Rhodan traf seine Entscheidung sofort.

„Es ist sinnlos, mit einem riesgen Flottenkommando vor Alazes Planet aufzukreuzen", sagte er. „Damit können wir eine größere Auseinandersetzung mit den Galaktischen Händlern heraufbeschwören. Das ist im Moment das letzte, was wir uns wünschen können. Ich möchte jedoch, daß Sie diesen Pincer retten. Er kann uns sicher weiterhelfen."

„Sir", rief Woodsworth begeistert, „verlassen Sie sich auf meine Mannschaft und mich! Wir werden Pincer herausholen."

Rhodan lächelte. „Nun mal sachte, Major. Eine überstürzte Aktion wäre fehl am Platz. Gehen Sie mit der CAPE CANAVERAL so dicht wie möglich an diesen Planeten heran und schleusen Sie einen Drei-Mann-Zerstörer aus dem Hangar. Nur mit einem Blitzeinsatz dieses wendigen Schiffes können Sie Pincer helfen. Inzwischen werden wir uns hier ausführlich mit diesem ehrenwerten Vincent Aplied beschäftigen. Wenn die Sache stimmt, dann haben wir einigen Kummer überwunden."

„Wir werden unser Bestes tun, Sir", versprach Woodsworth.

Rhodan nickte freundlich.

„Noch etwas", sagte er. „Wenn der Versuch scheitern sollte, unternehmen Sie keinen zweiten. Sie dürfen auch auf keinen Fall mit der CAPE CANAVERAL selbst landen. Das würde den Zorn der Springer zum Überkochen bringen. Ich will keine militärische Demonstration. Beschränken Sie sich auf einen Einsatz mit einem kleinen Zerstörer."

„Jawohl, Sir", sagte Woodsworth. „Ich danke Ihnen, Sir."

Rhodan sah ihn erstaunt an. „Wofür, Major?"

„Für den Einsatz, Sir."

Rhodans Bild verblaßte.

„Poulson!" rief Woodsworth. „Was stehen Sie noch hier herum? Sofort beschleunigen! Felton, die Transitionskoordinaten. Ein Sprung, auf zwei Lichtjahre an Alazes Planet heran."

„Sir, die Mannschaft ist es nicht gewohnt, derart belastet zu werden", sagte Durban grinsend.

Woodsworth sah ihn einen Augenblick an. Die tiefe Kerbe in seinem Kinn begann zu zucken.

„Ich werde es ihnen schon beibringen!" rief er aus.

Eine knappe halbe Stunde später ging die CAPE CANAVERAL in Transition. Der Hyperraum verschluckte sie, um sie an anderer Stelle wieder freizugeben: noch nicht einmal zwei Lichtjahre von Alazes Planet entfernt.

36.

Valmonze wußte, daß sein Befehl für eine Funksperre zu spät gekommen war. Mindestens achtmal hatte der Terraner seinen Notruf in das All gesendet. Der Patriarch konnte nur noch hoffen, daß kein irdisches Schiff den Funkspruch aufgefangen hatte. Es war zwecklos, darüber nachzugrübeln. Wenn es Pincer tatsächlich gelungen war, Verbindung aufzunehmen, dann würden die Empfänger so schlau sein und ihren Standort nicht mit einer Antwort verraten. Valmonze besaß ein sicheres Gefühl für kosmopolitische Geschehnisse. Deshalb war er sicher, daß Rhodan niemals einen Befehl geben würde, der einen direkten Angriff auf Alazes Planet nach sich zog.

Was aber würde der Administrator unternehmen, um die beiden Terraner zu retten?

Je länger Valmonze darüber nachdachte, desto sicherer wurde er in seiner Überzeugung, daß Rhodan einen Befreiungsversuch auf diplomatischen Wegen unternehmen würde. Valmonze schwebte eine Art Handelsabkommen vor. Gegen die Freilassung einiger Schmuggler würde er Pincer und die Frau ziehen lassen. Ja, die einzige Möglichkeit für Rhodan bestand in einer Verhandlung. Der berühmte Terraner war ein viel zu kühner Rechner, als daß er wegen dieser Situation einen Krieg mit den Springern riskieren würde.

Immer vorausgesetzt, daß Pincers Funkspruch überhaupt einen Empfänger gefunden hatte.

Valmonze befand sich in der Funkzentrale des Hauptgebäudes neben dem Raumflugfeld. Er hatte alle Gleiter benachrichtigen lassen. In wenigen Minuten würden die ersten bei der Station eintreffen und Pincer und seine Begleiterin festnehmen. Damit war die Suche am Ende angelangt.

Shaugnessy kam herein. Seine Haltung hatte an Lässigkeit verloren. Der Schmuggler sah besorgt aus.

„Ich habe mir erlaubt, Ihre Anordnungen mitzuhören", sagte er. „Wenn dieser Teufelskerl mit seinem Notruf durchgedrungen ist, hat die Schmuggelei ein Ende. Rhodans Agenten werden Aplied verhaften. Aplied wird reden, um seine Haut zu retten."

Valmonze betrachtete ihn spöttisch. „Wie gut für Sie, daß Sie hier bei uns sicher sind, was?"

Shaugnessy sagte betroffen: „Sie werden mich doch nicht zurückschicken? Die gesamte Solare Flotte würde auf mich warten."

„Eines verstehe ich nicht", sagte der Patriarch, ohne Shaugnessys Frage zu beantworten. „Pincer muß doch gewußt haben, daß er mit seinem Funkspruch seinen Standort preisgibt. Er weiß, daß er uns jetzt nicht mehr entkommen kann. Trotzdem hat er nicht gezögert, in die Station einzudringen."

„Sie denken wie ein Springer", sagte Shaugnessy. „Der junge Mann hat zuerst überlegt, wie er seinem Volk einen Dienst erweisen kann. Danach kommt seine eigene Sicherheit. Wenn er Glück hatte, wurde die Erde durch seinen Mut vor einem wirtschaftlichen Zusammenbruch bewahrt. Ein Galaktischer Händler denkt zunächst an seine Sippe und sich, dann erst an das gesamte Volk. Den Erfolg sehen Sie."

„Sie sind ein Narr", behauptete Valmonze.

Er wandte seine Aufmerksamkeit wieder den Geräten zu. Stumm stand der Schmuggler hinter ihm. In seinem Gesicht war keine

Gefühlsregung zu erkennen. Valmonze schaltete eine Sprechanlage ein. Er wartete einen Augenblick, dann fragte er: „Razmon, wie weit sind Sie?“

„Wir haben es gleich geschafft, Patriarch. Bereiten Sie sich darauf vor, daß wir Ihnen die Gefangenen bald bringen werden“, kam die Antwort.

Valmonze lachte dröhnend und zupfte an seinem Bart. Shaugnessy schwieg. Der Springer schien die Gefahr einer terranischen Intervention nicht allzu tragisch zu nehmen.

„Kommen Sie zu sich, Shaugnessy. Hören Sie auf zu grübeln. Wir werden die Sache schon wieder hinbiegen.“

Shaugnessy blickte ihn an. Dann, ohne sein Gesicht zu bewegen, erwiderte er: „Ich steige endgültig aus, Valmonze.“

Der Springer blieb gleichgültig. Shaugnessy stieß ihn von hinten an und trat einen Schritt zurück. Er zog die alte Thermowaffe.

„Sie haben mich nicht verstanden, Patriarch“, sagte er ruhig. „Es hat sich etwas geändert.“

Valmonze drehte sich langsam um und fixierte den Strahler. Dann hob sich sein Blick, und er sah Clifton Shaugnessy verwundert an.

„Was wollen Sie damit erreichen?“ fragte er. „Wollen Sie mich erschießen?“

„Lassen Sie Pincer laufen“, verlangte der Schmuggler.

Valmonze mochte viele charakterliche Fehler haben – aber feige war er nicht. Er übersah die drohende Waffe. Er verschränkte die Arme über der Brust und lehnte sich mit dem Rücken gegen die Geräte. So stand er da, ein mächtiger Mann, der gewohnt war, daß man seinen Befehlen gehorchte.

„Sie überschätzen den Einfluß dieses Dinges da“, sagte er und zeigte mit einem Nicken, daß er den Strahler meinte. „Razmon ist mit allen verfügbaren Gleitern zu der Funkstation unterwegs. Man wird Pincer und seine Begleiterin festnehmen.“

„Rufen Sie Razmon zurück“, forderte der kleine Terraner.

„Nein“, antwortete Valmonze.

Er stellte die Verbindung zu den Gleitern wieder her. Shaugnessy, der bewegungslos dastand, hörte ihn sagen: „Razmon, hier spricht der Patriarch. Shaugnessy bedroht mich mit einer Waffe. Er verlangt, daß ich Sie von diesem Einsatz zurückrufe. Ich befehle Ihnen jedoch, Pincer auf jeden Fall festzunehmen, gleichgültig, was hier geschieht.“

„Patriarch!“ rief Razmon verwirrt.

„Wenn ihr den alten Knaben noch einmal wiedersehen wollt, dann laßt die beiden Terraner frei!" rief Shaugnessy erregt. „Kehrt um, Razmon!"

Da verlor Valmonze die Beherrschung. Ohne auf die Thermowaffe zu achten, warf er sich auf Shaugnessy.

John Edgar Pincer nahm eine letzte Einstellung an den Geräten vor.

„Ich glaube zwar nicht, daß es einen Sinn hat", sagte er zu seiner Frau, „aber ich habe ein automatisches Richtsignal ausgelöst, nach dem sich unsere Freunde orientieren können, wenn sie hier auftauchen."

Coras Augen leuchteten auf. „Glaubst du, daß sie uns retten?"

„Sie werden es versuchen", log Pincer. Und er log auch, als er hinzufügte: „Ich bin sicher, daß man unseren Notruf aufgefangen hat. Die Flotte wird nichts unversucht lassen, um uns hier herauszuholen."

Cora lächelte. Sie hatte die Veränderung gespürt, die mit ihrem Mann vor sich gegangen war. Er hatte seine Unsicherheit verloren. Seine Handlungen waren bestimmt und planvoll. Er zweifelte nicht länger an seinen eigenen Fähigkeiten.

„So", sagte Pincer, „nun wollen wir hinausgehen und auf unsere Freunde warten."

„Oder auf die Springer", wandte Cora ein.

Wie recht sie hatte, zeigte sich wenige Minuten später. Über dem kleinen Landefeld erschienen mehrere Gleiter.

„Die Springer", stellte Pincer entmutigt fest. „Sie waren schneller."

Die kleinen Schiffe begannen über dem Platz zu kreisen, als seien sich ihre Besatzungen nicht einig. Pincer wußte, daß jetzt jeder Fluchtversuch sinnlos geworden war.

37.

Major James Woodsworth kauerte in der Pilotenkanzel des Drei-Mann-Zerstörers, den die Besatzung aus dem Hangar der CAPE CANAVERAL ausgeschleust hatte. Außer ihm befanden sich Buster Felton und Adam Spahn an Bord.

Kurz nachdem sie in die Atmosphäre von Alazes Planet eingedrungen waren, hatten sie zum erstenmal die Peilzeichen aufgefangen.

„Das bedeutet, daß sie jeden Funkverkehr nach außen abgesperrt haben“, erklärte Felton. Es war klar, daß er mit „außen“ den Weltraum meinte.

Spahn, der die Ortungsgeräte beobachtete, sagte ohne jede Begeisterung: „Da wimmelt es nur so von fremden Schiffen. Es scheinen alles kleine Dinger zu sein, an der Stärke der Ausschläge gemessen.“

Er unterhielt sich leise mit Felton, während Woodsworth den kleinen Zerstörer in eine Landebahn steuerte.

„Die Peilzeichen kommen aus derselben Richtung, in der Spahn die Springerschiffe entdeckt hat, Sir“, berichtete Felton schließlich. „Es wäre glatter Selbstmord, wenn wir dort landen würden. Selbst wenn wir schneller als die Springer sind – sie haben den Vorteil der Übermacht auf ihrer Seite. Außerdem kennen sie sich besser aus. Wir hätten noch nicht richtig den Boden berührt, da hätten sie uns bereits in Staub und Asche verwandelt. Weder Pincer noch uns ist damit geholfen.“

Woodsworth sah sich um. „Seit wann sind Sie so gesprächig, Felton? Wir müssen es wenigstens versuchen. Die Tatsache, daß Pincer den Notruf absetzen konnte, besagt, daß er sich zu diesem Zeitpunkt noch nicht in den Händen der Springer befand.“

„Das kann sich inzwischen geändert haben“, gab Spahn zu bedenken.

Unbeirrt steuerte der Major das winzige Schiff tiefer, der Oberfläche von Alazes Planet entgegen. Wenn die Springer nicht schliefen oder mit anderen Dingen beschäftigt waren, hatten sie den Zerstörer bestimmt schon geortet. Woodsworth rechnete jeden Augenblick damit, daß auf den Bildschirmen die walzenförmige Silhouette eines Springerschiffs auftauchen würde, um sie unter Beschuß zu nehmen. Doch alles schien glatt zu verlaufen. Der Major blieb realistisch genug, um die Gefahr nicht zu unterschätzen. Die relative Sicherheit, in der sie sich jetzt noch befanden, würde in dem Moment vorüber sein, wenn sie inmitten der Springerschiffe landeten, die Spahn geortet hatte.

Von diesem Vorhaben wußte nur Woodsworth. Schließlich war es sein eigener Plan. Aus begreiflichen Gründen zögerte er, seinen beiden Kameraden davon zu berichten.

Niemand fliegt gern mit offenen Augen in den Tod.

Einem Mann, ob er nun Terraner oder Springer ist, der sein ganzes Leben nur Befehle anderer befolgt hat, fällt es schwer, aus eigenem Antrieb zu handeln.

Als Pilot Razmon den Aufeinanderprall zweier Körper über den Lautsprecher vernahm, wurde seine Verwirrung vollkommen. Er wußte, daß der Patriarch in unmittelbarer Lebensgefahr schwebte. Nun schien in dem Hauptgebäude des Raumflugfelds ein Kampf zwischen Valmonze und Shaugnessy entbrannt zu sein. Da der Terraner im Gegensatz zu Valmonze eine Waffe besaß, konnte Razmon sich lebhaft vorstellen, wie der Kampf ausgehen würde.

Der Patriarch hatte befohlen, daß Pincer auf jeden Fall festzunehmen sei. Razmon wurde von gegensätzlichen Gefühlen gepeinigt. Fünf Gleiter kreisten über dem kleinen Landefeld inmitten des Waldes. Am Rand der Landebahn waren zwei dunkle Punkte zu sehen: Pincer und die Frau.

Razmon erkannte, daß er die gegensätzlichen Wünsche in seinem Innern nur auf eine Art ausgleichen konnte: er mußte zwei Dinge zu gleicher Zeit veranlassen. Einmal mußte der Patriarch gerettet werden, und dann galt es, Pincer gefangenzunehmen. Das bedeutete, daß die Gruppe der Gleiter geteilt werden mußte.

Razmon stellte eine Verbindung zu den übrigen Flugbooten her. Drei Piloten befahl er, sofort zum Raumflugfeld zurückzukehren und Valmonze Hilfe zu bringen. Er selbst und die Besatzung eines zweiten Gleiters würden landen, um Pincer seiner gerechten Strafe entgegenzuführen.

Blitzschnell stießen die beiden verbliebenen Kleinstschiffe auf den Landeplatz hinab.

„Razmon!“ rief da ein Mann erregt. „Ein fremdes Schiff!“

Der Pilot blickte zu den Ortungsgeräten hinüber. Auf dem Bildschirm war nur ein kleines Pünktchen zu erkennen.

Razmon fluchte.

Jetzt, da sie sich geteilt hatten, erschienen die Terraner, um ihren Mann zu retten. Er versuchte, eine Verbindung mit Valmonze herzustellen, aber in dem fernen Raum rührte sich nichts.

Der Punkt auf dem Schirm wurde größer. Mit unruhiger Stimme befahl er seiner Mannschaft, die Strahlengeschütze bereitzumachen. Die Schutzschirme wurden eingeschaltet.

Ein uralter Springer hatte einmal zu Razmon gesagt: „Die Terraner kommen immer dann, wenn du sie am wenigsten erwartest. Sie tun nur das, was du nicht für möglich gehalten hättest. Das ist das ganze Geheimnis ihrer Erfolge."

Razmon wußte nicht, ob diese Theorie stimmte, aber er würde bald Gelegenheit haben, es herauszufinden.

In der Geschichte über die Entwicklung der Menschheit wird der Name Clifton Shaugnessy nicht erwähnt. Dabei ist es durchaus möglich, daß diese Geschichte nur durch sein Eingreifen geschrieben werden konnte. Shaugnessy war einer der vielen Unbekannten, von deren Taten man nichts wußte, oder die man im Lauf der Zeit vergaß.

Man wird nie erfahren, ob Shaugnessy die Absicht hatte, auf Valmonze zu schießen, oder ob er ihn lediglich einschüchtern wollte.

Wahrscheinlich war der Schmuggler nur zu langsam.

Die Wucht von Valmonzes Anprall riß ihn nach hinten. Die Waffe flog aus seiner Hand und wurde davongeschleudert. Shaugnessy zog seine Arme hoch, um sich des stürmischen Angriffs zu erwehren. Der Patriarch war doppelt so schwer wie Shaugnessy. Er drückte den kleinen Terraner einfach um. Mit einem erstickten Schrei taumelte Shaugnessy und fiel nach hinten. Valmonze setzte nach und warf sich über ihn. Blitzschnell rollte der Schmuggler zur Seite und spähte nach seiner Waffe. Valmonzes Augen waren vor Zorn zu schmalen Schlitzen zusammengezogen. Seine gewaltigen Fäuste wirbelten auf Shaugnessy zu.

Der Kampf bestand eigentlich nur darin, daß Shaugnessy ständig auf der Flucht vor seinem Gegner war. Der Raum war nicht besonders groß. Es war nur eine Frage der Zeit, bis Valmonzes Arme endgültig zugreifen würden.

Shaugnessy machte eine Finte und erreichte die Tür. Rasch schlüpfte er hinaus. Valmonze brüllte enttäuscht auf und rannte hinter ihm her. Shaugnessy kannte sich in dem Gebäude gut aus. Er spurtete den langen Gang hinunter. An seinem Ende befand sich ein Lift, der ihn nach unten bringen konnte.

Valmonze stampfte keuchend den Gang entlang. Shaugnessy blickte sich nicht um. Als er bei dem Aufzug ankam, atmete er erleichtert auf. Für den ersten Augenblick war er so gut wie gerettet.

Seine Erleichterung schlug jäh in die bittere Erkenntnis um, daß seine Flucht zu Ende war, als sich der Lift öffnete und zwei Springer heraustraten.

„Haltet ihn!" kreischte der Patriarch.

Shaugnessy hatte nicht die geringste Chance. Er war verloren. Langsam wandte er sich um und sah ausdruckslos in das vor Triumph verzerrte Gesicht Valmonzes.

Die Geschichte berichtet nichts über Clifton Shaugnessy. Schweigen breitet sich über das Ende dieses Mannes.

Buster Felton war von Natur aus ein harmloser Mann, ohne jede kriegerische Ambition. Als er jedoch sah, wie die beiden Springerschiffe sich zum Angriff formierten, verhärteten sich seine Gesichtszüge, und er machte die Bugkanonen des Zerstörers gefechtsklar.

„Unser Empfangskomitee, Sir!" rief Spahn Woodsworth zu. „Sie haben sich geteilt. Hoffentlich lauern die anderen drei nicht irgendwo im Hintergrund, um uns plötzlich zu überfallen."

„Das werden wir schnell feststellen, wenn Sie die Ortungsgeräte im Auge behalten", erinnerte ihn der Major. „Achtung, ich werde jetzt zur Landung ansetzen."

„Sir!" schrie Felton auf.

Woodsworth ahnte, was den Mann beschäftigte. In der Luft mochten sie den Springern noch gleichwertig sein, aber am Boden waren sie verloren.

„Keine Sorge", erklärte er. „Wir werden ihnen ein nettes Schauspiel liefern."

Die beiden Springer witterten einen unschätzbaren Vorteil und schossen heran. Die Absorberschirme des Zerstörers wankten unter der Belastung des heftigen Feindbeschusses. Wie zornige Geier hingen die Springer über dem terranischen Kleinstschiff. Da riß Woodsworth die Steuerung herum. Wie ein Phantom glitt der Zerstörer in die Höhe.

Felton, den dieses Manöver fast aus seinem Sitz gerissen hatte, eröffnete das Feuer auf die so plötzlich vor ihm auftauchenden Springerboote. Dabei schrie er unentwegt auf Spahn ein. Es waren sinnlose Worte, die er herausbrüllte, aber sie schienen weder Spahn noch dem Major etwas auszumachen. Die Energieschirme der Springer waren dem starken Beschuß nicht gewachsen. Das so unscheinbar wirkende terranische Schiff hatte sich in eine feuerspeiende Festung verwandelt.

Schwer angeschlagen, trudelten die Gleiter nach unten, um krachend in den Baumwipfeln zu verschwinden.

„Jetzt hilft nur noch Schnelligkeit", sagte Woodsworth und brachte das Schiff endgültig auf den Landeplatz herab. Felton öffnete die Schleuse. Der Major verließ seinen Platz an der Steuerung.

Als er in der Schleuse ankam, sah er einen Mann und eine Frau über das Landefeld kommen. Der Mann war groß und hager. Die Frau sah erschöpft aus, aber immer noch anziehend.

Das ungleiche Paar erreichte die Luftschleuse. Da sagte der Mann jene Worte, die Woodsworth nie in seinem Leben vergessen würde.

„Mein Name ist John Edgar Pincer, das ist meine Frau." Er lächelte. „Eigentlich hatten wir Sie noch nicht erwartet, Major."

Felton stöhnte auf und zog gemeinsam mit Woodsworth die beiden Flüchtlinge an Bord.

„Schnell!" hörten sie Spahn rufen. „Wir bekommen bald Besuch."

Woodsworth überließ Felton die beiden Geretteten und stürmte an den Pilotenplatz. Er war nicht geneigt, die Ankunft weiterer Springerschiffe abzuwarten. Sein Start war ein Alarmstart, und John Edgar Pincer brach sich dabei das Nasenbein.

38.

Die Verhaftung von Vincent Aplied zog eine leichte Unruhe an der Börse nach sich, die nach zwei Tagen wieder vorüber war. Aplied wurde einem strengen Verhör unterzogen, in dessen Verlauf er alles ausplauderte, was die Agenten von ihm wissen wollten. Eine Verhaftungswelle schloß sich an dieses Verhör an. Einzelnen Verbrechern gelang die Flucht, aber das konnte den Erfolg auf der ganzen Linie nicht beeinträchtigen. Die Weltpresse feierte Rhodan als einen überlegen handelnden Mann.

Vor Pincers Ankunft auf der Erde waren seine Taten bereits bekannt geworden, und an dem Tag seiner voraussichtlichen Landung waren Tausende zum Raumflugfeld Terranias geströmt, um den jungen Mann zu feiern. Das Fernsehen war mit einem großen Aufgebot erschienen.

Perry Rhodan, der im allgemeinen einen solchen Rummel verabscheute, hatte unter dem Druck seiner Freunde widerwillig zugestimmt und alle nötigen Genehmigungen erteilt.

Er saß mit Bully und Solarmarschall Freyt auf der Tribüne, die man eigens für diesen Zweck errichtet hatte.

„Mach nicht so ein finsteres Gesicht", bat Bully. „Es ist durchaus möglich, daß genau in diesem Augenblick eine Kamera auf uns gerichtet ist."

Rhodan sah ihn mißbilligend an. „Deshalb hast du also dieses alberne Grinsen aufgesetzt. Ich wundere mich schon die ganze Zeit darüber."

„Na hör mal", fuhr Bully empört auf. „Schließlich ist das ein offizieller Anlaß, und niemand wird mich daran hindern, mich so zu benehmen, wie ich es meinen vielen Freunden draußen in der Welt schuldig bin."

Einer solchen Behauptung hatte selbst Rhodans Schlagfertigkeit nichts entgegenzusetzen. Er musterte die Zuschauermenge.

„In wenigen Minuten wird John Edgar Pincer vor ihnen stehen", kam es aus dem Platzlautsprecher.

Freyt hob seinen Kopf. Er war ein Mann, der nur das Notwendigste sprach.

„Die CAPE CANAVERAL", sagte er. „Sie kommt."

Bullys Lächeln gefror zu einer starren Maske.

Bully nannte das „fotogen aussehen".

Die Geschwindigkeit, mit der der Drei-Mann-Zerstörer aus dem System verschwunden war, hatte Valmonze keine Zeit zum Zuschlagen gelassen. Zähneknirschend mußte er die Flüchtlinge ziehen lassen.

Die CAPE CANAVERAL hatte das Kleinstraumschiff wieder in ihrem Hangar aufgenommen und war in zwei Transitionen im Sol-System angekommen.

Pincer schmerzte außer seinem gebrochenen Nasenbein vor allem der Verlust der Space-Jet. Die ERROR war ein wertvoller Besitz, und sie in den Händen der Springer zu wissen, war nicht gerade angenehm. Da Pincers Bedarf an Raumfahrten jedoch ausreichend gedeckt war, trug er den Verlust mit Fassung. Wichtig war vor allem, daß sie ihr Leben gerettet hatten.

Nach der zweiten Transition erschien Major Woodsworth in der Kabine und bedauerte, daß es zu dem Unfall gekommen war.

„Wie geht es Ihnen?" fragte er.

„Ausgezeichnet", log Pincer.

„Es wird Ihnen gleich noch viel besser gehen, wenn ich Ihnen sage, daß man einen gewaltigen Empfang für Sie vorbereitet hat", sagte Woodsworth lächelnd.

Pincer sah sich nach seiner Frau um, die in einem bequemen Sessel Platz genommen hatte. Fragend blickte sie auf.

„Können Sie das genauer erklären, Major?"

„Sicher. In der Nähe unseres Landeplatzes erwartet Sie eine Zuschauermenge, Perry Rhodan und weitere Prominenz sowie das Fernsehen."

Pincer tastete vorsichtig über seinen Nasenrücken. Woodsworth konnte seine Heiterkeit über das, was dem jungen Mann bevorstand, nur schlecht verbergen.

„Wie kann ich dem allem entgehen?" erkundigte sich Pincer.

„Überhaupt nicht", stellte Woodsworth nüchtern fest. „Das werde ich schon verhindern. Sie sind die beste Reklame für mein Schiff. Die Kadetten werden endlich einmal wieder zu James Woodsworth abkommandiert werden wollen."

„Ich verstehe Sie nicht", meinte Pincer.

Woodsworth lächelte geheimnisvoll.

„Machen Sie sich jetzt bereit, junger Mann", sagte er. „Verschönern Sie Ihr Äußeres, damit Sie das Wohlwollen der Masse für sich gewinnen."

Pincer sah an sich herunter. Seine Kleidung hatte unter den Abenteuern auf Alazes Planet stark gelitten. Cora war es nicht besser ergangen.

Woodsworth war den Blicken verständnisvoll gefolgt.

„Ich werde Ihrer Frau und Ihnen etwas bringen", versprach er.

Er machte kehrt, doch Pincer hielt ihn am Ärmel fest. „Ich möchte Ihnen danken, Major. Sie haben Ihr Leben aufs Spiel gesetzt, um uns zu retten."

„Wissen Sie, Pincer", meinte Woodsworth, „im Vergleich zu dem, was Sie beide für die Erde getan haben, erscheint die Aktion der CAPE CANAVERAL sehr bescheiden."

Mit diesen Worten verließ er die Kabine.

„Ich möchte mich am liebsten in einer Ecke verkriechen", gestand Pincer. „Hoffentlich dauert der Empfang nicht zu lange." Er streckte sich. „Ich sehne mich schon danach, endlich ein Bad zu nehmen und in einem richtigen Bett zu schlafen."

Die Hymne des Solaren Imperiums ertönte, als John Edgar Pincer zusammen mit seiner Frau die Schleuse der CAPE CANAVERAL verließ und von dem Lift nach unten getragen wurde. Die Zuschauer auf der Tribüne hatten sich erhoben und ihre Kopfbedeckungen abgenommen.

Pincer erschauerte und blieb stehen. Die Musik verklang. Hinter Pincer war ein deutliches Räuspern vernehmbar.

„Gehen Sie weiter, Pincer", flüsterte die Stimme von Major Woodsworth hinter ihnen. „Direkt auf die Tribüne zu."

Bully stieß Rhodan leicht in die Seite.

„Ich habe mir diesen Pincer immer anders vorgestellt", sagte er.

Ihre Plätze befanden sich auf einem Podest vor der Tribüne. Als Pincer mit seiner Frau und Major Woodsworth die Treppe emporstieg, erhoben sich Perry Rhodan, Bully und Solarmarschall Freyt.

Zuerst wurde Pincers Gesicht sichtbar. Über seiner Nase klebte ein breites Pflaster. Darüber befanden sich zwei klare, blaue Augen, die Rhodan mit unendlicher Traurigkeit ansahen. Pincer erklomm die restlichen Stufen, stolperte auf dem letzten Treppenabsatz und errötete bis hinter seine großen Ohren.

Rhodan verließ seinen Platz und ging Pincer entgegen. So leise, daß keines der Mikrophone seine Stimme weitertragen konnte, sagte er: „Inoffiziell möchte ich mich bei Ihnen bedanken und Ihnen sagen, daß ich Sie für einen prächtigen Burschen halte."

Pincers Antwort ließ darauf schließen, daß er bei weitem nicht so fassungslos war, wie es sein äußerer Eindruck vermuten ließ.

„Inoffiziell möchte ich Ihnen dieses Kompliment zurückgeben, Sir", flüsterte er Rhodan zu.

Sie schüttelten sich die Hände und lächelten sich zu. Das Fernsehen zeigte diese Szene in Großaufnahme, und in Denver kroch Archibald Pincer während dieser Übertragung fast in sein Gerät hinein.

Sanft zog Rhodan den jungen Mann vor die Mikrophone. Von der Tribüne erklang brausender Beifall. Pincer schluckte und versuchte, eine Haltung anzunehmen, die für diesen Zweck angebracht war.

Die Rede des Ersten Administrators war nur kurz. „Wir begrüßen diesen jungen Mann, und wir begrüßen auch seine schöne Gattin. Beide haben der Erde einen großen Dienst erwiesen. Dafür danken wir ihnen."

„Kommen Sie", sagte er leise zu Pincer, „man will Sie reden hören."

Pincer sah die Mikrophone so wild an, als habe er Valmonze vor sich. Rhodan lachte aufmunternd, und Pincer machte einen Schritt nach vorn.

„Auf Alazes Planet", begann er, „gab es einen Eingeborenen. Er nannte sich Schnitz. Er ist jetzt tot. Ihm muß unsere Achtung und unser Dank sicher sein. Ohne ihn und seine Freunde hätte ich niemals den Notruf senden können. Außerdem möchte ich Major James Woodsworth nennen, den Sie hier an meiner Seite stehen sehen." Pincer nickte, und in seinem verträumten Gesicht erschien ein Lächeln. „Nicht zuletzt aber verdanken wir alles dieser tapferen, schönen Frau, Cora Pincer."

Damit wandte er sich um und schüttelte Perry Rhodan noch einmal die Hand. Bully und Freyt grüßten stumm.

Pincer ergriff seine Frau am Arm und ging mit ihr die Treppe hinunter.

„Bei der Solaren Flotte haben ihn die Ärzte abgelehnt", sagte Rhodan verwundert. „Wir sollten uns darum bemühen, daß er einen Platz bei uns erhält."

„Ich glaube, daß er das Angebot ablehnen würde", erwiderte Bully nachdenklich.

John Edgar Pincer ließ sich mit einem Seufzer auf das Bett sinken.

„Endlich allein", sagte er dankbar.

Er beobachtete seine Frau, die dabei war, Kleider zu sortieren, die von der Hotelleitung geschickt worden waren.

„Hast du dir schon Gedanken darüber gemacht, wohin wir unsere Hochzeitsreise machen könnten?" fragte er.

„Vor allen Dingen nicht in den Weltraum", erklärte Cora bestimmt.

„Nein", sagte Pincer, „wir suchen uns ein gemütliches Plätzchen."

Jemand klopfte gegen die Tür. Verärgert zog Pincer seine langen Beine vom Bett.

„Herein!" rief er.

Es war der Hotelboy. Er betrachtete Pincer, als hätte er ein Wundertier vor sich.

„Es ist etwas für die Herrschaften abgegeben worden", stammelte der Junge.

„Blumen", vermutete Cora.

Der Junge schüttelte den Kopf. Mit einem Kopfnicken gab ihm Pincer zu verstehen, daß er den abgegebenen Gegenstand holen sollte. Kurze Zeit später wurde wiederum an die Tür geschlagen.

Durch einen schmalen Spalt stürmte eine ockergelbe Kreatur mit heiserem Gebell in das Zimmer.

„Mit den besten Empfehlungen von Mr. Denniston aus Denver!" rief der Boy vom Flur aus.

„Prinz!" rief Cora jubelnd.

Der Hund sprang an ihr hoch und wedelte wie verrückt mit dem Schwanz. Dann ließ er von ihr ab und begann zu schnüffeln. Er erblickte Pincer, und sein Schwanzwedeln erstarb.

„Prinz scheint dich nicht mehr zu kennen", sagte Cora unsicher.

Pincer sah seine Frau liebevoll an. Er fand, daß es jetzt endlich an der Zeit war, sie zu umarmen. Er ging auf sie zu.

Prinz begann unheilvoll zu knurren. Er stand genau zwischen Pincer und Cora. Unsicher blieb Pincer stehen.

„Hör auf, alter Knabe", sagte Pincer in freundschaftlichem Ton. „Das ist meine Frau, verstehst du? Du kannst mich nicht daran hindern, sie zu küssen."

Ein drohendes Grollen kam aus der Brust des Tieres. Seine grünen Augen funkelten John Edgar Pincer bösartig an.

Dann setzte sich der Bastard langsam in Bewegung.

39.

Seit einigen Wochen patrouillierten unweit des Blauen Systems einige Schwere und Leichte Kreuzer des Solaren Imperiums. Perry Rhodan hatte den Kommandanten befohlen, sich sofort zurückzuziehen, wenn die Gefahr eines Zusammenstoßes mit den Akonen drohte. Aber die Akonen kümmerten sich nicht um das, was außerhalb des blauen Energieschirms geschah. Die terranischen Raumfahrer hatten den Auftrag, nach einer optischen Lücke innerhalb des Energieschirms Ausschau zu halten. Auf diese Weise hoffte Rhodan, etwas über die Vorgänge im Blauen System zu erfahren und vielleicht sogar herauszufinden, ob die Akonen nach ihrer Aktion mit der Plasmainfektion weitere Angriffe gegen Terra vorbereiteten.

Doch es gab keine Lücke im Energieschirm – er blieb für die terranischen Ortungsgeräte undurchdringlich.

Es war für die Terraner daher auch nicht möglich, Kenntnis von den Vorgängen zu erlangen, die sich auf dem Planeten Sphinx und seinem größeren Mond innerhalb des Blauen Systems abspielten.

Auf dem Mond des fünften Planeten wurde von den Akonen ein Raumschiff startbereit gemacht.

Es war kein sehr großes Schiff, aber es besaß die typische Kugelform der arkonidischen Bauweise, wenn auch die beiden Pole auffallend stark abgeflacht waren. Techniker nahmen die letzten Inspektionen vor, und wie es schien, gingen sie dabei sorgfältiger zu Werke als jeder irdische Ingenieur. Aber auch das war nur eine Täuschung. Lediglich verlangte auch hier die besondere Aufgabe besondere Vorbereitungen. Denn das Schiff war kein gewöhnliches Schiff, sondern eine geheime und einmalige Konstruktion.

Auf Sphinx versammelte sich die Mannschaft des Akonenschiffs und erhielt die letzten Instruktionen. Der Einsatz wurde noch einmal durchgesprochen, die Wichtigkeit des Erfolgs betont und die Wirksamkeit der absoluten Überraschung garantiert. Dieser Angriff auf Arkon und damit auch auf die Erde gleiche einem Experiment, betonte der Sprecher und streckte beide Arme zum Himmel, so daß die Handflächen gegen die blaue Sonne zeigten. Es sei eine geniale Mischung aus Technik und psychologischer Spekulation – und vom Gegner erst dann zu durchschauen, wenn es für ihn bereits zu spät sei.

Dann formierte sich die Kolonne, marschierte an den Mitgliedern der Regierung und den Wissenschaftlern vorbei, marschierte weiter, auf ein hellschimmerndes Kraftfeld zu, einem flammenden Lichtbogen – Tor eines großen Materietransmitters.

Als die erste Reihe der Akonen den Lichtbogen erreichte, verschwand sie einfach. Die Männer taten einen Schritt – und waren nicht mehr da. Es war, als habe das Nichts sie geschluckt. Die zweite Reihe folgte, die dritte und so fort, bis die gesamte Kolonne den Planeten Sphinx auf diese seltsame und fast unbegreifliche Weise verlassen hatte.

In derselben Sekunde aber materialisierte dieselbe Marschkolonne auf dem Mond. Die erste Reihe kam aus einem fast identischen Lichtbogen heraus. Sie hatte mit einem einzigen Schritt die Entfernung zwischen Planet und Mond zurückgelegt, in einer einzigen Sekunde – oder noch weniger.

Die Kolonne näherte sich dem Schiff mit den abgeflachten Polen. Offiziere erstatteten Meldung. Zwischen der geöffneten Einstiegluke des Schiffes und dem Boden entstand ein flimmerndes Antigravfeld. Die Besatzung ging an Bord.

Zwanzig oder dreißig Lichtstunden entfernt patrouillierten die terranischen Kriegsschiffe. Selbst ihre empfindlichsten Instrumente konnten nicht feststellen, was auf Sphinx oder dem Mond geschah. Sie registrierten nicht einmal den Start des relativ kleinen Kugelraumers, der mit steigender Beschleunigung den Grenzen des Blauen Systems entgegeneilte und durch eine – für terranische Geräte nicht zu ortende – Strukturlücke in den offenen Weltraum vorstieß.

Auf den Bildschirmen von drei in der Nähe patrouillierenden Kreuzern zeigte sich nun der vorbeirasende Schatten des Akonenschiffs. Ehe eine zielstrebige Verfolgung eingeleitet und der Kurs bestimmt werden konnte, überschritt das geheimnisvolle Raumfahrzeug die einfache Lichtgeschwindigkeit und glitt in den Halbraum. Damit wurde es für die beobachtenden Terraner unerreichbar.

Eine entsprechende Meldung ging per Hyperfunk an die Erde, aber man maß ihr nicht die Bedeutung zu, die sie verdient hätte.

Niemand ahnte, daß ein neuer Angriff begonnen hatte.

Ein Angriff in einer Form, wie es ihn noch nie gegeben hatte.

Eine Gruppe Akonen war gestartet, um ein Sternenreich in seinen Grundfesten zu erschüttern. Durch Raum und Zeit griff eine unsichtbare Faust aus der Vergangenheit in die Gegenwart und schlug zu.

Jahrtausende schrumpften zu einem Nichts zusammen.

40.

Perry Rhodan saß in Gedanken versunken an seinem Arbeitstisch und blickte durch das große Fenster auf Terrania hinaus. Solarmarschall Freyt und Reginald Bull waren bei ihm. Offiziell ging es um die Akonen, aber Rhodan dachte, wie so oft in letzter Zeit, an seinen Sohn, Thomas Cardif, mit dem er gern Frieden geschlossen hätte.

Schließlich gab er sich einen Ruck und wandte sich an Freyt. „Wie weit ist der Einbau der Lineartriebwerke vorgeschritten? Sind schon weitere Schiffe einsatzbereit?“

„Einige befinden sich auf Probeflügen, in der Mondwerft wird laufend gearbeitet. Falls notwendig, kann jederzeit von dort ein Schiff mit dem neuen Überlichtantrieb angefordert werden."

„Danke, mehr wollte ich nicht wissen." Rhodan sah die anderen an. „Noch Fragen für heute?"

Freyt und Bully verneinten. Sie beendeten ihre Routinearbeiten.

Später, in Rhodans Wohnung, saßen er und Bully mit noch einigen Freunden zusammen. Der Mausbiber Gucky hockte auf einer Couch in der Ecke und schien zu schlafen.

John Marshall, Einsatzleiter des Mutantenkorps, saß neben Rhodan. Ras Tschubai, der afrikanische Teleporter, hatte sich neben der Japanerin Ishy Matsu niedergelassen. Im Hintergrund kam leise Musik aus einem Lautsprecher.

„Es ist fast wie damals, als wir den Arkoniden gegenüberstanden", blieb Bully bei seinem neuen Lieblingsthema, den Akonen. „Nur waren mir die lieber."

„Genau das ist es", stimmte Marshall ihm zu. „Diesmal tappen wir fast im dunkeln. Die Akonen, Vorfahren der Arkoniden, sind noch geheimnisvoller und arroganter als diese – aber leider nicht so abgewirtschaftet. Wir werden noch viel Ärger mit ihnen haben."

Sie diskutierten weiter, bis sie von einer Hyperfunkalarmmeldung von Arkon unterbrochen wurden.

Rhodan begab sich sofort an die in seinem Haus installierte Anlage.

Schon wenige Sekunden später erschien auf der Mattscheibe das Gesicht von Atlan, Gonozal VIII., Imperator von Arkon. Die vertrauten Züge des unsterblichen Arkoniden zeigten offene Bestürzung und Verwirrung. Seine Augen suchten die Rhodans – über vierunddreißigtausend Lichtjahre hinweg.

„Was ist geschehen?" fragte Rhodan. „Du kannst offen sprechen. Bei mir sind nur engste Freunde."

„Was geschehen ist? Wenn ich es nur wüßte. Etwas Grauenhaftes und Unvorstellbares ist geschehen. Jemand ist nach Arkon vorgedrungen, hat den Festungsring durchstoßen und ist auf Arkon III, der Welt des Krieges, gelandet. Ohne daß ihn jemand aufhalten konnte. Ohne daß die automatischen Geschütze feuerten. Ohne daß Alarm gegeben wurde."

Rhodan sah Atlan fassungslos an. Was der Imperator schilderte, war mit normalen Sinnen nicht zu erfassen. Es gab kein Schiff, das den planetarischen Festungsring von Arkon durchdringen konnte. Atlan mußte sich irren . . .

„Du glaubst mir nicht?" Atlan schüttelte den Kopf. „Du mußt mir glauben, Perry. Ich bin verloren, wenn wir den Fremden nicht stellen. Er sitzt auf Arkon III. Dort stehen Arkons Raumschiffwerften, die Ausbildungslager – das Robotgehirn. Das Robotgehirn. Rhodan, wenn es beschädigt wird. Wenn es in fremde Hände fällt. Ja, ich weiß, was du sagen willst. Es kann sich wehren. Aber – kann es das wirklich? Bedenke, daß die Fremden den Ring durchbrachen und daß die Geschütze nicht feuerten. Dann werden sie auch das Gehirn überlisten können."

„Was ist mit den Wachschiffen? Haben sie den Eindringling nicht rechtzeitig bemerkt?"

„Natürlich – aber die Verfolgung war zwecklos. Sie konnten nur noch beobachten, daß der Fremde auf Arkon III landete. Dort verschwand er spurlos. Als unsere Schiffe näher herangingen, wurden sie unter Feuer genommen. Und zwar von unseren eigenen Geschützen."

Es dauerte zehn Sekunden, ehe Rhodan antwortete: „Ich werde noch heute mit der DRUSUS und zehn weiteren Einheiten starten und Arkon direkt anfliegen. Sorge dafür, daß wir die Sperren ungehindert passieren können."

Atlans Gesicht verriet Erleichterung. „Ich danke dir, Perry. Vielleicht finden wir gemeinsam einen Ausweg."

„Wie sah das Schiff aus?"

„Eine große Kugel, aber die beiden Pole waren auffällig abgeplattet. Der Antrieb . . ."

„Danke, das genügt. Die Akonen. Jetzt kommen sie zu dir. Warte auf mich. Nimm sofort Verbindung auf, wenn etwas Auffälliges geschieht. Der Sender auf der DRUSUS bleibt auf Empfang. Du kannst mich so jederzeit erreichen."

„Nochmals danke. Akonen? Du wirst mir Näheres über sie mitteilen?"

„Soweit ich kann, Atlan. Achte du inzwischen auf das, was auf Arkon geschieht. Beobachte die Kriegswelt. Ziehe deine Flotten zusammen und schließe Arkon III hermetisch ab."

„Ich rufe dich, wenn etwas geschieht", versprach Atlan. Dann erlosch sein Bild auf der Mattscheibe. Die Verbindung war abgebrochen worden.

Rhodan kehrte an seinen Platz zurück und setzte sich. Er empfand Gewissensbisse, daß er Atlan noch nicht im Detail über die Akonen informiert hatte. Vielleicht hätte Arkon dann Vorkehrungen treffen können. Er sah seine Freunde an, die bisher geschwiegen hatten.

„Wir starten in einer Stunde", ordnete er an. „Du bleibst hier, Bully. Ich fürchte, es könnte auch etwas auf Terra passieren."

Er ahnte noch nicht, was geschehen würde, aber er ahnte auch nicht, wie sehr er recht behalten sollte.

41.

Die DRUSUS war auf Arkon I gelandet. Ohne jeden Zwischenfall und ohne von den robotbemannten Wachschiffen eine Aufforderung zum Stoppen oder zur Identifizierung erhalten zu haben. Das bedeutete nun, daß auch jedes andere Schiff ungehindert Arkon anfliegen konnte.

Die beiden Männer saßen sich im Kristallpalast gegenüber. Das Regierungsgebäude war völlig isoliert und von zuverlässigen Arkoniden-Offizieren bewacht. Hier waren sie sicher.

Gespannt hörte Rhodan Atlans Bericht.

„Jede Verbindung mit dem Robotgehirn ist unterbrochen. Soweit mir bekannt ist, sind alle arkonidischen Stützpunkte lahmgelegt. Die Robotflotte ist ausgefallen und verharrt regungslos in ihren zuletzt innegehabten Positionen. Sie erhält keine Befehlsimpulse mehr vom Gehirn. Alle über das Robotgehirn gesteuerten Hyperfunkkanäle sind desaktiviert, lediglich meine private Hyperfunkanlage im Kristallpalast, die nicht in den Einflußbereich des Gehirns fällt, funktioniert noch und hält Kontakt nach außen. Aber damit kann ich die Robotflotte nicht unter meinen Einfluß bekommen, da sie ausschließlich auf die Kommandoimpulse des Gehirns reagiert. Wenn es uns nicht bald gelingt, diesen Zustand zu beseitigen, dann wird es zu ernsten Versorgungsengpässen kommen, da auch der Warenaustausch durch den Ausfall von Arkon III beeinträchtigt ist. Die Lage erscheint mir ziemlich hoffnungslos."

Rhodan wehrte sich dagegen und bemühte sich, den Standpunkt seines Freundes nicht zu seinem eigenen werden zu lassen. Es war eben der Fehler der Arkoniden gewesen, dem bisher unfehlbaren

Robotgehirn die gesamte Verantwortung für das Riesenreich aufzubürden. Vielleicht war es aber von den Akonen nur isoliert worden. Doch warum wehrte es sich dann eigentlich nicht gegen die Freiheitsberaubung?

„So ist es nicht, Atlan. Wir werden angreifen. Und zwar werden wir Arkon III angreifen. Schon einmal gelang uns die Eroberung . . .“

„. . . unter ganz anderen Voraussetzungen“, erinnerte Atlan. „Wir haben es jetzt mit einem Gegner zu tun, der uns weit überlegen ist. Wenn die Akonen wirklich die Vorfahren der Arkoniden und wir in ihren Augen nichts als degenerierte Siedler sind . . .“

„Das ist der Punkt, an dem wir einhaken“, warf Rhodan ein. „Sie unterschätzen euch genauso wie uns. Sicher, sie haben eine überlegene Technik, und wir wissen nicht, was sie mit dem Robotgehirn gemacht haben, aber wir besitzen etwas, das sie vielleicht nicht haben oder kennen.“

Atlan beugte sich vor. „Was?“

„Unsere Mutanten“, sagte Rhodan und lächelte ein wenig. „Wenn wir es nicht mit der DRUSUS schaffen, dann mit den Mutanten.“

„Sie sind keine Supermenschen“, meinte Atlan skeptisch.

„Aber sie verfügen über Eigenschaften, die den Akonen wahrscheinlich unbekannt sind.“

„Wann willst du angreifen?“

„Morgen.“

Sie schwiegen einige Sekunden, dann sagte Rhodan: „Du brauchst dich nicht darum zu kümmern, denn ich fürchte, du hast genug mit der Aufrechterhaltung der Ordnung zu tun. Sorge dafür, daß überall dort, wo Robotflotten stationiert sind, Arkoniden das Kommando übernehmen. Besonders an den Brennpunkten sollten reguläre Flotteneinheiten die Roboter ersetzen. Solange deine Hyperfunkstation arbeitet, ist kein Grund zur Sorge.“

„Ich danke“, erwiderte Atlan sarkastisch. „Sorge genug.“

„Schon gut, mein Freund“, sagte Rhodan und erhob sich. „Vielleicht stellst du für morgen noch einige Schlachtschiffe für mich bereit. Ich will konzentriert mit mehreren Einheiten angreifen. Der Schutzschirm muß zu durchbrechen sein.“

„Ich wünsche dir viel Glück – und sei vorsichtig, Perry.“

Atlans Stimme verriet ehrliche Besorgnis und Sympathie. Rhodan war ihm dankbar dafür. Sie gaben sich die Hand, sahen sich kurz in die Augen – und trennten sich. Jeder wußte, was er zu tun hatte. Aber was sie auch taten, es würde nur einem gemeinsamen Ziel dienen: den gemeinsamen Feind zurückzuschlagen und die furchtbare Gefahr zu beseitigen.

Nach dem dritten vergeblichen Angriff auf den rätselhaften Energieschirm von Arkon III gab Rhodan auf. Er schickte die Schiffe der Arkoniden nach Hause und ließ Deringhouse die DRUSUS in großem Abstand den isolierten Planeten umkreisen. Dann rief er einen Kriegsrat zusammen.

Außer den Mutanten waren noch der Chefmathematiker der DRUSUS, Dr. Louis Renner, und der Sicherheitsoffizier, Captain Marquardt, eingeladen, an der Sitzung teilzunehmen. Etwas später wurde auch Captain Markowski hinzugezogen, der für die Waffenzentrale verantwortlich war.

Im Hintergrund, ungewöhnlich still und bescheiden, saß der Mausbiber Gucky. Er ahnte, was kommen würde, und verspürte diesmal keine große Lust, ein ungewisses Abenteuer zu wagen. Die Akonen waren ihm unheimlich.

Rhodan nickte den Männern ernst zu.

„Wie Sie wissen, haben wir unseren Meister gefunden", sagte er ruhig. „Aber wir haben noch nicht alle unsere Waffen eingesetzt. Wir müssen den Schirm durchbrechen. Mit Gewalt schaffen wir es nicht, also setzen wir andere Mittel ein. Captain Markowski, ich habe Sie rufen lassen, um mich nach der Einsatzbereitschaft des Fiktivtransmitters zu erkundigen."

Markowski war schmächtig gebaut und hatte schüttere Haare. Der der Solaren Flotte noch verbliebene Fiktivtransmitter stand in seiner Obhut.

„Er ist einsatzbereit, Sir. Sie wollen doch nicht etwa . . ."

Er schwieg erschrocken. Der Gedanke war zu ungeheuerlich.

Rhodan sah Gucky an. „Vielleicht gelingt es einem Teleporter, mit Unterstützung des Fiktivtransmitters durchzudringen. Ich weiß allerdings nicht, wie wir ihn wieder zurückholen sollen."

Gucky wich Rhodans forschendem Blick nicht aus.

„Das Energiefeld war auch von telepathischen Impulsen nicht zu durchdringen", stellte er fest. „Es ist, als existiere kein denkendes Wesen auf Arkon III, obwohl das Gegenteil der Fall ist. Wenn aber Gedankenimpulse den Schirm nicht durchdringen, kann es vielleicht ein Teleporter – möglicherweise mit Hilfe des Fiktivtransmitters. Die

Hauptsache ist, daß der Transmitter genau in dem Augenblick eingeschaltet wird, in dem ich springe. So allein kann die beabsichtigte Wirkung erzielt werden." Er sah Rhodan an. „Ich fühle mich nicht wohl in meiner Haut."

Rhodan beugte sich zu ihm hinab. „Ich kann dich verstehen, Kleiner. Glaube mir, daß ich gern einen anderen Weg versuchen würde, wenn ich nur einen wüßte. Aber es gibt keinen anderen. Nur du allein bist Telekinet, Telepath und Teleporter zugleich. Wenn es überhaupt einem gelingen kann, wieder zurückzukommen, dann bist du es. Wir werden keinen Kontakt miteinander haben, und du bist allein auf dich angewiesen. Sei vorsichtig, und denke stets daran, daß vom Erfolg deiner Mission unser aller Schicksal abhängt." Er streichelte Guckys Fell, und seine Stimme klang sanft, als er sagte: „Wir sind in Gedanken bei dir, Kleiner, und unsere besten Wünsche begleiten dich. Und wenn dir etwas passieren sollte . . ."

Jeder wußte, wie sinnlos Rhodans Trost war.

Captain Markowski wartete schon am Fiktivtransmitter auf die letzten Anweisungen. Die DRUSUS umkreiste immer noch Arkon III, war aber näher an den Planeten herangegangen. Die mysteriöse Energiesperre verhinderte jede Sicht auf die Oberfläche. Arkon III war wie von einem undurchsichtigen Schleier umgeben.

Über den Lautsprecher gab General Deringhouse bekannt: „Wir erreichen den bestimmten Punkt in genau zwanzig Sekunden."

Rhodan nickte Gucky zu. „Das ist es, Kleiner. Viel Glück!"

„Kann's gebrauchen", gab der Mausbiber zurück und watschelte mit seinen etwas zu kurz geratenen Beinen in das Aktivfeld des Transmitters. Er trug seine Spezialuniform und im Gürtel einen kleinen Strahler. Ansonsten verließ er sich auf seine Fähigkeiten.

Markowskis Hand lag auf dem Einstellhebel. Entfernung und Energiekapazität stimmten. Er brauchte nur noch den Hebel herabzuziehen, um Gucky an das Ziel zu befördern.

„Noch fünf Sekunden", sagte Rhodan und hob die Hand. „Vier – drei – zwei – eins – jetzt!"

Drei Dinge geschahen genau zur selben Zeit: Rhodans Arm senkte sich. Markowskis Hand zog den Hebel nach unten. Und Gucky teleportierte.

Ein, zwei Sekunden vergingen.

Dann zehn.

Gucky kehrte nicht zurück. Er mußte es geschafft haben.

Während eines Teleportersprungs entmaterialisierte der Körper des betreffenden Mutanten. Seine Atome lösten sich voneinander, um durch den zeitlosen Hyperraum an ihren Bestimmungsort zu gelangen. Dort setzten sie sich augenblicklich wieder zur ursprünglichen Form zusammen.

Noch nie in seinem ganzen Leben hatte Gucky während eines solchen Sprunges Eindrücke aufnehmen können oder etwas gespürt. Beim Absprung verschwand alles um ihn herum – und in derselben Zehntelsekunde kehrte die Umwelt zurück. Was dazwischenlag, war raum- und zeitlos, nicht existent.

Diesmal aber, im Energiefeld des Fiktivtransmitters, war es anders. Zwar entmaterialisierte er wie gewöhnlich, erhielt aber Gestalt und Gefühl für den Ablauf einer winzigen Sekunde zurück, als er gegen die Barriere der Akonen prallte. Er schwebte in einem grauen Nichts, und überall auf seinem Körper war ein merkwürdiges Prickeln. Aber noch ehe er darüber nachzudenken vermochte, riß ihn das Energiefeld des Transmitters mit – er entmaterialisierte wieder.

Dann war er durch.

Seine Beine knickten ein, und er sank zu Boden. Er fühlte eine nie zuvor gekannte Schwäche und hatte nur den einen Wunsch, jetzt zu sterben oder doch wenigstens zu schlafen. Langsam nur setzte die Erinnerung wieder ein, und es war vor allen Dingen sein instinktiver Selbsterhaltungstrieb, der ihn dazu zwang, die Augen zu öffnen.

So schnell er konnte, kroch er einige Meter zur Seite und kauerte sich in den Schatten eines überhängenden Felsens. Die Sonne Arkons stand hoch am Himmel und schien herab auf eine Landschaft, wie sie Gucky auf der Kriegswelt der Arkoniden niemals vermutet hatte. Er mußte an einer ihm völlig unbekannten Stelle gelandet sein.

Arkon III war das Waffenlager und Ausbildungszentrum des arkonidischen Imperiums. Hier standen die großen Werften, in denen die riesigen Schlachtschiffe am Fließband hergestellt wurden, die ausgedehnten Kasernen mit ihren Schulzentren, die militärischen Akademien für die künftigen Offiziere und die medizinischen Institute.

Gucky war auf einem flachen Hochplateau materialisiert. Auch wenn er im Schutz des Felsens blieb, konnte er hinab auf die Ebene sehen, die sich bis zum Horizont erstreckte. Ein rechteckiges Landefeld für Raumschiffe hob sich deutlich ab, umgeben von wuchtigen und nicht sehr hohen Gebäuden. Dahinter waren durch Zäune abgetrennte Felder, auf denen Material lagerte und flache Schuppen standen. Bewaffnete Posten patrouillierten auf und ab, aber Gucky konnte sie kaum erkennen.

Auf dem Raumfeld standen größere und kleinere Schiffe, meist von der typischen Kugelform, die von den Arkoniden bevorzugt wurde. Eine ungeheure Geschäftigkeit füllte das Bild aus. Gleiterzüge rollten über das Feld und brachten Waffen und sonstiges Material zu den Schiffen. In gewaltigen Stapeln lagerte es überall und wurde von Antigravliften in die unersättlichen Bäuche der Giganten gehievt. Es sah ganz so aus, als sollte die gesamte Flotte bald zu einem großen Einsatz starten.

Gucky fühlte sich noch zu schwach, um jetzt schon zu teleportieren. Hunger hatte er keinen, aber er war durstig. Vielleicht gab es hier oben irgendwo Wasser? Mühsam kroch er aus dem Schutz des Felsens hervor, nachdem er sich überzeugt hatte, daß niemand in der Nähe war. Für einen Augenblick kam es ihm merkwürdig vor, daß auf Arkon III noch unkultiviertes Gelände war. Soweit er sich erinnern konnte, war jeder Quadratmeter hier ausgenutzt und von der eigentlichen Natur nicht viel übriggelassen worden.

Er fand keine zweihundert Meter entfernt einen Bach, der aus einem Wäldchen kam und kühles, erfrischendes Wasser führte. Gucky tauchte den Kopf hinein und trank, bis sein Bauch zu platzen drohte. Dann wusch er sich ab und fühlte sich gleich besser. Nun stand der Erfüllung seiner Aufgabe nichts mehr im Wege. Noch ein wenig Ruhe, und er würde wieder springen können. Aber vielleicht war es besser, erst ein wenig zu „lauschen?“ Aus den Gedanken und Gesprächen der Arkoniden konnte er vielleicht einiges über die Absichten der Akonen erfahren.

Er watschelte zu dem Felsen zurück, der die günstigste Ausgangsposition darstellte. Dann konzentrierte er sich auf die einfallenden Gedankenimpulse – aber er empfing keine. Oder nur so schwach, daß sie keinen Sinn ergaben.

Er saß vielleicht zehn Minuten da und mühte sich ab. Dann gab er es auf. Vielleicht sollte er erst noch einige Stunden schlafen. Das Durchdringen der Energiebarriere hatte seine Kräfte so stark in Anspruch genommen, daß der telepathische Teil seines Gehirns nicht mehr einwandfrei funktionierte. Es war sehr wahrscheinlich, daß er jetzt auch nicht teleportieren konnte, von der Anstrengung einer telekinetischen Übung ganz zu schweigen.

Er kroch unter den Felsen und rollte sich zusammen.

Wie lange er geschlafen hatte, konnte er nur an der Uhr feststellen, die er mitgenommen hatte: fünf Stunden.

Er ging noch einmal zum Bach, trank ausgiebig und kehrte dann an den Rand der Hochebene zurück. Das Bild auf dem Raumhafen hatte sich kaum verändert. Immer noch wurden die Schiffe beladen, und noch immer marschierten ganze Heere in die unersättlichen Bäuche der Giganten.

Es sah nach einem Großunternehmen aus.

Merkwürdig. Sollten sich die Arkoniden überhaupt nicht um die Landung des Akonenschiffs kümmern? Hatten sie nicht einmal bemerkt, daß die Verbindung mit Arkon I abgerissen war?

Oder...

Dieses „Oder" spornte Gucky zur Eile an. Vielleicht waren es gar die Akonen, die nun die Befehle gaben. Und vielleicht hatten sie den Arkoniden befohlen, Arkon I und II anzugreifen.

Waren dazu aber die riesigen Vorräte notwendig?

Irgend etwas stimmte da nicht.

Gucky verzichtete auf den Versuch, durch einfallende Gedankenimpulse etwas zu erfahren, sondern konzentrierte sich auf ein höheres Gebäude am Rand des Landefelds. Es besaß ein flaches Dach mit vielen Aufbauten und Vorsprüngen – und Verstecken.

Der Sprung gelang.

Einige Schritte brachten den Mausbiber in Sicherheit vor etwa allzu neugierigen Blicken, aber wer sah schon hinauf auf das Dach eines Verwaltungsgebäudes – denn darauf war Gucky zweifellos gelandet. Einige Helicars standen am anderen Ende. Sie unterschieden sich in der Bauweise etwas von jenen Gleitern, die Gucky von Arkon her gewohnt war. Sollten die Akonen... Aber das war ja lächerlich. Warum sollten sie ihre eigenen Flugwagen mitgebracht haben?

Immerhin – der Unterschied war vorhanden.

Vom Feld her konnte man ihn nicht sehen, wenn man nicht gerade ein scharfes Glas benutzte und ihn hier vermutete. Unter ihm, im Innern des Gebäudes, mußten viele hundert Menschen weilen. Es war nicht einfach, die einströmenden Gedankenimpulse zu ordnen. Mehrere zugleich blieben ohne Sinn und erinnerten an einen Saal voller Menschen, die alle durcheinander redeten.

Endlich gelang es Gucky, einzelne Impulse ihrer Zusammengehörigkeit nach zu sortieren. Offensichtlich sprachen drei oder vier Männer miteinander, denn die Impulse erhielten einen Zusammenhang. Sie mußten sich einige Stockwerke tiefer aufhalten, schräg unter Gucky. Im Notfall konnte er den Ort genau anpeilen und hinteleportieren. Aber wozu?

Er verhielt sich ganz ruhig und lauschte.

„. . . wird die Flotte in zwei Arkon-Umläufen starten, Euer Erhabenheit. Wir dürfen keine Zeit verlieren, darum schlage ich vor, noch heute die ersten Schiffe vorauszuschicken."

„Ich bin Imperator, und ich werde bestimmen, wann gestartet wird, Gagolk. Wie kannst du es wagen, mir Vorschriften machen zu wollen? Gut, du bist Kommandant der Flotte, aber du bist es nur, weil ich dich dazu ernannte. Der Start findet also erst in zwei Tagen statt. Ist das klar?"

Ein anderer Mann sagte: „Der Imperator hat immer recht, Gagolk, so sehr ich rein gefühlsmäßig dir zustimmen möchte. Zeit ist das Wertvollste, was wir benötigen. Das Überraschungsmoment ist unser Verbündeter. Aber wie sollten diese Emporkömmlinge auf der fernen Welt ahnen, daß wir von ihrem Vorhandensein erfuhren? Ich glaube also, daß wir Metzat III. vertrauen dürfen."

„Meinetwegen!" Das war wieder dieser Gagolk. „Du hast deine Erfahrungen mit den weniger entwickelten Völkern. Hoffentlich hat der Kolonial-Kommandant die Wahrheit gesprochen. Sein Bericht erschien mir reichlich verworren."

„Warum sollte er falsche Angaben machen?" fragte Metzat III., der sich Imperator nennen ließ.

Imperator? Wovon? Gucky dachte einige Sekunden darüber nach, kam aber zu keinem Ergebnis. Es gab nur einen Imperator von Arkon, und das war Atlan, Gonozal VIII. Nun, das würde sich klären. Später.

„. . . niemals die Gründe, Euer Erhabenheit. Die Berichte stimmen, dafür verbürge ich mich. Zugegeben, die Kolonisten haben sich verändert und sehen uns nur noch ähnlich, aber man sollte bedenken, welchen Umwelteinflüssen sie während vieler Generationen ausgesetzt waren. Andere Beispiele haben beweisen können, daß schon nach fünf oder sechs Generationen scheinbar völlig neue Zivilisationen entstanden."

„Ich bezweifle nicht die Herkunft der Kolonisten", entgegnete Metzat mürrisch und voller Zweifel. „Ich frage mich nur, was sie bezwecken könnten, sprächen sie die Unwahrheit. Aber wir werden ja bald wissen, was an ihren Behauptungen ist. Die Flotte jedenfalls startet übermorgen. Das neu entdeckte Volk wird niedergezwungen. Das ist mein Befehl, Gagolk."

„Ich werde ihn zu befolgen wissen, Euer Erhabenheit."

Gucky schaltete sich aus dem Gespräch und versank in tiefes Nachdenken. Was er da erfahren hatte, besaß nur einen scheinbaren Zusammenhang, in Wirklichkeit aber mußte es völliger Unsinn sein. Es gab keinen Imperator mit dem Namen Metzat III. Es waren auch in letzter Zeit keine Kolonisten gelandet, die von einem neu entdeckten Volk berichtet hatten, das man unterwerfen müsse. Abgesehen davon, daß Atlan einem solchen Plan niemals zustimmen würde. Arkon III war von den Akonen mit einem Energieschirm abgeriegelt worden.

Gucky hatte feststellen können, daß die Männer Arkoniden waren, keine Akonen.

Was wurde hier gespielt?

Wo war er überhaupt? Dies hier war nicht der Raumhafen, den er von seinem letzten Besuch auf Arkon III her kannte. Der war moderner und größer gewesen. Auch die Schiffe ...

Gucky wandte seine Aufmerksamkeit den Schiffen zu. Ja, sie besaßen die übliche Größe und Kugelform, aber jetzt fiel ihm auf, daß die Auswulstung der Äquatortriebwerke wesentlich geringer war, als er sie von der DRUSUS her kannte. Auch fehlten die Aussparungen für die ausfahrbaren Energiegeschütze. Die mächtigen Teleskopgeschütze waren nach einem anderen System konstruiert worden, sie wirkten plumper und kräftiger.

Nur im ersten Augenblick, erkannte Gucky zu seinem Erstaunen, waren diese Schiffe mit den schweren Schlachtraumern der Arkoniden zu verwechseln.

Damit aber war das Rätsel noch lange nicht gelöst.

Ehe er hier seine Nachforschungen weiter betrieb, wollte er sich auf Arkon III umsehen. Es konnte ja gut sein, daß er in ein Ausbildungslager geraten war, in dem Scheinmanöver abgehalten wurden. Mit Schiffen älterer und ihm unbekannter Bauart.

Er konzentrierte sich auf einen Sprung über tausend Kilometer und materialisierte mitten in einem eingezäunten Gebiet zwischen Kistenstapeln und Ersatzteillagern. Bewaffnete Posten patrouillierten auf und ab, und er verschwand, so schnell er konnte, in einem geeigneten Versteck. Von hier aus beobachtete er weiter.

Zuerst nahm er sich die Wachen vor. Er fand nichts Verdächtiges, bis auf die erstaunliche Tatsache, daß auch die Posten an den bevorstehenden Feldzug dachten. Arkons Reich mußte vergrößert werden. Ein neuer Feind war aufgetaucht, den es auszuschalten galt. In zwei Tagen würde die gesamte Flotte starten, um den Heimatplaneten jenes Volkes zu unterwerfen.

Gucky schüttelte verbittert den Kopf. Daraus wurde er auch nicht schlau. Was ging hier vor? Waren denn alle verrückt geworden?

Er sprang weiter und landete auf der Nachtseite von Arkon III.

Diesmal materialisierte er direkt zwischen zwei Raumkugeln, die hell von Scheinwerfern angestrahlt und dabei beladen wurden. Es fiel Gucky auf, daß nur sehr wenige Roboter zu sehen waren. Meist wurde die Arbeit von Arkoniden verrichtet.

Von Arkoniden?

Seit wann arbeiteten die Arkoniden, statt ihre Hilfsvölker dazu einzusetzen – oder ihre Roboter, von denen sie mehr als genug besaßen? Oder sollte auch hier unter dem Schutzschirm das riesige Robotgehirn lahmgelegt worden sein?

Wo war überhaupt das Robotgehirn?

Gucky versuchte sich zu orientieren. Er befand sich jetzt auf der Nachtseite und auf einem Raumhafen, den er noch nie gesehen hatte. Dabei glaubte er, Arkon III einigermaßen zu kennen.

Er beschloß, vorsichtiger an seine Aufgabe heranzugehen, als das bisher geschehen war.

Er teleportierte zu der Stelle des Planeten, an dem sich das Robotgehirn befand.

Als er materialisierte, erkannte er sofort, daß er sich geirrt haben mußte. Er stand wieder genau dort, wo er – von der DRUSUS kommend – zuerst gelandet war. Wenige Meter neben ihm lag der große Felsen, in dessen Schutz er geschlafen hatte. Im hellen Sonnenschein bereitete sich die Flotte auf den Start vor, der in zwei Tagen stattfinden würde. Doch, ein Unterschied war vorhanden: Die Sonne war weitergewandert und sank dem Horizont entgegen.

Gucky erkannte, daß er sich verrechnet haben mußte. Hier konnte niemals das Robotgehirn sein. Er vermißte den ständig vorhandenen Energieschirm. Außerdem hatte das Raumfeld ganz anders ausgesehen. Jenes unten in der Ebene war eine verkleinerte Ausgabe davon, mehr nicht.

Gucky begann zu bedauern, daß er keine Verbindung mit der DRUSUS aufnehmen konnte. Er hatte niemand, der ihm jetzt einen Rat erteilen oder Auskünfte geben konnte. Er war ganz allein auf sich angewiesen und stand einer Situation gegenüber, mit der er nichts anfangen konnte.

Er spürte plötzlich die stärker werdenden Gedankenimpulse und duckte sich unwillkürlich. Ein Schatten huschte über die felsige Landschaft dahin – ein Fluggleiter. Es war ein kleines Fahrzeug, und – wie Gucky sofort feststellte – nur mit einem Piloten bemannt.

Gucky benötigte nur eine einzige Sekunde, um einen Entschluß zu fassen. Er konzentrierte sich auf den Arkoniden, der an den Kontrollen saß, und zwang ihn zur Landung. Im Gehirn des Mannes informierte er sich über die Armaturen. Telekinetisch und unter Aufwand aller seiner Kräfte gelang es dem Mausbiber, den Arm und die Hand des Arkoniden nach seinem Willen zu bewegen.

Der Mann landete, ohne zu wissen, was er tat. Gleichzeitig unterbrach Gucky eine wichtige Leitung, indem er sie einfach knickte. Selbst wenn er wollte, würde der Arkonide nicht mehr starten können.

Gucky wartete in seinem Versteck, bis der Pilot aus der kleinen Kabine kletterte und ratlos seinen Gleiter von allen Seiten betrachtete und untersuchte. Allem Anschein nach war ihm gar nicht zu Bewußtsein gekommen, was ihn zur Landung veranlaßt hatte. Gucky überprüfte die Gedanken und fand seine Vermutung bestätigt. Außerdem stellte er fest, daß sein unfreiwilliger Gast ein hoher Offizier der Flotte war.

Der Mausbiber hoppelte aus seinem Versteck und näherte sich dem verblüfften Arkoniden, der vielleicht den Anblick eines Tieres auf dem Kriegsplaneten noch hingenommen hätte, nicht aber den eines Tieres in Uniform. Seine Hand zuckte zum Gürtel, wo der Kolben einer unförmigen Strahlpistole sichtbar war. Es fiel Gucky nicht schwer, einen weiteren telekinetischen Trick anzubringen. Ehe die Hand des Arkoniden die Waffe erreichte, flog sie bereits davon und landete hundert Meter weiter zwischen losen Geröllbrocken.

Der Arkonide sah hinter seiner Strahlwaffe her und rührte sich nicht. Seine Hand ging langsam wieder in die Ausgangsstellung zurück. Dann betrachtete er Gucky mit aufgerissenen Augen.

„Geht dir noch kein Licht auf?" fragte der Mausbiber und vertraute auf die Tatsache, daß jeder schon von ihm gehört hatte. „Seit wann begrüßt man Verbündete mit der Waffe in der Hand? Ach – du machst dir wegen des Gleiters Sorgen? Keine Angst, ich bringe dich schon runter in die Ebene."

Der Arkonide bewegte sich nicht. Er verstand jedes Wort, das

Gucky sagte. Aber sein Verstand weigerte sich, den Mausbiber als intelligentes Wesen anzuerkennen. Das war erstaunlich und sehr ungewöhnlich. Die Arkoniden kannten Gucky. Dieser etwa nicht?

„Nun erzähl mir mal, was auf Arkon III passiert ist, seit die Akonen landeten. Raus mit der Sprache. Wir wollen euch doch nur helfen. Gonozal VIII. ist besorgt, seit die Verbindung mit dem Kriegsplaneten abriß."

Der Arkonide rief erregt: „Gonozal?"

Gucky stutzte. Es war ungewöhnlich, daß ein Offizier der Raumflotte seinen obersten Kriegsherrn nicht kannte.

„Gonozal, der Imperator", erinnerte Gucky.

„Ich weiß nicht, wovon du redest, wer immer du auch bist", gab der Offizier zurück und schielte zu seiner Waffe, die zwischen einigen Steinbrocken schimmerte. „Wer ist Gonozal?"

Guckys Verdacht nahm feste Formen an. War es wirklich möglich, daß die Akonen den auf Arkon III stationierten Arkoniden das Gedächtnis genommen hatten? Vielleicht hatte der merkwürdige Energieschirm etwas damit zu tun. Dann war der Offizier für sein seltsames Benehmen nicht verantwortlich – und außerdem erklärten sich einige andere Umstände von selbst. Gucky ahnte noch nicht, wie sehr er sich irrte und welche Überraschung ihm noch bevorstand.

„Gonozal VIII. ist der Imperator von Arkon", sagte er vorsichtig. „Vor einigen Tagen landete auf diesem Planeten ein fremdes Schiff – ein Kugelschiff mit stark abgeplatteten Polen. Die Besatzung errichtete ein undurchdringliches Energiefeld um den Planeten, seitdem riß jede Verbindung ab. Wir vermuteten, daß die Akonen Arkon III isolieren wollten, außerdem legten sie alle Funktionen des Robotgehirns lahm."

„Robotgehirn?" wiederholte der Offizier verwundert.

Gucky erkannte, daß die Amnesie der Arkoniden ungeahnten Ausmaßes sein mußte. Sie hatten sogar das Robotgehirn vergessen. Er beschloß, jetzt nicht weiter darauf einzugehen, sondern zum Kernpunkt seiner bisherigen Beobachtungen vorzudringen.

„Ich werde dir später alles erklären, auch wer ich bin und wer mich schickte, doch beantworte mir zuerst einige Fragen. Zuerst möchte ich wissen, welcher Feldzug vorbereitet wird. Was ist das für ein Volk, das neu entdeckt wurde und das angegriffen werden soll? Wo liegt sein Heimatsystem? Weißt du das?"

Der Arkonide zögerte. Gucky schaltete sich telepathisch in das

Gehirn des Offiziers ein. Der Arkonide vermochte zwar auch weiterhin klar zu denken, aber willenlos plauderte er seine Geheimnisse aus.

„Ein Schiff von Kolonisten – übrigens das mit den abgeflachten Polen – berichtete von einer höchst kriegerischen, humanoiden Rasse. Ihre Raumschiffe drangen bis nach Arkon vor, und sie bilden eine große Gefahr für uns. Wir müssen sie unterwerfen oder ihr militärisches Potential vernichten. Die Koordinaten des feindlichen Systems sind mir unbekannt, aber ich weiß, daß es sich um den dritten Planeten einer kleinen Sonne handelt."

Das konnte natürlich Zufall sein, aber ein untrügliches Gefühl sagte Gucky, daß der Arkonide die Erde meinte.

Die Erde – und neu entdeckt. Das war einfach lächerlich nach fast anderthalb Jahrhunderten des Kontakts zwischen Menschen und Arkoniden. Und doch ...

„Wer ist Metzat?" fragte Gucky.

Der Offizier verneigte sich unwillkürlich und entgegnete feierlich: „Metzat III. ist der erhabene Imperator von Arkon. Er herrscht weise und gerecht, und seine Entscheidungen sind so unfehlbar, wie ..."

„Unsinn", unterbrach ihn Gucky schroff. „Imperator von Arkon ist Gonozal VIII. – und niemand anderer."

Der Offizier sah ihn an.

„Es kann doch keine zwei Imperatoren geben", stellte er fest.

„Eben", gab Gucky ihm recht und begann zu ahnen, daß er mit dem Offizier nicht viel anfangen konnte, weil dieser zu wenig wußte. „Gib mir deine Hand, ich bringe dich zum Raumhafen dort unten. Zu Fuß würdest du dir nur Blasen holen – und der Gleiter fliegt nicht mehr. Na los, mach schon. Teleportation ist kein Kunststück."

Sie materialisierten auf demselben Gebäude, auf dem Gucky schon einmal gehockt hatte. Der zweite Sprung brachte sie direkt nach der vorherigen Anpeilung in den Raum, in dem die drei oder vier Männer gewesen waren, die der Mausbiber für die Schlüsselpersonen hielt. Leider war der Raum jetzt leer. Jene Männer, die sich für den Imperator Metzat oder den Flottenkommandanten Gagolk hielten, hatten ihn schon lange verlassen.

Der Offizier ließ Guckys Hand erschrocken los.

„Das Ratszimmer seiner Erhabenheit", erregt rang er nach Luft. „Wenn wir unerlaubt hier eindringen, müssen wir mit strenger Bestrafung rechnen. Ich weiß nicht ..."

„Was weißt du schon?" sagte Gucky und betrachtete die große

Sternenkarte an der Wand. Sie war mit Hilfe raffinierter Spiegelung dreidimensional gehalten und erlaubte eine gute Orientierung im Raum. Deutlich war das System Arkon zu erkennen, Mittelpunkt einer hellen Sternenansammlung. Dann wurde der Raum leerer, die Sterne weniger. Gucky versuchte unwillkürlich die Erde zu finden, oder doch wenigstens die heimatliche Sonne. Er war kein Experte auf dem Gebiet der Astronautik, aber mit Hilfe der ihm bekannten, auffälligen Systeme gelang es ihm, den ungefähren Sektor ausfindig zu machen. Dann stieß er auf die Sonne. Sie war durch die neun Planeten deutlich gekennzeichnet. Der dritte Planet wurde durch einen roten Pfeil ausgezeichnet.

Gucky stand vor der Karte und betrachtete die Erde. Der Arkonide, dessen Gehirn er unter Kontrolle behielt, kam herbei. Er folgte Guckys Blick und sagte plötzlich mit Genugtuung, als sei er glücklich, endlich einmal sein Wissen anbringen zu können: „Das ist der Planet, dem unser Unternehmen gilt. In zwei Tagen werden wir seine Bevölkerung unterjochen."

Gucky hatte es vermutet, aber die Bestätigung versetzte ihm einen Schock. Die Arkoniden, Verbündete der Erde und Perry Rhodans, wollten ihre Freunde angreifen. Und sie taten es, ohne zu wissen, was sie planten. Sie hatten ihr Gedächtnis verloren und ein neues, falsches erhalten.

Oder gab es noch eine andere Erklärung?

Er wandte sich um.

„So – jener Planet also?" Er sah ein, wie sinnlos es war, dem Arkoniden die Wahrheit zu sagen. Er würde sie ja doch nicht begreifen können. „Willst du mir sagen, wo ich das Schiff der Kolonisten finde, die euch von der neuentdeckten Zivilisation berichteten?"

„Es steht im unterirdischen Hangar", lautete die Auskunft gegen den eigenen Willen des Arkoniden.

„Dein Name ist Tanor, wie ich in deinen Gedanken lese." Gucky ignorierte das Erstaunen des anderen. „Beschreibe mir den Hangar, damit ich ihn finden kann. Du kommst mit mir."

„Es ist verboten, sich dem Schiff zu nähern, außerdem ist es mit einem Energieschirm umgeben."

„Wir werden es versuchen", schnitt Gucky ihm das Wort ab. Er begann zu ahnen, daß etwas Ungeheuerliches geschehen war. Es konnte kein Zweifel daran bestehen, daß sich nicht nur die Arkoniden, sondern der ganze Planet verändert hatte. Hier an dieser Stelle stand das Robotgehirn. Und was stand jetzt hier? Die Anlagen eines armseligen Raumhafens, der keinen Vergleich mit dem aushielt, was eigentlich vorhanden sein müßte. „Gib mir deine Hand."

Tanors Beschreibung war genau gewesen. Sie materialisierten in einer weiten Halle, mehr als zweitausend Meter unter der Oberfläche. In langen Reihen standen kleinere und mittlere Schiffe in abgeschlossenen Boxen. Es konnte kein Zweifel daran bestehen, daß auch sie startklar gemacht wurden. Noch waren die Deckenschleusen nicht geöffnet worden, durch die sie später hinauf in die Atmosphäre von Arkon III steigen würden. Technisches Personal war überall zu sehen, und Gucky zog Tanor schnell in den Schatten eines kleinen Kugelraumers, dessen Luken bereits geschlossen waren.

„Wo sind die Kolonisten?"

„Weiter vorn – die Absperrung ist von hier aus nicht zu sehen."

„Gehen wir. Und wenn uns jemand anhält, dann denk dir eine gute Erklärung aus. Sage ihnen, ich sei ein Abgesandter von Xerxes IV – was immer das auch für eine Welt sein mag. Sage weiter, wir seien im Auftrag des Imperators hier."

Tanor nickte.

Sie begegneten einigen Arkoniden ohne Offiziersrang und wurden nicht aufgehalten. Zwar folgte ihnen mancher verwunderte Blick, aber niemand wagte es, Tanor anzusprechen, der den Rang eines Majors bekleidete. Ungehindert erreichten sie nach einer Biegung die Energiesperre der „Kolonisten".

Zwei Männer, mit schweren Strahlgewehren bewaffnet, standen vor der Sperre. Gucky sah auf den ersten Blick, daß es Akonen sein mußten. Sie ähnelten zwar den Arkoniden, hatten aber weder das weiße Haar noch die rötlich schimmernden Albinoaugen. Ihre Gesichter zeigten Gelassenheit und ein wenig Verachtung. Im Hintergrund, durch den Energievorhang leicht verschleiert, stand das Schiff. Die Pole waren stark abgeflacht.

Gucky zog Tanor in eine der Boxen. Von hier aus konnte er die beiden Posten beobachten, ohne selbst so leicht bemerkt zu werden. Ehe er mit ihnen eine Unterhaltung begann, wollte er versuchen, alles Wissenswerte aus ihren Gedanken zu erfahren.

Tanor zeigte Unruhe. „Man erwartet mich schon lange zurück. Was ist, wenn ich vermißt werde und wenn man den verlassenen Gleiter findet?"

Gucky überlegte. Er benötigte den Offizier jetzt nicht mehr. „Du kannst gehen. Aber es wäre gut, wenn du meine Anwesenheit verschweigst."

Gucky ließ ihn laufen. Er war sicher, keinen Verrat befürchten zu müssen, denn Tanor würde sich hüten, eine so „verrückte" Geschichte preiszugeben. Erleichtert, seinem Ziel nun näher gekommen zu sein, widmete er sich den einfallenden Gedankenimpulsen der beiden Akonen.

Sie waren stark und daher leicht zu empfangen. Allerdings bildeten sie ein derartiges Chaos, daß Gucky zuerst nichts mit ihnen anzufangen wußte. Die beiden Männer dachten nicht gerade gut über die Arkoniden, sondern hielten sie für Emporkömmlinge, die man jedoch für eigene Zwecke auszunutzen gedachte.

Trotzdem wurde Gucky ungeduldig. Warum dachten die beiden Akonen nicht daran, was sie mit den Arkoniden angestellt hatten? Wenn sie weiter an nebensächlichen Dingen interessiert waren, mußte er etwas unternehmen. Und wenn er damit seine Gegenwart verriet.

Gucky faßte einen Entschluß.

Er machte ein unschuldiges Gesicht und watschelte aus dem Versteck. Den telekinetischen Teil seines Gehirns setzte er auf die Sicherungen der beiden Gewehre an, sie würden sich nicht abfeuern lassen. Gleichzeitig überwachte er die Gedankenimpulse der Akonen, die sich ihm nun zuwandten. Es überraschte ihn, daß sie ihre Gedankenschirme nicht aktiviert hatten. Im Blauen System war es nahezu unmöglich, einen Akonen telepathisch auszuhorchen. Sie vermuteten in ihm keine Gefahr. Das Schiff selbst lag unter einem flimmernden Schleier seines Energieschirms, der nur direkt hinter den beiden Posten unterbrochen war.

Irgendwo hinter Gucky waren Schritte – Arkoniden, die sich um die Vorbereitungen zum Start kümmerten.

Er mußte die Akonen dazu bewegen, über sich und ihre Absichten nachzudenken, sonst würde er nie etwas in Erfahrung bringen. Eine Unterhaltung schien sinnlos zu sein, wollte er seine übersinnlichen Fähigkeiten nicht verraten. Die Akonen waren viel zu intelligent, sich mit billigen Tricks hereinlegen zu lassen. Ein Wort zuviel, und sie würden Verdacht schöpfen.

„Major Tanor schickt mich", sagte er in reinstem Arkonidisch und blieb in achtungsvoller Entfernung vor den Akonen stehen. „Er läßt fragen, ob Sie irgendwelche Wünsche haben."

Der eine Posten senkte seine Waffe, sah gelangweilt an ihm vorbei und beachtete ihn nicht mehr. Wie Gucky in seinen Gedanken las, hielt er ihn für einen Bediensteten, wie die vornehmen Arkoniden sie sich oft hielten. Ein intelligentes Haustier, unterhaltsamer als ein Roboter – das war Gucky in den Augen des Akonen.

Der andere dachte nicht viel anders, aber er raffte sich wenigstens zu einer Antwort auf. „Wenn wir Wünsche haben, erfährt dein Major sie durch den Imperator. Du kannst gehen."

Und Gucky ging, nachdem er eine tiefe Verbeugung gemacht hatte.

In der dunklen Nische der nächsten Box kauerte er sich zusammen und konzentrierte sich mit aller Macht auf die einfallenden Gedankenimpulse. Die beiden Posten, durch den kurzen Zwischenfall ohne jede Bedeutung angeregt, unterhielten sich leise. Aber auch wenn sie nicht gesprochen hätten, wären die Gedanken mit ihnen spazierengegangen.

In der nun folgenden halben Stunde erfuhr Gucky die ganze Wahrheit. Sie schockte ihn derart, daß er wie gelähmt in seinem Versteck saß und seine Umgebung vergaß. Nun begriff er auf einmal, woraus die merkwürdige Energiesperre bestand, er verstand die seltsame Veränderung der Arkoniden und ihre Absicht, die Erde anzugreifen.

Er begann zu ahnen, welche großartige Technik die Akonen entwickelt hatten und mit welcher Entschlossenheit sie ihr einmal gestecktes Ziel verfolgten. Sie betrachteten die Menschheit als gefährlich, also mußten sie ihrer militärischen Macht beraubt und unterworfen werden. Nur – warum die Menschheit so gefährlich war, konnte Gucky nicht herausfinden.

Das Schiff der Akonen beherbergte einen Generator, der ein regulierbares Zeitfeld schuf. Dieses Feld legte sich um den betreffenden Planeten und versetzte ihn an jeden beliebigen Punkt der Vergangenheit. Die Wissenschaftler der Akonen hatten Jahrhunderte daran gearbeitet, aber es war ihnen niemals gelungen, in die Zukunft vorzudringen. Die Vergangenheit jedoch ließ sich begrenzt erreichen und auch beeinflussen.

Das Schiff der Akonen war somit ein Zeitumformer.

Mit seiner Hilfe hatten die Akonen den Planeten Arkon III um fünfzehntausend Jahre zurückversetzt. Kein Wunder, daß alle Funktionen des Robotgehirns ausgefallen waren, denn vor fünfzehntausend Jahren hatte es diese Anlage noch nicht gegeben. Der Planet war so, wie er damals gewesen war. Auch schon Kriegswelt, aber von aktiven und leistungsfähigen Arkoniden bewohnt, die nur das Ziel kannten, ihr Imperium weiter auszudehnen.

Die Idee war grundeinfach.

Die Akonen hatten Arkon III um anderthalb Jahrzehntausende zurückversetzt. Damals herrschte gerade der kriegerische Imperator Metzat III. Sich als Kolonisten der Arkoniden ausgebend und damit ihre äußerliche Verschiedenheit begründend, berichteten sie von einem neu entdeckten humanoiden Volk – den Menschen. Es fiel ihnen nicht schwer, Metzat davon zu überzeugen, welche Gefahr die Terraner darstellten. Der Imperator beschloß, die Erde anzugreifen – genauso, wie er es vor fünfzehntausend Jahren getan hätte, wäre er vor die gleiche Situation gestellt worden. Er gab seinen Offizieren den Befehl, die Flotte zum Start vorzubereiten. In zwei Tagen würden annähernd dreißigtausend große und kleinere Einheiten die Erde einkreisen, die Bevölkerung zur Kapitulation auffordern – und damit die Katastrophe auslösen.

Rhodan mußte sofort gewarnt werden. Aber wie?

Das um Arkon III liegende Zeitfeld schien zwischen Licht und Materie einen Unterschied zu machen. Die Sonne war von der Oberfläche aus zu sehen, aber vom All aus blieb die Oberfläche unsichtbar. Materie konnte vom Raum aus nicht durch das Zeitfeld zur Oberfläche dringen. Die Frage war jetzt: Wie war es umgekehrt? Konnte er, Gucky, von Arkon III aus zur DRUSUS teleportieren? Auf die Unterstützung des Fiktivtransmitters durfte er nicht rechnen, weil eine Verständigungsmöglichkeit fehlte. Auch Gedankenimpulse wurden von dem Feld zurückgehalten.

Gucky fragte sich weiter, wie der Start erfolgen sollte. Schalteten die Akonen das Zeitfeld für längere Dauer ab, würde der Planet in die Gegenwart gerückt werden. Schalteten sie es nicht ab, konnte kein Schiff die Oberfläche verlassen, ohne gegen den Schirm zu prallen.

Es gab noch tausend andere Fragen, aber wer sollte sie beantworten? Nein, es hatte wirklich keinen Sinn, jetzt noch Metzat aufzusuchen. Wie sollte er dem Imperator die Verhältnisse darlegen? Für Metzat war die Gegenwart, seine Gegenwart, eben die Wirklichkeit. Wie würde er die Tatsache aufnehmen, daß er draußen bereits seit Jahrtausenden tot war?

Ebenso zwecklos würde es sein, allein und ohne Hilfe den Zeitumformer außer Betrieb setzen zu wollen. Gucky war sich darüber klar, daß er dazu nicht die notwendigen Voraussetzungen besaß. Eine sechsdimensionale Zeitbeeinflussung – das war mehr, als ein normales Gehirn zu fassen imstande war.

Endlich faßte Gucky einen Entschluß. Er teleportierte hinauf zur Oberfläche und mit einem zweiten Sprung in das Verwaltungsgebäude, in dem auch Metzat III. residierte. Nach einigem Suchen fand er das Zimmer mit der Sternenkarte wieder. Es war abgeschlossen, und er fühlte sich hier sicher. Wenn jemand kam, konnte er immer noch rechtzeitig verschwinden.

Hunger rührte sich und erinnerte ihn daran, daß er schon lange nichts mehr zu sich genommen hatte. Auch Durst machte sich bemerkbar. Aber das Problem, Rhodan sofort zu verständigen, war wichtiger.

Vorsichtig begann er, die Masse der Gedankenimpulse zu sortieren. Die schwächeren ließ er unbeachtet, da ihre Quelle offensichtlich zu weit entfernt war. Die stärkeren hingegen stammten zweifellos aus dem Gebäude. Es war nicht mehr schwer, Major Tanor zu finden und seine Gesprächspartner zu identifizieren.

Zu Guckys Überraschung waren es aber nicht Metzat oder Gagolk, sondern ein anderer Major, der Kommandant eines kleineren Fernaufklärers war. Tanor erteilte ihm gerade einen Befehl und fügte hinzu: „... bedenken Sie jedoch, daß Eile not tut. Sie starten in genau zehn Stunden und versuchen, noch morgen abend zurück zu sein. Berichten Sie uns, ob es einen Planeten mit Humanoiden gibt, die sich anschicken, Arkon zu erobern."

„Ich kenne meine Pflicht", lautete die Entgegnung. Einige flüchtige Gedanken folgten, die einwandfrei bewiesen, daß der Major gegangen war und sich mit dem bevorstehenden Start seines Schiffes beschäftigte.

Die Akonen hatten also nichts dagegen, daß Metzat eines seiner Schiffe ausschickte, um sich vom Vorhandensein der Erde zu überzeugen. Das war interessant. Gleichzeitig aber auch logisch und verständlich. Die Anstrengungen Metzats würden um so größer sein, wenn er die Notwendigkeit seines Handelns einsah und den Beweis erhielt, daß die Menschen tatsächlich existierten.

Der Kommandant des Aufklärers konnte ja nicht ahnen, daß er, sobald er Arkon III verlassen würde, in eine Zeitepoche eindringen würde, die für ihn Zukunft bedeutete. Er würde eine Erde vorfinden, wie sie *jetzt* war. Mit dieser Beobachtung würde er wieder in seine

Gegenwart zurückkehren und Metzat die Berichte der angeblichen Kolonisten bestätigen.

Gucky war davon überzeugt, daß die Akonen vorsichtig genug waren und Vorkehrungen getroffen hatten, die es der Besatzung des Aufklärers unmöglich machten, die Wahrheit zu entdecken. Wahrscheinlich würde es der Besatzung unmöglich sein, Kontakte aufzunehmen oder realistische Funksprüche aufzufangen. Diese Besatzung würde nie erkennen, daß sie ihre Zeitebene verließ, um in die Zukunft vorzustoßen, damit sie Daten aus dieser Zukunft in die Vergangenheit brachte.

Das beste war für Gucky, jetzt von hier zu verschwinden. Aber wie? Die Energiesperre . . .

Plötzlich fiel es Gucky wie Schuppen von den Augen. Da stand er und suchte nach einem Ausweg – und er übersah ganz, daß sich ihm dieser Ausweg schon längst angeboten hatte.

Der Aufklärer. Wenn er startete, mußte er ja die Sperre durchbrechen. Vielleicht hoben die Akonen sie für die wenigen Sekunden auf, die benötigt wurden. Wer sollte es schon bemerken? Die Arkoniden vielleicht, für die einfach diese Sekunden nicht existierten? Oder jene Arkoniden, die in der Gegenwart lebten und jetzt . . .

Wo waren sie eigentlich „jetzt"?

Gucky gab es auf, darüber nachzudenken. Er wußte, daß er niemals eine Antwort finden konnte.

42.

Seit einigen Stunden stand die DRUSUS stationär im Raum und folgte der Rotation von Arkon III. Genau unten lag der Teil der Oberfläche, an dem sich das Robotgehirn befand, jetzt allerdings durch die milchige Energiewand den Blicken entzogen.

Man wartete auf Gucky, von dessen Bericht man sich Aufschlüsse erhoffte. Dann würde man endlich wissen, was auf Arkon III vor sich ging und warum das Robotgehirn ausgefallen war.

Aber Gucky ließ auf sich warten. Rhodan ahnte noch nicht, daß ausgerechnet dieses Warten hier aller Glück war. Wären die beiden

Zeitebenen nicht parallel gelaufen, hätte niemand mehr der Erde helfen können. So aber verblieb ihr eine kurze Galgenfrist.

General Deringhouse hatte Major Gorm Nordmann das Kommando übergeben und sich schlafen gelegt. Rhodan weilte in der Zentrale. Er war nicht müde, nur besorgt. Neben ihm saß John Marshall. Der Telepath hatte vergeblich versucht, Kontakt mit Gucky aufzunehmen.

„Nichts, Sir, absolut nichts." Marshall schüttelte verzweifelt den Kopf. „Kein einziger Gedankenimpuls dringt von Arkon III bis hierher. Das Energiefeld schirmt völlig ab. Wir wissen nicht einmal, ob Gucky überhaupt dort unten angekommen ist."

Rhodan sah auf die Uhr. „Wir warten noch eine halbe Stunde, dann versuchen wir es erneut mit dem Fiktivtransmitter."

Nordmann deutete plötzlich mit allen Anzeichen höchster Erregung auf den Bildschirm. „Ein Schiff, Sir! Dort – es kam durch das Energiefeld!"

Deutlich war das kleine Kugelschiff zu erkennen, das mit relativ geringer Beschleunigung in den Raum vorstieß. Es war arkonidischer Bauart, daran konnte kein Zweifel bestehen, aber geringfügige Abweichungen waren ebenfalls zu erkennen. Rhodan konnte sich den flachen Triebwerkswulst nicht sofort erklären, aber jetzt war auch keine Zeit, darüber nachzudenken.

„Funk-Identifikation!" rief er laut. „Beeilen Sie sich!" Und zu Nordmann gewandt: „Folgen Sie dem Schiff und lassen Sie es nicht aus den Augen. Es sieht so aus, als sei es geflohen und habe den Schirm durchbrochen. Wir müssen wissen, wie es das gemacht hat."

Nordmann korrigierte den Kurs der DRUSUS, aber noch ehe er die Verfolgung des fremden Schiffes, das auf die Funksprüche nicht reagierte, aufnehmen konnte, materialisierte Gucky in der Kommandozentrale.

„Laßt ihn sausen!" rief er keuchend und sprang auf die Couch, um sich erschöpft mit dem Rücken gegen die Wand zu lehnen. „Spart euch die Mühe. Das ist nur ein kleiner Fisch, den zu fangen sich nicht lohnt. Die großen Fische sitzen noch auf Arkon III – zum Beispiel die Akonen und der erhabene Imperator Metzat III., dessen ehrgeizige Pläne euch den Atem verschlagen werden."

Rhodan war herumgefahren, als der Mausbiber hinter ihm zu sprechen begann. Er wurde nachdenklich, als er die Bedeutung von Guckys Worten zu ahnen begann, aber die volle Wahrheit erriet er noch nicht.

„Wie bist du zurückgekommen?“

„Mit dem Schiff dort.“ Gucky deutete auf den Bildschirm, wo der kleine Kugelraumer ständig kleiner wurde und bald von den Sternen nicht mehr zu unterscheiden war. Dann war er verschwunden. „Er nahm mich mit durch die Sperre – ohne es allerdings zu wissen. Übrigens wurde die Sperre keine Sekunde aufgehoben. Man kann sie von der Oberfläche aus durchdringen, allerdings nur mit materiellen Dingen, nicht mit telepathischen Impulsen. Das ist das Erstaunliche, und ich begreife es nicht.“

„Ich würde vorschlagen“, sagte Rhodan langsam, „du berichtest der Reihe nach. Wovon sprichst du?“

Gucky sah auf die Borduhr der DRUSUS. „Ich werde mich kurz fassen, denn wir haben noch genau achtundvierzig Stunden Zeit, um die Erde zu retten. Zwei Tage, Perry, und im Sonnensystem wird eine gewaltige Kriegsflotte der Arkoniden erscheinen – nur existierte diese Flotte vor etwa fünfzehntausend Jahren, denn die Akonen haben es fertiggebracht, sie und ihre Besatzungen aus den Gräbern zu holen. Sie haben die Geschichte zurücklaufen lassen. Jenes Schiff dort, das ihr auf dem Bildschirm saht, wurde vielleicht schon vor fünfzehntausend Jahren im Kampf gegen einen Gegner vernichtet. Der Kommandant ist seit fünfzehn Jahrtausenden tot – und nun schickt er sich an, die Erde zu entdecken.“

Rhodan war erregt.

„Spanne uns nicht länger auf die Folter“, unterbrach er scharf. „Berichte – und zwar schnell.“

Gucky spürte, daß Rhodan es ernst meinte.

Er berichtete, nachdem die wichtigsten Leute in der Zentrale versammelt waren.

Danach war lange Schweigen.

Dr. Louis Renner, der Chefmathematiker der DRUSUS und Experte verschiedener Wissensgebiete schüttelte den Kopf. „Es klingt sehr unwahrscheinlich, wenn ich auch Guckys Bericht in keinem Punkt anzweifle. Nur frage ich mich, wie es möglich sein soll, daß der Einfluß des Zeitumformers über seinen eigentlichen Bereich hinausgehen soll. Mit anderen Worten: wenn ein Schiff Arkon III verläßt, dürfte es gar nicht bei uns auftauchen, sondern in der Vergangenheit bleiben.“

„Ich weiß nicht, wie es sie es machen“, entgegnete Gucky. „Ich weiß nur, daß es ihnen möglich ist. Vermutlich wird ein Gegenstand, der das Zeitfeld verläßt, in unsere Zeitebene versetzt. Bei der Rückkehr wird das Schiff vom Zeitfeld vermutlich als ‚zeitverwandt' erkannt und durchgelassen. Aber sollten wir nicht lieber handeln, statt uns mit der Theorie eines unverständlichen Phänomens abzugeben?"

„Glaubst du, daß wir die Flotte hier abfangen und aufhalten können?" fragte Rhodan. „Mit Atlans Hilfe?"

„Ohne das Robotgehirn? Niemals." Gucky schüttelte energisch den Kopf. „Es handelt sich um etwa dreißigtausend Einheiten. Wie willst du die aufhalten?"

„Solange das Robotgehirn ausfällt..." Rhodan zögerte, dann fuhr er fort: „Solange es ausfällt, haben wir von Arkon keine Unterstützung zu erwarten. Atlan muß mit seinen eigenen Problemen fertig werden und kann uns nicht helfen. Wir aber wollen ehrlich zu uns selbst sein. Gegen eine solche Flotte kommen wir nicht an. Einer solchen Streitmacht haben wir nichts entgegenzusetzen." Er sah Deringhouse an. „Lassen Sie eine Hyperfunkverbindung nach Terrania herstellen. Marshall Freyt und Reginald Bull. Sofort. Und dringend." Dann fuhr Rhodan fort: „Wir müssen sofort alle Maßnahmen treffen, das Sonnensystem zu verteidigen. Wir bleiben mit der DRUSUS hier, um den Start der Geisterflotte zu überwachen. Vielleicht finden wir inzwischen auch einen Weg, den Zeitumformer auszuschalten..."

„Und wie?" fiel Gucky ein. „Ich habe ihn gesehen, Perry. Das Schiff der Akonen steht fast zwei Kilometer unter der Oberfläche. Es ist unmöglich, es von hier aus mit irgendwelchen Waffen zu erreichen. Solange das Zeitfeld den Planeten umgibt und nichts durchläßt – ich selbst hatte ja Mühe genug, es zu durchdringen. Und das mit Unterstützung des Fitkivtransmitters."

„Wir werden einen Weg finden", sagte Rhodan entschlossen. „Wir müssen einen Weg finden. Sonst..."

Er ließ den Rest offen, aber jeder konnte sich denken, was sonst geschehen würde. Die Geisterflotte aus der Vergangenheit bedrohte die Gegenwart. Sie konnte nur dadurch unschädlich gemacht werden, indem der Zeitumformer außer Betrieb gesetzt wurde.

Die Funkverbindung mit der Erde kam zustande. Rhodan unterrichtete Freyt und Bully und gab seine Anweisungen. Er ließ die Möglichkeit offen, daß inzwischen das Problem an seiner Quelle erledigt werden konnte und es nicht zu einem direkten Angriff auf die Erde kommen würde. Aber es sollte kein Risiko eingegangen werden.

Sobald die um das System kreisenden Überwachungsstationen die ersten Transitionen meldeten, sollte die Bevölkerung alarmiert werden. Auch auf dem Mars, der Venus und dem Mond sollten Vorsichtsmaßnahmen eingeleitet werden.

Kein Widerstand. Hinhaltepolitik.

Das Gespräch dauerte fast eine Stunde, dann unterbrach Rhodan die Verbindung mit dem Gefühl, längst noch nicht alles getan zu haben, um eine Katastrophe aufzuhalten. Er spürte die Unzulänglichkeit seiner eigenen Macht, und erneut kam ihm zu Bewußtsein, wie schwach er trotz seiner überragenden Möglichkeiten doch eigentlich war. Selbst seine Freunde konnten ihm nun nicht mehr helfen. Er stand einer Situation gegenüber, die er nicht zu meistern wußte.

Resignation überkam ihn. Sollte denn alles umsonst gewesen sein? Sollten längst verstorbene Arkoniden in die Gegenwart einbrechen und die Zukunft verändern? War die Gegenwart machtlos gegenüber einer längst überwundenen Vergangenheit?

Gucky war auf der Couch eingeschlafen. Man sah ihm die Erschöpfung an. Es würde unverantwortlich sein, ihn noch einmal nach Arkon III zu schicken. Rhodan überlegte angestrengt und begegnete dem ratlosen Blick der Besatzungsmitglieder. Sie warteten auf ein Wort von ihm, auf einen Trost, einen Ausweg.

Hätte er doch nur selbst einen gewußt.

„Vielleicht", sagte John Marshall ohne Überzeugung, „finden wir eine Antwort, wenn wir die Vergangenheit konsultieren. Es ist doch nicht möglich, daß dieser Imperator Metzat wirklich gelebt hat, ohne das jemals zu tun, was er sich heute zu tun anschickt."

Rhodan setzte sich. „Ich fürchte, John, Sie verkennen die vielen Varianten der Zeitparadoxen. Wenn es den Akonen gelungen ist, eine Art Zeitreise zu entwickeln, so können sie die Gegenwart durchaus durch eine Änderung der Vergangenheit beeinflussen. Es handelt sich natürlich nicht um eine Zeitreise im eigentlichen Sinn, sondern um etwas ganz anderes. Der Zeitumformer schafft ein Feld, in dessen Bereich die Zeit zurückgedreht wird. Die Gegenwart verschwindet, existiert einfach nicht mehr. Die Vergangenheit wird lebendig – und bleibt stabil. Auch dann, wenn sie das Feld verläßt. Das ist das Erstaunliche und mir Unbegreifliche an diesem Phänomen. Die Frage ist nur: bleibt es auch stabil, wenn der Zeitumformer ausgeschaltet oder vernichtet wird? Und hier, denke ich, haben wir einen Ansatzpunkt gefunden. Wenn der Umformer ausfällt, werden auch die

Geister der Vergangenheit, die vorübergehend Materie angenommen haben, wieder verschwinden, als seien sie niemals dagewesen."

„Aber erklären können Sie das auch nicht", vermutete Marshall mutlos. „Was würde es uns auch nützen?"

„Sehr viel", widersprach Rhodan. „Aber Sie haben natürlich recht – ich kann es wirklich nicht erklären. Eines aber wissen wir. Die Akonen sind uns und den Arkoniden weit voraus. Sie beherrschen den Ablauf der Zeit. Dem haben wir nichts entgegenzusetzen. Wenigstens noch nicht."

„Könnte man nicht mit Metzat sprechen und ihn aufklären?" warf Deringhouse in die Debatte. Er hatte sich bisher jeder Äußerung enthalten, aber sehr aufmerksam zugehört. „Er müßte doch einsehen, wie sinnlos sein Vorhaben ist."

Zum erstenmal lächelte Rhodan flüchtig, aber es war kein sehr frohes Lächeln.

„Sie verkennen die Situation", sagte er geduldig und schüttelte dann den Kopf. „Metzat weiß nicht einmal, daß er zum zweitenmal lebt. Für ihn ist Gegenwart. Er wird uns für verrückt halten, wenn wir ihm zu erklären versuchen, daß inzwischen fünfzehntausend Jahre vergangen sind. Und selbst dann, wenn wir ihm die Parallelschaltung zweier Zeitebenen klarmachen könnten, würde er natürlich immer noch die seine für die richtige halten müssen. Wir tun das ja auch. Was wäre, wenn jemand käme und uns sagte, wir lebten in der falschen Gegenwart? Nein, Deringhouse, geben Sie diese Hoffnung nur auf. Sie ist nicht die Lösung."

„Was aber ist dann die Lösung, Ihrer Meinung nach?"

Rhodan betrachtete den Bildschirm. Arkon III erinnerte an einen von undurchdringlichen Nebelfeldern umgebenen Planeten. Unter der milchigen Decke lag die Lösung. Aber wie sollte man zu ihr gelangen? Und wie sollte der Zeitumformer ausgeschaltet werden?

Der Funker unterbrach Rhodans Gedanken. „Sir, ein Anruf von Atlan."

Rhodan stand auf.

„Ich bin gespannt", sagte er zu den anderen, „was unser Freund sagen wird, wenn er hören muß, daß er einen Konkurrenten bekommen hat."

Sie sahen, daß sein Gang ein wenig schleppend war, als trüge er eine unsichtbare Last.

43.

Die erste Transition, die nicht angemeldet war, kam aus der Gegend des Pluto. Ein Überwachungskreuzer registrierte die Rematerialisation eines fremden Schiffes. Da keine weiteren Meldungen erfolgten, hielt Marshall Freyt den Generalalarm zurück. Er vermutete ganz richtig, daß es sich lediglich um einen Aufklärer handelte. Immerhin setzte er einige kleine Raumjäger an, die den Fremden unauffällig überwachen sollten.

Auf den bewohnten Planeten waren alle Vorbereitungen getroffen worden, die notwendig schienen, Opfer zu vermeiden. Die riesigen Atombunker lagen tief unter der Oberfläche und würden jedem Angriff standhalten, und sollte auch die ganze Oberfläche verwüstet werden. Aber soweit, hoffte Freyt, würde es niemals kommen. Die Geister der Arkoniden kamen in erster Linie, um zu erobern, nicht um zu zerstören. Man würde sie hinhalten müssen, bis Rhodan und seine Männer – und Atlan – den Akonen das Handwerk legten. Die Bevölkerung hatte die Informationen über die Akonen und ihre Pläne gefaßt aufgenommen.

Der fremde Aufklärer flog die einzelnen Planeten an, zog sich jedesmal vorsichtig zurück, wenn er glaubte, bemerkt worden zu sein, und ging fünf Stunden später erneut in Transition. Er würde seinem Imperator melden, daß die Nachricht der „Kolonisten" stimmte, das neu entdeckte Volk jedoch friedlicher Natur war und sich wahrscheinlich widerstandslos den Anordnungen der weit überlegenen Arkoniden fügen werde.

Eine Hypermeldung ging an die DRUSUS ab. Bald darauf ortete man an Bord der DRUSUS das zurückkehrende Aufklärerschiff. Nach Absprache zwischen Atlan und Rhodan blieb es auch diesmal unbehelligt. Wie Gucky vermutet hatte, konnte das Schiff das Zeitfeld um Arkon III mühelos durchqueren und landen – ein Phänomen, das nur mit der Zeitverwandtschaft zwischen Schiff und Schirm erklärt werden konnte.

Dann begann das lange, untätige Warten.

Am folgenden Tag erhielt Terra einen Funkspruch von Rhodan. Er bestand aus dem lakonischen Befehl, dem großen Positronengehirn auf der Venus einige Informationen zu entnehmen. Es handelte sich insbesondere um geschichtliche Daten, die etwa fünfzehntausend Jahre zurücklagen.

Die Geschichte der Arkoniden war in diesem Gehirn gespeichert. Es war jederzeit möglich, sie anzufordern.

Bully selbst nahm die Gelegenheit wahr, zur Venus zu fliegen, um den Auftrag auszuführen. Die Untätigkeit zerrte ohnehin an seinen Nerven und machte ihn fast verrückt.

Der Verkehr zwischen den Planeten war bis auf ein Mindestmaß eingeschränkt worden. Es herrschte eine unnatürliche Ruhe auf den bewohnten Welten des Solaren Imperiums. Man erwartete den Feind – die Geisterflotte der Arkoniden.

Bully ahnte nur dumpf, warum Rhodan über die Geschichte der Arkoniden informiert zu werden wünschte. Es gab keine Zeitparadoxa, und so mußte das bevorstehende Ereignis, wenn es tatsächlich stattfinden würde, auch vor fünfzehntausend Jahren schon stattgefunden haben. Oder war es möglich, daß Metzat damals etwas getan hatte, ohne daß er Spuren hinterließ?

Bully schüttelte den Kopf und gab es auf.

Das Schiff landete, und er begab sich auf schnellstem Weg zum Positronengehirn im Gebirge. Seine Legitimation genügte, ihm Zutritt zu verschaffen. Dann saß er vor der Schaltzentrale und gab seine Fragen in den Computer. Er mußte eine ganze Stunde warten, ehe die Antworten eintrafen. Er machte sich nicht die Mühe, sie zu studieren, sondern begab sich sofort zu seinem Schiff zurück, das ihn zur Erde brachte. Dort ließ er in der Funkzentrale die Verbindung mit Rhodan herstellen, um seine Informationen durchzugeben.

Sie waren zugleich enttäuschend und beruhigend.

Bis auf eine winzige Kleinigkeit.

Rhodan hingegen fand die Kleinigkeit zwar beruhigend, aber keineswegs enttäuschend. Sie gab ihm allerdings einige Rätsel auf, die er nicht zu lösen vermochte. Er stand vor einer Situation, die so unwirklich war, daß er an seinem gesunden Menschenverstand zu zweifeln begann.

Er benötigte den Rat der anderen und berief eine Versammlung in der Messe ein, an der alle Offiziere der DRUSUS teilnehmen sollten. Gucky, der inzwischen aufgewacht war und fast die Hälfte seiner

Vorräte an Mohrrüben verzehrt hatte, lag auf dem Schoß von Betty Toufry und ließ sich kraulen. Er wußte schon, was Rhodan zu berichten hatte und zerbrach sich den Kopf darüber, wie das geschehen würde, was geschehen mußte.

Rhodan saß am Kopf des Tisches und blätterte durch die engbeschriebenen Seiten des Manuskripts, das der Hyperfunk übermittelt hatte. Es war Bullys Bericht.

„Ich kann Sie beruhigen, die Erde wird weder angegriffen noch vernichtet. Das geht einwandfrei aus der Geschichte des Imperators Metzat III. hervor. Und zweimal kann er nicht gelebt haben, das wäre paradox. Ich will versuchen, Ihnen einen kurzgefaßten Überblick über sein Leben und Wirken zu geben. An sich war dieser Arkonide einer jener aktiven und zähen Männer, die das Imperium aufbauten. Er unterwarf insgesamt sieben neue Sonnensysteme. Unter seiner Herrschaft wuchs das Imperium, aber sonst sind keine besonderen Ereignisse bekannt. Die Geschichte Metzats unterscheidet sich nicht von der anderer Imperatoren. Bis auf einen Punkt." Er sah die Männer an und bemerkte die Spannung in ihren Gesichtern. Sie würden vielleicht enttäuscht sein im ersten Augenblick und die Bedeutung des Ereignisses nicht sofort begreifen. Aber dann, wenn sie begriffen, würden sie überrascht sein und zu denken beginnen. So wie er. „Während der Regierungszeit von Metzat III. wurde Arkon von Fremden angegriffen. Nicht in einer großen Schlacht oder mit Tausenden von Schiffen, sondern nur von einem einzigen Schiff. Es stieß bis zur Oberfläche des Kriegsplaneten hinab und umkreiste diesen zweimal. Als es wieder verschwand, hinterließ es einen gewaltigen Krater, der zweitausend Meter tief war. Am selben Tag kehrte Metzats Flotte von einem Einsatz zurück und berichtete: ‚keine besonderen Vorkommnisse'." Rhodan sah auf. „Das wäre alles. Metzat regierte noch weitere fünfzig Jahre, ehe er starb."

Er sah die Enttäuschung in den Gesichtern der Offiziere und Mutanten. Lediglich Gucky auf Bettys Schoß grinste vergnügt. Sein Nagezahn blitzte und schimmerte. Auch John Marshall, der Rhodans Gedanken gelesen hatte, begriff die Zusammenhänge, wenn er sie sich auch nicht zu erklären vermochte.

„Der Zeitumformer der Akonen liegt in zweitausend Meter Tiefe", fuhr Rhodan fort. „Der Trichter, von dem der Bericht spricht, ist es auch. Und er entstand an derselben Stelle, an der später das Robotgehirn konstruiert wurde. Natürlich damit auch an derselben Stelle, an der heute der Zeitumformer steht. Erkennen Sie den Zusammenhang? Wir werden den Zeitumformer zur rechten Zeit vernichten – die große Frage ist jetzt nur: wie schaffen wir das? Und eine weitere, recht abstrakte Frage taucht auf: was wird geschehen, wenn wir es nicht schaffen?"

Die Männer sahen ihn fasziniert an. Im ersten Augenblick hatten sie aufatmen wollen, weil ja mit Sicherheit feststand, daß der Zeitumformer vernichtet wurde. Nun ließ Rhodan ein neues Problem entstehen, auf das es keine Antwort geben konnte.

„Aber, Sir, das ist unmöglich", sagte Deringhouse, der für seine Nüchternheit bekannt war. „Wir können doch die Vergangenheit nicht ändern. Die Geschichte Metzats ist aufgezeichnet und steht fest. Der Angriff erfolgte damals – eh ..."

Rhodan nickte und lächelte. „Ja, damals. Und was ist mit heute oder morgen? Sie scheinen zu vergessen, daß wir in der Sekunde, in der wir den Energieschirm oder das Zeitfeld der Akonen durchdringen, ebenfalls um fünfzehntausend Jahre zurückgeworfen werden. Wir werden jene Fremden sein, die damals zu Metzats Zeiten Arkon angriffen. Der Krater ist geschichtliche Tatsache, daran kann nicht gezweifelt werden. Sein Vorhandensein wird von dem Positronengehirn auf der Venus bestätigt – und die Daten sind seit zehntausend Jahren dort verankert. Ich frage Sie nur eines, und es betrifft ein sehr reales Problem: noch mehr als vorher müssen wir nun den Zeitumformer vernichten, um keine Paradoxa hervorzurufen. Aber ich weiß jetzt noch nicht, wie wir das anstellen sollen."

Gucky räkelte sich. „Vielleicht kann ich noch einmal springen und ..."

„Du springst nicht", sagte Rhodan bestimmt. „Du würdest nicht noch einmal solches Glück haben. Außerdem besagt ja die Geschichte, daß ein Schiff den Schirm durchdrang und Arkon III zweimal umkreiste. Na, bist du vielleicht ein Schiff?"

Gucky gab keine Antwort. Er rollte sich zusammen und schien an dem Fortgang der Diskussion keinen weiteren Anteil haben zu wollen.

John Marshall hob die Hand und wollte etwas sagen, aber er wurde unterbrochen. Durch alle Räume des Schiffs schrillte der Alarm.

Rhodan sprang auf und verließ, von Deringhouse und anderen Offizieren gefolgt, die Messe. In der Zentrale sahen sie Nordmann vor dem großen Bildschirm stehen. Er drehte sich nicht um, als er sagte: „Die ersten Einheiten der Arkoniden-Flotte sind gestartet und rasen mit Höchstbeschleunigung in den Raum. Der Ortungsrobot zählte bisher fünftausend Einheiten, von denen die ersten bereits in Transition gingen. Es geht alles furchtbar schnell."

„Sie müssen den Start vorverlegt haben", meinte Rhodan gelassen. „Spielt es eine Rolle?" Er sah auf den Bildschirm, wo immer neue Schiffe aus den milchigen Schleiern des Zeitfelds auftauchten und in den Raum vorstießen, ohne sich um die DRUSUS zu kümmern. Auch schwiegen ihre Sender. Sie nahmen an, daß auf Arkon I und II alles in Ordnung sei. Niemand kam auf die Vermutung, daß inzwischen fünfzehntausend Jahre vergangen waren. Ein Festungsring hatte damals nicht existiert, und jetzt passierten sie ihn ohne Schwierigkeiten, denn er funktionierte nicht, weil auch das Robotgehirn nicht existierte. Es war alles so einfach und doch so schrecklich kompliziert zugleich.

„Halten Sie die DRUSUS in Gefechtsbereitschaft, Major!" befahl Rhodan.

Er ließ Funkverbindung mit Arkon I herstellen und führte ein längeres Gespräch mit Atlan, den er in die letzten Geschehnisse einweihte. Obwohl der Arkonide selbst genug mit seinen eigenen Problemen zu tun hatte, versprach er, so schnell wie möglich zu kommen. Mit aller Deutlichkeit hatte Rhodan ihm die möglichen Folgen eines Zeitparadoxons klargemacht. Wenn es eintrat, konnte auch Atlans Existenz in Frage gestellt werden.

Insgesamt starteten zwanzigtausend Schiffe, ehe Atlan auf der DRUSUS eintraf. Seine sonst so ruhigen Gesichtszüge wirkten hektisch und nervös. Man sah ihm die Angst an, die tief in seinem Herzen hockte und Zweifel an der Zukunft wachrief. Was würde geschehen? Was war geschehen?

Während Rhodan den Freund begrüßte und in seine private Kabine begleitete, trafen die ersten Schiffe Metzats im Sonnensystem ein.

Sie wurden erwartet.

Die feindliche Flotte schloß das gesamte System hermetisch vom Universum ab und rückte langsam vor. Ihre Mühe war vergebens, denn kein irdisches Raumschiff versuchte, das System zu verlassen. Zwar wurde der übliche Verkehr zwischen den Planeten fortgesetzt, aber keiner der Kommandanten kümmerte sich um die Flotte. Man tat so, als geschehe es täglich, daß fremde Raumflotten der Erde einen Besuch abstatteten.

Marshall Gagolk, Vertreter des Imperators, drang mit seinem Flaggschiff weiter vor und umkreiste den dritten Planeten, der als Heimatwelt der Humanoiden identifiziert worden war. Drei Stunden lang versuchte er, Kontakt mit den raumfahrenden Intelligenzen aufzunehmen, aber man ignorierte ihn und seine Gegenwart einfach. Selbst als er landete, nahm niemand daran Anstoß. Man schien ihn nicht einmal zu bemerken. So als sei er unsichtbar.

Für Minuten war Gagolk derart verblüfft, daß er sich keinen Rat wußte. Der Befehl lautete, die Humanoiden zu unterwerfen oder ihr militärisches Potential zu vernichten, wenn sie sich dagegen sträubten. Nun, von Sträuben konnte keine Rede sein. Auf der anderen Seite bewiesen die Überwachungsschiffe und auf den weiten Raumfeldern stationierten Flotten eindeutig, daß man durchaus zu einer Gegenwehr imstande gewesen wäre. Warum also unternahm man nichts?

Gagolk wurde nervös. Er ging ein zu großes Risiko ein, wenn er seiner Flotte die Landung befahl. Aber er konnte auch nicht anordnen, daß man das Feuer eröffnete. Das verstieß gegen die höchsten Gesetze. Und er allein konnte auch nicht aus dem Schiff gehen, um die Verhandlungen mit Menschen einzuleiten, die ihn ignorierten.

Sein unbekannter Gegenspieler war Bully, dem noch weniger wohl in seiner Haut war. Er hatte sich auf die Vermutung zu verlassen, daß Gagolk sich strikt nach den Befehlen des Imperators richtete und keine feindseligen Handlungen einleitete. Im Grunde genommen ging es nur darum, Zeit zu gewinnen. Zeit zu gewinnen, bis Rhodan der rettende Ausweg einfiel.

Und wenn das nicht der Fall war? Was dann?

Das war die Frage, die Bully sich immer wieder vorlegte, ohne eine Antwort darauf zu finden. Er saß in Terrania unter der Energieglocke. Die Bevölkerung war gewarnt worden. Beim ersten Anzeichen eines feindlichen Überfalls würde sie innerhalb von zehn Minuten unter der Oberfläche verschwunden sein.

Soweit durfte es niemals kommen. Notfalls mußte Bully eben die Verhandlungen mit den Arkoniden aufnehmen, um weitere wertvolle Stunden oder gar Tage zu gewinnen.

Dreißigtausend Schiffe umkreisten nun das Sonnensystem und riegelten es ab. Immer mehr näherten sie sich der Erde und schlossen auch diese ein. Die Überwachungskreuzer des Solaren Imperiums blieben unbeachtet.

Die Spannung wuchs.

44.

Atlan sah Rhodan nachdenklich an. „Es ist doch so, daß die schwierigsten Probleme oft durch die einfachsten Lösungen aus der Welt geschafft wurden. Warum gibt es denn für dieses Problem keine einfache Lösung? Es ist nichts anderes zu tun, als eine einzelne Maschinerie – den Zeitumformer – außer Betrieb zu setzen, um eine Flotte von dreißigtausend Schiffen lahmzulegen oder verschwinden zu lassen."

„Das weiß ich auch", erwiderte Rhodan mutlos. „Aber das Problem ist ja, wie wir die Sperre durchdringen sollen. Gucky hat es einmal geschafft, aber ich mute ihm das nicht noch einmal zu. Er war so erschöpft, daß er für die ersten Stunden praktisch wehrlos war. Nein, es müßte eine andere, bessere Möglichkeit geben. Ein Schiff. In der Geschichte Arkons war es ein Schiff, das die Bombe auf Arkon III warf."

„Also wird auch ein Schiff die Lösung sein", gab Atlan zurück und bekam plötzlich ganz enge Augen. Prüfend betrachtete er Rhodan, als wolle er feststellen, ob dieser ihm auch zuhörte. „Ein Schiff. Sag einmal, Perry, hast du eigentlich wirklich ein so schlechtes Gedächtnis – oder tust du nur so?"

Rhodan war ehrlich erstaunt. „Wie meinst du das?"

Atlan lächelte plötzlich. „Hast du die Akonen in ihrem Blauen System entdeckt oder nicht? Ist das Blaue System nicht auch von einem Schutzschirm umgeben, der recht merkwürdige Eigenschaften aufweist? Wäre es nicht denkbar, daß die Natur jenes Schutzfelds mit dem um Arkon III identisch ist?"

Rhodan nickte langsam. „Es wäre denkbar, wenn ich auch nicht glaube, daß sich das Blaue System in einem Zeitfeld aufhält. Nein, aber ich nehme an, um Arkon III liegen zwei Felder. Ein Energiefeld von der Art, wie er das Blaue System umgibt – und das Zeitfeld, das allein vielleicht durchsichtig und durchdringlich ist. Unser Problem also ist, das Energiefeld zu durchdringen ..."

„... und genau das hast du schon einmal geschafft."

Rhodan sah Atlan verblüfft an. Natürlich, das hatte er schon einmal geschafft.

Der Linearantrieb.

Das also meinte Atlan. Plötzlich begriff Rhodan, worauf sein Freund anspielte, und er schalt sich einen Narren, nicht von allein darauf gekommen zu sein.

Der Linearantrieb. Mit seiner Hilfe hatte er damals die Grenze zum Blauen System überschritten. Er mußte die Sperre neutralisieren und passierbar machen.

„Ich glaube, das ist es", sagte Rhodan befriedigt. „Ein Schiff mit Linearantrieb kann auf Arkon III landen – oder zumindest die Sperre durchbrechen, um seine Bomben zu werfen."

Atlan nickte.

„Wir wollen uns an die geschichtlichen Ereignisse halten", gab er zu bedenken. „Es wurde nur eine Bombe geworfen, und sie riß einen Krater bis zu einer Tiefe von zweitausend Meter – ohne eine Kettenreaktion auszulösen. Also keine Arkonbombe. Eine gewöhnliche Atombombe. Und zweimal muß das Schiff den Planeten umkreisen, ehe die Detonation erfolgt."

„Warum?"

„Ich weiß es nicht, aber du wirst sehen, daß der Kommandant des betreffenden Schiffes nicht anders handeln kann, will er seinen Auftrag durchführen. Wer wird es übrigens sein?"

Rhodan atmete innerlich erleichtert auf, denn nun wußte er, daß er nichts Unmögliches plante. Über das Wie hatte er sich bisher den Kopf zerbrechen müssen, nun kam es nur noch darauf an, schnell genug zu handeln.

„Komm mit!" forderte er Atlan auf. „Ich möchte ein Gespräch mit Terrania führen."

Die Verbindung war schnell hergestellt.

Und dann erhielt Bully knappe und eindeutige Befehle.

Die Aktion „Zeitgeschichte" lief an.

Weder Major Heinrich Bellefjord noch sein Erster Offizier Captain Benno Raldini ahnten etwas davon. Sie hatten genug damit zu tun gehabt, sich die Funktionen des neuen Lineartriebwerks erklären zu lassen. Mit Hilfe der arkonidischen Hypnoschulung lernten sie innerhalb eines einzigen Tages ihr neues Schiff kennen – den Schweren Kreuzer RALPH TORSTEN.

Die zweihundert Meter dicke Kugel stand mit ihren Teleskopstützen auf dem harten Mondgestein und wartete auf das Kommando zum ersten Start. Der neue Antrieb war erst kürzlich eingebaut und von den Technikern erprobt worden. Es war alles klar. Niemand wußte, wohin der erste große Flug gehen sollte.

Da kam die Ankunft der Arkoniden dazwischen.

Der Kommandant von Luna-Port befahl höchste Alarmbereitschaft, und die Mannschaften aller auf dem Mond befindlichen Schiffe gingen an Bord. Auch Bellefjord und seine Leute. Aber niemand von ihnen rechnete damit, in dieser Situation starten zu müssen. Um so größer war die Überraschung, als wenige Stunden später der Kommandant von Luna-Port mit seinem Kabinenjeep vorgefahren kam und sich zu Bellefjord in die Zentrale bringen ließ.

„Sind Sie klar zum Start, Major?"

„Aber ich denke . . ."

„Neuer Befehl von Terrania. Rhodan befiehlt den Einsatz eines Linearschiffs. Tut mir leid, aber Sie haben zur Zeit die einzige ausgebildete Mannschaft. Alle anderen Schiffe mit dem neuen Antrieb stehen an der Grenze des Solaren Imperiums und dürfen nicht abgezogen werden. Hier Ihre Order: Sie starten in genau dreißig Minuten und nehmen direkten Kurs auf Arkon. Sie melden sich dort bei Rhodan. Dann erfahren Sie alles Weitere. Noch Fragen?"

Bellefjord blieb die Luft weg. „Und die Flotte, die das Sonnensystem einschloß? Was ist damit?"

„Die Schiffe der Arkoniden kennen den Linearantrieb nicht, sondern transitieren. Eine Verfolgung ist somit ausgeschlossen. Sie gehen nach dem Start sofort auf Höchstbeschleunigung und überschreiten schon kurz darauf die Lichtgeschwindigkeit. Versuchen Sie, Arkon in wenigen Stunden zu erreichen. Ist alles klar?"

„Alles klar – soweit ich das beurteilen kann", meinte Bellefjord.

Der Kommandant drückte ihm die Hand, wünschte ihm viel Glück und fuhr mit dem Jeep davon.

Dreißig Minuten später startete die RALPH TORSTEN, raste mit hoher Beschleunigung in den Raum hinein, durchbrach die Ketten der arkonidischen Wachschiffe und verschwand im Gewimmel der Sterne.

„Was meldet Bully?" fragte Atlan zwei Stunden nach seiner entscheidenden Unterhaltung mit Perry Rhodan. Sie hatten gerade die verschlüsselten Berichte von der Erde empfangen.

Rhodan nahm den Streifen mit dem Klartext und las laut vor: „Noch immer kein Kontakt mit den Arkoniden. Wir verhalten uns abwartend. Das Schiff ihres Kommandanten landete, sonst geschah nichts. Soeben ist die RALPH TORSTEN mit Kommandant Major Bellefjord gestartet und hat Sperre erfolgreich durchbrochen. Bevölkerung bewahrt die Ruhe. Wie lange noch? Bull."

„Nicht schlecht", kommentierte John Marshall und dehnte die beiden Worte. „Möchte wissen, wer zuerst die Nerven verliert."

Rhodan ignorierte die Bemerkung. Er sah Atlan an. „Wenn Bellefjord eintrifft, begebe ich mich sofort an Bord des Schweren Kreuzers. Im übrigen ist mir da ein Gedanke gekommen. Ich habe mir eben den Bericht noch einmal durchgelesen, den wir vom Positronengehirn Venus erhielten. Und zwar war mir bei der Beschreibung des zwei Kilometer tiefen Kraters etwas aufgefallen. Sein Aussehen erinnert an einen Krater vulkanischen Ursprungs – hohe Seitenwälle, Zentrum stark verjüngt und eingefallen – und noch weitere Kennzeichen. Der Krater kann also niemals von einer abgeworfenen Bombe stammen."

Atlan sah Rhodan abwartend an. Auch die anderen in der Zentrale Anwesenden schienen mit der Bemerkung nicht viel anfangen zu können.

Rhodan fuhr fort: „Das brachte mich auf die Vermutung, daß damals vor fünfzehntausend Jahren die Bombe in der Tiefe entzündet wurde, also neben oder gar in dem Zeitumformer. Mit anderen Worten: ich werde Gucky mitnehmen müssen. Er kennt den Standort des Akonenschiffs am besten."

„Ahnt er schon etwas von seinem Glück?"

Rhodan lächelte. „Jetzt in diesem Augenblick weiß er es sogar. Er wird gleich erscheinen, wenn ich mich nicht irre."

Rhodan irrte sich nicht.

Gucky materialisierte dicht neben ihm und sagte vorwurfsvoll: „Ich muß gestehen, du hattest deine Gedanken sehr gut abgeschirmt. Hätte ich jetzt eben nicht – rein zufällig natürlich – der Unterhaltung gelauscht . . ."

„Ah – zufällig?" Rhodan klopfte dem Mausbiber freundschaftlich auf die Schulter. „Also – du machst es? Nichts einzuwenden? Es ist eine gefährliche Aufgabe."

Gucky grinste.

„Und damit wäre auch das letzte Rätsel gelöst", piepste er triumphierend. „Jetzt wissen wir auch, warum das Schiff zweimal Arkon III umkreisen muß, ehe es davonfliegt. Es muß kreisen, solange ich unterwegs bin, weil man es sonst beschießt. Klarer Fall, nicht wahr?"

Rhodan nickte überrascht. „So einfach also ist das, wenn man es weiß. Na, damit hätte die Geschichte ja den Plan bereits festgelegt. Hoffentlich ändert sich nun nichts mehr. Aber wie sollte das sein, wenn bereits alles geschehen ist?"

„Ich würde da nicht so sicher sein", warf Renner ein. „Was wissen wir schon von der Zeit, von ihrem Verlauf und von dem Einfluß, den wir auf sie haben? Ein einziger Fehler, Sir, und wir alle hören auf zu existieren. Ich gehe jede Wette darauf ein."

„Ich möchte es Ihnen auch ohne Wette und ohne Beweisführung glauben", sagte Rhodan ernst.

„Es ist so, glaube ich", fuhr Renner fort, der sich als Mathematiker oft mit dem Problem der Zeit beschäftigt hatte, „daß es verschiedene Möglichkeitsebenen gibt. Wir kennen naturgemäß nur die, in der wir leben. Die Grenzen der Ebenen sind scharf voneinander getrennt, ein Überwechseln ist schwer – aber es geschieht. Abgesehen von Zeitreisen, die bisher nur theoretisch möglich waren, würde ich den Traum und auch einen speziellen Teil des Wahnsinns als eine Überschreitung der Grenzen bezeichnen. Doch das alles sind Dinge, die unbewußt geschehen. Sie haben, da sie nur geistiger Natur sind, keinen Einfluß auf das Geschehen unserer oder der anderen Ebene, die Zeitreise jedoch, die in die Vergangenheit führt, ist körperlich, materiell. Sie hat einen Einfluß. Sie kann durchaus bewirken, daß ein ganzes Volk aufhört zu existieren. Die betreffenden Lebewesen würden es nicht bemerken, denn sie wären nie geboren worden. Daher führen die Akonen dieses Experiment durch, das keinerlei Veränderung der Vergangenheit hervorruft, sondern die Gegenwart beeinflußt."

Rhodan hatte aufmerksam zugehört. Niemand konnte ihm ansehen, ob er die Meinung des Mathematikers teilte oder nicht.

Er fragte: „Was wir planen, ist jedoch eine Veränderung der Vergangenheit. Was ist Ihre Meinung dazu?"

„Es ist nur eine scheinbare Veränderung, Sir. Denn wir vollführen nur etwas, das bereits geschah. Wäre der Bericht des Positronengehirns vollständig, so würde er besagen, daß vor fünfzehntausend Jahren Zeitreisende Arkon angriffen, und nicht bloße Fremde. Sie sehen, Sir, wir rufen kein Paradoxon hervor – was wir jedoch tun würden, verzichteten wir darauf, den Zeitumformer zu vernichten."

„In diesem Zusammenhang taucht eine andere Frage auf, die Sie mir vielleicht auch noch beantworten können", sagte Rhodan, und ein feines Lächeln umspielte seine Lippen. „Der Zeitumformer versetzte Arkon III in die Vergangenheit – gut und schön. Metzat, der vor fünfzehntausend Jahren lebte, ist wieder Imperator. Seine Zeitgenossen leben. Meine Frage an Sie lautet: Wo sind jetzt die Arkoniden geblieben, die in unserer Gegenwart existieren? Sie können sich doch nicht einfach in Luft aufgelöst haben?"

Renner lächelte zurück, als er, ohne zu zögern, erwiderte: „Sie vergessen, daß Arkon III tatsächlich in einer anderen Zeitebene existiert. Wollen Sie den Arkoniden begegnen, die Sie kennen, so müßten Sie fünfzehntausend Jahre warten. Sie existieren ‚heute' noch nicht. Erst in dem Augenblick, in dem Sie den Zeitumformer vernichten, werden sie plötzlich wieder dasein – und keine Sekunde ihres Lebens verloren haben."

„Mir ist das zu hoch", beschwerte Gucky sich und schlenderte zur Couch, wo er sich in seiner Lieblingsstellung niederließ. „Wenn es soweit ist, könnt ihr mich wecken. Ich bin mehr für die Praxis als für die Theorie. Gute Nacht."

Er rollte sich zusammen und schloß die Augen.

Rhodan blinzelte Renner zu und meinte: „Das haben Sie nun davon, Doktor. Nicht jeder interessiert sich für Ihre vagen Spekulationen, die sicherlich mehr philosophischen als praktischen Wert für uns haben. Doch ich denke, wir sollten uns nun den Vorbereitungen hingeben, denn wenn die TORSTEN eintrifft, bleibt dafür nicht mehr viel Zeit." Er nickte Deringhouse zu. „Lassen Sie Markowski kommen, General. Ich habe mit ihm zu sprechen."

Zwei Stunden später weckten sie Gucky. Der Mausbiber räkelte sich, rutschte langsam von der Couch und sah Rhodan an. „Es ist soweit?"

„Noch nicht ganz, Kleiner. Aber komm mit, ich will dir etwas zeigen – und es ist lebenswichtig, daß du gut aufpaßt."

Im Waffenlager der DRUSUS lagerten die tödlichen Bomben unter ständigem Verschluß. Es gab viele Arten von ihnen, aber Markowski ignorierte sie alle. Lediglich in einem kleinen Spezialfach lagen fünf rechteckige Kästen, kaum zwanzig Zentimeter lang und zehn hoch und breit. Wie eine Zigarrenkiste. Sie waren aus schimmerndem Metall gefertigt und hatten auf der Oberseite nichts als ein eingelassenes Rädchen mit einigen Zahlen darauf.

Markowski nahm ein Kästchen aus dem Fach und verschloß letzteres wieder sorgfältig. Dann bückte er sich, sah Gucky in die Augen und begann: „Das ist eine verkleinerte Solarbombe, Gucky. Sie wird genau die beabsichtigte Wirkung haben und nur begrenzte Zerstörungen hervorrufen. Schädliche Strahlungen gibt es nicht. Die Bedienung ist denkbar einfach. Siehst du hier das Rad? Wir stellen es jetzt ein – und zwar auf eine Minute. Das bedeutet, daß du genau eine Minute Zeit hast, dich in Sicherheit zu bringen. Eine längere Frist könnte unseren Plan zunichte machen. Sobald du also die Bombe an Ort und Stelle gebracht hast, brauchst du nur das Rad kräftig einzudrücken – und die Minute beginnt. Hast du das verstanden?"

„Natürlich", sagte Gucky fast gelangweilt und griff nach dem Kasten. „Ist das Rad schwer einzudrücken?" Er probierte, und Markowski wurde blaß. „Keine Bange, ich bin doch nicht lebensmüde."

„Sei vorsichtig. Einmal scharf, wird sie unter allen Umständen detonieren. Drücke also erst dann, wenn du absolut sicher bist."

Gucky klemmte das gefährliche Instrument unter den rechten Arm und spazierte mit seinem typischen Watschelgang in den Korridor hinaus. Der Captain sah ihm mit gemischten Gefühlen nach.

„Glauben Sie, Sir..."

„Keine Sorge", beruhigte ihn Rhodan und lächelte. „Gucky liebt sein Leben genauso wie Sie und ich. Ich wüßte niemanden, der vorsichtiger mit der Bombe umgehen könnte als er."

Genau zehn Minuten später kam aus der Funkzentrale die Nachricht, daß sich die RALPH TORSTEN dem vereinbarten Treffpunkt näherte.

Es war soweit...

Die DRUSUS behielt ihren Standort bei, während der Schwere Kreuzer RALPH TORSTEN nach der Übernahme Rhodans und Guckys Kurs auf die äußeren Planeten nahm.

„Wie war der Herflug, Major?" fragte Rhodan. Gucky saß in einem der großen Sessel und bedauerte lebhaft, daß in der Kommandozentrale des Kreuzers keine Couch vorhanden war. Auf seinem pelzigen Bauch lag die Bombe, als handle es sich um eine Geldkassette. „Wie gefällt Ihnen der neue Antrieb?"

Bellefjord, der Rhodan bisher nur einmal flüchtig gesehen hatte, vergaß seine anfängliche Scheu.

„Herrlich", schwärmte er begeistert. „Etwas ganz anderes als das Springen durch den Hyperraum. Ich hätte niemals in meinem Leben gedacht, daß die Raumfahrt so großartig sein kann."

Rhodan nickte. „Ich stimme Ihnen zu, Major. Mein erster Eindruck war ähnlich." Er sah auf den Bildschirm. „Fliegen Sie noch fünf Minuten weiter, dann wenden wir und steuern Arkon III an. Höchste Beschleunigung. Wir stoßen im Linearflug durch die Energiesperre hindurch, kehren in den Normalraum zurück und verlangsamen parallel zur Oberfläche. Dazu wird eine Umkreisung notwendig sein. Alles Weitere liegt bei unserem kleinen Freund hier." Er zeigte auf Gucky, der für eine Sekunde seinen Nagezahn sehen ließ. „Er wird teleportieren. Wir nehmen ihn genau drei Minuten später wieder auf. Lassen Sie die entsprechende Fluggeschwindigkeit und erforderliche Höhe inzwischen errechnen. Es muß alles auf die Sekunde stimmen."

Fünf Minuten waren kurz, aber mit Hilfe der positronischen Gehirne lag das Ergebnis bereits eine Minute nach Rhodans Bitte vor. Gucky wurde instruiert. Dann wendete die RALPH TORSTEN und raste mit irrsinniger Beschleunigung in das Arkonsystem zurück.

Kurz vor dem Schirm drang das Schiff in den Linearraum ein, schaffte den Durchbruch und kam in den Normalraum zurück. Gleichzeitig fast setzte die Verzögerung mit solcher Macht ein, daß die Antigravfelder fast alle Energie beanspruchten. Aber es gelang. Die Kontinente huschten über den frontalen Bildschirm, blieben zurück, tauchten wieder auf...

Rhodan sah hinab auf die langsamer vorbeiziehende Landschaft.

Gucky stand neben ihm.

Er deutete auf den fast leeren Raumhafen und das nahe Hochplateau. „Dort ist es – in drei Minuten also hier."

Die Bombe fest an sich gepreßt, teleportierte er zur Oberfläche hinab. Rhodan nickte Bellefjord zu. Das Schiff beschleunigte erneut, stieg vierzig Kilometer höher und begann seine dreiminütige Umkreisung.

Bellefjord saß vor den Kontrollen und steuerte das Schiff mit einer Kaltblütigkeit, die man ihm vorher nicht zugetraut hätte. Er wußte, was auf dem Spiel stand, wenn er auch nicht alles begriff. Neben ihm stand Rhodan. Seine Hände umkrampften die Lehne des Sessels, und seine Knöchel waren weiß und blutleer.

Drei Minuten...

Wie lange konnten drei Minuten sein?

Für Gucky vergingen diese drei Minuten viel zu schnell.

Er materialisierte auf der Oberfläche am Rand des weiten Flugfelds. Flüchtig sah er, wie zwei kleine Raumjäger aufstiegen, um die Verfolgung des fremden Schiffes aufzunehmen, aber natürlich kamen sie zu spät. Einige automatisch gesteuerte Energiegeschütze richteten erst jetzt ihre Läufe gen Himmel. Auch sie waren zu langsam.

Gucky sah auf die Uhr. Schon waren dreißig Sekunden vergangen, es blieben ihm also nur noch einhundertfünfzig, wollte er das Rendezvous nicht versäumen.

Er sprang ein zweites Mal und materialisierte keine hundert Meter vor dem Schiff der Akonen. Gucky wußte, daß die Besatzung nicht an Bord war, sondern sich außerhalb aufhielt – ihr würde nichts geschehen.

Nur um die beiden Wachtposten mußte er sich kümmern.

Wenn er die Bombe hier liegen ließ, würde das auch noch genügen – vielleicht. Vielleicht hielt aber auch der Schutzschirm den gewaltigen Druck der Explosion aus. Doch er wollte nicht das Risiko eines Fehlschlags eingehen und die Zeit nutzen.

Noch einhundertzwanzig Sekunden.

Er visierte das Ziel an, konzentrierte sich – und sprang.

Der Schmerz raubte ihm beinahe die Besinnung, aber gleichzeitig riß er ihn wieder aus der beginnenden Betäubung heraus. Er spürte, wie er an einem gewölbten Hindernis herabrutschte und festen Boden unter die Füße bekam.

Er war an den beiden Wachtposten vorbei und stand unmittelbar vor dem Energieschirm des Zeitumformers. Es war ihm nicht gelungen, ihn zu durchbrechen. Was nun?

Das Flimmern war an jener Stelle genau hinter den Posten immer noch unterbrochen. Wahrscheinlich der Zugang zum Schiff. Wenn er hier spränge ...

Er sprang.

Genau zur rechten Zeit, denn einer der Akonen hatte sich umgedreht und den Eindringling bemerkt. Seine Waffe kam hoch, aber um eine Sekunde zu spät. Das kleine Wesen war verschwunden, einfach unsichtbar geworden.

Die Posten gaben Alarm.

Gucky materialisierte inzwischen innerhalb des Akonenschiffs. Sein erster Blick galt der Uhr. Noch vierzig Sekunden. Er hatte viel Zeit verloren.

Ohne den mächtigen Generatoren und Maschinen auch nur einen Blick zu gönnen, legte er die Bombe auf einen metallenen Block und drückte das Rad ein.

Noch dreißig Sekunden, bis Rhodan mit der TORSTEN kam, und dann weitere dreißig Sekunden, bis die Bombe detonierte. Es würde vielleicht gutgehen.

Ein Kurzsprung brachte ihn an die alte Stelle innerhalb der Energieglocke zurück. Ehe die Posten ihre Waffen erneut hochrissen, sprang er zwischen sie, ergriff die Verblüfften und entmaterialisierte mit ihnen zusammen.

Noch zehn Sekunden.

Der zweite Sprung führte hinauf zur Oberfläche. Sie befanden sich in einer sicheren Zone. Die beiden Akonen waren wie erstarrt.

Gucky bemerkte, daß die automatischen Energiebatterien wieder in Aktion traten. Ihre Rohre richteten sich in den Himmel, aber von der RALPH TORSTEN war noch nichts zu sehen. Und Gucky mußte sie sehen, wenn er springen wollte.

Jetzt.

Am Horizont tauchte ein schwarzer Punkt auf, weil die Sonne hinter dem Schiff stand. Als die ersten Schüsse blitzten, zeigte Gucky den schockierten Wächtern seinen Nagezahn und teleportierte – diesmal allein.

Als er neben Rhodan in der Zentrale materialisierte, konnte er nur noch keuchen: „In zwanzig Sekunden geht das Ding in die Luft."

Dann brach er erschöpft zusammen. Erst jetzt machte sich die Anstrengung der vielfachen Teleportationssprünge bemerkbar. Rhodan nickte Bellefjord hastig zu, der sofort reagierte und auf höchste Beschleunigung schaltete. Dann bückte er sich, nahm Gucky auf seine Arme und brachte ihn in die nächste Kabine.

Die RALPH TORSTEN raste durch den Energieschirm davon.

Als die zwanzig Sekunden vorüber waren, öffnete sich tief unten auf der Oberfläche von Arkon III ein feuriger Schlund und schleuderte Tausende von Tonnen vergasten Gesteins bis hoch hinauf an die Grenzen der Stratosphäre.

Gleichzeitig verschwand das Zeitfeld – und mit ihm alle seine Folgeerscheinungen.

Und zwar keine einzige Sekunde zu früh.

Marschall Gagolk hatte, um einen Ausweg für sich zu finden, die Menschen provoziert. Ein gepanzerter Wagen war mit Hilfe der Antigravlifte gelandet worden. In seiner Kabine saßen zwei Kanoniere hinter den feuerbereiten Energiegeschützen und warteten auf die Befehle des Kommandanten, der das Fahrzeug selbst steuerte. Zum Flaggschiff wurde eine direkte Funkverbindung aufrechterhalten. Dort würde ein Knopfdruck genügen, den Angriff gegen Terra einzuleiten.

Gagolk machte sich seine eigenen Gedanken, als er den Panzer über das glatte Raumfeld rollen ließ und in der Ferne die aufragenden Hochbauten Terranias betrachtete. Wie konnte es möglich sein, daß diese Zivilisation bisher noch nicht entdeckt worden war? Sie besaß die Raumfahrt und eine hochentwickelte Technik – und ganz bestimmt pflegte sie Kontakt mit anderen raumfahrenden Völkern, sonst hätte sie bei Erscheinen der Arkonidenflotte anders reagiert. Aber so sehr er auch über das Problem nachdachte, er fand keine Antwort auf seine Fragen.

Einige Fußgänger ignorierten Gagolks Vormarsch. Sie nahmen keine Notiz von dem rollenden Panzer und taten so, als gehöre er zu den alltäglichsten Erscheinungen Terranias. Aber die Soldaten, die am Rand des Raumfelds patrouillierten, durften ihn nicht ignorieren, ohne Verdacht zu erregen.

Ein Offizier der Wachabteilung kam aus seinem Erdbunker und hob die Hand.

Gagolk hielt an. Er gab seinen beiden Leuten einen Wink, öffnete die Seitenschleuse und sprang auf den Boden hinab. Eine Hand am Kolben seiner wuchtigen Energiewaffe trat er auf den Offizier zu, dem trotz genauester Anweisungen nicht wohl in seiner Haut war. Sein einziger Trost war, daß sein Funker bereits einen Lagebericht an das oberste Hauptquartier gab. Jeden Augenblick konnte die Verstärkung eintreffen.

„Warum willst du mich aufhalten?“ fragte Gagolk, und der junge Leutnant verstand ihn gut. Zwar hatte das Arkonidisch des Fremden einen merklichen Akzent, aber es blieb verständlich. „Wer regiert diesen Planeten und seine Kolonien?“

„Wenn Sie sich gedulden, werden Sie mit seinem Stellvertreter sprechen können“, erwiderte der Leutnant und verfluchte die plötzliche Schwäche in seinen Knien. Wenn er wenigstens handeln dürfte, dann würde er es diesem arroganten Kerl schon geben. Aber er hatte ja seine Befehle. „Ich muß Sie bitten, hier solange zu warten."

„Warum?"

„Weil es verboten ist, Terrania zu betreten."

Gagolk sah einen Lichtblick. Wenn es ihm gelang, diese Humanoiden dazu zu verführen, zuerst das Feuer zu eröffnen, war er vollauf berechtigt, den Planeten anzugreifen. Damit wären alle eventuellen Komplikationen aus dem Weg geschafft. Denn friedlich würden sich diese Wesen nicht den Befehlen Arkons unterwerfen.

„Und wer will mich daran hindern?" erkundigte er sich.

Der Leutnant begann zu schwitzen. „Es wäre meine Pflicht, das zu tun – ob ich will oder nicht."

„Du würdest sterben."

„Damit muß ich rechnen."

Gagolk sah, wie sich in einiger Entfernung mehrere Klappen im Boden öffneten. Spiralige Läufe schoben sich aus der Tiefe und richteten sich gegen ihn und seinen Panzer. Das allein hätte schon genügt, den Krieg auszulösen. Aber er wollte ganz sichergehen, um allen späteren Vorwürfen des Imperators entgegentreten zu können. Noch war kein Schuß gegen das Imperium abgegeben worden.

„Siehst du hier, an meinem Handgelenk? Das ist ein Sender. Durch ihn stehe ich mit den Kommandanten von dreißigtausend Kriegsschiffen in Verbindung. Jeder von ihnen kann hören, was ich jetzt mit dir berede. Ein Wort von mir – und alle dreißigtausend Schiffe werden sich auf deinen Heimatplaneten stürzen. Es ist also besser, du überlegst dir deine eigenen Worte sehr gut – sie können über das Schicksal deiner Heimat entscheiden."

Der Leutnant zog es vor zu schweigen. Drüben über den flachen Gebäuden der Zollverwaltung war ein schwarzer Punkt in der Luft, der sich schnell näherte. Es war ein Fluggleiter, wie sie in Terrania als bequemes Verkehrsmittel üblich waren.

Gagolk war dem Blick gefolgt. „Ist das der Mann, von dem du sprachst?"

„Er wird es sein – vielleicht mit seiner Begleitung."

Der Gleiter landete, die Kabinentür öffnete sich, dann sprang Bully heraus.

„Es ist sonst nicht üblich, daß ich Besucher von anderen Welten hier am Rand des Landefelds empfange", sagte er in reinstem Arkonidisch, „aber in Ihrem Fall mache ich eine Ausnahme."

Erst jetzt kam es Gagolk zu Bewußtsein, daß Arkonidisch gesprochen wurde – und zwar von Leuten, die erst heute zum erstenmal Kontakt mit dem Imperium erhielten. Das war doch nicht gut möglich.

„Sie sprechen meine Sprache?“ wunderte er sich und wurde unwillkürlich höflicher, als er es zu dem Leutnant gewesen war. „Das vereinfacht meine Mission. Der Imperator von Arkon, Metzat III., schickt mich zu dieser Welt, um sie ins Imperium aufzunehmen. Das Verlangen des Imperators wird durch eine Kriegsflotte unterstützt, die in diesem Augenblick darauf wartet . . .“

„Na, worauf wartet sie denn?“ wollte Bully wissen. Er ahnte, daß bei der direkten Art des Arkoniden nicht viel Zeit herauszuschinden war, aber er wußte auch, daß in diesem Augenblick Rhodan schon mit der TORSTEN gestartet war, um den Zeitumformer zu zerstören. Noch zehn Minuten, vielleicht auch zwanzig. Mehr waren nicht notwendig. „Ist es etwa die Absicht des Imperators, wertvolle Kolonialwelten zu vernichten?“

Gagolk lächelte plötzlich. „Sie akzeptieren also? Ausgezeichnet. Übrigens sagte mir dieser Offizier, Sie wären der Stellvertreter des Regierungschefs. Haben Sie seine Genehmigung? Wo befindet er sich übrigens?“

Bully verlor ein wenig von seiner Geduld. „Wollen Sie nun Frieden machen, oder wollen Sie den Krieg? Wenn ja, dann kann auch ich einige tausend Schiffe aufbieten. Wir sind nicht so wehrlos, wie Sie vielleicht glauben.“

„Sie weigern sich also, dem Imperator von Arkon als Ihren künftigen Kolonialherrn anzuerkennen?“ fragte Gagolk scharf.

Die Geschütze des Panzers schwenkten herum, und ihre Läufe richteten sich auf die kleine Gruppe. Bully sah es und erkannte die drohende Gefahr. Er griff nach Gagolks Arm und riß ihn mit sich fort. Zwei oder drei Sätze brachten ihn zum Eingang eines unterirdisch gelegenen Bunkers. Der Leutnant folgte ihm und schob Gagolk in den schmalen Gang, der in die Tiefe führte.

Gleichzeitig blitzten hinter ihnen die Waffen.

Aber die Geschützbedienungen des Wachbunkers reagierten erstaunlich schnell. Sie hatten auf den Bildschirmen Bullys Flucht beobachtet, die Bewegung des Panzers gesehen – und gehandelt. In einer grellweißen Explosion kam Gagolks Fahrzeug zum Stehen.

Die Katastrophe war nicht mehr aufzuhalten.

Das Flaggschiff erhob sich und raste hinauf in den Himmel, wo es innerhalb weniger Sekunden spurlos verschwunden war. An den Grenzen des Sonnensystems formierten sich die Schiffe Metzat III. zum Angriff, stießen blitzschnell gegen die patrouillierenden Kreuzer Terras vor und eröffneten das Feuer. Doch die terranischen Raumfahrer lieferten nur Scheingefechte und zogen sich bei Gefahr zurück.

Die Arkoniden kümmerten sich nicht um die Fliehenden. Gagolk war tot oder zumindest verloren. Der Versuch, die Humanoiden zu kolonisieren, mußte als gescheitert angesehen werden. Die Vernichtungsmaschine gegen die militärischen Anlagen Terras lief an.

Schon wurden die ersten Torpedos abgefeuert und rasten mit Tausenden von Kilometern in der Stunde auf die Raumforts zu.

Hinter den Torpedos folgten die Schiffe.

Bully zerrte Gagolk hinter sich her und stieß ihn in die Kommandozentrale des Bunkers. Ein Offizier wandte sich um und erkannte ihn.

„Haben Sie Verbindung mit der Zentrale? Fragen Sie an, ob . . .“

Bully kam nicht weiter.

Aus dem Lautsprecher brüllte eine Stimme: „Alarm! Die Erde wird angegriffen! Unsere Schiffe entgingen nur knapp der Vernichtung und sammeln sich im Mars-Sektor! Die Feindflotte rast zur Erde. Alarm!“

Bully wurde totenblaß. Er drehte sich wieder um und kam auf Gagolk zu, seine Hände vorgestreckt und mit einem vor Wut verzerrten Gesicht. Ohne ein Wort zu sagen, stürzte er sich dann auf den Arkoniden, als könne er der drohenden Katastrophe Herr werden, wenn er den Oberbefehlshaber erwürgte.

Bullys Hände griffen ins Leere.

Der Arkonide war verschwunden. Nicht etwa in der Art eines Teleporters, der beim Sprung einen flimmernden Luftwirbel zurückließ und zuerst durchscheinend wurde, ehe er verschwand, sondern völlig anders. Er war in der einen Tausendstelsekunde noch da, in der nächsten jedoch verschwunden. So, als sei er niemals vorhanden gewesen.

Bully stolperte, als seine Hände den erwarteten Halt nicht fanden, machte einige Schritte und hielt sich dann an einem Schrank fest. Immer noch blaß drehte er sich um und sah die beiden Offiziere an. „Was – was ist? Er kann doch nicht . . .“

Im Lautsprecher war die Stimme Marschall Freyts: „Bull! Melden Sie sich! Wo stecken Sie denn!“

Bully gab dem Leutnant an den Geräten einen Wink. Die Verbindung war in wenigen Sekunden hergestellt. „Was ist?“

„Hören Sie, Mr. Bull! Die feindliche Flotte ...“

„Ich weiß. Sie greift an. Ich habe alles versucht ...“

„Aber ...“

„Ich habe den Kommandanten erwischt, und als ich ihn erwürgen wollte, verschwand er einfach. Ich ...“

„Wenn Sie jetzt nicht zuhören wollen, dann sind Sie selbst schuld!“ rief Freyt wütend. „Wissen Sie denn immer noch nicht, was ich Ihnen sagen wollte? Die Flotte ist auch verschwunden. Kaum hatte ich Alarm gegeben, da verschwand sie. Die vorausgeschickten Torpedos waren plötzlich nicht mehr da. In derselben Sekunde verschwanden auch die Schiffe. Der Spuk ist beendet, ohne daß es auch nur einen Verletzten gegeben hätte.“

Bully hatte wortlos zugehört und sich dabei auf einen Stuhl sinken lassen. Sein blasses Gesicht bekam wieder Farbe, denn es wurde tiefrot. Aber die Ursache war Erleichterung und Freude. Die erwartete Aktion Rhodans hatte ihre Schuldigkeit getan. Die Geisterflotte war in die Vergangenheit zurückgekehrt. Das Unternehmen der Akonen, die Erde mit Hilfe längst Verstorbener zu erobern, war fehlgeschlagen.

„Gott sei Dank!“ Bully atmete erleichtert auf und sah wieder auf die Stelle, an der Gagolk gestanden hatte. „Dann hat Rhodan es geschafft, den Zeitumformer zu zerstören.“

„Genau in der richtigen Sekunde“, stimmte Freyt zu, und seine Stimme klang ebenfalls erleichtert.

Die RALPH TORSTEN hielt auf die DRUSUS zu und stoppte. Magnetklammern verankerten sie an der mächtigen Raumkugel. Schleuse lag auf Schleuse, und Rhodan konnte umsteigen. Gucky grinste zwar, als er an seiner Hand in die Kommandozentrale der DRUSUS watschelte, aber es war ein schwaches und kraftloses Grinsen. Man sah ihm die Erschöpfung an, die der pausenlosen Anstrengung gefolgt war. Allein aus diesem Grund hatte Rhodan auf den bequemeren Weg der Teleportation verzichtet.

„Verbindung zur Erde herstellen“, sagte er zu Deringhouse.

Hoffentlich war es nicht zu spät gewesen.

Doch zu seiner Erleichterung erfuhr er, daß im Solsystem alles in bester Ordnung war – die Arkonflotte existierte nicht mehr.

Atlan kam auf ihn zu. Er breitete die Arme aus und ergriff Rhodan bei der Schulter.

„Geschafft“, sagte er schlicht. „Die Meldungen überschlagen sich. Die Robotflotten haben schlagartig zu funktionieren begonnen. Das Robotgehirn arbeitet wieder. Arkon ist gerettet. Die Akonen wurden bereits gefangengenommen. Ich danke dir, mein Freund.“

„Es geschah nicht ohne ein wenig Egoismus“, erinnerte ihn Rhodan lächelnd. „Die Akonen – wir müssen uns noch darüber unterhalten, Atlan. Glaube nur nicht, daß dieser Schlag ihr letzter Versuch gewesen ist. Sie fürchten uns, weil wir den Linearantrieb besitzen. Schiffe mit einem solchen Antrieb können von ihnen nicht aufgehalten werden, wenn sie die Grenzen zum Blauen System überqueren.“

„Wir sind gewarnt“, meinte Atlan, aber es klang nicht sehr überzeugend.

Rhodan schüttelte auch prompt den Kopf. „Gewarnt? Wie meinst du das? Du weißt höchstens, daß im Mittelpunkt unserer Milchstraße ein Imperium besteht, dessen Gründer und Herren uns nicht wohlgesinnt sind – aber das ist auch alles. Du kennst die Macht und Größe ihrer technischen Mittel nicht und wirst immer wieder neue Überraschungen erleben. Wir müssen die Gefahr nur immer rechtzeitig erkennen, damit sie uns nicht zum Verhängnis wird. Oder aber wir müssen die Akonen davon überzeugen, daß wir keine Gefahr für sie bedeuten.“

„Und wie willst du das anstellen?“

Rhodan lächelte. „Das, Atlan, weiß ich auch noch nicht. Aber ich werde einen Weg finden.“

45. Bericht Atlan

Wenn ein Mann einsam ist, sehnt er sich noch mehr als andere Menschen nach Liebe und Zuneigung, echter Freundschaft und unterhaltsamer Zerstreuung.

Ich war einsam. Wahrscheinlich war ich sogar das verlorenste Individuum im kosmischen Ballungsraum des Kugelsternhaufens M-13 im Sternbild Herkules.

Ich war allein inmitten von einigen Milliarden Arkoniden und etwa fünfhunderttausend Menschen.

Die Terraner hatten mich auch nicht erlösen können, obwohl ich mich seit Monaten bemühte, die formelle Steifheit der vielen Empfänge und Festlichkeiten aufzulockern.

Bisher war es mir noch nicht gelungen, das uralte Zeremoniell zu durchbrechen, um zu versuchen, den Verkehr mit den Vertretern der Menschheit unkonventioneller und herzlicher zu gestalten.

Ich war der Imperator. Also hatte ich mich wie ein solcher zu verhalten, wie mir Zeremonienmeister Drautherb immer wieder versicherte. Die Aufrechterhaltung des nötigen Respekts sei eine Frage „repräsentativer Zurückhaltung", die unter keinen Umständen der unwürdigen Form einer „händeschüttelnden Annäherung" an andere Intelligenzen weichen dürfe. Auch das war mir von den Beamten des Hofes dringend nahegelegt worden.

Ich wußte nicht genau, was man unter dem Begriff „repräsentativer Zurückhaltung" verstand. Meiner Auffassung nach lag darin ein Widerspruch. Wenn ich das Große Imperium repräsentativ vertreten sollte, so waren Pomp und damit verbundene Ausgaben unerläßlich.

Das vertrug sich gar nicht mit den Wörtern „Zurückhaltung", da ich darunter nun einmal das verstand, was damit gemeint war: nämlich bescheidenes Auftreten und einwandfreies Gebaren.

Offenbar aber hatten sich im Lauf vieler Jahrtausende Sitten und Gebräuche eingebürgert, die ich als alter Soldat und arkonidischer Flottenchef nicht mehr verstand.

So hatte ich auch sehr bald einsehen müssen, daß ich nicht ewig gegen den Strom schwimmen konnte. Mein anfängliches Aufbegehren gegen die bestehende Gesellschaftsordnung auf den Arkonplaneten war der Resignation gewichen. Wenn ich genügend geistig aktiv gebliebene Arkoniden zur Verfügung gehabt hätte, wäre eine Änderung des Zustands möglich gewesen.

So aber war ich auf die wenigen Terraner angewiesen, die mit ihren eigenen Problemen zu tun hatten.

All diese Zustände – der unwahrscheinliche Prunk bei den Festen, das leere, inhaltslose Plappern von Nichtstuern und Kriechern, das überhebliche Gebaren von Räten und hohen Flottenoffizieren – waren zu einem Bestandteil des Reiches geworden, das ich nicht mehr aus seinem Dornröschenschlaf erwecken konnte.

Ich dachte in Begriffen, die mehr und mehr für die ferne Erde Gültigkeit haben mochten als für das Arkoniden-Imperium.

Zu all den vielen Schwierigkeiten kam noch eine permanente

Gefahr hinzu. Mehr als einmal hatte man versucht, mich auf diese oder jene Weise aus dem Wege zu räumen. Mordanschläge waren beinahe an der Tagesordnung gewesen.

Man haßte mich. Ich, der alte Arkonidenadmiral Atlan aus dem Herrschergeschlecht der Gonozal, war ebenso gefürchtet wie unpopulär. Längst hatte ich vor mir selbst eingestanden, daß ich mehr Mensch als Arkonide war. Meine wirklichen Freunde lebten im vierunddreißigtausend Lichtjahre entfernten Solsystem. Perry Rhodan, Erster Administrator des Solaren Imperiums, war ein Mann, auf den ich im Sinn des Wortes bauen konnte.

Er hatte sich meines Vertrauens würdig erwiesen, weshalb ich keinen triftigen Grund gesehen hatte, den Menschen im Zuge ihrer galaktischen Handels- und Kolonialpolitik Schwierigkeiten zu bereiten. In meinem tiefsten Innern wußte ich, daß die Blütezeit der Arkoniden trotz allen von mir unternommenen Anstrengungen endgültig vorüber war.

Dabei war es für mich schmerzlich, ganz genau zu wissen, daß Perry Rhodan über meine Lage unterrichtet war.

Nun hatte ich ihn schon wieder um Hilfe gebeten, nachdem ich es erst zwei Monate zuvor hatte tun müssen. Fremde hatten sowohl das Arkonidenreich als auch die Erde angegriffen. Es war mit ungewöhnlichen Mitteln geschehen, die mir aber bewiesen hatten, daß der Hochmut der geistig noch aktiven Arkoniden fehl am Platze war.

Eigentlich hatte es mich gefreut, daß ausgerechnet Perry Rhodan, der von vielen Arkoniden nach wie vor als Barbar angesehen wurde, hatte nachweisen können, daß wir nicht mehr waren als Kolonistennachkommen eines großen Volkes, das die Ahnen der heutigen Arkoniden schon zwanzigtausend Jahre zuvor als galaktische Siedler in die Tiefen des Raumes ausgeschickt hatte.

Dies war eine Tatsache, die ich erst zwei Monate zuvor erfahren hatte. Meine Stellung als Imperator des Reiches war damit noch verantwortungsvoller und wichtiger geworden.

Es war etwas geschehen, was wir Arkoniden uns niemals hätten träumen lassen: Es gab im Zentrum der Milchstraße ein Volk, das uns ebenso hochnäsig behandelte, wie wir es bisher mit anderen Intelligenzen getan hatten. Natürlich hatte es Rhodan nicht unterlassen können, mich ironisch darauf hinzuweisen.

Mir tat er damit nicht mehr weh, aber andere Arkoniden waren bei den Erklärungen des „Barbaren" Rhodan merklich erblaßt.

Das war die Situation auf dem Kristallplaneten des Arkonidenreichs, als das terranische Lineargroßkampfschiff IRONDUKE mit hoher Fahrt in die aufglühende Atmosphäre vorstieß und zur Landung auf dem Hafengelände des Imperators ansetzte.

Der Himmel schien zu brennen. Die weiße Sonne Arkons verblaßte unter dem hellen Düsenlohen des Achthundert-Meter-Riesen, der mit gespreizten Landebeinen auf die Stahlplastikpiste niedersank.

Die IRONDUKE war ein terranisches Schlachtschiff der STARDUST-Klasse. Bei flüchtiger Betrachtung unterschied sie sich kaum von anderen Einheiten dieses Typs, und doch wußte ich, daß die mächtige Kugelhülle Maschinen und Triebwerke barg, die ihresgleichen auf Arkon nicht hatten.

Rhodan hatte mir über Hyperfunk in knapper Form mitgeteilt, er würde diesmal mit dem ersten Linearraumer in Großbauweise erscheinen, nachdem er mir schon zwei Monate zuvor einen mit Lineartriebwerken ausgerüsteten Schweren Kreuzer vorgeführt hatte.

IRONDUKE hatte er dieses wundervolle Raumschiff genannt, „Eiserner Herzog". Die Bezeichnung erinnerte mich an meine lange Wanderung durch die Geschichte der Erde. Wie immer pulsierte auf meiner Brust der kleine Zellaktivator, der mich seit Jahrtausenden gesund und jung erhalten hatte. Wie lange mochte dieser Zustand noch anhalten?

Wann würde meine Stunde kommen?

Von bitteren Gefühlen bewegt, beobachtete ich das exakte Landemanöver der IRONDUKE, deren beachtliche Masse einwandfrei auf den Boden gebracht wurde.

Die Beamten und Offiziere meiner Begleitung gingen fluchtartig hinter den dafür vorgesehenen Panzerwänden in Deckung. Ich blieb allein auf dem weiten Gelände stehen, um die heiße Landungsdruckwelle von meinem überstarken Körperschutzschirm auffangen und abwehren zu lassen.

Ich lauschte auf das helle Summen des Miniaturreaktors, der im Gehäuse meines Rückentornisters zusammen mit einigen anderen Geräten untergebracht war.

Nach dem abgewehrten Angriff der Akonen hatte ich mich endgültig dazu entschlossen, ständig einen Individualprojektor zu tragen. Meine zahllosen Gegner waren in der Wahl ihrer Mittel nicht kleinlich. Somit gehörte ich zu jenen wenig beneidenswerten Männern der galaktischen Geschichte, die Tag und Nacht um Leben und Gesundheit bangen mußten.

Erst kürzlich hatte man versucht, mich durch einen umgeschalteten Kampfroboter der Palastwache erschießen zu lassen, aber dies war nur eine Variante unter vorangegangenen Anschlägen gewesen.

Ich konnte nicht verstehen, warum man mit solcher Hartnäckigkeit versuchte, mich aus dem Weg zu räumen. Ehrgeizige Arkoniden hatte es immer gegeben, aber Mordbuben waren in der Geschichte des Großen Imperiums eigentlich kaum in Erscheinung getreten.

Seitdem man wußte, daß wir mit hoher Wahrscheinlichkeit die Nachkommen eines Volkes waren, das schon lange vor der arkonidischen Machtentfaltung noch viel mächtiger gewesen war, hatten sich anscheinend Widerstandsgruppen mit verworrenen Zielen gebildet. Wahrscheinlich war ich dabei noch mehr im Weg, als es schon Jahre zuvor der Fall gewesen war.

Die Druckwelle verrauschte. Es wurde still. Die Triebwerke der IRONDUKE liefen singend aus.

Moku, meine verspielte Boxerhündin, sprang bellend auf mich zu. Dicht vor meinem Schutzschirm, dessen Gefährlichkeit sie aus trüben Erfahrungen kannte, blieb sie stehen, um gleich darauf kläglich jaulend und mit der rechten Vorderpfote nach mir tappend, Einlaß zu begehren.

Moku war ein Geschenk Rhodans. Er hatte mir das wundervolle Tier mit einem Kurierschiff geschickt.

Moku bettelte noch immer. Sie schien zu wissen, wer mit dem großen Schiff angekommen war. Ich konnte nicht in ihre feuchten, braunen Augen sehen, ohne mich versucht zu fühlen, den Abwehrschirm zu öffnen. Wie gewohnt würde sie sich so dicht an mich schmiegen, daß ich das Feld ohne Gefahr für die Hündin wieder einschalten konnte.

Ich sah mich rasch um. Weiter vorn standen fünfhundert Kampfroboter in Reih und Glied. Natürlich mußte der Erste Administrator einer befreundeten Großmacht mit allen militärischen Ehren empfangen werden.

Das Wachregiment der dreiäugigen Naats war ebenfalls angetreten. Die gewaltige Stimme ihres Kommandanten schallte soeben über den Platz.

Dicht hinter mir hatten sich einige Beamte des Hofes und mehr als zehn Offiziere der Flotte versammelt. Während ich die einfache

Dienstkombination mit den unauffälligen Rangabzeichen und dem Symbol meiner Familie trug, waren die Herren in voller Gala erschienen. Die Wissenschaftler des Großen Rates in Weiß, Rot und Violett, die Offiziere in den Prunkuniformen der Raumflotte.

So, wie ich Perry Rhodan kannte, würde er diesen Aufwand an seltenen Edelmetallen, irisierenden Stoffen und schillernden Orden nur mit einem Stirnrunzeln zur Kenntnis nehmen. Ich hatte ihn persönlich noch nie anders gesehen als in der kleidsamen, jedoch sehr einfach geschnittenen Kampfkombi, wie sie nun einmal an Bord von Raumschiffen getragen wurde.

Moku jaulte jämmerlich, und mir brach fast das Herz. Auch ein arkonidischer Imperator konnte nicht gefühllos in die flehenden Augen eines solchen Tieres sehen, wenigstens nicht einer von meiner Art.

„Nun komm schon!" rief ich und schaltete mit einem Griff meinen Schutzschirm ab.

Moku setzte bellend zum üblichen Begrüßungssprung an, der zumeist mit einem heftigen Aufprall begann, um mit einem Beschlekken meiner Ohren zu enden.

Es tat unendlich gut, diese Zeichen echter und ungekünstelter Zuneigung zu spüren. Ich breitete die Arme aus und setzte den rechten Fuß zurück, um den Sprung der Hündin abfangen zu können, als es dicht hinter mir knallte.

Eine glutheiße Energieentladung zuckte so dicht an meiner Brust vorbei, daß die Kunstfasern meiner Uniform zu qualmen begannen.

Moku wurde während des Sprunges getroffen, von der Aufschlagswucht des Thermostrahls aus der Richtung gerissen und so heftig zu Boden geschleudert, daß ich den Aufprall der Hündin hören konnte.

Die Hündin regte sich nicht mehr. Sie mußte sofort tot gewesen sein. Zornglühend fuhr ich herum. Meine Waffe wurde beim Berühren des Zugkontakts aus der offenen Halfter schußfertig in meine Hand geschleudert. Zugleich schlug ich mit der Linken auf den breiten Druckknopf der Abwehrautomatik. Der Schutzschirm baute sich sofort auf.

„Lloyd!" schrie ich außer mir, und meine schwere Strahlwaffe ruckte mit meiner Hand nach oben.

Fellmer Lloyd, ein Mutant des terranischen Spezialkorps, hielt seinen Strahler noch in der Hand. Ausdruckslos sah er mich an. Lloyd war erst vor vier Wochen zu meinem persönlichen Schutz abkommandiert worden, nachdem der auf Arkon weilende terranische Verbindungsoffizier Perry Rhodan mitgeteilt hatte, wie sehr man mich mit Anschlägen bedrohte. Nun hatte Lloyd auf mich geschossen, als ich eben für einen Augenblick das Körperfeld abgeschaltet hatte.

Auf mich geschossen?

Mein Logiksektor meldete sich mit schmerzhafter Stärke: *Narr! Ein Fehlschuß bei dieser Entfernung? Bei deiner Größe?*

Ich fuhr unter den zwingenden Impulsen meines aktivierten Extrahirns zusammen. Unwillkürlich ließ ich die Waffe sinken. Mein um den Abzug gekrampfter Finger lockerte sich.

Fellmer Lloyd, ein muskulöser, dunkelhaariger Mann, sah mich noch immer an, bis er schleppend sagte: „Sir, ich bitte um Entschuldigung. Ich bemerkte den feinen Stachel erst, als Moku zum Sprung ansetzte."

„Stachel?" stammelte ich fassunglos.

„Ganz recht, Sir. Die Hirnwellenimpulse der Hündin waren mir genau bekannt. Als sie aus dem Flugwagen Ihres Bedienungsroboters sprang, registrierte ich Schmerz, Not und noch etwas, was ich nicht gut verstehen konnte. Das Tier war verzweifelt. Etwas war mit Moku geschehen. Sie rannte sofort auf Sie zu, als wolle sie Ihnen ihr Leid mitteilen. Damit aber hatte jemand gerechnet. Dieser Jemand wußte auch, daß Sie es kaum über sich bringen würden, den Schutzschirm nicht zu öffnen. Ich zögerte beinahe zu lange. Sie sollten mir glauben, daß Moku auf andere Art nicht mehr zu stoppen gewesen ist. Ich mußte schießen."

Ich stand da wie betäubt. Mein Blick ging zwischen dem Mutanten, meinen blassen Begleitern und der toten Boxerhündin hin und her.

Einige der Offiziere hatten ihre Waffen gezogen, die sie nun in die Halftern zurücksteckten.

„Welcher Stachel?" fragte ich stockend. „Was meinen Sie überhaupt?"

„Seine Administrative Exzellenz nähern sich, Euer Erhabenheit", flüsterte mir Truk Drautherb mit einer Spur von Verzweiflung zu. „Euer Erhabenheit, der Empfang . . ."

Ich winkte den aufgeputzten Schwätzer zur Seite.

Ich kniete vor der Hündin nieder. Neben mir erschien Fellmer Lloyd. Vorsichtig hob er den unverletzten Kopf des Hundes an und zog die Kiefer auseinander. Noch behutsamer schob er die Zunge zur Seite, und da sah ich es selbst.

Ein fingerlanger, nadelspitzer Stachel war unter der Zunge mit einem biologischen, sofort haftenden Klebstoff befestigt worden. Es war das gleiche Bioplast, das man in der Medizin zum narbenlosen Verkleben von Operationswunden verwendet.

Wenn mich Moku in der gewohnten Art begrüßt hätte, wäre ich zweifellos von der Stachelspitze verletzt worden. Wie benommen starrte ich auf das heimtückischste Mordwerkzeug, das ich jemals kennengelernt hatte. Jemand war mit teuflischer Schlauheit vorgegangen. Man hatte mit meiner Zuneigung für Moku gerechnet und das unschuldige Tier als Träger einer Waffe eingesetzt.

„Wir werden das an der Spitze haftende Gift zu analysieren versuchen, Atlan", sagte da eine bekannte Stimme. „Steh auf, alter Freund. Llyod mußte tatsächlich schießen. Das Tier hätte nicht mehr aufgehalten werden können."

Jemand umfaßte meine zuckenden Schultern und zog mich auf die Beine. Als ich mich endlich umdrehte, sah ich in Rhodans graue Augen.

Perry Rhodan gehörte zu den wenigen Männern, die mit den Augen lächeln können. Wenigstens glaubte ich, die plötzlich aufglimmende Wärme körperlich zu spüren.

Nur wenige Meter entfernt standen etwa dreißig Mann eines terranischen Spezialkommandos.

Ich blickte zum leblosen Körper der Hündin nieder. Nach den auf Arkon gültigen Gesetzen mußte er in einer Thermalkammer eingeäschert und anschließend aufgelöst werden.

Ich riß mich von dem Anblick los, als Fellmer Lloyd die Überreste auf die Arme nahm und zu meinem wartenden Luftgleiter hinüberschritt. Ich wußte, daß er sich um alles kümmern würde.

„Er hat mir fraglos das Leben gerettet", sagte ich und versuchte, die Ereignisse zu vergessen. Mokus treues Gesicht, in dem man so deutlich ihre Gefühle hatte ablesen können, durfte mich nicht länger verfolgen.

Rhodan war taktvoll genug, um keine überflüssige Bemerkung zu machen. Ein anderer hätte vielleicht gesagt, es wäre zwar bedauerlich, aber schließlich hätte es sich ja „nur" um einen Hund gehandelt. Ich hätte einen solchen Ausspruch in diesem Augenblick kaum ertragen können, ohne die Fassung zu verlieren.

Einige dröhnende Paukenschläge, denen sofort darauf gräßlich klingende Mißlaute folgten, ließen mich erschreckt zusammenfahren.

Rhodan stieß einen entsagungsvollen Seufzer aus, der von dem rhythmischer werdenden Tuten, Blasen und Stampfen übertönt wurde.

Unbeherrscht schimpfend, drehte ich mich um. Ein Zeremonienmeister der dritten Klasse hatte versucht, den ins Wasser gefallenen Empfang Seiner Administrativen Exzellenz, Perry Rhodan, wenigstens mit Hilfe der Marschmusik zu retten.

Das auf etwa achthundert Musikstücke programmierte Robot-Musikkorps marschierte dröhnend und klirrend auf uns zu. Dabei wirbelten zahlreiche Metallarme auf Kunstfasertrommeln nieder, daß es sich anhörte, als solle diese Welt untergehen.

Andere Musiker leiteten den Luftstrom ihrer leistungsfähigen Kompressoren mit solcher Wucht in die eingebauten Trompeten, Fanfaren und sonstigen Lärminstrumente, daß man sein eigenes Wort nicht mehr verstand.

Ich schrie einige Verwünschungen zu dem voranmarschierenden Zeremonienmeister hinüber und drohte mit den Fäusten, aber dieser gutgeschulte Höfling ließ sich in seinem Tun nicht stören.

So mußten wir notgedrungen abwarten, bis die wilde Horde an uns vorbeigestampft war. Die Männer des terranischen Einsatzkommandos sahen uns beinahe fassungslos an. Rhodan hielt resignierend die Hand am breiten Schirm seiner goldbestickten Mütze, und ein terranischer Oberst, den ich nie zuvor gesehen hatte, grinste so offen, daß mir plötzlich etwas wohler wurde.

Erst Sekunden später fiel mir auf, daß der Oberst die Rangabzeichen eines Schlachtschiffkommandanten trug. Überdies schien er kein alltäglicher Terraner zu sein. Sein Körper war fast so breit wie hoch, und die unter dem gestrafften Stoff der Uniform erkennbaren Muskelwülste waren direkt beängstigend. Dieser Mann mußte ungeheure Körperkräfte besitzen.

Rhodan war meinem Blick gefolgt. Ich fühlte, wie froh er war, mich unauffällig von den Geschehnissen ablenken zu können.

„Oberst Jefe Claudrin, Kommandant der IRONDUKE“, stellte er vor. „Ein Epsal-Geborener.“

„Epsal?“

„Ein Kolonialplanet mit einer Schwere von 2,1 Gravos. Jefe trägt grundsätzlich einen Mikrogravitator, der ihm die gewohnte Belastung vermittelt.“

Ich schritt neugierig auf den Mann zu und reichte ihm zwanglos die

Hand. Jemand stieß so heftig die Luft aus, daß es wie ein schriller Pfiff klang. Den Kopf wendend, erblickte ich meinen Ersten Zeremonienmeister, der anscheinend einem Nervenzusammenbruch nahe war. Es war ja auch unerhört, daß ich, der Imperator des Sternenreichs, einem „gewöhnlichen“ Oberst die Hand bot.

Ich überragte Jefe Claudrin weit um Kopfeslänge. Er war höchstens 1,60 Meter groß, jedoch ebenso breit. Als ich seinen Händedruck spürte, mußte ich mich bemühen, nicht stöhnend in die Knie zu sinken. Dabei war ich davon überzeugt, daß Claudrin kaum richtig zudrückte.

„Freut mich, Sir“, dröhnte eine tiefe Stimme wie Donnergrollen.

Nun ja – dieses Organ paßte zu dem ungewöhnlichen Mann. Die Anrede „Sir“ ließ mich befreit auflachen. Endlich hörte ich wieder vernünftig klingende Worte, nachdem man mich viele Jahre lang alle Augenblicke mit „Euer Erhabenheit“ angesprochen hatte.

Außerdem war Claudrin noch in anderer Hinsicht interessant. Er war der lebende Beweis für die Unternehmungslust der Terraner, die es gewagt hatten, ganz normale Menschen auf großen Planeten mit hohen Gravowerten anzusiedeln, um mit Hilfe kosmogenetischer Manipulationen ein neues, umweltangepaßtes Volk zu schaffen. Claudrin gehörte wahrscheinlich zu den ersten Menschen, die auf einer 2,1-Gravo-Welt geboren worden waren.

Ich blickte sinnend zu Rhodan hinüber, der mich mit leicht erkennbarer Spannung musterte. Ich lächelte ihn schwach an. Ich fühlte mich plötzlich sehr müde.

Es waren erst wenige Jahrzehnte, genau 59 Jahre, vergangen, seitdem ich mit Rhodans Unterstützung das mächtige Robotgehirn besiegt und umprogrammiert hatte.

Während dieser Zeit war es den Terranern gelungen, das junge Solare Imperium zu festigen und auszubauen.

Ich konnte mich noch genau an den Tag erinnern, als die Flotte der nichthumanoiden Druuf die Erde angegriffen hatte. Damals hatte ich meine Robotflotte ausgeschickt und Terra geholfen. Heute würde es nicht mehr nötig sein, selbst wenn diese Wesen aus einer anderen Zeitebene nochmals auftauchen sollten.

Ich wußte, daß der irdische Mond nach arkonidischem Vorbild zu einem Himmelskörper der Raumschiffswerften geworden war. Möglicherweise hatte die terranische Schiffsbaukapazität die arkonidische schon überflügelt.

Ich schaute zur IRONDUKE hinüber, bei der es sich fraglos um einen Neubau handelte. Achthundert Meter durchmaß der Kugelkörper des Riesen. Es hätte mich interessiert, zu erfahren, wie lange man jetzt auf Terra benötigte, ein solches Schiff zu bauen. Wahrscheinlich nur noch wenige Monate, nachdem man einige Jahrzehnte zuvor mit wenigstens zwölf Jahren gerechnet hatte.

Jefe Claudrin blickte mich unverwandt an. Er schien meine Gefühle und Überlegungen zu ahnen. Ich entschuldigte mich hastig und fügte mit einem unsicheren Lächeln hinzu: „Sie haben ein bildschönes Schiff, Oberst, mein Kompliment."

Claudrin neigte den schweren Schädel, auf dem sich die leichte Schirmmütze etwas seltsam ausnahm. „Vielen Dank, Sir. Die IRONDUKE hat ihre Qualitäten."

Ich glaubte es ohne Einschränkung. Allein das geheimnisvolle Lineartriebwerk des Schlachtraumers war ein Wunder. In mir erwachte die Neugier des Technikers.

Die helle Stimme eines kleinen, schmalhüftigen Offiziers mit scharfgeschnittenen Gesichtszügen weckte mich aus meinen Grübeleien. Rhodan stand wie unbeteiligt neben mir, jedoch wußte ich ganz sicher, daß er mich in wenigen Augenblicken analysiert hatte. Er war ja ein glänzender Psychologe.

Der Führer des Einsatzkommandos ließ seine Männer aufsitzen. Als sie ihren Schwebewagen bestiegen, sagte Rhodan in seiner bekannten Kompromißlosigkeit: „Schön, den Krach hätten wir überstanden, und den giftsprühenden Blicken deiner Höflinge sind wir auch heil entgangen. Ich wäre dafür, auf den Mummenschanz des sogenannten Empfangs zu verzichten. Die IRONDUKE ist startklar. Ich möchte baldigst wissen, wie die Ermittlungen des Robotregenten lauten. Also?"

Er sah sich stirnrunzelnd um. Meine Begleiter schienen nicht zu wissen, was nun geschehen sollte.

Ich entließ sie mit einem knappen Befehl, sagte die Feierlichkeiten zu Ehren des Solaren Administrators ab und schritt zu dem Feldgleiter des IRONDUKE-Kommandanten hinüber.

Ich freute mich diebisch über die entsetzten Gesichter der Höflinge, bis Rhodan mit einem wissenden Lächeln meinte: „Wenn du die Leute so behandelst, brauchst du dich über die Mordanschläge nicht zu wundern."

„Der Teufel soll sie holen", entgegnete ich auf englisch, „sie und all das Getue, das mir in der Seele zuwider ist. Ich habe wichtigere Dinge zu erledigen, als etwa fünftausend Vertreter der vornehmen Familien zu begrüßen und deren Verbeugungen anzusehen."

Mein Zeremonienmeister kam schweißüberströmt näher. Seine roten Arkonidenaugen schimmerten feucht. Er war dem Weinen nahe.

Mit wortreichen Entschuldigungen stellte er sich uns in den Weg. Rhodan neigte verbindlich den Kopf, ich kochte vor Zorn. So war es aber immer. Niemals fand man sich mit meinen Maßnahmen ab, immer war jemand da, der mich auf diese oder jene Dinge in geschliffener, formvollendeter Sprache aufmerksam machte.

„Euer Erhabenheit, die Spitzen der Gesellschaft warten in unbeschreiblicher Zuneigung und Demut auf das Erscheinen Euer Erhabenheit und Seiner Solaren Exzellenz. Darf ich Euer Erhabenheit bei allem Respekt vor Euer Erhabenheit darauf hinweisen, daß die innerpolitische Situation auf Arkon I nach Euer Erhabenheit wohlwollendem Erscheinen verlangt. Ich sehe . . ."

„Ihr habt meine Befehle gehört", unterbrach ich den Zeremonienmeister unfreundlich.

„Seine Erhabenheit handeln auf Grund einer von mir ausgesprochenen Bitte, Sir", erklärte Perry Rhodan mit einem strahlenden Lächeln. „Meine besten Empfehlungen gelten den Edlen Arkons. Außenpolitische Ereignisse von höchster Bedeutung zwingen Seine Erhabenheit und mich, auf das Vergnügen des von Euch meisterhaft arrangierten Empfanges zu verzichten. Ihr seht mich untröstlich, Sir."

Auch das war eine Abfuhr, nur hatte Rhodan seine Absage in verbindlichere Worte gekleidet.

Mein Hofbeamter verstand. Krampfhaft seine Würde wahrend, zog er sich zurück. Ich sprang in den Gleiter hinein, der sofort nach Rhodans Einsteigen summend anruckte.

Ich grüßte zur immer noch angetretenen Ehrengarde hinüber. Die riesigen Naats sahen uns stumpf und unbewegt nach. Nur das starke Robotkommando machte plötzlich auf der Stelle kehrt, um den Platz zu verlassen.

Jefe Claudrin lachte, mir aber war nicht danach zumute. Dieser Epsalgeborene schien sich überhaupt nicht vorstellen zu können, welch ungeheuerlichen Verstoß gegen die geheiligten Sitten und Gebräuche ich begangen hatte. Ich hätte es auch niemals riskieren dürfen, wenn der Mordanschlag nicht stattgefunden hätte.

Rhodan nahm die Schirmmütze ab, blinzelte mit verengten Augen zur hitzestrahlenden Arkonsonne hinauf und fuhr sich dann mit dem Handrücken über die schweißbedeckte Stirn. „Darf ich dir von Freund zu Freund etwas sagen, Atlan?"

Ich sah ihn nicht an. Stumm schaute ich zu dem näherkommenden Raumschiff hinüber, dessen gewölbte Stahlflanken mir den Blick auf die weiter nördlich liegenden Platzanlagen versperrten. „Bitte."

„Du bist ein armer Hund."

Ich fühlte mich weder gekränkt noch beleidigt. Einen ähnlichen Ausspruch hatte ich erwartet. Sollte ich ihm nun sagen, daß ich mir nichts sehnlicher wünschte, als wieder in den Reihen terranischer Raumfahrer die Galaxis durchstreifen zu dürfen?

Hätte ich ihm sagen sollen, wie wundervoll es für mich war, allein seine Gegenwart spüren und seine Stimme hören zu dürfen?

Nein, besser nicht. Er bemitleidete mich schon genug, und das tat mir weh. Dabei hatte ich diesen Mann einmal töten wollen, weil er mir den Weg zur Heimat versperrt hatte.

Heute wußte ich, wie folgerichtig er gedacht und gehandelt hatte. Ich zwang ein Lächeln auf meine Lippen und sagte in gespielter Ironie: „Der ‚arme Hund' darf noch nicht einmal nach Belieben bellen. Wie steht es damit in den Räumlichkeiten deines Schiffes?"

„Belle, so lange und so oft du willst, nur beiße mich nicht ins Bein."

Wir hatten uns verstanden. Nein – ich würde ihn, sprich Terra, niemals ins Bein beißen. Dafür war Arkon nicht mehr stark genug. Zusammen aber waren wir unschlagbar.

Unschlagbar? Ich dachte an die Endauswertung des Regenten. Die Akonen hatten an den Grundfesten der beiden Imperien gerüttelt. Es wurde höchste Zeit, etwas dagegen zu unternehmen.

Genau betrachtet, war die terranische IRONDUKE ein raumtüchtiges Riesenkraftwerk, in dem jeder noch so kleine Winkel ausgenutzt worden war.

Das sagenhafte Lineartriebwerk, das die Menschen von den Druuf übernommen und nach einer langwierigen Forschungszeit nachgebaut hatten, war während des kurzen Überführungsflugs zum dritten Planeten des Arkonsystems nicht benötigt worden. So hatte ich die Funktion der neuen Maschinen weder beobachten noch anschaulich studieren können.

Die IRONDUKE war der Schiffstyp der Zukunft. Männer wie

Oberst Jefe Claudrin verkörperten dazu den Typ Kommandant, dessen Nervenkraft und Reaktionsschnelligkeit überragend sein mußten.

Die Vorteile der neuen Raumschiffe lagen klar auf der Hand. Ich hatte deshalb darauf verzichtet, Rhodan oder die an Bord anwesenden Wissenschaftler mit Fragen zu bestürmen.

Nach der Landung auf Arkon III, der Welt der Flottenausrüstung und der robotgesteuerten Zubringerindustrie, hatte ich einige nicht ganz uneigennützige Gedanken erwogen.

Ich wußte seit einigen Tagen zu genau, welche Gefahr in den Tiefen des galaktischen Zentrums aufgetaucht war. Nur ich besaß die Unterlagen, die für Rhodan und dessen fernere Handlungen unerläßlich waren.

Unter Umständen erklärte er sich unter dem Druck der Geschehnisse von selbst bereit, mir das Geheimnis des Lineartriebwerks zu übermitteln. Ich liebäugelte bereits mit der Idee, die Mammut-Bandstraßen der Industriewelt umzustellen, um die größeren Einheiten der arkonidischen Flotte mit den phantastischen Maschinen auszurüsten.

Rhodan traf jedoch keine Anstalten, diesen Punkt meiner Überlegungen zur Diskussion zu stellen. Ihm kam es vorerst darauf an, von mir beziehungsweise dem Robotregenten zu erfahren, woher das Volk der Arkoniden stammte und in welcher Weise es mit den sogenannten Akonen verwandt war.

Das hatte ich herausgefunden, nachdem ich die Altspeicher des größten Robotgehirns der Milchstraße angezapft hatte.

Zum ersten Mal wurde es einem Nichtarkoniden erlaubt, die unterarkonischen Zentren zu betreten.

Ich hatte auch in dieser Hinsicht alles konventionelle Denken über Bord geworfen, zumal es außer mir und Rhodan wohl keine Lebewesen mehr gab, die über die Einrichtungen genau informiert waren.

Zusammen hatten wir das bis vor wenigen Jahrzehnten autarke und als gnadenlos bekannte Robotgehirn besiegt. Mir war es gelungen, die von meinen Vorfahren eingebaute Sicherheitsschaltung ansprechen zu lassen, wonach es mit den unkontrollierbaren Handlungen des Regenten vorbei gewesen war.

Jetzt waren die riesigen Einrichtungen nutzbringenden Zwecken zugeführt worden. Der unübersehbar große und verästelte Verwaltungsapparat des Imperiums wurde ausschließlich von dem Robot dirigiert. Auf politische oder militärische Geschehnisse hatte er jedoch ohne meine besondere Befehlsgebung keinen Einfluß mehr.

Rhodan hatte darum gebeten, einen der Mutanten mitnehmen zu dürfen. Nach einigem Zögern hatte ich zugestimmt, obwohl mir nicht ganz klar war, warum er auf einen Begleiter Wert legte.

Tama Yokida, ein mittelgroßer, untersetzt gebauter Terraner aus dem terranischen Bundesstaat Japan, war ein stiller, bescheidener Mann, dessen besondere Gabe darin bestand, materiell stabile Gegenstände allein durch die Kraft seines Willens bewegen und handhaben zu können.

Auch Tama hatte die sogenannte „Zelldusche" bekommen. So geschah es, daß drei relativ Unsterbliche auf den schillernden Wabenenergieschirm des Robotgehirns zuschritten.

Wie lange würde sich die Natur von unseren biotechnischen Hilfsmitteln noch betrügen lassen? dachte ich in diesem Augenblick. Wann würde der Zeitpunkt des endgültigen Zellverfalls kommen? Rhodan, Yokida, viele andere Mutanten und ich waren Kuriositäten im Gefüge der allmächtigen Natur. Unser Dasein basierte auf einem „schäbigen Trick", wie sich ein terranischer Naturwissenschaftler einmal ausgedrückt hatte.

Diese Aussage traf besonders auf mich zu, denn ich hatte es immer verstanden, meinen Zellaktivator so gut im Auge zu behalten, daß meine Zellregeneration niemals zu lange unterbrochen worden war. Manchmal hatte es auf des Messers Schneide gestanden, und da hatte ich zu verstehen begonnen, daß dieses geheimnisvolle Gemeinschaftslebewesen vom Planeten Wanderer bei der Überreichung des Geräts nach statistischen Erwägungen gehandelt hatte.

Nach dem Gesetz der Serie zu urteilen, hätte ich eigentlich längst tot sein müssen. Während meiner langen Wanderung durch die Vergangenheit der Erde hatte es viele hundert Möglichkeiten gegeben, den Aktivator zu verlieren.

Das war auch oftmals geschehen, nur war es mir gegen die statistische Aussage jedesmal gelungen, das Gerät vor Eintritt des kritischen Zeitpunkts zurückzuholen.

Rhodans Hüsteln schreckte mich aus meinen Betrachtungen auf. Ich sah mich um.

Dicht vor uns begann der flimmernde Wabenschutzschirm des Gehirns. Zwei Kilometer hinter uns war die IRONDUKE gelandet.

Der Wagen, der uns bis zur roten Gefahrenlinie gebracht hatte, wartete jenseits der Todeszone.

Wir hatten den hohen Schutzwall überschritten, hinter dem wir einmal gelegen und auf jedes erkennbar werdende Stückchen Metall gefeuert hatten. Das war vor sechzig Jahren gewesen.

Nun konnte ich ruhig und gelassen auf die hinter dem Schirm wartende Robotwache zuschreiten und im Namen des Imperators Einlaß verlangen.

Rhodan und Tama Yokida blieben stehen. Schweigend sahen sie mir nach. Sie wußten, daß ihre Individualimpulse von der Sicherheitsschaltung erst aufgenommen, registriert und mit den erforderlichen Befehlen an die Abwehrstation weitergeleitet werden mußten.

Der gigantische Glockenschirm tat sich vor mir auf. Ich trat hindurch und schaltete mein am linken Handgelenk befestigtes Kommandogerät ein.

„Willkommen, Euer Erhabenheit", klang die gefühllose, mechanische Stimme des Regenten aus dem Lautsprecher. Es war die übliche Begrüßung seit zirka sechzig Jahren. Ich machte es kurz.

„Der Administrator des Solaren Imperiums und sein Begleiter sind einzulassen. Aufnahme anfertigen, speichern und als Sammelimpuls an Abwehreinheiten abstrahlen."

Wenn ein mechanisches Gehirn überhaupt sprachlos sein konnte, so geschah es nun. In meinem Befehlsgerät summte es lautstark. Es dauerte einige Sekunden, bis sich der Regent wieder meldete, jedoch in anderer Form, als ich es erwartet hatte.

Nach einem heftigen Krachen im Lautsprecher klang die andere, feinmodulierte „Stimme" auf.

„Sicherheitsschaltung A-1 spricht, Euer Erhabenheit. Meine durch die Ahnen erfolgte Programmierung weist mich an, Fremden den Zutritt zu verweigern, es sei denn, außerordentliche und im Interesse des Sternenreichs unerläßlich notwendige Erfordernisse zwängen einen autorisierten Arkoniden, für Fremde den Zugang zu erbitten. Eine solche Maßnahme ist gegebenenfalls ausreichend zu begründen."

Ich hielt für einen Augenblick den Atem an. Das war etwas Neues. Verwirrt drehte ich mich um und winkte abwehrend zu Rhodan hinüber, der bereits im Begriff war, die rote Linie zu überschreiten. Dabei bemerkte ich, daß sich der Strukturspalt im Wabenschirm wieder geschlossen hatte.

Rhodan sprang sofort zurück. Er schien begriffen zu haben. Außerdem mußte er sehen, daß ich mein Kommandogerät erneut an die Lippen zog.

„Imperator an Sicherheitsschaltung A-1", gab ich akzentuiert durch. „Die im Interesse des Sternenreichs unerläßlichen Erfordernisse sind gegeben. Die von mir angeforderten Altspeicherdaten weisen aus, daß es um die Existenz des Imperiums geht. Das unter dem Begriff ‚Zentrumskrieg' bekanntgewordene Zerwürfnis mit dem arkonidischen Urvolk ist in ein neues und akutes Stadium getreten. Die Akonen haben das Große Imperium vor zwei Monaten angegriffen, indem der dritte Planet durch den Aufbau eines Zeitfelds in die seit fünfzehntausend Jahren vergangene Epoche des Imperators Metzat zurückversetzt wurde. Die damals lebenden Arkoniden, im relativistischen Sinn seit Jahrtausenden vergangen, erwachten zu einem neuen, unverständlichen Leben. Eine altarkonidische Schlachtflotte griff die Erde an, die ihrerseits nicht von einem Zeitfeld beeinflußt wurde. Die Beseitigung des von Unbekannten eingeschleusten Zeitumformers brachte uns zurück in den Normalzustand. Diese Daten sind bekannt."

„Sie sind bekannt, Euer Erhabenheit", bestätigte die alles überlagernde Sicherheitsschaltung. „In welchem Bezug stehen die von Euch genannten Fremden zu den Geschehnissen?"

Ich überlegte krampfhaft. Ein Robotgehirn war nur durch reine Logik zu überzeugen. Es wäre sinnlos gewesen, zu erklären, Rhodan wolle sich die uralten Filmberichte nur einmal zum Zweck der Information ansehen. Ich mußte überzeugender argumentieren.

„Die Situation der heutigen Arkoniden ist ebenfalls bekannt. Um den Angriff des Stammvolkes abwehren zu können, muß die Waffenhilfe des Solaren Imperiums in Anspruch genommen werden. Seine Administrative Exzellenz, Perry Rhodan, muß persönlich von der Sachlage überzeugt werden. Sein Begleiter fungiert als Adjutant mit besonderen, paranormalen Fähigkeiten."

„Können diese Fähigkeiten im Interesse des Sternenreichs eingesetzt werden?"

Ich hatte bereits gewonnen. Kurz nach meiner Bestätigung meldete sich A-1 erneut.

„Der Antrag Euer Erhabenheit ist nach erfolgter Durchrechnung der verfügbaren Unterlagen unter Vorbehalt genehmigt worden."

„Unter Vorbehalt?"

„So bestimmt es meine Programmierung, Euer Erhabenheit. Den Nichtarkoniden ist der Zutritt zum Vorführraum sieben erlaubt. Andere Sektoren des Regentgehirns dürfen von den Fremden weder betreten, noch mit Hilfe der Fernbeobachtung besichtigt werden. Die von Euch als notwendig erachtete Waffenhilfe zwingt mich im Sinn meiner Befehlsgebung zur Einlaßerteilung. Weitere Zugeständnisse können nicht gewährt werden."

Ich war froh, wenigstens diese Zusage erhalten zu haben. Gegen meinen Willen bewunderte ich die weise Voraussicht jener Mäner, die diesen Riesenroboter in jahrhundertelanger Arbeit erbaut und programmiert hatten. Sie hatten nichts übersehen. Selbst mein Leben wäre keinen Pfifferling mehr wert gewesen, wenn ich es nunmehr noch gewagt hätte, Rhodan anderswo hinzuführen, als es angeordnet war.

Ich wartete, bis der fahrbare Datenaufnehmer neben mir hielt. Erst dann öffnete sich im Energieschirm der Strukturspalt. Ich schritt nochmals hinaus und winkte Rhodan zu. Er blieb stehen. Seine Haltung war sprungbereit.

Ich spürte seine argwöhnischen Blicke. Jetzt war er wieder der vorsichtige Terraner, der kühl und gelassen die Sachlage überdachte.

Zugleich fühlte ich das nagende Bohren in meinem Hinterkopf. Die an Bord der IRONDUKE wartenden Telepathen des Mutantenkorps versuchten, meinen Bewußtseinsinhalt zu erkunden, obwohl sie seit vielen Jahren wußten, daß dies gegen meinen Willen unmöglich war.

Ich blockte mich mit Hilfe meines aktivierten Extrahirns sofort ab, womit ich für die Telepathen parapsychisch stumm wurde.

Der mißlungene Versuch ärgerte mich durchaus nicht. Besonders Gucky, der vorwitzige Mausbiber, konnte es niemals unterlassen, mich wieder und wieder auf die Probe zu stellen.

Bestürzend war für mich nur die Erkenntnis, daß die Mutanten bestimmt nicht ohne Befehl gehandelt hatten.

Natürlich hatte Rhodan, der ewig Mißtrauische, angeordnet, mir nach Möglichkeit einige Gedankenfetzen zu entreißen.

Ich unterdrückte meinen Ärger. Dieser Terraner würde es nie lernen.

Ich schaltete mein tragbares Funksprechgerät an und sagte ironisch in das Mikrophon: „Vielen Dank für den Vertrauensbeweis, Barbar. Falls die Herren Mutanten der IRONDUKE mithören sollten, dann lassen Sie sich gesagt sein, daß die paramentalen Schnüffelversuche nach wie vor sinnlos sind."

Rhodans Haltung entspannte sich. Gleich darauf lachte er, und da konnte ich ihm nicht mehr böse sein. Er war und blieb eben ein Terraner.

Er löste sein FSp-Gerät vom Gürtel und hielt es vor den Mund. „Du hattest Schwierigkeiten. Wieso?"

„Sicherheitsschaltung A-1."

„Aha, verstanden. Es war wohl neu für dich, oder?"

„Du hast es mit treffender Logik erfaßt."

„Gelobt sei dein Humor, Arkonide. Kann man nunmehr ohne Gefahr nähertreten?"

„Du darfst den Vorführraum sieben betreten, das ist alles."

„Oh, demnach gibt es mehrere."

„Man sollte es annehmen."

Er lachte entwaffnend. Zusammen mit Tama Yokida setzte er sich langsam in Bewegung. Meine Augen wurden feucht, als die beiden Männer die rote Gefahrenlinie überschritten. Es war ein Zeichen meiner tiefen Erregung. Wie würden sich der Regent, vordringlich aber die Sicherheitsschaltung fernerhin verhalten? Es wäre unvorstellbar gewesen, wenn Rhodan im Verlauf eines Freundschaftsbesuchs ums Leben gekommen wäre.

Ich atmete auf, als beide Männer unbeschadet die Individualaufnahme überstanden hatten. Ich wartete, bis sich die Detektorhauben von ihren Köpfen lösten und die nochmals anrufende A-1-Schaltung die erfolgte Registrierung bestätigte.

Die unter der fernen Stahlkuppel aufmarschierten Kampfroboter verschwanden. Immerhin hielt mich das Gehirn für zuverlässig genug, mir die Aufsicht über Rhodan und Yokida anzuvertrauen.

Ich klärte den großen, grauäugigen Mann hastig auf und endete mit den Worten: „Macht keine Dummheiten, ich bitte dringend darum. Auch Sie, Tama, sollten auf telekinetische Spielereien verzichten."

Ich wandte mich ab. Ein Prallfeldgleiter brachte uns zu der flachen, kaum aus dem Boden hervorragenden Stahlkuppel hinüber, in die ein Antigravlift mündete. Die Schaltanlagen des Gehirns waren von meinen Ahnen weit unter der Oberfläche erbaut worden.

Rhodan und der Telekinet folgten mir auf dem Fuß. Sie wichen auch nicht aus meiner Spur, als wir in zweitausend Meter Tiefe die letzten Panzerschleusen durchschritten. Damit betraten wir das geheimnisvolle Labyrinth einer Technik, die von den heutigen Arkoniden nicht mehr beherrscht wurde.

Meine ehrwürdigen Ahnen, die – ganz genau genommen – eigentlich meine Nachkommen gewesen waren, da ich schon fünftausend Jahre früher geboren worden war, hatten aber auch daran gedacht. Der Regent reparierte sich selbst.

Ein waffenloser Spezialrobot erwartete uns am Eingang zu Vorführraum Sieben. Die Stahltore glitten zurück. Vor uns lag ein rechteckiger Saal mit gewölbter, säulengestützer Decke.

Außer gewaltigen Bildschirmen, einem hufeisenförmigen Programmierungstisch und der aus der Wand ragenden Stahlhülle eines Endstufenelements war nichts zu sehen.

Vor dem größten Schirm standen bequeme Gliedersessel, in denen bereits die größten Wissenschaftler und Staatsmänner der arkonidischen Geschichte gesessen hatten.

Ich deutete wortlos auf die Sitzgelegenheiten. Die Vorführung war vorbereitet. Ich konnte auf eine detaillierte Befragung verzichten, da die schon vor Tagen abgerufenen Speicherdaten im koordinierten Logiksektor der hiesigen Endstufe verankert worden waren.

Ehe ich den für Rhodan und mich wahrscheinlich bedeutungsvollen, wenn nicht entscheidenden Auslöseimpuls gab, stellte ich möglichst zwanglos fest: „Perry, dein unverhoffter Vorstoß in das Blaue System, was anscheinend nur mit einem Linearschiff möglich ist, hat eine Lawine von verschiedenartigen Ereignissen ausgelöst. Deine Ermittlungen sind richtig. Die Vorarkoniden, richtiger Akonen genannt, sind die Stammväter der dir bekannten Arkoniden, zu denen auch ich gehöre. Für die Mitglieder des großen Rates von Arkon ist diese Tatsache äußerst bedauerlich."

„Warum?"

Ich blickte ihn sinnend an. „Die im Gehirn gespeicherten Daten beweisen, daß vor etwa zwanzigtausend Jahren irdischer Zeitrechnung ein fürchterlicher Krieg zwischen den Akonen und meinen Vorfahren ausbrach. Es ging um verbriefte Rechte, Autarkieansprüche, Handelsbeziehungen und andere Dinge, die wir immer wieder als Ursache verheerender Auseinandersetzungen anzusehen haben. Man hat dir im sogenannten Blauen System erklärt, dieser Krieg sei noch nicht vergessen, was auch die letzten Geschehnisse beweisen. Die Akonen versuchen, die in deiner Person aufgetauchte Gefahr zu beseitigen. Du bist gefährlich geworden, denn du besitzt den Linearantrieb."

Rhodan schaute mich starr an.

„Ja“, antwortete er einsilbig.

„Der Regent stellt mit hundertprozentiger Sicherheit fest, daß deine Beseitigung sowohl den Untergang Terras als auch den des Arkonidenreichs bedeuten würde. Andererseits würdest du fallen, wenn ich nicht mehr wäre, denn ich beherrsche die arkonidische Raumflotte. Es bleibt sich demnach gleich, wo die Akonen ansetzen. Das ist der Grund, weshalb ich dich um dein Erscheinen gebeten habe.“

„Ist die Aussage des Regenten wirklich so ausweglos eindeutig, Sir?“ warf Tama Yokida ein.

„Noch auswegloser. Wenn ich nicht mehr Imperator sein sollte, wird meine Flotte Terra angreifen, daran gibt es keinen Zweifel. Wenn Terra auf andere Art geschwächt wird, kann ich mich meiner zahlreichen Gegner nicht mehr erwehren. Wir sind aufeinander angewiesen. Kann ich anfangen?“

„Einen Moment noch“, sagte Rhodan tonlos.

Ich wurde aufmerksam und schließlich unruhig. Sein hageres Gesicht hatte sich gespannt. „Ja, bitte?“

„Dein Funkspruch erreichte mich während meiner Startvorbereitungen. Ich plante und plane noch, das Blaue System ein zweites Mal anzufliegen, um dort zu versuchen, die Zerwürfnisse zu bereinigen.“

Es wurde still in dem großen Saal. Rhodan achtete aufmerksam auf meine Reaktion. Ich war nicht sonderlich überrascht. Das Vorhaben sprach für seinen stets wachen Sinn für strategische Notwendigkeiten.

„Ich verstehe. Findest du die Mitteilung besonders ungewöhnlich?“

In seinem Gesicht zuckte kein Muskel. Er war nur etwas blasser geworden. „Wenn ich offen vor mir selbst sein soll – ja. Ich hatte nicht die Absicht, dich vorzeitig zu informieren.“

Er stand auf und trat vor mich hin. Einen Augenblick maßen wir uns mit Blicken.

„So“, sagte ich stockend.

„Die innerpolitische Situation im Arkonsystem ist bekannt“, erklärte er hastig. „Ich hielte es für gefährlich, meine Absichten jetzt schon bekanntzugeben.“

„Ich hätte sie meinen unfähigen Ministern bestimmt nicht unterbreitet“, erklärte ich bitter. „Du wolltest also ohne mein Wissen starten, obwohl wir gleichzeitig angegriffen worden sind. Was gedenkst du nun zu tun?“

Wieder trafen sich unsere Blicke. Er drehte sich langsam um und ging an seinen Platz zurück. Von dort aus erklärte er: „Deine Nachricht lief zur rechten Zeit ein. Ich hatte nicht angenommen, die dunkelsten Ahnungen terranischer Forscher so kraß bestätigt zu sehen."

„Also hast du deine Meinung geändert, Administrator?"

Rhodan lächelte schwach, und ich glaubte plötzlich zu verstehen, warum er mich nicht hatte informieren wollen. Ich war eine Schattenfigur auf Arkons Thron, auch wenn ich alles versuchte, die unhaltbar werdenden Zustände zu beseitigen.

„Nenne mich nicht so, Freund. Du hättest auf alle Fälle vom Ergebnis des Fluges erfahren."

Das war immerhin *eine* positive Mitteilung. Ich begann ohne weitere Rückfragen mit der Vorführung.

„... startete die Zwöfte arkonidische Schlachtkreuzerflotte unter Admiral Talur im Rahmen des vorbereiteten Gegenschlagprogramms zur Zerstörung der akonischen Nachschubbasis Tarkta, dem vierten Planeten des Zentrumsystems Opogon. Flaggschiff war das Beibootmutterschiff HER-AKAL. Die Zwölfte Flotte im entscheidenden Angriff, der nach einem vierjährigen Rückzugsgefecht der Kolonisten ausschlaggebend zum Abfangen der Stammväteroffensive beitrug."

Die mechanische Stimme des Regenten übertönte den Waffenlärm. Die großen Bildschirme der 3-D-Rundsichtanlage zeigten ein Geschehen, das sich vor 20418 Jahren irdischer Zeitrechnung abspielte.

Der unter dem Begriff „Zentrumskrieg" in die Geschichte eingegangene Zwiespalt zwischen den Stammvätern der heutigen Arkoniden und den damaligen Frühkolonisten war schon 182 Jahre nach dem Beginn der Besiedlung des Kugelsternhaufens M-13 ausgebrochen.

Die mit den modernsten Mitteln der Väter ausgerüsteten und schnell autark gewordenen Auswanderer hatten es unter einem ungeheuren Aufgebot von Raumschiffen und Waffen aller Art verstanden, die im Sternhaufen M-13 lebenden Intelligenzen aller Klassifizierungsstufen im Zeitraum von knapp sechzig Jahren zu unterjochen.

So entstand das arkonidische Imperium. Etwa 180 Jahre nach der Landung des ersten Kolonistenschiffs kam es zu einem innerpolitischen Umsturz. Der imperialistische Absolutismus wurde ausgerufen, interne Widerstände rücksichtslos beseitigt.

Erster Imperator war Gwalon I., der sieben Jahre nach seinem

Amtsantritt das neue Reich für unabhängig erklärte und dabei durch einen ohne Warnung erfolgenden Blitzangriff versuchte, die im Sternhaufen M-13 liegenden Außenforts und Nachschubbasen der Stammväter zu vernichten.

Das Vorhaben gelang.

Die Stammväter zogen sich zurück, der Imperator wurde von ihnen jedoch nicht anerkannt. In der Folgezeit kam es zu dem elfjährigen Zentrumskrieg, in dem die Kolonisten, die sich von da an in geringer Abänderung ihres ursprünglichen Namens Arkoniden nannten, zu den heftigsten Auseinandersetzungen der akonischen Geschichte antraten.

Die zahlreichen Tonbildaufzeichnungen längst verstorbener Kameramänner zeigten Ausschnitte aus den Schlachten zwischen Arkoniden und Akonen, die zu jener Zeit bereits jenes zentrale Sonnensystem bewohnten, das Perry Rhodan im Verlauf eines Erprobungsflugs im März 2102 entdeckt hatte.

Zur Zeit schrieben wir den 16. Dezember 2102, doch wenn ich auf die Bildschirme sah, war mir, als wären die Geschehnisse erst wenige Augenblicke zuvor abgelaufen.

Die größten Flotten, die damals die Galaxis durcheilt hatten, prallten aufeinander. Zehntausende von Raumschiffen aller Art, darunter die damals neuentwickelten Riesen der Achthundertmeter-Klasse, spien Tod und Verderben.

Ich war froh, als die Filmberichte ihrem Ende zugingen.

Abschließend meldete sich der Regent: „Die Auswertung aller Gegebenheiten während des Zentrumkriegs und die Hinzufügung der neuerdings bekanntgewordenen Daten beweisen mit hundertprozentiger Sicherheit, daß die Stammväter identisch sind mit den Akonen. Die Behandlung, die Seine Administrative Exzellenz, Perry Rhodan, auf den Akonwelten erfahren hat, sagt eindeutig aus, daß man dort den Krieg noch nicht vergessen hat. Die durch das terranische Lineartriebwerk entstandene Gefahr muß von den Akonen als besorgniserregend angesehen werden. Weitere Angriffe in der bekannten Art sind zu erwarten. Die Existenz eines bläulich leuchtenden Schutzschirms, der nach den Grunddaten ein ganzes Sonnensystem umschließen soll, ist identisch mit einer technisch-wissenschaftlichen Weiterentwicklung von höchster Vollkommenheit. Es wird angeraten, mit den Akonen eine Verständigung zu suchen. Das terranische Lineartriebwerk bietet die Möglichkeit, das für Sprungschiffe undurchdringliche Feld zu durchstoßen. Es sollte versucht werden, die arkonidische Robotflotte mit wenigstens zehntausend schweren Einheiten auf den Weg zu bringen. Erforderlich sind Lineartriebwerke."

Ich sah rasch zu Rhodan hinüber. Schwer atmend, mit geschlossenen Augen saß er in seinem Gliedersessel.

„Abgelehnt."

Ich fuhr zusammen. Selten habe ich Rhodan so kalt und reserviert sprechen hören. Der Regent registrierte den Ausspruch und verarbeitete ihn. Schon Sekunden später hatte er die logische Konsequenz gefunden.

„Damit wird ein Überraschungsangriff illusorisch, es sei denn, es gelänge den Terranern, das Blaue System mit Hilfe der zur Verfügung stehenden Spezialschiffe zu öffnen, um einer konventionellen Flotte den Einflug zu ermöglichen."

„Darüber können wir sprechen, wenn die von mir beabsichtigten Friedensverhandlungen abgelehnt werden sollten. Ferner sehe ich zu einem Blitzangriff nach altarkonischem Beispiel nicht den geringsten Grund."

Rhodan sprach ebenso tonlos wie vorher. Er schien zutiefst erregt zu sein.

„Euer Exzellenz übersehen die strategische Notwendigkeit eines Überraschungsangriffs ohne vorhergehende Warnung."

„Deine Logik ist bestechend, Regent, aber von Menschen kann eine Handlung in deinem Sinn nicht verlangt werden."

Ich sagte keinen Ton. Rhodan mußte selbst wissen, daß unser Robotgehirn nicht anders sprechen konnte. Seine Mitteilungen waren als Ergebnis mathematischer Berechnungen zu bewerten. Die Mathematik kennt aber keine menschlichen Gefühle.

„So sehe ich vorerst keine gangbaren Wege zu einer Lösung ohne eigenes Risiko", erklärte die Riesenmaschine. „Es wird empfohlen, Friedensverhandlungen einzuleiten, vorausgesetzt, die Stammväter haben ähnliche Wünsche. Ich sage mit 99prozentiger Sicherheit voraus, daß alle Versuche sinnlos sein werden. Das Verhalten der Akonen bei der Landung seiner Exzellenz war eindeutig abweisend, ihre weiteren Handlungen zeugten von Intoleranz, und die kommenden Geschehnisse werden beide Imperien an den Rand des Abgrunds bringen, falls keine bessere Lösung gefunden wird. Die technische Übermacht der Akonen gilt als bewiesen. Sie besitzen ebenfalls Lineartriebwerke und dazu eine nichtstoffliche Form des Materialtransports über weiteste Entfernungen hinweg. Ich rate dringend zu einem folgerichtigen Überdenken meiner Ausführungen. Ende.“

Der Regent schaltete ab. Einen Moment war mir, als wäre er beleidigt, was natürlich unsinnig war.

Das Licht leuchtete auf. Rhodan sah mich mit einem gezwungenen Lächeln an. Er räusperte sich heftig. Da fühlte ich, daß auch meine Kehle wie ausgetrocknet war.

„Sehr rücksichtsvoll waren deine Ahnen nicht“, meinte er gedehnt. „Ich gestehe ehrlich, daß mir etwas bange wurde. Ich hätte sie nicht als Gegner haben mögen.“

„Zu dieser Zeit lebte auf der Erde der Steinzeitmensch. Es bestand keine Gefahr für ihn.“

„Eine wenig stichhaltige Entschuldigung für dieses Wüten, von dem sogar unbeteiligte Völker betroffen wurden. Wirklich, nie werde ich mich dazu hinreißen lassen, dem Rat des Gehirns zu folgen, um damit in die Fußstapfen deiner Vorfahren zu treten. Ich starte in einer Stunde.“

Er erhob sich rasch und blickte auf die Uhr. Ich dagegen gab es auf, für die Handlungen meiner Väter eine Begründung finden zu wollen. Worte konnten da ohnehin nichts mehr gutmachen.

Rhodan wußte nun, wie wir das Große Imperium gegründet hatten. Ich versuchte, folgerichtig zu überlegen. Seine Reaktion berührte mich nicht, denn ich war der gleichen Meinung. Das Vorgehen der alten Arkoniden war unentschuldbar. Als noch schlimmer aber war ihr Angriff auf das Heimatsystem zu bewerten, was ich auch anführte.

„Natürlich“, regte sich Perry auf, „natürlich war es ungerechtfertigt. Man greift nicht den Stammvater und Lehrmeister aus dem Hinterhalt an, wenn man der Meinung ist, infolge der erlangten Reife auf seine Dienste verzichten zu können. Das ist ein Verbrechen.“

Ich schaute zur Seite. Was hätte ich antworten sollen?

Rhodan bemerkte meine zwiespältigen Gefühle, was ihn wieder zugänglicher werden ließ.

„Sie sind ja nicht daran schuld, Sir“, warf Tama Yokida ein.

Ich raffte mich eben zu einem müden Nicken auf, als Rhodan plötzlich zusammenfuhr. Sein Kopf ruckte förmlich in den Nacken, und seine Augen schlossen sich.

Fast gegen meinen Willen glitt meine Linke nach oben, bis sie den auf meiner Brust befestigten Schalter berührte. Zusammen mit dem Aufbrummen meines Schirmfeldgenerators vernahm ich Perrys Warnung. Er mußte etwas vernommen haben, was weder Tama noch ich hatten hören können.

Rhodans Hand griff zur Waffe, der hochgewachsene Körper spannte sich zum Sprung – doch da geschah bereits etwas, was ich hier, in den hermetisch abgeschlossenen Bezirken des Robotgehirns niemals erwartet hätte.

Während mein Abwehrschirm sich aufbaute, bemerkte ich eine rotschimmernde Leuchterscheinung dicht vor den geschlossenen Panzerpforten des Vorführraums. Ich brauchte einige Augenblicke, um zu begreifen, was eigentlich geschah, denn einen akonischen Spezialtransmitter hatte ich in dieser Form noch nie gesehen.

Rhodan sprang nach vorn, Yokida folgte ihm. Ich stand noch wie erstarrt, als sich die Erscheinung bereits aufblähte und die Form eines Torbogens mit einem schwarzen Innenraum annahm. Es war, als hätte sich alles verflüchtigt, was hinter der roten Bogenlinie lag.

Da sprang ich ebenfalls zurück, um hinter einem Gliedersessel in Deckung zu gehen. Erst Sekundenbruchteile später gewahrte ich die grünen, irisierenden Wellenbündel, die aus dem Leuchtbogen hervorschossen, um sofort den großen Saal auszufüllen.

Rhodan rief etwas, was ich nicht verstehen konnte. Als seine Worte erstarben und seine flach auf dem Boden liegende Gestalt sich starrkrampfartig versteifte, wußte ich, was inmitten der streng gesicherten Schaltanlagen des Robotgehirns geschah.

Mein Extrahirn erinnerte mich an Rhodans Bericht, in dem von dieser eigenartigen Erscheinung gesprochen worden war. GRÜNES LEUCHTEN hatte er die gleichfarbige Flut deutlich erkennbarer Strahlungsimpulse genannt. Auf dem Hauptplaneten des Blauen Systems sollten die Akonen damit versucht haben, die Besatzung des ersten Linearforschungsschiffs kampfunfähig zu machen. Der Effekt äußerte sich in einem mehr oder weniger schnellen Erstarren aller Nervenreflexe, wobei Denkvermögen, Gehör- und Gesichtssinn jedoch nicht beeinflußt wurden.

Es dauerte nur die Zeitspanne eines halben Atemzugs, bis ich endlich verstanden hatte. Der Energiebogen war ein akonischer Materietransmitter, aus dem sich die Lähmungsstrahlung hervorschob. Wie das fremde Gerät in die Tiefbunker des Regenten hereingekommen war, interessierte mich im Augenblick nicht. Ich mußte handeln.

Mein lauter Ruf wurde von Rhodan sicherlich gehört, aber er

konnte ihn schon nicht mehr beantworten. Er und Tama Yokida waren ungeschützt von dem grünen Leuchten überrascht und schneller aktionsunfähig gemacht worden, als ich es mir nach Rhodans Erzählungen hatte vorstellen können. Wahrscheinlich war hier in dem großen Vorführsaal mit einer wesentlich höheren Intensität gearbeitet worden.

Auch ich fühlte bereits ein eigenartiges Ziehen und Kneten, das nahe meinen Waden begann, um sich schnell nach oben fortzupflanzen.

Von aufkommender Panik hochgepeitscht, sprang ich hinter dem deckenden Gliedersessel hervor. Im selben Moment gab der Regent Alarm. Ich hörte das schrille Heulen der Sirenen und Lärmpfeifen, was mir wieder etwas Mut gab.

Wenn es den Kampfrobotern noch gelang, die schweren Sicherheitspforten mit der darin eingebetteten Strahlschutzschleuse schnell genug zu durchschreiten, waren wir gerettet. Das grüne Leuchten an sich war gefahrlos, solange niemand da war, der die von dieser Waffe erzeugte Erstarrung für seine Zwecke auszunutzen vermochte.

Ich warf mich neben Rhodan zu Boden. Sein Gesicht war verzerrt. Als ich seinen Körper berührte, fühlte er sich bretthart an. Auch Yokidas Arm hatte die Festigkeit von Stein angenommen.

Rhodan hielt seine Waffe in der ausgestreckten Hand. Er war nicht mehr zum Feuern gekommen, da es nichts gab, worauf er hätte schießen können. Das Transmitterfeld hätte ohnehin nicht von einem Waffenstrahl beseitigt werden können, zumal von dem Projektorgerät nichts zu bemerken war. Außer dem roten Torbogen mit seinem tintenschwarzen Innenraum war nichts zu sehen.

Ich rief über mein Kommandogerät das Gehirn an, nachdem ich darauf verzichtet hatte, bis zur Tür vorzuspringen. Dort mußte die Strahlung am intensivsten sein, und ich wollte noch solange wie möglich aktiv bleiben.

Meine Beine begannen bereits zu erstarren. Trotzdem wurde mir in diesem Augenblick klar, daß mein starker Individualschirm das Erstarrungsfeld für einige Zeit neutralisiert hatte. Jetzt aber konnte es mich nicht mehr länger schützen.

Verzweifelt riß ich die unhandliche Strahlwaffe hoch, um doch zu versuchen, den Transmitterbogen zu beseitigen. Ich bezwang mich im letzten Augenblick. Wahrscheinlich hätte ich mit dem Thermostrahl die direkt hinter der Erscheinung liegende Eingangstür so zerschmolzen, daß sie ohne besondere Hilfsmittel nicht mehr geöffnet werden konnte. Ich hoffte aber auf das Eintreffen der Robots, also durfte ich es nicht tun.

Dazu sagte mir mein Logiksektor in aller Eindringlichkeit, daß die Erzeugung des Feldes und der grünen Waffenstrahlung nicht umsonst geschehen war. Wenn man jemand auf diese Art kampfunfähig zu machen versuchte, so konnte es nur den einen Sinn haben, diesen Jemand in willenlosem Zustand anzutreffen.

Ich wartete auf diesen Augenblick, der eine knappe Sekunde später auch kam. Hinter den Stahltoren des Vorführraums regte sich noch nichts. Wo blieben die Wachroboter des Gehirns? Ein furchtbarer Gedanke kam mir. Hatten die Unbekannten mit Hilfe ihrer überragenden Technik etwa dafür gesorgt, daß die Robots nicht erscheinen konnten?

Ich konnte den Gedanken nicht zu Ende denken. Innerhalb der bogenartigen Feldlinien begann die tiefe Schwärze zu verlaufen. Ein grelles, violettes Licht glomm auf, und darin materialisierten zwei hochgewachsene, fremdartig gekleidete Gestalten.

Das also waren die geheimnisvollen Akonen, die meine Vorfahren einmal so erbittert bekämpft hatten. Ich durfte nicht länger zögern. Mein Körper war bereits bewegungsunfähig geworden. Die Starre griff nach meinen Schultern und begann die Funktion der Armmuskulatur zu beeinflussen.

Mit letzter Kraft zog ich meine Schockwaffe hoch. Der eine Akone bemerkte es, sprang nach vorn und richtete seinerseits eine mir unbekannte Waffe auf mich.

Ich drückte ab.

Zu einem zweiten Schuß kam ich nicht mehr. Etwas schlug mit fürchterlicher Gewalt gegen meinen Schutzschirm, der die Belastung nicht ausgleichen konnte.

Ich hörte das schrille Aufheulen des Tornisterprojektors. Zugleich fiel mein Schirm in sich zusammen. Der zweite Eindringling hatte auf mich geschossen.

Meines Feldschutzes beraubt, wurde ich sofort von dem grünen Leuchten voll erfaßt und übergangslos in einen starrkrampfähnlichen Zustand versetzt.

Jemand näherte sich. Ich hörte Schritte. Ein schmales, ausdrucksloses Gesicht erschien in meinem Sehbereich. Die flimmernde Mündung einer fremden Waffe tauchte auf, doch der Unbekannte verzichtete auf einen zweiten Schuß. Er schien zu wissen, daß ich nun ebenfalls von dem grünen Leuchten erfaßt worden war.

Er kümmerte sich nicht länger um meine Person. Seine Beine, die ich eben noch erkennen konnte, bewegten sich aus meinem Blickwinkel. Augenblicke später bemerkte ich an den entstehenden Geräuschen, daß einer der Terraner weggeschleift wurde. Es war Tama Yokida, was ich wenig später sehen konnte. Den Transmitterbogen konnte ich noch erfassen.

Anschließend folgte Rhodan. Der Eindringling zog ihn zu dem Energiegebilde hinüber, stieß den reglosen Körper des Administrators hinein und wartete, bis die Entmaterialisierung vollzogen war.

Danach kam ich an die Reihe. Ich fühlte nichts, als ich über den Boden gezerrt wurde. Ich wurde zwischen die Feldlinien geschoben. Vom Entstofflichungsvorgang spürte ich überhaupt nichts. Nur meine noch wachen Sinne umwölkten sich so plötzlich, wie es bei Raumschiffstransitionen üblich war.

Nun ja – mehr als eine Transition im weitesten Sinne konnte es nicht sein. Mein letzter Gedanke galt dem kläglich versagenden Robotgehirn. Es hatte genügend Zeit gehabt, um eingreifen zu können. Weshalb war es nicht geschehen? Und außerdem: Wie war es den Akonen gelungen, ein transportables Transmittergerät in die Schaltstationen zu bringen?

Wenn es im Verlauf des letzten Überfalls geschehen war, wobei ein Zeitfeld alle gegenwärtigen Einflüsse überlagert hatte, so war die Aufstellung des Geräts vollauf erklärt.

Das löste aber noch nicht die Frage, wieso es nach der Normalisierung der Zeiteffekte nicht entdeckt worden war. Ein solcher Apparat mußte anmeßbare Impulse ausstrahlen. Weshalb waren sie nicht aufgefangen worden?

Ich kam nicht mehr dazu, nach einer Erklärung zu suchen. Die Entmaterialisierung löschte meinen bewußten Denkvorgang übergangslos aus.

Alles an ihr war faszinierend. Sie gehörte zu jenen Frauen, die es auf Grund ihrer Erscheinung und ihres Auftretens verstehen, Geist und Charme miteinander zu verknüpfen.

Ich musterte sie mit betonter Aufdringlichkeit.

Dabei bemerkte ich die Harmonie ihres schmalen, ausdrucksvollen Gesichts und das im Licht fluoreszierende Kupferrot ihrer Haare.

Sie war schön und in ihrem Gesamteindruck tatsächlich faszinierend. So mußten die Arkonidinnen der Eroberungszeit ausgesehen haben. Für mich stand es außer Frage, daß sie eine Vertreterin der Stammväter war.

Rhodan und Tama Yokida waren ebenfalls wach. Die Rematerialisierung im Transmitter einer uns unbekannten Station schien ohne Zeitverlust geschehen zu sein.

Wir wußten nicht, wo wir uns befanden. Eine Reise durch das übergeordnete Kontinuum des Hyperraums läßt keine Rückschlüsse auf vergangene Zeitspannen und ohnehin nur relativistische Entfernungen zu.

Wir ruhten auf schmalen Klappbetten, in die man uns bereits gelegt hatte, noch ehe die von dem grünen Leuchten erzeugte Starre von uns gewichen war.

Auf diesen Lagern hatten wir die Gewalt über unsere Glieder zurückgewonnen, aber damit hatten wir praktisch überhaupt nichts erreicht.

Der Lärm unbekannter Maschinen und verschiedene Merkmale ließen vermuten, daß wir uns an Bord eines nicht sehr großen Raumschiffs befanden.

Zwei weitere Vertreter des Akonenreichs hatten nach dem Mädchen die enge Kabine betreten. Die hochgewachsenen Männer hielten Waffen in den Händen.

Schon wenige Augenblicke nach der Rückkehr meiner körperlichen Kräfte hatte ich feststellen müssen, daß man mir den Rückentornister mit den darin eingebauten Projektoren und Kraftumformern abgenommen hatte. Nur der auf meiner Brust hängende Zellaktivator war noch an Ort und Stelle. Wußte man etwa, wie lebenswichtig dieses Gerät für mich war?

Das Mädchen – oder die junge Frau – trug eine knappsitzende Kombination. Nur der kurze, an den Schultern geraffte Umhang aus einem violett fluoreszierenden Material war etwas ungewöhnlich.

Sie betrachtete uns der Reihe nach.

„Hallo, Auris von Las-Toór, wie geht es Euch?“ hörte ich plötzlich eine Stimme. Rhodan sprach ein gutes Altarkonidisch.

Natürlich beherrschte ich die Sprache der Ahnen gleich gut. Ich war überrascht, bis mir einfiel, daß er bei seinem Erfahrungsbericht eine junge, akonische Wissenschaftlerin erwähnt hatte. War das dieses Mädchen? Mein Interesse steigerte sich noch.

Ihr samtbraunes Gesicht wurde blaß. Wenn sie so erzogen war wie arkonidische Mädchen früherer Zeiten, mußte sie von Rhodans Anruf schockiert sein. Gespannt wartete ich auf ihre Reaktion. Sie kam so, wie ich es vermutet hatte.

Ihre beiden Begleiter sahen unwillig zu Perry hinüber, der sich soeben von seinem Lager aufrichtete. Eine kurze Handbewegung der Akonin warnte ihn. Er verzichtete darauf, die bereits erhobenen Füße auf den Boden zu setzen.

Sein ironisches Lächeln ließ die Akonin erneut die Farbe wechseln. Von da an war ich sicher, daß sie Rhodan kannte. Was hatte sie an diesem Terraner beeindruckt?

Seine hohe Gestalt, die Kühle seiner Augen, oder gar das geheimnisvolle Fluidum seiner Unsterblichkeit?

Rhodan konnte es nicht unterlassen, sie zu reizen. Ich hielt das bei unserer derzeitigen Situation für gefährlich.

„Wir haben uns also doch noch einmal wiedergesehen", erklärte er gelassen. „Allerdings unter Umständen, die den Friedenswillen Eures Volkes fraglich erscheinen lassen."

Sie verkrampfte die langen, schlanken Finger um den Saum ihres Schulterumhangs.

„Ich möchte Euch dringend ersuchen, erst dann zu sprechen, wenn Ihr dazu aufgefordert werdet", erklärte sie scharf. „Es ist ungehörig, vor dem Gastgeber das Wort zu ergreifen."

Ich war keineswegs überrascht. Ich kannte die Sitten und Gebräuche meiner frühen Vorfahren aus eingehenden Studien. Auf Rhodan mußte das Wörtchen „Gastgeber" sehr eigenartig wirken. Wahrscheinlich ahnte er nicht, daß man diesen Ausdruck auch dann gebrauchte, wenn er sinngemäß nicht zutreffend war.

Rhodan zeigte auch prompt sein berühmt-berüchtigtes Lächeln. „Sagtet Ihr Gastgeber? Ich kann mich nicht erinnern, eingeladen worden oder freiwillig erschienen zu sein. Solltet Ihr nicht die Tatsachen verwechseln, Madam?"

Die beiden Akonen sahen über ihn hinweg, als wäre er nicht vorhanden. Ich hatte die Berichte der terranischen Expeditionsmitglieder von dem Regenten auswerten lassen. Daraus ging klar hervor, daß man sowohl Terraner als auch Arkoniden als lästig ansah.

Zum erstenmal in meinem Leben verspürte ich jenen Hochmut am eigenen Leibe, mit dem die Vertreter meines Volkes viele Jahrtausende lang andere galaktische Intelligenzen behandelt hatten.

Wahrscheinlich sah man in mir nicht den Imperator eines großen Sternenreichs, sondern einen in die Barbarei abgesunkenen Kolonistenhäuptling mit fehlerhaften Manieren.

Rhodan war weniger geduldig und einsichtig als ich. Zorn glomm in seinen hellen Augen auf.

Er stand auf, obwohl die Waffen drohten. Auris von Las-Toór wurde unsicher. Ihr Blick sagte mir alles. Das war es also, was sie an Rhodan faszinierte. Er, der erst seit wenigen Jahren bekannte Emporkömmling aus einem unbedeutenden Planetensystem, wagte es, den Vertretern eines überlegenen Volkes offen die Stirn zu bieten. In dieser Art hatte er vor vielen Jahrzehnten die Mitglieder einer arkonidischen Forschungsexpedition behandelt, mit dem Erfolg, daß eine Arkonidin aus vornehmster Familie seine Frau und ein arkonidischer Spitzenwissenschaftler sein bester Freund geworden waren.

Ich richtete mich erregt auf. Meine Augen schmerzten. Auris' Aufmerksamkeit galt jetzt mir. Gegen mein besseres Wissen hatte ich mich entschlossen, Rhodans Taktik zu übernehmen.

„Ihr sprecht mit dem Herrscher über ein Planetenreich", erklärte ich scharf. „In mir seht Ihr Imperator Gonozal VIII., Gebieter über das arkonidische Imperium. Ich fordere Aufklärung über Euer unentschuldbares Verhalten, das weder den guten Sitten noch den diplomatischen Gepflogenheiten entspricht."

Sie musterte mich mit einem rätselhaften Blick. Ihre Begleiter schwiegen beharrlich.

„Es ist mir bekannt, mit wem ich es zu tun habe", behauptete Auris.

„So verlange ich Informationen über den Sinn Eurer Maßnahmen, die – den Umständen entsprechend – sehr leicht zu einem ernsthaften Zerwürfnis zwischen den Völkern führen können."

Sie sah mich mit einer Mischung aus Mitleid, Interesse und Stolz an. „Ich bin nicht beauftragt worden, auf Eure wenig stichhaltigen Argumente einzugehen."

„Was ist also Euer Auftrag?"

„Den ich Menschenraub und ein Verbrechen nenne", fügte Perry hinzu.

Sie verfärbte sich. Zorn schimmerte in ihren dunklen Augen. „Die Beschlüsse des Regierenden Rates von Akon sind weder dies noch jenes. Ich bin das ausführende Organ. Ich darf Euch ersuchen, meine Anweisungen widerspruchslos zu befolgen."

Sie neigte flüchtig den Kopf und wollte gehen. Rhodans Worte hielten sie zurück. Jetzt zeigte er wieder sein seltsames Lächeln. Auch seine Sprache hatte sich gewandelt. Perry dachte nicht mehr daran, nach diplomatischen Richtlinien zu handeln. Was er sagte, war hart und unmißverständlich.

„Mir scheint, Madam, der Überheblichkeit Eures Volkes gebührt ein Dämpfer. Ich darf Euch versichern, daß die von Euch befohlene Entführung von zwei intergalaktisch bekannten Staatsmännern nicht ohne Folgen bleiben wird. Wenn Euer sogenannter Regierender Rat an dem terranischen Hypertriebwerk interessiert sein sollte, so darf ich dazu bemerken, daß ein Vorgehen in dieser Form keinesfalls dazu geeignet ist, Politiker und Militärs des Solaren Imperiums zur Freigabe der Unterlagen zu bewegen. Ihr überschätzt Eure Macht, Auris von Las-Toór."

Sie schien zu überlegen, bis sie schließlich ging, ohne zu antworten. Als sich das Schott hinter ihr und den beiden Akonen geschlossen hatte, legte sich Rhodan wortlos auf das Lager. Er verschränkte die Hände unter dem Kopf und schloß die Augen.

Ich wollte etwas sagen, doch Tama Yokida winkte hastig ab. Da wußte ich, daß Perry hoffte, daß die Telepathen an Bord der IRONDUKE seine Gedankenimpulse aufspüren konnten, wenn er intensiv an sie dachte.

Auf Rhodans Stirn erschienen feine Schweißperlen.

Es dauerte einige Minuten, bis sich der Terraner entspannte. Rhodan gehörte nicht zu den Männern, die sich ohne weiteres entführen lassen. Wie leicht hätten wir durch unglückliche Umstände ums Leben kommen können. Ich war ja nicht sehr weit vom Tode entfernt gewesen. Man hatte auf mich geschossen, was mir bewies, daß man bereit gewesen war, mich unter Umständen zu opfern. Daraus ließen sich einige Schlüsse ziehen.

Verblüfft über meine eigenen Gedankengänge, stellte ich fest, daß man anscheinend nur mit Rhodan gerechnet hatte. Ich war ein unliebsamer Störenfried gewesen, den man wahrscheinlich mitgenommen hatte, weil es sich nun einmal so ergeben hatte.

Rhodan schien ähnliche Überlegungen anzustellen. Natürlich fragte er sich, wieso die Akonen im genau richtigen Augenblick hatten erscheinen und die Betäubungswaffe einsetzen können. Dieses Rätsel bedurfte einer baldigen Lösung.

„Du sprichst doch Japanisch?" sprach mich Perry an.

Ich brauchte einige Augenblicke, bis ich die in dieser Sprache gestellte Frage verstanden hatte. Ich mußte schleunigst umdenken. „Seit einigen Jahrhunderten. Ich war dabei, als Kublai Khans Flotte versuchte, das japanische Inselreich anzugreifen, bis die Schiffe vom Göttersturm zerschlagen wurden."

Tama Yokida sah mich neugierig an. Mein Japanisch war veraltet und wohl kaum noch verständlich.

„Sehr gut", meinte Rhodan. Argwöhnisch sah er sich in dem kleinen Raum um, schließlich blickte er auf die Uhr. Er benutzte weiterhin die Sprache des Inselstaats. „Natürlich werden wir belauscht. Man wird aber einige Zeit benötigen, um die noch nie gehörten Laute mit mechanischen Geräten zu übersetzen. Etwa vierundzwanzig Stunden, schätze ich. Wir können also reden."

Tama zog sich eben zur Tür zurück, als draußen laute Geräusche aufklangen. Sirenen und Lärmpfeifen begannen zu schrillen. Unbekannte Personen liefen schnell an der anscheinend nicht sehr starkwandigen Tür vorbei.

Schon Augenblicke später begannen mächtige Maschinen zu dröhnen. Für den Bruchteil eines Augenblicks kamen starke Beharrungskräfte durch, bis sie von einem offenbar anspringenden Andruckabsorber aufgefangen wurden.

Tama war zu Boden gestürzt. Ich fand mich auf meinem Klappbett wieder. Nur Rhodan hatte sich noch rechtzeitig mit Armen und Beinen abstützen können.

Nun wußten wir also bestimmt, daß wir uns in einem Raumschiff befanden, das anscheinend überstürzt auf Fahrt gebracht worden war.

„Die Ratten verlassen das sinkende Schiff", meinte Perry spöttisch. Der Ausdruck seiner Augen wollte mir nicht gefallen. Ich ahnte etwas.

Er blickte mich voll an, ehe er in knapper Formulierung sagte: „Ich glaube jetzt, daß mich Gucky, Marshall, Betty Toufry und Fellmer Lloyd verstanden haben. Ich bin sicher, daß dieses Schiff vor wenigen Augenblicken von der IRONDUKE ausgemacht und angemessen wurde. Claudrin nimmt die Verfolgung auf. Deshalb ist man auch so hastig gestartet. Der Transmitter ist wahrscheinlich schon vor zwei Monaten in den Hohlräumen des Regenten stationiert worden, als man versuchte, den Ablauf der Zeit zu verändern. Nur so konnte es möglich sein, uns einfach zu entführen. Ein Gerät dieses Raumschiffs diente als Gegenstation."

„Langsam, langsam", wehrte ich ab. „Das sind Theorien. Woher sollte man den richtigen Zeitpunkt erkannt haben?"

„Vermutlich hat der Regent festgestellt, daß deine letzte Hypersendung an mich angepeilt worden ist. Ich vermute, daß man den Wortlaut herausgefunden und daraus geschlossen hat, ich würde bald auf Arkon eintreffen."

„Womit aber nicht gesagt war, daß ich dich in die Schaltstation des Regenten bringen würde. Etwas stimmt nicht an deinen Behauptungen."

Er winkte ab. „Das ist auch relativ unwichtig. Auf alle Fälle war man über mein baldiges Eintreffen informiert. Wäre ich nicht zur Filmvorführung erschienen, hätte man mich wahrscheinlich anderweitig finden können."

Ich gab es auf, nach einleuchtenden Erklärungen zu suchen. Es war ohnehin sinnlos.

Er fuhr fort: „Wenn die Mutanten mich gehört haben – und davon bin ich nun überzeugt – ist inzwischen folgendes geschehen: Claudrin hat die Erde angerufen und in meinem Namen Alarm angeordnet. Bully startet mit allen verfügbaren Einheiten der Solaren Flotte und springt in Richtung Blaues System durch den Hyperraum. Die vorhandenen Lineareinheiten werden in diesem Augenblick starten. Außerdem wird der Robotregent in deinem Namen angewiesen, die arkonidische Flotte auf Zielkurs zu bringen, ebenfalls in Richtung Blaues System. Atlan, wenn es uns gelingt, dieses Raumschiff rechtzeitig zu verlassen, wird Oberst Jefe Claudrin versuchen, den systemumspannenden Energieschirm der blauen Sonne Akon aufzuspalten, um der nachfolgenden Flotte einen Durchschlupf zu verschaffen."

Ich fühlte die plötzliche Trockenheit in meiner Kehle. Rhodan hatte schnell und kompromißlos gehandelt. War es richtig gewesen? Überschätzte er nicht die Macht der vereinigten Imperien? Hatte er voll erfaßt, was es hieß, gegen einen solchen Feind loszuschlagen?

War es überhaupt ein Feind im Sinn des Wortes? Ja, es mußte wohl so sein. Die beiden akonischen Angriffe aus dem Hinterhalt waren mehr als eine Provokation gewesen. In beiden Fällen war es um die Existenz der Menschheit und wahrscheinlich auch um die des Großen Imperiums gegangen.

Dazu kam jetzt noch die Tatsache der Entführung mit Waffengewalt. Es war von den Akonen sehr unklug gewesen, Rhodan und mich zu überwältigen. Das mußte politische Komplikationen mit sich bringen.

Rhodan unterbrach meine Gedanken. „Du solltest mich soweit

kennen, daß ich nicht leichtfertig eine Auseinandersetzung mit unübersehbaren Folgen heraufbeschwöre. Mein Plan ist es, mit Hilfe der IRONDUKE, die in der Lage ist, den blauen Schirm der Akonen zu durchdringen, jene Kraftstationen zu finden, von denen aus der gigantische Schirm mit Energie versorgt wird. Gelingt es uns, diese Stationen zu vernichten, werden die Akonen ihres wirksamsten Schutzes beraubt und dadurch gezwungen, mit uns friedlich zu verhandeln. Die in Warteposition rund um den blauen Schirm befindliche Flotte hat lediglich die Aufgabe, nach Erlöschen des Schirms in das System einzudringen und eine abschreckende Wirkung zu erzielen, die es uns ermöglichen sollte, den Konflikt mit den Akonen friedlich beizulegen. Keineswegs denke ich daran, Akon tatsächlich anzugreifen. Natürlich wäre es mir lieber, wenn es ohne derartige Machtdemonstrationen ginge. Vielleicht gelingt es uns zu fliehen, bevor wir das Akonsystem erreichen. Die Mutanten haben von mir Anweisung erhalten, auf Lebenszeichen von uns zu achten. Sollten wir aber innerhalb einer Frist von 20 Stunden nicht frei sein, wird die IRONDUKE in das Akonsystem eindringen und innerhalb des blauen Schirms nach uns suchen."

Ich dachte an die unheimlichen Waffen und Geräte, die wir im Zuge unserer unfreiwilligen Bekanntschaft mit den Akonen bereits kennengelernt hatten.

„Man wird unsere Schiffe schneller vernichten, als wir es uns vorstellen können, Perry."

Diesmal huschte ein Lächeln über seine Lippen. Sinnend schüttelte er den Kopf. „Da haben wir den Gedankenfehler. Ich weiß bestimmt, daß man im Blauen System schon seit Jahrtausenden auf die Raumfahrt verzichtet. Man arbeitet mit enorm leistungsfähigen Großtransmittern, die den intergalaktischen Verkehr bewerkstelligen. Es gibt nur noch wenige Kleinraumschiffe von dem Typ, den wir hier unter unseren Füßen haben. Ich kann mir deshalb nicht vorstellen, wie man eine Riesenflotte vernichten sollte, vorausgesetzt die jeweiligen Kommandanten sind vorsichtig genug, außer Schußweite von kosmischen Forts oder bodengebundenen Abwehrfestungen zu bleiben."

Die Lawine rollte also. Ich versuchte mir vorzustellen, was nun auf der Erde und den solaren Planeten geschah.

Tausende von Raumschiffen, darunter die Übergiganten der Imperiumklasse, würden nach einem vorbereiteten Plan in das All rasen. Die neuen Zerstörer-Mutterschiffe der Terraner würden ebenfalls

Fahrt aufnehmen, und die Piloten der kleinen, ungeheuer schnellen Boote würden ihre Anweisungen erhalten.

Das Solare Imperium war erwacht, daran gab es keinen Zweifel mehr. Auf den Welten des arkonidischen Imperiums mußten sich ähnliche Vorgänge abspielen. Ich kannte die unwahrscheinliche Präzision der zahlreichen Robotflotten.

Was hätte ich in dieser Situation noch tun sollen? Eigentlich wunderte ich mich selbst über meine Bedenken. Was hinderte mich daran, mir die Rhodansche Logik zu eigen zu machen?

Ich fand keine Lösung. Dennoch wußte ich, daß es wahrscheinlich keine andere Möglichkeit mehr gab, als den Stammvätern zu beweisen, wie ernst die Situation werden konnte.

Tama Yokidas Worte schreckten mich auf. Der Mutant stand dicht vor der geschlossenen Tür und suchte sie mit den Blicken ab.

„Ich kann das Schloß leicht öffnen", sagte er übergangslos. „Ein relativ einfacher Impulsgeber sperrt die Riegel. Entweder bewege ich sie gegen den Druck der Haltertaste, oder ich bringe die sechs Schleifkontakte miteinander in Berührung. Das würde die Tür automatisch öffnen, aber ich kann nicht sagen, ob trotz der ordnungsgemäßen Impulsgebung irgendwo ein Alarmzeichen ausgelöst wird."

Ich vergaß die seelische Last meines hohen Alters und mein Aufbegehren gegen Rhodans Planung.

Plötzlich war ich nur noch der Arkonidenadmiral Atlan, der nach seiner schicksalhaften Verbannung mit den Bewohnern des Planeten Erde viele hundert Jahre lang gekämpft und gelitten hatte.

Dieser Tama Yokida war ein typischer Vertreter der Menschheit. Während ich noch mit Rhodan diskutierte, hatte er bereits ein Plänchen geschmiedet, das er nun bekanntgab.

Rhodan hatte sofort verstanden. Ein schneller Blick traf mich. Ich nickte. Wir hatten uns nichts mehr zu sagen.

Perry sah auf die Uhr. „Wir können immer noch ungestört sprechen. Die japanische Sprache dürfte selbst dem besten Automatübersetzer einige Rätsel aufgeben. Gibt es hier Spionobjektive?"

Tama lehnte sich mit dem Rücken gegen die Tür und blickte wie unbeteiligt zur gegenüberliegenden Wand hinüber.

„In der rechten Ecke, dicht unterhalb des Siebgitters der Entlüftung."

Rhodan blickte nicht hin. Ich konnte den Ort unauffälliger einsehen.

„Stimmt", bestätigte ich.

Die Spannung wuchs in mir. Rhodans Haltung wirkte alarmierend.

Schließlich fragte er mit einem wissenden Lächeln: „Du mußt doch seit Monaten oder Jahren um dein Leben bangen, Imperator, oder?"

Ich sagte nichts. Wir kannten uns viel zu gut. Ich wußte, was er damit ausdrücken wollte. Natürlich hatte ich nicht darauf verzichtet, zusätzlich zu meiner normalen, deutlich sichtbaren Gürtelwaffe ein zweites Verteidigungsgerät für den Notfall am Körper zu tragen. Es befand sich noch an Ort und Stelle.

Die Untersuchung durch die Akonen war durchaus nicht flüchtig ausgefallen, jedoch schienen sie sich nicht vorstellen zu können, daß ein Mann von meinem hohen Stand gezwungen sein könnte, zu solchen armseligen Tricks zu greifen, um sich bezahlte Mordbuben oder halbirre Fanatiker vom Leib zu halten.

„Was hast du aufzuweisen?"

Diesmal sah mich Perry voll an. Yokidas Gesicht hatte sich gespannt.

„Das Ehrengeschenk des Großen Rates von Arkon. Ein dreifarbiger Impuls-Maschinenschreiber zur raschen Anfertigung künstlerisch wertvoller Schriftstücke befindet sich noch in meiner Brusttasche."

„Oh! Interessant! Und was ist sonst noch in der Tasche?"

Ich ertappte mich bei einem ausgesprochenen Lausbubengrinsen. „Niemand weiß, daß die genialsten Mikromechaniker der Milchstraße, die Gurkenleute von Swoon, einen Miniaturstrahler eingebaut haben. Es geschah mit der liebenswürdigen Erlaubnis von Mercant."

Er runzelte die Stirn. Allan D. Mercant schien darüber keine Aktennotiz angelegt zu haben. Ein Zeichen für die Bedachtsamkeit dieses Mannes.

Rhodan sah schon wieder auf die Uhr. Schließlich begann er mit dem vorbereiteten Spiel.

„Verflixt heiß hier", stellte er unwillig fest.

Er entdeckte das Zu- und Abluftgebläse. Sich mit dem Handrücken über die schweißbedeckte Stirn fahrend, erhob er sich von dem Lager und ging auf das Gitter zu, wo er sein Gesicht in den Frischluftstrom hielt.

Tama Yokida blickte mich auffordernd an. Ich hatte mittlerweile überlegt.

„Nicht mit Gewalt öffnen, es sei denn, mein Vorhaben gelänge nicht. Abwarten."

Er nickte, und ich begann damit, die Schubladen der Einbauschränke zu durchwühlen. Rhodan kam wieder zurück. Es war noch nicht an der Zeit, das Kameraobjektiv ständig zu verdecken.

„Suchst du etwas?"

„Schreibmaterial, Impulsfolien oder gewöhnliches Papier", sagte ich ärgerlich.

„Oh ..."

Augenblicke später schritt ich zu dem großen Bildschirm hinüber. Er war dicht neben der Tür in die Stahlwand eingelassen. Die Triebwerke rumorten immer noch mit hohen Schubwerten.

Als ich nach den richtigen Knöpfen suchte, leuchtete der Bildschirm auf. Auris von Las-Toór wurde erkennbar. Sie rief aber nicht etwa deshalb an, weil sie meine Wünsche erahnt hatte.

„Sucht bitte Eure Lager auf", sagte sie, „und verschafft Euch einen festen Halt. Das kommende Flugmanöver wird Euch belasten."

Sie war ausgesprochen abweisend, was sich jedoch sofort änderte, als Rhodan rasch sagte: „Nanu, sind Eure Lineartriebwerke so wenig durchkonstruiert, daß körperliche Beschwerden auftreten können? Das gibt es bei uns nicht."

Das Mädchen schien empört. Rhodan schaute zu dem Wandschirm hinüber. Sein Gesichtsausdruck war ganz dazu geeignet, auch wenig empfindsame Gemüter in Wallung zu bringen.

„Das zu beurteilen, solltet Ihr den akonischen Wissenschaftlern überlassen, Exzellenz."

Rhodan verneigte sich ironisch. „Das ist mein Titel, Madam, vielen Dank für Eure Freundlichkeit. Darf ich eine Bitte äußern?"

„Beeilt Euch, das Manöver erfolgt in drei Minuten."

„Der Imperator benötigt Schreibmaterial zur Abfassung einer Beschwerde an die Vertreter Eurer Regierung. Impulsfolien, wenn es hier so etwas gibt. Ein Spezialschreiber ist vorhanden."

„Ich werde es veranlassen."

Sie nickte uns reserviert zu und schaltete ab. Ich ging hüstelnd zu meinem Lager hinüber und legte mich darauf. Dabei bewunderte ich wieder einmal Rhodans Verstand, mit dem er in wenigen Augenblikken meinen Plan erfaßt hatte. Es war besser, die Tür von den Akonen öffnen zu lassen.

An den sicherlich aufgestellten Wachen wären wir ohnehin nicht ohne Gewaltanwendung vorbeigekommen. Ich zog es demnach vor, sie offiziell eintreten zu lassen.

Tama und Rhodan legten sich ebenfalls hin. Sekunden später begann es links von uns zu donnern. Ich ahnte, daß man nun das rätselhafte Hypertriebwerk zur gradlinigen Fortbewegung in Gang gesetzt hatte.

Wenn das Akonenschiff in den Linearraum vorstieß, konnte die IRONDUKE uns nicht mehr folgen. Die Telepathen waren dann von uns abgeschnitten und mit dem Relieftaster konnte man nur in den Normalraum zurückkehrende Schiffe orten. Deshalb mußten wir unter allen Umständen in die Zentrale gelangen. Nur dort konnten wir etwas erreichen.

Es erfolgte eine heftige Erschütterung, die mit einem kurzen, ziehenden Schmerz verbunden war. Mein Blick verschleierte sich für die Länge eines Atemzugs, um anschließend wieder normal zu werden.

Das war alles gewesen. Schrill läutende Glocken schienen eine Art von Entwarnung zu geben. Ich richtete mich wieder auf.

Rhodan stocherte sich mit den kleinen Fingern in den Ohren herum.

„Hm – das war beinahe eine Entstofflichung. Offenbar ein Übergangsschock zur Halbraumzone. Warum vermeiden sie das nicht? Oder“, er überlegte angestrengt, „sollte die unangenehme Begleiterscheinung wissentlich wegen einer wichtigen, technischen Gegebenheit in Kauf genommen werden?“

Auch ich war überrascht. Der Übergang zu der dimensional unstabilen Halbraumzone erfolgte auf terranischen Spezialschiffen ohne bemerkbare Komplikationen. Mir fiel dazu etwas ein.

„Die Meßergebnisse des Regenten wiesen beim Auftauchen eines ähnlichen Akonschiffs keine Stoßwellenfront aus. Könnte es sein, daß man – genau wie ihr Terraner – ebenfalls erschütterungsfrei fliegt, wenn man nicht zu einem besonderen Manöver gezwungen wird? Mir scheint, als wäre uns deine IRONDUKE etwas zu dicht auf den Pelz gerückt.“

Rhodan nickte gedankenverloren und wandte sich an den Japaner. „Tama – sind Sie fertig?“

Der Mutant erhob sich.

Rhodan gab einige knappe Anweisungen. Es war klar, daß wir versuchen mußten, die Zentrale zu erreichen. Die Besatzung des Schiffes konnte nicht sehr groß sein. Dennoch hatten wir keine Aussicht, die Männer des akonischen Energiekommandos der Reihe nach auszuschalten.

Dagegen konnte die Zentralbesatzung wahrscheinlich überwältigt werden, vorausgesetzt, es gelang uns, den Kontrollraum zu erreichen.

Rhodan gab noch einige Informationen über den inneren Aufbau dieser Raumschiffe. Gucky hatte einmal in das Innere eines Akonraumers eindringen können. Damit stand fest, daß es im Verhältnis zu unseren eigenen Raumschiffen kaum einen Unterschied gab. Schließlich waren wir Arkoniden aus den Akonen hervorgegangen, und die Terraner bauten genau nach unserem Vorbild.

Uns kam es allein darauf an, die Zentrale vorübergehend zu besetzen, den Linearflug aufzuheben und den Raum für eine kurze Zeit absperren zu können.

Rhodan erhob sich erneut, um sein schweißfeuchtes Gesicht in den Luftstrom des Umwälzgebläses zu halten.

Sie waren zu dritt gekommen; zwei bewaffnete Wächter und ein unbewaffneter Offizier mit seltsamen Rangabzeichen auf dem Brustteil seiner Uniformkombi.

Die Posten trugen handliche Schockwaffen unbekannter Bauart. Die Mündungen waren nach unten gerichtet.

Tama Yokida stand so, daß er die Türfüllung im Auge behalten konnte. Rhodan hatte sich mit dem Rücken gegen die Wand gelehnt. Hinterkopf und Halsansatz waren dem Gebläse zugekehrt. Damit mußte er mit seinen breiten Schultern zwangsläufig das Spion-Objektiv verdecken.

Der große Bildschirm war nicht in Tätigkeit. Wahrscheinlich würde er auch nicht mehr funktionieren, da Yokida etwas „zu sachverständig“ an den Justierungsknöpfen herumgespielt hatte. Was er bei der Gelegenheit mittels seiner telekinetischen Kräfte in den Schaltkreisen des Geräts angerichtet hatte, konnte ich mir ungefähr vorstellen.

Ich saß auf meinem Lager und sah dem Offizier entgegen. Wir mußten ihn zwingen, tiefer in die Kabine zu treten.

Der Offizier schien die Anweisung erhalten zu haben, höflich und zurückhaltend zu sein. In der Rechten trug er einen transparenten Kasten mit grauweißen Impulsfolien, die in ähnlicher Form auf Arkon verwendet wurden.

Er trat näher, blieb vor mir stehen und neigte den Kopf. „Wir hoffen, Euer Erhabenheit, daß dieses Material für die Positivimpulse Eures Schreibers brauchbar ist. Wenn nicht, müßtet Ihr Euch mit meinem Klarzeichner zufrieden geben.“

„Verfügt er über ein gedrucktes Schriftbild?"

„Nein, Euer Erhabenheit. Ihr müßtet den Reizstrahl mit der Hand führen."

Jetzt wußte ich, daß man meinen „Spezialgriffel" doch unter die Lupe genommen hatte. Außerdem schienen Rhodans und meine Beschwerden über die eventuellen politischen Auswirkungen der Entführung Früchte getragen zu haben. Die Akonen benahmen sich plötzlich sehr zuvorkommend. Ob man mittlerweile erkannt hatte, welche Komplikationen dieser „diplomatische Mißgriff" bereits gezeitigt hatte? Die Verfolgung durch die IRONDUKE konnte nicht unbemerkt geblieben sein. Vielleicht hatte man auch die Funksprüche ihres Kommandanten aufgefangen.

Der Offizier zog eine Folie aus dem Kasten und legte sie auf eine mitgebrachte Unterlage. Ich griff unbewegt in die Tasche, zog meinen nur fingerstarken, knapp vierzehn Zentimeter langen Impulsschreiber hervor und schob dabei die mikroskopisch kleine Feuersicherung zurück. Es war wunderbar, was die Swoon in dem kleinen Hohlraum untergebracht hatten.

Der thermisch wirksame Nadelstrahl war zehnmal dünner als das feinste Frauenhaar. Er basierte nicht auf einer katalysierten, gleichgerichtet abgestrahlten Fusionsenergie, sondern arbeitete mit ultrahoher Lichtverstärkung, was prinzipiell die gleiche Wirkung ergab.

Yokidas Blick wurde starr. Eindringlich sah er zu den Wächtern hinüber, deren Waffenmündungen im Verlauf der kurzen, so völlig harmlosen Diskussion noch weiter herabgesunken waren. Sie wiesen deutlich auf den Fußboden.

Ich erhob den Kopf und richtete den winzigen Strahler dozierend auf den zwei Schritte zurücktretenden Offizier.

Rhodan konnte vorerst nicht eingreifen. Er mußte mit dem Rücken die Kamera verdecken. Ich hob die getarnte Waffe zielend an. Der Akone fühlte sich indirekt angesprochen und neigte lauschend den Kopf.

„Wie gut oder wie schlecht sind die Erkenntnisse Eurer medizinischen Wissenschaftler?" erkundigte ich mich.

Er zeigte sich bestürzt. „Seid Ihr verletzt worden, Euer Erhabenheit?"

„Nein, aber ich werde *Euch* leider verwunden müssen. Es ist nicht sehr schlimm."

Ich drückte ab. Ein sonnenheller Lichtblitz, lautlos, aber selbst durch die schnell geschlossenen Lider hindurchscheinend, zuckte in die rechte Schulter des Akonen.

Er fuhr kaum zusammen, doch dann begann er zu wanken, um schließlich auf den Boden zu stürzen. Ultrastrahler wirkten bei einer so feinen Fokuseinstellung niemals tödlich, wenn man nicht ein lebenswichtiges Organ durchschoß. Dafür aber erzeugten sie infolge ihrer thermischen Energie einen solchen Schmerz, daß ein Getroffener in fast allen Fällen sofort das Bewußtsein verlor.

Es war im Bruchteil einer Sekunde geschehen. Tama Yokida ging weiter sanft vor. Seine unbegreiflichen Kräfte hatten die beiden Posten erfaßt und sie auf den Boden geschleudert. Ich sprang hinzu und betäubte die Männer durch die kurzzeitige Drosselung der Blutzufuhr zum Gehirn. Diese Art der Bewußtseinsausschaltung war mir von Fartuloon, dem „Bauchaufschneider" am Hof meines Vaters beigebracht worden.

Diese Erinnerungen drangen flüchtig auf mich ein, als der zweite Wächter die Besinnung verlor. Hastig richtete ich mich auf.

Yokida war schon dabei, die versteckte Bildaufnahme zu zerstören. Er ging dabei so vorsichtig zu Werke, daß es für einige Minuten wie ein normaler Schaden aussehen mochte.

Rhodan sprang wortlos nach vorn, nahm die Schockwaffen der Posten an sich und warf eine davon dem Mutanten zu. Wir sprachen kaum etwas. Es war alles klar.

Der schmale Gang vor der Kabine war leer. Das Dröhnen des Triebwerks übertönte das Poltern unserer Stiefel. An der Gangbiegung angekommen, versuchten wir, uns zu orientieren. Den Geräuschen nach zu urteilen, mußten wir uns auf dem Äquatordeck befinden, von dem aus die Schotte der Zentrale erreicht werden konnten.

Wenn die akonische Raumfahrt nach unseren Gesichtspunkten arbeitete, dann durfte es in diesen Regionen keine Schwierigkeiten geben. Auf dem Äquatordeck hatte niemand etwas zu suchen, da hier weder Gefechts- noch Manöverstationen lagen.

Wir rannten weiter. Die Besinnungslosen würden nach etwa fünf Minuten erwachen und Alarm schlagen. Vielleicht war man durch den Ausfall der Bilderfassung auch schon aufmerksam geworden. Wir mußten jetzt alles riskieren.

Der Laufgang begann sich zu runden. Es war typisch für ein Kugelzellenschiff. Wenige Meter weiter wurde eine Sternpunktabzweigung erkennbar. Sie mußte zur konzentrisch eingelagerten Zentrale führen.

Hier konnte uns eher jemand begegnen, da an dieser Stelle normalerweise die Liftschächte eingebaut waren.

Vorsichtig spähte Rhodan in den Quergang hinein. Es war aber niemand zu sehen. Augenblicke später standen wir vor den kreisrunden Außentoren einer Luftschleuse. Es war klar, daß sie zur Zentrale gehörte.

Unbewegt drückte er auf den Öffnungsschalter. Das Stahlschott schwang zurück.

Wir wußten, daß innen die Kontrollampen aufleuchten würden.

Wir traten ein, schlossen das Luk und betätigten den Schalter des Innentors.

Ich machte mich darauf gefaßt, von Männern mit schußbereiten Waffen empfangen zu werden. Mir war, als wären seit der Überwältigung der Akonen schon Tage vergangen. Ein Blick auf die Uhr verriet mir, daß noch keine viereinhalb Minuten verstrichen waren.

Langsam schwang das Innentor der Schleuse zurück. Gedämpftes Licht flutete in den kaum erhellten Raum. Die Köpfe von zwei Akonen wurden erkennbar. Rücken und Schulterpartien wurden von hochlehnigen Kontursesseln verdeckt. Außer diesen Männern konnten wir infolge des geringen Blickwinkels nichts sehen.

Tama Yokida sprang zuerst. Ich folgte, Rhodan kam hinter mir. Dabei hieb er mit der waffenlosen Linken auf den innen angebrachten Verschlußschalter.

Ich hörte jemand schreien. Der Mutant stand breitbeinig, in leicht vorgeneigter Haltung in der relativ kleinen Zentrale und fixierte die Anwesenden mit seinen Blicken.

Es waren fünf Männer und eine junge Frau – Auris von Las-Toór. Sie ruhte in einem abseits stehenden Konturlager, woraus hervorging, daß sie mit der Schiffsführung nichts zu tun hatte. Wahrscheinlich verstand sie wenig von den Hauptkontrollen eines überlichtschnellen Raumschiffs.

Ich drehte mich rasch um, richtete meinen Mikrostrahler auf die erkennbaren Fugen zwischen Panzerschott und Wand und drückte ab. Schmerzhafte Helligkeit peinigte meine Augen, aber das Material begann sofort zu zerlaufen. Ich erzeugte einige dicke Schweißnähte, die mir die Gewißheit gaben, daß man diese Tür ohne besondere Hilfsmittel nicht mehr öffnen konnte.

In dem Augenblick sagte Rhodan: „Verhalten Sie sich ruhig, dann passiert Ihnen nichts. Betrachten Sie sich als unsere Gefangenen."

Damit war aus unserem Vorgehen eine legitime militärische Handlung geworden.

Ein hochgewachsener Akone kauerte sich plötzlich in seinem Sessel zusammen und griff zur Waffe. Tama Yokida schoß zuerst. Der Akone brach bewußtlos zusammen.

Auris schrie. Fassungslos sah sie uns an.

Alarmpfeifen begannen zu schrillen. Wir achteten nicht darauf. Die vier restlichen Mitglieder der Schiffsführung regten sich nicht. Schweigend sahen sie uns an. Nur Auris' Gesicht zuckte.

Rhodan ließ ihr keine Zeit zur Besinnung. „Gebt den Befehl, den Hyperflug sofort zu unterbrechen und ins Normaluniversum zurückzukehren. Ich spaße nicht, Madam!"

Ich bemerkte, daß sie flüchtig zu einem sehr großen Bildschirm hinübersah. Ein eingeblendeter, auslaufender Stachel wies auf eine noch kleine, blaue Sonne. Es handelte sich wohl um das Muttergestirn des Akonsystems. Bei dieser Art des Überlichtflugs sollte der Zielstern immer sichtbar sein.

Auris zögerte.

Ein anderer Akone hüstelte, als sie laut und deutlich anordnete: „Befolgt die Anweisung!"

Rhodan kniff argwöhnisch die Augen zusammen. Auch ich wurde sofort mißtrauisch. Ihre Zustimmung war etwas zu schnell gekommen.

Als die Hand des Offiziers nach vorn ruckte, wo sie einen grünleuchtenden Schalter berührte, schrie ich laut: „Hinlegen, die Schockwelle!"

Ich ließ mich zu Boden fallen. Rhodan und Tama folgten meinem Beispiel. Man wollte uns in unserer stehenden Position überraschen, durch die Stoßfront der Halb-Entstofflichung für einige Sekunden hilflos machen, um anschließend zu versuchen, uns zu überwältigen. Ich vernahm das seltsame Murmeln und Raunen, wie es bei Transitionen auftrat. Nur war es hier nicht so stark. Der ziehende Schmerz kam.

Schon konnte ich wieder klar sehen. Ich hatte mich mit angeschlagener Waffe hinfallen lassen. Die aufleuchtenden Bildschirme der Rundumgalerie bewiesen, daß wir uns wieder im sternfunkelnden Einsteinuniversum befanden. Der Linearflug war tatsächlich unterbrochen worden.

Was aber noch erstaunlicher war: Niemand tat das, was ich logischerweise erwartet hatte. Keiner der Akonen griff zur Waffe oder unternahm etwas, was wir als für uns gefährliche Handlung hätten auffassen können.

Auris lächelte. Innerlich zutiefst beunruhigt, sah ich sie an.

„Warum diese unbequeme Lage?" meinte sie maliziös.

Ihre Haltung war mir rätselhaft. Ich fühlte, daß wir einen Fehler begangen hatten. Welchen aber?

„Vorsicht!" sagte Rhodan heftig.

Sein Gesicht war verkniffen. Mit zwei Sätzen war er an den Schaltelementen. Sich mit dem Rücken dagegen lehnend, konnte er die vier männlichen Besatzungsmitglieder nun von vorn sehen. Seine Waffe drohte.

„Machen Sie keine Dummheiten!" warnte er.

Die vier Männer verzogen keine Miene. Sie schienen durch uns und die Wände hindurchzublicken. Nur das Mädchen versuchte, etwas zugänglicher zu sein.

Rhodan sprach mich an. Er war erregt.

„Herkommen und aufpassen", sagte er hastig in Japanisch. „Ich werde versuchen, die IRONDUKE anzurufen."

Auris von Las-Toór verfolgte aufmerksam unsere Maßnahmen. Ich ertappte sie ein zweitesmal dabei, wie sie auf den großen, nun dunkel gewordenen Bildschirm der Halbraumortung blickte.

Was hatten wir versäumt?

Rhodan versuchte inzwischen mit Hilfe des Hyperkoms Verbindung zur IRONDUKE aufzunehmen. Da er einerseits die Bewachung der Akonen nicht vernachlässigen und andererseits der IRONDUKE den Weg weisen wollte, begnügte er sich damit, nur einen kurzen Notruf abzustrahlen. Danach schaltete er das Funkgerät auf Dauerpeilton. Ich hoffte, daß man auf der IRONDUKE die Signale empfangen und dementsprechend handeln würde. Vielleicht fingen die Telepathen auch wieder unsere Gedankenimpulse auf.

Trotzdem hatte ich ein beklemmendes Gefühl. Wir bewegten uns nur knapp unterhalb der Lichtgeschwindigkeit. Dies bedeutete, daß die IRONDUKE, wenn sie uns erreicht hatte, ein äußerst schwieriges und zeitraubendes Anpassungsmanöver fliegen mußte. Ich wußte, was es hieß, ein fast lichtschnelles Raumschiff mit Hilfe der Normalmaschinen anzufliegen, um zu versuchen, die Kurse zu koordinieren. Das bedeutete nicht nur ein gewaltiges Rechenexempel, sondern setzte auch astronautische Kenntnisse voraus, die hier, in dieser sternendichten Zone mit ihren vielen Energieeinflüssen unerhörte Anforderungen an die gesamte Besatzung der IRONDUKE stellen mußten.

Auris von Las-Toór musterte mich mit rätselhaften Blicken. Die Spannung in mir stieg ins Unermeßliche. Was wollte sie mir in dieser stummen Art zu verstehen geben?

Ich versuchte, ihr ein Lächeln zu schenken. Wahrscheinlich wurde eine verzerrte Grimasse daraus. Noch bedrückender war für uns das Schweigen der Akonen. Mir schien, als hätten sie sich ohne besonderes Nachdenken in ein Schicksal ergeben, das sie auf Grund der Sachlage durchaus nicht so widerstandslos hätten in Kauf zu nehmen brauchen.

Schließlich gab es außerhalb der Zentrale wenigstens fünfzig hochqualifizierte Wissenschaftler und Techniker, die doch einen Weg kennen mußten, um in die Zentrale eindringen zu können.

Ich an ihrer Stelle hätte zumindest versucht, mit Hilfe der Luftumwälzpumpen ein betäubendes Gasgemisch in den Raum zu blasen. Es war anzunehmen, daß es an Bord eines solchen Expeditionsschiffs derartige Chemikalien gab. Außerdem zeichneten sich in meinem fieberhaft arbeitenden Gehirn noch andere Möglichkeiten ab.

Warum tat man nichts? Das war doch anomal.

Draußen regte sich noch immer nichts. Man rief noch nicht einmal über die Bordverständigung an. Natürlich war ich mir darüber klar, daß man in den anderen Abteilungen des Schiffes bemerkt hatte, was in der Zentrale geschehen war. Als wir den Raum gestürmt hatten, waren zahlreiche Bildgeräte gelaufen, was man während eines so schwierigen Flugmanövers auch nicht anders hatte erwarten können. In solchen Situationen standen die einzelnen Schaltstationen eben mit dem Kommandoraum in Verbindung.

„Triebwerke abschalten, übergehen zum freien Fall", ordnete Rhodan mit rauher Stimme an.

Ich nickte ihm zu. Das war noch die einzige Möglichkeit, Claudrin das Anpassungsmanöver zu erleichtern.

Im selben Augenblick begann es irgendwo im runden Leib des Akonenschiffs zu rumoren. Ich hob lauschend den Kopf. Auris begann ein zweites Mal zu lächeln. Mit einer anmutigen Geste strich sie sich über ihr langes, kupferfarbenes Haar, von dem das schwache Licht der Beleuchtung tausendfältig reflektiert wurde.

Rhodan richtete sich auf. Langsam verließ er seinen Sitzplatz. Er schien etwas zu ahnen.

„Macht bloß keine Dummheiten, Auris!“ warnte er tonlos. „Ruft die übrigen Offiziere der Schiffsführung an und . . .“

Sie schüttelte verweisend den Kopf. Sie war ganz ruhig. Wieder bemerkte ich das Mitleid in ihren Augen.

„Zu spät, Euer Exzellenz“, behauptete sie. „Für die kommenden Geschehnisse kann niemand an Bord des Schiffes verantwortlich gemacht werden. Ihr habt übersehen, daß dies ein Schiff des akonischen Energiekommandos ist. Demnach werdet Ihr begreifen, wie ungeheuer stark und leistungsfähig der eingebaute Großtransmitter ist. Ihr hättet sofort nach Eurem Eintreten einen bestimmten Bildschirm zerstören sollen. In dem Fall hätte Euch die Zentrale weder sehen noch die galaktische Position des Schiffes anpeilen können. Nein, laßt es sein. Jetzt hat es keinen Sinn mehr.“

Rhodan ließ die schon erhobene Waffe sinken. Er schaute zu dem gewölbten Schirm hinüber, der während des Linearflugs einen klaren Blick in die Flugrichtung erlaubt hatte.

Es war eine seltsame Situation. Wir wußten, daß in wenigen Sekunden etwas Unbegreifliches geschehen mußte, und doch konnten wir nichts dagegen tun. Ich ließ resignierend meine kleine Waffe sinken. Die akonischen Offiziere zeigten keine Gefühlsregung.

Das Rumoren wurde zu einem dumpfen Donnern. Wenn es uns nun möglich gewesen wäre, die Zentrale zu verlassen, um den sicherlich nur langsam auf Leistung kommenden Schiffstransmitter zu zerstören, wäre alles gut gewesen, so aber standen draußen Bewaffnete. Es war alles sinnlos geworden.

Tama Yokida steckte zuerst seine Waffe in den Gürtel. Er hatte verstanden. Wortlos setzte er sich in einen Sessel, behielt die Akonen jedoch scharf im Auge.

Als das Donnern die Zelle erschütterte, begann Rhodans Körper sich zu versteifen. Eine unsinnige Hoffnung erfüllte mich. Hatten die Telepathen an Bord der IRONDUKE uns aufgespürt? Wir konnten es nicht wissen – nur erhoffen.

Wenn man uns gefunden hatte, würde dies bedeuten, daß die IRONDUKE sofort wieder in den Halbraum ging, um die unterbrochene Fahrt zum Blauen System fortzusetzen.

Ehe ich noch weiter überlegen konnte, wurde das kleine Akonenschiff von einer fürchterlichen Gewalt erfaßt.

Vor meinen Augen begannen die Konturen der Anwesenden zu verschwimmen. Rote Feuerräder zeichneten sich ab, und dann war nichts mehr. Ich erfaßte nur noch, daß dies die heftigste Entmaterialisierung war, die ich jemals erlebt hatte.

Die akonische Transmitterzentrale mußte mit einem ungeheuren Energieaufwand gearbeitet haben, um die immerhin beachtlich großen Maße des Raumschiffs entstofflichen und in der Form eines überdimensionalen Impulses übernehmen zu können.

Es war wie das Erwachen aus einem Alptraum. Stechende Schmerzen peinigten meinen Körper. Tama Yokida war anscheinend noch besinnungslos. Rhodan richtete sich ächzend vom Boden auf. Ich lag dicht neben ihm.

Man hatte sich nicht die Mühe gemacht, uns auf weiche Lager oder Kontursessel zu betten. Man war plötzlich unangenehm geworden.

Als sich mein Blick klärte, bemerkte ich, daß wir uns nicht mehr an Bord des Raumschiffes befanden. Wir lagen auf metallischen Platten ohne jede Eigenwärme. Beißende Kälte durchdrang meine dünne Uniform und schien sich in meinen steifen Gelenken festzusetzen.

Rhodan stieß einen terranischen Fluch aus, der mich noch munterer machte. Ich blickte mich um, doch damit begann auch schon mein Erstaunen.

Wir lagen auf dem Metallboden eines von durchsichtigem Material überdeckten Ganges, der weiter vorn in einer ebenfalls transparenten Luftschleuse endete.

Dicht dahinter stand ein knapp fünfzig Meter großes Kugelraumschiff mit abgeflachten Polen und einem übermäßig breiten, scharfkantig auslaufenden Ringwulst.

Ich war davon überzeugt, daß wir mit diesem Schiff entführt worden waren. Der Raumer an sich war aber augenblicklich unwesentlich. Viel aufregender, für mich direkt faszinierend, war das mehr als zweihundert Meter hohe, bogenförmige Leuchtgebilde, dessen heller Lichtschein meine Augen blendete.

Es bestand praktisch nur aus zwei turmstarken Energiesäulen, die oben spitzbogenförmig zusammenliefen. Dort verwandelte sich das helle Rot zu einem ultrahellen Violett. Zwischen den Energiesäulen des Riesentransmitters herrschte finstere Nacht. Mir war, als öffne sich dort der Eingang zur sagenhaften Unterwelt.

Der Kugelraumer stand dicht vor dieser Höhlung. Ich ahnte, daß wir daraus hervorgeschleudert worden waren, denn das kleine Schiff lag, offenbar erheblich beschädigt, auf dem Landefeld. Die linke Seite des Ringwulstes war eingedrückt worden. Maschinenteile waren ins Freie geschleudert worden.

Damit stand es für mich fest, daß dieser gewaltige Sprung durch das fünfdimensionale Kontinuum nicht alltäglich war. Man hatte zu einer Notlösung gegriffen, die wahrscheinlich beachtliche Gefahren in sich barg.

Roboter trugen reglose Gestalten vorbei. Eine davon erkannte ich. Es war ein Offizier der Zentralebesatzung. Von Auris war nichts zu sehen.

„Wir haben es besser überstanden als die Akonen", sagte Rhodan leise.

Ich drehte den Kopf, ohne mich zu bemühen, auf die Füße zu kommen. Ich blickte auch nicht zu jenen Akonen auf, die uns Augenblicke zuvor berührt hatten. Ich hatte ihre Gesichter noch nicht gesehen, aber aufgrund des Abtransports der Schiffsbesatzung konnte es sich nur um Fremde handeln.

Ich folgte Rhodans Blick. Sein Gesichtsausdruck verriet mir, daß er ebenfalls überrascht war. Den Riesenbogen des Transmitters beachtete er kaum. Er kannte diese eigenartigen Gebilde bereits. Eigentlich waren sie der Anlaß für seine erste Landung auf dem größten Mond des Planenten Sphinx gewesen.

Es sah aus, als wären wir auf einem gleichartigen Mond herausgekommen, aber das war eine Sinnestäuschung. Wir lagen auf dem oberen, stark abgeflachten Pol einer Raumstation von ungeheuren Dimensionen.

Erst hatte ich an ein Überraumschiff gedacht, was aber nicht stimmen konnte. Jedenfalls hatte ich es bei noch keinem Raumfahrzeug, gleichgültig welcher Konstruktion, erlebt, daß man auf seiner äußeren Hülle landete. Wir *waren* auf der Oberfläche einer Raumstation.

Weit vor uns, etwa fünfhundert Meter entfernt, begann die Rundung einer Kugelwandung. Ich konnte nur einen kleinen, ringförmigen Abschnitt davon sehen. Die weiter nach unten abfallende Wand entzog sich meinem Blickbereich.

Als ich einige Überlegungen über den Sinn eines solchen Mammutgebildes anstellte, fiel der Leuchtbogen des Transmitters plötzlich in sich zusammen.

Der blendende Lichtschein verging, und da erkannte ich erst das Gefunkel von zahllosen, auf engstem Raum zusammenstehenden Sternen, die wie ein in allen Farben des Spektrums fluoreszierender Teppich wirkten.

„Galaktisches Zentrum, Randgebiet", flüsterte Rhodan mir zu. „Wir sind im Blauen System. Siehst du den Schein?"

Meine Augen hatten sich wieder erholt. Wohin ich auch blickte – überall bemerkte ich dieses blaue Leuchten.

Hinter uns lohte der Glutball einer ebenfalls blauen Sonne. Nun verstand ich auch, warum die überlebenden Besatzungsmitglieder des ersten Linearversuchsschiffs mit seltsamer Scheu von diesem Sonnensystem gesprochen hatten.

Ich richtete mich auf die Ellenbogen auf, krümmte den Rücken und blieb so noch eine Weile liegen. Als ich endlich in die Hocke ging, um den letzten Rest der Benommenheit abzuschütteln, war mir niemand behilflich. Ich stand auf.

Drei Akonen blickten mich feindselig an.

Ich beachtete sie nicht, bis Rhodan neben mir stand. Zusammen kümmerten wir uns um Tama Yokida, dessen empfindliches Gehirn den schweren Schock anscheinend noch nicht überwunden hatte. Bei Mutanten wußte man ja nie, wie sie diese oder jene Belastung überstehen würden.

Rhodan fühlte seinen Puls, dann nickte er mir zu. „Er ist gleich wieder da. Hast du auch festgestellt, daß wir auf der abgeflachten Polkuppel einer riesigen Raumstation gelandet sind?"

Ich bestätigte es.

„Schön, dann wirst du mir vielleicht sagen können, weshalb man hier, am äußersten Rand dieses Systems, ein solches Monstrum erbaut hat?"

Nein, das konnte ich ihm nicht sagen.

„Abwehrfestung?" meinte ich zögernd.

Er lachte, was den drei Akonen nicht zu gefallen schien. Einer von ihnen trat empört näher.

„Scheren Sie sich zum Teufel", sagte Rhodan eisig, um in Altarkonidisch hinzuzufügen: „Ich wünsche nicht, angesprochen zu werden."

Der Akone verfärbte sich, und ich hielt den Atem an. Nerven hatte dieser Terraner. Rhodan drehte dem Fremden den Rücken zu und sprach mich an, als wäre nichts geschehen. Diesmal verwendete er wieder die japanische Sprache.

„Diese Station gehört wahrscheinlich zu jenen vielen Kraftwerken, die man an den Grenzen des Systems stationieren mußte, um den blauen Energieschirm versorgen zu können. Die wulstigen Gebilde da drüben“, er deutete nach rechts, „sind Projektoren. Oh, er gibt wohl nicht auf, wie?“

Diesmal lächelte er den verstört wirkenden Akonen an, der anscheinend nach Worten suchte.

„Seine Erhabenheit, Imperator Gonozal VIII. von Arkon“, stellte mich Rhodan vor. „Ich selbst dürfte Euch bekannt sein. Nun ersuche ich Euch dringend, uns jene Behandlung widerfahren zu lassen, die uns gebührt. Euer Name?“

Der alte Mann zeigte plötzlich ein verschlossenes Gesicht. Wenn er Humor besessen hätte, wäre er mit Rhodans Erklärung besser fertig geworden. Ich konnte ein Schmunzeln kaum unterdrücken. Es war eine Frechheit, was sich der kleine Barbar mit dem Vertreter meiner Stammväter erlaubte. Immerhin schienen Perrys Worte gewirkt zu haben. Ob er sich wohl rein intuitiv in die für uns fremdartige Mentalität dieser Intelligenzen hineinfinden konnte?

Rhodans Haltung war herausfordernd. Diesmal war er es, der kühle, Mißachtung ausdrückende Blicke auf die beiden abseits stehenden Akonen warf.

„Euer Name“, wiederholte er lauter. „Sehe ich in Euch einen kommandierenden Offizier oder bevollmächtigten Staatsmann? Wenn nicht, ersuche ich Euch, eine autorisierte Persönlichkeit zu benachrichtigen.“

Ich begann langsam zu begreifen. Rhodan, der noch niemals seine hohe politische Stellung ausgespielt hatte, tat das jetzt mit voller Absicht.

Ich war überrascht, als der ältere Akone wie selbstverständlich auf Rhodans Forderung einging. Ich richtete mein Verhalten dementsprechend ein.

„Lempart von Fere-Khar, Erster Obmann des Regierenden Rates von Akon, Leiter der Hochenergie-Versuchsanstalt Eretres, Euer Exzellenz“, stellte sich der Akone vor.

Er tat es reserviert, aber doch respektvoll. So mußte man also mit diesen Wesen reden. Es war eine interessante Erkenntnis.

„Ich fordere Aufklärung über das in Eurem Auftrag begangene Verbrechen“, sagte ich scharf.

Als Lempart zu sprechen begann, erlebte ich das niederschmetterndste Fiasko meiner bisherigen Laufbahn als arkonidischer Flottenchef und Imperator.

Hochfahrend schnauzte er mich an: „Ihr habt nichts zu fordern. Ihr Kolonisten untersteht noch immer der Befehlsgewalt des Regierenden Rates, auch wenn ihr es für einige Zeit verstanden habt, unserer Gesetzgebung zu entgehen. Euer angemaßter Rang ist uns nebensächlich."

Ich hörte Rhodan deutlich schlucken. *Das* war eine bittere Medizin für meinen arkonidischen Stolz gewesen.

Rhodan wurde also als fremdes Staatsoberhaupt in etwa respektiert, während ich nicht mehr war als ein Nachkomme von Kolonisten. Ich beherrschte mich nur mühevoll.

„Ich bitte Euch, mir zu folgen", sagte der Erste Obmann des Rates. Wahrscheinlich hatte er alle Befugnisse erhalten, mit uns zu verhandeln.

Tama Yokida, mittlerweile erwacht, hatte die Diskussion verstanden.

Rhodan blinzelte mir zu. Er folgte dem alten Akonen und ging an den beiden anderen Vertretern dieses Volkes vorbei, als bestünden sie aus Luft. Für mich war es sinnlos geworden, seine Haltung nachzuahmen.

Wir durchschritten den transparenten Durchgang, der uns vom Vakuum des Raumes abschirmte. Trotzdem war es sehr kalt geworden. So war ich froh, als vor uns das offenstehende Stahlschott einer Luftschleuse auftauchte.

Verwundert stellte ich fest, daß außer den drei Akonen kein Lebewesen zu erblicken war. Sollte diese riesige Kraftstation etwa unbemannt sein?

Diese Möglichkeit bestand. Ich begann schon wieder zu überlegen. Unter Umständen hatte man die drei Akonen lediglich wegen unserer überraschenden Ankunft geschickt? Somit war auch erklärt, wieso der höchste Beamte des Akonenreichs persönlich erschienen war.

Wir durchschritten die Schleuse nach dem Druckausgleich. Dahinter begann ein Antigravlift, wie er auch auf meinen Heimatwelten üblich war. So sehr konnte sich die akonische Technik auch nicht verändert haben. Schließlich hatten meine Vorfahren vor zwanzigtausend Jahren alles mitgenommen, was die Stammväter jemals entdeckt und entwickelt hatten. Wenn aber eine bestimmte Sache einmal ausgereift ist, wird man sie nicht mehr verändern.

Ich vernahm sofort das gedämpfte Brummen vieler Maschinen. Also doch eine Kraftstation.

Als wir tief im Hohlraum des Kugelkörpers angekommen waren, steigerte sich das Arbeitsgeräusch zu einem monotonen Brausen.

Ich blickte verstohlen auf die Uhr und sprach dann hastig den Mutanten an: „Wie lange braucht die IRONDUKE für den Flug?"

„Etwa elf Stunden", flüsterte Tama rasch. Er hatte verstanden.

Für mich stand es von da an fest, daß wir Zeit gewinnen mußten. Unter keinen Umständen durften wir vor dem Erscheinen des terranischen Linearschlachtschiffs dieses tief im Raum stationierte Kraftfeld verlassen.

Wenn es überhaupt noch eine Rettung gab, dann nur, wenn Rhodans Mutanten Gelegenheit fanden, uns an einem möglichst einsamen Ort anzutreffen.

Mein Logiksektor vermittelte mir die einzig richtige Eingebung. Ich mußte „transportunfähig" sein. Auch wenn man mich als Aufrührer mit einem angemaßten Herrschertitel ansah, konnte man doch nicht umhin, meine Person zu beachten. Schließlich verfügte ich über gewaltige Machtmittel. Außerdem würde Rhodan die Sachlage erfassen und verlangen, auf mich Rücksicht zu nehmen.

Ich begann zu taumeln, umklammerte meinen Schädel mit beiden Händen und ging anschließend stöhnend zu Boden.

Tama schrie, Rhodan fuhr herum. Ich konnte ihm noch einen bedeutsamen Blick zuwerfen, den er vorerst aber nicht richtig deutete. Echte Besorgnis zeichnete sich in seinem Gesicht ab, als er sich über mich beugte. Die drei Akonen waren erschreckt zur Seite gewichen. Hinter uns drohten die blitzschnell in Schußstellung geglittenen Waffen der Roboter.

„Hierbleiben, bis Schiff kommt", flüsterte ich hastig.

Jetzt hatte Rhodan die Lage erfaßt. Er begann prompt zu schauspielern, und ich wurde „besinnungslos".

„Der Imperator benötigt ärztliche Hilfe", hörte ich Perry sagen. „Gibt es hier eine Klinik?"

Ich lauschte angestrengt auf die kurze Diskussion. Der Obmann des Rates gab sich keine Mühe, die Tatsachen zu verschleiern. Entweder war er augenblicklich zu erregt, oder er hielt es für unwesentlich, Dinge auszuplaudern, die ich auf alle Fälle als militärische Geheimnisse behandelt hätte.

Nein, das fliegende Kraftwerk war unbemannt, robotgesteuert und besaß demnach auch keine Klinik. Nur fünf Techniker, die regelmäßig abgelöst wurden, besorgten die unerläßlichen Inspektionen der wichtigsten Maschinenteile.

Das war eine für uns sehr befriedigende Auskunft. Wir durften unter keinen Umständen diesen Ort verlassen. Rhodan fragte weiter. Seine Formulierungen wurden schärfer, und Lempart von Fere-Khar legte nach wie vor keinen Wert darauf, die Sachlage zu vertuschen. Er schlug bestürzt vor, mich sofort zum fünften Planeten des Systems bringen zu lassen. Das sei eine Angelegenheit von wenigen Sekunden.

Rhodan verstand es sehr geschickt, diesen Punkt zu umgehen. Er forderte ein schnelles, mit allen Bequemlichkeiten ausgerüstetes Raumschiff an.

Der Obmann bedauerte. Die hochstehende Akontechnik bediene sich solcher „primitiver“ Fortbewegungsmittel nicht mehr. Das wußten wir zwar schon, aber nun konnte Rhodan noch besser einhaken.

Erregt stellte er fest: „Auch wenn die akonischen Besatzungsmitglieder des beschädigten Raumfahrzeugs durch Transmitter zur fünften Welt gebracht wurden, ist dem Imperator die gleiche Prozedur nicht zumutbar.“

„Euer Exzellenz – die Männer des Energiekommandos sind von der Schockwelle wesentlich stärker angegriffen worden, als . . .“

Rhodan unterbrach den alten Mann. Es war klar, was er hatte sagen wollen, und es war obendrein logisch.

„Ich darf Eure Meinung berichtigen. Der Imperator besitzt nicht die Jugendfrische Eurer Leute. Außerdem solltet Ihr wissen, daß der umweltveränderte Organismus der Arkoniden solchen Belastungen nicht gewachsen ist. Ich bitte dringend darum, ein mit allen modernen Hilfsmitteln ausgerüstetes Ärzteteam herbeizurufen. Der Imperator ist vorerst transportunfähig. Auf keinen Fall darf eine erneute Entmaterialisierung erfolgen. Wann ist mit der Ankunft der Mediziner zu rechnen?“

Wir hatten gewonnen. Der Obmann beriet sich leise mit den beiden anderen Akonen. Sie schienen eine untergeordnete Rolle zu spielen. Minuten später wurde ich von Robotern aufgehoben und in einen Wohnraum gebracht, der wahrscheinlich einem der hier stationierten Überwachungsingenieure als Unterkunft diente.

Ich hielt die Augen krampfhaft geschlossen und bemühte mich, so flach wie möglich zu atmen. Draußen klangen Stimmen auf. Rhodans Organ war unüberhörbar.

In diesem Augenblick raunte mir Yokida zu: „Ein Techniker springt bereits durch einen der hier üblichen Materietransmitter. Der Obmann sagt, er hätte keine Transportschiffe zur Verfügung. Sie wären alle im Einsatz. Sir, die Burschen haben praktisch keine Raumflotte mehr."

Ich wagte es, für einen Augenblick die Augen zu öffnen. Rhodan zog eben die Tür hinter sich zu. Er lächelte rätselhaft.

„In einigen Stunden kommen die Ärzte an, vielleicht schon früher. Bereite dich darauf vor. Der Obmann ist gewissermaßen der Chef des Regierenden Rates. Man ist nervös geworden."

„Jetzt schon, Sir?" meinte Tama Yokida, und seine Augen verengten sich.

„Man hat uns in der Hand", warf ich hastig ein. „Beim ersten Schuß aus einem terranischen Strahlgeschütz sind wir erledigt."

„Dessen bin ich nicht so sicher", wies er mich ab. „Spiele du deine Rolle, und wir werden bald an Bord der IRONDUKE sein."

Er lachte plötzlich. Ich hätte jetzt nicht in der Haut der Akonen stecken mögen, immer vorausgesetzt, es gelang, den Energieschirm aufzureißen. War das nicht möglich, würde Rhodan nämlich das Lachen vergehen. Er traute seinen Männern wieder einmal sehr viel zu, dieser unverbesserliche Barbar. Wenn Oberst Jefe Claudrin den geringsten Fehler machte, würden die Akonen die Lage beherrschen.

Es kam jetzt alles auf diesen Epsalgeborenen an. Ich spielte weiterhin den kranken Mann, eine höchst unwürdige Rolle für den Imperator eines riesigen Sternenreichs.

Als Rhodan meine Wange tätschelte, wußte ich, wie unverschämt er in diesem Augenblick grinste. „Du bist doch ein armer Hund, Imperator. Die Akonen würden dich am liebsten ins nächste Gefängnis stecken. Wegen Amtsanmaßung, Aufruhr, oder was weiß ich. Auf alle Fälle aber wegen staatsfeindlicher Umtriebe im akonischen Kolonialgebiet des Kugelsternhaufens M-13."

Sie war zurückgekommen, um zu retten, was noch zu retten war. Dabei nahm ich an, daß Auris von Las-Toór mit ihrer Meinung allein stand.

Sie war schön und klug, was ich an ihr ganz besonders schätzte. Vielleicht war es auch ihre Wissenschaft, die ihr eingegeben hatte, die Situation einmal von unserer Warte aus zu überdenken.

Sie hatte sich den beiden Ärzten angeschlossen, die den Auftrag hatten, mich „wieder auf die Beine“ zu bringen. Vorerst dachte ich nicht daran, meine Schauspielerei aufzugeben.

Rhodan unterstützte mich bei der Durchführung dieser Verzögerungstaktik, indem er alle Augenblicke etwas an der medizinischen Ausrüstung der Ärzte auszusetzen hatte.

So hatte er sich energisch gegen die beabsichtigte hypno-mechanische Therapie verwahrt, immer mit der Begründung, mein Kolonisten-Gehirn vertrüge das nicht.

Auf solche Weise hatten wir bereits zwölf Stunden herausgeschunden, aber die fieberhaft erwartete IRONDUKE war noch immer nicht da.

Die Situation war gefährlich geworden. Einer der Mediziner hatte schon voller Empörung seine sofortige Abreise angedroht, falls man ihm weiterhin die von ihm für richtig gehaltenen Maßnahmen verweigern würde. Natürlich durfte ich es nicht auf eine zu gründliche Untersuchung ankommen lassen.

Inzwischen war uns klar gemacht worden, was der Sinn der Entführung war.

Die Akonen verlangten die genauen Konstruktionsunterlagen des terranischen Lineartriebwerks und ein verwendungsreifes Aggregat zum Zweck der Überprüfung.

Mehr wollten sie eigentlich nicht, aber Rhodan hatte sich sehr erbost gezeigt, zumal sein ständiger Verhandlungspartner hartnäckig behauptete, die durch Rhodans Versuchsflug verletzten Staatsgrenzen des Akonenreichs berechtigten ihn, Lempart von Fere-Khar, zur Forderung einer Entschädigung.

Die Überfälle auf Terra und das arkonidische Imperium wurden abgestritten, obwohl wir beweisen konnten, daß sowohl das Plasma als auch die Zeitverschiebung auf Arkon III einwandfrei auf akonische Kommandounternehmen zurückzuführen waren.

Alles in allem stand die Verhandlungsführung durch den Vertreter des Regierenden Rates auf sehr schwachen Füßen. Die Tatsache unserer Entführung ließ sich überhaupt nicht entschuldigen.

Die Begründung für diesen höchst undiplomatischen Schritt reizte Rhodan nur zu einem mitleidigen Lächeln. Lempart gab an, dem Rat sei keine andere Wahl geblieben, da sich der Erste Administrator des Solaren Imperiums trotz „zahlreicher Funksprüche“ nicht dazu herabgelassen hätte, zu einer Konferenz der Staatsoberhäupter zu erscheinen.

Solche Hyperfunk-Noten waren in Terrania niemals registriert worden. Die Akonen hatten sich nicht in dieser Form gemeldet, obwohl sie mittlerweile eingesehen haben mochten, daß ihr Vorgehen restlos falsch gewesen war.

Die akonische Forderung zur Auslieferung der technischen Daten war ebenso unberechtigt wie alle anderen Angaben.

Wir wußten dagegen, worauf es bei all ihren Handlungen tatsächlich angekommen war. Man war durch Rhodans Versuchsflug aus der jahrtausendealten Sicherheit herausgerissen worden. Plötzlich war es einem Außenseiter gelungen, den Relativschirm zu durchbrechen. In logischer Schlußfolgerung hatte man sich vorgenommen, den unwillkommenen Gast entweder militärisch oder politisch auszuschalten, oder zu versuchen, die energetische Struktur des Kugelfelds zu verbessern. Ehe man das jedoch tun konnte, mußte man erst einmal wissen, wie das terranische Lineartriebwerk funktionierte und welchen hyperphysikalischen Gesetzen es unterworfen war.

Das war der ganze Zweck des Unternehmens. Man wollte in die gewohnte Sicherheit zurückkehren, ohne Gefahr laufen zu müssen, nach Belieben von einem Terraner überrascht zu werden. Nun war auch sicher, daß die Vernichtung der FANTASY auf das Konto der Akonen ging. Sie hatten verhindern wollen, daß ihr Geheimnis bekannt wurde.

Die Aktionen gegen Terra waren mißlungen. Einen offenen Angriff aber konnten die Akonen nicht riskieren, da sie längst nicht mehr über eine schlagkräftige Flotte verfügten.

So hatten sie meine Funksprüche an Rhodan durch zahlreiche Schiffe der Energiekommandos abhören und entschlüsseln lassen. Schließlich war es zu der Entführung gekommen, die man nun schon mit leisem Unbehagen anzusehen schien, was den Regierenden Rat aber nicht daran hinderte, nach wie vor die Auslieferung des Lineartriebwerks zu verlangen.

Seit zwei Stunden war der Ton der Akonen schärfer geworden, hatte mir Tama Yokida beunruhigt mitgeteilt. Zu diesem Zeitpunkt hatte sich Auris zum ersten Mal bei uns melden lassen.

Rhodan und Tama hatten sich, abgesehen von den Besprechungen, ständig bei mir aufgehalten, immer mit der Begründung, einen wichtigen Verbündeten nicht allein lassen zu können.

Vor drei Minuten war Auris erneut erschienen, diesmals als legitime Gesandtin des Rates von Akon.

Ich spielte schleunigst den Besinnungslosen. Vor einer halben Stunde hatte mir ein Arzt zwei Injektionen mit aufpeitschender Wirkung verabreicht. Mein Herz schlug laut und kräftig. Ich fühlte mich so gesund und munter wie selten in meinem Leben.

Unter solchen Umständen den Schwachen und Hilflosen spielen zu müssen, wäre sogar einem wesentlich besseren Akteur schwergefallen.

Auris war allein erschienen. Ich riskierte einen schnellen Blick. Das Lächeln, mit dem sie Rhodan begrüßte, wollte mir überhaupt nicht gefallen.

Ich schaute nochmals hin. Sie stand dicht vor Rhodan und blickte ihm in die grauen Augen, die plötzlich gar nicht mehr so kalt und abweisend glitzerten.

Unwillig stöhnend wälzte ich mich auf die andere Seite.

Tama Yokida hüstelte warnend, und ich lag wieder still.

„Ich an Eurer Stelle gäbe mir nicht solche Mühe“, sagte sie.

Ein eisiger Schreck fuhr mir durch die Glieder. Wen hatte sie gemeint? Hatte dieses kluge Mädchen etwa erkannt, was die Mediziner nicht durchschaut hatten?

Rhodan gab die Antwort. Er war zu klug, um zu versuchen, Auris weiterhin zu täuschen. „Öffne ruhig die Augen, Freund, wir sind unter uns.“

Verraten! signalisierte mein Extrahirn. Nun, um zu diesem Schluß zu kommen, bedurfte es nicht der Impulsgebung des Logiksektors.

Langsam drehte ich mich um. Die Lider öffnend, sah ich direkt in ihr blasses, abgespannt wirkendes Gesicht. Sie lächelte flüchtig. Die Hände hatte sie um den Saum ihres Schulterumhangs gekrampft. Rhodan stand ruhig neben ihr.

„Die Ärzte sind abgereist“, erklärte das Mädchen. „Man hat entdeckt, daß Ihr nicht krank seid. Weshalb dieser Täuschungsversuch? Was versprecht Ihr Euch davon? Ich bin angewiesen worden, Euch darüber zu informieren, daß . . .“

„. . . daß?“ unterbrach Rhodan.

Sie ließ sich nicht beirren. „. . . daß Ihr in etwa einer Stunde nach Drorah abtransportiert werdet. Mit einem Materietransmitter.“

Yokida musterte sie eingehend. Zweifellos versuchte er, an ihrem Körper eine Waffe zu entdecken.

Wo blieb die IRONDUKE? Was war schiefgegangen? Konnte Jefe Claudrin den Energieschirm doch nicht durchdringen? War es unmöglich, das zu wiederholen, was mit dem ersten Versuchs-Linearschiff FANTASY so mühelos geschehen war? Inwiefern hatte sich Rhodan verrechnet?

Er zeigte wieder einmal sein nichtssagendes Lächeln, aber hinter seiner hohen Stirn arbeitete es. Natürlich stellte er gleichartige Überlegungen an.

Ich ahnte, daß mein Gesichtsausdruck mehr von meinen Gefühlen verriet, als mir lieb war. Wer war nun „ein armer Hund"? Wir alle waren welche. Wir saßen in einem Boot, das man plötzlich leckgeschlagen hatte. Bei der hochentwickelten Technik der Akonen war es fast ausgeschlossen, nach der Ankunft auf dem Hauptplaneten durch die Mutanten befreit zu werden. Wenn dies aber nicht geschah, mußte jeder Angriff der Flotte im Keim erstickt werden, da die Terraner bestimmt nicht gewillt waren, auf ihren verehrten Administrator zu schießen.

Auf dich auch nicht! verriet mir mein Logiksektor.

„Warum diese Täuschung?" verlangte Auris erneut zu erfahren, um etwas kläglich hinzuzufügen: „Ich wußte ohnehin sofort nach Eingang der Meldung, daß Ihr nicht krank sein konntet."

„Und Ihr habt trotzdem geschwiegen?" wollte Rhodan wissen.

Sie hob die Schultern. „Ich habe die Mitglieder des Regierenden Rates darauf aufmerksam gemacht, daß Eure Entführung falsch war. Man glaubt mir nicht. Ich habe an den großen Krieg zwischen Arkoniden und Akonen erinnert – man hält dies für erledigt, aber man hat es noch nicht vergessen. Atlan wird einen schweren Stand haben."

„Ich behalte mir militärische Schritte vor", erklärte ich.

Sie nickte sinnend. Sie schien zu wissen, daß mit den verbündeten Imperien nicht zu spaßen war. Niedergeschlagen wandte sie sich ab und ließ die Tür aufgleiten. Dahinter standen drei vierarmige Kampfroboter.

„Die Robots sind auf Eure Individualschwingungen abgestimmt worden", sagte sie warnend. „Macht bitte keine Dummheiten. Es täte mir leid."

„Warum?"

Rhodan lächelte immer noch unpersönlich. Auris blickte ihn prüfend an.

„Kommt nun", bat sie leise.

Rhodan blieb auf dem gleichen Fleck stehen. Tama Yokida betrachtete die drei Roboter. Mehr von ihnen abzustellen, hatte man anscheinend nicht für nötig gehalten. Hatte man aus unserem mißglückten Befreiungsversuch nicht erkannt, daß dabei unbegreifliche Kräfte im Spiel gewesen waren? Auf alle Fälle schien man nicht zu ahnen, daß unser Telekinet mit den Kampfmaschinen leicht fertig werden konnte. Er brauchte sie nur gegen die nächste Stahlwand zu schleudern, und schon war es vorbei mit der präzisen Funktion der mechanischen Gehirne.

Auris warf einen zu flüchtigen Blick auf den Mutanten. Ein Verdacht begann in mir zu keimen.

War sie etwa über Yokidas gefährliche Fähigkeiten orientiert? Hatte sie bewußt geschwiegen, um uns eine Chance zu geben? Nein, der Gedanke war zu weit hergeholt. Bei aller Toleranz würde sie sich nicht dazu hinreißen lassen, ihr Volk zu verraten. Wahrscheinlich wußte sie nicht genau, wie sie den Mutanten einstufen sollte.

„Ihr habt einen Planetennamen genannt, Auris", sagte Rhodan. „Drorah, glaube ich. Ist diese Welt identisch mit jener, die wir Sphinx getauft haben? Der fünfte Planet des Systems?"

Sie nickte.

Wir schritten endlich hinaus.

Die Beamten der akonischen Regierung waren verschwunden. Nur die fünf planmäßigen Überwachungsingenieure waren anwesend und dazu noch zwei akonische Offiziere des Energiekommandos, die anscheinend Auris' Befehl unterstanden.

Die Techniker waren unbewaffnet. Die Offiziere dagegen trugen Waffen, die ich für thermische Impulsstrahler hielt. Dazu kamen noch die drei Roboter.

Das Aufgebot war beachtlich. Ohne den Mutanten wäre es kaum zu überwinden gewesen. Die Frage war: Lohnte es sich überhaupt, einen Ausbruchversuch zu wagen?

Ohne die Anwesenheit des terranischen Schlachtschiffs war es sinnlos, die Freiheit zu erzwingen. Sie wäre nur eine vorübergehende gewesen.

Ich blieb stehen. Vor uns lag der breite, leicht gekrümmte Gang, der hinüber zu dem Antigravlift führte. Wir befanden uns ungefähr dreihundert Meter unterhalb der abgeflachten Polkuppel des Raumkraftwerks, das, wie ich von Rhodan erfahren hatte, sage und schreibe elf Kilometer Durchmesser haben sollte.

Unter Berücksichtigung dieses Durchmessers konnte ich mir ungefähr vorstellen, welche Mammutmaschinen darin installiert waren.

Daraus ließen sich wiederum Schlüsse auf den Energiebedarf des Schutzschirms ziehen, der ein riesiges Sonnensystem umspannte.

Lichte Weite etwa fünfzig Milliarden Kilometer! sagte mir mein Logiksektor. Bei achtzehn Planeten war das Maß wahrscheinlich viel zu gering angenommen. Ich wußte nicht, welchen umlaufmäßigen Gesetzen die Planeten einer Zentrumssonne unterlagen. Die Entfernungen zwischen den einzelnen Welten waren erfahrungsgemäß geringer als bei solchen Himmelskörpern, die nicht den kompakten Feldeinflüssen von sehr eng beisammenstehenden Sternen unterlagen.

Ich lauschte auf das dumpfe, monotone Dröhnen, das aus allen Winkeln zu dringen schien. Wie viele dieser auf festen Bahnen stationierten Riesenkraftwerke mochten erforderlich sein, um den Blauen Schirm ununterbrochen mit Arbeitsstrom versorgen zu können? Wieviel Milliarden Megawatt fraß der unersättliche Moloch?

Erst bei solchen Überlegungen wurde mir klar, was die Akonen mit der Errichtung eines solchen Kugelfelds geleistet hatten. Sie erzeugten die Energie einer kleinen Sonne ausschließlich zu dem Zweck, sich hermetisch abschirmen zu können.

Kopfschüttelnd folgte ich dem Mädchen und Rhodan. Tama ging hinter mir. Nach ihm kamen die Robots, die beiden Offiziere schritten rechts und links von uns.

Einen hätte ich leicht überwältigen können. Wozu aber? Was sollten wir mit dieser völlig illusorischen Freiheit anfangen?

Außerdem: hatte Auris nicht gesagt, wir sollten „in etwa einer Stunde“ abtransportiert werden? Weshalb ließ sie uns nicht in dem kleinen Wohnraum?

Fragen über Fragen türmten sich auf.

Zehn Minuten später wußten wir, warum man uns abgeführt hatte. Wir sollten kreislaufstabilisierende Injektionen erhalten. Die Automatspritzen lagen bereit. Einer der Stationstechniker erklärte, er wäre „nebenbei“ auch Arzt. Welches Wissen mußte dieser Mann besitzen! Im Zeitalter einer Technik, deren ursprüngliche Spezialgebiete schon wieder hundertfach unterteilt worden waren, damit sie ein einzelner Mensch überhaupt noch erfassen konnte, war der Mann „nebenbei“ noch Arzt.

Ich entblößte zuerst meinen Oberkörper. Die Injektion sollte in die linke Brustmuskulatur, dicht oberhalb des Herzens gegeben werden.

Ich bemerkte das plötzlich angespannte Gesicht des Akonen. Mein

Zellaktivator schien ihn brennend zu interessieren. Auch Auris trat einen Schritt näher.

„Ein muskelstrotzender Wikinger, nicht wahr?“ sagte Rhodan.

Ich drehte aufgebracht den Kopf. In seinem Gesicht zuckte kein Muskel.

„Wikinger?“ fragte Auris verwundert.

„Es wird Euch interessieren, daß dieser Arkonide einen entscheidenden Einfluß auf die Entwicklung von bestimmten Völkern des Planeten Erde hatte.“

„Oh . . .“

„Seht Euch die Narben über seiner Bauchdecke an. Das waren einmal Wunden, aus denen der von Atlan verschluckte Zellaktivator unter primitivsten Bedingungen hervorgeholt wurde.“

Der Arzt begann noch hastiger zu atmen. Er wollte fragen, aber Auris warf ihm einen verweisenden Blick zu. Deshalb schwieg er.

Was bewegte Rhodan, solche Lobeshymnen anzustimmen? Ich hatte erst angenommen, er wollte sich über mich lustig machen. Die Aufklärung erfolgte gleich.

„Seht Ihr, Auris von Las-Toór, *so* sehen die von Eurem Volk so verachteten Kolonistennachkommen aus. Erscheint es Euch sehr ratsam, den Herrscher über einige Milliarden Arkoniden einfach zu entführen?“

Sie wollte etwas erwidern, kam aber nicht mehr dazu. Selbst wenn sie gesprochen hätte, wären die Alarmpfeifen der Raumstation wesentlich lauter gewesen.

Ich fuhr bei dem infernalischen Heulen so zusammen, daß die Hochdruckdüse der Spritze von meiner Brust abglitt und der feine Medikamentnebel wirkungslos in den Raum stäubte.

Plötzlich war die Hölle los. Die beiden Offiziere rissen ihre Waffen hoch, sprangen bis zur Tür zurück und gingen in Feuerstellung.

Der Techniker, „nebenbei“ auch Arzt, rannte aus dem kleinen Zimmer. Draußen würde er sich wahrscheinlich mit seinen vier Kollegen treffen. Sicherlich nahmen sie nun ihre vorgeschriebenen Manöverstationen ein, die unter Umständen auch Gefechtsleitstände sein konnten.

Hoffentlich rechnete Jefe Claudrin auch damit. Ganz klar, daß er soeben mit der IRONDUKE den Schirm durchstoßen hatte und ins Blaue System eingedrungen war. Jetzt wurde es ernst. Der Alarm konnte keine andere Bedeutung haben.

Ich hoffte, daß die Telepathen an Bord der IRONDUKE unseren Standort bald aufspüren würden.

„Ihr müßt leider auf die Injektionen verzichten", erklärte Auris erregt, nachdem die Lärmpfeifen verstummt waren. „Ich darf Euch bitten, sofort den Sammeltransmitter aufzusuchen."

Jetzt war sie nur noch das akonische Mädchen, das sich dazu entschlossen hatte, ausschließlich im Interesse ihres eigenen Volkes zu handeln.

Wir gingen, doch diesmal waren die Waffen unserer organischen und nichtorganischen Begleiter in Schußstellung.

Ich flüsterte Tama Yokida einige Anweisungen in französischer Sprache zu. Vielleicht hatte man das Japanische mittlerweile übersetzen können. Sicher war sicher.

Yokida hatte verstanden. Er lauerte auf meinen Wink, doch noch war es nicht soweit.

Wir hatten zwölf Minuten und dreiundzwanzig Sekunden benötigt, um den weiten, hochgewölbten Saal zu erreichen.

Hier standen die Transmitter.

Ausgesprochene Riesengeräte, wie ich eines davon auf der Außenhülle bemerkt hatte, gab es hier nicht. Immerhin handelte es sich noch um ganz gewaltige Apparate, mit denen hausgroße Materialien im Auflösungsfeld entstofflicht und als dimensional übergeordneter Sammelimpuls auf das Empfangsgerät abgestrahlt werden konnten.

Es war eine wunderbare Technik, doch darum durften wir uns jetzt nicht kümmern.

Praktisch gesehen, befanden sich die Akonen auf der Flucht vor der heranrasenden IRONDUKE, die man natürlich längst geortet und angemessen hatte. Es war aber sehr zweifelhaft, ob man ein Schiff aufbieten konnte, das dem Achthundertmeter-Giganten der terranischen Heimatflotte auch nur annähernd gewachsen war.

Keuchend kamen wir in dem Transmittersaal an. Die fünf Techniker der Raumstation waren nicht mehr zu sehen. Nur einer von ihnen war auf einem großen Bildschirm erkennbar. Er schien für die notwendigen Schaltungen zuständig zu sein.

Ein etwa zehn Meter hoher Transmitterbogen baute sich bereits auf. Das Dröhnen unsichtbarer Hochleistungsreaktoren drang in meine Ohren. Immer lauter und tiefer wurde das Donnern, bis es konstant blieb. Da war aber auch der Bogen fertig. Zwischen seinen rotleuchtenden Stützsäulen begann jene finstere, wesenlose Dunkelheit, die als Eingangstor zum Transportvorgang diente.

Wir warteten nicht mehr länger. Ein Augenblick war so gut wie der andere. Ich gab Tama das Zeichen.

Er blieb stehen. Seine Augen erstarrten, und schon wurden den akonischen Offizieren die Waffen so heftig aus den Händen gerissen, daß die Männer schmerzerfüllt aufschrien.

Ihr Schreckmoment genügte dem fähigen Telekineten völlig, um die drei Roboter gleichzeitig vom Boden anzuheben, sie rasch gegen die Decke steigen zu lassen, um sie dort in eine rotierende Bewegung zu versetzen. So konnte er seine mentalen Kräfte am besten koordinieren.

Als die immer schneller im Kreise herumrasenden Robots dem Auge schon als blitzender Ring erschienen, schaltete Tama seinen Einfluß ab. Drei metallische Körper flogen im Bann der durch die Rotation erzeugten Zentrifugalkräfte in verschiedenen Richtungen davon. Der fürchterliche Aufprall der Körper erfolgte fast gleichzeitig.

Es regnete Trümmer, aber das bemerkte ich längst nicht mehr. Den ersten Akonen hatte ich schon bei Tamas Eingreifen angesprungen und ihn mit einem Hieb unschädlich gemacht.

Jetzt rang ich mit dem zweiten Akonen, der sich verzweifelt bemühte, seine auf dem Boden liegende Waffe zu ergreifen. Er hatte kein Glück, denn Rhodan setzte ihn außer Gefecht.

Um den zuerst niedergeschlagenen Mann brauchte ich mich nicht mehr zu bemühen. Tama hatte sich seiner angenommen und gleichzeitig dafür gesorgt, daß Auris nicht an die umherliegenden Waffen gelangen konnte.

Ich sprang zu den Impulsstrahlern hinüber, raffte sie auf und warf sie Rhodan und dem Mutanten zu. Tama zögerte nicht lange. Er hob die Körper der besinnungslosen Akonen auf und warf sie in den sendebereiten Materietransmitter.

Die Männer verschwanden in einer blitzenden Leuchterscheinung, um im selben Augenblick auf dem fünften Planeten des Systems zu materialisieren.

Es war alles völlig lautlos geschehen. Niemand hatte ein Wort gesprochen. Tama zog Auris an den Handgelenken hinter sich her. Rhodan und ich gingen zur Tür und in die davorliegende Luftschleuse, hinter deren Stahlfassung ich in Deckung ging.

Dann wurde der erste Laut hörbar. Der auf dem Bildschirm erkennbare Akone rief etwas, was ich nicht verstehen konnte.

„Die Transmitter, Sir“, sagte Yokida völlig ruhig. „Wenn man Verstärkung schickt . . .“

Ich wußte wo die Gefahrenquelle lag. Langsam hob ich die fremde Waffe, suchte den Feuerknopf und wollte eben abdrücken, als Auris gellend schrie: „Nicht, nicht schießen! Ihr sprengt die Station! Haltet ein!“

Ich zog schleunigst den Finger zurück und drehte den Kopf. „Wenn das ein Trick sein soll, Auris . . .“

„Es ist wahr“, schluchzte sie. „Der Waffenstrahl erzeugt eine unkontrollierbare Aufladung der drahtlosen Stromleiter. Schießt nicht!“

Rhodan fing meinen Blick auf und nickte. Zugleich vernahm ich ein dumpfes Donnern, das den mächtigen Bau in allen Nähten erschütterte. Ich lauschte angestrengt. In dem laufenden Transmitter erschien niemand, noch nicht einmal ein Robot.

„Energiegeschütze, Sir. Die IRONDUKE greift an.“

Ich nickte Tama zu, der seit einigen Minuten wachsam den vor der Schleuse liegenden Gang überwachte. Von den Technikern war nichts zu sehen. War es tatsächlich so einfach, aus dieser eigenartigen Gefangenschaft zu entfliehen?

Weitere zehn Minuten vergingen in angespanntem, nervenzermürbendem Schweigen. Auris hatte sich wieder beruhigt.

Als ich eben die Lage inspizieren und einige Meter weit in den Verbindungsgang hinausgehen wollte, sagte Rhodan: „Eigentlich müßten sie schon hier sein.“

Er hatte noch nicht ausgesprochen, als drei Wesen gleichzeitig aus dem Nichts materialisierten. Es waren der Mausbiber Gucky sowie die Teleporter Tako Kakuta und Ras Tschubai.

Sie machten es kurz. Es fiel kein überflüssiges Wort.

„Claudrin kommt in dreißig Sekunden zurück, vierter Anflug“, schrillte die hohe Stimme des Mausbibers. „Ich nehme dich und Perry. Tako das Mädchen, Ras nimmt Tama. Fertig? Legt die Arme um meinen Nacken. Ich muß weit springen.“

Rhodan riß mich hoch, faßte meine Hände, und schon geschah das, was ich wohl niemals ganz verstandesmäßig begreifen werde.

Guckys unheimliche Teleporterkräfte ersetzten das, was die Akonen mit Hilfe riesenhafter Transmitter-Apparaturen machten. Nur hatte der Kleine den Vorteil, auf ein Empfangsgerät verzichten zu können.

Etwas schien in meinem Schädel zu explodieren. Ich fühlte einen ziehenden Schmerz, doch ehe ich ihn richtig deuten konnte, wurde es vor mir schon wieder hell.

Jefe Claudrins massige Gestalt erschien in meinem Blickfeld. Er nickte mir kurz zu, so, als hätte ich nur einmal die Zentrale verlassen, um ein Glas Wasser zu holen.

Dicht hinter uns erschienen die anderen Teleporter mit der völlig verstörten Auris und Tama Yokida, der sich augenblicklich auf seine Gefechtsstation begab.

Rhodan stürmte davon. Noch ehe er richtig zu sich gekommen war, gab er bereits seine Befehle.

Gucky watschelte auf seinen kurzen, stämmigen Beinchen davon. Mehr als ein freundliches Grinsen schenkte er mir nicht.

„Klasse, was? Das waren runde hunderttausend Kilometer. Mann – ist das ein Spielchen!"

Ich blieb erschöpft auf dem Boden sitzen. Auris richtete sich langsam auf die Knie auf. Ihr Gesicht war leichenblaß. Flehend sah sie mich an, und ich bemühte mich um ein Lächeln.

Ich wollte einige nette Worte sagen, ihr zu verstehen geben, daß die Tatsachen unserer gelungenen Flucht und das plötzliche Erscheinen der IRONDUKE nicht gar so fürchterlich waren, wie sie vielleicht annehmen mochte, aber da schrillten die Alarmglocken.

„Flottenchef übernimmt!" plärrte es aus allen Lautsprechern der Bordsprechanlage. Rhodan saß im Kommandositz, Jefe Claudrin neben ihm.

Die Meldungen aus dem Maschinenleitstand und der Waffenhauptzentrale liefen ein. Ein Strukturtaster begann zu donnern. Die flache Meßkurve zeigte eine geringfügige Raumerschütterung an.

„Ortung an Kommandant – Raumstation hat einen Transmitter aktiviert. Es ist anzunehmen, daß sich die Besatzung in Sicherheit gebracht hat. Ende."

Ich wußte, daß es so war. Die fünf Techniker hatten nur auf unser Verschwinden gewartet. Auch die anderen Raumstationen der Akonen wurden in diesen Minuten von allen Besatzungsmitgliedern verlassen, das zeigten die eintreffenden Ortungsimpulse ganz deutlich. Jetzt gab es für Rhodan kein Halten mehr. Auris sank weinend auf den Boden zurück. Niemand kümmerte sich um sie.

Die Maschinen der IRONDUKE dröhnten. Sekunden später knallten die ersten Salven der bewaffneten Raumstation in die hochgespannten Schutzschirme des modernsten Schlachtschiffs der Erde.

Die IRONDUKE wurde spielend damit fertig. Die Dreifach-Staffelung wurde nur im äußeren Abwehrbereich bis zu achtzig Prozent der Absorptionsfähigkeit ausgelastet.

Eine präzise funktionierende Maschinerie war angelaufen. Niemand schrie einen Befehl, niemand sprach lauter als unbedingt erforderlich.

„Breitseite Rot – Feuer frei“, sagte Rhodan.

Die IRONDUKE verwandelte sich in ein feuerspeiendes Ungeheuer. Ich wurde vom Rückstoß der Rot-Geschütze auf den Boden geworfen, dessen vibrierende Panzerplatten einem Rüttelsieb glichen.

Es dauerte nur ein paar Sekunden. Dann war die mit halber Lichtgeschwindigkeit fliegende IRONDUKE bereits an der Raumstation vorbei, die aber damit die längste Zeit ein Wunderwerk der Technik gewesen war.

Auf den Bildschirmen der Heckbeobachtung leuchtete es nach achtundvierzig Sekunden auf. So lange hatte das Licht benötigt, um uns einzuholen.

Ich hatte viele Raumschiffe explodieren sehen, aber das, was dort entstanden war, war wahrhaftig eine kleine Sonne. Ein blauer, ultrahell leuchtender Glutball verdrängte das schwache Flimmern des systemumspannenden Energieschirms, in dem plötzlich eine unübersehbar große Lücke zu klaffen begann.

Hinter dem blauen Leuchten wurde jählings die tiefe, von zahllosen Sternen gesprenkelte Schwärze des eigentlichen Raumes erkennbar.

Auris barg schluchzend das Gesicht in den Händen, und ich fühlte mich entsetzlich hilflos.

Rhodan sah auf die große Borduhr. Es war Null Uhr zweiunddreißig, Terrazeit.

„Wo ist die nächste, Colonel Claudrin?“ fragte Rhodan kalt. „Ich hoffe, Sie haben einige Stationen ausgemacht? Wo steht die Flotte?“

Der Epsalgeborene antwortete rasch. Fünftausend terranische Einheiten, die nochmals viertausend schnelle Jäger und Zerstörer in ihren Rümpfen bargen, standen nahe dem Blauen Schirm auf Sprungposition. Sie warteten nur auf den Riß. Nun war er da.

Schon achtzehn Minuten später wurde das zweite fliegende Kraftwerk abgeschossen. Der Spalt im Systemschirm wurde immer breiter.

Kurz darauf meldete sich Reginald Bull. Er war schon dabei, mit vierzehn terranischen Schiffen der Imperiumklasse in das Blaue System einzudringen.

Bull machte es ebenfalls kurz. Wenn er über Rhodans Rettung erfreut war, so zeigte er es nicht.

„Planeten oder andere Himmelskörper dieses Sonnensystems sind unter keinen Umständen anzugreifen!" befahl Rhodan über Hyperfunk. „Alle erkennbaren Raumstationen, identisch mit den Kraftstromzentralen zur Speisung des Blauen Energieschirms sind aber zu zerstören. Die Werke sind unbemannt. Die wenigen Besatzungsmitglieder konnten sich mit Hilfe der Transmitter in Sicherheit bringen."

Acht Minuten später stießen die ersten terranischen Kugelriesen in das plötzlich ungeschützte Sonnensystem der Akonen vor. Hinter ihnen rasten die schnellen Kreuzergeschwader heran.

Was sonst noch alles an leichten Raumfahrzeugen in das Vernichtungswerk eingriff, konnte ich nicht mehr feststellen. Ich konnte mich später nur noch erinnern, daß ich wie betäubt zum Hyperkom getaumelt war, um den Kommandierenden Admiral der arkonidischen Robotflotte anzurufen.

Ich traute meinen Ohren nicht – aber der Regent hatte dreißigtausend schwere und schwerste Einheiten auf den Weg gebracht, um dem bedrängten Imperator Gonozal VIII. aus der Patsche zu helfen.

Dreißigtausend Schiffe, es war nicht zu fassen. Ich ließ die Flotte ebenfalls einfliegen, stellte sie jedoch in einem Raumsektor auf Wartestellung. Das war alles, was ich meinerseits zur Beruhigung der Lage tun konnte.

Sechs Stunden später waren dreitausendvierhundertsieben Riesenkraftwerke im atomaren Inferno vergangen. Das ehemalige „Blaue System" war jetzt so normal wie jedes andere.

Zehn Stunden später schickte ich meine Arkonidenflotte vor. Die Schiffe drangen in das System ein und riegelten befehlsgemäß die bewohnten Planeten ab.

Ich ging zu Rhodan hinüber. Die IRONDUKE stand auf einer engen Kreisbahn über dem fünften Planeten. Rhodan saß in seinem hochlehnigen Sitz und schaute starr zu den riesigen Bildschirmen der Panoramagalerie hinauf.

Es geschah nichts. Die sicherlich vorhandenen Bodenfestungen erhielten offenbar keine Feuererlaubnis. Bisher waren noch keine Akonen zu Schaden gekommen. Die Raumstationen waren verlassen gewesen, was uns die immer wieder aufgefangenen Strukturechos aktivierter Transmitter bewiesen hatten.

Ich suchte Rhodans Augen. Lange sahen wir uns an, bis er plötzlich lächelte. Auris war hinter uns erschienen. Ihr Gesicht war tränenüberströmt.

„Wir hätten Euch töten können“, stammelte sie in dem Versuch, uns umstimmen zu wollen.

Ich mußte ihr erst erklären, daß es hier nichts umzustimmen gab, denn wir dachten nicht daran, die Welten selbst anzugreifen.

Rhodan sprach ruhig und akzentuiert. Er sagte kein einziges Wort zuviel.

„Auris von Las-Toór – dankt dem Schöpfer, daß sich Euer Obmann nicht dazu hinreißen ließ, Atlan und mich zu töten. Ein Offizier wird Euch mit einem Beiboot zum fünften Planeten bringen. Richtet den Mitgliedern des Regierenden Rates aus, ich würde mich damit zufriedengeben, die Quelle Eurer maßlosen Überheblichkeit zerstört zu haben – nämlich die fliegenden Kraftwerke. Ich fordere die Zusicherung, von Euch niemals mehr aus dem Hinterhalt angegriffen zu werden. Ferner verlange ich einen freien, uneingeschränkten Handelsverkehr zwischen den Systemen und dazu die Konstruktionsunterlagen über das akonische Lineartriebwerk. Das ist alles. Ihr startet in zehn Minuten.“

Sie richtete sich hoch auf und blickte auf den sitzenden Terraner herab. Er hatte den Spieß umgedreht. Jetzt forderte er die Unterlagen für ein Hyperaggregat, das in seinem konstruktiven Aufwand erheblich einfacher war als die terranische Ausführung.

Auris konnte sogar lächeln. Wahrscheinlich fühlte sie das Tragikomische der Situation. „Ist das alles, Euer Exzellenz?“

Er nickte nur, und sie ging. Ihr Begleiter war Major Hunts Krefenbac, der Erste Offizier der IRONDUKE. Er flog das Mädchen mit einer Space-Jet zum fünften Planeten.

Wir warteten sieben Stunden, die ich zu einem ausgiebigen Schlaf benutzte.

Ich hatte unterdessen in meiner Eigenschaft als Imperator des Arkonidenreichs meine Forderungen nachgereicht.

Ich verlangte die politische Anerkennung des Imperiums, die offizielle Bestätigung meines Ranges und eine endgültige Verzichterklärung auf die ohnehin illusorisch gewordenen Machtansprüche der

Akonen. Dazu forderte ich ebenfalls die Unterlagen über das akonische Lineartriebwerk an.

Rhodan hatte mich stirnrunzelnd angesehen, schließlich aber doch nichts gesagt. Nur Oberst Claudrin hatte mich breit angelacht. Er hatte verstanden. Warum sollten nur die Terraner diese wundervollen Überlichtaggregate besitzen? Ich war davon überzeugt, die Bandstraßen auf Arkon III rasch umschalten zu können.

Wenig später meldete sich Krefenbac über Bildfunk. Er übermittelte die Stellungnahme des Regierenden Rates. Man war mit allen Bedingungen einverstanden. Vier bevollmächtigte Mitglieder des Rates erschienen wenig später mit der terranischen Space-Jet. Rhodan und ich empfingen sie mit kühler Höflichkeit. Niemals zuvor hatte ich so geknickte Männer gesehen.

Die Verträge wurden ausgefertigt und unterzeichnet. Auris war auch dabei.

Als wir die Sache hinter uns hatten, landeten die ersten terranischen und arkonidischen Raumschiffe auf der Welt meiner wirklichen Vorfahren. Ich war dort, wo die ehemaligen Auswanderer mit ihrer großen Reise begonnen hatten.

Rhodan persönlich besichtigte das Gelände für den verlangten Handelsstützpunkt.

Es konnte nichts schaden, die Akonen im Auge zu behalten. Wenige Stunden später zog ich mich zurück. Der vom Regierenden Rat gegebene Empfang interessierte mich nicht.

Ich rief ein Beiboot des arkonidischen Flottenflaggschiffs an und befahl, mich abzuholen.

Das Blaue System des Akonsystems neigte sich dem Horizont zu. Nummer V war eine schöne, erdähnliche Welt. In der Schleuse schüttelte ich Rhodans Hand.

Dabei meinte er sinnend: „Weißt du, Freund, es ist ein schönes Gefühl, ohne Blutvergießen gesiegt zu haben."

Er ging lachend. Ich sah ihm traurig nach, denn ich war nur ein arkonidischer Imperator, für den jetzt wieder die Fesseln des Zeremoniells bereitlagen.

ENDE

Perry-Rhodan-Buch Nr. 14 „Rhodans Sohn" erscheint am 15. 3. 1983

Perry-Rhodan-Terminologie

Akon –
blaue Riesensonne mit einhundertachtzigfachem Sonnendurchmesser. Wegen ihres Spektrums und des systemumspannenden, ebenfalls blauleuchtenden Energieschirmes wird das Akon-System auch „Blaues System" genannt. Die Entfernung zu Terra beträgt 45 000 Lichtjahre. Die Sonne A. wird von achtzehn Planeten umlaufen. Nr. 5 trägt die Bezeichnung *Sphinx*.

Akonen –
ein Volk, dessen Heimatwelt *Sphinx* ist, der 5. Planet im *Akon-System*. Die Akonen sind die Stammväter der *Arkoniden*. Etwa zwanzigtausend Jahre vor Jetztzeit (gerechnet vom Jahr 2102) besiedelten ausgewanderte Akonen ein System, das sie in Anlehnung an ihre Sonne *„Arkon"* nannten. Ihr Aussehen weist daher in Gestalt und Größe starke Ähnlichkeit mit den späteren Arkoniden auf, die infolge veränderter Umweltbedingungen modifizierten. Der Unterschied besteht darin, daß die Haarfarbe der Akonen nicht weißblond ist, sondern tiefschwarz bis kupferrot. Ihre Augäpfel besitzen nicht den typisch arkonisch rötlichen Schimmer. Ihre Hautfarbe ist samtbraun. Die A. werden vom Großen Rat regiert und verfügen über eine bedeutende Technik und wissenschaftliches Können. Sie besaßen ursprünglich eine hervorragende Raumschiffahrt, die als Hinterlassenschaft der Lemurer einzustufen war. Nach dem Verschwinden der terranischen Erstbevölkerung (Lemurer) entschlossen sich die A. infolge ihrer fortschreitenden Erkenntnisse, die für ihre Begriffsfassung primitive Überwindung von Raum und Zeit durch Riesentransmitter zu bewältigen. (Torbogentransmitter, akonisch). Etwa tausend Jahre später, nach dem Fall LAURIN, wurde Akon gezwungen, auf den spezialisierten Transmitterverkehr zu verzichten und erneut eine Raumflotte aus verschiedenartigen Schiffstypen zu erbauen.

Crest –
Arkonide, Wissenschaftler, Angehöriger der 1971 auf *Arkon* regierenden Dynastie Zoltral. Sein Aussehen ist stark menschenähnlich. Ein organischer Unterschied besteht im anatomischen Knochengerüst. Anstatt Rippen besitzt das arkonidische Skelett eine Brustplatte. Deutliches Zeichen seiner Abstammung ist ein albinotischer Einschlag, sehr helle, fast weiße Haare und eine leichte Rotfärbung der Augäpfel. Groß und schlank, hohe Schädelform (Stirn), überragendes Wissen; Extrahirn mit stark ausgeprägtem Erinnerungsvermögen, photographisches Gedächtnis, schwach telepathisch begabt. Hohe Lebenserwartung, da arkonidische Bio-Mediziner das Problem der Zellerhaltung weitgehend gelöst haben. C., der an Leukämie erkrankt und auf der Suche nach der „Welt des ewigen Lebens“ ist, trifft im *Jahre 1971* mit Perry Rhodan auf dem irdischen Mond zusammen. Perry Rhodan nimmt ihn mit zur Erde, wo seine Krankheit von dem terranischen Arzt und Forscher Dr. Haggard geheilt wird. C. anerkennt die Menschheit nach anfänglicher Ablehnung und vermittelt ihr sein phänomenales Wissensgut. *1976* wird von C. und Perry Rhodan nach vielen Bemühungen die „Welt des ewigen Lebens“ entdeckt. Es handelt sich um den Kunstplaneten *Wanderer.* Das Fiktivlebewesen ES verweigert jedoch dem Arkoniden die Zelldusche im *Physiotron,* da den Angehörigen dieses Volkes keine Lebensverlängerung mehr zugestanden werden könne. Begründung: Entwicklungsfrist abgelaufen; Arkoniden hätten versagt. C. nimmt in den Jahren 1981 bis 2044 an vielen Unternehmungen Perry Rhodans teil. So startet er am *10. 5. 1984* mit Rhodan zum Flug in sein Heimatsystem Arkon, das er vor dreizehn Jahren verließ. Inzwischen Machtwechsel; es herrscht die Orcast-Dynastie unter der Oberhoheit eines Positronen-Gehirns. Vom arkonidischen Robotregenten wird C. nach seiner Rückkehr wegen terranischen Denkens abgelehnt, später jedoch wieder anerkannt. C. kann Perry Rhodan bei seinen Verhandlungen wertvolle Unterstützung gewähren. Ab *2044* wird C., obwohl er nach der Verweigerung der Zelldusche mit terranischem Zellserum behandelt wird, immer hinfälliger. Die Lebenserhaltung auf rein biologischer Basis ist nicht mehr möglich. Im *Januar 2045* ahnt er seinen baldigen Tod. Er ist jetzt ein alter, einsamer Mann ohne Illusionen und Hoffnungen. Um die letzten Monate ein Einsiedlerleben führen zu können, läßt er sich von Perry Rhodan auf den zweiten Planeten des Ufgar-Systems bringen. (Später erhält diese Welt nach ihm die

Bezeichnung „*Crests Planet*".) Hier wird er bei einem Überfall durch ausgestoßene *Unither* aus dem Unith-System, 10111 Lichtjahre von Terra entfernt, schwer verwundet und stirbt, nachdem er noch in seiner Todesstunde die Interessen der terranischen Menschheit gewahrt hat.

Crests Planet –
ein Begriff aus der Perry-Rhodan-Serie. Crests Planet ist der zweite Planet der gelben Sonne *Ufgar**. Es handelt sich um eine wasserreiche Sauerstoffwelt mit etwas wärmerem Durchschnittsklima als die Erde und dicht bewaldeten Kontinenten. Die Schwerkraft beträgt 0,84 Gravos; der Durchmesser entspricht etwa dem des solaren *Mars**. Benannt wurde der Planet nach dem großen arkonidischen Wissenschaftler *Crest**, mit dem Perry Rhodan im Jahre 1971 auf dem Erdmond zusammentraf und der der Menschheit lange Zeit als Freund und Lehrer diente. Als er seinen Tod nahen fühlte, zog er sich auf den zweiten Ufgar-Planeten zurück, um in Ruhe und Einsamkeit das Ende zu erwarten. Er fiel im Kampf gegen einige Verbannte von Unith, die auf dem Planeten notgelandet waren und sich in den Besitz von Crests Schiff setzen wollten. Zu Ehren des großen Arkoniden wurde der zweite Ufgar-Planet danach Crests Planet genannt.

Insterstellare Materie –
Gas- und staubförmige *Materie** in extremer Verdünnung im Raum zwischen den Sternen einer Galaxis. Der gasförmige Anteil überwiegt massenmäßig bei weitem den Anteil der festen *Partikel.* Die i. M. ist wolkenförmig geballt, nimmt an der allgemeinen *Rotation des Milchstraßensystems* teil, jedoch besitzen die einzelnen Wolken, ähnlich wie die Sterne, noch Eigenbewegung, wodurch es gelegentlich zu Zusammenstößen kommt. Die dabei ionisierte interstellare Materie wird zu einem nicht isothermen Plasma (isothermes Plasma: ein Plasma, bei dessen Entstehung die Temperatur unverändert bleibt), das Schwingungen ausführt, die sich durch die *Radioteleskopie* nachweisen lassen. Der Beobachtung zugänglich wird die i. M. durch Absorptionswirkung als Dunkelnebel *(Dunkelwolke)* und durch *Strahlung*, die von Sternen in der Nachbarschaft oder inmitten dichterer Nebel der i. M. bewirkt wird. Bei heißen Sternen findet eine Anregung des interstellaren Gases statt *(Emissionsnebel)*, bei kühleren Sternen wird das Licht von der i. M. nur reflektiert *(Reflexionsnebel)*. Zur ersten Gruppe

gehört der Nordamerika-Nebel im Schwan, zur zweiten Gruppe gehören die Plejaden-Nebel. Einige galaktische Nebel bilden Übergänge zwischen Reflexions- und Emissionsnebel, z. B. der große chaotische Nebel im *Orion*. Die Emissionen heller Linien des Wasserstoffs sowie der verbotenen Linien des Stickstoffs werden durch die intensive *Ultraviolettstrahlung* der frühen Sterne angeregt. Bei Anwesenheit von staubförmiger i. M. findet einfache Reflexion statt; das *Spektrum** dieser Nebel stimmt wesentlich mit dem Spektrum des beleuchtenden Sterns überein. Der Hauptbestandteil der i. M. ist Wasserstoff, die Häufigkeit der übrigen Elemente entspricht etwa den Verhältnissen in den Sternatmosphären. Über die chemische Natur der staubförmigen Komponente der i. M. ist nichts Sicheres bekannt. Man nimmt an, daß es sich um Zusammensetzungen mineralischen Materials handelt, wie es in den *Meteoriten** gefunden wird, und um Eiskristalle der Moleküle H_2O, CO_2, NH_3, CH_4 und andere. Die das Licht reflektierenden Partikel müssen Durchmesser von einem Hunderttausendstel bis zu einem Zehntausendstel Millimeter haben. Zwischen der i. M. und den Sternatmosphären besteht eine dauernde Wechselwirkung. Alle Sterne stoßen mehr oder weniger große Mengen ihrer Substanz in den *interstellaren Raum* aus. Am stärksten ist diese Massenabgabe beim Ausbruch einer *Nova** oder *Supernova**. Andererseits erfahren die Sterne infolge ihrer Bewegung durch die i. M. fortwährend einen Massenzuwachs durch Aufsammeln. Die großen Zusammenballungen der i. M. erreichen Durchmesser bis zu 30 Parsec und besitzen Massen von 1–10 Sonnenmassen. Die durchschnittliche Raumdichte der interstellaren Materie ist äußerst gering; vergleichsweise entfällt etwa ein Staubteilchen auf 5 Millionen Kubikmeter. Die Raumdichte des interstellaren Gases ist ungefähr hundertmal größer. Insgesamt beträgt die Masse der i. M. in unserem Milchstraßensystem etwa 3109 Sonnenmassen. Besonders kleine, meist kugelförmige Verdichtungen der i. M., die sich vor leuchtenden Gaswolken als dunkle Punkte oder Flecke abheben, heißen *Globulen**. Sie haben Durchmesser zwischen zehntausend bis hunderttausend *Astronomischen Einheiten*. Ihre mittlere Dichte beträgt etwa das Zehntausendfache des Mittelwerts der interstellaren Staubwolken. Man vermutet in ihnen so starke Zusammenballungen der i. M., daß es zur Entwicklung eines oder mehrerer neu entstehender Sterne kommen kann.

Interstellare Verständigung –
Informationsaustausch zwischen intelligenten Bewohnern verschiedener Planetensysteme. Da es nach Wahrscheinlichkeitsrechnungen allein innerhalb unserer Galaxis etwa 100 000 erdähnliche Planeten mit menschenähnlichen intelligenten Bewohnern geben soll, wird trotz vieler düsterer Prognosen eines Tages die Begegnung zwischen Menschen und Intelligenzen aus einem anderen Sonnensystem stattfinden. Der Mensch hat noch immer Mittel und Wege gefunden, um seinen Wissensdurst zu befriedigen und die Ziele zu erreichen, die er sich steckte. Es besagt in diesem Zusammenhang überhaupt nichts, daß wir *heute* noch keinen Interstellar-Antrieb besitzen, mit dem Raumschiffe vielfache Lichtgeschwindigkeit erreichen können. Alles war irgendwann einmal noch nicht bekannt. Außerdem scheint es festzustehen, daß die Erde in der Vergangenheit mehrfach Besuch von außerirdischen Intelligenzen bekommen hat, und es ist so gut wie sicher, daß diese fremden Raumfahrer von keinem anderen Planeten unseres eigenen Sonnensystems kamen. Ernsthafte Wissenschaftler und Science-Fiction-Autoren versuchen deshalb schon seit einiger Zeit, Möglichkeiten der Verständigung zwischen Intelligenzen unterschiedlicher planetarer Herkunft zu finden. Die Tatsache, daß der Mensch es seit Jahrtausenden verstanden hat, sich mit anderen irdischen Lebensformen zu verständigen – Lebensformen, deren niedriger Intelligenzgrad es nicht erlaubt, sie als vernunftbegabt zu bezeichnen –, läßt uns hoffen, daß wir auch eine Verständigung mit außerirdischen intelligenten Wesen herbeiführen können. Dr. Adrian M. Wenner, Biologe an der Universität von Kalifornien, schreibt z. B. über die „Sprache“ der Bienen: „Wenn wir den Geräuschen lauschen, die Bienen von sich geben, wenn wir diese auf Tonband aufnehmen, sie analysieren und mit Hilfe von Experimenten ihre genaue Bedeutung zu ermitteln suchen, so denkt man dabei unwillkürlich, wie sehr das dem Versuch ähneln müßte, sich mit Wesen von einem anderen Planeten zu verständigen.“ Dr. Wenner wies nach, daß die Bienen nicht nur mittels komplizierter Tänze miteinander „reden“ und daß ihre „Sprache“ sogar „Dialekte“ kennt, sondern daß sie auch Niederfrequenzlaute ausstoßen (250 Hertz) und dadurch eine ständige „Funkverbindung“ untereinander aufrechterhalten. Selbstverständlich sind das Verständigungsarten, die nicht auf intellektueller Basis erfolgen. Bei außerirdischen Intelligenzen können wir das Vorhandensein eines Verständigungssystems auf intellektueller Basis voraus-

setzen. Das gäbe uns – beziehungsweise ihnen – die Möglichkeit, Computer zu Hilfe zu nehmen, um die fremde Sprache zu analysieren und zu rekonstruieren. Es ist dazu nicht einmal erforderlich, daß die fremden Intelligenzen Sprechorgane zur akustischen Verständigung besitzen. In der internationalen Science Fiction, vor allem aber in der Perry-Rhodan-Serie, werden technische Hilfsmittel zur Verständigung mit außerirdischen Intelligenzen beschrieben. Das „einfachste" technische Hilfsmittel ist in der Perry-Rhodan-Serie der *Translator,* ein positronisches Gerät zur Analysierung, Rekonstruktion und Simultan-Übersetzung fremder Sprachen. Auch an die Möglichkeit, daß die Außerirdischen keine Sprechorgane besitzen, wurde in der gleichen Serie gedacht. In solchen Fällen bedient man sich eines Symbol-Transformers, der bei starker geistiger Konzentration die elektrischen Gehirnströme der Gesprächspartner aufnimmt und in Bildsymbole verwandelt, die auf einem Wandelfeldschirm erscheinen.

Linearflug –
(Begriff aus der Perry-Rhodan-Serie), die geradlinige (lineare) Fortbewegung eines Raumschiffes in einem dem *Einstein-Raum* dimensional übergeordneten Kontinuum und mit Geschwindigkeiten, die weit über der Lichtgeschwindigkeit des Einstein-Raums liegen. Als dimensional übergeordnetes Kontinuum für den L. wird der *Zwischenraum* (auch Linearraum) verwendet, ein Kontinuum, dessen energetische Dimension über der des Einstein-Raums und unter der des sogenannten *Hyperraums* liegt. Da innerhalb des Zwischenraums die Lichtgeschwindigkeit unendlich ist, wird beim L. die Lichtgeschwindigkeit nicht überschritten, obwohl das betreffende Raumschiff relativ zum Einstein-Raum mit vielfacher LG Ortsveränderungen vornimmt.

Linearraum –
In der Perry-Rhodan-Serie eine sogenannte Librationszone zwischen vierdimensionalem und fünfdimensionalem Kontinuum. Dieser Zwischenraum ermöglicht Raumschiffen den vielfach überlichtschnellen Flug, ohne daß eine Ent- und Rematerialisierung eintritt wie bei dem sogenannten Hyperraumsprung.

Thora –
Arkonidin, Mitglied der 1971 auf *Arkon* regierenden Dynastie Zoltral, Kommandantin eines Forschungskreuzers, spätere Ehefrau Perry Rhodans. Sie ist eine faszinierende Erscheinung, hochgewachsen, helle, fast weißblonde Haare, ausdrucksvolle Augen mit einer eigenartig goldroten Färbung (Charakteristikum bei *Arkonidinnen)*. Ihr Aussehen ist stark menschenähnlich, jedoch besitzt sie, ebenso wie alle Angehörigen des arkonidischen Volkes, anstelle von Rippen eine Brustplatte im anatomischen Knochengerüst. T.s. Wissen ist überragend, ausgeprägter Verstand; verletzender Zynismus und starkes Abstammungsbewußtsein. T. hat wie alle Arkoniden eine lange Lebenserwartung, da die Wissenschaft auf ihrer Heimatwelt die Zellerhaltung auf bio-medizinischer Grundlage weitgehend beherrscht. Im *Jahre 1971* begegnet sie zusammen mit *Crest* dem Terraner *Perry Rhodan* auf dem irdischen Mond. Nach anfänglich großen Kontroversen (sie schaut auf die Menschen geringschätzig herab) kommt es im Verlauf der Jahre zu einem Verstehen, Freundschaftsverhältnis, schließlich Eheschließung. Nach dreizehn Jahren fliegt sie zusammen mit Perry Rhodan ihr Heimatsystem Arkon an. Inzwischen hat ein Regierungswechsel stattgefunden. Die Orcast-Dynastie herrscht unter der Oberhoheit eines positronischen Gehirns. Da die Arkoniden starke Degenerierungserscheinungen aufweisen, hat der sogenannte Robotregent getreu seiner Alt-Programmierung die Regierungsgeschäfte an sich gerissen. Diese veränderten Verhältnisse veranlaßten das Fiktivlebewesen ES, T. im *Jahre 1976* die Zelldusche im *Physiotron* auf dem Kunstplaneten *Wanderer* zu verweigern. Begründung: Entwicklungsfrist abgelaufen, Versagen des Volkes. Im *Jahre 2020* Geburt Rhodans Sohn, der aus Sicherheitsgründen den neutralen Namen *Thomas Cardif* erhält. Im *August 2040* wird T. während eines Erholungsaufenthaltes auf dem solaren Mars von verräterischen Mutanten entführt. Befreiung durch Rhodan auf *Volat*, der fünften Welt des *Hesperés*-Systems. Im *Oktober 2041* weilt T. auf der Venus. Sie hat sich aus Altersgründen von aktiven Einsätzen zurückgezogen. Von hier aus startet sie zu einem Besuch ihres Sohnes ins *Krela-System*, und zwar zum 4. Planeten namens *Rusuf*, 1062 Lichtjahre von Terra entfernt. Neue Entführung durch ein Roboterkommando nach Siliko V, Mond einer namenlosen Welt im Sonnensystem 4186-4-162 (Arkonkatalog) Sie trifft mit Thomas Cardif zusammen, der bei der Suche nach seiner Mutter ebenfalls in

Gefangenschaft geriet. Rettung durch Perry Rhodan. Im *Oktober 2043* ist T. etwa 132 Jahre alt (nach Terra-Zeit gerechnet). Während der letzten drei Monate starker Zellzerfall. Das terranische Zellserum, mit dem sie seit Jahren behandelt wird, spricht nicht mehr an. Sie ist zu einer Greisin geworden. Sie leidet ferner an einem leukämieähnlichen Blutzellenzerfall, der ein schnelles Schwinden der Lebenskraft zur Folge hat. Seelische Konflikte (alt, krank; Trübsinn, fühlt sich überflüssig; ihr Mann jung, aktiv).
Wegen der für Arkoniden günstigen klimatischen Bedingungen hält sich T. jetzt sehr häufig auf Venus auf. Sie bangt um Perry Rhodan, der mit der *Druuf*-Gefahr zu kämpfen hat; außerdem mit schwankendem Verhalten des Robotregenten auf Arkon. Kurz vor ihrem Tode fliegt sie mit dem terranischen Beauftragten, General Deringhouse, nach Arkon, um den Robotregenten zu bewegen, Raumschiffe an Terra zu liefern. Während der Verhandlungen ändert das Robotgehirn plötzlich sein Verhalten; Gefangennahme T.s; Detektorverhör, Befreiung durch General Deringhouse. T. wird an Bord des terranischen Raumschiffes BURMA von einem Ara-Mediziner erschossen. Sie findet ihre letzte Ruhestätte in einem Mausoleum auf dem irdischen Mond, das an der Stelle errichtet wird, wo die erste Begegnung zwischen Perry Rhodan und den Arkoniden Thora und Crest stattfand.

Schlachtkreuzer der AKONEN

Allgemeines:

Dieses Raumschiff vertritt in seinem Aufbau die gebräuchlichste Form akonischer Raumfahrzeuge (abgesehen von Kleinstbeibooten und Spezialschiffen). Die Kugelform ist eine technische Hinterlassenschaft der lemurischen Vorfahren. Besonderheiten der akonischen Raumschiffe sind die stark abgeplatteten Pole sowie die fortgeschrittene Technik des Linearantriebs und die Torbogentransmitter. Neben der akonischen Flotte und den Schutzflotten der Kolonialwelten werden diese Raumschiffe vom akonischen Energiekommando benutzt.

Technische Daten:

500 m Durchmesser; Stärke von Pol zu Pol: 370 m, doppelwandige Außen- und Innenpanzerung aus Akonit; max. Beschleunigung: 550 km/sec^2; Reichweite: 150 000 Lj.; Besatzung: 1000 Mann.

1. Lamellenschleuse für Raumtorpedos und Sonden (2 Stück)
2. Astronomische Abteilung mit Energieteleskop
3. Ortungs- und Peilgeräte
4. Ausrüstungslager und Hangars für Atmosphärengleiter
5. Schwere Impulskanonen (8 Stück) mit darunterliegender Personenschleuse
6. Hangars für 50 m durchmessende Beiboote (insgesamt 8)
7. Fusionsreaktoren zur Energiegewinnung
8. Ringwulst mit insgesamt 16 Impulstriebwerken
9. Antiortungsschirmprojektoren
10. Hydraulikanlage der Landebeine
11. Hangars für insgesamt 128 Zwei-Mann-Jäger
12. Magazine für Ersatzteile
13. Lufterneuerungsanlage
14. Leichte Impulsgeschütze und Paralysatoren (je 4 Stück)
15. Ausfahrbare Teleskoplandebeine (16 Stück)
16. Personenantigravschacht mit Schleuse (ausfahrbar)
17. Hauptlagerraum mit Lastentransmitteranlage
18. Energieformer und Speicherbänke
19. Technisch-wissenschaftliche Labors, Ersatzteillager, Roboter- und Waffenarsenale
20. Projektoren zum Aufbau eines blauen Hochenergieschutzschirms
21. Antischwerkrafttriebwerke
22. Lineartriebwerk für den Überlichtflug
23. Mannschaftsräume mit Kantinen und Krankenstation
24. Ersatzteillager und Reparaturwerkstätten für Beiboote sowie Lagerräume für Raumtorpedos und Sonden